贾平凹研究资料汇编

主　　编　韩鲁华　　王春林　　张志昌
副主编　张文诺　张亚斌　杨　辉

《废都》研究

唐　妹　韩鲁华　编

陕西师范大学出版总社

图书代号：WX21N2086

图书在版编目（CIP）数据

《废都》研究 / 唐妹，韩鲁华编. — 西安：陕西师范
大学出版总社有限公司，2022.5
（贾平凹研究资料汇编 / 韩鲁华，王春林，张志昌主编）
ISBN 978-7-5695-2680-6

Ⅰ.①废… Ⅱ.①唐… ②韩… Ⅲ.①贾平凹—小说
研究 Ⅳ.①I207.42

中国版本图书馆CIP数据核字（2021）第237265号

《废都》研究
FEIDU　YANJIU

唐妹　韩鲁华　编

出版统筹	刘东风　郭永新	
责任编辑	宋媛媛	
责任校对	陈柳冬雪	
封面设计	张潇伊	
出版发行	陕西师范大学出版总社	
	（西安市长安南路199号　邮编710062）	
网　　址	http://www.snupg.com	
印　　刷	陕西龙山海天艺术印务有限公司	
开　　本	720 mm×1020 mm　1/16	
印　　张	23.25	
插　　页	2	
字　　数	310千	
版　　次	2022年5月第1版	
印　　次	2022年5月第1次印刷	
书　　号	ISBN 978-7-5695-2680-6	
定　　价	88.00元	

读者购书、书店添货或发现印装质量问题，请与本公司营销部联系、调换。

电话：(029) 85307864　85303629　传真：(029) 85303879

总　序

　　自 1978 年《满月儿》引起当代文坛的关注，贾平凹的文学创作，已走过了四十余年的历程。四十余年来，贾平凹始终保持着旺盛的艺术创造生命力，特别是在《废都》之后，几乎每两三年出版一部长篇小说，业已是当代文学史上的一个奇观。也许是一种历史宿命，贾平凹的文学创作与对其的研究，呈一种互动的、正向的发展态势。自 1978 年 5 月 23 日《文艺报》刊发邹荻帆先生关于贾平凹文学创作的评论文章《生活之路——读贾平凹的短篇小说》之后，也特别是《废都》之后，有关贾平凹的研究与探讨，已然成为当代文学研究中作家研究方面富有典型性的一个显学案例。当我们对贾平凹文学创作与研究进行历史性梳理后发现，不论是贾平凹的文学创作，还是贾平凹研究，与中国改革开放这四十余年，产生了一种感应性的脉动或者律动，从中可以探寻到当代文学创作与研究的历史走向。

　　这并非一个虚妄的判断，因为既有贾平凹千余万字的文学作品呈现在读者面前，更有数千万字的研究文章、专著摆在了那里。

　　从当代文学研究来看，资料文献的整理与研究，越来越受到学界的关注与重视，并且进行着卓有成效的研究实践，取得了累累硕果。学术研究从某种意义上来说，是一种历史的沉淀，也是一种历史的总结与发现。在学术研究的发展过程中，沉淀了许多资料文献，到了一定历史阶段，自然也就需要进行历史的归纳总结，而立足当下，从中也会有一些新的发现。对某种文学现象的研究

资料进行收集整理，以期为后来的研究提供某种方便，本就是一项重要且不容忽视的基础性研究工作。就对当代作家研究资料整理而言，毫无疑问，贾平凹应当是其中一个极为重要的对象。

于是，我们便组织编辑了这套"贾平凹研究资料汇编"丛书。

贾平凹的文学创作研究，已经形成了一个具有独特意义的文学研究现象。不仅研究成果丰硕，而且涉及面也非常广阔，体现出了作家个体研究的水准与高度，其间所涉及的问题，也是当代文学研究中所遭遇的境遇之命题。可以说，贾平凹的文学创作研究已经构成了一部作家个案研究史，而这部作家个案研究史，在某种程度上，亦显现着新时期文学研究历史的脉象。

从历史纵向来看，贾平凹文学研究确实有一个肇始、发展、丰富深化的历史进程。这个历史进程，大体可分为初期、中期和近期三个时段。这三个时段的划分，是以《废都》和《秦腔》研究为节点的。初期研究，就对文学体裁的关注而言，主要集中在散文与中短篇小说上，诗歌研究也有，但很少。这也是与贾平凹的文学创作情景相契合的。贾平凹前期的文学创作，致力于散文与中短篇小说，这也正是他们那一代作家在文学创作上由散文、短篇小说而中篇进而长篇的发展路数。20 世纪 90 年代，更确切地说，自《废都》之后，贾平凹的长篇小说创作，成为研究者关注的一个极为重要的焦点。值得注意的是，贾平凹几乎每出版一部长篇小说，都有一批研究文章问世，而且直至今天，关于《废都》等长篇的研究成果仍然不断出现。这个时期，对于贾平凹文学创作整体性的研究著作与论文，也逐渐多了起来；贾平凹的文学创作，更成为硕士、博士论文的选题对象。进入 21 世纪，尤其是《秦腔》出版并获得茅盾文学奖之后，长篇小说研究、整体研究与比较研究、传播影响研究，成了贾平凹研究中几个重要的理论视域。当然，在这四十余年间，贾平凹的散文研究成果虽不如小说研究成果丰富，但始终延续着。另外，他的书法绘画作品，也受到了研究者的关注，出现了一批研究成果。这方面的研究虽然并不是很多，但书法绘画乃至收藏等方面的研究，尤其是文学与书画艺术的互动研究，拓宽了贾平凹研究的视野与维度，是贾平凹研究中不可或缺的有机构成部分。

关于贾平凹文学创作研究，可以从如下几个方面加以归纳总结。

贾平凹文学创作整体研究。这一研究，不仅着眼于贾平凹文学创作的整体特征，而且往往是将其创作置于整个中国当代文学背景之下加以论说的，从中可以看出贾平凹文学创作与当代文学历史建构的息息相关与内在关联性。不过，早期的研究文章主要以评论家的主观感受、心理映照为主，多侧重于贾平凹文学创作阶段的划分，厘清不同阶段的创作特色。近期的研究文章，则呈现出更加宏观和多元的研究视域，更为全面深入地从批评史的角度来讨论批评与创作的互动关系，不仅打通了贾平凹文学创作的时间关节，而且试图对贾平凹创作不断走向历史化和经典化的进程加以学理性的归纳探究。在这一背景下的研究中，需要重点提及的是陈晓明《穿过"废都"，带灯夜行——试论贾平凹的创作历程》一文。其梳理了贾平凹1980年至2013年的小说创作，勾勒出贾平凹三十多来年文学创作的风格、特色变化，肯定了贾平凹对当代中国"新汉语"写作的杰出贡献，对贾平凹的文学创作，给予了具有文学史意义的评价判断。此外，李遇春《"说话"与贾平凹的长篇小说文体美学——从〈废都〉到〈带灯〉》一文，以中国传统文学中的"说话"体小说为视角，从贾平凹小说创作对传统小说的继承、化用等方面，分析了贾平凹自《废都》至《带灯》以来的长篇小说文体美学特征，指出贾平凹对中国古代"说话"体小说的现代性转化及对中国传统"块茎结构"艺术的创造性转化，认为贾平凹在继承中国传统文学"史传"与"诗骚"传统基础上富有卓见地创造了以意象支撑结构的日常生活叙事方式。对于贾平凹以意象为其艺术建构核心的论说，笔者在《精神的映像——贾平凹文学创作论》，以及系列论文中有比较充分的论说，此处不再赘言。

　　贾平凹文学创作的艺术风格、审美特征研究。这方面的研究，已深入作家文学建构的潜心理层次。早期这方面研究，如丁帆《谈贾平凹作品的描写艺术》一文，指出贾平凹对作品人物的塑造是抒情性的，表现出对新生活的向往、对美的追求，其人物具有"姿""韵"兼备的美学特点，认为贾平凹的文学创作具有诗美特质及生活美感复现的特点。王愚、肖云儒《生活美的追求——贾平凹创作漫评》一文，对贾平凹早期文学创作的艺术风格进行细致、具体的探讨与挖掘，认为贾平凹创作的艺术特色在于着重表现社会变型期普通百姓的生活美和

深居乡土的乡民的心灵美，具有诗的意境。刘建军《贾平凹小说散论》一文，开篇指出贾平凹小说的艺术特色在于汲取传统小说资源的同时具有强烈的表现欲和浓重的主观色彩，渲染着诗的意境和情绪，是散文化的小说，认为贾平凹文学创作的艺术实质在于真实和主观抒情性。笔者《审美方式：观照、表现与叙述——贾平凹长篇小说风格论之一》一文，以历时性的描述、分析、研究对贾平凹小说的美学风格作了比较准确、精当的界定，认为贾平凹的小说创作追求一种清新优美、空灵飘逸的美学风格，并从审美观照视角、审美表现方式、具体的叙述结构形式等方面详细阐释。

从整体上把握、宏观上研究的论文大多以文学史的发展为背景，出现了一批视角独特、观点新颖的评论文章。对贾平凹文学创作的内在美学风格的观照与作家审美个性、审美心理的把握作出精准的判断，则令始于90年代的贾平凹研究得以进一步深入，并使这种研究具有当代文学普遍意义上的阐发。

贾平凹文学创作的比较研究。这是指研究者将贾平凹的文学创作与东方文学中不同时代、不同作家的作品进行比较论说，或者是将贾平凹的文学创作与西方文学中不同时代、不同作家的作品进行比较探析。一般而言，贾平凹文学创作的比较研究大致可分为影响研究和平行研究两类。

影响研究又可分为三类：

一是中国传统文化思想对贾平凹文学创作的影响。如栾梅健《与天为徒——论贾平凹的文学观》一文，较为全面地论述了贾平凹文学观的形成原因，认为传统文化资源中的"天道"、自然观是形成贾平凹文学观的基础；而客观的地理环境和主观的个体生理条件、个人气质特色、家庭背景等因素均影响了贾平凹的小说创作。胡河清《贾平凹论》一文，从道家文化思想观念对贾平凹小说创作的影响切入，着重分析了传统文化中阴阳观、《周易》思想对贾平凹早期作品《古堡》《浮躁》《白朗》《废都》等的影响，认为在中国当代作家群中，贾平凹对阴阳观（男女性别）的观照最得中国传统文化色彩的熏染。张器友《贾平凹小说中的巫鬼文化现象》一文，从巫术、鬼神文化等对贾平凹小说创作的影响切入，认为巫术、鬼神等民间文化资源是贾平凹文学建构的重要组成部分，巫术、鬼神等文化现象参与、渗透于贾平凹笔下商州世界的独特人文环境、自

然景观，并影响着乡民真实、真切的生活经历和情感变化。樊星《民族精魂之光——汪曾祺、贾平凹比较论》一文，从中国传统文化思想资源对汪曾祺、贾平凹小说创作的影响切入，指出汪曾祺小说世界中表露出的士大夫的幽远、高邈境界在贾平凹小说创作中得到了继承和发扬，认为虽然中国传统文化思想资源对汪曾祺、贾平凹二人的小说创作影响程度不同，但两位作家在复现民族魂、反观社会的多变性与复杂性上是相一致的，承续了中国文学的另一种文脉，对当代文学的历史建构具有特殊意义。

二是西方文化、文学传统资源对贾平凹文学创作的影响研究。有关西方文化、文学传统资源对贾平凹文学创作的影响研究的文章是双向的，也就是说，有的研究文章是从西方文化、文学传统资源对贾平凹文学创作的影响这一角度展开论述，而有的研究文章则是从贾平凹的文学创作这一角度来看西方社会对中国文化、文学的接受程度。21世纪以来，贾平凹的文学创作在欧美、日本等国家的影响力越来越大。《西方读者视角中的贾平凹》以及《欧洲人视野中的贾平凹》等文集中讨论了贾平凹的作品在欧美国家的传播。如韦建国、户思社《西方读者视角中的贾平凹》一文，认为贾平凹的主要作品在国外连获大奖、引起巨大反响的主要原因，是其作品展现了人类文明发展史必经的特定阶段，真实地描绘了社会转型时期人们的复杂心态。姜智芹《欧洲人视野中的贾平凹》一文，从三个方面探讨了贾平凹作品在英语、法语世界的传播：一是国外的译介与影响，二是国外的研究，三是传播与接受的原因。吴少华《贾平凹作品在日本的译介与研究》一文，重点介绍了贾平凹的小说在日本的翻译和研究情况。上述研究、评介文章是从贾平凹的文学创作这一角度，来看西方社会对中国文化、文学的接受程度。黄嗣《贾平凹与川端康成创作心态的相关比较》一文，从创作心态、气质、心理的角度，比较了贾平凹与川端康成在文学建构上的相似性。沈琳《试析加西亚·马尔克斯对贾平凹创作的影响》一文，认为贾平凹继承了马尔克斯作品中的孤独感，指出商州农村的建构与拉美农村存在相似性。笔者《特殊视域下特殊时代的人性叙写——〈古炉〉与〈铁皮鼓〉叙事艺术比较》一文，通过对贾平凹《古炉》与君特·格拉斯《铁皮鼓》的文本梳理，指出中国当代文学本土化、民间化叙事的确立与世界文学整体叙事中的当代性建

构有着某种相似性、关联性，认为两位作家在文化差异的背景下虽然有着迥异的艺术个性，但都对人类的某些共同经历进行了有情书写。

三是中国文学思想对贾平凹文学创作的影响。具有代表性的研究如雷达的《心灵的挣扎——〈废都〉辨析》、陈晓明的《废墟上的狂欢节——评〈废都〉及其他》，他们都指出《金瓶梅》《红楼梦》《西厢记》等世情小说对《废都》创作的影响。而李陀《中国文学中的文化意识和审美意识——序贾平凹著〈商州三录〉》和李振声《商州：贾平凹的小说世界》，则共同指出贾平凹"商州系列"小说的艺术特质带有明显的明清笔记体小说的印痕。王刚《论贾平凹小说创作的审美视角与话语建构》一文，指出作家身上具有明显的现代作家（如张爱玲、沈从文、孙犁、川端康成等）审美意识的影响痕迹。

关于贾平凹文学创作的平行研究，多以同一国别、同一民族的作家为比较对象，从同一类型的文本出发，分析其艺术风格、创作个性等方面的异同。有关作家之间地域文化差异性研究，如赵学勇《"乡下人"的文化意识和审美追求——沈从文与贾平凹创作心理比较》一文，认为沈从文对湘西世界的建构是其审美理想的总体表征，含蓄朴素的文字风格、淡化人物的主观情绪及对意境的创造，是沈从文独特的审美追求；而构成贾平凹笔下商州的审美境界，是一个静达、高远、清朗的世界，其审美追求是对沈从文笔下营造出的古朴、旷达的湘西世界独特审美意蕴的发展与延续。李振声《贾平凹与李杭育：比较参证的话题》，从贾平凹小说创作对西部文化资源的承袭与李杭育小说创作对吴越文化资源的承袭进行比较论证，认为贾平凹、李杭育为繁荣、壮大地域文化书写作出了卓越的贡献。梁颖《自然地理分野与精神气候差异——路遥、陈忠实、贾平凹比较论之一》一文，对西部作家的杰出代表路遥、陈忠实和贾平凹的创作进行比较，指出三位作家所处的不同自然地理环境对其创作产生了不同程度的影响，认为路遥的小说建构带有陕北高原刚毅与悲凉的色彩，陈忠实的文学创作具有关中地区厚重与朴实的因子，贾平凹的文学创作则具有陕南地区灵秀与清奇的特色。李吟《莫言与贾平凹的原始故乡》，认为莫言的创作追求的是放纵的情感表露，由野向狂，追求狂气、雄风和邪劲，而贾平凹则是有所节制的吟唱，由野向雅，雅俗相得益彰。

有关贾平凹文学创作的研究，还体现出跟踪式研究的特点。而这一方面主要是对于贾平凹长篇创作的跟踪研究，相比较而言，关于《废都》《怀念狼》《秦腔》《古炉》《带灯》《老生》等的研究又比较集中。毋庸置疑，《废都》研究已经成为中国当代文学研究中一个标志性的案例。《废都》是当代文学，甚至当代社会，必然要重提的一个话题。无论谁，是致力于文本探析，或者工于当代文学史的建构，是对当代文学给予充分肯定，还是予以严厉批评，都难以绕过《废都》，也不能无视它的存在。倘若不是如此，恐怕中国当代文学的文本建构，就会留下一个明眼人一眼便看得出的空白，而进行历史叙述，也会留下一个令人惋惜的缺憾。所以，你赞成也好，批评也罢，甚或是给予枪炮似的批判，你都在阅读《废都》，都在审视《废都》。

整理包括作家作品研究在内的文学研究资料的价值意义，自不必多言。就现当代作家的研究资料汇编而言，已有几种丛书问世了。但是，就某位作家文学创作研究的资料整理来看，多为选编，全编性质的少之又少。而对于一位还健在的作家，对其研究资料进行整理、编辑和出版，似乎要更难一些。因为作家的创作还在进行着，亦有新的研究成果不断涌现，又何以给出定论的评价呢？但是，作家创作有终结的时候，而对作家作品的研究却没有终结的时候。当然，这一持续性的研究，是建立在作家文学创作所具有的文学史价值意义基础之上的。换一种角度来看问题，要对某位作家研究资料进行整理汇总，则要看其是否具有文学研究史料的价值意义。毫无疑问，贾平凹是一位具有文学史价值意义的作家，贾平凹研究亦是具有支撑当代文学研究史料价值的存在。

接下来要面对的问题是：全编还是汇编。从收集资料的角度来说，自然是尽可能全面地将收集到的资料，统统纳入，不论文章长短，见解看法深浅，以期给人一幅完整、全面的研究景象。如此下来，且不说那些见于报纸及网络上的浩瀚资料，更不说成百上千的学位论文和研究专著，仅就刊于学术期刊的文章而言，研究成果就已有五千余篇。单就字数来看，研究文字是贾平凹文学创作的数倍。鉴于此，似乎还是需要作出某种选择，而编辑一套研究资料汇编则更为切实可行。

故此，编者在对贾平凹文学创作研究及其与之相关联的学术研究成果，进

行全面系统的收集、梳理基础上，又有所权衡取舍。原则上，各类媒体的新闻报道类文章不入选，有关贾平凹研究的博硕论文亦不入选，仅于研究总目中稍作体现，而研究专著，只作极个别的节选。遴选时，编者尽可能选择那些兼具学术严肃性和科学性的文章。无论学术上持肯定还是否定观点，只要是具有建设性意义的文章，都是对于学术研究、学术生态的一种积极建构，乃至对于作家的文学创作，也是具有积极意义的。学术研究的多元化与多样性，是学术研究应有的状态，只要是从学术层面研究探讨问题，言之有理有据的各种观点、思路方法，都应当受到尊重。即便某些文章在理论视域等方面有不成熟的地方，也没有求全责备，有一定的创新和开拓性即可。

最后，说明一下丛书的编选体例问题。大体上，按照论说对象进行分类编选，如创作整体研究、长篇小说研究、中短篇小说研究、散文研究、书画研究等。其中，由于长篇小说文章甚多，研究成果凡能独立成卷的，均独立成卷。各卷整体上按自述与对话、综合研究、思想研究、比较影响研究等几个大的板块进行编选，但是，具体到各卷，则在此基本思路下，根据具体情况进行增删调整。因此，丛书在总体统一的体例下，又保持了各卷的差异性特征。

对一位作家的研究作多卷本汇编，本就是一种尝试，由于编者学识有限，不足、不妥之处在所难免，敬请专家学人、广大读者批评指正！

韩鲁华

目　录

自述与对话

文本分析

整体研究

比较研究

《废都》后记

贾平凹

一晃荡，我在城里已经住罢了二十年，但还未写出过一部关于城的小说。越是有一种内疚，越是不敢贸然下笔，甚至连商州的小说也懒得作了。依我在四十岁的觉悟，如果文章是千古的事——文章并不是谁要怎么写就可以怎么写的——它是一段故事，属天地早有了的，只是有没有夙命可得到。姑且不以国外的事作例子，中国的《西厢记》《红楼梦》，读它的时候，哪里会觉得它是作家的杜撰呢？恍惚如所经历，如在梦境。好的文章，囫囫囵囵是一脉山，山不需要雕琢，也不需要机巧地在这儿让长一株白桦，那儿又该栽一棵兰草的。这种觉悟使我陷了尴尬，我看不起了我以前的作品，也失却了对世上很多作品的敬畏，虽然清清楚楚这样的文章究竟还是人用笔写出来的，但为什么天下有了这样的文章而我却不能呢？！检讨起来，往日企羡的什么词章灿烂，情趣盎然，风格独特，其实正是阻碍着天才的发展。鬼魅狰狞，上帝无言。奇才是冬雪夏雷，大才是四季转换。我已是四十岁的人，到了一日不刮脸就面目全非的年纪，不能说头脑不成熟，笔下不流畅，即使一块石头，石头也要生出一层苔衣的，而舍去了一般人能享受的升官发财、吃喝嫖赌，那么搔秃了头发，淘虚了身子，仍没美文出来，是我真个没有夙命吗？

我为我深感悲哀。这悲哀又无人与我论说。所以，出门在外，总有人知道了我是某某后要说许多恭维话，我脸烧如炭。当去书店，一发现那儿有我的书，就赶忙走开。我愈是这样，别人还以为我在谦逊。我谦逊什么呢？我实实在在地觉得我是浪了个虚名，而这虚名又使我苦楚难言。

有这种思想，作为现实生活中的一个人来说，我知道是不祥的兆头。事实也真如此。这些年里，灾难接踵而来，先是我患乙肝不愈，度过了变相牢狱的一年多医院生活，注射的针眼集中起来，又可以说经受了万箭穿身；吃过大包小包的中药草，这些草足能喂大一头牛的。再是母亲染病动手术；再是父亲得

癌症又亡故；再是妹夫死去，可怜的妹妹拖着幼儿又回住在娘家；再是一场官司没完没了地纠缠我；再是为了他人而卷入单位的是是非非中受尽屈辱，直至又陷入另一种更可怕的困境里，流言蜚语铺天盖地而来……我没有儿子，父亲死后，我曾说过我前无古人后无来者了。现在，该走的未走，不该走的都走了，几十年奋斗的营造的一切稀里哗啦都打碎了，只剩下了肉体上精神上都有着毒病的我和我的三个字的姓名，而名字又常常被别人叫着写着用着骂着。

这个时候开始写这本书了。

要在这本书里写这个城了，这个城里却已没有了供我写这本书的一张桌子。

在 1992 年最热的天气里，托朋友安黎的关系，我逃离到了耀县。耀县是药王孙思邈的故乡，我兴奋的是在药王山上的药王洞里看到一个"坐虎针龙"的彩塑，彩塑的原意是讲药王当年曾经骑着虎为一条病龙治好了病的。我便认为我的病要好了，因为我是属龙相。后来我同另一位搞戏剧的老景被安排到一座水库管理站住，这是很吉祥的一个地方。不要说我是水命，水又历来与文学有关，且那条沟叫锦阳川就很灿烂辉煌；水库地名又是叫桃曲坡，曲有文的含义，我写的又多是女人之事，这桃便更好了。在那里，远离村庄，少鸡没狗，绿树成荫，繁花遍地，十数名管理人员待我们又敬而远之，实在是难得的清静处。整整一个月里，没有广播可听，没有报纸可看，没有麻将，没有扑克。每日早晨起来去树林里掏一股黄亮亮的小便了，透着树干看远处的库面上晨雾蒸腾，直到波光粼粼了一片银的铜的，然后回来洗漱，去伙房里提开水，敲着碗筷去吃饭。夏天的苍蝇极多，饭一盛在碗里，苍蝇也站在了碗沿上，后来听说这是一种饭苍蝇，从此也不在乎了。吃过第一顿饭，我们就各在各的房间里写作，规定了谁也不能打扰谁的，于是一直到下午四点，除了大小便，再不出门。我写起来喜欢关门关窗，窗帘也要拉得严严实实，如果是一个地下的洞穴那就更好。烟是一根接一根地抽，每当老景在外边喊吃饭了，推开门直叫烟雾罩了你了！再吃过了第二顿饭，这一天里是该轻松轻松了，就趿个拖鞋去库区里游泳。六点钟的太阳还毒着，远近并没有人，虽然勇敢着脱光了衣服，却只会狗刨式，只能在浅水里手脚乱打，打得腥臭的淤泥上来。岸上的蒿草丛里嘎嘎地有嘲笑声，原来早有人在那里窥视。他们说，水库十多年来，每年要淹死三个人的，今年只死过一个，还有两个指标的。我们就毛骨悚然，忙爬出水来穿了裤头就走。再也不敢去耍水，饭后的时光就拿了长长的竹竿去打崖畔儿上的酸枣。当第一

颗酸枣红起来，我们就把它打下来了，红红的酸枣是我们唯一能吃到的水果。后来很奢侈，竟能贮存很多，专等待山梁背后的一个女孩子来了吃。这女孩子是安黎的同学，人漂亮，性格也开朗，她受安黎之托常来看望我们，送笔呀纸呀药片呀，有时会带来几片烙饼。夜里，这里的夜特别黑，真正的伸手不见五指，我们就互相念着写过的章节，念着念着，我们常害肚子饥，但并没有什么可吃的。我们曾经设计过去偷附近村庄农民的南瓜和土豆，终是害怕了那里的狗，未能实施。管理站前的丁字路口边是有一棵核桃树的，树之顶尖上有一颗青皮核桃，我去告诉了老景，老景说他早已发现。黄昏的时候我们去那里抛着石头掷打，但总是目标不中，歇歇气，搜集了好大一堆石块瓦片，掷完了还是掷不下来，倒累得脖子疼胳膊疼，只好一边回头看着一边走开。这个晚上，已经是十一点了，老景馋得不行，说知了的幼虫是可以油炸了吃的，并厚了脸借来了电炉子、小锅、油、盐，似乎手到擒来，一顿美味就要到口了。他领着我去树林子，打着手电在这棵树上照照，又到那棵树上照照，树干上是有着蝉的壳，却没有发现一只幼虫。这样为着觅食而去，觅食的过程却获得了另一番快感。往后的每个晚上这成了我们的一项工作。不知为什么，幼虫还是一只未能捉到，捉到的倒是许多萤火虫，这里的萤火虫到处在飞，星星点点又非常地亮，我们从林子中的小路上走过，常恍惚是身在了银河的。

老景长得白净，我戏谑他是唐僧，果然有一夜一只蝎子就钻进他的被窝咬了他，这使我们都提心吊胆起来，睡觉前翻来覆去地检查屋之四壁，抖动被褥。蝎子是再也没有出现的，而草蚊飞蛾每晚在我们的窗外聚会，黑乎乎地一疙瘩一疙瘩的，用灭害灵去喷，尸体一扫一簸箕的。我们便认为这是不吉利的事。我开始打磨我在香山拣到的一块石头，这石头极奇特，上边天然形成一个"大"字，间架结构又颇有柳公权体。我把"大"字石头雕刻成一个人头模样系在脖子上，当作我的护身符。这护身符一直系着，直到我写完了这部书。老景却在树林子里拣到了一条七寸蛇的干尸，那干尸弯曲得特别好，他挂在白墙上，样子极像一个凝视的美丽的少女。我每天去他房间看一次蛇美人，想入非非。但他要送我，我不敢要。

在耀县锦阳川桃曲坡水库——我永远不会忘记这个地名的——待过了整整一个月，人明显是瘦多了，却完成了三十万字的草稿。那间房子的门口，初来时是开绽了一朵灼灼的大理花的，现在它已经枯萎。我摘下一片花瓣夹在书稿

里下山。一到耀县，我坐在一家咸汤面馆门口，长出了一口气，说："让我好好吃顿面条吧！"吃了两海碗，口里还想要，肚子已经不行了，坐在那里立不起来。

回到西安，我是奉命参加这个城市的古文化艺术节书市活动的。书市上设有我的专门书柜，疯狂的读者抱着一摞一摞的书让我签名，秩序大乱，人潮翻涌，我被围在那里几乎要被挤得粉碎。几个小时后幸得十名警察用警棒组成一个圆圈，护送了我钻进大门外的一辆车中急速遁去。那样子回想起来极其可笑。事后我的一个朋友告诉我，他骑车从书市大门口经过时，正瞧着我被警察拥着下来，吓了一跳，还以为我犯了什么罪。我那时确实有犯罪的心理，虽然我不能对着读者说我太对不起你们了，但我的脸上没有一丝笑容。离开了被人拥簇的热闹之地，一个人回来，却寡寡地窝在沙发上哽咽落泪。人人都有一本难念的经，我的经比别人更难念。对谁去说？谁又能理解？这本书并没有写完，但我再没有了耀县的清静，我便第一次出去约人打麻将，第一次夜不归宿，那一夜我输了个精光。但写起这本书来我可以忘记打麻将，而打起麻将了又可以忘记这本书的写作。我这么神不守舍地挨着日子，白天害怕天黑，天黑了又害怕天亮。我感觉有鬼在暗中逼我，我要彻底毁掉我自己了，但我不知道我该怎么办。这时候，我收到一位朋友的信，他在信中骂我迷醉于声名之中，为什么不加紧把这本书写完?! 我并没有迷醉于声名之中，正是我知道成名不等于成功，我才痛苦得不被人理解，不理解又要以自己的想法去做，才一步步陷入了众要叛亲要离的境地！但我是多么感激这位朋友的责骂，他的骂使我下狠心摆脱一切干扰，再一次逃离这个城市去完成和改抄这本书的全稿了。我虽然还不敢保险这本书到底会写成什么模样，但我起码得完成它！

于是我带着未完稿又开始了时间更长更久的流亡写作。

我先是投奔了户县李连成的家。李氏夫妇是我的乡党，待人热情，又能做一手我喜爱吃的家乡饭菜。1986年我改抄长篇小说《浮躁》就在他家。去后，我被安排在计生委楼上的一间空屋里。计生委的领导极其关照，拿出了他们崭新的被褥，又买了电炉子专供我取暖，我对他们的接纳十分感激，说我实在没法回报他们，如果我是一个妇女，我宁愿让他们在我肚子上开一刀，完成一个计划生育的指标。一天两顿饭，除了按时去连成家吃饭，我就待在房子里改写这本书，整层楼上再没有住人，老鼠从过道里爬过，我也能听得它的声音。窗外临着街道，因不是繁华地段，又是寒冷的冬天，并没有喧嚣。只是太阳出来的中

午，有一个黑脸的老头总在窗外楼下的固定的树下卖鼠药，老头从不吆喝，却有节奏地一直敲一种竹板。那梆梆的声音先是让人心烦，由心烦而去欣赏，倒觉得这竹板响如寺院禅房的木鱼声，竟使我愈发心神安静了。先头的日子里，电炉子常要烧断，一天要修理六至八次；我不会修，就得喊连成来。那一日连成去乡下出了公差，电炉子又坏了，外边又刮风下雪，窗子的一块玻璃又撞碎在楼下，我冻得捏不住笔，起身拿报纸去夹在窗纱扇里挡风。刚夹好，风又把它张开；再去夹，再张开，只好拉闭了门往连成家去。袖手缩脖下得楼来，回头看三楼那个还飘动着破报纸的窗户，心里突然体会到了杜甫的《茅屋为秋风所破歌》的境界。

住过了二十余天，大荔县的一位朋友来看我，硬要我到他家去住，说他新置了一院新宅，有好几间空余的房子。于是连成亲自开车送我去了渭北的一个叫邓庄的村庄，我又在那里住过了二十天。这位朋友姓马，也是一位作家，我所住的是他家二楼的一间小房。白日里，他在楼下看书写文章，或者逗弄他一岁的孩子；我在楼上关门写作，我们谁也不理谁。只有到了晚上，两人在一处走六盘象棋。我们的棋艺都很臭，但我们下得认真，从来没有悔过子儿。渭北的天气比户县还要冷，他家的楼房又在村头，后墙之外就是一眼望不到边的大平原，房子里虽然有煤火炉，我依然得借穿了他的一件羊皮背心，又买了一条棉裤，穿得臃臃肿肿。我个子原本不高，几乎成了一个圆球，每次下那陡陡的楼梯就想到如果一脚不慎滚下去，一定会骨碌碌直滚到院门口去的。邓庄距县城五里多路，老马每日骑车进城去采买肉呀菜呀粉条呀什么的。他不在，他的媳妇抱了孩子也在村中串门去了。我的小房里烟气太大，打开门让敞着，我就站立在楼栏杆处看着这个村子。正是天近黄昏，田野里浓雾又开始弥漫，村巷里有许多狗咬，邻家的鸡就扑扑棱棱往树上爬，这些鸡夜里要栖在树上，但竟要栖在四五丈高的杨树梢上，使我感到十分惊奇。

二十天里，我烧掉了他家好大一堆煤块，每顿的饭里都有豆腐，以致卖豆腐的小贩每日数次在大门外吆喝。他家的孩子刚刚走步，正是一刻也不安静地动手动脚，这孩子就与我熟了，常常偷偷从水泥楼梯台爬上来，冲着我不会说话地微笑。老马的媳妇笑着说："这孩子喜欢你，怕将来也要学文学的。"我说，孩子长大干什么都可以，千万别让弄文学。这话或许不应该对老马的媳妇说，因为老马就是弄文学的，但我那时说这样的话是一片真诚。渭北农村的供电并不正常，动不动就停电了，没有电的晚上是可怕的，我静静地长坐在藤椅上不

起，大睁着夜一样黑的眼睛。这个夜晚自然是失眠了，天亮时方睡着。已经是十一点了，迷迷糊糊睁开眼，第一个感觉是竟不知自己是在哪儿。听得楼下的老马媳妇对老马说："怎不听见他叔的咳嗽声，你去敲敲门，不敢中了煤气了！"我赶忙穿衣起来，走下楼去，说我是不会死的，上帝也不会让我无知无觉地自在死去的，却问："我咳嗽得厉害吗？"老马的媳妇说："是厉害，难道你不觉得？！"我对我的咳嗽确实没有经意，也是从那次以后留心起来，才知道我不停地咳嗽着。这恐怕是我抽烟太多的缘故。我曾经想，如果把这本书从构思到最后完稿的多半年时间里我抽的烟支接连起来，绝对得有一条长长的铁路那么长。

当我所带的稿纸用完了最后的一张，我又返回了户县，住在了先前住过的房间里。这时已经月满，年也将尽，"五豆""腊八""二十三"，县城里的人多起来，忙忙碌碌筹办年货。我也抓紧着我的工作，每日无论如何不能少于七千字。李氏夫妇瞧我脸面发胀，食欲不振，想方设法地变换饭菜的花样，但我还是病了，而且严重地失眠。我知道一走近书桌，书里的庄之蝶、唐宛儿、柳月在纠缠我；一离开书桌躺在床上，又是现实生活中纷乱的人事在困扰我。为了摆脱现实生活中人事的困扰，我只有面对了庄之蝶和庄之蝶的女人，我也就常常处于一种现实与幻想混在一起无法分清的境界里。这本书的写作，实在是上帝给我太大的安慰和太大的惩罚，明明是一朵光亮美艳的火焰，给了我这只黑暗中的飞蛾兴奋和追求，但诱我近去了却把我烧毁。

腊月二十九的晚上，我终于写完了全书的最后一个字。

对我来说，多事的 1992 年终于让我写完了，我不知道新的一年我将会如何地生活，我也不知道这部苦难之作命运又是怎样。从大年的三十到正月的十五，我每日回坐在书桌前目注着那四十万字的书稿，我不愿动手翻开一页。这一部比我以前的作品优秀呢，还是情况更糟？是完成了一桩夙愿呢，还是上苍的一场戏弄？一切都是茫然，茫然如我不知我生前为何物所变、死后又变何物。我便在未作全书最后的一次润色工作前写下这篇短文，目的是让我记住这本书带给我的无法向人说清的苦难，记住在生命的苦难中又唯一能安妥我破碎了的灵魂的这本书。

1993 年正月下旬

（选自《废都》，北京出版社 1993 年版）

《废都》再版后记

贾平凹

    《废都》1993年出版，2004年再版，头尾一隔十二个春秋。人是有命运的，书也有着命运。十二年对于一本书或许微不足道，对于一个人却是个大数目，我明显地老了。

    关于这本书，别人对它所说的话已经太多了！出版的那一年，我能见到的评论册有十几本，加起来厚度超过了它四五倍，以后的十年里，评论的文章依然不绝，字数也近百万。而我从未对它说过一句话，我挑着的是担鸡蛋，集市上的人群都挤着来买，鸡蛋就被挤破了，一地的蛋清蛋黄。

    今月今日今时，《废都》再版了，消息告诉给我的时候，我没有笑，也没有哭，我把我的一碗饭吃完。书房的西墙上挂着的"天再旦"条幅是我在新旧世纪交替的晚上写的，现在看着，看了许久。然后我寻我的笔，在纸上写：向中国致敬！向十二年致敬！向对《废都》说过各种各样话的人们致敬，你们的话或许如热夏或许如冷冬，但都说得好，若冬不冷夏不热，连五谷都不结的！也向那些盗版者致敬，十二年里我差不多在热衷收集每年的各种盗版本，书架上已放着五十个版本，他们使读者能持续地读了下来！

    十二年前，《废都》脱稿的前后，我是独自借居在西北大学教工五号楼三单元五层的房间里，因为只有一张小桌和一个椅子，书稿就放在屋角的地板上。一天正洗衣服，突然停了水，恰好有人来紧急通知去开个会，竟然忘了关水龙头就走。三个小时后，搭一辆出租车回来，司机认出了我，坚决不收车费，并把我一直送到楼下。刚一下车，楼道里流成了河，四楼的老太太大喊：你家漏水啦，把我家都淹啦！我蓦地记起没关水龙头，扑上楼去开门，床边的拖鞋已漂浮在门口。先去关水龙头，再抢救放在地板上的东西，纸盒里的挂面泡涨了，那把古琴的琴壳进了水，我心想完了完了，书稿完了，跑到屋角，书稿却好好的，水离书稿仅一指远竟没有淹到！我连叫着：爷呀，爷呀！那位司机也是跟

了我来帮忙清理水灾的，他简直目瞪口呆，说："水不淹书稿？"我说："可能是屋角地势高吧。"司机说："这是地板，再高能高到哪儿去？"事后，我也觉得惊奇，不久四川一家杂志的编辑来约稿，我说起这件事，她让我写成小文章，登在他们杂志上。但他们杂志在排好了版后又抽下了，来信说怕犯错误，让我谅解。我怎能不谅解呢？也估计这个小文章永远发表不了，索性连原稿也没有要回。一年后，我从那间房子里搬走了，但那间房子时时就在我梦里，水不淹书稿的事记得真真切切。

昨天，我和女儿又去了一趟西北大学，路过了那座楼。楼是旧了，周围的环境也面目全非。问起三单元五层房间的主人，旁人说你走后住了一个教授，那个教授也已搬走了，现在住的是另一个教授。但楼前的三棵槐树还在，三棵槐树几乎没长，树上落着一只鸟，鸟在唱着。我说："唱得好！"女儿说："你能听懂？"我说："我也听不懂，但听着好听。"

（选自《平凹说小说》，陕西师范大学出版总社 2018 年版）

我的话

——应法国《新观察家》杂志作

贾平凹

当我得知《废都》获法国费米娜文学奖的消息后，心情是难以平静的。那天晚上，天气很冷，我带了埙——《废都》中写到的那种中国最古老的乐器——一人到野外吹奏。埙发出的是一种土声，低沉悠远，我感到了难以抑制的激越，遂之是无以言说的寂寥，抬头看天，一轮明月正静静地照过长空。

在中国的西北部，有绵亘的黄土高原和一座历史文化悠久的古城西安，命运将我降生在那里并从此生活在那里，长江文化和黄河文化的双重熏陶，儒教、道教和佛教的交汇影响，使我成就为一名作家。我在这里读到了世界上优秀的文学作品，当然其中有我崇敬的法兰西文学，而二十余年里我反复在写着我的故乡商州和古都西安，那里有我写不尽的东西，也有说不尽的故事，我为这一块土地而自豪。

本世纪的最后二十年里，中国发生了巨大的变革，在这场变革中我是满腔热情地关注着和参与着。愈是浸淫于传统文化里长而久，愈是感到一种深深的痛苦，愈是要起来反叛和斗争。正因此，我以我的笔在写这一时期传统文化中腐败的东西如何一步步走向崩溃和衰亡，新的文化又如何艰难地产生，从而传导出世纪之末中国的社会态势和人的心迹。我创作了一系列作品，《废都》就是其中的一部。我曾经说过，西京（《废都》中的城市名）对于中国来说，是一座废都，中国对于地球来说，是一座废都，大而化之，地球对于整个宇宙来说，又何尝不是一座废都呢？废都意识是为旧的秩序唱的一首挽歌，同时是为新的秩序的产生和建立唱的一首赞曲。

不幸的是，我的忧患和悲悯被一些人视而不见和误解，甚或产生恐惧，在《废都》正式出版近百万册后被禁止再版发行。书是写给读者看的，当以种种原

因被禁止出版发行的时候，作家是难堪的，这犹如你正在当众说话，突然一只手捂住了你的口，你成个哑巴，吃了黄连，有苦说不出。但中国的政治气候毕竟比以往好出了几倍几十倍，出版社和责任编辑受到行政处分外，而我并没有被剥夺写作权。从被禁止到今日，此书的地下印刷仍在疯狂地进行，仅我收集到的就有四十三种版本。再是它流传到了中国香港、台湾，在那里得到大量印刷，几乎发行到了全球所有的华人社会。后译成韩文，在韩国大受欢迎，又译成日文，在日本初版即印刷六万四千册，轰动巨大。在法国出版发行，并能获奖，这无疑又一次增强了我对文学的自信。多少年来，我之所以还能继续写作，支撑我的就是我拥有千千万万的读者，一个作家，还有什么比其作品能得到不同民族不同语言的读者认知和喜爱更欣慰呢。

这些天来，《废都》在法获奖的消息在中国引起强烈反响，相当多的作家、读者、报社、杂志社在收听了法国国际电台的广播后，纷纷打电报、电话向我祝贺。中国的报纸上开始有了报道，虽然在报道中仅仅提到获奖的事，绝口不提获奖的书名。我理解办报人的难处，这已经是不容易了，我感到了温暖和欣然。在西安召开的祝贺和研讨作品的会上，六七十名作家、评论家、学者、教授，阐述着多年来他们一直坚持着的对于《废都》的极高评价，呼吁着"重读《废都》"。

中国在进步了，正在实现更大的进步。

我的创作一直追求在作品的内涵上、境界上向西方优秀文学借鉴，趋人类先进的文明来反思吾国吾民之现实，审视人的本质、生命的意义，而在作品的形式、结构、语言情调上坚持本民族的做派，力图传达出东方的味道、中国的味道。我热爱我的祖国，热爱我的民族。我将继续写下去，忠于现实，忠于艺术，无愧于我是一个中国人和一个中国的作家。

（原载《新观察家》1997 年第 12 期）

在庆贺《废都》获费米娜文学奖茶话会上的讲话

贾平凹

感谢企业家章功孝先生举办这个茶话会，感谢各位朋友在百忙中、寒冷中能来相聚。

这个茶话会，在几个朋友动意要办时，我是谢绝的。我的想法是，虽然聚会的缘由是《废都》得了法国费米娜文学奖，但获得这个奖对我来说，大体无所谓。因为作家写出的书还有读者在继续看就可以安慰了，而我大致已慢慢从阴影中走了出来。但我拗不过朋友的好意，大家以民间的形式、朋友的身份聚于休闲山庄，我也就来了。我现在的想法是，这个奖在法国，法国又是小说大国，它毕竟对校正这个书的误读有好处，为更多的一层人去读，供作者产生一份写作的自信，但我也不主张都说获奖不获奖的事，以此时间谈谈文学艺术，谈谈我今年创作的长短，这样的话，聚会就更有意义了。

我已经是人进中年，对一时的得失看得并不如以前那么重，也正如此，我仍在写作，而且更能心平气和。我写作是我的生命需要写作，我并不是要做持不同政见者，不是要发泄个人的什么怨恨，也不是为了金钱。我热爱我的祖国，热爱我的民族，热爱关注国家的改革，以我的观察和感受的角度写这个时代。但我的这种忧患，常常被一些人曲解或者先入为主地去阅读我的作品，这是我的悲哀。但我坚信，文学是讲大道的，需要时空的检验。而对产生的一切不尽人意处，首先我要检点自己，是我的能力弱小，只能继续去努力，除此之外，别无选择。

我幸运的是我活在中国发生伟大变革的年代，活在世界变得越来越小的时期，活在西安。今天来的各位朋友，有作家、评论家、学者、教授、编辑、记者、家乡父老、母校老师和从事别的行业的专家，正是你们一直以来关注着我的创

作，才给了我生存和创作的力量。春来池塘鸭先知，树有包容鸟亦知，这是我终生要铭记的。

在我年轻时，常常为名利而产生张狂意和挫折感，现在回想起来觉得可笑。世事的经见，使我不敢说我已成熟，但起码，我学会了理解和包涵，无论以什么目的、方式。曾经烦恼甚至受伤的人和事，我并不记恨，我理解了各人有各人的生存环境，各人有各人的思维方法，不管是正面的还是反面的，不论其顺耳和逆耳，对我都是一笔财富，作为人生活在世上，我都要快乐地享用。我母亲对我讲，她怀我的时候，先是梦见一条巨蛇缠身，再是梦到遍地的核桃，她拣了又拣，拣了一怀。如果说迷信的话，我的命里有核桃运的一部分，核桃是砸着才能吃到的，所以，我需要方方面面的敲打才能成器。

我没有什么可以回报各位，唯有继续写作品，不让大家的期望落空。

祈祷上苍，让我们的友谊长存。

（选自《造一座房子住梦》，人民日报出版社 1998 年版）

说不尽的《废都》

——《废都》三人谈

陈骏涛　白　烨　王　绯

陈骏涛　《废都》出版以来，社会反响很大，有说发行了几十万册，有说发行了上百万册，大有"洛阳纸贵"的气象。对这样一部产生大反响的作品，采取完全回避的办法，恐怕并不可取。今天我们三个人聚在一起，对《废都》评头论足，说长道短，意见可能会很不一致。但在《废都》是一部有说头的作品这一点上我们统一起来了，如果《废都》是没有说头的作品，我们又何必聚在一起谈它呢？我觉得，有说头就说明了它的价值。现在社会上和文坛上对《废都》的看法很不一致，有的认为好得不得了，有的认为糟得不得了。这跟《金瓶梅》和《红楼梦》问世时的情景有些相像——当然，我这里不是拿它与《金瓶梅》和《红楼梦》做简单的类比。我只是说，对《废都》意见分歧之大，与当年对《金瓶梅》和《红楼梦》意见分歧之大是很相像的。譬如《金瓶梅》，至今对它持否定意见者，也并非个别。夏志清先生对《金瓶梅》就是持激烈否定态度的。在文学作品评价上有分歧，是很正常的现象。对《废都》这样的作品，现在很难有定论，将来可能也难以有定论，只能是各说各的。

今天我们是不是还是大体就五个问题来谈？可以有交叉，但还是大体有个顺序好，显得有条理，也便于整理。五个问题是：一、《废都》的总体评价；二、关于庄之蝶的形象；三、关于性和性描写；四、《废都》的文化意蕴；五、结构、语言、形式。下边就开始谈第一个问题。白烨，是不是由你来开个头？

一、《废都》的总体评价

白　烨　好，我先提个话头。《废都》这部书发表以来，的确反响大，争议大。就我们周围读了《废都》的同志来说，看法之不同相当显著。平凹前不久

来信，也说西安的许多读者"说好的特好，说不好的骂流氓"。我最早看过原稿，后来又看过校样和发出来的作品，三次的感觉都不一样。

王　绯　好像你在《人民政协报》上发了篇"三读《废都》"，就讲了你三次阅读的感受。

白　烨　是这样。开始读的时候，感觉并不太好，读过两遍之后，才品出了一些味道。我觉得，对这部书要慢慢读，尤其要超越作品里既炫人耳目又不大精彩的性描写，去从全局、整体上理解这部作品。用我现在的眼光来看，我以为《废都》是一部写世态、人性、心迹的文人小说，无论是从它所反映的内容上看，还是从它采取的表现形式上看，都是这样。它不仅撩开面纱写了城市的角角落落，而且敞开心扉写了自己的忧忧怨怨，这在贾平凹的创作中是第一次，在当代长篇小说的创作中也不多见。

贾平凹曾在一篇答问中说他在《废都》中主要"追求状态的鲜活"。这状态包括了生存的状态，也包括了生命的状态和意识的状态。应当说，他的这样一个追求在作品中得到了很好的实现。我们在作品行云流水般的叙述所展示的生活画卷中，看到了社会生活的纷繁涌动，也看到了民俗文化的交融杂陈，更看到了文人心态的微妙剖露。尤其是作品通过庄之蝶这个人物，把当代文人在传统与现代、理想与现实的纠葛与冲撞中的尴尬处境和泼烦心境，表现得真切实在、淋漓尽致，令人时有入木三分感、触目惊心感。文人往往被无端地卷入各种纷争，无力也无法把握自己的命运。这种现状揭示里头，显然包蕴着主体反省、文化反思和社会批判的多种内涵，很值得人们咀嚼和玩味。

作品在写法上，基本上是一种有感悟、无判断，有梳理、无雕琢的方式，用作者的话来说，就是"顺着体悟走"，差不多是由着庄之蝶的兴致顺流而下，碰到什么写什么，写到哪里算哪里。真实而又顺兴，便使得《废都》在意蕴上呈现一种"混沌"状态。从这一点上说，《废都》是反史诗的。这种做法在当代的小说创作中可说是独树一帜的。

平凹在创作上从不固守什么，在这一方面他大概是最容易"见异思迁"的一个。我觉得，《废都》诞生了，同时也把他过去的创作超越了。

陈骏涛　我同意刚才白烨说的，这是一部文人小说，不是史诗式的作品，而是一部写文人的心灵的作品。就像贾平凹在题头中说的："唯有心灵真实"。它主要展现当代文化人的一种生存状态、生命状态及其心灵发展的轨迹。在如

实地表现生命状态这一点上，它可能超越了当代所有的长篇小说。它表现了当代文化人的矛盾和彷徨、困惑和思索、颓唐和沉沦。我与白烨意见不尽相同的是，我觉得它主要是写当代文人的一种负面状态，而很少写当代文人的正面状态，即他们奋发和进取的状态。小说中出现的文化人形象，大都是浑浑噩噩、混混沌沌的。因此，这只能说是某种当代文化人的生存形态，而不是所有当代文化人的生存形态。贾平凹把这些文化人置放在20世纪80年代急剧变动的社会文化背景中，反映了急剧变动的时代大潮中一些失却了精神支点的当代文化人的一种世纪末情绪，这是一种有代表性的时代情绪。贾平凹以前的作品特别擅长表现当代农民的心理情绪，通过这种心理情绪变化的轨迹，反映了当今农村的深刻变革。《废都》是贾平凹第一部写城市的长篇，在这部长篇中，他通过当代某种文化人的心灵轨迹，反映了当今社会（主要是城市）的深刻变革。因此，这是一部很有时代感的作品。遗憾的是，这部小说没有或很少表现当代文化人的正面状态，因而不能说是我们时代精神情绪的全面反映——当然，我们也不能对作家一概提出这样的要求。

从艺术上说，我觉得这部小说是贾平凹倾其心力之作，成就是比较高的。贾平凹对他四十岁以前的作品似乎不太满意，认为很少有称得上"美文"之作。《废都》是他刚过了四十岁的第一部长篇，他要倾其心力写成一部"美文"。当然，是不是"美文"，还可以讨论，但至少可以说，艺术成就是比较高的。它继承了中国明清以降的古典小说的现实主义传统，对当代的城市生活做了不加雕饰的严苛反映。在对日常生活和人物心理的描绘上，它可谓精雕细刻、淋漓尽致，可以看出受到《金瓶梅》和《红楼梦》的影响，却缺少像《金瓶梅》和《红楼梦》那样的腕力。在对文化人的负面心态的刻画上，它似乎受到《儒林外史》的影响，但又缺少像《儒林外史》那样的批判锋芒。贾平凹对他笔下的文化人，是无所谓褒贬的，他与他们是站在一个水平线上的，缺乏一种批判的锋芒。这部小说是现实主义的，但在总体写实的基础上，又融进了一些灵奇怪异的色彩，表现出一种亦真亦幻的特点，这是对中国传统小说表现手法的继承。

因此，我觉得，无论从内容或从形式上，从思想或从艺术上，这部小说都是很有说头的。我个人对它的评价是比较高的。当然，它也有它的缺陷和不足。

王　绯　陈老师刚才说《废都》出来之后引起了那么大的社会关注，大家都觉得有话可说，我觉得对这一问题应该分开来看。《废都》所引起的社会关注

并非完全是作品本身所决定的，与这部书未出来之前的社会舆论和文化包装很有关系。因为在没有看到书之前社会舆论已经通过新闻媒介造出来了，这样，大家自然就产生一种不同寻常的阅读期待，看过小说之后自然也就有了要对比最初接受的文化信息说说话的愿望。我想，如果没有这种具有特殊诱惑的文化包装，这样一部书在目前的文学景况下很可能会在大众阅读市场上被淹没，很难像现在这样形成争买争看《废都》的局面。目前的读《废都》热，炒《废都》热，首先是文化包装的效应。具体到对《废都》本身的评价，我觉得它并不是贾平凹的成功之作。贾平凹是一个土地情感非常强烈的作家，他的那些小说散文不管怎么描写，怎么追逐现代，他的情感之根总是深深地扎在他那块土地里，而且贾平凹是一个非常理性的作家。我很同意白烨刚才混沌的说法，再进一步说，《废都》是贾平凹站在土地的立场上，以类似于西方小说中外省青年找外省人的眼光来审视城市的一部带有强烈的厌恶城市和逃避城市情绪的作品。从另外一个意义上说，它也是贾平凹对于城市所有混沌感觉的拼合。我不大同意你们二位说的这部小说的立足点是在文人或文人心态上，我恰恰觉得贾平凹写文人不是写心态，他的笔墨并没有着力于这方面的开掘，这部小说几乎所有的情节及贾平凹的着眼点都是在社会的层面或社会的表层运行，或者说，贾平凹对于城市各个方面的混沌感觉都通过庄之蝶这个人物凝聚起来。譬如，101 农药所引起的令人啼笑皆非的社会逸事，靠洗衣粉和硫磺的蒸馒头技术，放大烟壳子的面条生意，新闻、司法、文化界以及政界的种种其实早已人尽皆知的不能称为内幕的黑幕，包括鬼市、当子市场、尼姑庵的景况，这一切都是贾平凹对于城市或社会表面感觉的汇总。《废都》正是贾平凹以厌恶城市、挑剔城市和逃避城市的眼光来看城市的一种感觉状态的展示。我读过《废都》之后感到如果这部书可以留下来，那么它留给后人的并不是庄之蝶这个文人或者名人对于我们当今知识分子的存在和心态多么有代表性，而是通过这个人物来展示当时社会的面貌，使人们看到 20 世纪 80 年代、90 年代官司就这么个打法，馒头就这么个蒸法，面条就这么个做法，市场就这么个卖法，官就这么个当法，广告宣传就这么个搞法，尼姑就这么个出家法，等等。所以，《废都》是贾平凹在对城市的混沌感觉或感悟中将社会（家庭）内幕、黑幕、民间流传的趣闻逸事（包括讽喻调侃式的顺口溜）、世态民情的风貌、当代文化五花八门千奇百怪景况的一种小说形态的拼合。以我的理解，长篇小说按照规律讲该是一种向后反看的东西，

像《金瓶梅》《红楼梦》这样的作品都不是它们当代的人可以准确地作出评价的，《废都》所展示的内容与我们当今的时代距离贴得太近，而当今的批评家、当今的读者很难从自身超越出来，而且我们也很难确实地按照我们的愿望对作品作出准确评价，即便有些东西我们确确实实感觉到了，也很难直接地表达出来，因为涉及政治、涉及经济、涉及当今社会的复杂状况。从这个意义上说，这部小说也许后人才能作出准确评价，或者说贾平凹这部小说是为后人和为自己写的，他通过《废都》将自己对城市所有混沌的感觉、感悟集合起来做了一次淋漓痛快的宣泄。还有一点，长篇小说的内在特质是命运，也就是说，小说人物的命运是情节发展的最根本的驱动力。《废都》的内在驱动力恰恰不是命运，庄之蝶从名人——闲人（多余的人）——废人，还有他的家庭和性爱生活，严格地说都不给人以命运感的推动，因为小说一开始庄之蝶的形象就摆在我们面前并固定在那里了，就是一个既倒霉又风流的角色。我很重视的是这部小说所展示的当今社会的时代状况，也包括文人的存在状况，可是这部小说仅仅是在社会的表层运行，几乎什么都写到了却什么都没有深入下去。

陈骏涛 王绯刚才说这部小说社会层面的东西写得很多，这个感觉是对的。这正好说明了这部作品的价值，作品内涵的丰富。但不能说这部作品写心态就不行，实际上它还是很清晰地写出当代文人心灵发展的轨迹的。譬如牛的反刍、牛的思索，在某种程度上也可以说是庄之蝶的反刍和思索，是贾平凹本人的反刍和思索，从中可以看出当代文人的某种精神状态。王绯所说的，实际已经涉及对庄之蝶这个人物形象的评价，下面我们就谈庄之蝶吧！

二、关于庄之蝶的形象

白　烨 庄之蝶是个具有多重侧面的典型形象。他是浑浑噩噩的文人、忙忙碌碌的闲人、浪浪荡荡的男人，更是一个不甘沉沦又难以自拔因而苦闷异常的文人。他本身就是集美与丑于一身，淡泊名利又抛不开名利，重情尚义又重色贪欲，老是吃着碗里的，又看着锅里的；他不时感到"泼烦"，又不时招引着"泼烦"；总说"我还是要写长篇的"，又总拨不开冗事、琐事的纷扰。他比龚靖元、阮知非、汪希眠更清醒更深刻地感到了"废都"文化氛围的桎梏人、戕害人，又总是无力超越和摆脱，因而又更深地陷入苦闷。他在成名中沉沦，又在沉沦中挣扎，终未能走出"废都"，是一个走红不走运的受难者。

庄之蝶的悲剧人生的形成，有他自身的原因，更有文化的原因和社会的原因。这个形象及其他人物形象命运具有相当的概括性，可以说比较典型地反映了当代文人中的一些人已有和将有的那种生活形式和心态。它可能成为一类文人的"共名"人物。对其他人来说，也可把这个人物作为一面"镜子"，反省自身，认识环境，从而获得某些警策。

　　陈骏涛　白烨刚才说庄之蝶是"浑浑噩噩的文人、忙忙碌碌的闲人、浪浪荡荡的男人"，说得很好，我很同意。《废都》虽然写了许多人物，其中几个妇女形象的确写得出色，如牛月清、唐宛儿、柳月、阿灿及牛月清的母亲等，但最主要的人物形象是庄之蝶，谈《废都》不能不先谈庄之蝶。对庄之蝶这个人物，我个人是并不喜欢的，这个人物缺少当代人的一点正气、骨气、阳刚之气、奋发之气。但个人的好恶，不能代替审美的评价。客观地说，这个人物形象的塑造，还是相当成功的，主要是对这个人物的生存状态和生命状态的表现，小说是客观真实、淋漓尽致的。这是一个失却了精神支柱、处于矛盾彷徨、陷入颓唐沉沦中的当代文化人形象。他先是为声名所累，继而又卷入一场无聊的桃色官司中而心灰意冷。在这个过程当中，他为摆脱尘世的纷扰，先后陷入与三个妇女的性关系中，从而产生了严重的家庭危机，终于在心力交瘁中中风于车站。小说也写到了庄之蝶身上好的一面，如他心地善良、淡泊名利、重视友情、有正义感和同情心，但主要写了他的负面、他的心灵的破碎、他的精神危机……两性关系的混乱，就是这种精神危机的表现。因此说这是一个闲人、废人、多余人是并不为过的。庄之蝶的精神状态绝对不能代表当代文化人的普遍的精神状态，他只能代表某一类文化人的精神状态，这个形象是具有相当的典型性的。作者对待这个人物，特别是对他的精神危机，采取了完全客观的态度，表面看来是无所谓褒贬的，但从总体倾向来看，作者对这个人物是同情的，流露出一种物伤其类、同病相怜的惋惜的情绪。由于作者的思想情绪不能比他的人物高出一头，因而就使这部小说缺少强有力的批判的锋芒，虽然庄之蝶最后的悲剧性的下场客观上也是对他的精神危机的批判。

　　王　绯　我感到作者创作《废都》时的那种混沌状态，直接影响到他对庄之蝶这个形象的把握，使这个人物的来龙去脉、意识状况、精神主旨等，让人觉得混混沌沌，弄不明白，仅看到他随着作品社会表层的运作忙忙乱乱且风流不尽，虽然能使人看到当今一个名人或一个人的社会之累、他人之累、自我之累，

但是把他作为当代文人典型的心态和存在境况，或者是正负面意义的知识分子生存状态和生命状态的代表，是难以被人接受的。以当今知识分子、文人生命的情状而言，他与社会痞子、贵族公子哥儿的人生观是不同的，我觉得他们还有伦理、道德、追求精神高尚的层次，而庄之蝶对女性的态度给我的感觉总是有西门庆的影子，在感情态度上有时又是贾宝玉式的，这个人物是贾宝玉式的感情加西门庆的行为方式的一种综合，恰恰难以看到一代知识分子、文人对于女性、爱情，哪怕仅仅就是性的态度。我是这样理解的。

三、关于性和性描写

白　烨　《废都》里的性描写是人们谈论较多的一个话题。的确，《废都》里的性描写既多且露，在平凹的创作上可说是一反常态。关于这个问题，我想主要说两句话。

一是确有必要。《废都》作为一部无遮无拦剖示文人生存状态的小说，不可能在性的问题上遮遮掩掩，如是，就不符合全书的情调。在性问题上的大胆直书，实属事出有因、情有必然。另外，全书写得比较充分的庄之蝶与牛月清、庄之蝶与唐宛儿的性关系，都有助于塑造人物性格，揭示人物关系。如牛月清如何恪守传统妇道、半推半就，使夫妇关系渐显裂痕；唐宛儿如何多情又善解人意，遂使庄、唐关系日益身心交融；等等，都是由有关的性关系的描写展示出来的，包括庄之蝶与柳月、与阿灿的关系，也对剖露男女双方的性情不无作用，性在这里发挥着其他文字所无法传达和无力传达的微妙作用。还有《废都》里相对直露的性描写，可能也还是当今社会的人们在性观念上开始表现出某种松动趋向的一个反映。没有这样的一个背景，作者那样放手去写，大概真是不可思议的。

二是确无特色。在作品里留下来的有关性描写的文字，多给人一种似曾相识感。我觉得这是作者过多地着笔于性动作本身所造成的。说实话，性动作本身就是千篇一律的，只有诉诸感觉和意识，才能见出千差万别来，而在后一方面作者恰恰下的功夫不够。另外，当人们领悟了全书的悲剧意蕴和沉重题旨之后，再回过头来看作品里的性描写，也确有骚扰人的注意力的感觉。

王　绯　我不大同意庄之蝶在性上的表现是他精神危机的一种体现的说法。在这个人物的塑造上，贾平凹并没有给人这样的感觉或心理准备，庄之蝶

的出场并不带着精神危机的信息和状态，贾平凹也没有用相当的笔墨对他精神的苦闷和性压抑做铺垫。他面对女孩子、女性在情感上往往是贾宝玉式的，常常为她们流下几滴眼泪什么的，有一种"女儿是水做的骨肉"的崇尚，在性行为方式上又具有西门庆的影子。庄之蝶的性爱态度更多的是天性的东西。他是一个情种。

对《废都》性描写的评价，我想应该依据我们的阅读感觉，同时以具有代表性的如《红楼梦》《金瓶梅》《查泰莱夫人的情人》这样的中外作品为参照，进行纵向和横向比较。庄之蝶在感情的层面是《红楼梦》的一种沿袭，写他见了女孩子多么喜欢，并没有心灵层次的深入。小说中的女性使人觉得应该是从《红楼梦》里走出来，或者是从《金瓶梅》里走出来，像唐宛儿、柳月的情感风度似乎是古人的，她们的服饰啊化妆啊是属于80年代末到90年代的，而且写这些女孩子的对话是很糟糕的。贾平凹写女人很出色的是写101农药厂黄厂长的老婆，下笔如有神，人物的性格、面貌活脱脱地出来了，但是写的唐宛儿、柳月，你忽而觉得潘金莲出场了，忽而觉得平儿来了，总使人感到她们是在古人和现代人之间摇摆不定。一旦说起话来，特别是两个人表达起自己的爱情来，又像是女哲人、女智者、高级女知识分子，什么"爱情可以激活你的创作灵感"之类，很明显的感觉是贾平凹在代言，与人物的身份、修养、性格都不搭界的，而且柳月说的话和唐宛儿说的话都难以分清，没有受到性格和角色的规定。具体到性的描写上，贾平凹并没有在继承古典小说的同时化腐朽为新奇，把所继承的化为自己的东西喷发出来，模仿的痕迹很厉害。我曾为了研究中国古典小说散韵结合的演变很认真地读过《金瓶梅》，特别是它的韵文。一般论者都说《金瓶梅》在写性的行为表现时淋漓尽致登峰造极，使得后代的人再出这本书时不得不删节，但是《金瓶梅》在大幅度性的细节铺排外往往伴有韵文的渲染，那些韵文写得很漂亮，在作品中起到了一种审美提升的作用，琐细的性行为描写经过诗词氛围的烘托之后便获得了某种审美的高度。而《查泰莱夫人的情人》的笔力投放在性感觉的描写上，给人以心灵的震响。《废都》上的一些□□□，却使我有一种贾平凹黔驴技穷的感觉。

陈骏涛　那些方块是真删，还是假删？

白　烨　我问过平凹，他说初稿中确实有，后来删了，成为现在的样子。

王　绯　不管是真删还是假删，《废都》在这方面给我的感觉与《金瓶梅》

恰好是悖反的。《金瓶梅》的删本框下去的是那些不大雅的难以登文字大堂的东西，而贾平凹某些保留的段落给人的感觉是应该框起来的东西，而框起来的似乎绝没有保留的厉害，因为有些文字已经写到淋漓尽致、登峰造极的份儿上了，我就想，那些框下去的还能再如何写呢，已经不可能了，要不就是贾平凹还觉得不够淋漓还企望造极，于是以 □□□ 掩饰自己的黔驴技穷。

白　烨　是不是说他把没有必要删的删去了，把有必要删去的留下了？

王　绯　这只是一个方面，还有另一个方面，是不是贾平凹故意以这种形式的设置招揽和诱惑读者呢？这是不是贾平凹面对目前商品经济对文学的冲击在以性以女人为包装的文化背景之下，所表现出的一种文化妥协或者媚俗呢？

《废都》的性描写停留在行为层面，没有人物心态的充分展示，更缺少《金瓶梅》那种艺术氛围的渲染，有些东西在用笔上是很无聊的，我们在此不做道德判断，仅就作家本身的艺术书写来看，层次也是不够的，与《金瓶梅》尚存在着相当的艺术距离。《废都》使人不得不思考现代小说原封不动地返古或仿古的可行性，我们毕竟不是明清时代的古人，那时的社会发展限定了人就是那个样子，小说就是那个样子，但是一个当代小说家在有了弗洛伊德学说之后，在大量的现代小说涌现之后，抛开艺术成功的经验，陷入返古或仿古的文学操作中，我以为很难真实又准确地传达出现代人心灵的脉动和时代风貌。可以肯定地说，《废都》在时下读者市场的轰动，主要是因为别人不敢写或没有写出来的一些形而下的东西但让贾平凹全部赤裸裸地写出来了。那些 □□□ 便是在日渐低俗的文化市场上自我贩卖的商标。我们的某些媒体的张扬很成问题，如果说我们仅仅是在别人不敢写而他偏偏写了这样一个基点上来评价文学的突破的话，我觉得这是中国当代文学的悲哀。

白　烨　不排除方框框在阅读上有招徕读者的效果，但我以为这并非平凹的本意，而是他的悲哀。说实话，方框框一概没有，也不影响《废都》的价值存在。平凹似乎后来意识到了这个问题，反复告诫人们不要只盯着方框框，把作品看走眼。

陈骏涛　《废都》的性描写，你们两位谈得很多了。我基本上持两点论。对性，《废都》采取了撕开来大胆率真地写的态度，这没有什么可非议的。文学要写人，写人要写得全面，就不可以回避性，既要写生存状态，也要写生命状态，才能显出人的全貌。当然，具体到每一个作品，是不是都得写性，写到什么

程度，作家有充分的选择自由。陈忠实在写《白鹿原》的时候，对写性，确定了两条准则：一是"不回避、撕开写"，二是"不是诱饵"。在实践过程中，陈忠实的处理也是比较好的，分寸感很强，总体上没有什么不妥的感觉。现在已经不是性禁忌、性封闭的年代了，因此对写性不应该有什么非议。但《废都》中的性描写，的确是存在着一些问题的。一是缺少节制，显得有些多了，滥了，缺乏分寸感；他撕开写了，但又将其用做了诱饵，怪不得有人批评说《废都》随处可见"湿漉漉的一片"。二是有些描写层次很低，显得无聊、低俗，如阴毛、红嘴唇印等，都很低俗。大体说来，《废都》中性描写，大多是形而下，而不是形而上的，缺少提炼和升华。有些人对《废都》感兴趣，主要是对性描写感兴趣，贾平凹迎合了这些读者对性的新奇感，的确有王绯所说的"媚俗"的倾向。对《废都》中的性描写，可能非议最多，分歧意见也最大，不同的读者读后也有不同的感受。我个人认为应该一分为二，两点论。

四、《废都》的文化意蕴

陈骏涛　《废都》是一部有很浓厚的文化意蕴、文化氛围，表现了当今社会的某些文化现象的作品。这部作品的价值很大程度上体现在它的文化价值方面。可以从这样几方面来看：其一是小说中的人物都受到一定文化的制约，有深刻的文化烙印，而表现出自身的特点。如庄之蝶受到儒道文化的影响，儒使其中庸平和、心地善良，道又使其淡泊名利、洒脱放达；孟云房是仅次于庄之蝶的重要人物，他受到灵异文化的影响，有点走火入魔，热衷气功、算卦、求符、拜佛等；牛月清的母亲则受到神秘文化的制约，以至于人鬼不分、阴阳颠倒；其他几个妇女形象，也都受到了其自身文化的制约；等。其二是民间民俗色彩和浓郁的陕西地方特色。不看书名，也知道这是写陕西西安的作品，因为这里面所写的东西太有地方特色啦，如鬼市、当子、吃食特点、民间医生等等。还有古文化的特点，如埙这个乐器，既使全书笼罩着一种悲剧性的氛围，也衬托出西京作为古都的文化韵致。其三是灵怪色彩。如牛的反刍、牛的思索，牛月清母亲的神神怪怪，孟云房的走火入魔，等。既表现了古代灵怪文化在当代的复苏，又使小说具有一种亦真亦幻的文化氛围。其四是政治背景退居幕后，文化背景推居幕前。《废都》中固然也涉及政界的钩心斗角之类，但总的来说不多，它把政治隐蔽在厚厚的文化帷幕之后。那个卖破烂的老头编唱的歌谣，最突出地表

现了这个特点。在每一首歌谣当中，都可以读出老百姓的一种政治情绪，还有对社会弊端的揭露，但它是用文化的形式包装起来的。在《废都》里，凡涉及政治的地方，贾平凹大多采取点到则止、不铺开写的办法。

白　烨　同意骏涛的看法，再补充两点。一是《废都》写出了不同人的不同活法的文化背景。庄之蝶、孟云房的士大夫情趣和追求自我完善，可以见出儒道文化的深重影响；从市长秘书黄德复的弃文从政、如鱼得水的行状中，也可见出他对政治文化的崇尚；而那个与庄之蝶合开书店的洪江，又暗中捞钱又利用官司出书，则是商品文化浸润至深的一个典型。不同的人通过不同的文化支点表现出各自的追求和个性，使文化本身呈现了一种多元并举的状态。

二是由作者如实描写的气功热、宗教热、字画热以及名人崇拜等文化现象日益盛行来看，我觉得《废都》在一定程度上表现了民间文化的形成与壮大，以致有与权威意识形态相分离的趋向。这个趋向和这几年兴起的新写实小说、新历史小说在文化内涵上的走向是暗合的。

可以说，一览无余地描绘了当今社会流行的各种文化现象，绘声绘色地记载了富有当代生活内涵的各种民俗、民情、民风，是《废都》的重要价值所在。仅此一点，它就可能成为后人解读这个时代生活和情绪的一个标本。也正是在这一点上，贾平凹把他的文化积累、文化造诣上的优势发挥得淋漓尽致。

陈骏涛　写文化是贾平凹所长。贾平凹其他作品的价值很大程度上也体现在它们的文化价值方面。如果叫贾平凹去写政治斗争，恐怕未必写得好。政治的东西时限性较强，而文化的东西时限性较弱，这也是贾平凹的作品有嚼头、能够经得起时间检验的原因。古往今来许多优秀作品之所以能够流传下来，也是因为文化底蕴比较丰厚的缘故。

白　烨　很正确，文化的底蕴要靠平时的积累与沉淀。贾平凹正是在这一方面下了比别人更大的功夫。他对儒、道、佛的钻研与了解，已有数十年的时间，平时特别喜好收集民俗故事民间谣曲。看相、算命也很有一套，人称"贾半仙"。平时和日常的这些积淀，写起作品来，自然一齐汇聚笔下，达到既丰韵又自然的境界。

王　绯　我很同意你们二位说的，在文化问题上我们没有什么分歧。就像白烨所说，贾平凹笔下的许多东西别的同龄作家是写不来的，这和他自身的兴趣修养很有关系。《废都》所展示的正是当今时代的文化状态，同时它的涵盖

面也是比较广的，既有传统文化的当代复苏，譬如从清虚庵、孟云房的形象都能看到这一点，还有喝红茶菌、甩手、练气功这种民间的文化状态，贾平凹都写得很地道。而古典和传统文化的复现又带有鲜明的当代特色，譬如慧明就是一个会搞权术也敢怀孕的现代尼姑。在对一系列传统文化以当代特有的方式复现的文化状态把握中，可见贾平凹的灵气。这部小说散点式的、散发式的结构，使贾平凹把感觉到的城市文化各个方面的状态几乎都涉及了，所以读了《废都》，真正感觉到的是作品所提供的当代文化状态的信息。如果这部小说可以留下来的话，那么，展示 20 世纪末的文化状态或文化风貌才是它的价值所在。

五、结构、语言、形式

白　烨　《废都》在艺术形式上最为显见的特点，大概一是结构的散文化，二是语言的话本化。

它的结构不像一般的长篇小说那样刻意雕饰，而是信马由缰，行云流水，无序无迹，实际自然。时时让你感到是在深入生活本身，而不是在欣赏一部虚构作品。这样的结构形式在近几年的长篇小说中并不少见，但贾平凹显然运用得更为熨帖，更为成熟。也许平凹的艺术创造，更多地表现在创制独特的艺术语言这方面。就《废都》来说，那种亦文亦白、简洁凝练的话本化语言，就不是一般人能写得来的。应当说，那种文雅的、传统味十足的语言与芜杂的、现代化的生活存在着一种天然的矛盾，但平凹把二者对应起来又协调起来，在写人状物之中达到了寥寥数语惟妙惟肖的境界，使人读起来别有韵致。承继和弘扬传统的话本语言，使其重获现实的生命力，是平凹一个了不起的贡献。但我以为，因为它并非这个时代的代表性语言，可能给若干年后的人们从形式到内容由《废都》解读这个时代，带来某些误解。

王　绯　《废都》在语言上表现出一种很执拗的返古或仿古倾向。用文白相间的话本式的语言准确地把当代人的心灵状态传达出来，我是表示怀疑的，这之中必然会产生一点隔的感觉。因为话语本身的风格就负载着与之同步的时代人的生命面貌或风度的信息，当仿古倾向的一套话语把当代人语言的特色都挤掉了，小说由此所呈现出的东西自然在气质和风貌上与当代社会存隔膜。我读作品时总感觉一些人物应该穿上古人的衣服。为什么很多现代或新潮小说家在文体上喜欢采用独特的话语表现方式，譬如一些调侃式的、戏谑式的语言，

就是因为这种话语充分地负载了当代人生存的方式、气质和风度的信息。《废都》在结构的方式上是散文式的、随意挥洒式的、行云流水式的，在这样的结构形态下，小说的表述语言常常呈示出某种不协调的错位操作。譬如：写性、写聚会等的语言是具有仿古倾向的语言，文白相间；写政界、新闻界内幕时仿古的语言又被丢掉，用的是很白的一套话语表述；写牛的时候沉浸在哲人的思考中，是一派西方式的语言表达。这恐怕与贾平凹散文化的结构方式和他写作的特定状态有关，语言一会儿文，一会儿俗，一会儿又西方化起来了，随心所欲，给人一种不协调之感。如果贾平凹在这里尝试不同语言方式在同一部作品中统一的可能性的话，那么他没有做好试制，现在起码在小说里没有达到和谐的融合。还有情节，也与作品行云流水式的走到哪写到哪的结构有关，散文化的结构决定了这部小说的情节复现应该是非常自然的、生活化的，可是一些情节人为雕琢得很厉害，譬如那只鸽子的故事，柳月窥视庄、唐偷情而引出三人乱交的章节，黄厂长老婆死死活活的闹戏都显得穿凿。贾平凹几乎是不加改造地把一些社会流传的笑话、逸事，做漫画式地呈现，将其作为状写社会本真的情节，自然给人一种失真的感觉。一些人物的语言也不符合角色身份，显得作假。可以明显看出某些情节或情节模式是从《红楼梦》《金瓶梅》中偷的，或者说是有意模仿的，譬如庄之蝶家庭的聚会、大部分性行为的描写等。说《废都》是当代《红楼梦》，其实它和《红楼梦》是根本无法比的，《红楼梦》只在结构上就是无法超越的，它在作品前几回正副册里对人物及贾府命运的预示，包括那个"好了歌"，都表现出结构的非凡，贾平凹在《废都》里似乎也学了，如让孟云房给柳月、唐宛儿、汪希眠老婆测字，还有捡破烂的老头儿唱的一首首纳入文化范畴的政治性歌谣，但是他只学到了皮毛，并没有在整体的架构上、在情节人物的设置上显示出文学结构的力量。也许，贾平凹在结构上追求一种天人合一的境界，但是我觉得，最高的最精致的结构恰恰是你用心地制作却又看不出斧凿痕迹，而不是随心所欲的无结构、自由结构。

白　烨　我觉得《废都》的结构艺术就属于那种看不见技巧的技巧。你说作品中的一些情节是从《红楼梦》《金瓶梅》中偷来的，我不能苟同。当今，男女文人聚在一起说说笑话，而且说些荤笑话，是常有的事。就性描写来说，《废都》在表现不同人的感受和意识时也还有自己的特点。另外，在全作散漫的结构中，仍有不散的东西，那就是文化底蕴和"废都"意识。《废都》就是《废都》，

不必和《红楼梦》《金瓶梅》类比。

陈骏涛 是不能把《废都》与《红楼梦》做简单的类比。《红楼梦》只有一部，至今还是无法超越的作品。这一点我很同意你们两位所说的。至于讲到《废都》的结构、语言和形式，我觉得它自身还是很和谐的。我们不能要求《废都》达到《红楼梦》那样的艺术成就，但它能达到自身艺术的和谐，我觉得就很不容易了。《废都》采用了一种散文化的结构，如同你们两位所说，它以展现生活的自然流动和人物心灵的发展轨迹为主，从容不迫、行云流水般地展开故事，很少有人工斧凿的痕迹。王绯说《废都》的结构缺少一种内在的很强的凝聚力，我觉得对一部散文化结构的小说提出这样的要求，显然是苛刻了。不过，细究起来，《废都》的结构也不是没有什么可以挑剔的。譬如作为支撑全书的骨架的桃色官司这个情节，是难以负载如此丰富的生活和如此众多的人物及人物的心灵轨迹的。我甚至觉得，即使没有桃色官司这个情节，这部书也是仍然可以撑持起来的。桃色官司在《废都》中没有什么太大的作用，它至多带出了社会层面上的一些东西，包括社会的弊端等等。在这方面，《废都》确实缺少像《红楼梦》那样的腕力。《废都》的语言也很有特色，它平实灵秀、富于韵致，既口语化，又经文学加工，文白相间，半文半白，雅俗相容。当然，这样的语言未必会为当代读者所普遍欣赏。当代的读者，特别是青年读者，比较喜欢两种语言：一种是受西方语言影响的西化或半西化的文学语言，如《白鹿原》《最后一个匈奴》那样的语言，当然它也具有本土的特色，是一种中西糅合的语言；另一种是完全口语化、通俗化的语言，如王朔小说那样的语言。因此，他们读《废都》，可能会觉得语言有点隔、有点涩，读起来也不那么顺溜和畅达。我们家的孩子就有这样的感觉。这跟他们自身的语言素养和欣赏习惯有关。但是，贾平凹恐怕只能运用这样的语言，而不能运用别样的语言，这是受贾平凹自身的文化所制约的。贾平凹比较熟悉中国古典小说的语言，更熟悉陕西的地方语言，这二者的糅合，就形成了目前《废都》这样的语言。贾平凹在语言上的造诣还是比较高的。当然，我也同意《废都》中过于低俗的语言可以加以删略的意见。《废都》在表现手法上，我在第一问题中已经讲了，它继承和发扬了中国自明清以降的古典说部小说、话本小说的传统，在总体写实的基础上，又有一些灵奇怪异的色彩，表现出亦真亦幻的既现实又神秘的特点。

我觉得当代小说可以朝两个方向发展：一个是更多地借鉴和吸收西方和俄

苏现代小说的经验，创造出从表现手法到艺术技巧到语言都比较现代的作品，如《白鹿原》那样；另一个就是更多地继承中国古典小说的传统，又糅进一些现代的东西，如《废都》这样。从《废都》，我们可以看到中国古典小说某些东西的复现，要说它有某种"返古"的倾向也未为不可，但这里面还是有贾平凹自己的创造，因此又不是简单的复古。我们不能说《废都》就会流传千古，但至少在当今的长篇小说中它是独树一帜的。

陈骏涛 今天我们三个人侃了三个小时，涉及《废都》五个方面的问题……但还不能囊括《废都》的全部问题……

王　绯 说不尽的《废都》呀！

白　烨 是说不尽，这个说不尽既包括《废都》因丰富、复杂说不尽，也包括看法不同的说不尽。

陈骏涛 譬如关于《废都》中的人物形象，特别是妇女形象，我们就基本没有涉及。我们在座的有一个女权主义者……

王　绯 不，是"后女权"（众笑）……

陈骏涛 可能有一些话还没有说，譬如《废都》的悲剧意识就没有涉及。但我们涉及《废都》最主要的几个问题，当然还是比较浮面的，没有深化。对这些问题我们有的看法是一致的，如对《废都》所表现的文化层面的东西的看法就比较一致。其他问题的看法则不尽一致，甚至大相径庭。这是很正常的，因为每个人的阅读感受不同，评价标准不同，所拥有的不同的生活经验和情感体验也会影响到对作品的评价。我们的这些不同意见在某种程度上也正是社会上对《废都》的不同意见的反映。这些分歧意见我们还可以进一步讨论，也许在某些点上可以统一起来，达到共识，但有些问题恐怕永远也统一不起来。对《废都》的评价，恐怕需要留待时间的检验，沉淀若干岁月，可能对它的评价会更客观一些，但永远也没法子一致。对《金瓶梅》，对《红楼梦》，不是至今都还有这样那样的分歧吗？今天我们是不是就侃到这里？

（原载《当代作家评论》1993年第6期）

精神废墟的标记

——漫谈"《废都》现象"

王晓明　陈金海　罗　岗　等

王晓明　就在大家震惊于整个社会人文精神的深重危机的时候，我们读到了贾平凹的新作《废都》。或许正因为置身于这样一个阅读背景，我们的阅读不免会发生偏向：我们不单关心这部小说的文学价值，更看重它传达的其他社会信息；也不单是注意小说的文本，更注意围绕它发生的其他事件。"废都"这两个字，并不仅仅意味着某位作家写出了一部小说，它更意味着作家、读者、出版和销售机构、大众传媒乃至某些国家机器"合力"制造了一个文化现象。正是对这个文化现象的兴趣，引发了我们今天的讨论。

既然是讨论整个的"《废都》现象"，我们是不是先从围绕小说发生的那些喧哗谈起？你们大概和我一样，都是先听到这些喧哗，再读到小说的吧，我的经历还更有意思，是先收到某家出版社限期撰写《废都》评论的"紧急约稿信"，后听到作品出版的消息的。

陈金海　你所指的"喧哗"，的确是"《废都》现象"的一个独特之处，它让我们第一次看清了中国式的"文化工业"的一整套促销策略。《废都》的正式出版是在1993年7月24日，可在此之前一个多月，促销的宣传已经在许多报纸上全面展开了。我觉得，这一次的促销有两个基本手法，首先是诉诸金钱的威力，言之凿凿地宣告北京出版社付了一百万元的重金购买此书的版权，在当今小说稿费普遍是千字三十元的低价位的衬托下，这个大数目一下子就引起了轰动。作者本人的沉默更从旁增添了这个数目的可靠性。虽然后来有人出来更正，但已为时太晚，而且更正者始终说不清稿费究竟是多少，这个更正的效果就很有限。其次是诉诸感官的刺激，或者以转述知情者的读后感的方式，将《废都》与《金瓶梅》相提并论，或者由出版社提供消息，说小说中有大量性描

写，不得不加以删节，至于小说初版问世之后，大小书摊上纷纷挂出"当代《金瓶梅》"的广告，就更是将这种诉诸性诱惑的促销手段，表现得非常露骨。

王晓明 其实还有第三个促销手段，就是利用读者对禁书的好奇心理。在6月份见报的第一批宣传文字中，已经有多处或隐或显的暗示，小说出版后会引起各方面的强烈反应；初版刚刚发行，便有一种流言，说政府将禁售《废都》。某些地方的新华书店和"权威"性报纸的暧昧态度，更助长了这种流言的传布。倘说诉诸金钱和感官刺激的诱惑力，正是一般"文化工业"的常用手段，这种不断给《废都》涂上"禁书"色彩的做法，则将这一套促销策略的"中国特色"，清楚地凸现出来了。

陈金海 现在看起来，这一套策略是相当成功的。早在6月份，我就接二连三地从报纸上读到，陕西的一批评论家准备撰写《废都》的评论，北京一批评论家也打算这么做，而若干文学评论的刊物，也早已计划要推出《废都》评论的专辑。小说还没有出版，这些评论家和杂志的反应就如此热烈，可见那种"值钱的必定是好货"的观念，确实深入人心。至于全国各地那么多平素对文学并不关心的读者，都纷纷购买《废都》，到目前为止，合法和盗印的加在一起，《废都》的印数已经超过二百万册，就更是证实了那种"性描写＋禁书"的宣传策略的巨大成功。

罗　岗 与你们分析的这一套促销策略相关的，还有一个胃口更大的连续性、滚动式的营销构想。在《废都》尚未面世之前，好多家出版社已经在为《〈废都〉批判》《〈废都〉出版的前前后后》之类的书四处组稿，准备在《废都》引起轰动之后，紧接着掀起第二次热潮。

陈金海 据说陕西的出版社即将推出《多色贾平凹》《贾平凹专辑》之类的书，这就不单是要"炒"《废都》，还要接着"炒"贾平凹了。

罗　岗 而且，目前流行的《废都》是一个删节本，依据上述商业构想，我们可以想象，就像有人将《金瓶梅》删去的部分编印成《〈金瓶梅〉增补》一样，有朝一日出版社也将推出足本《废都》或《〈废都〉增补》，来满足读者的好奇心。这一切都证明当代中国的"文化工业"确实具有鲸吞一切的气势。不管作家是大名鼎鼎还是籍籍无名，也不管作品是精心结撰的佳构还是粗制滥造的劣作，只要它认为能够迎合大众的趣味，能够使投入作品中的可视资本快速增殖，它就会展开一系列商业攻势，把一本精心包装的作品推上畅销书的宝座。最近

报载，某些书商联合威胁，要抵制曾经批评过《曼哈顿的中国女人》的评论家的著作，恰从另一方面证实了这种"文化工业"的"威力"。

陈金海　你说的这种"威力"，实际上来自两个因素的结合，一个是"文化工业"的包装能力，一个是作品的可包装性。就拿《废都》来说，它几乎完全采用传统的话本小说模式。不但故意采用那种事无巨细、流水账式的一路顺叙下来的叙述方式，而且把若干明清小说中人物身上的市井故事嫁接到当代都市生活中。譬如将西门庆和贾宝玉的故事组合起来，塑成庄之蝶；把袭人和春梅拆解，组成柳月；把潘金莲几乎是原汁原味地搬到唐宛儿身上。在《废都》整个情节的运作中，作者填鸭子似的把出现在明清白话小说中的以及流传在陕西城乡的种种趣闻织进小说，使整个作品充满一种颓唐和色情的气氛。尽管通篇布满了作者声称删节的字数，但这恰恰反过来增强了上述气氛。正是作者在人物、情节、叙述语言、结构乃至小说基本氛围等方面的设计，使《废都》具有很强的可包装性，从而也使他自己在事实上成了"文化工业"对《废都》的包装行为的参与者。不仅如此，一部作品有什么样的可包装性，常常会决定"文化工业"对它采用的包装方式。《废都》的包装就明显不同于近几年影视界对先锋文学的技术化包装。那种技术化包装体现着商业科技的某种时髦性和炫目性，因而使包装后的文学散发着一种"超前"和"洋派"的味儿。而《废都》的包装则是属于"土财主派头"的自给自足型包装，这显然与小说在各方面都尽量模仿明清白话小说，把读者对文学的质感体验一下子拉回到白话语言的原初状态有关。在这个意义上，文学作品自身的可包装性对整个"文化工业"的作用，不可低估。

罗　岗　也就是说，单靠大众传媒并不能成功地制造一个"热点"，在诱人的商业包装里面，总还要有一点"干货"。这"干货"之一，就是作者的名声。一个作者就意味着一个特殊的标记，它可以把许多文本聚集到一起，同时把它们与其他文本区分开来。在作者的背后簇拥着他以往创作的全部作品，正是这些作品决定了他在这一次包装时对读者的吸引力。贾平凹以闲适、拙朴甚至是神秘苦涩的生活态度，以及与之相应的文白杂糅的语言、掌故传奇式的故事和文人气息甚浓的笔记文本，在文坛上处于一个无论谁都不免多看几眼的特殊位置。将这样一位以"静虚"著称的作者兀然置于大众注视的焦点，本身就有了轰动效应。何况这还是位专写乡土生活的作者第一次写关于城市的小说，就更以其神秘性使得这部书具有某种警世预言的意味，使作者历来的名声，能够对

读者发挥更大的刺激作用。当然，这种对作者名声的利用所关注的，仅仅是当下的商业利润，即便因此会极大地损害作者的名声。这种赤裸裸的短视行为，是否也从另一方面暴露了中国当前"文化工业"的幼稚呢？

李　念　其实，文化工业的"威力"已经辐射到作家的创作心态上了。这并不是说贾平凹为了金钱而媚俗，这里面有一个作家心态转变与人格承受力的问题。不妨看看贾平凹的创作历程，从写《满月儿》开始，他基本上一直是在探索社会的现实，思索人的文化价值意义，在这方面，"商州系列"尤为明显。到了《浮躁》，他开始注意人的现实文化心态，而到近年发表的《太白山记》《烟》《美穴地》，他又转向对人生命本体意义的探索。因此可以说，他基本上一直是个执着于探索人生和文化的严肃的作家，表现出了真诚的人格境界，写作对他如同生命一般，因此，他理智上决不会如此主动向商品经济大潮献媚。但是，从他放弃写自己所擅长的商州人事而去模仿明清笔记小说和志怪小说，直至写出这样一部《废都》，这一系列有意识的文体转变却无疑是受了整个文艺界媚俗倾向的影响的。这种媚俗有两种主要的方式：一是用所谓先锋性的文学技巧来制造通俗文学作品，更为露骨地迎合读者的低级趣味，为大众制造廉价的一次性的消费刺激；二是以中媚洋，依照西方的价值标准和欣赏趣味虚构和暴露所谓的民族劣根性。

王晓明　却又回避了对实际存在的民族劣根性的社会黑暗面的揭露。以此取媚于西方评论界，又从那里取得"说法"，调动读者的崇洋心理，来满足自己的"文化英雄"之梦。像贾平凹这样一个深得商州山水之气的作家，本来应如福克纳一生写方寸之地那样立足于自己的创作家园，即便尝试文体、题材和风格的转变，也应根据自己的能力来做。事实上，贾平凹的笔记体小说，其语言之糟糕几如小学生的练笔。他对这一点应该有清醒的认识，但现在看来，"文化工业"所发挥的那种"文化强制"的力量太强大了，它使贾平凹自行减弱了这种审察能力。写《废都》之前，他已向读者预告："明年我将要'新生'了，所以我更企望我的读者与一个将过去的我亲吻告别，等待着我的再见。"显然，这种似乎是为寻求艺术的新发展而做的努力，那种为取得轰动效应而不惜迎合读者趣味，以便成为另一种意义上的"文化英雄"的心态，在他身上可说是一枚硬币的两面。这样，他在"真诚探索"的自欺心态下不知不觉向读者"献媚"，也就不足为奇了。

在今天的社会中，像贾平凹这样的作家都在"文化工业"的强制下失去抵制力，无法镇守自己的人格阵地，足可见"文化工业"的渗透力与强制力是何等强大了。

毛　尖　刚才你们谈到的现象，主要还是文本外的喧哗，我看是不是可以换个角度，从文化层面上来考察一下这部小说本身。我在看《废都》时，首先是惊奇于那些旁注删去多少字的□□□。看上去这些方框好像意味深长，我却感到它们更像街头招牌，像那种最暧昧不明的广告用语"儿童不宜"。而更令人惊奇的是，这个"删"的执行者是作者。本来嘛，作者和编者之间隐隐约约的"战争"从来就没有停止过。为了捍卫自己的语言、文本，作者总不惜花大代价费大周折从编者手下抢回一个句子，甚至一个字。可是，这一次战火熄灭了，似乎作者与编者一起发动了一场密谋，我们只看到一个被打扫过的现场。真不知道该怎么来看他们的这次合作。这太像是一次臣服了。

倪　伟　我们可以区分出两种删节方式。一种是隐秘的删节，它对删节不予说明，删节完全是一种文本之外的行为，因而我们无法在文本中找到删节的蛛丝马迹。另一种是露迹的删节，它常常以方框或旁注的形式出现在文本中。《废都》采用的便是露迹的删节方式，这在当代文学作品中似乎是绝无仅有的。

罗　岗　当代文学中有许多作品都遭受过删节，像《创业史》《苦菜花》和《战火中的青春》等等，都曾因为某种原因，删改过多次。但在公开出版的文本中看不出丝毫删改的痕迹，只有通过对前后不同版本的比较才能发现。这都属于你所说的第一种删节。你所说的第二种删节方式，就是所谓的"开天窗"，意义就更为复杂。

倪　伟　所以我认为，一旦作者有意识地采用了露迹的删节方式，删节本身就演变成了一种文本策略，它不再仅仅是一种诱人的促销手段，在客观上还构成了反讽的效果。世界上有很多事情都是做得却说不得的，在《废都》的删节方式上，我们不难体会到这一类文明生活准则的可笑和荒谬之处。

李　念　嗨，我们是不是太呆了，我们在这里大谈作者如何如何删节，而其实这只是我们的主观推测，说不定贾平凹正在他的书斋里窃笑：这本就不是一种真的删节，你们都被我的圈套迷惑了！

罗　岗　我相信贾平凹的那些方框并非故弄玄虚，但你的怀疑在逻辑上却是能够成立的，因为"作者删去××字"的说法，那么刻意地强调"删节"，就

很自然会让人产生两种相反看法：或者是断定真有其事；或者是断定作者在放烟幕，在一个更大的语境转换中，"作者删去××字"实际上是"作者说作者删去××字"。这种句式不仅要承受自我消解的压力，让人产生究竟是真删节还是假删节的疑问，而且"作者"在句中主语和宾语位置的重复出现，显示出"作者"在主动和被动之间游移踌躇、徘徊不定的状态。如果作者在删节活动中都身不由己，那就更不用说对整部作品动机、意图和去向的控制了。往深里说，这就是所谓"主体性"神话的存灭。

陈金海　在20世纪的中国小说中，《废都》在性描写上似乎是最无顾忌的。无论是一二十年代的鸳鸯蝴蝶派小说，还是80年代的武侠、言情小说或者寻根文学、新写实文学和先锋文学作品，它们对于人物性行为的刻画都不及《废都》那样具有琐细的质感。在《废都》中，性完全摆脱了它在以往文学中的那种隐秘性和精神性，而且是以那样一套温饱型市民粗俗、肉感的话语表现，正好适应了当代大众因为精神贫困而加剧的动物性的性宣泄要求。你们刚才谈到的那种非文学读者踊跃购买"当代《金瓶梅》"的现象，就充分说明了这一点。

毛　尖　我也这样觉得。爱情中至关重要的东西并不是频繁的性欲表演，而庄之蝶的每一次寻欢作乐最终都凝固成两具躯壳的运动，一具是"大作家"，一具是"妇人"。可以想象这两个集合名词是多么空虚。因而庄之蝶不仅在情爱的品格上远远低于怡红公子，而且在性爱上，也不及西门庆的勃勃生机。于是，贾平凹每删节一次，他的主人公就越像一个衰老的花花公子。他口口声声的情和爱也日益暴露出虚和假。不管是和柳月、阿灿，还是和唐宛儿，庄之蝶所自以为是的真情实爱其实都预先包含了一个最终的放弃，这在他特意将柳月带入交际场的举动中表现得尤为露骨。因此，这些虚构的情爱不免给人留下苟合和鬼混的印象。而其中的女性，一直是作为"他者"被庄之蝶深情款款地损害着，比如他对唐宛儿身体的粗暴占有。所以在总体感觉上，《废都》正称得上"道是有情却无情"。

李　念　说到有欲无情，让人想起报刊舆论中将《废都》比作"当代《红楼梦》"的说法。这部作品形式上确有模仿《红楼梦》的痕迹。例如开首的由智祥大师道来，一群人物围着饭桌一边喝酒一边联句，牛月清与柳月拌嘴，以及一男对数女的人物格局，等等，都是明显的模仿；西京的四大名人与《红楼梦》中的四大家族，老头儿唱的那些歌谣和《红楼梦》中的"护官符"，也都有

形似之处："庄之蝶"这名字取自庄生梦蝶，这种象征性的取名手法亦不出《红楼梦》的窠臼。至于主人公的属性，在作家看来，庄之蝶无疑是个现代贾宝玉了。可是，尽管他有意要将《废都》写成一部当代《红楼梦》，书中的那些性描写却有力地显示出，这部小说与《红楼梦》的境界相差十万八千里，倒是与《金瓶梅》颇为相似。那挂满书摊的"当代《金瓶梅》"的广告牌，我以为做得相当贴切。

王晓明 你说到《废都》所体现的精神境界，我举两个例子来分析一下。一个是书中对庄之蝶家中陈设的详细描写，作者显然是想以此表现庄之蝶脱俗的鉴赏趣味，因此还特意安排柳月在一旁连声赞叹，说自己是踏进了人间仙境。可实际上呢，庄家客厅里的四扇屏风、港式黑木桌和意大利真皮转角沙发，再加上书房中央那尊香烟缭绕的唐仕女塑像，非但不能表现出高雅和脱俗，反而暴露了庄之蝶鉴赏趣味的芜杂和粗糙。另一个细节，就是庄之蝶和唐宛儿初次单独会面的那个场面，作者极力渲染庄之蝶对唐宛儿女性风情的细细赏玩，显然也是要突出庄之蝶性爱兴趣中的精神因素。我想，这大概要算是小说中对《红楼梦》式精神境界在性爱趣味上的一次最用心的追求了。与《金瓶梅》那种代表市井趣味的作品不同，《红楼梦》(在略低一点的水平上，还有秦少游的词)正代表了中国士大夫阶层的情爱趣味，这种趣味当然也包括对女性的性欣赏，但即便是秦少游那些直接表现性爱的词，欣赏的眼光也多是落在女性的情态上，而非她们的肉体上。可在《废都》中，即便是庄之蝶初遇唐宛儿的那个场面，肉欲的气息也相当浓烈，由此往后的性描写，更几乎全都集中到肉体运动上面，也就是说，落入了《金瓶梅》式的市井趣味。在小说中，这两个细节都占有相当重要的位置，它们分别指向主人公的审美趣味和性爱趣味。在我看来，一个人物在这两方面的表现，是最能够显示他的整个的精神素质的。在一部悲剧性的作品中，主人公的精神境界往往在很大程度上决定着整个悲剧的深度。因此，庄之蝶那些相当猥琐的精神表现，正为整部小说的精神品格，提供了一个清晰的说明。

陈金海 我认为，《废都》的性描写和《金瓶梅》式的性描写还是有很大不同的，至少作者的描写态度明显不同。兰陵笑笑生虽然大量描写人物的性活动，但在观念上，他却是否定这种性活动的，他一边描写，一边又不断地指斥，你从中可以明显感觉到传统道德的在场以及它对性的监视。贾平凹的态度就不

同了，即便从那些已被删节的性描写里，我们也能够读出作者激情的投入。他显然是将庄之蝶与唐宛儿——更不用说阿灿了——他们的性爱表现看作人的生命激情的表现，看作生存活力和爱情的表现。在理智上，他显然是肯定庄之蝶们的这些性活动的。

王晓明　你做的这个区分很重要，实际上是提出了这么个问题：究竟是什么原因，使一个生活在20世纪的相当认真的作家，在性描写中表现出了与三四百年前的市井"淫书"相似的趣味？说三四百年来中国文化人在性心态上缺乏变化，显然不符合实情；说这是因为作家个人素质有缺陷，更是把事情简单化了。在贾平凹对庄之蝶性爱表现的肯定背后，其实有一整套明确的历史和价值观念。他在小说中设计那样一头奶牛，以它的名义发表那样大段的议论，正是要凸显这一套观念。在我看来，他这套观念的核心成分是两个，一个是站在乡村的立场上，谴责都市生活的病态，一个是以"异化"理论为框架，指斥既成的生活秩序对人的伤害。既然问题都出在都市化的既成秩序上面，一个人要想恢复生命的活力，就自然应该转为相反的方向，返回大地和阳光，到自然、原始和本真的生命欲求中去汲取养分。贾平凹设计那样一个奇怪的细节，让庄之蝶径直钻到牛肚子底下去吸奶，就是想要强调这种"返回"的直接性。可什么是一个人生命中最自然最本真的欲望呢？除了"食"，那就是"性"了，所以，庄之蝶越是喝饱了奶牛的乳汁，在性爱上就越会急切地想要体验原始的激情，他在那奶牛式的思路上走得越远，越可能悟出都市人精神生活的空虚和孱弱，也就越会在性爱生活中心安理得地抛弃一切精神性的要求。贾平凹会用那样明显的赞赏态度去描写庄之蝶们的性爱表现，正因为他自己也和他们一样落入那奶牛式的思路了。

我特别想说的是，这种奶牛式的思路在当今中国人的精神生活中是相当普遍的，恐怕很少有哪个文化人敢说他完全没有受到过它的影响。对工业文明的质疑也好，对人类异化的揭发也好，本来都表现了对更理想的人类精神生活的渴望，可是，这些思想传到我们这块土地上，却结出了这样畸形的果实，不是导向对更高一层的精神境界的追求，而只是引向对动物性本能的盲从，这无论如何总是件可悲的事情吧。难道我们对精神和肉体双重桎梏的反抗，就只有这单向度的肉欲的放纵？从这个意义上讲，《废都》中的性描写，尤其是作者的描写态度，正是将这种相当普遍的思想现实，触目地表现出来了。

罗　岗　从《废都》的性描写背后的确可以发现你刚才所说的那些观念，但是不是可以发现其他的因素呢？譬如书中"便把两条腿举起来，立于床边行起好事"之类描写所显示的话语方式，是不是将贾平凹男性中心主义的立场暴露出来了？

倪　伟　对，小说中的男性中心主义倾向确实表现明显。唐宛儿有一席话说："女人的作用是用来贡献美的。"贡献出来，使像庄之蝶这样的男人更有强烈的力量去发展自己的才能。这很能反映出贾平凹潜意识中的男性中心主义思想。如果我们再来考察庄之蝶与唐宛儿、柳月、阿灿之间的性爱关系，就可以发现这种性爱其实缺少一种建立在理解和同情基础之上的深厚的感情纽带，而是包含着一种交换的意味。虽然庄之蝶并没有像花花公子那样抱着逢场作戏的态度，但他投身于性爱，根本的还是企图在这种古老原始的无所顾忌的游戏中摆脱世俗的牵累，找到自身存在的真实感觉。对他来说，女人象征着自然，性爱则意味着向自然的回归，可以激发他在城市生活中已消磨殆尽的生命活力。而对于唐宛儿、柳月和阿灿，庄之蝶的性吸引力与其说来自他自身，倒毋宁说是来自他的名人身份。庄之蝶的垂爱使她们发现自身的价值，激起了生存的自尊与自信，这在阿灿身上表现得尤为充分。于是我们发现，一心想在性爱中摆脱世俗牵累的庄之蝶赖以征服女人的，却恰恰是最为世俗的自己的名人身份，这确实颇具讽刺意味。纵欲仅仅解放了庄之蝶的肉体，却没能从根本上消除他精神上的危机，相反使他的危机进一步尖锐化、现实化，最终使他陷入了走投无路的困境。庄之蝶的悲剧性结局恐怕与他对女人和性爱的错误认识不无关系。女人并不是拯救男人的天使，而性爱也绝非通向生存的自由与本真的飞升之路。

李　念　其实，《废都》中的女性人物也从另一面证实了这一点。她们对庄之蝶的"献身"在很大程度上并非出于爱情。尽管有唐宛儿主动堕胎为庄之蝶保全名誉，也有宾馆内一段红颜知己似的长篇演说，从表面上看似乎都表现了对庄的理解与爱，但其实背后深藏着一种男性中心文化下的女性的弱者哲学。围绕庄的女性可以说无一不是弱者，她们所有的只是美貌，社会地位极低，有的甚至连城市人的资格都没有。这种弱者心理有三个层面：一是女性对性爱对象自然本能的生理依附。二是由场外者对场内者的羡慕而产生的依恋。著名作家庄之蝶的名望是文化场内的权威体现，这权威的光耀足以使没有文化或缺

少文化者为之折服。阿灿要为庄之蝶生儿育女的想法，不就来源于无文化者对文化的崇拜吗？三是希求改变生存状况而产生的进入秩序的依赖，从不合法的外来户到堂堂的城市人，这个转变只有靠与庄的结合才能达到。唐宛儿对周敏何尝不是爱得"死去活来"？可一旦看见庄之蝶，便立刻产生一种"跟他更好"的想法，这不正是别无选择下的最佳选择吗？因此，这三个层面的弱者心理环环相生，制造出一个虚幻的爱情氛围，其实不过是男性文化下的弱者哲学的图示而已。

毛　尖　读到小说对这些女性人物的描写，我特别明显地感到一种矛盾。一方面，作者确实将唐宛儿她们对庄之蝶的所谓爱情中隐藏的世俗欲望表现了出来，这本来有可能引发读者的警觉，使他们由此注意庄之蝶身上散发出来的男权气味；可是，另一方面，作者又那样明显地欣赏这些女性人物的"爱情"，不但在具体描写中表现出来，更在一篇答问中公开表示，他是将唐宛儿们都看成"伟大的女性"的，这就把前面的那一种可能性完全取消了。所以我觉得，贾平凹潜意识中的男性中心立场，在他对唐宛儿等人的描写中，表现得最充分。

倪　伟　确实如此。而且不单在这部小说中，贾平凹向来以善写女性著称，然而他塑造的女性形象实际上都只是男人心目中的理想女性：像水一样美丽温柔，善解人意，且有着出色的性能力，能够充分地满足男人的欲望。在与男人的性爱关系中，她们几乎无一例外地扮演了诱惑的角色，但她们又不是有独立精神的女性，她们离不开男人，就像藤萝离不开树木，她们的自我价值需要通过男人的垂爱来确证。在性爱中男女双方的地位也不平等，男人常常同时占有几个女人的爱，还可以移情别爱，而女人却总是钟情于一个男子，而且一往情深，甚至甘愿以死殉情。《晚雨》里的五娘或许是其中最具代表性的形象。尤其令人反感的是，贾平凹在小说中津津有味地渲染女性性欲的炽盛，在《五魁》里甚至还刻意安排了一个关于女主人公与狗交合的细节，读来令人感到恶心。在《废都》里，作者对唐宛儿、柳月等人的性欲的渲染也显得不够节制，让人感到有一种意淫的意味。对女性性欲的过分渲染在骨子里是对女性的歧视，其潜台词便是：女人是性欲的奴隶。

王晓明　我想我们应该特别注意作家的创作态度，这可以避免犯一个错误，就是简单地将小说人物与作者本人等同起来。因为讨厌小说中的人物和画面，就连带着讨厌作者，我想谁都不会愿意这样。何况《废都》中的生活这样令

人绝望，男女主人公的精神世界又如此卑琐，心地宽厚的读者本能地就会产生一个愿望，想将作者与这一切分开。这样做的一个最有效的办法，就是强调作家是在反讽，甚至是在自嘲。这就提出了一个有关作家创作心态的问题：他是相当冷静地展开虚构，以图达到反讽或者自嘲的效果呢，还是他写得非常投入，直到将自己的血肉也写进了作品，结果，他的灵魂也不知不觉地袒露了出来？

毛　尖　当然，我也觉得在贾平凹与庄之蝶之间是不应该画等号的。而且，作者似乎也想避免这一点，所以才安排了那头奶牛来替他立言，并几次借着牛月清、柳月之口嘲讽庄之蝶。但是，作者和他的主人公之间的隐喻关系应该说是无可置疑的。贾平凹自己在后记中表白他确是呕心沥血写庄之蝶的，而他在文中记录的生活简直可以原封不动地搬到小说中，作为庄之蝶的一段经历。在这种时候，他们之间的共同之处比起他们的不同实在更有意味，比如他们的性情、遭遇和女性观。这些方面几乎丝毫不爽的同构，我想是足以颠覆他们之间作为叙述人和被叙述者的审美间距的。并且在精神上，作者根本无法超越他的主人公。尽管在最后，他让庄之蝶凄然地倒在一个莫名的候车室里，他那克制不住的辛酸笔调，却表明他同时也是在给自己唱挽歌。我觉得，不但读者能从小说中感觉到一种作家和主人公同命运的意味，就是贾平凹自己，对这一点也是并不怎样掩饰的吧？

倪　伟　我想从另一个角度来谈谈这一点。我觉得《废都》与贾平凹以前的小说之间并不存在巨大的断裂，相反，它们有着一种极为明显的延续性。这在小说人物塑造上表现得尤为明显。贾平凹小说中的男主角都是自觉的性压抑者，内在道德力量相当强大，但他们又都是意志薄弱的男人，禁不起美丽女人的诱惑，因此内心常常涌动着情欲与道德之间的冲突。这一冲突在无法消解的情况下最终酿成一场灾难和悲剧，以致道德的善竟然蜕变成一种彻头彻尾的恶。五魁就是这样一个典型形象。庄之蝶同样也是这种类型的男人。在唐宛儿出现前，他一直是个自觉的性压抑者，从来不敢袒露自己对异性的渴望，长期的自我压抑甚至给正常的夫妻之间的性生活也投下了一道阴影。唐宛儿的介入解除了他对道德的畏惧之心，长期被压制的情欲如决堤之水泛滥开来，于是庄之蝶一步步地变成了一个西门庆式的风月老手。从压抑到放荡是每个性压抑者的必然走向，美丽风骚的女人出现则是这一转变得以实现的契机。在这一点上，庄之蝶与五魁之间有着惊人的相似性，他们都经历了一个由禁欲到纵欲的

发展历程。我们同样也能在唐宛儿、柳月、阿灿身上发现《美穴地》里的四姨太、《五魁》里的少奶奶以及《晚雨》里的五娘影子。她们都是贾平凹所憧憬的那种温柔多情、妩媚性感的女性。这种人物塑造上的连贯性和统一性表明，《废都》并不是一部游离于贾平凹小说之林以外的"游戏"之作，相反，贾平凹是抱着极其投入的态度来写《废都》的，而且确实在其中倾注了自己的心血，否则便难以解释《废都》所体现出来的这种创作上的延续性了。而这种延续性越是分明，就越难以夸大《废都》中可能包含的那种自嘲或反讽的成分。

  陈金海 我觉得我们还是应该充分注意这当中的复杂性。尽管掌握着真实的文本，我们还是不容易分清文本与作者意图之间的界线。我们不能把庄之蝶看成作者，也不能因为庄之蝶不同于叙述者，叙述者不同于作者，就断定庄之蝶与贾平凹本人不相干。对《废都》我们应该看得复杂些，也许作者的创作意图并不同于我们上述的揣测。他先前在创作"商州系列"的时候态度很严肃，我想这份严肃并没有在《废都》里消失，这部小说的确还承继着他历来的创作的基调。但是，毕竟不能说《废都》与"商州系列"在精神上是等高的。贾平凹塑造庄之蝶、唐宛儿、阿灿、柳月等人物的时候，无论他投入了多少真情，我们还是可以看到这些描写当中的"游戏性"。正是这种游戏性与作者投入的真情的混合，使我们难以辨识作者对这些人物的真实看法。如果这些人物描写当中的游戏性是作者在文本中反讽手法的一个暗示，那么我们就应该考虑他对庄之蝶和整个西京生活的讽喻企图。说不定《废都》确实隐藏着某种反讽或自嘲的策略，而武断的揣测恰恰使我们对此毫无觉察。

  李 念 贾平凹与庄之蝶的同构现象确实相当复杂。首先，庄之蝶这个人物凝聚着贾平凹的某种身心体验。庄事实上是生活在一个极压抑的环境中，几乎没什么"存在"的概念：作为一个知识分子，他既走不通仕途，也无法在仕途以外对社会发挥真正有力的影响；面对女人呢，他又无法成为堂堂正正的男性；作为一个作家，他更无力于文字的创造。因此，背负着虚幻的社会地位和丧失创造力的精神压力，他无论在权力场还是文学界都处于一种"被抛"状态。可以想象，作者对这一点是深有体会的，正是这种切身体验使他为庄之蝶安排了这样一个可怜的境遇。这是同构的第一层次。其次，正是由于前面的这种共命运，庄之蝶的挣扎也便隐约地代表了作者的挣扎，可以说，作者与主人公一同寻求生机。这是同构的第二层次。女性是这僵死局面的一线曙光，唐宛儿给予

庄之蝶生命力勃然迸发的可能性。可是，庄之蝶虽然抓住了一线生机，却走向了另一个极端，陷入欲望的洪水而无力自拔。贾平凹显然是意识到这种选择的错误的，他通过柳月之口说："是你把我、把唐宛儿都创造成一个新人，使我们产生了新生活的勇气和自信，但你最后却又把我们毁灭了！而你在毁灭我们的过程中，你也毁灭了你，毁灭了你的形象和声誉。"对此，庄之蝶始终有一种道德上的愧疚，只是因为无力自救，就如同梅菲斯特引导的浮士德一般走火入魔，才最终遭到毁灭。倘说这是作者与主人公关系的第三层次，那么这里正表现了作者与主人公的距离。

毛　尖　的确，我也承认贾平凹和庄之蝶之间的同构是很复杂的。但我的阅读体验给我这样一个印象：他们之间的移情是越来越猛烈的。这甚至可以从文章节奏上看出来。小说开始架势很大，从从容容地摆出大谱，什么四大名人、和尚、老头之类。但后来，贾平凹却慌里慌张地把他的人物送上他们的末途。这种前后不均衡的失重，我想对一个曾经洋洋洒洒写下"商州系列"的作家来说，不应该仅仅是一种技术上的失误吧？这种"失重"主要还是缘于贾平凹自身心理上的方寸已乱。他控制不住地越来越钟情于他的主人公，他一定也发现他们彼此越来越像。这就像是在黑暗里照镜子，他只有掩面而逃，但他怎能逃得了自身的命运呢！

罗　岗　我想再从"删节"的角度来谈谈你们说的这种同构。"删节"本质上是一种涂抹，它想使存在的东西变得不存在。但任何涂抹都不可能不露痕迹，而只要留下痕迹，被抹去的存在物也就借此留下了自己的痕迹，成为"缺席的在场者"。因而，"删节"行为从一开始就充满着显露与遮蔽、真实与虚假、逃离与陷落等一系列矛盾，并且必然在这些矛盾中将删节者自身的真实处境显露出来。庄之蝶是个作家，写过也删节过许多作品，正是这些作品成就了他的名声和地位，造就了他现实的生活秩序。因此可以说，他在完成这些作品的同时，也以自己为主角完成一部更为庞大的作品。他对这部大作品并不满意，可又缺乏勇气来"重写"一部。于是，他便想用"删节"的方式来改变自己的生活秩序，用他自己的话说，就是"求缺"。整部《废都》就是写他"删节"自己生活的过程。他将全部精力都用来对付生活这部大作品，以至他的文字写作几乎完全停顿。除了替假农药写广告，为阮知非编论文和为市长作官样文章，他几乎什么也没有写，一再声称要写的长篇小说也没有动笔。但庄之蝶毕竟是个作家，

他依然天真地以为，"删节"的是妻子牛月清，于是他用别的女人来涂抹她的存在。从表面看，这一次涂抹是成功的，妻子面前的性无能者，对秩序外的其他女人却"雄性勃勃"。但是，原来的存在物并没有消失，它们汇聚起来，对他施加越来越大的压力，结果，他非但未能通过"删节"建立新的生活秩序，那些被他以"删节"的方式编织进既存秩序的女人更和原有的存在物的痕迹合力，将他推入难以挣脱的困境。他似乎有所醒悟，便想改变做法，不再局部性地"删节"，而是整个"重写"，彻底改变自己的生活。于是他釜底抽薪似的宣布丧失写作能力，在市长要求他修改的文稿上"故意划掉了几段文字"，增加了许许多多的话，这些话颠三倒四，语法混乱。可惜这一切已经太晚，他必须先偿还因为先前已经展开的"删节"而必须要付的代价。这代价太大了，他不仅丧失了写作能力，而且中了风。小说让庄之蝶遽然倒在火车站，的确意味深长。因为车站对于城市来说，是一个游移不定、晦暗不明的所在，这似乎正好对应着庄之蝶在生活中的真实处置。

应该说贾平凹比庄之蝶高明。用"废都"来为小说命名，就表明他已经看清，庄之蝶对生活的"求缺"的结果，不会是凤凰涅槃式的死亡／新生，而是逃离与陷落纠缠着的恶性轮回。贾平凹不想陷入轮回，于是他让庄之蝶永远无法写那想写的长篇小说，自己却完成了这部据说是"安妥了灵魂"的《废都》。从这个意义上讲，写作成了贾平凹自我救赎的行为，他以这部小说来进行一次至关重要的"删节"，一次对庄之蝶式的命运的"删节"。不幸的是，他企图以写作来拒绝命运，却恰恰在写作层面上陷入这种命运。倘若将《废都》的文本看作他这次"删节"造成的"痕迹"，那在这一"痕迹"中，你正可以看到一系列涂抹：用乡村涂抹城市，用神秘涂抹平常，用性欲涂抹情感，用男人涂抹女人，用市井话本文体涂抹文人笔记文体，等。作者似乎相信，经过这样多方面涂抹，他就再也不会受到庄之蝶式命运的困扰了。可实际上，这些删节"痕迹"反而戳破了作者的"逃脱"的外表，暴露出他依旧处在"陷落"的噩梦之中。且不说《废都》充满着令人吃惊的模仿和重复，分明是一次艺术的失败，就是贾平凹这种用"删节"的方式来摆脱困境的做法，也和庄之蝶如出一辙。因此，他在《废都》的写作上重蹈庄之蝶的覆辙，就不仅仅是一场写作的悲剧，而更是一场精神的悲剧。他和庄之蝶的精神上的同构性，也正在这里显出了它的深度。

王晓明 我们依次从"文化工业"对《废都》的包装、"删节"行动的意义、

性描写及其背后的历史和价值观念、小说人物与作者的复杂的同构关系这几个角度，讨论了"《废都》现象"所传达的社会和文化信息。还有一些重要的问题来不及谈了，譬如"废都"这个书名，如果联系贾平凹几年前的另一部长篇小说《浮躁》的书名，我就觉得，他对社会现实的总体感觉，确实常常比许多作家都要准确。他为什么要给庄之蝶设计那样一个悲惨的结局，又为什么用那样一种凄怆的口吻来讲述他的故事，我想都和这种整体感觉有关。他之所以会如此"放肆"地在小说中袒露自己的激情，恐怕也和这种感觉有关。如果换个角度，从纯粹形式的立场看，那就又可以提出另外许多话题，譬如你们刚才谈到的"模仿"，实际上这个话题展开来说，就可以一直追到作家的想象力的萎缩，乃至整个精神创造力的枯竭。但是，即便从我们刚才那样有限的讨论，也已经可以清楚地看出，这正是一个典型的"自我印证"的现象：不但是一位作家创作一部小说来描写"废都"，而且这部小说使许多文学出版机构、大众传播、读者乃至文学评论家都一齐陷入了"废都"式的喧哗，甚至作家的描写本身，也反过来证明他自己正是"废都"中的居民，还有什么，能比这样自我印证更令人震惊呢？《废都》现象"确实以相当的深度，证实了我们这个社会的人文精神的危机，在某种意义上，它正构成了精神废墟的一枚触目的标记。

（原载《作家》1994 年第 2 期）

世纪之交的困惑

——《废都》论

何西来

　　《废都》问世以来，时间不长，销量已达数十万册。读者褒贬不一，评论界毁誉参半，看来争议颇大，一时难以定论。要我说，这是好事。一部作品引起了争议，说明社会人群对它的关注，也说明它产生了某种客观效应。最可怕的是，石沉大海，毫无反响，褒贬毁誉都不见。

　　当然不能把是否存在争议作为评定作品价值的根据，因为它不仅不是标准，而且正好说明标准的不一致，或不确定。但争议的存在和展开，无疑有助于作品价值的最后论定。一部作品之所以产生争议，大致有这样一些情况：第一种情况是，作品结构复杂，头绪繁多，内蕴丰富，主题又呈复调，而远非单一。这样，读者便很难用直奔主题的办法去进行解读，仁者见仁，智者见智，彼此不易认同，争议就难免了。第二种情况是，由于作家的敏锐而在作品中提出了新的问题，或对生活中司空见惯的现象作出了新的评价，而这种评价又与占统治地位的主流观念相悖离，于是叛逆者云合相应，卫道者群起反对。这时的争议，往往会以论战的方式进行，表现出强烈的感情性，甚至尖锐的政治性，非得你死我活。第三种情况是，作家所描写的题材，在生活中本来就存在着不同的看法，公说公有理，婆说婆有理，即使他能超然于两者之外，提出新见，也会众口难调，避免不了争议。第四种情况是，作品在思想上、艺术上的成就和不足，呈纠结状态，何处为妍，何处为蚩，难以确指；或尽管优缺点都比较明显，却因读者的好恶不同，标准各异，你觉得这里好，我觉得那里好，也可能你觉得过瘾的地方，他却偏偏看不上眼，这也会产生争议。也许还有别的一些引起争议的情况，但以上四种却是最为常见的。

　　照我看，当前有关《废都》的争议，主要涉及第一和第三、第四种情况。这

几种情况均与作品中表现出的世纪之交的困惑有关。实在说，我对卷进争论的旋涡不感兴趣，只想就一些曾经引起我注意的问题，谈一些自己在阅读之后确实产生过的思考。如果鄙见与尊见不谋而合，那是我三生有幸；如果不合，乃至针尖对麦芒，那也绝非我有意和谁过不去。这是需要事先说明的。

方框框内外的困惑

翻开《废都》，最惹眼的，首先是那些方框框。方框框一般连画六个，后面在括号里注明作者在此处删去了多少字，从十几字、数十字到数百字不等，如"十八字""六十字""五百一十七字"之类。我粗略地统计了一下，有方框框出现的情节单元或事件单元约有二十余处，频率够高了。

不知最早发明在书籍正文的刊印中画方框框的是谁，我没有考证过。但就我所知，采用这种办法的，不外两类情况。一类是考古学家和版本学家，在辨认金石铭文、碑文时，或在校刊古代典籍时，遇有漫漶不清、剥蚀严重之处，或断简残编、字迹模糊之处，按照脱落和无法辨认的字数，画上相同数目的方框框，以示学术上的严谨与郑重。例如根据马王堆汉墓出土的竹简整理出版的佚书《孙膑兵法》，就是这么办的。另一类则出现在某些新印的古本小说中。这主要是因为原作中有些过于淫秽的描写，不宜在大众中流传，出版时必须删去。为了表示严肃负责，删节者便在相应的地方标以方框，注明删去多少字。我最早见到这样做的，是收在《世界文库》里的经茅盾删节的《金瓶梅》的部分章节。经过删节的本子，称为"洁本"。也有在删节后只注明所删字数，而不画方框框的，如近些年新出版的《金瓶梅》就是如此。总之，两类情况都涉及古人。

至于由作者自己在作品中画许多方框框，注明删去多少字，恕我孤陋寡闻，平凹恐怕要算是独此一家了。但我仔细地考察了全部画框之处，实在找不出非得这样做的充分根据。其一，凡画方框框的地方，均与情欲描写有关，属于"床上镜头"之类。不知作者标出的字数是实有，还是虚拟。如果实有，全部印出来，肯定语涉淫秽，无益于世道人心；如系虚拟，则完全多此一举。其二，此次面世的《废都》，是初版。在此以前，并没有非"洁本"的《废都》出版过，因此作家根本没有必要像今人印《金瓶梅》那样，另给自己搞一个"洁本"出来。其三，任何作家，在创作过程中，都会反复修改自己的草稿。修改，无外乎增和删。以删削而论，所删之处，或嫌直露，或怕犯忌，或以其芜杂，或以其多

余，但删之后，谁也不会在出版时画上方框框，打上括号，标出哪里哪里删去多少字。即使出于种种考虑，不得不暂行删去，准备以后有机会重新补入，也不会做这样的处理。因此，在我看来，平凹之所以要这样做，无非是想玩一点小花样，弄一点小谋略，以吊起读者的胃口，使他们感到好奇，产生窥伺和探究的心理，拿起书来就放不下，非得要一口气读完不可。如果这个推断不错，那就是纯粹的搞噱头了，不是平凹这样一向严肃的作家所干的。

由于方框框过于显眼，而它们又都画在有关情欲的描写中间，这就很容易把一般读者的注意力引到里面去，从而减少了对远为重要、远为丰富得多的作品内容的关注。争议之起，多缘于此。这大约是平凹所始料未及的。当然，问题主要还不在于这些方框框本身，而在于上下文中那许多关于性行为和性心理的描写，即狭义的情欲描写。对此要做具体分析。

饮食男女，人之大欲存焉。文学写人性，写人的内心世界和人的情感生活，就不能也不应该回避情欲。禁欲主义是不自然、非人性、反人道的，因而是文学创作的大敌。想把情欲描写从艺术创作中清除出去的"正人君子"之流，可以说代不乏人，但是谁也没有做到。在当代文学创作中，以"四人帮"为代表的极左派，曾依仗他们手里暂时握有的权力，在反对所谓"爱情至上主义"的旗号下，把一切情欲描写扫地出门，造就了文化的荒漠。这可以称为现代禁欲主义。新时期小说创作的重要实绩之一，就在于按照恩格斯在《格奥尔格·维尔特》里所提出的关于自然的、健康的肉感和肉欲的标准，冲破了这种极左的现代禁欲主义，从恢复一般的爱情描写起步，逐渐进入了深邃的情欲世界。而这，又是与在艰难曲折中日益高扬的人道主义潮流同步的。

这就是说，文学作品能不能写情欲，至少在今天已不应成为问题。问题在于怎样写和写到怎样的分寸上。照我看，这个分寸就是恩格斯所说的自然和健康。在这个范围之内的描写，叫适度；超出了这个范围，叫过度。如果不知节制，一任情欲的描写像决堤的洪水那样泛滥，就与色情，乃至淫秽为邻了。《废都》中的情欲描写，尽管很为一些人所诟病，但我以为，还不能说就已经达到了与色情或淫秽为邻的程度。

《废都》不是一本专写情欲的书，其中有关情欲的描写，主要集中在主人公庄之蝶和牛月清、唐宛儿、柳月、阿灿等几个女人的性爱纠葛上。这类描写，有些是必要的，有助于人物内心生活与性格层面的立体展示；有些则不那么必要，

显得可有可无，甚至给人以撒胡椒粉的感觉。在全书中，与情欲有关的笔墨固然不少，但相比较而言，却是比较弱的部分。说弱，首先是指写得不够美。所谓美，可以有很多规定，但我认为，恩格斯讲的自然和健康却是最基本的。自然和健康，说起来容易，做到却很难。这里的自然，不是原始状态的照录，而是必须经过审美的选择和升华。这是因为，原始的情欲，属于人性中的一个混沌黑暗的领域。就其本质而言，它是非理性的，受着本能的驱使。人们靠了意识，靠了理性，筑成堤防，让它在河道中流淌，不致泛滥。情欲本身虽然是非理性的，但艺术作品中对它的任何描写，又都不能没有理性的取舍与梳理。我们所说的自然和健康，既是这种取舍与梳理的审美标准，又是所要达到的审美目的。哪怕是写肮脏污秽的东西，也要让人能够感到这样的标准和自己目的的存在，引起美的联想。正是在这一点上，平凹也许缺乏足够的自觉，以致画面不够干净，影响读者的阅读效果。

其次，缺乏在理性烛照下对情欲的深入开掘，也是这类描写嫌弱的原因之一。所谓开掘不深，一是情欲描写没有与不同的性格、不同的情景紧密结合，变化不大，特点不突出；二是着眼于性行为的某些外部细节和外部过程较多，而忽略了，或者说不善于在更广阔、更重要，同时云谲波诡性的心理天地里驰骋笔墨，来来回回就那么三斧头；三是实写的笔墨太多，象征的、隐喻的笔墨过少，自己束缚了手足，很缺了些平凹本来特别拿手的空灵；四是作者写到这类地方时过于投入，过于贴近，往往忘记了应该留出一段理性的或者审美的心理距离，作冷静的、反复的审视，从而使自己的眼光得以穿透人物的灵魂；五是受三四百年前《金瓶梅》里性描写的模式的束缚较多，总给人一种似曾相识的感觉，进步不大，显得陈旧。

尽管《废都》里的情欲描写不算很成功，但是从作品的总体构思来看，又是不可缺少的组成部分。它们从一个侧面反映了世风日下、道德沦丧的现实生活中人性的颓败和污秽。庄之蝶为各种人事纠葛所困扰，失去了定位点。他惶惑，迷惘，精神空虚，没有理想，看不见希望。他感觉到了自己的堕落，却无力自拔。他是想在同几个女人的关系中寻求刺激，也求得暂时的解脱，却愈陷愈深，愈来愈沉沦，愈来愈痛苦，到了作品的末尾，几乎要崩溃了。而和他相好的女人们，唐宛儿被抓回潼关去，遭受了捆绑、毒打、凌辱、性摧残，失去了起码的自由和人权；柳月嫁给了市长的半身麻痹的儿子—— 一个富足的废人，她要

么活守寡，要么寻外遇，精神上凄苦空虚的苦日子有的是；阿灿的妹妹疯了，家被拆散了，在与庄之蝶最后一次欢会之后自己毁了容，带着肚子里庄之蝶的孩子走了，去面对自找的也许没有头的苦行生活；牛月清可以说把一切都献给了丈夫和与丈夫组成的家，却既没有得到丈夫的爱，也没有保住所爱的家，看来分手怕是难免的了；等等，总之谁也没有好的结局，谁也没有逃出悲剧的命运。从这样的结局回过头再看当初那些情欲的激荡，欢会、满足、卿卿我我、恩恩怨怨等等，都不过是浮云春梦罢了，留下的只是不尽的怅惘。这里同时也透露出作者难以排遣的困惑、沉重和悲观。

人物的困惑与作家的困惑

出现在《废都》里的人物，差不多都有各自的困惑，但我这里所指的首先是庄之蝶的困惑。这不仅因为他是主人公，而且因为他的困惑直接关乎作家的困惑。

庄之蝶，"庄周梦里的蝴蝶"，取名古怪，其隐喻性或象征性的含义是明显的。典出《庄子·内篇·齐物论》："昔者庄周梦为蝴蝶，栩栩然蝴蝶也。自喻适志与！不知周也。俄然觉，则蘧蘧然周也。不知周之梦为蝴蝶与？蝴蝶之梦为周与？"原是说庄子梦蝶的快适和梦醒后进入的那种物我为一的自得境界。自从李商隐在《锦瑟》诗中，以"庄生晓梦迷蝴蝶，望帝春心托杜鹃"的名句转用了这个典故之后，这典故便多少带上了那么一点说不清、道不明的浮生若梦的惆怅。王蒙的获奖小说《蝴蝶》的取名，则着眼于主人公梦的惆怅，也包含了巨大的困惑。读完《废都》全书，你会悟出，庄之蝶的名字，既暗示了浮生若梦的惆怅，也包含了巨大的困惑。而且，这困惑固然是人物的，更是作家自己的。

从人物来说，庄之蝶对自己，对周围的环境和人、事，都有说不完的困惑，因而不断发生错位，显得进退失据。他的灵魂浮躁不安，飘飘如无根之云，惶惶如丧家之犬，总也找不到归宿。从作家来说，他对庄之蝶的描写很投入。尽管我们还不能说，庄之蝶就是贾平凹，因为毕竟一个是艺术形象，一个是生活中的大活人，但平凹有意无意地把自己许多真实的体验、经历、气质、习惯等等，写到了庄之蝶身上去，却是任何一位有眼光的读者都不难看出的事实。写到动情处，不仅作家分不清庄之蝶是平凹，还是平凹是庄之蝶；就是读者，也很难把二者区分清楚。因此，在我看来，当然应该首先把庄之蝶作为一个艺术

形象来分析，但通过这一分析来把握创作主体的复杂心态和思想脉息也未尝不可。我甚至觉得，平凹一方面是无情地撕开人物的灵魂，赤裸裸地揭示出深藏在里面的隐秘，同时也是在更严格地解剖着自己，把自己的洁白和不洁，欢乐和痛苦，通通袒露给读者。从这个意义上来说，《废都》比平凹以往的任何作品，都更多更丰富地为我们提供了对他的主观世界进行剖析的材料与可能。这也是我对这部作品比较肯定的重要原因。

庄之蝶的困惑，是名人的困惑。他当了作家，成了西京城里的大名人，位列四大名人之首。按理说，号为"人类灵魂的工程师"了，整天写文章告诉别人该怎么怎么生活，因此而拥有许多崇拜者、追随者，自己当然不应该再有什么困惑了。然而不然，他的困惑偏偏比其他任何人都更多，更深沉，也更痛苦。

作为名人，庄之蝶有较高的社会地位、较大的社会影响力和多方面的社会交往，这无疑是一笔潜在的财富。他如果有野心，懂权术，善于纵横捭阖，当然可以利用这笔财富为自己交换更多的东西。但是，他显然不长于此道。虽说有时也好像有那么一点小狡猾，却基本上是个老实人，是个除了会弄弄笔杆之外没有多大实际能耐的文人。这样，他手里的潜在财富和他本人的价值，也就很容易成为别人利用的对象。这种利用，在权力者，是为了谋取更大的权力，至少是为了巩固自己已经到手的权力，并尽可能地延长它；在富有者，是拿来做一块金字招牌，取得某种广告效应，获取超额利润；在那些既无权也无钱的生计艰难的小人物，则无非是跟着龙王喝水，沾点光。但作为庄之蝶这样一个具体的被利用者，虽然有时也能得到一星半点好处，即所谓"分一杯羹"，却也往往要付出相应的，甚至是沉重的代价。

市长在与人大常委会主任斗法的关键时刻，情况危急，请庄之蝶出马，利用其作为作家的交往关系，为他在省报发了一篇歌功颂德的文章，使他转危为安，保住了乌纱帽。作为酬谢，他在文联给庄之蝶分一套房子。庄之蝶把这套房子取名"求缺屋"，既作为沙龙，也作为他和唐宛儿幽会的地方，他和阿灿的那次惊心动魄的欢会，也在这里。因为保驾有功，他似乎成了市长乌纱帽上的一颗耀眼的装饰，被捧着，顶着，狠出了几次一般文人未必能摊得上的风头。然而，却也因此而深深地得罪了市长的政敌，这就为他后来在那场官司中的一败涂地种下了祸根，几致其精神崩溃，代价不可谓不大。农民企业家黄鸿宝送了他几样东西，请了他一顿饭，赠款五千元，便拿他去大做广告，实际上却干着

制造和销售假农药的伤天害理的勾当，砸了他的牌子。这代价也不能算太小。周敏是带着唐宛儿从潼关私奔出来的小人物，托庄之蝶的名义，到《西京杂志》编辑部做临时编辑。这件事固然使庄之蝶得遇红颜知己，成就了他和唐宛儿之间的情爱，给他带来了欢愉，也多少唤醒了他生命的活力，填充了他精神上的空虚，让他像打了强心针、服了兴奋剂一样，但谁知周敏为了扩大刊物的销售和影响，竟以庄之蝶的逸事秘闻为内容，写了一篇引起轰动的文章。因为涉及庄之蝶和景雪荫之间的一段私情，而招来那场终于败诉的官司。一时间，西京城里议论鼎沸，传言四起，差不多把他推到了身败名裂的边缘。朋友们死的死，散的散，爱情友情两茫然。那代价也就更大。不错，他的确是名人，这种名人的自我感觉，使他得意、陶醉、飘飘然，但也同时把他卷进了只有名人才能碰上的旋涡。短暂的欢愉之后，留下的却是无边的痛苦。这怎么能不使他陷入深深的困惑呢？

在《废都》中，庄之蝶的困惑不是孤立的、个人的，而是作为一种普遍存在的社会情绪和社会心态被描写的。说普遍，一方面是指这种情绪和心态，在类似于庄之蝶这样的文化人身上具有某种典型性，另一方面也是指活动在庄之蝶周围并与他发生联系的三教九流，各色人等，也都或多或少处于这种情绪和心态之中，而且为其所困扰。由于作为作家的庄之蝶，具有特殊的身份、特殊的声望和特别广泛的社会联系，他成为作品结构的中心，许多人物和事件都往他这里集中，在他这里交叉，各种情节和冲突又多从他这里辐射开去，从而尽可能广泛地展开当代都会生活方方面面的复杂图景。而普遍存在的困惑情绪和心态，则造成一种特定的艺术氛围、审美色调，强化着作品的整体感。

以庄之蝶为中心渐次展开的他与周围人物的关系，可以分出一些不同的层面。第一个层面是那几个与他有亲昵关系的女人。唐宛儿和柳月都来自农村，一个是逃婚，一个是做保姆；牛月清和阿灿则是城里人，一个祖上颇辉煌过一阵，住双仁府，一个来自外省，住棚户区。她们都在都会中有自己的生活领域和生活方式，却不一样。与这几个女人有关的人物，如周敏、阿兰、牛月清的老娘和表姐夫妇等，就要算是第二个层面了。第三个层面是四大名人的其他三位：画家汪希眠，写招牌的龚靖元，西部乐团团长阮知非。这个层面还应该包括他们的家属，如汪希眠的老婆、龚靖元的儿子等。也许，孟云房和他的妻子夏捷、相好慧明，也可以划到这一层面来。第四个层面是另一些或与他比较接近，或追随他，或利用他的人，如《西京杂志》主编钟唯贤、黄厂长、赵京五、洪

江等，以及市长一家。其余关系较远、交往较少的人，或虽然曾有过亲昵关系却在作品中没有直接出场的人如景雪萌，通通可以划归第五个层面。这样划分的五个层面，也可能互有交叉，不尽准确，但至少可以从中大致窥见人物关系的网络，以及这一网络展示出的都会生活的不同方面。

贾平凹一向以写他的家乡商州而闻名于世。在那里，他为自己，也为读者营造了一个独特的艺术世界，形成了自己清新隽秀、空灵蕴藉的风格。《废都》是他第一部写都会生活的长篇，但从题材领域来说，也是一个重要的拓展。在这里，他动用了自己二十年城市生活的积累。许多细节、许多场面、许多体验，真实而且传神，都非亲历者不能道。尽管在构思时显然受了些《金瓶梅》的影响，个别地方甚至被有的论者指为模仿，然而，我倒是觉得，这是一部真正和当代生活贴得很近的书，在总体上并不给人以隔阂的、陈旧的感觉。如果一定要说它穿着古老的衣冠，那也是为了演出历史的新场面。

我说《废都》贴近当代人都会的现实生活，根据有二：其一，平凹通过与庄之蝶有直接、间接联系的人物关系网络，向我们展开的城市生活场景，只能出现在 20 世纪末处于历史转型期的中国，而根本不带有浓厚的流氓泼皮劲儿。庄之蝶则是一个不折不扣的文人，软弱、天真，有些时候甚至显得幼稚。他讷于言辞，不仅没有西门庆的拳脚，更没有西门庆的手段。因此他开的那家书店，从任何意义上讲，都不同于西门庆赚大钱的生药铺，更不要说坑蒙拐骗、巧取豪夺了。像为他主持店务的洪江那样，让书店一再大笔亏损，自己却抽走资金另做生意发财的事，在西门庆那里是绝对不可能得逞的。尽管牛月清让人想到吴月娘，唐宛儿让人想到潘金莲，柳月让人想到春梅，但毕竟性格、经历、结局都完全不同。牛月清留了字条，一气之下回了双仁府娘家住，声言要和庄之蝶分手的事，就没有可能在吴月娘那里发生。至于唐宛儿被抓回潼关前与庄之蝶同去的电影院、柳月后来参与经营的阮知非的歌舞厅，潘金莲、春梅做梦也梦不出来。此外，庄之蝶和《西京杂志》编辑部卷进去的名誉官司，市长在人代会上碰到的权力危机和权力斗争的方式，黄厂长的搞假广告，等等，都只能发生在当今，而不是过去。

其二，作家对他所描写的生活不是冷漠的、无动于衷的，而是"像忧亦忧，像喜亦喜"，感同身受。包括作家在内的各色人物的困惑心态，也是社会转型期才会有的特殊历史现象。这种心态的出现，是当前许多深刻的历史条件促

成的，不是哪一个个人的罪过。在极左思潮之下长期占统治地位的那些行为规范和价值标准，经过数十年时间的检验，特别是经过"文革"浩劫的考验，完全证明了它们的虚伪、残忍和非人道的性质，因而雪崩一样纷纷倒塌了。许多曾经非常迷人的幻想和理想，也在残酷无情的现实面前被击得粉碎，销蚀尽了昔日的光辉。即使那些本来还应该有活力的民族文化传统和优秀品格，包括在革命战争年代所形成的好传统和好品格，也都由于极左派的反复清剿而跑到阴山背后去了，被遗忘得差不多了。重新钩沉，你把它们找回来，需要时间。总之，旧的文化观念体系已经或正在崩解，而新的文化观念体系还没有建立起来。于是，道德沦丧、胸无大志、尔虞我诈、蝇营狗苟、权钱交易、贪赃枉法，乃至赌博偷盗、卖淫嫖娼等丑恶现象就沉渣泛起，变得触目皆是了。这一切均源于社会人群的行为失去了判断依据，失去了公认的规范，即失去了是非、善恶、美丑的一般标准。但人毕竟是理性的动物，他之所以为人，乃是因为他能够在理性之光的烛照下，在实践中为自己找到行为的依据、规范、标准，同时也"为自然立法"，改造周围的环境。这些依据、规范、标准，就其本质而言，是理性的。失去了它们，也就失去了理性的航道。于是，人欲横流、腐败丛生的局面就难以避免了。在《废都》所提供的画面上，我们看到，每一个人都在追求自己的目标，而为了达到这目标，又都在或多或少、或明或暗、有意无意地和恶行恶德甚至腐败沾着边，但是谁都对这些现象不满，有时还恨得咬牙切齿。他们六神无主，惶惑不安，愤愤不平，活得很累，活得很不痛快，一派精神败落的景象，一派世纪末的情绪，一副没头苍蝇的模样。出路何在？谁也没有数，谁也说不清楚，"上帝死了"。

恶是推动社会前进的动力，黑格尔这样说，恩格斯也这样说。《废都》所描写的正是社会飞速前进中恶欲激荡、精神衰颓的历史图景。实在说，几乎是毫无遮掩地揭露世道人心的负面，连自己也一起揭露了，并不是因为平凹嗜痂成癖，喜欢用阴暗的眼光打量世界，恰恰相反，是因为他有一颗不死的心，有普通人一样的难以排遣的困惑、迷惘和苦闷。

困惑的象征和象征的困惑

人的本性并不期望困惑，而期望明晰和确定。这是因为，困惑是一种矛盾的纠结，选择的困难，目标不明，进退维谷，而且伴随着精神上的苦闷和无所适

从。然而，在通往明晰和确定的漫长的道路上，却常常会反复出现两难的困惑窘境。由困惑而达于不困惑，然后又出现新的困惑，如此循环往复，以至无穷。就是说，只要人类在前进，困惑将是难免的。由于这种困惑具有说不清、道不明的性质，所以平凹在表现它的时候便狠用了些象征的笔墨。象征之所以为象征，就在于它的不确定性，就在于它是用比较确定的具象去暗示宽泛的、不十分确定的意蕴。看起来，它好像正好适应了表现困惑情绪和困惑心态的需要，但实际上却暗藏着准确理解上的陷阱，会产生歧义，产生公说公有理、婆说婆有理的莫衷一是的尴尬局面。这又是新的困惑了，而它则完全是由象征引起的。

《废都》的象征是总体性的，在具象的当代西京都会生活图景的后面，由于主题的不确定和主题的多义而包容了足以引发读者宽泛联想的意蕴。为了给这总体的象征提示一个大致的解读方向，作家又用心良苦地设置了五个主要的局部象征。它们一方面是总体象征的组成部分，共同烘托着总体象征的氛围与效果，另一方面又各有其相对独立的艺术地位和鉴赏价值。这五个局部的象征分别是：书名、怪老头、牛老太、哲学家牛和城头的埙声。

《废都》的取名，显然很费过一番思索，是长期酝酿的结果。在此以前，平凹就曾写过一篇同名小说，记得好像是个中篇，写的是黄河岸边的一座古老的土城里的故事。那篇《废都》几乎没有引起什么大的反响。废都者，废弃、废置的都城之谓也。这是它的字面释义，可以泛指一切曾经做过都城而现在早已不是都城的地方，如安阳、临淄、江陵、许昌、南京、洛阳、开封等。但在贾平凹的这个长篇中，它却是实指现代大都会西安，即书里的西京。西安是一座历史文化名城，曾先后有周、秦、汉唐等十多个朝代在这里建都。中华民族的几个辉煌的历史时期，都曾以这里为中枢。把描写这里的当代生活的作品，定名为《废都》，就是要引起读者对这种文化传统与背景的联想，从而在今昔对比中获得某种历史的启悟。另外，废都之废，让人想到的未必是废品、废物，甚至废墟，倒是更容易引发隆衰与兴废的感慨。这就进入了这个象征所包容的意蕴的深邃层次。作为一种深层的意蕴，兴废之感不只是在读者看到"废都"二字时才会有，而是渗透于整部作品的画幅之中，随时提醒着读者，使他们产生"无可奈何花落去，似曾相识燕归来"的困惑，使他们感到啼笑皆非，同时也陷入深深的忧虑。

怪老头在《废都》一开始就出场了。他形貌怪：囚首垢面，却有一双极大的

眉眼，冷冷地看着人的忙碌。他衣着怪：出场时的衣服原是孕璜寺香客敬奉的锦旗所制，前心印着"有求"两字，那双腿岔开，裤裆处粗糙的大针脚一直到了后腰，屁股蛋上左边一个"必"，右边就是个"应"。他精神怪：半疯不疯，半浑不浑，看似清醒，又像混沌。他说话怪：出口成章，常常能编出一些颇为切中时弊的谣儿来，一唱百应，流传开去，倘在古代，肯定会被专司采诗的官员收集了献给有为的君王去补察时政。他行为怪：老见他拉着一辆铁轱辘架子车吼叫"破烂喽——！承包破烂——喽！"偏偏吼得不是时候，不是地方。总之怪得离谱。

按照作家的介绍，此人十多年前是一个民办教师，倒也和正常人没有什么不同，只是在转公办教师时因受上级陷害没有转成，加之上访一再碰钉子，搞得哭诉无门，这才精神失常，在西京市流浪。这种经历和结局，也是可以按照正常的生活逻辑解释的。但对于他的精神变态的过程，作品并没有进行正面描写，从他一出现，变态的事实就是给定的。作为精神变态者，作家没有让他卷进与其他人物的矛盾冲突中去。他在作品中时隐时现，出场和退场对各种情节线索的发展，均无直接影响，也不在其他人物的心里留下什么痕迹。看起来，他的来去似乎随意性很大，实际上却并非如此。作家利用他的精神变态，在他身上玩了隐身法和分身法，分出自己的一部分在他身上，和他一起站在冷静的旁观者的位置，来反观连自己也卷了进去的要死要活、痛苦不堪而又难以自拔的人事纠葛和情感纠葛。因此，这位怪老头的每一次出场，都起着一种类似于布莱希特所提倡的那种"间离效果"的作用。

怪老头所念的那些谣儿，略带讽刺和调侃，实际上并非疯言疯语的杜撰，亦非作家的凭空臆造，而是早已在社会上流传着的东西。老百姓对于一些带有相当普遍性的腐败现象和社会不平，感到愤懑而又无能为力，于是编了歌谣以宣泄自己的不满。就整个作品的艺术布局来说，疯老头的念谣儿，一方面提供了一种非常真切的现实生活背景，使读者产生贴近感，另一方面，也起着某种点题作用，引导读者拓展思路，做更宽泛的联想。除了念谣儿以外，怪老头还在各种特定情境下讲一些莫名其妙的话，似是而非，让人摸不着头脑。但仔细玩味这些似是而非的话，又总觉得能够被事实印证。再加上作家有意在描写他的笔墨上藏头露尾，闪烁其词，这就益发给这个人物涂上了一层神秘的色彩。至于老头每出场必喊的"承包破烂"，就是承包收废品的意思。怪老头要收的"破烂"，泛指一切废品：既指物，也指人；既包括精神的，也包括物质的。总

之，举凡废旧、过时、腐败的东西，都在怪老头的可收之列。正是在这个层面上，平凹赋予破烂和收破烂的老头以宽泛的象征意味，从而和《废都》的总题目挂上了钩。

庄之蝶的老岳母，牛月清的老娘牛老太，也是一个怪诞的人物，精神也有严重的变态。她的怪，决不在"承包破烂"的怪老头之下。她生活在双仁府的深宅大院里，很少出来与外面的人接触。她的肉体虽然无法离开现实，但她的精神、她的思维方式却顽固地留在那早已逝去的年代。她忘不了自己家族以往的辉煌，梦里梦外、白天黑夜不断和逝世多年的丈夫的鬼魂对话、交流，听信这个鬼魂传递给她的各种暗示。她只有躺在棺材里才踏实，才能放心地睡得着觉，因此摆在卧室的那口棺材，才是她真正的床。她在那里面做着白日梦和真正的梦，在梦里交织着过去与现在、温馨与惊惧。也就是说，她是在棺材里与现实对话的，所以梦和醒不分，阴间和阳间不分，人和鬼不分。她常常讲一些荒诞无稽、古怪离奇的话，或让人忍俊不禁，或让人毛骨悚然。总之无论思维、讲话，还是行动，她都遵循着一套固定而又奇怪的逻辑。我看，可以名之曰"棺材瓢子逻辑"。如果读者是站在彻底的唯物主义的立场上看问题，固然不难发现这套逻辑的荒谬，却也不得不承认，这种逻辑归根结底也还是现实世界的反映。现实生活中的客观对象，通过这种逻辑映在牛老太的心灵镜面上，当然会有夸张，会有倒置，会有扭曲，不过有心人还是不难从中离析出、猜测出某些客观的真实来。因为，毕竟不是空穴来风，何况作家并没有躺在棺材里看世界，也没有精神变态。我总觉得，平凹设计牛老太这样一个形象，是很有深意的，像设计怪老头的形象一样，自有作家的一片济世的苦心在。这让人想到鲁迅笔下的那个著名的迫害狂患者。如果这样的解读大致接近作家的构思意图，则牛老太和她用来做床的棺材，以及她所说的那些人鬼不分的话，就都可以作为象征来看。柳叶子的丈夫有一次不无调侃地问收破烂的怪老头："你还收旧女人不收？"[①]如果抛开其中有关遗弃的内容，像牛老太这样的"棺材瓢子"，还有她的那套"棺材瓢子逻辑"，肯定都在该收之列。

记得苏东坡很欣赏柳宗元的一首七言绝句，那首诗说："海畔尖山似剑铓，秋来处处割愁肠。若为化得身千亿，散上峰头望故乡。"此诗有柳宗元独特的峭

---

① 贾平凹：《废都》，北京出版社1993年版，第390页。

拔风格，更难得的是他忽发奇想，希望自己能分身于诸峰之上，遥望家山，以慰乡愁。这当然只是一种艺术想象中的分身，但它在艺术创作中却带有普遍性。它和柳青所讲的作家的对象化稍有不同。柳青的对象化是说作家在艺术的构思和描写中，要把自己想象为所有笔下的人物，包括他所否定的。分身虽然是一种对象化，却要求作家把自己的一部分写到人物身上去，而不仅仅是代表人物设想。在《废都》中，作家显然是把自己分身到了三个形象上：一个是主人公庄之蝶，一个是半疯半癫的怪老头，再一个就是被庄之蝶称为"哲学家"的奶牛了。庄之蝶的名字是有点象征意味的，这一点我们在前面已经谈过了。但作家用以描写他的笔墨，却往往是充分写实的，这正与人物对生活的全身心的投入相称。如果说在庄之蝶身上分的是作家生活中很苦、很累、泥足深陷、夹缠不清、很不快活、很不清醒的一面的话，那么在怪老头和哲学家牛身上分的，则是作家试图摆脱各种尘世纷争、尘世困扰的一面。他们都多多少少与现实拉开了一段距离，站在了旁观者的立场上，因而远比当事者庄之蝶清醒得多。

哲学家牛虽然每天被刘嫂牵进城里挤奶、卖奶，涉足于现代都会生活，但他始终与这种生活格格不入，看不惯这里的人欲横流，尔虞我诈。这就益发使他怀念自己曾在终南山里度过的那些宁静、欢乐、无忧无虑的日子，怀念那种田园牧歌式的生活。这是把人的感受和心态向牛身上的移置。正是在这里，我们看到了萦绕在平凹心头的那一抹柳宗元那样的难以排遣的乡愁，也可以称为思乡情结。它指向作家无法舍弃而又终极皈依的精神家园。也正是这种思乡情结，使得他让已经被都会生活搞得狼狈不堪的庄之蝶，每次都爬到牛肚子底下，直接叨着它的奶头吃奶。这种奇怪的吃奶方式的象征意义是明显的。

哲学家牛终因奔波积劳和都会生活的困扰，加上乡愁的难以抚慰，而病倒在郊区的乡下。它得的是肝病，药石无效，一病不起。庄之蝶去看望它时，不巧却赶上为它送终。那结局是千古一式的"老牛力尽刀尖死"，最后还为主人献上一张皮和因病而成的十分珍贵的牛黄。这一段笔墨是相当动人的。这里也许象征性地表露了平凹在不久前的那场大病之中和之后的某些感伤而又不十分明晰的思绪与体悟。他在后记中说："这些年里，灾难接踵而来，先是我患乙肝不愈，度过了变相牢狱的一年多医院生活，注射的针眼集中起来，又可以说经受

了万剑穿身；吃过大包小包的中药草，这些草足够喂大一头牛的。"① 因此我看，要说那头哲学家牛就是这样用作家的灾病和药草喂养出来的，恐怕不能算无中生有。

埙声常由周敏在城头吹响，那"声音沉缓悠长，呜呜如夜风临窗，古墓鬼哭"②。它在作品中反复出现，有时在白天，有时在夜晚，主要起一种烘托艺术氛围的作用。庄之蝶很喜欢听它的声音，最初并不知道吹埙人是周敏，后来才知道。每当埙声传来，作者和他笔下的人物都会经历一种特殊的情绪体验，似乎埙的低沉舒缓的哀音，正好与他们的生命节奏、命运节奏、情感色调相称、相配、相一致。埙的哀音，既传达着、强化着特定情境下人物的心绪，同时也传达着、强化着与作家本人相通或相近的心绪。

我们看到，作品中的人物多半都不同程度地怀着迷惘、困惑的心绪，走向各自难以预测的未来，有一种总体衰颓、败落的悲剧气氛。而埙声，正好为悲剧的演出做了最好的伴奏。尽管读者从一开始就知道吹埙的人是周敏，但每次埙声奏起时，还是不由自主地会产生某种难以言传的神秘感和不祥感。我想，这很可能与作家用他痛苦的困惑情绪对其进行了晕染有关。

此外，《废都》中还有一些荒诞的笔墨，如四个太阳同时出现（这个细节在中篇《废都》里也出现过）之类，也都可以视为某种象征，共同服务于作品的总体构思。限于篇幅，就不一一赘述了。

文章写到这里，该打住了，但似乎还有许多要说的话没有说完，只好留待他日。尽管如此，我对《废都》"基本肯定，有所保留"的态度，还是清楚的。

（选自《〈废都〉大评》，香港天地图书有限公司 1998 年版）

---

① 贾平凹：《废都》，北京出版社1993年版，第520页。
② 贾平凹：《废都》，北京出版社1993年版，第55页。

心灵的挣扎

——《废都》辨析

雷　达

盛夏已经过去，书摊上的"废都热"却还不见降温，从北国到南方，尽管物候、风尚、方言、服饰大异其趣，但就《废都》的畅销而言，却没有两样。它那熟悉的封面在到处招摇，好像妖冶的女子哪里都不会拒绝。它甚至悄悄地把王朔从书摊上挤了下来，同时似乎不无讽刺地宣告着，文学的轰动效应并没有过去。据不准确的统计，此书发行已逾百万，盗印本也四面出没，至于读过这本书的人究竟有多少，那就谁也说不清楚了。这可真是新时期以来，甚至整个当代文学史上的一大奇观。

奇观之奇更在于，人们不但争相阅读，而且意见不一致，其分歧之大，争执之剧烈，虽未到"几挥老拳"的地步，也已激昂得空前。读者和评论界，有人说它堕落，有人说它变态，有人说它是明清艳情、狭邪小说的仿制品，并无创新价值，有人说它是狡猾的商业策略，一笔早就预谋好的赚钱生意。当然，也有人对它推崇备至，视其为深沉之作、传世之作，几近绝响，因而听不进批评意见。

面对《废都》，面对它的恣肆和复杂，我一时尚难作出较为准确的评价，也很难用"好"或"坏"来简单判断。我对上述每一种看法似乎都不完全认同，但也不敢抱说服他人的奢望，我知道那将是徒劳。我只想将之纳入文学研究的范围，尽量冷静、客观地研诘它的得失。我将循着作家创作个性的线索、作品人物和结构的线索、文学传统的线索，说一说我初步认识的《废都》。

一

这本书为什么要叫《废都》呢？这本书书名可否透露一些作者创作心态和倾向上的消息呢？贾平凹是很钟爱这个书名的，他先前的一部中篇小说即以此

名之，现在的长篇仍用此名，可见寄托之深。看到这个书名，我立刻想到了新感觉派大师川端康成，想到了他的《雪国》《千鹤》《古都》三部长篇。在语词结构和命名方式上，《废都》确乎与之相近。诚然，《废都》的内容与川氏的小说没有什么关系，可是在作家的气质和情调上，就不能说没有默契了。贾平凹崇尚川端康成是众所周知的，但与其说在创作手法上崇尚、借鉴，不如说更多的是一种心灵上的感应。川端康成是以写女性、写颓废美而著称的，由于身世的不幸，他离群索居，落落寡合，气质阴郁、凄婉，常常深陷在世事无常、人生幻化的精神危机之中，终至自杀。贾平凹当然没有感伤得这般严重，但他创作个性中的孤独、自悲，他那极其敏感、极其脆弱的性格，实与川端康成心有灵犀，所以，《废都》的取名，未必没有川端康成颓废美的影子，未必不是一种连作者也不自觉地偶合。

由书名而提到川端康成，并不是出于索隐的兴趣，而是想探知贾平凹何以会突然写了《废都》。有人说他走火入魔了，无法理喻他创作此书的动因。的确，《废都》在贾的创作中前所未有，这倒不在于他首次描写了都市知识分子的生活，而在于其剖露灵魂的大胆，性描写的肆无忌惮，由审美走向审丑，由美文走向"丑"文，以及那透骨的悲凉、彻底的绝望。我倒不认为作者自言的"痛苦"有何矫饰，或竟以痛苦为幌子诲淫诲盗，更不以为作者是被金钱煎熬，早早打定了赚钱的主意。这些都不是真实的贾平凹，真实的贾平凹确实被痛苦的重负折磨着，无法解脱。他在后记里说，这些年来他的个人生活可谓大故迭起，灾难频仍，疾病、父丧、亲亡、离异、官司、流言……使他深怀悲抑，觉得"只剩下了肉体上精神上都有着病毒的我和我的三个字的姓名"。其实，关于他的名人之累、本能之困、找不到精神归宿之苦，他还没有细说，像丧亲和离异之类，倘若放到平常人身上，大多自认晦气罢了，放到脆弱而感伤的贾平凹身上，就可能影响和触动他对整个宇宙人生的情绪反应。我们推想他因自身遭际的不幸而特别能品尝川端康成式的悲凉，特别沉溺于颓废美，大约不是毫无道理。

其实，这些终究只是外在的、直接的诱因，真正深刻的根源早就存在于他复杂的创作个性中。他的创作从来都在两种倾向之间摆荡，《废都》不过是其中的一种倾向走向极端罢了。这两种倾向是：积极进取与感伤迷惘，注重社会现实与注重自我精神矛盾，审美与审丑，温柔敦厚与放纵狂躁，现实主义的执着与现代主义的虚无，等等。就他的小说而言，十多年间走过了一条曲折多

变的历程。早期的《山地笔记》，单纯稚嫩，清新流丽，追求的是乡野的自然美、心灵美；后来，他阅历渐深，流露出困惑、迷惘的情绪，遂有《好了歌》《沙地》《二月杏》等作；20世纪80年代中期，他以《商州初录》发端，以长篇《浮躁》为其总汇，中经《腊月正月》《鸡窝洼的人家》等作，积极投身改革大潮，介入政治经济变革，以强烈的时代感和文化精神为人所称道，将现实性与文化寻根巧妙融合；80年代中后期，他由热情转入冷静，由关注外部世界转入探索人性的复杂，悲剧意识增长，连续发表了《冰炭》《黑氏》《古堡》等作；近年来，他的心态有些紊乱，笔致飘忽无定，既有《太白山记》式的诡谲神秘，又有《美穴地》《五魁》式的土匪系列，到了中篇《废都》再到长篇《废都》，他的精神逐渐被一种面对现实无能为力、无可奈何的沉沦感、悲伤感而左右。从这样的简约回顾中，不难看出他的摇摆幅度之大。这使人真想提出一个问题：到底哪一个贾平凹更真实？窃以为，写《废都》的贾平凹比写《浮躁》的贾平凹要更真实，更接近他的本来面目。事实上，《废都》式的悲凉和幻灭，早就在他的心胸中潜伏着，若注意他的散文《闲人》《名人》《人病》诸篇，可发现《废都》的雏形和胚胎。当他晚近的创作中出现了以生存意义的追寻为核心、以性意识为焦点、以女性为中心的特点以后，其悲剧意识和幻灭感就愈发浓重，终以《废都》的方式来了个总爆发。所以，平心而论，《废都》的创作实为贾平凹创作发展的一种必然。

除了外在的刺激、内在的积聚，还有一个因素对《废都》的创作也至关重要，那就是贾平凹有股自我作古的勇气——不管这种勇气正确与否，理智与否，他所怀抱的这股勇气毕竟是真诚的。他在后记中说，他看不起他以前的作品，也失却了对世上很多作品的敬畏，他发现哪里有他过去的书，就"赶忙走开"，"脸烧如炭"，深愧自己不过是"浪了个虚名"。他说，往日企羡的什么辞章灿烂、情趣盎然、风格独特，其实正阻碍着天才的发展。而真正称得起"千古事"的文章，并非作家的杜撰，而"属天地早有了的"，不需要雕琢，也不需要机巧，如冬雪夏雷、四季转换般自然，如上帝无言般大朴。《废都》似正属于他向这种境界挺进的作品，故平凹称其为"唯一能安妥我破碎了的灵魂的这本书"。平凹的见解有无道理姑置之勿论，仅从作品来看，他确实在大力扫荡"杜撰""雕琢""机巧"，让生活与灵魂尽可能本色袒露，尽力追求"天地早有了"的境界。曹雪芹批评千部一腔、千人一面的才子佳人小说，决心"按迹寻踪、不敢稍加穿

凿"地写"半世亲见亲闻的几个女子",是出于一种潜在的使命感。贾平凹虽无法与曹公同日而语,但他的自我否定,是否也是一种类似的冲动?"洗尽铅华悔少作,屏却丝竹入中年",《废都》之作,不仅是为了宣泄一时的苦闷,对时时梦想着走出商州、写出高境界大作品的贾平凹来说,他自有其内在的信念。他做好了"任人笑骂评说"的准备,对他揭示的心灵真实充满自信,他不顾忌家人会怎么看,朋友会怎么看,人们会怎么看,大有豁出去的决绝。一向胆怯、羞涩、淡泊自守的贾平凹,执着到这等程度,真不知鼓了多大的勇气呵。

二

《废都》的整体精神特征,有人名之曰"废都意识",这不失为一种简明的概括,只是需要具体深入地剖析。

读《废都》,我确乎感到惊讶和震惊,它那大胆、赤裸、彻底、毫无顾忌的暴露笔墨,实为多年来文学中所仅见,就像节竹寺里有位罗汉,撕开了胸膛亮出心脏让人看形状。贾平凹的创作,向来以举重若轻、挥洒自如见长,颇得温柔敦厚之旨,其悲剧意识比较外在,更多的是乐感文化的自足。在小说开始的部分,看他点染人物,铺排场景,熏染氛围,看他写酒席应酬,男女斗嘴,请客闲谈,很是井然有序,且不时闪跳着幽默,以为贾平凹还是贾平凹;可是,越往后看就越难受,越压抑,越阴郁,前面欢愉、调侃的气氛迅即荡然无存,剩下的只是一种毁灭的悲怆和窒息。书中的大多数男女,虽也谈笑自若,虽也自寻乐趣,但像一些虚幻的影子,或像一群乱撞的没头苍蝇,或为眼前的微末利益驱使,或深陷在物欲肉欲中不能自拔,大家都像丢了魂儿似的,不知明天干什么好,谁也腾不出空儿思索一下生存的意义。因为灵与肉分了家,灵魂还留在昨天的残梦中,躯体却不能不加入变动了的世事,于是只能听凭外物的裹挟和刺激,作出条件反射似的被动反应。为了感恩,就去写吹捧文章;要吹捧,就要媚俗,就要添油加醋;添油加醋就惹出了官司;惹出了官司就要设法平息;要平息就不能不贿送字画,捉刀代笔地写文章;捉刀代笔就不能不作假,作假就不能不惹出新麻烦……这可真是天下本无事,庸人自扰之。人一旦进入了这种连环套、怪圈,就欲生不得,欲死无门了。可是,你能拦得住谁?是飞蛾就必然要扑火。这里的人们,头上没有理智的星光,脚下没有立足之地,大家都被从原先给定的价值体系和文化背景中抛了出来,一个个晕眩、浮躁、迷茫、狂乱,变得

互相不认识，自己也不认识自己了。这里，拜金主义、享乐主义之风甚炽，大家都忙于动作，终止了思考，只好把思索人的退化问题留给那头奶牛，把思索阴阳两界的神秘现象交给行将就木的牛老太太。这样，我们面对的就是一片物欲膨胀、精神荒凉的废墟。

之所以出现如此悲凉的情景，是与《废都》中特定的文化环境分不开的。有人批评《废都》中的人物缺乏现代都市意识，西京城没有大都市的豪华景观，没有霓虹灯、高速公路，没有架着金丝眼镜的留洋博士，也少中西文化的交汇冲撞，因而近乎城镇而非大都，庄之蝶也不像观念簇新的当代作家，腿脚上的泥巴还没有洗干净呢。这当然不是没有一定道理，但多少有些误读，还是用虚悬了的现代都市题材作品的要求来衡量之。在我看来，《废都》写西京城，写庄之蝶，主旨并非写现代都市文明的困境和世界性的知识分子的精神危机，而是写古老文化在现实生活中的颓败，写由"士"演变的中国文化人的生存危机和精神危机。西京城的土里土气，庄之蝶的偷香窃玉，大约都与这种绝对中国化的传统有关。

在作者笔下，西京城像个大博物馆，同外界有种隔离感，街上不时可捡到汉砖，快要拆除的民房的门楼上，竟是砖雕的郑板桥字画；老百姓家里的两把矮椅、一个香炉，可能是唐代遗物；破破烂烂的院落，也许正是簪缨之族的故居，真可谓"旧时王谢堂前燕，飞入寻常百姓家"。有人从杨玉环的坟丘挖了一兜土回来，居然长出奇异的四色花，旋即花儿枯死，人儿病倒；有人在城墙上吹埙，声调呜咽，如泣如诉，等力气用完，那声音像风撞在墙角，无力地消失了。这是一种谁也逃不脱的精神气候、人文氛围。如果说，这种氛围终究是外在形态的话，那么，可怕的是，浸渍在这种氛围中几千年的人们，渐渐在心中也有了一座废都。这心中的废都，集纳了大量的古传丸散、秘制膏丹，集合着修炼千年的人格理想、行为模式、审美趣味、佛玄道秘，因此外在环境虽已剧变，人们内在的心理结构却纹丝不动。庄之蝶一看到古玩就两眼放光，为之入迷；孟云房钻研《邵子神数》时一只眼瞎了，却偏说因为泄露了天机而"一目了然"，为之入魔。至于谈玄说道、巫医星相，品女人"脚"、赏女人"态"之类的描写，比比皆是。这些废都里的文化人，由文人而闲人，由闲人而废人，哪一个不是怀着文化上的黍离之悲、丧家之痛、畸零之感呢？如此看来，《废都》像一个现代寓言。

事实上，渗透全书的废都意识，主要还不是对于古玩、丰臀、小脚之类的迷恋，而是被传统文化浸透了骨髓的人们，无法摆脱因袭的重担、无力应对剧变的现实、在绝望中挣扎的那种心态。这是一种心灵的挣扎，其表现形式多种多样：或在传统与现实的夹缝中惶惑莫名，无所适从；或由禁欲而纵欲，狂躁不安，自寻毁灭；或投机钻营，聚敛财富，重温财主缙绅的旧梦；或一腔旧式文人、破落贵族的傲气，作困兽之斗。书中所谓四大文化名人者，以及书商、农民企业家、编辑、研究员们，大率如此。书法家兼赌鬼龚靖元之死，就很典型。他最后"抱了那十万元发呆，恨全是钱来得容易，钱又害了自己和儿子，一时悲凉至极，万念俱灰，生出死的念头"。他们究竟有多大的代表性可以商量，他们所表现的这种种意识、心态，不论叫废都意识也好，叫世纪末情绪也好，却不能不说反映着转型社会典型的精神特征的一方面。

我说过，贾平凹以往作品中的悲剧意识比较外在，这部作品中"牛"的思考者形象也仍然是外在的、表面的，可是，庄之蝶们缘于生命的颓废，却不能说是表面的。一般人只看到社会上的腐败现象、混乱现象而看不到颓废，尤其不能从知识分子的精神价值矛盾中发现颓废。其实这种颓废包含着严肃的悲剧性，它是历史的必然要求与无力跟上这种要求的冲突。

三

我揣摩贾平凹写《废都》，最初一个重要的意图是：毫不讳忌地展示这个光怪陆离的浮躁时代、晕眩时代的生活本相，尤其是世俗化、民间化的本相，留下一部珍贵的世情小说。从穿插其间的那个唱民间谣曲的老头，可以见出此种意图。作者未必不知道今天的人看这些谣曲并不怎么新鲜，但后世人看它们，就大有兴观群怨的喻世价值了。可是，写着写着，主调发生了微妙变化，主观化压倒了客观化，自剖灵魂的倾向压倒了展现世情的倾向，多少冲淡了它作为世情小说的品格，也缩小了它对社会历史内容的涵盖。从根本上说，问题出在作家与庄之蝶这个人物缺乏必要的距离感，庄之蝶的角色经常被作家自己代替，以至无法分解。

然而，尽管如此，《废都》关于世情的描绘仍是极为出色的。鲁迅先生言及"世情小说"时说："这种小说，大概都叙述些风流放纵的事情，间于悲欢离合之

中，写炎凉的世态。"①《废都》的写法，正是如此。《废都》的结构很巧妙，貌似信笔所之，漫无边际，实乃精心结撰，细针密线，它以庄之蝶为中心，如蜘蛛结网一般地展开一层层世态风景，且联络自然，浑整一体，无生硬铺排、人为垒砌之病。庄与其他几个"文化名人"、钟主编、景雪荫诸人，形成文化圈子；与孟云房、夏捷、赵京五、洪江、周敏诸人，形成社交圈子；与牛月清、唐宛儿、柳月、阿灿、汪希眠老婆等，形成男女圈子；与市长、秘书、农民企业家、人大常委会主任等，形成政治经济圈子；与牛老太太、刘嫂、慧明、阿兰、黄鸿宝老婆等，形成民间圈子。这些"圈子"其实是我们划分出来的，在作品中，你中有我，我中有你，如流水般无法分切。

在这里，细细品味作者怎样描写世态是没有篇幅的。我只想指出，作者写世情，一不是孤立地写，而是完全将世情化入艺术机体；二不是冷静地旁观，而是带着浓厚的废都意识来看世情，往往看得深刻。譬如，钟主编的命运可谓惨矣，无疑反映着一代知识分子的苦难坎坷，如牛负重。他最惨者何在？在于得不到应有的爱，得不到其视若生命的某些寄托物。他渴望收到"梅子"的信，殊不知"梅子"本属子虚，那些情书，不过是别人不忍看他痛苦而编造的假信。他一直苦求高级职称，不料到死也没有得到，只因死后火葬场规定高级职称者可提前火化，他才总算得到一纸空名。这不是黑色幽默吗？但又未必不是世情的烛照。同是评职称，阮知非就轻松得多。他头顶着"文化名人"的桂冠，其实不学无术，唯一的本钱是从父亲那儿继承的"耍獠牙"的舞台特技，也早忘光了。他把庄之蝶为他代笔的一篇如何"耍獠牙"的论文，作为进身之阶，并且声言，"我是活鬼闹世事，成了就成，不成拉倒"。他自然不会不成功。与不幸的钟主编相比，阮知非才是浮躁世事中的当代英雄，他不惧怕名实相违，只怕缺少欺世盗名的胆量。此人后来发了横财，却被人捅瞎了眼睛，马上换了一副狗眼，从此看人看物总要低上几分。这不也是黑色幽默吗？但透过滑稽，正可看到世事中伪劣和浮华的部分。

人情世态就是这样从作者的笔底浮现出来的。鲁迅先生谈到《金瓶梅》等"世情书"时说："作者之于世情，盖诚极洞达，凡所形容，或条畅，或曲折，或

① 鲁迅：《中国小说的历史的变迁》，见《鲁迅全集》第9卷，人民文学出版社1981年版，第344页。

刻露而尽相，或幽伏而含讥。"①我虽不认为《废都》已臻此境，但贾平凹写街景、写市风，写女人钩心斗角，写闲汉说长道短，真是着墨无多，跃跃欲生。他确是取了真经，得了神韵。他写黄鸿宝家的庭院小景，能让人想见一切乡村暴发户的气焰，他写"鬼市"的人影幢幢，交头接耳，能让人想见西京古都正在被"商品"这个怪物闹得夜不成寐。这样的世情，这样的氛围，才会有庄之蝶这样的人，否则，废都也就不成其为废都了。

四

庄之蝶的大名，出自庄子的《齐物论》："昔者庄周梦为蝴蝶，栩栩然蝴蝶也。自喻适志与！……不知周之梦为蝴蝶与？蝴蝶之梦为周与？"庄周之梦本意并不悲凉，是个自适其志、无拘无束的美梦，同属"物化"，变蝴蝶比变大甲虫要愉快得多。可是，当庄之蝶发现，自己很像旅游点披红挂绿任游客戏耍的那匹大红马后，这名字就成了反讽。证之于《废都》，庄之蝶让人联想到"庄生晓梦迷蝴蝶，望帝春心托杜鹃"的迷惘，"长恨吾身非吾有，何时忘却营营"的无奈，"庄之蝶"三个字，无他，"吾非我"而已。

从经典现实主义重视典型性格的眼光来看，庄之蝶并不棱角分明，有些模糊，有些虚飘，但是，若把庄之蝶看作一个精神载体、典型心理的寄寓体，甚至符号化的人，那就很富于底蕴了。庄之蝶是个精神上的集合体，是个极端，是个超负荷地承载着文化人的复杂矛盾心理的人，通过他，作品把特定时代一部分文化人的生存状态、精神状态揭示得淋漓尽致。当然，像庄之蝶这样性欲泛滥的人毕竟不多，倘说这就是当今文化人的模样，不但社会要鄙视，知识分子说不定也要抗议。可是，超过性欲狂疾的表象，他的自我迷失、无着无落，他的背负传统、无力超越，他的灵魂无寄、困于外物，能说没有一定的典型性吗？只是一切被推到了极端，推到了颓废和沉沦的极端，这就不免引起骇怪。

应该看到，庄之蝶终究是个缺乏使命感的知识分子，正如一些批评者指出的，他缺乏现代性，更像一个被突然捧上声名高位的乡土知识分子，他的活动太多地陷溺于声色玩乐，与几个女人的关系也有点闹剧化、轻薄化、感官化了。这就不免刺激有余，灵性不足，感性的狂潮淹没了精神的求索，全书也就缺乏

---

① 鲁迅：《中国小说史略》，上海古籍出版社1998年版，第126页。

更为深邃的人文精神，以致影响了整体的艺术品格。但是，即使如此，庄之蝶的苦闷和颓废，仍不无深意。

有一次，周敏对庄之蝶的苦恼很不理解，说："我不明白，你现在是名人，要什么有什么，心想事成，倒喜欢这埙声？"周敏的不理解，也是一般人的不理解，但不理解庄的苦恼，也就无法理解《废都》全书。据书中介绍，庄之蝶是档次高、成就大、声名远播的作家，是个不大缺钱又不大爱钱的主儿。他不乏善良和同情心，为了安慰孤苦的钟主编，不厌其烦地炮制假情书。但他又善良得近乎懦怯，周敏胡乱吹捧他，他体谅周敏一是为了报恩二是为了立足，也就默许了；景雪荫大闹，他于心不安，就写信道歉，说了实话。不料，这些善举、让步恰恰成了自掘的陷阱，给他招来无穷的祸患。书中写到庄之蝶常用一个词，叫"泼烦"，此乃西北土语，意谓并非因一事引起的纷至沓来的烦恼。庄之蝶精神状态的总特征，正可用"泼烦"概之。这"泼烦"包含三层内容，一是社会性烦恼，二是生存性烦恼，三是形而上的烦恼，而核心问题在于，不断丧失本真的悲哀。

庄之蝶不是不想保持自己的本性、个性、独立性，做到我是我，不是物；我是我，不是他；我是我，不是"名"，但在现实面前这些一一崩溃了。作为名人，大家众星拱月似的包围他，需要他，他不愿别人以名人待他，却又意识到自己是名人，处处迁就，限制自我。市长利用他，制造假农药的厂长愚弄他，他最信任的洪江出卖他，全都离不开他的名人之"名"。他终于悟到，他其实是"名"的仆役。这可说是社会性烦恼。作为"作家"，我们几乎看不到他写什么正经东西，他的几桩宏伟文事，无非是写有偿的报告文学、写假情书、写假论文、写挽联、替法院某人之子代写文章之类，捉刀代笔，李代桃僵。结果他没有了自己的"时间性"，也没有了自己的"空间性"，找不到自己了。但正像唐宛儿说的，他又是个需要不停地寻找新刺激的人，既然作为生命存在形式的创作已不存在，怎么办呢？只好到性欲狂潮中去发现自己的生命和力量。这可说是生存性烦恼。"人之生也，与忧俱生"，但并非所有的人对忧烦都具有清醒的自觉。有人陷入物质和世俗的无物之阵，人云亦云，只能感觉世俗的烦恼，不能感觉精神的烦恼，更不能感觉形而上意义的烦恼。庄之蝶则不同，他极度敏感，随时随地地追问着，我是谁，真正的我到哪里去了，加上他头脑里塞满了《素女经》《闲情偶寄》《浮生六记》之类的劳什子，硬要到现实中寻找他所谓的古典美，他

能不恍兮惚兮吗？有一次，他在太阳下发现自己的影子没有了，惊骇不已；他和唐宛儿在宾馆里胡搞，丑态百出，不一会儿又在大会的主席台上就座，泰然自若，他自己也不明白他是个怎样的怪物，或人是个怎样复杂的怪物。对庄之蝶来说，存在有如牢狱，自我去而不返，性也拯救不了灵魂，他便日甚一日地走向颓废。他的频繁的性生活，从最初的性爱逐渐转化为动物性宣泄，由确证自我转化为体验死亡。小说接近尾声时，他与唐宛儿有过一次疯狂的自虐和施虐式的性行为，自始至终还有哀乐伴奏。这很像三岛由纪夫在《忧国》里的一个情景，剖腹自杀前的武士用性交来告别人世，性变成了死亡的象征。庄之蝶与唐宛儿，终于像"两块泡了水的土坯"一样颓然无力。

还有比这更颓废的吗？庄之蝶的所作所为，实在不足为训。与许多并非不存在的意志坚韧、信念坚定的献身者和殉道者型的知识分子相比，庄之蝶显得多么羸弱和可怜。如果说，他也有价值，也有醒世意义的话，那就是，暴露了一个夹杂着污秽和血的、毫无遮饰的孤独而病态的灵魂，让人们看到，传统文化培植的某一种人格，怎样在这急遽变革的、世纪末的、浮躁的时代里，走向沉沦的精神悲剧。

五

性的描写在《废都》里所占的重量是毋庸讳言的，庄之蝶不断变换和增加性对象，如患狂疾，到后来几乎陷在肉欲和感官的世界里不能自拔。问题是，这一切究竟为了什么？若说作者就是存心炮制性文学以宣淫，倒也不是；若说作者像劳伦斯一样，认为肉欲是使人从机器文明回到自然人的宗教，也不是。我的看法是，庄之蝶的沉溺女色，一是为了逃避现实，二是为了拯救灵魂，三是为了安全感，四是觉得轻松——人们不明白，堂堂大作家庄之蝶为什么不与有才学、高智商的女性往来，偏偏与文化层次很低的女性纠缠，其原因就在试图卸下沉重，麻痹灵智，寻找片刻的轻松和麻醉。这并不奇怪，这是脆弱、胆怯、敏感却又封闭、保守，充满封建士大夫情调的庄之蝶的行为必然。庄之蝶通过性活动所暴露的灵魂的复杂，比他在现实活动中流露的，要多得多。他的软弱，他的窘迫，他的不无恶谑的情趣，他的自相矛盾的女性观，他的本想追求美的人性却终于跌落在兽性的樊笼的尴尬，全可从他的性史中看到。

就拿庄之蝶与唐宛儿的关系来说，很难说是谁最先勾引了谁。庄之蝶早就

不堪虚无和烦躁，面对是是非非的世界，不知逃遁到哪里去。他在所有的地方都找不到人生意义之后，只有到温柔乡去找寄托，寻刺激。像他这样的人，自然相信女儿是水做的骨肉，而且想在现实中印证他的古典梦，找个风情万种、仪态万方的"尤物"。他突然发现了唐宛儿，焉能不一见倾心？唐宛儿呢，早就是个不安分的女人，她从乡下与周敏私奔出来，固然一方面是不堪忍受丈夫的肆虐，另一方面则在于对都市生活的艳羡和改变处境的强烈欲望。她有极强的虚荣心，从她对庄夫人牛月清地位的企羡来看，她对幸福的理解可知。与其说她遇上了庄之蝶，不如说她早就等待着庄之蝶。为什么庄与唐一拍即合，一发而不可收拾呢？因为他们满足了各自的需要。唐宛儿心目中的幸福就是依附，不是依附粗俗，而是依附虚荣，而要依附得牢靠，就必须色相出众，善解人意。她的注重修饰姿容和"态"的训练，正出于这样的目的。庄之蝶把他们的狂欢视为生命力的证明，找到了自己；她则认为是她能不断调整出"新鲜感"，激活了庄的艺术思维。他们共同认为"喜新厌旧是一种创造欲的表现"。他们的看法似乎很有些"现代性"，但我敢说，庄没有逃出"士"的美梦，唐也没有跳出"妾"的理想，他们的关系带有浓厚的中世纪的陈腐气息。如果一开始庄之蝶不无自我拯救的动机，那么到后来，颓废的享乐主义就占了上风。还是伶牙俐齿的柳月说得痛快："是你把我、把唐宛儿都创造成了一个新人（这话值得商榷），使我们产生了新生活的勇气和自信（这也值得商榷，'新生活'指什么），但你最后却又把我们毁灭了！而你在毁灭我们的过程中，你也毁了你，毁灭了你的形象和声誉，毁灭了大姐和这个家（这话有理，但究竟是怎么毁的，根源何在）！""哀莫大于心死"，毁灭的根源当然在于，在物欲的压力下，灵与肉的极度分裂，生命力和创造力的衰竭，人性的彻底失落。

　　需要指出的是，庄之蝶绝不仅是我们时代独有的产物，他的家族源远流长，他的血管里至今流着诸如元稹、李煜、柳永、关汉卿、李渔、冒辟疆、沈三白们的血液，只是他所依靠的文化城堡到了 20 世纪末的今天，已崩坏如废墟，他也就成为这个家族的末代飘零子弟。仅从唐宛儿的形象就看出（这里没有篇幅分析牛月清、柳月、阿灿等人），作者把多少封建士大夫的、男性中心主义的观念加到她身上。应该说，唐宛儿的性格不乏率真、热烈、坦诚的一面，也不无令人同情的一面，但后来就显得芜杂，不少恶谑的成分是硬添上去的，使之失去了统一性。例如，希望她痴情，就不时掉泪；希望她曼妙，就精通"态"学；

希望她善淫，就花样翻新；希望她放荡，就满嘴亵语；希望她工愁，就望月伤怀。总之，她时而野性勃勃，时而贞静自守，一切以庄之蝶的需要为转移。她甚至暗中怂恿庄去占别的女性。这当然是损害人物的。也许作者意在表现一种不只物欲至上而且肉欲至上的世风（从龚小乙的幻觉中可以看出），却暴露出自私而陈腐的女性观。像庄之蝶这样的文化人，带有浓厚的士大夫气本不足怪，也可说是刻画人物需要吧，可是，抱着玩赏的态度津津乐道，那就是拿肉麻当有趣，视腐朽为圭臬，丧失了起码的美感和道德感。

《废都》中的性描写，各处笔墨不尽相同，但不少地方确有堕入恶趣之嫌。文学史上写性的名著，有《查泰莱夫人的情人》式的写法，有《西厢记》式的写法，有《金瓶梅》式的写法，等等，就我个人的眼光来看，我不喜欢《金瓶梅》式的写法，它太阴冷，太生物化，太注重性器官和性行为，像中世纪的暗夜令人窒息。具体到《废都》，我一直在想，可否换一种更蕴藉的方式来写呢？不过，我仍然认为，《废都》并非为写性而写性的轻薄之作，它确有"满纸荒唐言，一把辛酸泪"式的衷曲，我们不可专注于性描写，忘记了作者深层的追求。

六

在小说的叙事形态和风格类型上，《废都》与我国古典小说确有极密切的血缘关系，它不只在表述方式上、语感和语境上，而且在内在神髓上、美学精神上，完成了令人惊叹的创造性转化。不错，由于作者已将古典小说烂熟于心，潜移默化既久，他在创作中不自觉地露出了一些前文本的痕迹：送奶的刘嫂自言"一个庄户人家能认识你们也是造化"，让人想到刘姥姥；汪希眠的老婆把浸了她的汗和肉体味儿的铜钱摘下来郑重送给庄之蝶，让人想到晴雯咬下指甲给宝玉；牛月清让人想到吴月娘；唐宛儿让人想到潘金莲；柳月的嫁市长儿子让人想到春梅的嫁守备；等等。如果还要继续找蛛丝马迹，《废都》的架构与张春帆的《九尾龟》还有几分相像呢。《九尾龟》的中心人物章秋谷，是有名的流氓加才子，所谓万斛清才，一身侠骨，花柳惯家，温柔名手。他的母亲临死时这样对他说："你平日间专爱到堂子里去混闹，别人都说你不该这样，只有我一个人知道你的意思，无非为着心上不得意，借此发泄你的牢骚，所以我从没说过你一句。"这不是和庄之蝶也有点相通么。

我认为，能找到这么一些影影绰绰的痕迹是不足为怪的，古人评《红楼梦》

还说它"深得金瓶壶奥",至于一些杰作脱胎于前文本的事,更不鲜见。在我看来,《废都》是属于我们这个时代的独立创造,它表现的是我们时代特有的某种情绪,它写的是当今的日常生活,它的语言,主要是采自日常生活中活泼泼的语汇。像"阿灿笑了一下,笑得很硬""人晦气了,放屁都砸脚后跟""你是红得尿血的人""蚊子也是知识蚊子,我们来了叮叮我们,也知识知识"之类,俯拾即是,哪本古书里何曾有过?作者把古典小说中有生命力的东西与当代生活巧妙化合,把叙事艺术提到了一个新高度。说它炉火纯青,说它浑然天成,说它接近大手笔,并非溢美。

七

《废都》是一部这样的作品:它生成在 20 世纪末中国的一座文化古城,它以本民族特有的美学风格,描写了古老文化精神在现代生活中的消沉,展现了由"士"演变而来的中国某些知识分子在文化交错的特定时空中的生存困境和精神危机。透过知识分子的精神矛盾来探索人的生存价值和终极关怀,原是 20 世纪许多大作家反复吟诵的主题,在这一点上,《废都》与这一世界性文学现象有所沟通。但《废都》是以性为透视焦点的,它试图从这最隐秘的生存层面切入,暴露一个病态而痛苦的真实灵魂,让人看到,知识分子一旦放弃了使命和信仰,将是多么可怕,多么凄凉;同时,透过这灵魂,我们又可看到某些浮靡和物化的世相。

然而,由于作者怀着苦闷之心来写苦闷之人,与人物缺乏必要的距离,虽能写之,却不能超越和洞观,故而削弱了批判的力量和悲剧的力量;另一方面,感性乃至感官的泛溢,淹滞了灵性的思考,也阻滞了作品的人文精神的深化。

（原载《当代作家评论》1993 年第 6 期）

剖析现代人的文化困扰

——评贾平凹的小说《废都》

温儒敏

读罢《废都》，合上这本有些琐碎却又充满悲剧感的小说，我的目光久久凝定在其封面上。《废都》的封面构图很有意思：几团揉得皱巴巴的纸随意丢弃在那里，灰沉的色彩充斥着整个画面。这似乎带点禅味，很难确定其含义，但又会勾起种种联想。

我愿意想象那揉皱了随便丢弃的纸团就是"废都"的象征，"废都"可以"对号入座"地认定是西安，扩而大之，也可以认定为中国，乃至整个现代社会。古文明显赫地位的崩落，传统人文精神的废弃，岂不如同丢弃了的纸团？看来小说取名《废都》，包含对传统文化断裂的隐忧，有失去人文精神依持的荒凉感。七十年前，英国诗人 T. S. 艾略特写了题为《荒原》的长诗，以死亡和枯竭的意象，来表征被工业文明所裹挟的现代西方人的生命贫瘠。《废都》的命意和《荒原》何其相似！两者同样有着对于传统文明断裂后的隐忧和悲剧感，《废都》也许可以称为东方式的《荒原》。

一

当许多浮躁激进的新潮派都一股脑儿以对传统的轻蔑为时髦的时候，当众多年轻的读者新奇而又痛快地接受王朔式的调侃，以表示他们对传统价值和道德观念彻底唾弃的时候，贾平凹的《废都》却对传统与现代的碰撞交汇所形成的人文景观进行了深入的思索，或者说，是以矛盾痛苦的心情去体验当今历史转型期的文化混乱，表现现代人的生命困厄与欲望。

庄之蝶和他的文友们都有些"名士派"，本质上仍然是中国式的文人，他们的种种精神追求和清高的生活姿态都还挺"传统"，血管中流动的更多还是传统

的精神因子，但在现代城市社会生活的挤压下，他们又都纷纷脱轨、沦落。处在历史转型期，传统的崩溃与新变必然伴随精神的混乱与迷惘。书中对传统文明的崩落表现出半是挽歌的无奈，而其中的文化混乱中的城市众生相，构成一幅幅荒谬的灰色图景。"现代化"远未实现，人文精神的依持日渐失落，非人性的"城市病"却已经层出不穷，难于应对。小说用魔幻的手法安排了一头"清醒的"奶牛，以它那超人的角度来观察城市的种种"现代病"（或"时代病"），担心人类在现代化与都市化的过程中会因物欲膨胀而异化，丧失了灵性。这头牛在小说结构上起了一种提醒读者的作用，让读者在体验种种现代"文化混乱"状况时，不时跳出来换一种带哲理性的眼光去分析、理解现代化可能招致的人类灵性异化。

《废都》的意蕴丰厚，尽可以从不同的层面去读解。成熟的读者可以从中得到许多哲理性的启迪，例如，可以读出某种人生的宿命感，读出名利场背后的虚无、象牙塔里头的凡俗，等等。庄之蝶声名显赫，年轻人称之为导师，社会将他摆弄成了重要的代表文化品位的"角色"，按说他已经是很成功的有名有利的雅人。可是庄之蝶老是觉得"浪"了个虚名，实在是不堪重负，苦楚难言。他想方设法要冲出声名垒成的重围，另寻事业的天地与自由的人生，却非但冲不出去，反而将几十年所营造的一切都稀里哗啦打碎了，落入意想不到的狼狈结局。在众人眼中很"神"的庄之蝶，其实是凡俗而又真实的人：他不满自己那表面圆满其实压抑的婚姻，却又没有勇气痛快地摆脱；功利的无情加上家庭的乏味，使他沉溺于情场，和一个个情人演出心劳神悴的悲剧。最具反讽意味的是作为小说主干情节的一场文字官司，庄之蝶完全是被动卷入，对手竟是他初恋的情人。当他不无善意地力图使官司出现对各方都有利的转机时，却发现愿望早已被事实扭曲而导致荒诞的错位。

这样一个平凡的故事，由贾平凹写来却带有宿命感。他笔下人物那种失落的况味是在成功辉煌的顶点体验到的。在那些"成功"的男人和"幸运"的女人的生活中，读者总是感触到一种遍布的悲凉之雾。这就使人不能不领悟到：生命只是不断地追求，说到底，没有圆满的人生，没有可以永远把握的价值。庄之蝶茫然地承受了命运所给予的莫名重创，最终双眼翻白、嘴角歪斜地躺在候车室里。读到小说这灰暗的结尾，看官的思绪大概会久久盘旋于"生命"这一基本命题，并感到贾平凹那种力图超脱看待人生的佛家观念。近几年贾平凹历

经母病、父亡、婚姻破裂、官司纠缠以及自己大病一场等灾难，他是在成了文坛巨星而又自感肉体与精神都饱受"病毒"折磨的情形下，写成《废都》的，作品生存感悟正出于作者的实际人生体验。

这样一种对生命的理解和观照，在大陆的当代小说中并不多见。《废都》写了许许多多的人生苦恼和许许多多的丑恶社会现象，但并非抓住不放痛加批判，也不多加洞穿深究，而是以调侃、幽默和洒脱的姿态，使种种苦恼和丑恶表层化，化为冷静的有距离的故事陈述，使读者并不局限于沉迷体验，而是超越种种社会规定性的预设去思索人生。

二

不过，这些都是《废都》比较深层的哲理性的意蕴，一般读者可能更留意其生活描写层面，因为贾平凹写得非常真切、凡俗。他似乎有意换一支笔，不再像往常那样追求诗味的意境，也不求清雅，而宁可让人直面琐屑纷嚣逼真的生活氛围。书中写的是市井庸常，但涉及深广，对当今变革中的各种民情习俗的剖析尤为真切。诸如开会、庆典、过节、旅游、股票、下海、恋爱、结婚、离婚、官司、走后门、送礼、著书、作画、赌博、卜卦、气功、出家……社会生活各方面的情状无不影射出世变人心。举凡政要商贾、文匠艺人、贩夫走卒、地痞乡蛇、倒爷神客、三教九流……城市各色人物都可以在作品中找到影子。尤其是书中实录了当今流传的许多民谣谚语，以及某些针砭时弊的故事谑话，可以观民风察时政，读来十分有趣。此书可以当民俗小说来读，外国人或后人如果要了解中国这一段转型期的民情习俗，《废都》就是一卷"清明上河图"。

值得一提的是，小说中那位囚首垢面捡破烂的老头儿，往往出口成章就来一段谣儿，闲汉听罢便将谣儿传得风快。这唱谣儿的老头儿不禁使人联想到《红楼梦》中那个唱《好了歌》的跛足道人，两者在功能上都有顿悟警醒的作用。其实那老头儿唱的谣儿都是根据近些年流传的谣辞实录或改写的，在小说中作为社会背景存在，从这些民间流布的谣辞中也可以观民风察时世，了解世态人心。

三

《废都》的爆销，跟其中的许多性描写也有关，而且这已经成为人们争议这部小说的焦点。对《废都》中性描写持否定态度的人是有其理由的，从现实的

道德的眼光看，这部小说的性描写的确太多而且太露，缺少必要的艺术过滤。事实上，《废都》对性行为、性心理的描写，其阅读效应用得上"惊世骇俗"这几个字。虽然作者也仿照"洁本"《金瓶梅》的办法，对有些性行为的直接描写做了删节，用了省略号，并特意用括号注明"由作者删去××字"，但这做法故弄玄虚，客观上更加引发阅读的联想。① 从作品的完整性考虑，此法并不妥当，难怪有人猜想和责怪贾平凹这样做有商业上的考虑。

然而，更重要的问题在于《废都》的大量性描写是否出于艺术整体构思的必要，以及这种性描写到底反映出什么文学现象。笔者并不赞成将《废都》中的性描写简单地指斥为类似色情文学的败笔，或认为这纯粹是为了推销作品而迎合低级趣味。几乎所有的色情文学本质上都是逃避主义的文学，即以感官刺激为目的，将读者引入一个远离现实的性的极乐世界，挑逗读者在手淫式的陶醉中忘却自己的现实处境。《废都》却不是这样的。此书中的性描写虽然过于袒露，那些不成熟的读者难免会将药用的鸦片当饭吃，但总的来说，《废都》的性描写并不同于色情文学中常见的那种展览式或挑逗式性描写，作者更注重的是从人性角度剖析情欲，是将性爱、性行为等生理机能升华为现代人在文明异化中得以挣脱噩运的拯救方式。细加分析就可以看到，庄之蝶和小说中其他男女角色的各种性行为、性心理、性态度、性感觉，包括许多病态、变态的心理行为，既是自然人性的表现，又无不反射出某种文化性、社会性。庄之蝶追求灵肉合一、情色统一，有点泛爱，像贾宝玉，他总是冀求摆脱声名和各种现实的桎梏，超脱庸琐无味的婚姻。在一次次非分的情欲中重温生命旺盛的季节，最终却又在现实的道德法则面前饱尝了命运的重击。《废都》中的性描写并不停留于理念式的道德评断，而是深入对人性各个层面（包括人性弱点）的解剖。最容易让人读"不习惯"的，是那些似乎高蹈而低鄙的性欲描写中，德与欲常常混淆不清，而且那种偏倚性欲望的传统诉说方式，尤其让女性主义的评论家窝火与难堪。然而，我们还是应该注意到《废都》这种性欲描写也许正是要突破一般浪漫主义或自然主义的格局，并坦然正视人生情淫虚实、相克相生的复杂状态，进行道德与欲望的对话，并在这一更深层面去反思现代人的精神困境。《废都》

---

① 《废都》出版后遭禁，盗版愈加猖獗。更有好事者特意将《废都》中用"□□□□□"略去的有关性描写的部分，一一凭想象添加，并印有所谓"《废都》被删部分"专册在黑市贩卖。

的大量情欲描写虽然直露却又基本上还是严肃的，读起来甚至还有某种沉重感。这种感觉与前文所说过的那种对现代人生存方式思考的悲凉感是统一的。《废都》对性的坦诚描写，总的来说还是立足于对现代人生存方式、自我本质与文明和现实社会关系的深入认识，只是由于当今读者接受心理上或者现实道德观念上对于性的问题仍然很敏感，于是对《废都》的褒贬争议也就在所难免了。

四

《废都》大受欢迎可能还有一个原因，那就是贾平凹对当今流行小说语言形式的突破。当许多新潮作家纷纷以文体的革命隔断疏离欣赏习惯的惰性，而纷纷向西方寻找各种现代手法时，贾平凹却独自从传统中寻求支持。他采用读者普遍熟悉的全知叙述角度，语言节奏平缓疏朗，主要用当代口语，掺入些陕西土话，又刻意追求章回小说的韵味。《废都》很像《金瓶梅》《红楼梦》，情致和风格有太多的相仿点。这种味道现在已不可多得，出于一位当代作家而又写当代生活，反而给人返璞清心之感。

《废都》是一部难以简单索解的奇书，是一部肯定会引起持久争论的书，因它展现了 20 世纪末的华丽与颓废，随处透露着人总是拒绝接受的"荒原"感。其实这种"荒原"感，也是我们所处的历史转型期的产物，不过像《废都》这么坦然地将它展示并提醒人们正视和品味，难免让人不那么痛快。当然也可能还有读评习惯的不大适应的缘故。重要的是不要让既定的阅读和批评目标来左右我们对这么一部奇书的接受和理解，那么见仁见智，都会读出《废都》的奇，都会引发关于现代人文化困境的严峻思索。

（选自《文学课堂：温儒敏文学史论集》，吉林人民出版社 2002 年版）

萎缩变异文化形态的历史镌刻

——《废都》的匆匆解读

丁　帆

一

作为世纪性的阵痛，改革给中国人尤其是知识分子的心灵带来了巨大的冲击。然而历史必然要前进，它又必然与丑恶和痛苦同行。就此而言，在当今物欲横流的社会里，人性的扭曲已不再是资本主义的精神副产品。在这心灵世界的大搏战中，首先觉醒的仍是知识分子，而非那浑浑噩噩的子民们。但是，知识分子的觉醒并不意味着行动，那种"五四"先驱者们强烈的社会改造意识在20世纪末已化作一声声长长的悲叹。从这个意义上说，贾平凹的《废都》的批判意识就显得更为突出了。可以说，平凹是在描述当今社会文人在变革大潮中的一片心灵废墟上的悲惨景观。虽然平凹没有以具有强烈反差效果的"反讽话语"来结构全文，而是以貌似纯客观的视角来描写事物和人的心理。然而，那种对知识分子心灵无情的曝光就足以构成人们对事物的批判性审视，尽管作者往往饱含着无限的同情和礼赞的情感。倘使以此为阅读视角，《废都》当然有"新儒林外史"的意味。但是，就整个小说呈现出的西京社会文化景观来看，它的描写触角已然涉及了社会的各个阶层：官场、文场、商界、学界……它描写人物的数量和力度虽不及《红楼梦》那样阔大和深刻，然而，就主要人物，尤其是庄之蝶的心灵世界的展示看，却更具时代性和历史的必然性。就单个人物来说，庄之蝶的描写和贾宝玉的描写相比照，前者心灵世界的复杂性与后者比更具有社会的广义性。如果说《红楼梦》是以多个点彩主义的艺术手法勾勒出那个时代上层贵族的全貌，那么《废都》则是以着重剖析一个丰富的心灵世界并将其放大变形来镌刻出这个时代的本质特征。

作者在《废都》的扉页上写上了"唯有心灵真实，任人笑骂评说"。这"心灵真实"的含义似乎是不能以旧有的文学批评标准来解析的。《废都》作为当今文化人的心灵悲剧，它是通过对人物行为和心理的变形和夸张来加以证实的。问题就在于许多人都看不到这心灵悲剧后面隐匿着的作者真情。我以为，这部皇皇巨著，是平凹经过了十多年的艺术准备，用血和泪写成的自我心灵史，这并不比曹雪芹对时代的哲学体悟和艺术感觉差。一个时代有一个时代的文学，一个时代亦有一个时代的批评标准，其美学意义并非一成不变。《废都》作为贾平凹创作历程中的一个里程碑，它是"前无古人"的；它作为一部耗尽了作者全部创作心血和艺术体验的杰作，或许也是"后无来者"的。

平凹所说的"心灵真实"就是用自己充盈着血和泪的感情完成了对中国知识分子在这十年来内心世界暴风骤雨式的情感历程的描摹。西方近三百年的情感历程的变化，要求中国文化人在这短短的十年之中浓缩成一个个块结构加以吸收消化和鉴别摒弃，这确实是很难的。"五四"新文学运动并没有完成人文主义启蒙的任务，相反，它的不彻底，或是较为浮躁和浅表，造成的中国人的惰性力却是不可估量的。那么，20世纪80年代以来，经济变革所带来的文化开放局面，使得这段心灵历程更显得比"五四"时期来得悲壮而深邃。浏览新时期，甚至纵观"五四"以来的众多作品，能像《废都》这样波澜壮阔表现出知识分子心灵悲剧历程的杰作甚少。鲁迅《伤逝》的哀婉揭示出了"走出的娜拉"回到生活原点的事实，深刻地抨击了知识分子的懦弱性，但毕竟受着篇幅的局限而显得单薄；钱锺书《围城》的揶揄、幽默、调侃，甚至其形成的整个反讽结构，都为活画出知识分子心灵世界的惰性做了最微妙的诠释，堪称20世纪的经典之作。然而，从某种意义上来说，由于风格的不同，也由于时代赋予作家的使命不同，贾平凹的《废都》是蘸着血泪写出了在这大时代中知识分子最悲剧性的苦难历程。它虽没有小托尔斯泰《苦难历程》的时间跨度之大，亦没有老托尔斯泰《战争与和平》的空间跨越度之阔，但作者就在这中国古都的短短几年的社会变迁中，抒写出了使人觉得灵魂出窍的心灵悲剧。或许，我们能隐约谛听到远处传来的《忏悔录》《红与黑》《老人与海》《喧哗与骚动》《百年孤独》等的旋律，但我们更能清晰地听到萦绕在整个《废都》上的驱之不散的埙声，这埙声象征着一种心灵的死灭，象征着一个旧时代的终结，象征着一个传统观念的逝去，象征着一个不能自己的世界的降临……这种世纪末的孤独很能使人联想起狄更

斯在《双城记》中所说的："那是最好的时代，也是最坏的时代；那是智慧的时代，也是怀疑的时代；那是光明的季节，也是黑暗的季节；那是希望的冬天，也是绝望的冬天；我们大家一起走向天堂，我们大家一起走向地狱。"

《废都》中西京四大名人死的死、疯的疯、瞎的瞎，这无疑是隐喻知识分子的心灵萎缩。虽然他们并不像茅盾《子夜》中的吴老太爷那样一进入灯红酒绿、声色犬马的大都市就像一具僵尸一样很快"风化"了，但他们却在这时代动荡中走完了人生心灵的悲剧历程，正如茅盾《蚀》三部曲中人物的悲剧命运一样。真正的悲剧不是肉体的消亡，而是精神的死灭。我总以为《废都》的结局仓促了些，四大名人的精神逃路勾勒得并不十分清晰。当然，从艺术效果上来说，它很有《红楼梦》之遗韵，问题是《红楼梦》的悲剧结局毕竟是"狗尾续貂"，它的悲剧效应并非像人们意想的那样悲壮，更何况当今的悲剧美学观已发生了根本的变化，光是一个"色空"是难以说清楚当今知识分子本质特征的。

历史和伦理形成的二律背反，将一代知识分子推进了尴尬的窘境，西京四大名人的不同悲剧结局尤数庄之蝶更具典型意义。"庄生晓梦迷蝴蝶"，何为蝴蝶？这正是一代知识分子的迷惘，"自我"的失落、寻找精神家园而不得的痛苦形成了小说形而上的哲学意蕴，成为小说悲剧的主旋律。也许，从另一个视角来观察，小说恰恰呈现出的是形而下的直觉泛滥（这点下文详述）。然而，就作品的底蕴来说，它表现的是不是叔本华所说的："当看到悲剧结尾的那一刹那，我们必更明晰地醒悟和确信：人生原来是这么一场悲惨的梦！在这一点来说，悲剧的效果，似是一种崇高的力量，此两者都能使我们超脱意志及其利害，而便感情产生变化。悲剧的事件不论采取任何形式来表现，为了使我情绪高扬，都会赋予特殊的跳跃。悲剧中所以带有这种性质，是因为它产生'世界和人生并不真能使我们满足，也没有让我们沉迷的价值'的认识。悲剧的精神在于此，也由于如此，而引导我们走向绝望。"也许，贾平凹发现自己也像庄之蝶一样跋涉在精神文化的沙漠之中，生命的个体在腐朽、衰亡、虚假、堕落的泥沼中不能自拔，而寻觅不到精神的家园。正如尼采在《悲剧的诞生》中阐释的那样："在每一个被抛入现时代的真正艺术家的生活道路上，充满着危机和失望。"尼采所呼唤的"成为你自己"的时代强音并不能拯救世纪末中国知识分子的灵魂。我想，贾平凹亦不可能不深刻地体悟到这一点，因为在《废都》对人物悲剧心灵的描绘中所流露出的主人公对传统和现代文化的选择上的尴尬，以及对生命形式

的选择，都表现出一种无归和迷失的情绪。庄之蝶就是在这种文化的迷狂中不能自拔而导致最终的"中风"。毫无疑问，这种"文化休克"现象正是一代知识分子心理极度萎缩的外化形式。我以为《废都》的全部悲剧意义就在于作者写出了庄之蝶们在这个时代精神逃路被堵塞后的"文化休克"的无奈之举。或许，这种"休克"是暂时的，然而，这一母题的呼唤正恰恰承继了"五四"时代哲人们的"呐喊"——救救中国文化，包括救救被异化了的文人骚客，他们自身需要"二次启蒙"。《废都》喊出的正是意大利作家皮兰德娄在现代文明包围中阐释的那种现代人的直觉："我是谁？我有什么证据来证明，我是我自己，而不是我的肉体的延续？"作为一次心灵的震颤，现代儒生的分裂和精神崩溃正隐喻着一种新的文化心理机制，转换将是历史发展的必然。

　　《废都》的思想特征是否与新小说派有着内在联系呢？不管作家是否意识到，不管人们肯不肯承认，两种事实摆在我们面前：一方面作者是以人为本，写尽了人欲充盈的世界的可怖；另一方面，作者又不得不认同人受着物质世界的根本制约，"文本主义"致使人处于无能为力的地位。《废都》与新小说派理论的交合点就在于："他们认为，人只是生活在时间长河中的一瞬间，作家也仅能描写转瞬即逝的现在；生活现象循环不息，周而复始，无始无终；在生活中，现实、幻想、回忆、梦境，往往混杂交错或相互重叠，并不能截然分清。"与新小说派不同的是，贾平凹的这种"天人合一"的写法中渗透着中国佛和道的色彩。这佛和道的精髓与西方新小说派的创作精神又有着何等的默契啊。我们并不想再重复那个已经消逝的历史话题，"文化制约人类"的阴影却始终像一个游弋在20世纪末中国文坛的幽灵一样反反复复围绕这一代作家。从这个意义上来说，这样的文化反思是否更有史诗的意味呢？在这个新旧交替的世纪，在这个文化思想裂变的时代，知识分子是应该有所担当的。《废都》并不能埋葬古都的一切旧有文化，使它成为一个真正的文化废都；更不能把庄之蝶们送上精神的断头台，让他们的精神灰飞烟灭，而重新"蝉蜕的'新蝶'难保不带有旧的文化基因。庄之蝶能否获得'新生'"呢？新生以后又是一个怎样的情状呢？这正是《废都》难以诉说的，也是不可诉说的盲点。庄之蝶原是无路可逃的，他不可能像贾宝玉那样"出走"。那么，他只能逃离"都市"而返回"乡土"。而"乡土"并非"净土"，它同样受到了现代文明的冲击和熏染，在没有"净土"的无奈中，作家只能安排庄之蝶暂时"文化休克"——从本质上揭示出当今中国儒生们的

尴尬和窘迫、自嘲和自虐。如果说都市是肮脏、贪欲、罪恶的渊薮，那么乡土能给现代儒生以安宁吗？庄之蝶亦如尼采那样厌弃城市，"回到美丽的大自然中去"吗？"我爱森林。城市里是不良的生活；在那里，肉欲者太多了。"贾平凹之所以没有让庄之蝶归返大自然，而让其精神无归，暂时"文化休克"于都市，并非为尼采的这种审美观引导的普泛艺术归属，恰恰相反，都市的肉欲正象征着作者对这种重归"自然人"的认同，对"自然人"失落的一种悲悯。因为，他以为在性欲的背后潜藏着的是人的生命本体的觉悟，是生命蓬勃的复苏，只可惜，他成为稍纵即逝的生命流星。

> 性爱，它是其他形式的爱的创生典型。在爱中，而且是透过爱，我们寻求自身的永存之道：我们之所以能够永存于世界之上，就只有当我们死亡，当我们把自己的生命托交给他人。……我们与他人结合，那就是分裂自己；最亲密的拥抱即是最亲密的扯离，本质上，肉体爱的喜悦，创生的痉挛，就是一种复活的感觉，一种在别人身上更新自身生命的感觉。因为，只有在别人身上，我们才得以更新自身生命，进而得以永存。
>
> ——乌纳穆诺

二

当我们阅读《废都》时，首先遇到的障碍就是性的难题。就目前的形势来看，性，仍然是我们这个古老东方民族最具有禁忌诱惑力的一个文化焦点命题。我们不能否认《废都》之所以引起当今文坛的轰动效应，性描写是一个重要因素。在这一敏感的话题下，许多评论家都颇有微词，亦显示正统与清白。其实，就中国文学史而言，话本小说表现这一内容自明末清初开始（唐传奇小说，甚至唐以前的文学作品中的性描写，多为"房术"，故不论）就进入了高潮期，虽晚于《十日谈》，然先于《查泰莱夫人的情人》。那性描写为什么一直被打入"另册"呢？尤其像《金瓶梅》这部至今尚难以评说的皇皇之作，随学术界研究风气渐变而艺术评价日渐升温，但作为大众传播媒介是绝不能公开褒扬的。尽管有人论述其主人公西门庆的性攻击带有资本主义原始积累的印痕，从而演绎出明朝在资本主义萌芽时期的某种社会心态，这似乎与《查泰莱夫人的情人》之主

题有异曲同工之妙，但无论如何，中国小说中的性欲描写都未能达到西方经典小说中那种母题的显示——返璞归真，通过性欲描写来体现人的生命潜能，来呈现出美的形态，来揭示性欲后面深层的文化内涵，来表现人的潜意识活动的复杂性，来表现重塑"自我"的生命体验。

"五四"新文学运动以来，一代宗师们在自己的小说中都敢于涉及性欲描写，无论是"创造社"的大师郭沫若、郁达夫、张资平，还是"文学研究会"的中坚茅盾，都有意无意、或明或暗地涉足于此，直到80年代末王安忆的"三恋"和《岗上的世纪》等作品为止，恐怕尚没有一部小说像《废都》这样大胆直面人生之"丑恶"，酣畅淋漓地表现性欲。有人以为这是为了造成一种"广告效应"，然而，即使是广告效应，也能看到它背后的国民心态。有人认为《废都》是一枝"病果"，不足以取。似乎只要一涉及性，就不会产生审美效应，就不会是好作品："所以我们不能不说中国文学的性欲描写是自始就走进了恶魔道，中国没有正当的性欲描写的文学。我们要知道性欲描写的目的在表现病的性欲——这是一种社会的心理的病，是值得研究的。"虽然茅盾将《金瓶梅》一类的小说与莫泊桑的《俊友》《一生》相比较，认为两者之间的优劣区别就在于性欲描写的"实写"和"虚写"的不同，因而，"淫"和"非淫"的区别也在于此了。我想当时茅盾尚未见到劳伦斯的《查泰莱夫人的情人》一书，如果见到，则又会怎样评说呢？从"五四"新文学的主体精神来看，高扬人的主体是它的一面旗帜，但是传统文化伦理道德的惯性力，有时也会使得作家们只想跨出半步，这对作家本人来说，也是一个内心世界人格分裂的矛盾体。就在茅盾发表这篇《中国文学内在的性欲描写》后的一个月，作者就开始了穿着"性欲"外衣的被人说成是自然主义的长、短篇小说创作，这就是当时震动文坛的《蚀》三部曲和《野蔷薇》（包括《创造》《自杀》《一个女性》《诗与散文》《昙》等五部短篇小说）。茅盾就努力通过性欲描写来宣泄自己悲观失望的胸中块垒。而"五四"的另一位宿将林语堂在读到了《查泰莱夫夫的情人》以后曾有一段著名的论断，他以为："《金瓶梅》描写性交只当性交，劳伦斯描写性交却是另一回事，把人的心灵全解剖了，在于灵与肉复合为一。劳伦斯可说是一返俗高僧、吃鸡和尚吧。""《金瓶梅》是客观的写法，劳伦斯是主观的写法。""对于劳伦斯，性交是含蓄一种主义的。""当查泰莱夫人裸体给麦洛斯簪花于下身之时，他们正在谈人生骂英人吗？劳伦斯此书是骂英人，骂工业社会，骂机器文明，骂拜金主义，骂理智的生活。他

要人归返自然的、艺术的、情感的生活。劳伦斯此书是看见欧战以后人类颓唐失了生气，所以发愤而作的。"总之，无论是茅盾，还是林语堂，都在《金瓶梅》和《查泰莱夫人的情人》的比照中得出一个结论：在性描写的背后必须有"主义"（意即文化内涵，"性交"只不过是外衣而已）；必须表现一种"社会心理"；必须用主观而非纯客观的态度来写性交。就此而言，《废都》是完全达到了。不仅达到了，而且颇具艺术性。因为劳伦斯的《查泰莱夫人的情人》所采用的是散点透视的象征手法，而《废都》的性交描写采用的是整体象征手法，尽管每次描写都给人雷同的感觉。前者在性交的描写中往往采用直接明喻的方法；而后者表面上酷似单纯在描写性交，似带有自然主义的纯客观色彩，但是在各段描写的综合提炼中，我们从形而下的视知觉中抽象的是形象的理念。"阳痿"了的庄之蝶为何在唐宛儿之流身上寻找到了"自我"，显示出蓬勃的生命力，而这种非正常途径的宣泄口最后也被堵死了，庄之蝶就只能暂时处于"文化休克"状态。牛月清（传统文化的象征）也好，唐宛儿（介乎传统与现代文化之间的象征）也好，柳月（消费文化的象征）也好，阿灿（浪漫主义和理想主义的象征）也好，这些人物只不过是一种文化的符号而已，这里所蕴含的文化内涵难道没有政治、经济、社会、心理诸方面的深刻因素吗？显然，看到这一点并非难事，只有那种被封建思想长期禁锢而不能自我思想的人，才难以看得清这其中的奥妙。通常来说，解说这样的语码并不难。尽管《废都》带有玄学的色彩，但正如林语堂所言，只要掌握了用主观心灵去解剖的方法就不难了："劳伦斯有此玄学的意味，写来自然不同。他描写妇人怀孕，描写性交的感觉，同样带玄学色彩，是同大地回春、阴阳交泰、花放蕊、兽交尾一样的。而且同西人小说在别方面的描写一样，是主观，用心灵解剖的方法。"我以为，如果将《废都》中的性描写孤立起来看，将它与人物的心理冲突——在这动荡社会背景下人格的分裂——割裂开来，将它游离于恰似"好人歌"的"民谣"之外，当然只能看到赤裸裸的性交了。

　　从传统的道德观念出发，性交在中国一向被视为一种最具有神秘色彩的人生活动，被视为一种丑恶的人性。这种被固有伦理道德规范了的约定俗成，是阻碍性描写进入艺术审美层次的屏障，这种愉悦快感只有在被异化了的人的潜意识中才能得以充分宣泄。这可能就是东方人的"含蓄"之美德吧。只有当弗洛伊德的幽灵再次在中国大地徘徊时，一些青年作家才又开始把这"性交"作

为载体，让它进入审美层次。"以丑为美"这一美学范畴其实并不囊括性描写艺术，这在中国和中世纪以前的西方确实是个审美的"误区"。虽然弗洛伊德夸张了"力比多"是艺术至关重要的本源这一说法，但性力对于一个艺术家来说，有可能外化为一种强烈的冲动而导致艺术审美进入一个更高阶层。或许，弗洛伊德将美与美感都源于爱的本能和性力的冲动的理论有失偏颇之处，但我们又不能否认其合理的一面："美学所要探讨的是在什么情况下事物才被人们感觉为美，但是，它不能解释美的本质和根源，而且，正像时常出现的情况一样，这种失败被夸张而空洞的浩瀚辞藻所掩盖。不幸的是精神分裂几乎没有论及。唯一可以肯定的便是美是性感情领域的派生物，对美的热爱是目的受到控制的冲动的最好例子。'美'和'吸引'最初都是性对象的特征。"如果我们将性活动作为人类必须进行的活动，将它只作为不带任何功利色彩的人欲的需求，这种性描写进入视知觉仍不能成为艺术的审美。问题就在于，首先要完成的审美转换是：性活动不仅是人类繁衍的生殖行为，更重要的是它象征着一种蓬勃的生命驱力，这种驱力促使人奋发，同时也驱动着艺术家的创造能力。由此看来，性的张力不仅仅止于它所涵养的社会文化内涵，同时，它的美亦存在于对一种生命本体的认同。作为一个艺术家，当他要表现这种美的形态时，他就必须遵循这一"二度循环"的法则："艺术家原来是这样的人，他离开现实，因为他无法做到放弃最初形成的本能满足。想象的生活则允许他充分地施展性欲和野心。但是，他找到了一种方式，可以从想象的世界回到现实中来，他用自己特殊的天赋把幻想塑造成新型的现象，人们承认它们是对现实生活的有价值的反映。"

在贾平凹的《废都》中，我们碰到了这样一种背反的命题。一方面，性欲描写整体地象征着多义多层面的文化内涵，尤其是对人的病态异化心理的显示，使小说更加具有社会功利性。性欲描写并不是孤立的存在物，它具有社会属性。另一方面，作为一种作家的人生体验的宣泄，作为一种美的形态的视知觉再现，性力的冲动确实将作家导入一个"忘我"的艺术情境："本我以满足本能冲动和被压抑的欲望为目的，它不受道德的约束，不受意志的支配，不考虑后果，不计代价，也不管能否实现，它唯一的目的就是快乐。本我的活动遵循快乐原则。"然而，关键所在是《废都》并没有完全遵循弗洛伊德的本我的快乐原则，这一美的快感对贾平凹是不适用的。正如作者在《废都》后记中所说：

"我便在未作全书最后一次润色工作前写下这篇短文，目的是让我记住这本书带给我的无法向人说清的苦难，记住在生命的苦难中又唯一能安妥我破碎了的灵魂的这本书。"的确，贾平凹是在"现实与幻想"中来回跳跃："我知道一走近书桌，书里的庄之蝶、唐宛儿、柳月在纠缠我；一离开书桌躺在床上，又是现实生活中纷乱的人事在困扰我。为了摆脱现实生活中人事的困扰，我只有面对了庄之蝶和庄之蝶的女人，我也就常常处于一种现实与幻想混在一起无法分清的境界里。这本书的写作，实在是上帝给我太大的安慰和太大的惩罚，明明是一朵光亮美艳的火焰，给了我这只黑暗中的飞蛾奋斗和追求，但诱我进去了却把我烧毁。"作为艺术家的贾平凹，他试图以"白日梦"来重新塑造现实，但这现实世界却并非弗洛伊德所形容的那种"非永恒的美感"，那种以快乐原则为核心的性欲快感，恰恰相反的是，贾平凹将此转换成一种苦难的悲剧生命美感："爱的最深处包含着最深沉的永恒的绝望，而从其中跃现希望和慰藉。因为，从这种肉欲的、原始的爱，从这种夹杂多种感觉的全副肉体的爱——这是人类社会的动物性根源，从这一种爱的喜欲中，产生了精神的与悲苦的爱。"可以说庄之蝶这一人物是倾注了作家全部心血的现实重塑，作者把一种苦难的悲剧快感寄寓人物的遭际之中。那种在悲剧中获得的悲剧快感，似乎更有一种现代审美特质。我以为贾平凹《废都》的悲剧快感既不来自亚里士多德以来的古典悲剧怜悯和恐惧的原则；又不来自悲壮的人格升华，却更多来自苦难所造成的美感，那种尼采以为的"把痛苦当作欢乐"来咀嚼的美学转换与升华。作者的良苦用心，我们只能通过对庄之蝶心灵悲剧每一个旋律的谛听才能体悟，就像那悲哀婉转的古埙声一样，它激活了一种玄思和遐想，使人进入了特定的悲苦情境而获得快感。这使我不由得想起了弗洛伊德那篇八十年前发表的著名的被称为"私生子"的论文《米开朗琪罗的摩西》。作者对于艺术作品的独特见解似乎更贴近生活和艺术的美感真理，那种对艺术精辟的理解令人叹为观止："艺术家在反映他的主人公的痛苦的意外之事时，出自其内心动机，偏离了《圣经》本文。""这样，他给摩西塑像增添了某种新的更富人情的东西。于是，有着极大物质力量的巨像只是具体表现了人所能达到的最高精神境界——为了他所献身的事业，同内心感情成功地斗争。""这是对死去教皇的责备，也是自己内心的反省。艺术家也由此自我批评升华了自己的人格。"以此来解析贾平凹与《废都》之间的内在联系似乎更切合艺术规范。这种审美经验并不是艺术家每次都可以获得

的，只有当他将深深的苦难融进了自身的艺术描写之中，倾注其全部的审美能量，才能换来作品的辉煌。

> 心理小说的独特性在很大程度上大概要归功于现代诗人的倾向，即诗人的自我由于自引监督而分裂成部分的自我，其结果是诗人心灵生活中的冲突之流在无数的主人公身上被拟人化了。
>
> ——弗洛伊德

三

有人认为贾平凹的《废都》又一次显示了现实主义创作方法的艺术魅力。我不想就现实主义的概念和内涵再做一番解释，但我认为这是一种误读。不要以为大家都能读懂的东西，就是现实主义的，这也太损现实主义了。问题是现代小说的读者在阅读过程中，读懂了多少，读到了哪一个层次。作为一部典范性的现代心理小说，贾平凹的《废都》外在形式是雅俗共赏的，但如果脱离了心理小说"拟人化"的原则，只用些客观的方法看待它，就不能实现阅读的更深层次的突进。现代心理小说所构成的艺术技巧要素就在于整体的心理对应和象征——人物是作家心灵冲突的代替物，他可能是部分"自我"的隐身，也可能是全部"自我"的代替。当然不能断言《废都》就是像海明威那样的自传体现代心理小说，但当我们将平实流畅的叙述外衣褪去，从心理视角来进行观察，它却是一部有着强烈现代表现成分的具有意识流意味的小说。也许这样的结论过于夸张，但是从作家对庄之蝶常常在现实与幻觉中来回跳跃的描写中，我们可以看到贾平凹在一种无可名状的焦灼中力图挣破现实描写之网的努力。也许有人以为《废都》的理念成分太强，可能就是指作者用"奶牛的视角"来观察西京世界的那些议论描写。不可否认，奶牛反复出现时的"话语"，乃至于其和主人公的"对话"，都形成了作家——主人公——阅读者有序的评判循环，当然也不妨将它看作作家的"内心独白"。或许这种方式显得太笨拙、雕琢，但就多视点转换来说，它却更有效地揭示了文化的荒诞性内涵：将一片文化废墟上的种种畸变的人生形态放大、夸张、变形，从而上升到理性的层次。如果仅仅是以现实主义的批评标准去衡量它，显然是风马牛不相及的事。在现代小说中，即便有大段的理性议论插入也并不意味着完全破坏阅读审美情趣。恰恰相反，接受者不管同意与否，议论反而会更刺激阅读者的再创造性思维情绪。现代小说重要

的因素在于阅读者的参与和创造。《废都》虽不能说是旷世奇书，但它明显是一部可入史册的杰作。尤其是小说的结尾写得很精彩。庄之蝶到肉店里买猪苦胆吃，就连苦胆都买不到，于是就恍恍惚惚进入了幻境。值得注意的是，这幻境基本上是取消了"指示代词"和转换标记的。那种恶作剧的报复行为，究竟是真是幻？作者的叙述故意将此模糊而达到一种心理的真实："这一个整夜的折腾，天泛明的时候，庄之蝶仍是分不清与景雪荫的结婚和离婚是一种幻觉还是一种真实的经历。"这种手段作为对旧小说创作方法追求真实的典型环境的一种反动，它的全部意义就在于力图触及现代人的更深刻复杂的文化心理。

荒诞，不仅是现代人生探求的一大课题，同时也是现代小说艺术技巧追求的目标之一。在描写人性异化时光具有荒诞感是不行的，还需要一个荒诞的外在形式作为载体。《废都》所采用的荒诞当然亦和中国古典小说中的怪诞、玄学相同，但就本质来说，这种荒诞除了加强主题的深化外，更重要的是更接近现实内心世界的真实。"奶牛"用哲学家的眼光来抨击古都、抨击人类："城市是一堆水泥嘛！""人也是野兽的一种。""人的美的标准实在是导致了一种退化。""可现在，人已没有了佛心，又丢弃了那猴气、猪气、马气，人还能干什么呢?!"……这些反反复复出现的牛的"内心独白"，形成了整部作品不可缺少的旋律，使《废都》在荒诞变异的人类谶语中得以形成"复调"意味。

荒诞的世界必须用荒诞的形式来表现，作品借庄之蝶岳母——那位八十多岁半疯老太太之口，不断地预卜未来的凶吉，而且每卜必准，每梦必应。作者在描写中有时有意打破时空的临界，造成一种扑朔迷离的亦真亦幻的艺术距离感，但是，有许多地方作者用过多的表述性"指示代词"加以诠释，使人一眼就看出老太太的幻觉是精神分裂的表现。这不仅弱化了表现形式的多变性和艺术美感，而且也部分消解了作品向更深文化内涵突进的可能性。本来冯老太太的卜辞、咒语在作家的艺术整合下，很可能形成强烈的魔幻色彩，然而这条路径被作者自行消弭了。当然，最具荒诞魔幻色彩的还是作品的结尾部分，在古都这块文化废墟上出现的千奇百怪的人和事，充分展现了一个异化世界的全部真实性。畸零人，奇闻逸事，魑魅魍魉，群魔乱舞，真可谓"鬼魅狰狞，上帝无言"。正因为作者把庄之蝶的精神世界的变异放在现实世界中拷问，使两者之间的反差增大，才产生了幻觉与真实的错位。如果整部作品在这种不断的调适中获得新鲜的美感，《废都》将更具有现代心理小说的魅力。

荒诞还有一个重要标志就是使小说形成黑色幽默的氛围。黑色幽默"是一种绝望的幽默在文学上的反映，它试图引出人们的笑声，作为人类对生活中显而易见的无意义和荒诞的最大的反响"，从而"得以超越那种似乎恰好是他要否定的东西"。《废都》中的黑色幽默不仅表现在畜类（奶牛）对人的诅咒和讨伐上，诸如牛族渴望逃离喧嚣的城市，返归乡土，返归森林，返归大自然；而且也表现在人的怪异行为上，诸如孟云房迷恋气功，最后弄瞎了自己的一只眼。贯穿于整个作品中的"民谣"，恰似一支支奇异的乐曲，奏出了这个世界的荒诞之歌。那种已经凝固了的民族文化心理在这"民谣"的歌声中得到最深刻的显示。况且，作者高明之处就在于，"民谣"通过一个似疯而不疯的收破烂的老人之口唱出而更具韵味。或许，老头不可能成为这一古都废墟的"清道夫"，这"破烂"是收不完的（当然连同那些值钱的"古董"在内），但对于这个即将废弃了的古都，他无疑是一个最好的见证人。尽管这黑色幽默中隐匿着悲哀的血和泪、苦和难，但它却是全书的点睛之笔。

奶牛的"内心独白"、疯老太婆的咒（和死鬼的对话）以及"民谣"作为小说结构的自然生成，它们不但具有荒诞意味，而且在整个作品的结构上形成了隐形的结构现实主义技巧特征。每一章节（无序音乐）的楔子，它们的不断插入，显示了主题的多义的斑斓色彩，和贾平凹20世纪80年代中期的《商州》比较，《废都》采用的是隐性的、不对称的、不规则的结构现实主义技巧手法。两者之高下很难比较，因为《废都》是一部无序的、不分音节的长篇，它只能采用这种间接插入的技巧。

我凭直觉得出结论：《废都》不是20世纪小说的绝唱，但它是一部载入史册的巨著，它是20世纪小说的最后辉煌！

它能否影响到21世纪的小说创作呢？让历史作出最公正的评价吧！

（原载《文艺争鸣》2017年第6期）

说不尽的《废都》

——贾平凹文化心态谈片

党圣元

一

尽管庄之蝶形象表现了作者对生活、人生的诸多体验与感受，但是《废都》中的作家主体却应该是刘嫂牵到西京城里来的那头奶牛。这奶牛"堂而皇之地行走于大街"，"不急不躁"，"以哲学家的目光来看这个城市"。

它虽然来到这个古都为时不短，但对于这都市的一切依然陌生。城市是什么呢？城市是一堆水泥嘛！

这牛"觉得发笑"的是：

人就是这样的贱性吗？创造了城市又把自己限制在城市。

可悲的，正是人建造了城市，而城市却将他们的种族退化……人退化得只剩下个机灵的脑袋，正是这脑装使人越来越退化。

这是作者填入牛头中的对现代城市的一个定义。"山有山鬼，水有水魅，城市又有着什么魔魂呢？"一部《废都》所要表现的正是这个"城市魔魂"，并借以抒泄作者自己在这一"魔魂"纠缠下的孤独、寂寞和无名的浮躁。毫无疑问，作者对现代城市文化持疏离态度，在文化上"没有注册于这个城市"。因此，《废都》中对西京城市文化景观的描写、渲染可以说是既真切而又不无毒意。《废都》中多次通过这头奶牛来传达作者对城市文化的"反刍"，而奶牛病后的心理独白，则集中代表了作者对于当下存在状态的质询和文化价值选择意向。作者将自己的孤独、寂寞和无可名状的浮躁归因于这装扮着城市的繁荣美妙的"魔魂"在作怪。应该说，《废都》对于这一"魔魂"的刻画是成功的，小说中从以庄之蝶为代表的"四大名人"到形形色色的人物，无不是这一城市"魔魂"的道

具，其间所发生的一切都是按照这一"魔魂"的导演而进行着的，俱是一座现代城市所包孕之文化内涵的必然呈现。不管作者有意与否，《废都》在客观上反映出了处于世纪之交、社会和文化转型时期的中国城市的面孔。看起来，作者对于这种立交桥型的城市文化显然不能承受，只好以自己特有的心理方式和文化想象来与之对抗。然而，这种对抗只能发生在价值体验层面，并不能阻止这"魔魂"的肆虐。这座城市，这座城市的人，这座城市的人的气氛、环境依然如故，而欲求超越者并不能真正突围，反而落得个"灵魂出壳，发生错觉，潜意识里是拉着一张犁的，一张西汉或是开元年间的钝犁，就在屎壳郎般的小汽车当中被围困了，莫名其妙地望着不断拔节的鞋后跟，找不到耕耘的田野"。这段牛的独语也正是作者对自己身居"废都"深处的存在状态的自况。

文化层面所产生的认同危机，是无法靠灵性解决的，智慧所能带来的也只能是走神儿、长声叹息而已。但是，城市文化、现代文明的价值体系评判具有相对性。在现代价值、现代思维的坐标上，城市"魔魂"是姿态万千、温馨可爱的，令人销魂荡魄、无限慰藉的；在传统价值、传统思维的坐标上，它却又是无比丑陋、无比狰狞的，混乱、错位的，令人焦灼而不安的。这便产生了"福分"或"惩罚"这两种对于现代城市文化的截然不同的价值体验心理。最后，那头奶牛病了，体内长了一个大大的牛黄。完全有理由认定《废都》即是作者在这城市"魔魂"侵害下"病了"之后的产物，是一个"牛黄"，蚌病成珠嘛。问题仅在于我们能否认识到和利用这一"牛黄"的药石价值。

二

《废都》是一部"泄愤"之作，如果我们能真切领会作者在后记中所传达出来的意旨，将更加坚信这点。虽然在后记中，作者仅叙述了一些个人生活际遇和心灵历程，但是这些都发生于当代社会、文化转型阶段这一特定时空之中，与时代精神文化气候息息相通。《废都》所要抒泄之"愤"，到底还是对当代城市文化的一种悲怨、失望之情，愈益反衬出作者的乡村、自然、田园情结之浓烈。

按照正统的衡文标准，《废都》中大量的性描写，当属"秽言"了。然而，我却更愿意将此看作毒笔、怨笔、愤笔。在那城市文化"魔魂"的纠缠下，作者迎而不能，拒之不得，上不能问诸天，下不能告诸人，悲愤鸣悒，即作"秽言"

以泄其愤。全书上半部热，下半部冷，作者骨子里对城市文化的体验是透凉的，所以《废都》体现了强烈的文化批判意识。

作者在后记中云："这本书的写作，实在是上帝给我太大的安慰和太大的惩罚，明明是一朵光亮美艳的火焰，给了我这只黑暗中的飞蛾兴奋和追求，但诱我近去了却把我烧毁。"读《废都》，确使人有这是一部锥心泣血之作的感觉。书中如果失去了作者的那种无言之悲、无名之痛，那么《废都》倒真的成了"径直投合大众文化阴暗而卑微心理"的低级趣味的通俗小说，亦说明作者堕落了。然而，批评《废都》，如果不能够感受到作者那种悲怆的情怀，以及全书字里行间所具有的那种愤懑气象，不能深入领悟作者这种心理体验的历史意涵，而仅据书中出现了大量的性描写即大作骂样文字，那么不是《废都》，倒是这种批评成了"径直投合大众文化阴暗而卑微心理"的批评。

问题在于如何解读《废都》之"愤"。说它是作者不幸，哀怨郁集，吐之不能，吞之不可，搔抓不得，而发为悲号，借以自泄，从而悲其志，悯其心，并不能完全穷尽其底蕴，而更应该从社会心理的层面来认识之。也就是说，《废都》之"愤"，体现了作者对现代城市文化的抵抗心态，而且作为一种文化心态，其具有时代的典型性。张炜的《柏慧》也是一部"愤"书，但张炜之"愤"，"怒"的色彩太强，是一种挑战，而贾平凹之"愤"，则属哀怨型的，类于《金瓶梅》之"含酸抱阮"。这反映出作家主体类型之差别，但是至少从美学的角度来看，《废都》更具有小说的魅力。

三

《废都》洋洋洒洒四十万言，其立言处，意在为当前社会转型期的城市文化做一白描。人情世故，世态炎凉，色色皆到，摹形传神，假捏幻造，依山点石，借海扬波，曲曲折折，风影之谈，托物寓意，可以说完全实现了初衷。

作家对于现代城市文化状况的书写，主要是通过展示以庄之蝶为首的西京城中四大名人的生活行为来进行的，可以说这四个人都是现代城市文化风光之显现，是套在现代城市身上的一件"文化衫"。四大名人的生活行为和精神世界，是难以使人认同的，更不要说激起崇高感了。从他们身上，我们看到的只是操守的丧失，以及对于金钱、肉欲、名声的沉溺。城市将他们命名为"文化衫"，他们亦借城市这一舞台展示自己的种种原欲。城市与人之间，人与人之

间，相互涂抹，面目全非。《废都》中所表现的这种社会文化现象，或曰知识分子文化现象，自然使人感到惋惜、叹气，然而又并非虚妄，作为一种写照，至少反映了社会转型期城市文化的一个角落。可以说，《废都》的主题，与1995年文化、文学论争的主题是同一的，即人文精神危机与理想道德的失落问题。《废都》不是塑造楷模，而是竖起一排镜子，使人自鉴、反省。所以，《废都》的写作是一种"有为而作"。有论者以为从《废都》中"看到的是文人阶层英雄主义和理想的丧失"，便指斥贾平凹"由一个纯粹而敏感的严肃作家变成了一个趣味低级的通俗作家"。这种指斥是不公平的，基本上还囿于"难道生活是这样吗"的批评逻辑。至于云其"唤起了我们作为一个文人的羞耻和愤怒"，如果指对《废都》的接受效果而言，可以说是感觉到位，然而将其说成是"《废都》及其作者的状态"使然，这就又将作者与作品之间画等号了。我们确实不应该因为《废都》描写了现实城市文化中的大量不圣洁的人和事而迁怒于作者，这种批评逻辑确实有强为作家划定表现题材与方法的嫌疑。其实，对于当代城市文化、文人阶层命运，《废都》作者与指斥者一样，同样表现出"深刻恐慌"。又有论者以为《废都》是一次削平低俗与高尚、污浊与纯洁、蜕变与升华、阴暗与光明、卑微与崇高、正视生命与无视生命、尊重人生与污蔑人生、体味敬畏历史与游戏亵渎历史、情感的高尚处理与性爱的肮脏玩弄、麻木与敏感、低级趣味与高雅品质、痞子阶层与文人阶层、英雄主义与狗熊主义、理想主义与物欲主义的后现代主义文化书写，并以此对在《废都》风波中贾平凹的指责者加以指责。这其实是一种一厢情愿的批评，事实上《废都》文本及作者的创作姿态是难以做"躲避崇高"的注脚的。视贾平凹如王朔，实在是大跌眼镜。

将《废都》看作一种自传性书写，视庄之蝶为作者影子，恐怕在《废都》的接受者中不乏其人，至于认为作者无限同情庄之蝶，则更普遍，然而俱不免看走了眼。其实在书中作者深罪庄之蝶，狗彘其行，张其丑态，而不是偏喜之，在表现手法上则近乎白描，不动声色。书中对庄之蝶猥亵下流的性行为的描写实际上是在表现庄的自我作践，将其扭曲的灵魂扯出来晒太阳。同时，书中又描写了庄之蝶如何替造假农药的写文章鼓吹，如何开书店办画廊乘人之危而置龚靖元于死地，如何为了自己的讼事而将柳月嫁于市长公子，等等，塑造了一个丧失操守、人品文德双缺、酒色财气集于一身的无行文人典型，手笔不可谓不狠，又何有同情之可言。只要仔细品味书中庄之蝶吊龚靖元的那一段针线甚密

的描写，便可明白。另外，《废都》对于城市文化中生命叙事化、做人叙事化，以及城市文化的包装性特点的表现，也堪称成功。要之，从庄之蝶，人们可以看出世情之恶、人心之顽劣，而贾平凹之体贴人情物理，艺术表现上的化工之巧，则往往使批评者对《废都》的作家主体产生怀疑。多少年来人们只适应于接受一种小说模式，故这又是难免的。

四

文学创作在暴露生活中的缺失的同时，应该给社会、人提供一种文化终极关怀，中外文学史上的许多伟大作家莫不因此而影响长在。而一个作家欲为自己的读者提供文化终极关怀，自己必须拥有丰厚而鲜明的文化价值资源。以此来反观《废都》的作者，则多有失望之处。

贾平凹的文化价值资源芜杂不系统，缺乏深沉浑厚，给人以苍白无力之感。贾平凹在自己的写作中喜爱谈佛论道，醉心于神秘文化，甚至对江湖文化也颇有兴趣，但大多停留在情趣的层面，而缺乏理性过滤。谈玄说道，遁入虚无，让世界、生活在"色空"意识中终结，以获得暂时的或永久性的解脱超越，这是中国传统文人的一种心理体验方式，亦是传统小说、戏曲甚至诗文经常给读者提供的一种终极性关怀。贾平凹明显地具有传统文人的这种心理体验倾向，亦经常在作品中表露，《废都》亦不例外，《白夜》则更为芜杂些，各种文化景观兼容并蓄。然而，谈玄说道，虚无、色空意识，虽然具有效应不错的甚至可以带来意外的美学价值的心理体验功能，但是却无法做到对历史以及主体自身的真实把握与确证。所以，我们看到，尽管《废都》可以很好地完成对庄之蝶及其周围的人的文化悲哀的历史表述，但是对于西京城中的文化"白夜"现象终究缺乏历史意识的穿透。在《废都》和《白夜》中，我们看到构成贾平凹的文化价值资源的是诸如埙、铜镜、术数、占卜、古琴、禅院道观等文化符号，并由此而激发了他的一系列文化想象。然而这些除了加重已失去生存重量的主人公的破败和荒芜感之外，又能带来什么呢？

《废都》以庄之蝶出走中风倒地而结局，《白夜》以再生人的钥匙的闪晃而终场，俱以空结，一空到底。我们当然无权指斥作者的这种意境营造，但是这两部小说所表现出来的作者的大彻大悟，足以说明作者在历史面前表现出一种无力感，唯空可以消除万愁，唯空可以永锡尔类。但愿这不是作者提供给他的

读者的终极关怀。由于价值资源上的偏差，《废都》《白夜》不能成为演绎时代文化的冲突性悲剧，而只能成为对时代变迁中被脱掉历史衣衫经历痛苦还原的芸芸众生的一曲低吟浅唱的挽歌。佛道自有其精深之义，尤其对于文学的心理体验来说，更能吸引作家的兴味，但是如果不是从文化哲学的层面来参味之，而仅仅在作品中作为一种叙事补充，终成装饰。

小说中的文化终极关怀应该是在带着读者凭吊了历史、否定了"真实"、揭开了"包装"之后，给读者的生存提供一种解释，哪怕它是叙事性的，有完整性即可，而不可以使读者失去历史。对一个作家来讲，利用不同的文化资源，可以对历史产生不同的感受，并进而影响到他的书写，读者亦可以从其作品中获得不同的关怀。贾平凹是否对儒家文化有种拒排呢？庄周狂狷易行，孔颜乐处难臻。儒家文化会不会引起《废都》作者的兴趣，又会对他的文化心态产生什么样的影响呢？

五

从《废都》到《白夜》，贾平凹采用的完全是本土化的写作策略，这两部小说体现出了与传统小说的接轨，可视为小说艺术的一种回归。如果说《废都》可以传世，那么除了《废都》文本的认识价值之外，与这一点也不无关系。这自然亦体现了贾平凹的一种文化价值心态。但是，问题在于在进行这种活化传统的文化价值追求时，在主体人格上应保持现代色彩，而不应顺便沾染上古代文士的不好习气。贾平凹的作品，包括《废都》，在审美兴趣、偏好上常常流露出一些才子文人的习气，然而从整体上又达不到古人的气象与境界，或达到也终为古人。同时，无论如何，盛唐气象终比晚唐幽怨高出一等。

在艺术手法上，贾平凹对传统文学之学习颇为虔诚，然而亦不无明显的模仿痕迹。这倒不是指《废都》模仿《金瓶梅》《红楼梦》。有论者这么认为，笔者并不以为然。《废都》对《金瓶梅》《红楼梦》有学习借鉴之处，有神髓相通处，但并非模仿，书中对六朝志怪小说以来的中国小说艺术传统资源是一次很好的借鉴利用。我不满意的是，贾平凹的小说，尤其是散文，常常或套用古人句式，或借用古人意境而换一种叙述方式，即所谓"夺胎换骨""点铁成金"者是也，不免成"牛后"。此点未经人道破，笔者斗胆说出，或许所见不确，厚诬平凹，则这厢有礼了。

总之，艺术趣味亦反映出一个作家的文化心态，而《废都》《白夜》所体现出的小说艺术本土回归，正反映了贾平凹的一种文化价值选择。在寻根小说展览中，贾平凹愣被批评界拉壮丁，帮人"寻"了一把"根"。一些批评家"以文化之昏昏，使文学之昭昭"，在没有弄明白平凹笔下的商州属于长江流域还是黄河流域的情况下，便许平凹做在关中平原或黄土高原上挥汗"寻根"的劳动模范，遂成笑柄。事实上，《废都》《白夜》才真正具有"寻根"的意味，而且是为西京城里的文化寻根，它们触及了西京城现在时态文化的两条根系。

（原载《小说评论》1996 年第 1 期）

善恶并抛任人评说

——三读《废都》

白　烨

《废都》被"炒"到火爆京城的程度，颇令作者贾平凹感到不安。他几次给人说，希望读者静下心来慢慢去读。作为贾平凹的朋友和最早读到《废都》书稿的读者，我经由自己三读《废都》的体味，很能理解贾平凹再三劝告读者的苦心所在。

今年三月，我因事去西安公出，到户县看望了贾平凹。正巧贾平凹刚完成了《废都》的定稿，托我把书稿带给北京出版社。趁在西安小住的两个晚上，我翻阅了《废都》的手稿。当时，有两个印象我最为深刻：一个是庄之蝶阴差阳错的坎坷际遇和事事违愿的失落心态，让人看到了名人在失去自我之后，无以安置身心的深深的悲凉，我感到这是以前的当代文学作品中所没有见到过的一个独特形象；另一个是作品中有许多处打了方框的性爱描写，无拘无束地率直又有声有色地炫目，似乎是凡能涉笔写性的地方，作者都没有轻易放过，这种写法在当代小说创作中也未曾有过。对这些既多且露的性描写，我确心存疑虑，甚至怀疑贾平凹那不够正常的生活状态是否直接影响到了他的小说创作。诸种感受交织在一起，我对《废都》的看法在说不清、道不明中，不得不抱一种低调态度。

因评论工作的需要，我在《废都》成书之前，有幸得到了一份校样，又第二次阅读了《废都》。这次静下心来从头再读，我发现《废都》在文人生活情态的状描和文人内心世界的剖解上，以素朴显本真，以细琐见微妙，桩桩件件都诉说着名人在被"捧"中被"炒"、被"炒"中被"吃"的幸与不幸，作品颇显沉郁和凝重。细细读来，在那日常生活场景的如实白描中，也包蕴着作者冷峻而蕴藉的哲理反思，那就是在名人之"累"中时隐时现的文化与时代的错位、理想

与现实的悖逆。可以说，正是这种繁复难解的矛盾造成了庄之蝶等人的泼烦、惶惑与悲剧。从这样一个全局去看作品中的性描写，那实际上是庄之蝶想要摆脱烦恼与痛苦刻意寻觅的一块"绿洲"，但实际上，他又在另一个层面上陷入不幸，并连累了牛月清、唐宛儿、柳月等诸多女性。由此，作品里的性描写让人在热烈的表象之中读出了内在的凄凉。第二次阅读《废都》，我多少掂出了这部不同凡响的作品的内在分量。

《废都》在《十月》发表和正式出书之后，从出版社和贾平凹处得到了一刊一书，恰巧一家报纸约我写篇《废都》的故事梗概，我又第三遍阅读了《废都》。因这次阅读不同往常，我不得不认真梳理人物的相互关系，细心切实把握人物心态的发展演变。下过这样的一番功夫后，我对《废都》有了较前更为深切的体味。我感到作品实际上是写庄之蝶在幸运表象中裹隐的人生之大不幸的，而且经由这种不幸，作者严厉拷问了包括自身在内的众多文人的灵魂，也对桎梏庄之蝶们的社会文化氛围进行了含而不露的鞭笞。庄之蝶们（包括汪希眠、龚靖元、阮知非）从内在心态到生活形态都乱了章法，其因在于他们赖以存身的环境和氛围"出了毛病"。这便是与改革潮流所并存的在一些地方和阶层所流行的附骥攀鸿、帮闲钻懒的惰散时尚和念古怀旧、坐享其成的"废都"意识。置身其中的庄之蝶，无法避免被人利用，无法潜心本职创作，无法获得真正的爱情，在官场、文场、情场接踵失意，由名人变成"闲人"，又由"闲人"变"废人"，临了身心被淘虚，连出走都没有了可能。这样的悲剧难道不令人触目惊心吗？正是在这个意义上，《废都》是惊人、醒人之作，而决非媚人、惑人之作。

当然，对于一部白纸黑字的作品来讲，俊就是俊，丑就是丑，既毋庸讳言也无法讳言。《废都》里的性描写，虽然大部分为塑造人物和揭示人物关系所必须，但也不是没有冗赘的笔墨。尤其是在领悟了全书沉重异常的主旨之后，再回过头来看某些地方的性描写，确让人有逾游题旨、略显多余之感，尽管这仍属大瑜之小疵。

三读《废都》，我在步步深入的领悟中，深感这部作品题旨之繁复、内容之深沉、描写之大胆、语言之朴茂，绝非贾平凹以前的作品和当代一般作品所能比拟。看来，贾平凹在四十岁之后的文学反思中所表白的，写"天地早有了的""少机巧""不雕琢"的作品，绝非一时戏言。摆在人们面前的《废都》就是这样一部饱含自我作古、自然天成意味的探索之作。显而易见，贾平凹并没有顾忌

《废都》写出来后，家人们会怎么看，朋友们会怎么看，领导们会怎么看，评委们会怎么看，他只是无遮无拦、不管不顾地开怀敞扉、推襟送抱，把自己看到、感到和想到的明与暗、好与坏、美与丑、善与恶一股脑地抛倒在光天化日之下，任人笑骂评说。对这样赤诚相见的作家和作品，人们理当用同样的态度去回报，那就是在认真阅读中去仔细品味其中的深意和厚味，而不要匆匆忙忙地浏览，轻轻易易地否定。这也正是贾平凹和他的《废都》所寄予广大读者的热切愿望。

（选自《废都啊，废都》，甘肃人民出版社 1993 年版）

梦幻与毁灭

——《废都》读解

张志忠

一、千古文人风流梦

读《废都》其文，想平凹其人。此含血带泪文字，若非身心亲历，何以写成？我这样说，并不是把《废都》指认为作家的自传。而是说，《废都》的总体氛围，是作家的心灵独白，是作家通过他笔下用力最多的人物庄之蝶的所见所闻、所历所感，勾勒出的一幅幅白日梦——千古文人的风流梦，在满纸荒唐言中，洒一把辛酸泪，寄寓了作家的无尽哀思。是真名士自风流。红袖添香夜读书，美人捧砚草华章，这是古来历代名士做得圆或做不圆的香闺梦，从屈原的芳草美人、山鬼水魅，到后来的"宫体诗""艳体诗"，到关汉卿醉舞狂歌中吟出的"我是个普天下郎君领袖，盖世界浪子班头"，到蒲松龄托物寄情，以狐状人的才子佳人故事，直到被鲁迅先生讥笑的身为"五四"新文化运动骁将却仍然丢不开红袖添香之梦的刘半农，借用《长恨歌》的话，便是"天长地久有时尽，此恨绵绵无绝期"。这可以称得上是一种"中国特色"了。

非但如此，这种才子佳人梦还进一步地化作具体的生活图式，那就是贤妻美妾俏丫鬟。传统剧目《花为媒》及它所取材的《聊斋志异·寄生》，其本来面目便是讲才子王俊卿如何喜获李月娥和张五可双美为妻的；《白蛇传》的版本中，也有许仙与白、青二蛇一夫二妻过日子的弹词；曹雪芹写《红楼梦》贾政有王夫人和赵姨娘，贾琏有王熙凤和俏平儿，贾宝玉所面对的，也有林黛玉和晴雯、薛宝钗和袭人这样两组分别代表了理想与现实中的妻妾。

庄之蝶在自己的生活世界中，就有意营造这样的图景：牛月清作为庄之蝶的原配夫人，自然是温柔敦厚的贤妻良母型的，她把自己的全部身心扑到丈夫身上，一心做他的贤内助。先前为了支持庄之蝶对事业的追求，几次做人工流

产，以至于后来很难再怀孕，对于牛月清，这不能不说是莫大的牺牲；在庄之蝶与唐宛儿的私情暴露、夫妻感情陷入危机之时，她仍然勉为其难地去拜访市长夫人，为庄之蝶打官司的事情奔波，这种雅量也不能不令人佩服。与大家风范的牛月清相映照，唐宛儿是小家碧玉型的，美艳绝佳，善解人意，千伶百俐，千娇百媚，说出话来句句讨得庄之蝶的欢心，交欢之际尤能千方百计地适应和激发他的男性的欲望和激情，真是一个天生的尤物，典型的宠妾。兼有乡野的纯朴和灵秀之气的柳月，童心未泯而又情窦初开，少不更事而又悟性极强，真有"心比天高，身为下贱，风流灵巧招人怨"的晴雯之遗风，既泼辣又乖巧，寄人篱下做小保姆，却又不肯端人碗受人气，活脱脱一个招主母烦心招主人爱怜的俏丫头野丫头。此外，还有那可望而不可即的聪慧俊美的女尼慧明，那做柏拉图式恋爱的汪希眠夫人，那飘然而来又杳然而去的、令人过目不忘的、能爱能恨敢作敢为的阿灿，加上情缘未了、反目为仇的景雪萌，构成一幅色彩斑斓、争芳吐艳的众美图。

居于这众美图之中心的，自然是怜香惜玉、寻芳逐艳的庄之蝶。他脂粉香浓的红粉佳人群里，纵横捭阖，所向披靡，征服和占有了一个又一个美艳的女性，使她们一个个都心甘情愿地解下自己的石榴裙，向他敞开并奉献自己，大有为了庄之蝶而不惜下刀山赴火海的英雄气概：为了他，阿灿在坚信自己怀上他的孩子之后，毁容而去，既不会因为这难了的私情而给庄之蝶的前景和声望造成任何损害，又可以守着这暗结的珠胎和心灵的记忆慰藉那必然是孤寂凄凉的后半生；为了他，唐宛儿不惧牛月清的妒火，不避周敏的猜疑，宁愿独自一人忍受堕胎的痛苦，而用自己的美艳和欢愉去激发他的生命和创造的激情，仅从她在与庄之蝶每一次相会之时的不同妆束和不同情态，便足以见出其良苦用心；柳月呢，虽然知道庄之蝶的心是在唐宛儿身上，却还是病态地恋着他，不但甘愿把自家少女的身子给了他，还接受庄之蝶的摆布和驯服，充当替罪的羔羊，抛舍已经有了私情的英俊少年赵京五，嫁给西京市长的儿子——患有小儿麻痹后遗症的大正，以便在关系到庄之蝶的声誉荣辱的官司上能得到市长的支持；牛月清就更不必说了，虽然她最终与庄之蝶分手，但她生命中最美好的年华都融合到庄之蝶的生活和事业中了，她是在牺牲自己的同时也失落了自己，忘我地奉献，却最终把自己引入痛苦的深渊。

在众多女性的维护、宠爱和追慕之中，庄之蝶真可谓是"春风得意马蹄疾，

一朝看尽长安花"了。与作家所命名的"四大名人"相对应的，是我所命名的"四大美人"，牛月清、唐宛儿、柳月、阿灿——至少，在《废都》之中，在庄之蝶眼里，还没有比她们更美艳更引人注目的。庄之蝶"君临"他的女人们，依然是一个妻妾成群的现代名士。

二、最是文人不自由

然而，庄之蝶并没有安然地享受这一切。时代的车轮毕竟已经转到20世纪80年代和90年代之交。如果说，在漫长的封建时代里，一夫多妻制和贤妻美妾俏丫鬟的图式，是天经地义的，是历代文人们所津津乐道的，是他们不但毫无愧色反而引以为得意的，那么，在经过20世纪的民主、人权、女性解放思想启蒙几十年之后，它不能不像男人留长辫子、女人裹小脚一样被唾弃和摒斥。当然在现实中它未必会完全绝迹，相反，随着经济生活的活跃和繁荣享乐主义、拜金主义浊流泛滥，绝迹已久的蓄妾纳宠，也与赌博、吸毒、卖淫、嫖娼等陋习一样死灰复燃，卷土重来，但它毕竟只能在非公开的状态下蔓生，是无法在光天化日之下登堂入室、大事张扬的，舆论和法律、社会伦理和道德规范，都是对此持不能容忍、深恶痛绝的态度的。

这就使庄之蝶陷入生存的困境之中。一个深得古代文人之真传、承袭了传统的生活模式和理想图画的现代名士，却发现自己生错了时代，在上古遗风与现代生活方式之间进退失据，焦头烂额。他的芳图勾勒出轮廓之时，却也是他的生活之幻梦的破灭之日——倚红偎翠、一夫多妻的时代已经永远结束，一去不复返。牛月清忍辱负重，相夫有方，但她毕竟不同于《金瓶梅》中的吴月娘或《红楼梦》中的王熙凤，可以在承认丈夫蓄妾纳宠的天然合理性的前提下去做"明是一团火，暗是一把刀"的暗中较量，而是执着地追求爱情与婚姻的专一和专有，维护自己的权利。唐宛儿和柳月，汪希眠夫人和阿灿，虽然都是寄情于庄之蝶，但现代生活和她们个人对生活的要求，都不允许她们与庄之蝶保持长久的性爱关系，即便是陷溺最深的唐宛儿，都不甘于长期地屈居于情人的地位，而是和庄之蝶一起做着有朝一日能做真夫妻的美梦。

更重要的是，庄之蝶自己既不是古代的浮浪子弟、轻薄文人，专事寻花问柳，亦无法像西门庆那样建立起自己的"后宫"，而且治理得井井有条，一任妻妾争宠斗艳而坐收渔翁之利，纵情声色而活得有滋有味；他也不是现代的性解

放主义者，把性事看作聊解饥渴的一杯白水，随饮随弃。他的无解的烦恼在于名士风流，才子多情，这本是古代文人引以为美谈的，为此，他追求丰富多彩的、灵肉合一的爱情。如何其芳评价贾宝玉时所言，他多情地爱着许多女孩子又被许多多情的女孩子爱恋，却无法处理爱情与婚姻、专擅与"博爱"、贯益与虚名、个人欲望与社会索求之间的矛盾，苦苦挣扎，却无法跃出这生活的和心灵的陷阱。

人欲与道德、法律的冲突，征服和占有众多女性这一由于漫长的历史、心理和生理因素积淀而成的男性潜意识与现行的配偶制婚姻以及由此形成的伦理道德规范的冲突，的确是中国当代社会生活的一个巨大裂痕。如果说，上层的权力交换与民间的情欲横流，可以毫不犹豫、无所顾忌地跨越这一裂痕，可以为所欲为，可以纵情声色，中国的文人，却不得不面对巨大的心灵障碍，面对自己给自己设立的道德提防。"威武不能屈，富贵不能淫"的道德律令，修齐治平的宏伟使命所要求的君子的修身立德，以及对于"好德"与"好色"的弃取舍留，都对文人提出了超乎常人的苛刻要求。直至宋代理学家提出灭人欲、存天理——以我的揣测，由唐及宋数百年间，城市的繁荣、商业的兴旺、生活的丰富和文人阶层的日趋壮大，乃至宋代贯行的文人政治，都使文人的社会地位空前提高，与城市和商业繁荣并生的秦楼楚馆、歌舞繁华，则把文人引向温柔甜腻之乡，挟妓冶游，醇酒妇人，在唐诗宋词和话本文学中成为重要的内容。理学的崛起应当看作正统文人的自我拯救和立志奋发——把理与欲置于水火不相容的境地，也由此造成中国文人的双重性格，即作为社会楷模的仁人君子之超凡脱俗、圣洁崇高与作为现实存在的有七情六欲的血肉之躯的生命欲望夹击之下的首鼠两端、虚伪做作。

于是，在男女性事上，就出现了这样的怪现象：在男权社会中拥有较高社会地位、在心理生理上更强大更有力量的男性，在两性关系上却根本无男子汉气概可言，丝毫没有任何主动性、进取性和冒险精神，甚至丝毫没有心灵上和行为上的优势。恰恰相反，他们都是"有贼心而无贼胆"的，连被拒绝的风险都不敢去冒，而只是等待女性的恩赐，女性的自我奉献。

这就是庄之蝶在他自以为是、战绩辉煌的猎艳史中隐含着的精神实质，是他从他精神上的长辈们那里秉承下来的软骨病，是既要满足情感与肉体的需求，却又无须承担任何道德责任的畸形心理，是社会期望、君子之道对个人天

性的扼杀所造成的性格扭曲和生命委顿。试看，在庄之蝶与各个女性的关系中，他哪里有过什么进攻性和主动性，哪里敢于铤而走险地潇洒一回？比如说，他对于身在佛门之中的慧明，不是没有好感，不是没有潜在欲念，否则他就不会想出与慧明相对而坐、谈玄参佛的场景，但他绝不会"先下手为强"。在与唐宛儿、柳月、阿灿的性关系中，他都不是取攻势，而是以守为攻，他不会先去招惹人家，而是要她们主动向他献媚、向他横陈自己。

有意味的是，这一情态，不是庄之蝶的偶然行为，而是中国文化尤其是文人文化的一大特色。无论他们在实际生活中如何，在历代的文学作品中，人们所描绘的才子佳人之恋，皆是如此，是要佳人投怀送抱、前来相就的。

在西方文学作品中，从永无休止地追逐和占有女性的天神宙斯，到在情天欲海中浮沉的唐璜，从鲁本斯笔下那充满生命欲望的丰腴的女性形体，到美国好莱坞西部影片中征服土地也征服女性的牛仔、硬汉，性冒险，一直是男人乐此不疲的游戏。中国的传统文化所反复描绘的，却是这样一种情景：仁人君子是与"好色"二字无缘的，他们在清贫和绝欲中自守苦修，要么是因为才情横溢而得到公主和小姐的青睐，要么是落魄飘零而受到慧心女子的救助和爱怜。走在大街上，会被在绣楼上择夫选婿的小姐一眼看中，抛下红绣球，桃花运加身；穷途末路时，会阴差阳错地闯入小姐的闺房，不只是躲过紧追不舍的官兵或贼寇，还会意外地受恩主垂怜，与其结为百年之好。元稹写《莺莺传》，虽然是张生先有了不轨之心，但最关键的一步，却是莺莺主动来到张生的住所，自荐枕席之欢；蒲松龄笔下那些多情而迷人的花仙狐鬼，也是一个个前来侍寝，使那些公子哥儿们既满足了灵肉之需求，又不必承担寻芳猎艳、诱惑女性之恶名，不会受持身不严、放纵情欲的谴责。时至今日，这种既有欲望的满足又不留道德的污痕的性关系，仍然在文学作品中屡见不鲜，无论是张贤亮笔下的章永麟，张炜笔下的隋抱朴，还是蒋子龙《蛇神》、吴若增《离异》等作品中的男主人公，都可作如是观。既偷了嘴吃了鱼，又不留腥味不落痕迹，何乐而不为？

三、兼济与独善的困惑

达则兼济天下，穷则独善其身，这是经过一代又一代人的努力和强化而烙印在中国文人的灵魂之中的，魏晋六朝时代文人的夸诞狂放，则是这种独善其身的变体。庄之蝶便是处于这由兼济到独善的蜕变之中，但他哪里知道，不但

兼济天下的梦早已做完，独善其身亦非个人所能，连追摹六朝文人的夸诞狂放，都已经不再可能。

庄之蝶作为一位卓有成就的作家，用作品中一位人物的话说，事业"如日中天"，"四个名人中间就数他档次高，成就大，声播最远"[①]。他的文学创作，给他赢得极大的名誉和社会尊重，赢得许多年轻女性的企羡，也为他赢得了官方的和民间的显要地位。作为社会知名人物，他和各方人士一道，参加市人民代表大会，并且备受市长的器重，市长经常把他挂在嘴上、带在身边，优宠有加；在社会上，他拥有众多的读者和崇拜者，左右逢源，游刃有余；在他个人生活的圈子里，他既有孟云房、赵京五这样的帮忙帮闲的朋友，又有贤内助和可心人，正是处于生活和创作的峰巅，取得许多人终生追求都难以企及的成功。

然而，在这火上烹油、锦上添花的表象后面，他的事业和人生却发生了巨大的危机，少年得志的成就感，换作了四十而不惑的沉重反省。张爱玲曾经说过，过晚到来的成功，会失去其应有的欢欣和慰藉，那么，对于庄之蝶乃至对于贾平凹来说，由于天分甚高而少年及第，是他的大幸亦是他的不幸，从成就的陶醉中乍然梦回，扪心自问，那种"众人皆醉我独醒"的孤寂感和对于自己的文学创作的深刻批判，不能不使他备受煎熬，摧心裂肺：

> 出门在外，是有人在崇拜我，在恭维我，我真不明白我到底做了些什么让人这样？是不是人们弄错了？难道就是因为我写的那些文章吗？那算是些什么玩意儿？！我清楚我是成了名并没有成功的，我要写我满意的文章，但我一时又写不出来，所以我感到羞愧，羞愧了别人还以为我在谦虚。我谦虚什么呀？这种痛苦在折磨着我，可这种痛苦又能去对谁说，说了又有谁能理解呢？

是的，连他最要好的朋友孟云房、他的妻子牛月清，都无法理解他，这种反省的痛苦和飞跃的欲望（读过《废都》的后记，对这种痛苦和进行新的创造的欲望，便会理解更深），以及一时难以找到新的突破口和新的活力的困扰，不能不说是一次严峻的考验。

与之相应的，是他对于自己所扮演的社会角色的怀疑和厌倦。从他不得不

---

① 贾平凹：《废都》，北京出版社1993年版，第15页。

参加的社会活动来说，他的确如那位疯老头的歌谣所唱，"头等作家做幕僚，跟着领导写材料。二等作家写广告，跟着厂长经理跑"，为宣传市长的功绩和市容的改观，为"农民企业家"宣传假农药，都那么不情愿地摆弄过自己的笔墨。从他自己下力气所为来说，一是为了钟唯贤那残缺的情感和心灵施以虚幻的安慰，伪冒其已死的女友而编造一封封情书，还为了钟唯贤的职称评定而行侠仗义，上下奔忙；二是为了从龚小乙手中索得那幅毛泽东书法真迹而费尽心机，巧设骗局，并因此直接导致龚靖元的吞金自尽；三是在关于名誉权的官司中，为了达到争市长之庇护的目的，扭曲柳月的意愿，欺骗赵京五，把柳月送给有残疾的大正做妻子。救人不易，扶危济难的救世主早已无法存在，为了自己的私利而有意无意地损害他人，却使他背弃文人的道德形象又遭受内心的谴责，用他自己的话说，便是"伪得不能再伪，丑得不能再丑"①。而占据了他的大量精力的，除了周旋诸女子之间，便是与诸名士交游，聊天、饮酒、打麻将、谈书、论文、串四乡，优哉游哉，轻松而潇洒。

然而，天灭斯文。西京城的四大名士，死的死，伤的伤。龚靖元惨死，阮知非伤目，汪希眠系狱，庄之蝶则在无法排解的官司纠纷和感情纠葛的困扰中弃家出走，中风于车站。

文人何为？我们习惯于讲，当代中国正处于社会的转型期，正在由传统的农业社会转向现代的商品经济和工业社会。说这样的话的时候，我们常常是把自身置于时代潮流之上，是作"指点江山，激扬文字"的豪迈状的，是自以为充当社会的改造者和时代的推动者的，讴歌时代变革，鼓吹重估价值，张扬文化兴邦，一时间，纷纷扬扬，好不热闹。然而，令人始料不及的是，当我们呼唤的时代转折终于通过经济的力量和金钱的诱惑而渗透进生活的各个层面之后，首先遭到挑战和威胁的，却是文化和文人自己。弥漫于《废都》和庄之蝶等人身上的浓郁的失落感，怕是要放在这样大的时代背景中才能比较确切地加以把握。

经济的风暴、市场的大潮固然扫荡着全部社会生活，但它们首先吞没的却是本来就很虚弱的文化——经济的运作规律，固然消解着高度集权化的政治，但它又会和政治权力相互勾结、沆瀣一气，在恶性循环中结出危害匪浅的怪胎；市场的活跃和收入的增加，改善了人们的物质生活，却也伴生着急功近利、拜

---

① 贾平凹：《废都》，北京出版社1993年版，第351页。

金主义、重物质轻精神的浊流。于是，大讲文化的时候，正是文化危机空前严峻的时候。近年来，各种各样的文化节比比皆是，似乎是文化最受重视最受宠爱的时代到来了，但是，究其实，这种所谓的文化，不过是把浅近的、表演性的民俗和民间娱乐方式加以轰轰烈烈的夸张，然后明确宣称"文化搭台，经济唱戏"，文化自身的独立价值，早已丧失殆尽。

但是，出现这一局面，又怪不得他人，要质询文人自己。文人何为？文化的创造者、传承者和发展者是也。当西京的四大名人，靠舞文弄墨、书法绘画等为自己赢得了名誉、地位和生活上的优越条件的时候，他们为文化的建设作出多少积极的贡献呢？阮知非经营歌舞厅，显然是认同商业性的消费文化；汪希眠以伪乱真地制造伪画赝品，自然是把经济效益放在首位，谁的画赚钱他就仿制谁的笔墨；庄之蝶自悟"成了名并没有成功"，是最清醒的，却又陷身于红尘之中，无法超脱……还有孟云房、赵京五、钟唯贤等一群文化界人士，有的醉心于占卜神课、走火入魔，有的办以刊载名人逸事招徕读者的通俗刊物……玄者玄而又玄，实者谀世媚俗，何功之有？人必自辱然后人辱之，靠外力是灭不了文化的，只能是内里先掏空了，徒有其名徒有其表，维持到维持不下去的时候为止。

四、何人回天兴《废都》

名之为《废都》，自然充满了历史的苍凉感；名之为《废都》，自然会引人思索和寻找振兴这历史名城的回天之力。何人回天兴《废都》？书中诸人，皆沉溺于古色古香的文化氛围之中，皆留恋于这歌舞繁华之地、温柔富贵之乡，唯一具有危机感和自省意识的，便是庄之蝶。鲁迅在评价《红楼梦》的时候指出："悲凉之雾，遍被华林，然呼吸而领会之者，独宝玉而已。"我们亦可以说，悲凉之雾，遍被废都，然呼吸而领会之者，独庄之蝶而已。

最深刻的悲剧在于，感受到这一失落和颓败的趋势，却无力扭转它，只能眼睁睁地看着它裹挟着众人也裹挟着自己倾泻而下，势不可遏。在废都中清醒地眼睁睁看着这昔日壮丽辉煌的古城最后倾圮，要比在废都的古色古香中沉醉、昏昏沉沉地睡梦而亡，更令人痛苦万分。

尽管庄之蝶在痛切的自省中看破了自己也看破了文人的虚幻的光环，尽管他在社会活动中看破了政治、经济、文化诸领域中的丑陋和污秽，但废都的精神

气质早已渗透在他的骨子里，即使是用刮骨疗毒的办法，怕也是无济于事的。

我这里所指的废都的精神气质，便是指传统的文人文化、名人士气。在农业文明的时代，西京这著名的汉唐古都，曾经在城市史上写下它最辉煌的一页，如今呢，却是黄鹤已远，帝王之气已消，只有城郊原野上那一座座巨大的坟堆，以及弥散在西京城中的传统文化氛围，却像梦魇一样盘踞在人们的心头，统治着人们的心灵。

庄之蝶并非西京的土著。十多年前，他初到这个城里，一看到那座金碧辉煌的钟楼，他就发了誓要在这里活出个名堂来，如今，他在这里可谓如鱼得水。孟云房说他，别看他在这个城市几十年了，但他并没有城市现代思维，还整个价的乡下人意识。这就引发出一个问题——乡下人进城之后的命运。为什么在别的作家笔下经常出现的城乡冲突，现代城市与古朴乡村在行为规范、生活方式之间的冲突和对这种冲突的觉察，没有成为《废都》和庄之蝶思考的中心（作品借刘嫂的奶牛作了一番城乡对比和批判，但它只是理念化的、很微弱的，还经常被作品中的其他部分所冲洗所抵销，譬如说，它所作的对牛脚、熊脚、鹤脚与人为了求美而甘愿痛苦穿高跟鞋的比较和嘲笑，就足以被有恋鞋癖的阮知非乃至庄之蝶的言行所抹杀）？恰恰相反，庄之蝶身上的乡下人意识，在城市中却得以舒展和膨胀，不只是说，他仍然保留了从乡村带来的饮食习惯，他仍然酷爱着汉砖铜镜这些古代文物，连他所交厚的几个女性，也没有一个可以称得上真正的现代都市之女，尽管她们个个都美丽动人，又善于用时装和化妆品包装自己，却难以改变她们的血缘和身份：唐宛儿是从闭塞的小县城闯入西京的逃亡者；柳月是带有清纯的山野气息的乡下丫头；阿灿呢，是被视为西京城的底层社会的河南人聚居地的媳妇。广而言之，摄入《废都》之中的三教九流，芸芸众生，又有谁可以称得上现代都市的现代人呢？

城市与乡村，庄之蝶所出身的乡村与他栖身和交游的城市一隅，从根本上来说并无二致，它们都是由农业文明所产生的共生体，同样为传统文化所笼罩。这里正见出东西方之间的一种差异：中国传统中的城市和乡村，两者是和谐的，城市作为统治的中心和经济、文化的中心而辐射乡村，在乡村里能够出人头地展露才华的人则被不断地吸引到城市中去；欧洲各国的城市，却是在与封建庄园主和贵族的政治斗争和对抗中形成的手工业和商业中心，并成为资本主义工商业的发源地。正是在这样的大背景下，中国传统意义上的城市是与乡村同源

同血脉、共进退共命运的。评论家吴福辉在论及中国的沿海城市与内地都城、现代文学中的"京派"与"海派"之区别时说，何尝不是一座大村庄，而且是一座日见荒凉、日见没落的萧疏惨淡的大村庄。

于是，需要进一步思索的问题就油然而生：既然认定中国传统的城乡是同兴废的，那么，为什么在改革大潮之中的乡村焕发出蓬勃的生机，具有"乡下人意识"的庄之蝶的心境却如此黯淡凄凉？何以在时代的变革之呼声最烈、商品潮和"下海"热喧嚣一时的时候，作家以及他笔下的主人公庄之蝶，却似乎全然无所察觉，不为所动，相反却陷入一种越陷越深、无力自拔的废都意识之中，看不到多少亮色呢？这样的问题，如果在十余年前提出，那毋须回答，便足以置一位作家于死地；我们今天的发问，确是刻意追求思索的进一步深化。

这是一个咸与维新的时代，现代化的呼唤、经济的活跃和生活繁荣，都证明着改革开放给社会带来的源源活力。然而，在这轰轰烈烈的表象下面，却又潜藏着巨大的阴影和深渊，文人曾经为呼唤时代的变革和表现变革的时代而殚精竭虑，如今，在进入对时代的深层考察的时候，他却不能不悚然心惊。《废都》中有一个细节，即阮知非赶时代潮流，把演传统剧目的地方剧团改编成适应现代城市生活的歌舞厅，还增设了时装表演，可是，在那些看客眼中，他们不是看时装，而是看模特儿，所有的模特儿在他们眼中都是不穿衣服的。建一座歌舞厅容易，要改变人们的心理观念却并不轻松。经济富裕了，也并不就一荣俱荣，万事大吉，龚小乙倚着父亲的财势堕落成"瘾君子"；洪江借经营书店之便鼓了自己的腰包，还把关于书店主人庄之蝶的官司风波的小册子摆出来卖钱；柳月"跳龙门"成了市长家的儿媳，今非昔比，却难以有真正幸福；所谓的农民企业家黄厂长，恶浊不堪，一副暴发户嘴脸。在官场和法庭的明处暗处，潜藏多少丑闻秘事，疯老头的歌谣中，又有几多隐忍和愤怒……

人们已经不再天真，也无法天真。滔滔者，天下皆是，当道德、价值、信念的堤防已然崩溃，又有谁能力勉狂澜，扭转乾坤？一声悠长的叹息，便从《废都》的第一页上的奇花预兆怪异开始，一直贯注到它的结尾。

五、探隐索微话周敏

另一个意识到废都之没落悲凉的，是周敏，是在作品中看似不甚起眼却有深意存焉的重要人物。他是一个不安分的、希望在动荡的潮流中得到出人头地

的机会的年轻人，是兼具社会上的小混子的痞气和某些敏感文人才情的文气的混合体。

周敏借着庄之蝶的名义进入《西京杂志》，并由此开始了舞文弄墨的生涯，又因为一篇写庄之蝶的道听途说的逸事的文字，引起一场诉讼，并且因此与庄之蝶有了共同的利害关系，一起成为被告，在与庄之蝶共同应付这场官司的过程中较为深入地进入庄之蝶的生活和交游的圈子，得以产生深切的感受。但是，他毕竟是"外来人"，是无法彻底融入这个文人圈子的。这并不是因为他入圈的时间尚短，又没有什么文学成就，那一位同样说不上有什么造诣的赵京五，就自然而然地成为庄之蝶的得力帮手。周敏之难以完全融入，是因为他的那种痞气，流氓无产者的习气，他没有尽心尽力地去恪守道德规范和行为准则，甚至也没有深挚的情感可言。为了能够赢得这场很难打赢的官司，他可以进一步歪曲事实，要庄之蝶承认文章中所言及的都确有其事；在官司打输后，他又可以对景雪荫的丈夫暗下毒手，造成人身伤害；他可以带唐宛儿逃离家庭私奔到西京，在唐宛儿被绑架回潼关之后，营救不济，便断然斩断情愫。这一切，显然是无法被庄之蝶和他的朋友们认同的。

但是，这仅仅是周敏性格的一个侧面。他不只无师自通地学会了吹埙，埙声幽咽凄婉而至于化境，还比庄之蝶周围的一群人都要高明地感到传统文化和废都的暮气和没落。庄之蝶在经过十余年的历练、成功的陶醉和生命的困顿之后方才产生的对废都的批判意识，这个涉世不深的年轻人却靠其悟性而觉察到了，"从一个破烂的县城迁到了繁华的都市，我遇到的全是些老头们，听到的全是在讲'老古今'。母亲，你新生了我这个儿子，你儿子的头脑里什么时候生出新的思维？"[1]这样的批判，可谓入木三分，是否因为他是废都的外来人和过客，他才能够旁观者清，一眼看穿这些文人名士的生存困境？

进而言之，在贾平凹和他笔下的庄之蝶、周敏之间，有着什么样的内在联系？说贾平凹对庄之蝶寄予了无限的理解和同情，说庄之蝶倾诉着作家的心灵独白，这是不会有什么争议的，那么，周敏形象的创造，又是出于什么样的创作心理？最便捷的回答当然是，他的出现是情节发展的需要，他像一条小泥鳅一样，掀动了死水中的道道波澜：是他把唐宛儿带到西京，又促成庄唐二人的相

----

① 贾平凹：《废都》，北京出版社1993年版，第320页。

识，是他的文章把庄之蝶引入一场不得不去应付的官司，从而使庄之蝶在家庭生活和社会生活中同时陷入困境。但是，这样的理解还不能令人满意。我愿意做一次大胆的揣测，在贾平凹的潜意识里，周敏是庄之蝶形象的一种补充，作家是把自己的精神禀赋和某些希冀化合在周敏身上的，使他隐隐地呼应和补充着庄之蝶。

周敏和庄之蝶一样，都是这座废都的"外来人"，是文化的金字招牌下生存和活跃着的文人圈子的参与者和审视者，并且都具有废都文化的批判意识。庄之蝶是深解个中三昧，从内而外地蝉蜕自我，周敏则更多是靠初来乍到者的敏感和观察，由外而内地拂去其神秘的灵光，看穿其真相，两人从不同的角度多向夹击，使废都的轮廓在交错的视点下更加鲜明，更富有立体感。因个人的命运和社会生活的感遇，他们都有一种凄凉幽愤、无人可以诉说的心态，周敏吹埙，使孤寂落寞的庄之蝶在幽咽凄恻的埙声中感到绝无仅有的感情认同和心灵慰藉。两人的这种投契，颇似钟子期和俞伯牙的极其偶然而又势在必得的高山流水、千古知音。周敏带着那种急于挣脱这废都的陈旧而强大的生存氛围、寻找新的希望、告别"老古今"、呼唤新的思维的焦灼而吹出的在唐宛儿听来奇奇怪怪的音调，却使抱有同样的痛苦和同样的渴盼的庄之蝶怦然动心，引为同调，岂不有微言大义存焉？

庄之蝶在万念俱灰、历尽人生百味之后，离家出走，只身来到火车站，他所碰到的唯一一个同样弃废都而别求生路的熟人，又是周敏。庄之蝶徒有走出废都的意愿，却因为在废都中耽溺过久，身心交瘁，于火车站猝然中风，那么，能够延续他这种心愿，并且去进行新的精神寻找的，便只有周敏一人。而且，周敏特意把自己的去向定为南方。以经济活跃、现代气息浓郁的南方城市对比文化久远、古色古香使人们在其中陶醉的北方故都，其中真意当然是令人玩味的。

周敏之所以被作家推重，还因为他是一个有行动能力的人。中国的传统文化，重书本轻实践，重精神力量，把文人们熏陶得一身书卷气，压抑其行为和情感。周敏呢，出自社会底层，带着下层社会的勃勃生机和蛮勇之性，敢作敢为，敢爱敢恨，能文能武，敢拼敢打，令人在鄙弃他的痞性的同时，却又暗中赞赏他的放纵恣肆的生命能量。他在县城潼关，便是个风云人物，他闯入西京，又把文化界搞得沸沸扬扬，不得安宁。单拿他和庄之蝶对唐宛儿的爱来说，也是采

取两种不同的方式，前者的私奔和后者的偷欢，以及唐宛儿被绑架回夫家之后，周敏敢于冒着头破血流之险去闯狼窝，庄之蝶却只能困守西京听消息，这些都形成鲜明的对比。

对来自社会底层的粗野强悍的生命原型的赞叹，常常伴随着对文人自身的生命委顿、拙于行动、缺乏果断和魄力的自省和自惭形秽。这种比较和抑扬，亦是中国文人的一大情结。前些年，一批张扬生命野性的作品纷纷走红，便缘于这样的心理基础：《红高粱》用余占鳌那野性勃发、沉酣恣肆的自由自在状态反衬出今人的"种"的退化、生命的退化；王朔的小说是以新一代社会痞子的厚颜无耻、为所欲为，以"我是流氓我怕谁"的泼皮相，嘲笑着文人的虚伪和平庸；张承志的《金牧场》《心灵史》，则是从文化走向生命，从自我投向民众，在对下层社会的坚韧追求和牺牲精神的认同中复壮自我。贾平凹写《废都》也正是意识到生命的委顿。他浓盐赤酱地写庄之蝶与诸女性的性爱场景，原因之一便是从文人的角度去抗击这种退化和萎缩，却又难以如愿，写来写去是情胜于欲；他写周敏，全然不在意，也不愿意赞扬他（他与庄是情敌），却又不能不让他用蛮勇和痞气冲击这暮气沉沉的文人圈子。这大约也出乎作家的预料吧。

六、现实与神话之惑

《废都》是写实的。西京这一特定的历史文化名城，从市人代会的召开到古都文化节的举办，都闪现着实的影子。就城市生活而言，西京的人员构成、风俗民情、民间小吃和文化氛围，都历历在目。作品中的人物呢，据说也有作家自己和他的一些朋友的蛛丝马迹。

然而，若是从现实的角度讲，位于西北地区的西京，其现代都市生活和变革时代的社会冲突、矛盾走向以及处于这一浪潮中的人物心态，却没有任何表现，哪怕是极浅极俗的表现。进而言之，那些被作家以满腔热情写出来的娇美女性，又何尝不是被理想化了的、被人为地拔高的，比如唐宛儿对庄之蝶的深刻理解之前提何在，她在古都饭店中对庄之蝶倾诉的肺腑之言，又有何依据证明她可以有如此见识？

那么，《废都》是否可以看作心灵的忏悔录，是否为作家笔下的庄之蝶在名利场、声色场上碰撞出累累伤痕斑斑血迹之后的血泪情愫和对他理想中的女性形象的追恋呢？贾平凹本来是一个主观情致极浓的作家，是王国维所言的不必

多入世的"主观的诗人"，在《废都》之中，从庄之蝶的角度，他也的确是做了大量的主观抒发。

然而，在这种哀婉凄凉的感伤之中，作家却没有处理好如下的矛盾，即贾平凹自己在陷身于极端凄苦的境遇时写作的情绪（如作家在后记中所言，从父母亲人的亡故和染病，到肉体上精神上都染着病毒，连安静地坐下写作的一张桌子都没有），与他写庄之蝶的遭遇和心理状态所定的基调之间的差异。也就是说，作家把自己的悲愁凄苦之情，一齐聚集在庄之蝶身上，却忘了给这种情绪设定相应的雄厚的现实依据和心理依据，一任自己的主观情绪倾泻而下，从一个灰暗的起点滑坠，没有峰回路转，没有极喜极狂，一味地宣泄、倾诉，直端端地奔向一个更暗淡的终点，而毫不顾忌庄之蝶的负载能力，也使作品显得浮泛，缺少大起大落大悲大喜的情感力度和抑扬顿挫。这使我想到鲁迅先生的话，感情太炽的时候，不宜于做小说；想到当年刘西渭评价巴金《激流三部曲》的话，作家主观情感的激流过于汹涌，挟带读者呼啸而下，使你好处来不及欣赏，坏处也没工夫挑剔，因而也难以留下深刻的印象和回味的余地。

然而，《废都》却仍然有其不可估量的价值。他给我们创造了又消解了中国传统文化在现实生活中的神话，提供了一份难得的精神文化的标本，也使中国文学在与世界文学对话的过程中又迈上一个新的台阶。

说他提供一份难得的精神文化的标本，是因为在当今的作家之中，很少有人像贾平凹这样，彻头彻尾地浸淫于中国传统文化之中，又把由此熏染出的精神气质最大程度地凝聚在新作《废都》之中。在革命文化、外来文化、中国传统的文人文化和民间文化的多种源头之中，当代中国作家应该说是受革命文化和外来文化影响较重，少数在传统文化中汲取营养者，又常常陷入文人文化与民间文化的冲突之中。贾平凹可以说是在周秦故地的黄土地和历代名都西安城中，把文人文化和民间文化相统一相应和的方面吸纳进自己的魂髓之中。正像他笔下的庄之蝶，较为充分地表现出传统文化的正面和负面，他既恋慕它的古雅馥郁又感到它的丧失创造的生机，他的贤妻美妾的梦想和他在性爱上既贪恋肉欲享受又重视文人气和志趣使其最终不会成为暴淫狂虐的西门庆，他对于自我的深刻否定中潜藏着更深刻的自恋情绪，他在对自己进行道德谴责和心灵审判的同时却又继续凭依自我保护的本能去谄媚于权势（市长）……凡此种种，

正表现出传统文化中的人在现实中的困惑、迷惘和无所作为。至于造伪画的汪希眠、研究占卜术走火入魔的孟云房，更是用各种方式从传统文化的内部做着消解传统文化的工作。传统文化遇到的最大挑战，也许并非某些人视为洪水猛兽的现代意识和外来文化，而是其内部的断裂、内在的矛盾。

说到《废都》在与世界文学对话的途程中上了一个台阶，是说《废都》在写实上的偏倚、在情绪上的激切，虽然损害了作品，但其所营造的废都意象、废都神话，却是既把握住传统文化的一种特质，又有资格进入 20 世纪以来学者作家们对人类文化的思考和对话之中的。1992 年，诗人艾略特发表其力作《荒原》，对第一次世界大战之后的西方文化和人们的精神面貌做了痛切的揭示，并把"荒原"的印记打在此后数十年间的人类进程和思想文化发展史上。如今，贾平凹沉浸于其中，充满欣赏和自得，却又清醒地感觉到它的没落和倾圮，并以《废都》而加以概括的对东方传统文化的宣判，表明了中国文人和作家的自省，无论其是否足够深切足够正确，都给我们提供了新的理解、新的角度，去反思和评价传统文化，并以此面对新的世纪，面对西方文化的冲击和挑战。

如此解读《废都》，是我注六经，还是六经注我，请诸君明鉴。

（选自《〈废都〉大评》，香港天地图书有限公司 1998 年版）

世纪末情结与东方艺术精神

——《废都》题意解读

韩鲁华

在我的感觉里，贾平凹的小说创作，是从对人的外在社会的表现，向对人的内在生命探析的深化方向发展的。在美学追求上，则是在向中国传统美学精神的回归中，又积极汲取了西方现代艺术思维成果，创造一种现代的东方情调。他的长篇小说《废都》，可以说是他这十多年来艺术追求的一个总结。因此，我认为，《废都》的认识价值和审美价值，集中表现在对具有现代人类意识世纪末情结的深刻揭示和在传达这种世纪末情结时所体现出来的东方艺术精神。他用传统的审美方式，来表现现代人的生活情致、思想感情和现实心态等，为中国文学走向世界，提供了一条可资玩味的途径。

所谓的世纪末情结，在我们看来，是人类历史在发展运动过程中，社会生活、政治经济、文化模态、本体生命处于世纪之交，所蕴蓄起来的一种情绪的总体概括，它是一种多层面的立体建构。对于世纪末情绪，一般人容易以西方现代派文学的模子进行框套，认为这是一种消极、颓废甚至堕落的情绪，表现为对世界、对社会的失望乃至绝望。而我们则不这样认为。我们认为世纪末情结，作为人类生命运动阶段的外化显现，其间包含了一种历史文化和生命的悲叹、失望乃至绝望的情绪。这是人类生命苦闷、压抑以及由此造成的焦虑与忧患，但这仅是问题的一方面。我们还应看到，在这种失望乃至绝望中产生的一种新生的希望与信心。旧的生命体的死亡，预示着新的生命体的诞生。正像古茨塔夫·勒内·豪克所言："焦虑和希望被推向极端。一方面是焦虑转化为绝望；另一方面，我们又惊异地看到'纯粹的'希望还转化为信心。"[1]

---

[1] 古茨塔夫·勒内·豪克：《绝望与信心——论20世纪末的文学和艺术》，李永平译，中国社会科学出版社1992年版，第1页。

这是人类生命的两极。只有这样去审视《废都》，才不至于将人引向歧途。

中国的艺术精神，根源于儒、释、道三家的哲学思想。它们三者既各自成为独立的哲学思想体系，又相互渗透，而这三家之中，道家思想最具艺术精神内质[①]。对贾平凹来讲，他在艺术上对儒、释、道三种艺术传统均有所吸收，但在主体上则是承续了道家哲学思想和艺术思维传统中的精华。具体到他的文学创作上，他一贯的艺术追求就是："艺术家最高的目标在于表现他对人间宇宙的感应，发掘最动人的情趣，在存在之上构建他的意象世界。"[②] 这一点，在他的《废都》中有着很好的体现：将世纪末情结融入具体的意象世界创造之中。

历史情结与现实心态观照

贾平凹的小说创作，始终没有忘记中国的历史，在他的许多作品中，倾注了对于历史的关注与思考。《废都》不仅对中国历史从哪里来发出了寻觅的探问，还对中国要走向哪里去进行了质询。人类社会发展到20世纪末，历史在这里形成了一个扭结，生命在这里淤积为一种情绪，体现在当代人的现实心态中。因此，社会现实生活中的芸芸众生及其心态剖视，就是《废都》所构筑意象世界的第一种境界。

因此，在我们看来，历史和现实在《废都》所创造的意象世界中，仅是一个意义层面。历史感和现实心态的观照，也是一种切入整体意象世界的视角。《废都》首先为我们创造的是形而下的具体的物象世界，这就是客观对象——人类社会中的人和事，庄之蝶等芸芸众生的日常生活和他们所赖以存在的生存环境。而作家将形而上的思考结果，归结为这种世纪末情结，也就化解在庄之蝶们的生活和现实心态之中。庄之蝶们请客吃饭，为朋友办婚礼办丧事，计划着如何打官司，特别是庄之蝶与几位女性的交往与性爱之事，等等，就不再是具体的个别的现象，而成为负载一定意义的文学意象，进入艺术境界。吃吃喝喝，吵吵闹闹，日复一日无聊乏味的生活，正是对庄之蝶式文化人现实心态的概括。

不论是以庄之蝶为首的西京四大名人，还是命运情感系于庄之蝶一身的唐宛儿、柳月、牛月清、阿灿、汪希眠之妻，他们的思维方式和行为方式中，都

---

① 徐复观：《中国艺术精神》，春风文艺出版社1987年版。
② 贾平凹：《静虚村散叶》，陕西人民教育出版社1990年版，第4页。

包含着一种历史的内涵，他们每个人都在历史为他们规定的现实命运轨道上运行。庄之蝶本身就是一部文化人的历史。他似乎是从远古而来，走到了 20 世纪末，究竟该向哪里去，他难以为自己确定准确的生命运行坐标方位。历史在他身上扭成了一个结，他的现实心态中，蕴含着历史生活和传统文化的基因。他一方面在寻求生命新的突破口，与唐宛儿等人频频做爱，以获得生命的活力，但另一方面，他又无法摆脱历史传统对他的束缚。他不敢面对结发妻子牛月清提出的离婚，他处在进退两难的尴尬境地。牛月清、柳月，还有最具生命活力的唐宛儿，她们也都无法摆脱历史与现实的规定性。牛月清的信条是夫贵妇荣，她生活的全部内容是围着庄之蝶转，失去了独立人格。而唐宛儿的梦想也是要做名人庄之蝶的夫人。从她们身上，我们也看到了历史的重复。

为了创造"废都"这一意象世界的社会现实境界，进一步剖视世纪末情结，作家在艺术氛围上将视野伸向两翼。一翼是向历史的纵深发展。我们在解读《废都》时，不会忘记牛月清的母亲这个人鬼世界颠倒的人物。她除在艺术上造成一种神秘感外，还有一个重要作用，就是把人们的审美视野引向过去。她的丈夫过去是个水官，在更遥远的过去，牛家祖上的发迹及兴盛，成为牛母美好的回忆。但是，这毕竟成为历史，一去不复返。牛母也只能做无可奈何的叹息。一场大雨之后，牛家还是搬迁了。在这里，作家为我们传达了一种历史无法挽回的情绪。而古城墙上的埙声，似乎是从遥远的过去传来，一直延伸到现在。庄之蝶循着这埙声，找到了自己文化人格和精神的历史源头。他对埙声的向往，表现出一种怀古情绪，他试图从这埙声中找到某种解脱，以拯救他苦闷、困惑的灵魂，企求瞬间的灵魂安妥。

作家审美视野的另一翼，是深入现实世界，关注庄之蝶们生存的现实环境。这主要是通过无时不在而又行踪不定的收破烂老汉实现的。收破烂老汉是一个神奇人物，作为艺术形象显然不够丰满。但作家并不想着力塑造这个人物形象，收破烂老汉在《废都》中的审美功能，是传达一种社会生活信息，创造一种现实性非常强烈的艺术氛围。他疯疯癫癫，口出狂言。他就像影子一样忽隐忽现，使你无法摆脱。他似乎与庄之蝶等人没有多大关系，但似乎又是与其融为一体的，成为他们现实生存环境的一种注解。而且，这个收破烂老汉自身似乎又具有历史的内涵，他那人们了解不多的经历，就是一部当代社会的历史，你无法回避他的存在。

这就是作家在《废都》中为我们构筑的现实意象世界。问题在于，人们很容易停留在外在的表象世界，而不愿深入事物深层去思考。作家的创作意图并不在于此，而在于隐含于它们背后的思考。我们的国家，我们的民族，正处于一个历史的转化时期，通过庄之蝶的寻求，在探寻着新的前进方向，去呼唤新的生活，新的生命，民族的新生。在对庄之蝶生存方式的失望中，蕴含着对新生命的渴望与信心。

文化情结与忧患意识

文化，是贾平凹 20 世纪 80 年代以来创作上一直关注的审美领域。对于中华民族文化传统的思考，以及由此而产生的文化忧患意识，对于传统文化与现代文化碰撞的深刻揭示，构成了他小说审美意识的一个重要层面。作为一个善于独立思考的作家，贾平凹对传统文化有自己的见解。他觉得"作为中国的作家怎样把握自己民族文化的裂变，又如何在形式上不以西方人的那种焦点透视办法，而运用中国画散点透视法来进行，那将是多么有趣的试验"[1]。他还进一步认为："对现代文化和传统文化的借鉴学习，应该的也是重要的，是心态的改变，是有宏放襟怀和雄大的气派，在平和大涵中获得自己的个性，寻找到一个发展和创造的契机。"[2] 可以看出，贾平凹对于传统文化和西方现代文化，并非一味否定或肯定，而是抱一种冷静思考态度，去学习借鉴。他一方面是向中国文化批判性地回归，另一方面对西方文化有选择地吸收，在传统文化与现代文化的碰撞中寻找契合点，以此来观照审美对象。所以，他的文化忧患意识来源于传统文化蜕变中的痛苦和焦虑，但这中间包含着一种积极的态度。因此，《废都》中所表现的文化情结，主要来自作家生命深处的积极的文化忧患意识。

《废都》所揭示的文化情结与忧患意识，首先表现在文化的冲突与碰撞上。中国传统文化发展到 20 世纪末，处在裂变的巨大痛苦中。西京作为一个将被遗弃的中国的废都，象征着中国文化传统面临的危机。西方现代文化，商品经济文化，向中国的农耕文化提出了挑战。中国文化要生存下去，得以继续发展，必须吸取新的文化素养。处在这种文化背景下的中国人，特别是文化人，面临

① 贾平凹：《静虚村散叶》，陕西人民教育出版社1990年版，第4页。
② 贾平凹：《静虚村散叶》，陕西人民教育出版社1990年版，第23页。

的是一次文化人格的重塑。

困惑由此而生。这首先反映在庄之蝶们身上。正如前文所析，庄之蝶在文化人格上，是与中国传统文化相通的。他所形成的文化人格模态，主要是中国的传统文化。他从父辈和所接受的文化教育中，继承了中国的文化传统，所以说，他的文化人格是由中国文化铸成的。如今，他的文化人格不能适应新的历史要求，新的文化力量冲击着他的文化人格结构。从这里来看，庄之蝶的苦闷与忧虑，重要的一点，来自他的文化人格结构开始破裂。他不能保持原有的文化人格结构形态，又不愿像汪希眠等人那样去生活，他失去了自己的文化人格力量，又无法重塑。愈是文化人格完善的人，在文化裂变中愈是痛苦，这就是庄之蝶的文化悲剧。因为传统文化的重轭，无法避免地套在他的脖子上，而现代文化又像猛兽一样，撕咬着他的灵魂。

更重要的是，传统文化以习俗的形式保存在人们的生活环境之中，使你更难摆脱。这是因为，"每一个人，从他诞生的那天起，他所面临的那些风俗便塑造了他的经验和行为。到了孩子能说话的时候，他已成了他所从属的那种文化的小小造物了。等到孩子长大成人，能参与各种活动时，该社会的习惯就成了他的习惯，该社会的信仰就成了他的信仰，该社会的禁忌就成了他的禁忌"①。牛月清将自己依附于庄之蝶，她显然很爱庄之蝶，连庄之蝶与唐宛儿之事，也能够容忍。她从父母那里继承的习俗是做一贤妻良母式的女人，守着妇道，甘愿奉献。汪希眠的妻子，虽然已失去了丈夫的爱，内心深处爱的是庄之蝶，但她还要从一而终。连庄之蝶也害怕"离婚"二字，没有爱情的婚姻，束缚着他们。庄之蝶为市长写吹捧文章，人们觉得很正常，而他不去修改古文化艺术节的广告词，却被人们视为疯子。人们按照生活习俗塑造庄之蝶，而庄之蝶要是有违于这种习俗，就要遭到唾弃。

作为一种文化氛围，《废都》在创造意象世界的文化境界时，还描写了另一种文化传统。这就是清静淡泊、平和虚怀的道家文化和神秘诡谲的神鬼文化。

佛也好，道也好，在贾平凹的《废都》中，是作为一种透视视角，切入"废都"这一意象世界的。贾平凹似乎要创造一个和尘世对比的清静世界。清虚庵、孕璜寺，本身就构成了一种文化环境，它们与外界相对隔绝，蒙上了一层面

---

① 鲁思·本尼迪克特：《文化模式》，张燕、傅铿译，浙江人民出版社1987年版，第2页。

纱，加上特殊的生活方式和习俗，使内容具有一层神秘色彩。作品中对慧明升做监院的仪式的描写，更是营造了一种宗教文化氛围。但是，贾平凹却有意撩开这层面纱，写出了清静世界的不清静。智祥大师为世俗所惑，也办起了气功讲习班，慧明与外界人拉扯，在内收拢人心，登上监院的宝座。尼姑庵本是脱俗之地，偏有这么多钩心斗角，更令人吃惊的是，慧明竟然堕胎。这似乎在说明，只要有人，就难以清静。在这里，清静世界与现实世界接上了轨。

神、鬼以及人的幻觉，作为一种神秘文化出现在《废都》中，也自然包含着贾平凹的文化思考，但重要的是在审美功能上营造一种神秘文化氛围。

牛月清的母亲，是一个阴阳不分、人鬼相通的文化意象符号。说她清醒，她却常说些让人摸不着头脑的话。在她看来，鬼就是人，人就是鬼，人鬼本是一样的。通过她看到的人和事，这个废都世界，必须是阴阳交错、人鬼混为一体的。从她身上，我们可以感觉到作家对中国神鬼文化的一种生命体验，表现了作家超越现世的思维认识。还有龚小乙抽大烟后的幻觉等，构成了一个虚幻世界。这为废都整体意象，增添了一层朦胧之意。但在具体描写方面，作家采用写实笔法，以实写虚，使人感到好像确实如此，于魔幻诡谲中，窥视到了现实性。

生命情结与心灵造影

贾平凹在一篇文章中说："《废都》是生命之轮运转时出现的破缺和破缺在运转中生命得以修复的过程。"因此，它"不仅仅是一种生命体验，几近于生命的另一种形式，过去的我似乎已经死亡，或者说，生命之链在四十岁的那一节断脱了"[1]。对贾平凹来讲，他的现实生命和艺术生命是合而为一的。在四十岁时，他的苦闷、困惑、焦虑和忧愤，来自现实与艺术两个方面。他的生命发生了淤结与破缺，他需要疏通与超越，所以，《废都》作为他生命存活的一种方式，不仅仅安妥了他的现实灵魂，也安妥了他的艺术灵魂。

《废都》是贾平凹生命的一种心灵造影，为我们提供了当代人生命运动的真实心迹。西京（这里说的是它作为一个历史的古都），作为中国的一个废都，作为一种生命的集结体，将要被遗弃，一种新的生命体无可避免地将要代替它。

---

[1] 贾平凹：《〈废都〉就是〈废都〉——关于〈废都〉的一些话》，载《陕西日报》1993年7月17日。

这实际上象征着一代文化人生命的结束与开始。从作品实际来看，它主要展示了旧生命体的死亡过程和新的生命的孕育。如果说庄之蝶是以废都一代文化人的代表出现，他生命的苦闷与焦虑，作家剖析得淋漓尽致。但是，周敏则是文化人新的生命体的象征。对于他的生命运动过程，作家还未能更为充分地展现出来。但是，不管怎么说，作家还是为我们创造了一束生命之光。

这种生命的苦闷与焦虑，来自生命的郁结。每个生命体，都是按照自己的方式而存在，按照自己的轨道在运动。这种生命可以说是一个历史延续过程。因此，每个人的生命之中，都蕴存着历史的积淀。这种历史的积淀，在人的生命结构中起到了稳定作用。但是，如果这种积淀过于深厚，新的生命基因无法补充进来，必然会出现腐败，造成生命的枯萎。这一点，在庄之蝶身上表现得最为突出。

庄之蝶的生命中，有着深厚的历史文化基因。但是，在此之前，他还是按照自己的生命方式运行的。如今，他的生命渠道却被堵塞，他再无法按照自己的方向前进。新的生命力量，一方面向他发出了有力的冲击，另一方面也要补充他的生命。而他已经定型的生命结构，虽然承受了这种生命活力的冲击，却难以打破旧存结构，去重建一个新的生命体。这样，他生命的能量不能正常释放，必然造成生命的压抑、苦闷、焦躁、忧郁。他成为一个生命忧郁病患者，他与生存环境不能合拍。虽然他做了努力，试图适应环境，但结果是加重了他的生命苦闷。他处在一个被动的境地，譬如他被扯进一场官司，他也想打赢这场官司，但不是为了自己，而是为了别人。

当然，庄之蝶也在寻求着新的生命力量，这主要表现在他对女性的追求上。也许会有更多的人责难他，但我觉得首先应该对他有更多的理解。庄之蝶对女性的追求，其内在本质是对一种生命美的渴望。他处在性压抑的苦闷之中，这种性压抑是各种力量挤压的结果，是他生命枯萎的一种表现。他和牛月清的性生活是失败的。在牛月清面前，他不是一个真正的男人，而是一种社会名誉符号，这种符号只有空洞的形式，而没有实在的生命内涵。但是，在唐宛儿、柳月、阿灿等人面前，他才是一个真正的人，一个有生命活力的人。因此，他成功了。这实际上是他对生命的一种修复。他的悲剧在于，每次对女性的追求，虽使他的生命得到暂时愉悦，却加重了他生命的苦闷。这是因为，他生命中的自然人格在与唐宛儿等人的接触中得到了恢复，但他生命中更为重要的文

化人格与社会人格，并没有复归和确认。对于作品中性描写的轻与重、是与非，我们不想过多纠缠，这有待于时间进一步考验。但是，我们认为，这里的性描写，并不是一种玩弄，与人物性格和作品所揭示的问题内涵是一致的，是艺术的需要。因而，作品通过对庄之蝶的性压抑和性描写，来完成对他的心灵造影，是与作品整体意象的创造相交融的。也就是说，对于性压抑与性渴求的揭示，构成了废都意象世界中生命境界的一个方面。

生命的困惑与苦闷，还来源于文化的冲突和现实的挤压。这些在前文已有论述，在此就不再赘述了。我们必须申明的是，这些生命的困惑与苦闷，并非只庄之蝶一人存在，实际上在孟云房、龚靖元、汪希眠、钟唯贤、周敏以及那些女性身上都有所表现。但是，孟云房等人，他们采用非本我的方式，将这种生命苦闷释放出来，显得没有庄之蝶、牛月清等那么灾难深重。孟云房逃到了气功、《邵子神数》之中，龚靖元以赌博来化解生命的郁结，汪希眠成了文化商人。他们于不知不觉中演着生命的悲剧。龚靖元因画的失去而自杀，就是一个很好的佐证。

作家在揭示生命郁结与苦闷时，还探析了生命的神秘性，为生命的心灵造影打上了一层虚幻诡谲的色彩。《邵子神数》是一部破译人生命密码的奇书，但是，人们现在却无法破译这部书。孟云房对《邵子神数》破译的努力，实质上是对人生命奥秘的探寻。牛月清母亲所说的阴间话，往往能够照应。如果说庄之蝶等人表现的是现实生命的可知性，那么，这些人所表现的便是生命的不可知或者未知方面。在这里，作家并不是宣扬生命虚幻，而是积极地吸收现代人生命科学的研究成果，用艺术的方式去思考和探索生命的奥秘。

超越生命与哲学思考

贾平凹在《废都》中所创造的意象，最深层次和最高境界是对生命的超越和超越中的哲学思考。但是，这种形而上的哲学思考，又不是孤立的纯理性的。它和废都整体意象融为一体，渗透在历史现实、文化、生命等各个层面，是一种形而上与形而下的共体建构。作为一种意象世界的构筑，各个内涵层面也不是界限分明的理性显现，而是你中有我、我中有你的浑然整体。

关于历史与现实等问题的哲学思考，主要表现在庄之蝶身上。庄之蝶发出的"我是谁"的叩问，是对现实人生命运和价值的一种探寻。庄之蝶成了名人，

但是他却失去了自身的价值，他说他什么也没有了，只剩下名字这三个字，就连名字也被人们瓜分了，拿去卖。市长敬他，朋友抬他，老婆供他，世人羡他，这些"他"都不是他作为生命实体的人，而是悬浮在他生命之外的名。他的名倒了，或者说他再不能制造名了，人们也就一个个离他而去。我变成了非我，庄之蝶失去了自己的独立人格，成为古都的一种摆设，就像文物古董一样，人们看重的不是他创造的价值和价值创造的过程，而仅仅是一种外在的形式。作家在这里发出了对人的呼唤。

在这里，我们不得不对那头奶牛进行详细分析。有人说这头奶牛就像一位深沉的哲学家，这种看法是很有道理的。作为一种意象象征符号，这头牛隐喻的是对人类、对世界乃至对宇宙的哲学思考。正是这头牛，把废都这个意象世界的时间与空间大大拓展了，将意象内涵伸向了更为深奥的领域。

首先是对人类历史的思考与探寻。人从哪里来，又要向哪里去？牛对人是猴子变的提出了疑问。认为人与牛是同一本源，人类之所以成为万物之主，那是因为人背信弃义。人类创造了文明，但是，"社会的文明毕竟要使人机关算尽，聪明反被聪明误，走向毁灭"。人类的历史，既是一部文明史，也是一部野蛮史。人类一方面为自己创造美和更为美好的历史，另一方面也在戕杀着自己的生命。生命的张力和生命的萎缩相辅相成。人类在征服大自然和自身的一个个胜利中，一步步走向自我灭亡。作家通过牛的思维，不是用人类自身视角来思考问题，而是换了一种思维视角，站在超乎人类之上的宇宙去审视人类的。人类如果不能超越自身，陷在自己为自己设置的泥潭中，那永远也无法真正看清自己。人类只有站在更高层次来反视自身，才能看清自己，看到人类的希望。

其次是对人类生存环境的思考。这主要表现在牛对废都的观察与反刍。人类文明高度发展，创造了现代化城市，但同时也与大自然隔绝了。一方面是舒适的环境，高楼、电视、小卧车等向高科技发展；另一方面，人类生存环境的危机却一天天严重。当今人类面临的灾难是"饥荒、环境污染、能源消耗"，特别是"在我们的地球上，海洋与河流在遭受严重污染，森林在大片毁灭"[1]，还有人口问题、生态平衡问题以及社会治安、色情、毒品等问题。人类已经开始觉醒，但对生存环境的危险性，显然重视还不够。地球已经向人类发出了严重警

---

① 古茨塔夫·勒内·豪克：《绝望与信心——论20世纪末的文学和艺术》，李永平译，中国社会科学出版社1992年版，第3—4页。

告，它难以负载人类越来越沉重的工作量。如果人类再不彻底省悟，总有一天人类会把自己的生存环境彻底毁掉。

最后是对人种退化的思考。人类在追求文明、追求美中，失去了人的天然属性、自然美；人类营造了自己的第二世界，却逐步丢掉了自己的第一世界；人类创造了自己的第二种生命存在方式，却抛弃了自己的原始生命存在方式。人的社会属性，埋没着人的自然属性。人类思维高度发达和人种退化的矛盾，是一个永远存在的矛盾。在这里，作家表现出对城市的某种厌倦情绪。但更主要的是，牛的思考与庄之蝶们生命的困惑有一种内在的联系。牛所思考的返归大自然，也隐含着恢复庄之蝶们生命活力的意义。

从这些分析中，我们可以看到《废都》中所表现出来的哲学思想，是对中国古典哲学精华的继承吸收和对世界现代哲学思维成果的借鉴，并在此基础上，建立起自己的哲学观念。人类生命既要积极创造，又要顺乎自然。而宇宙是更大、更高层次的自然，站在整个宇宙之上来俯瞰人类，将会得到一种新的认识。从西京看西京，它是一个古老的文明大古都。从整个中国看西京，它则是一个废都。旧的正在消失，一个新的城市正在诞生。扩而大之，从世界看中国，从宇宙看地球，那又是怎样一种感觉呢？这恐怕是《废都》整体意象世界的内核。

（原载《当代作家评论》1993 年第 6 期）

转型期现象与无家可归的文人

——关于《废都》的文化分析

邵宁宁

  《废都》是发表于十年前的一部畅销小说，在出版当年引起的轰动，大约只有 20 世纪 80 年代张贤亮发表《男人的一半是女人》时的盛况可以相比，两者同样因直接描写了性而引起了大众读者的关注，所不同的是《男人的一半是女人》还借有 80 年代思想解放潮流的余绪，而《废都》已裹挟入 90 年代市场化的狂欢仪式。《废都》的发表，给作家贾平凹带来了又一波社会注意，同时也招致了来自各个方面的批评非议。事隔十年，尘埃落定，所有的花絮也都飘散零落，但对它的评价仍然言人人殊。在我看来，尽管《废都》在文化趣味和艺术性上都存在着某种与现代生活不和谐的因素，但作为一种精神现象文本，它仍然为解读八九十年代之交中国社会的转型提供了丰富的内容。经历了十年的沉淀，现在再看《废都》，也许既可以保留一点现场亲历的直观，又不至于作出过分情绪化的评判。

一、社会转型与价值失衡

  《废都》一开头，主人公庄之蝶就陷进一桩官司里了。这场有关"名誉权"的诉讼，把我们迅速带入一种转型期社会的当下语境。"名誉权"这个概念尽管早已被写入了法律，但在中国社会里，一个人用付诸诉讼的方式来维护自己的名誉，仍然是很能体现新的时代特征的行为。这标志着一种有别于传统的维护社会生活秩序的方式正在中国悄然兴起。关于这场转型，从不同的角度，人们有不同的见解和描述。在我看来，从社会生活的角度，这一转型主要是从传统的政治—伦理型社会，向现代经济—法律型社会的转移。在传统社会里，社会的发展变化直接由政治因素所决定，社会的稳定有序则主要由伦理秩序来维

持。一部二十四史，几乎都是权力斗争的历史，而中国社会的文明也就是"礼教"的文明。在新的社会形态里，经济逐渐代替政治成为社会发展的原动力和兴趣中心，而维持和调节着社会秩序的决定力量，也由"礼"转成了"法"。于是，"发展才是硬道理""建设现代法治国家"这一类的提法逐渐成为新时期社会最具时代性的话题。所有的人都参与了这场巨变，并且不同程度地期待和推动着这场巨变向纵深发展。但并非每个身处其中的人，都能了解这场巨变的整体以及其对自己生活的确切意义，因而，在思想行为的许多方面，难免会发生某种程度的错位理解与反应。

譬如作品中用到的"官司"这个词，就牵涉一种对于法律的传统理解。这种理解总是将社会公正与某种行政权力联系在一起。它的形成固然有着悠久的传统生活基础，但在当下语境里，却相当触目地表征着人与时代之间那种微妙的错位。《废都》的主人公便自始至终都不能正确地理解和对待这场诉讼，其应对也有点进退失据。我们看到，按照传统社会的处事逻辑，他首先从人情着眼，想私了这桩"官司"，不成功后又左右活动，求助于官场权力。然而，尽管诉讼过程中不可避免地掺杂了许多来自权力的干扰因素，但权力最终还是不能决定这场诉讼的结果。在这部作品中，诉讼本身的是非其实并不重要，重要的只是从中显露出来的社会心态，以及和诉讼的背景一道呈现出来的社会生活对主人公造成的心理压力。它不仅有社会认识价值，而且某种程度上也成为故事进一步发展中主人公颓废行为的直接动因。

从《废都》中的诉讼及其牵连的一切，可以明显地感受到，社会正在发生一场历史性的巨变，传统的价值和秩序悄然失去了原有的稳固。在社会的权力系统中，权和法的关系不再像从前那样可以单向决定，权可以干扰法，法也可以制约权，同时有第三样东西渗透进来，那就是钱。尽管权和法在某种情况下都可以剥夺它，但它也时时可能造成对前两者的侵蚀，至于那曾经与法相对而立的"情"（人情、情理），则愈来愈软弱无力。在日常生活领域，作为价值尺度的情与欲、义与利的原有平衡关系，也发生了意义重大的倾覆。

诉讼之外，主人公——还有他的朋友们，日常都忙些什么呢？庄之蝶是个作家，但是我们看到，他已很难定下心来写他的作品。除了和几个女人偷情、周旋，他还开着一家书店。所谓下海，庄之蝶只是湿了脚，他还没有能力在商海中畅游。然而这却透露出了文人对于金钱和商业的一种时尚性兴趣。庄之蝶

那几个"名人"朋友的生活，包括艺术生活，也都沾染上了明显的商业趣味。他们挣到钱了吗？似乎不多。但利益关系却不知不觉间渗透到思想行为的底里，就是朋友间的往来，往往也掺杂了这种货利关系。看庄之蝶和他那些朋友的关系，都是"利"的欲求远大于"义"的情谊，尤其是庄之蝶骗取龚靖元字画那一幕，简直活画出了某些现代文人的"见利忘义"。

在《废都》中，我们很明显地看到，情与义被远远地搁到了欲与利之后。庄之蝶和许多女人发生了性关系，但在他们之间很难说存在着多少真正意义上的"情"，欲望压倒了一切，不但是庄之蝶，而且包括那些与他发生关系的女性——后者在与他的关系中，甚至比他还多满足了一种欲望，那就是现代社会特有的一种虚荣。

这一切都说明着，改革带来的变化已在很大程度上颠覆了传统的伦理秩序。这并不是说在传统社会中，情与欲、义与利之间存在着一种合理的平衡，恰恰相反，传统社会的平衡，正是建立在一种强制性的不合理之上的。孔子说的"君子喻于义，小人喻于利"虽然有复杂的语义，但它也确实造成了传统社会士人空谈义理，羞于言利，甚而社会性地轻视物质利益的流弊，这显然是不适应现代工商社会的发展的。宋儒的"存天理，灭人欲"，更使价值的天平极不合理地倾向了一极。这种价值判断很深地渗透进人们的社会心理里。日常语言说"情义无价"，又说"利欲熏心"，两句成语的褒贬，十分鲜明地道出了这种价值取向上的偏倚。"五四"启蒙思潮打破了旧礼教，冲击了旧伦理，但它最大的成果是从"理"的压抑中赢得了"情"的地位。至于"欲"，虽然一度也得以解放，但终究又被压入了社会与心理的隐蔽领域。当代文学直到新时期之前，都存在着某种程度的禁欲主义。在新时期文学发展中，"性"一直是一个很敏感的领域，在某种程度上，社会对性描写的宽容度，也成了社会开放程度的晴雨表。直到《废都》出场以前，虽然也有个别出格之作，但文学对性的表现总体上还处于比较隐晦、曲折的阶段，至少它还不能越出"情"的约束或批判。《废都》的最触目之处，就在于它几乎剥去了所有的遮掩，赤裸裸地托出了人的欲望，"情"在这里倒成了可有可无的装点。无分男女，庄之蝶、唐宛儿们在这里所表现出的那种饥渴情状，病态地表现出社会在经历了一段禁闭后的开放激情，以及那种盲目捕捉猎取一切的贪婪急切。他们仿佛进入了一个纯粹欲望的时代，情欲关系的价值天平被完全推向了与传统相反的一极。只有从转型期社会这一变化中的现实着眼，我们才能正确理解这一切。

二、"传统之城"的解体

贾平凹的"废都"感受不是毫无根据的①，确实，不仅是西京，就是整个中国都处在这种氛围里，但这却不是"现代之城"的堕落，而只是"传统之城"的解体。现代中国的城市，大体可按所赖以建立的文明分为两种类型。一种是农业文明中的城，另一种是工业文明中的城。前者主要是政治文化中心而兼有手工业和商业活动中心的意义，后者则是大工业时代的产物，其经济意义远远超越了政治意义。前者如有着古老历史的北京、西安，后者则如新兴的上海、深圳。但这只是理念上的划分，实际情况要远为复杂。尤其是那些老城，经历了历史的沧桑巨变，到今天早具有了许多新的内容，在它们内部，新城和旧城在空间上和文化上都存着某种程度的交叉和重叠，可以说，它们是一座座农业文明和工业文明的"双城"。

然而，真正要从旧城里蝉蜕而出，所要经历的就不仅是建筑的拆除，而且是整个人情风习、社会伦理的改造与调整。而在这一过程中，免不了的是种种旧的沉渣的泛起和新的事物的扭曲。《废都》中有一个极有意味的细节，那就是旧城区拆除时满城扬起使人人感觉瘙痒的暗红色无名粉屑。那是什么呢？它让我想起那些积年秽物，譬如臭虫一类的东西。在原有环境里，它们的活动受到人的卫生活动的限制，后来又不同程度地接受了现代文明的清理。但它们并没有完全失去生命，它们的寄身之地还在，像某种随环境选择休眠或生长的低等生物一样，一旦重新获得所需要的营养，它们枯死的身躯中就会又蠕动出新的丑恶。拆除就是这样的机会，尽管这是一个从根本上铲除它们的存在根基的时刻，但也是暂时将它们从旧的禁制中释放出来的时刻。出现在《废都》中的不少文化现象，都具有这样的意味。比如我们在文本中随处可遇到的形形色色的迷信——气功、占卜、闹鬼；比如书里写到的和文本本身充斥着的色情——妓女、梅毒、艳歌淫词、色情描写等等。而与此相伴的，就是社会认识的某种紊乱，上层文化制衡机制的无力，底层情绪意识的泛起。《废都》中由那个捡垃圾

---

① 贾平凹在一次访谈中曾说："'废都'二字最早起源于我对西安的认识……但当我构思时，我并不认为我仅是来写西安，扩而大之，西安在中国来说是废都，中国在地球上来说是废都，地球在宇宙中来说是废都。"见废人组稿，先知、先实选编《废都啊，废都》，甘肃人民出版社1993年版，第7页。

的老头所传播的民间谣谚，也是作品认识价值中不可或缺的一个部分，它确实反映了一个时期的生活实际，同时也反映出了文化机制和文人精神在这一时期的疲软情形。谣谚是来自民间的东西，它既盲目又准确。准确的是感觉，盲目的是指向。它发泄着来自社会基层的情绪，却无力对产生这种情绪的现实给出有力的解释，更无力提供改变现实的积极途径和动力。

《废都》的色情文本和商业炒作本身就构成了这个社会混乱的一个部分，从而也构成了对作家人文意图的一种反讽。从这一角度说，社会对《废都》的批判是深有道理的。一个文本并不只是对社会生活的静观，在某种程度上它还具有使动意义。不但它的深层逻辑，而且它的表层意象，都能构成对社会风气的一种影响，而如果它的深层本身就存在着难以克服的矛盾，那就很难在短期内抵消它的表层所造成的不良影响。如果要做道德判断和美学判断，《废都》都未可轻许，只有进入认识领域，它的积极意义才能有所显现。

一说到腐败，人们就想到官场。确实，官场可以滋生出权力的腐败，书中也写到了这一点。但权力的腐败并非全部的腐败，腐败也可能延伸到文化领域。《废都》中更令人触目惊心的就是文化趣味的堕落和文人良知的悬空。迷信的流行表现出文化大传统对小传统的控制无力，本能的放纵见证着精神的萎缩，谣言四起则是一个社会陷于某种程度的精神混乱的文化表征。但混乱并不都是坏事。从混沌到有序是一种自然规律。正是在这种时候才显出知识分子存在的社会意义，倘如《废都》一样，一味将判断生活的能力让渡给民间情绪，那就不仅是天职的丧失，而且也表明了知识分子认识判断能力上的欠缺，这也同时说明了为什么他的亢奋只能在某种本能的领域。

但活动在《废都》中的也并非现代意义上的知识分子，他们只是传统社会所遗留下的"文人"；甚至也不是"王纲解纽"时代那种以天下为己任的"士"，而只是苟活在一统、承平时代的某类帮闲、清客。更要命的是，在他们身上，甚至也找不到几千年士大夫文化涵养出来的那种风雅气节，而只剩下一些来自市井社会的鄙俚的趋时附势。所谓的四大名人，精神上皆不出此范围，而在孟云房身上，这种特点表现得尤为突出鲜明。这种文人的生存，从根本上说，本来只是依附在某种政治机体的外缘，起一种装饰点缀的作用。在某种特定的情况下，他们也可能被推向社会的中心，但即便在这样的情况下，他们也不具备真正的主体性。鲁迅曾骂梁实秋是"丧家的""资本家的乏走狗"，如果滤去这句

话中尖刻的贬义，并将资本家改作某种他们赖以立身的文化机制的话，倒是颇能形容《废都》中这一群文人在社会转型期惶然不知所归的生存实境。

三、无家可归的精神境遇

"牛"：不可归去的南山——农业文明想象的虚幻性（乡土非家园）。《废都》中有一个很特别的细节，那就是庄之蝶躺在地上直接吸食牛乳。这个细节过于刻意的象征意味，使其在艺术上显得多少有伤含蓄，但它却以一种生硬的方式，强烈地表现了庄之蝶对于农业文明的那种想象性热忱，凸显出那一代被时代的漩流抛入城市的农民"寻根"欲念的惶急。"牛"是乡土文明的象征，在作品中，它也是一种"思"的载体。而牛所思念的"南山"，在中国文化中具有更浓厚的象征意蕴，作为一种意象，它深深地牵连着陶潜、王维们的山水田园世界。这就提示我们，贾平凹在这里揭出的不只是一段乡愁，也是一种深深的文化依恋。一种"采菊东篱下，悠然见南山""相逢无多言，但道桑麻长""开轩面场圃，把酒话桑麻"式的纯朴生活，以及与之系结在一起的农业文明的宗教、伦理与美学。然而这个"南山"是无从归去的，现代生活已从根本上扬弃了那种文明。从这一角度看，贾平凹此前所写的那些商州小说，尤其是那些涉及改革的小说，都只是在为这样一个时刻做着准备。当《鸡窝洼的人家》中的桂兰进一趟城，发觉自己从前"白活了"的时候，当黑氏终于离开了她的第二个丈夫与情人私奔的时候（《黑氏》），当村人将妒羡的目光投向王才的时候（《腊月·正月》），当金狗在州河里开起小火轮的时候（《浮躁》），"南山"的诗意就已从其内部崩解了。执意要从这"南山"中寻出些什么的话，那也只是它的原始和野蛮，不论给它涂抹上多么厚重的民俗的或美学的色彩，都不可能遮挡住业已"启蒙"了的目光。贾平凹并非沈从文，他甚至从根底上就不能理解后者作品中的那种神性之光，他的兴趣更在巫鬼，如果说那种神性之光在现代生活中还可能以某种方式照亮人们的生活的话，对巫鬼的迷恋则只会使人堕入某种无法自拔的历史深渊。

"西京"：农业文明之都的没落（城非家）。在20世纪下半页的中国文学中，无论从何种意义上说，"进城"都要算是一个关键性的词语。我们有太多的故事与这两个字联在一起。城外的人向往着"进城"，进到城里人又如何呢？他是否就是一个城里人？回答总是要费一些沉吟的。一个农村社会里成长起来的人要

真正融入城市文明，并不像户口的改动或居所的迁移那么容易，这里还存在一系列经济、文化问题。不仅是人情伦理，就是饮食起居这类日常习惯，要一下适应新的秩序也不那么容易。这就使许多进了城的人，在很长一段时间里都不能摆脱土包子之讥。这样的结果是，对许多曾经渴望着"进城"的乡村知识分子来说，一旦进到城里，马上又生出家园失落的感觉。上面说到的庄之蝶对农业文明的想象性热忱，正印证着这一点。还要说到的是，并非在任何时候，农村知识分子与城市生活的不和谐感都显得这么突出。传统城市文明，不过是村镇文明的一种放大，虽说也存在着"城乡差别"，但城市与农村之间还存在着某种有机的联系，进城的人不会感到多少陌生感，城里人也不会对他们产生太多的轻蔑；现代之城则不然，它从根本上并不靠农业滋养，从生产到生活方式，它都越来越具有一种漂洋过海而来的"洋气"，在这种"洋气"的现代面前，土生土长的农村知识分子不免总是有点气怯，这就更加深了他们那种城市非家园的感觉。

"夫妻"：存在而不属于的家（家非家）。传统之家中夫妻关系的意义最终系结在生育上，子嗣在婚姻关系中的首要地位是无可怀疑的。我们不必在这里去引证什么文献或文化人类学的资料，只看《废都》文本就可以明白。《废都》中，牛月清主动挑逗丈夫的情欲，但真实的目标却是生育。在夫妻生活中以这样一种方法夹入一个"孩子"，那本身就会败坏夫妻生活所可能有的和谐。庄之蝶和他的妻子之间并没有什么仇怨，从传统意义上，他们的生活说不上幸福，也说不上不幸，只是平淡，只是缺乏激情，"五四"以后关于家庭解放的那些话语在这里都找不到着力点，但庄之蝶就是不满足。仅从道德上谴责他的出轨是不够的，这里可能还存在着某些更深层的问题。无论如何，这个"家"是不能给庄之蝶宁静与自足的，夫妻只是共同生活的伴侣，而不是身心交融的有机整体，这就是问题的症结。夫妻仅仅是伴侣是不够的，这个问题的提出在若干年前简直不可想象，但它却是人类生活进步的一种表现，它实际上给现代生活提出了一个更高的质量要求。人们至今还不能完全正视这种要求，理论也没有澄清过这种要求，但它的存在却已给社会带来了很多现实的或道德的难题。这已不是危言耸听，而是一种无法忽视的社会存在。

"无忧堂"：生命原始乐园的空虚。无家可归又渴求着有所归依的文人，四处寻找可依持的东西。他们也不排除向"生命之家"寻找安居之地。这种生命

之家，除了记忆，还有本能，两性关系在这里就具有了形而上的含义。两个人的亲密绸缪，是向生命的原始乐园寻求温暖，但同时也就保持了人的幸福的最低限度的社会性。《废都》中的色情描写，并不能单纯看作商业文化的炒作和文人趣味的堕落，它其实也有精神性的东西，虽然它见证的只是文人精神的极度软弱。庄之蝶在唐宛儿身体隐秘处题写"无忧堂"的一笔，是《废都》中极精彩的一笔。它十分鲜明地表现出在现实中经历着无家可归的人生困境的文人，向"生命之家"寻求安慰的精神萎缩和退却。因成功而放任自己的人容易耽于淫乐，这个事实人尽皆知，似乎不需要举什么例子。处于沮丧或失败中的人同样也容易滑向淫乐，《子夜》中吴荪甫伸向女佣的手就是颇具说明性的一例①。对庄之蝶来说，与其说是某种成功，不如说是失败，是那种无家可归、进退失据的沮丧感，把他推向了淫欲。然而，这个由本能所构成的"生命之家"，同样只有空虚。《废都》中的女性就是按传统标准来说，也皆不过世俗庸物，没有谁真能称得起"性情中人"，就像庄之蝶的趣味，总是"雅"得那么俗。片刻的欢愉过去后，还有什么呢？即便没有外力的剥夺，你能想象庄之蝶真能和唐宛儿或别的哪个女人生活在一起，而又继续保持着偷情时的热情和快乐吗？

"车站"：人生流浪的终点或起点。《废都》的最后，无家可归的庄之蝶来到了车站。这真是一个富于象征意味的地点！它十分鲜明地指出了现代旅途人生的一种特点。庄之蝶是准备离家出走的，但他能到哪里去？似乎没有一个明确的地点，即便有，怎么保证它不是又一处"废都"？这些问题都不好回答。但这种出走的姿态却能让我们想起很多，从"五四"时期的"娜拉"、觉慧，到抗战时期的曾树生、方鸿渐。尽管具体的情况各异，但想以出走打破僵局或摆脱困境的意愿是相同的，而这些出走最终都找不到真正的归宿，一次次地出走，不过是一次次地重演"围城"。其实，在更深的意识中，庄之蝶是不想走的，他似乎时刻在期待着一种救赎。在作品的最后几行，作者让他隔着玻璃看到他暗恋多时的汪希眠老婆的目光。虽然这个女性形象在读者看来并没有多么美好，但她却是庄之蝶唯一真正"钟情"却没有与之陷入"欲"的旋涡不能自拔的人。她的出现似乎发出了一个信号，表明《废都》的作者最终还是寄望于"情"，寄望于一个女性的引领救援之手。虽然她不是中国传统信仰中的观音，也不是西方宗

教文化中的圣母，但却表达了与其相同的潜意识欲望。与其说这是对于情人的渴望，不如说是对于母爱的渴望，是一个惶然无助的孩子对于来自母亲的抚慰的渴望。至此，贾平凹就写尽了社会转型期文人无家可归的情状，并且将一个在新的社会结构中文人何所归依的问题，以一种异常触目的方式悬置在了整个社会面前。

（原载《甘肃社会科学》2004 年第 1 期）

繁华年代的盛世危言

——重读《废都》

李　星

一开始，小说就通过天示异象，提纲挈领地对这个时代做了感悟式的描述：这是一个希望与危机并存的变革剧烈的社会文化转型时期。盆中的杨玉环墓土长出了旋开旋谢的四色奇花，天上出了四个太阳。在后文中它又通过原为民办教师、后为"上访痞子"、最后成为西京走街串巷的收破烂者口中的一系列民间歌谣，虽然不无夸张，却也绝非捕风捉影地唱出了现实社会的种种荒诞现象，直指社会的不公。又以文化闲人孟云房、"四大文化名人"、市长、企业家及寺院女住持的所作所为，为他的歌谣做了生动的注释。文史专家装神弄鬼，画家以作假暴富，导演以女色敛财，名作家成为官员的帮闲和吹鼓手，官员们拉帮结派，换届会成为权力的战场，企业家造假成风，市民不敢喝奶制品，僧人们结交世俗权贵，女住持视打胎为寻常，传媒为私利所用，黑社会承包了城市，打官司成了权力背景的角逐……这是一个物质和欲望在城市疯长的年代，是一个古都成废都、文化传统断裂的年代，是一个什么都可能作假的年代。贾平凹以一部《废都》为它摄了像，画了魂，直指这个繁华、民主、进步时代的文化精神软肋，以至于在将近二十年后阅读，更加觉得它深刻和真实，体现作者对这个时代致命缺陷的超常敏感和对社会文化滑落的预见性。

《废都》对这个城市和时代的种种观察和感受，主要是通过名作家庄之蝶的眼睛和生命、心理体验来完成的。他是一个深受读者拥戴、有许多男女崇拜者的名作家，被市长称为"市宝"，出门"前呼后拥"。然而也正是这响当当的名声，成为他堕落的渊薮。首先他成为一枚官员权力斗争的棋子；其次，形形色色的企业家不惜花大价钱，请他写吹捧文章，就连一些街道企业也请他当顾问；再次，一群社会上游荡的闲人、混混，以他的名和关系进入文化界，办企

业、拉赞助、"吃"上了他；还有在别人或许没有任何事的事，一粘上了他，就成了社会和媒体的大事，成为攻击他的口实，贯穿全书的与景雪荫的官司，就是一个叫武坤的人挑起来的；再就是唐宛儿、阿灿、汪希眠妻、柳月等女性崇拜者都以与他有染为荣，从而破坏了他原本和谐的家庭。以上这些使他的心灵陷入了无尽的尴尬和道德选择的两难。尽管如此，他还保留着做人的良知和同情心，残存着人格的尊严。他理解老主编钟唯贤对身在异乡的女同学的爱的幻想，在她去世后，为了安慰他，庄之蝶又以她的名义给钟写信；他同情阿兰和阿灿的不幸，也同情农民企业家黄鸿宝被遗弃的妻子；即使在激烈的官司中，他也不愿捏造事实置景雪荫于绝境，为此不惜得罪利益圈的朋友；对于唐宛儿、阿灿、汪希眠妻这些爱他的女人，他也以爱报之，视之为人生知己、异性亲人，临病发，他的眼前仍出现汪妻的形象。同时，对于发妻牛月清，尽管闹到要离婚，但以庄之蝶为叙述视角的《废都》文本始终给她以充分的肯定，肯定她为家庭的牺牲，肯定她处人处事的得体大度，她在外人面前对丈夫"面子"的维护。

标志着庄之蝶在欲望社会中沉沦和堕落的，不是他与唐宛儿等女人的性，因为这些性其实都是以爱和真诚为基础的，而是他乘龚靖元入狱之危，利用其子龚小乙的嗜毒成瘾和救父心切，与名门之后赵京五精心策划，以极少的代价，诈骗了龚的许多名贵收藏，并导致了龚靖元之死，以及为了借市长之力打赢官司，设局将柳月嫁给市长的残疾公子，并在柳月的恋人赵京五面前，将责任全部推给柳月。时代成就了庄之蝶的事业和名声，社会及人与人之间赤裸的利益关系又造成了庄之蝶的自私和堕落。他对同乡周敏的帮助和宽容是仗义的，对阿兰、阿灿的同情、怜悯是真诚的，对钟唯贤的关心和悼念是感人的，但他对龚靖元之死的痛悼就有些暧昧：是作秀以遮人耳目，还是以泪宽恕自己的罪？半是天才，半是凡人；半是君子，半是小人。庄之蝶也是一个如老子一样"神龙见首不见尾"的神秘的灵魂。他生活在充塞着物质和欲望的世界中，表面上看似如鱼得水、风光而潇洒，但内心却十分恐慌、痛苦、焦灼。他担心自己已经失去了创造能力，又在乎社会怎么评价自己，一再向唐宛儿等人发问："我是不是个坏人？"他与唐宛儿等崇拜者频频做爱，既是情绪的宣泄，也是对自己生命力量的证明。尽管在情场上他证明了自己，但内心的恐惧却丝毫未减。他喜欢近乎绝迹的埙声，是因它那"哀不兮兮""怨鬼呜咽"的情调。哀乐本是为葬礼而奏

的，却成为他悲伤情绪的宣泄。他书房悬挂的"百鬼狰狞，上帝无言"恰是他最无奈的社会人生体验，总觉得自己被一个巨大的阴影"压着""罩着"，灾祸随时要降临到头上，然而却找不到解脱的出路。鲁迅曾经以"悲凉之雾，遍布华林"来形容荣宁二府的氛围，而庄之蝶的人生处境却有过之而无不及，完全可以用"愁云惨雾"来形容。陈寅恪先生在谈到王国维之死时说过，对一种文化浸淫愈深，当这种文化面临崩溃时，其痛苦也就愈深。庄之蝶的痛苦、孤独、悲伤既来自王国维式的对变革的恐惧、失望，又来自对自己日渐沉沦的精神状况和生存方式的厌恶以及自我拯救之难。

余虹在《我与中国》一文中说："文化中国在几经劫难之后，已满目虚无，人们在失去价值归依与意义指向后不知何往。当代中国人说得最多的一个词是'郁闷'，该词最为准确地表达了'我与中国'的关系。郁闷是一种压抑而又难以发泄与倾诉的情绪，一种理不清、道不明的情绪，这显然是国人当代生存晦暗昏茫的症候。"①这种郁闷却早在1993年就出现在《废都》里的庄之蝶的话中："十多年前，我初到这个城里，一看到那座金碧辉煌的钟楼，我就发了誓要在这里活出个名堂来。苦苦巴巴奋斗得出人头地了，谁知道现在却活得这么不轻松！我常常想，这么大个西京城，与我又有什么关系呢？这里的什么真正是属于我的？……我清楚我是成了名并没有成功的，我要写我满意的文章，但我一时又写不出来……这种痛苦又能去对谁说，说了又有谁能理解呢？……我心里苦闷……"②以庄之蝶的心理和灵魂，映射出一个时代的文化处境和文化人的尴尬，给陷于功利和欲望的混茫中的人们一个警告，表达一种尖锐的质疑和批判，这正是将近二十年后，《废都》仍然保持其蓬勃的生命力的根本原因。

乡下人刘嫂的奶牛阴差阳错离开了山林草地和自己的同类，来到一个消费的城市，也以自己新鲜的乳汁供人们消费，直到生命衰竭，最终却挨人一刀，皮被制成皮革再蒙成鼓，装点着城市的历史。牛的命运就是庄之蝶的人生命运预感，牛的孤独是庄之蝶的孤独，牛的生命自况对现实的怀疑也是庄之蝶的怀疑，牛的灵魂就是庄之蝶的灵魂。牛原本就属于山野。牛也成了作者贾平凹的生命自况。《废都》被某些批评界精英斥为"伪都市"小说，不知他们说的是西京残

① 余虹：《我与中国》，载《南方周末》2007年10月24日。
② 贾平凹：《废都》，作家出版社2009年版，第110页。

留的民俗风情,旧院、破墙和文化人的生存方式,还是说它没有表现出都市的现代性,还是批评庄之蝶自外于西京市的"山林"性格,对作家创作的苦心和小说的主题,如此熟视无睹真令人不可思议!这种误读,只能以没有读完小说或者望文生义来理解,是没有任何思想艺术价值的!

(原载《西安建筑科技大学学报(社会科学版)》2009 年第 4 期)

大时代与知识分子的心底波澜

汤先红 孟繁华

历史是一个镜像，1993年大众传媒和市场经济的内在勾连幻化了《废都》的热销，一时间评论浩如烟海，更有学者称之为"市场的狂欢仪式"。纵观种种评论，有人认为它"主要表现了当代文化人的一种生存状态和生命状态，他们心灵发展的轨迹"①；有人认为它体现的是一种废都意识，是心灵的挣扎，是"被传统文化浸透了骨髓的人们，无法摆脱因袭的重担，无力应对剧变的现实，在绝望中挣扎的那种心态"②；有人认为"作品反映了社会转型期知识分子自我身份认同的危机，以及他们在欲望的冲击下价值的崩溃、信仰的失落以及人格的分裂与自弃"③；也有人从文化的角度去解读《废都》，认为它是一种"文化黄昏意识"；陈晓明则认为《废都》是"一部百科全书式的文化溃败史，一个全景式的后现代的精神现象学空间"④。

然而招致更多非议的却是书中泛滥的性描写和诸如"□□□□□（作者删去××字）"的市场消费符码。《废都》"绝对是三级中的三级"，"《废都》的最大败笔，便是多了性爱"，等等。加上出版商的包装，并冠以"当代《金瓶梅》"的广告语，一时间窥欲蠢蠢欲动，暗流汹涌澎湃，成为20世纪90年代最重要的文学事件。

一、错置场域：哗然的背后

文化在结构上可以分为物态文化层、制度文化层、行为文化层、心态文化

---

① 陈骏涛、白烨、王绯：《说不尽的〈废都〉——〈废都〉三人谈》，载《当代作家评论》1993年第6期。
② 雷达：《心灵的挣扎：〈废都〉辨析》，载《当代作家评论》1993年第6期。
③ 李小吉：《〈废都〉中知识分子精神困境之探析》，载《青年科学》2009年第4期。
④ 陈晓明：《废墟上的狂欢节——评〈废都〉及其他》，载《天津社会科学》1994年第2期。

层，而其中的心态文化层是文化的核心部分。在中国的传统社会中，文人知识分子一直居于经济文化结构的核心，修身、齐家、治国、平天下，他们秉承着"为天地立心，为生民立命，为往圣继绝学，为万世开太平"的精神理念和"达则兼济天下，穷则独善其身"的道德操守，筑就了知识分子信仰的圣坛。这种不可抹去的精英意识和内在的精神传统一直潜隐在心态文化层的最深处，成为集体无意识，纵使历史嬗变，这种被传统文化浸润过的人格理念和精神信仰却从未被剔除。随着20世纪90年代市场经济的确立，社会结构的变迁以及消费化、享乐主义等各种意识形态的混声化，不断膨胀的大众传媒召唤着大众文化的勃兴。一时间知识分子赖以存在的启蒙话语失去了应有的沃土，知识精英的操守也在经济利益至上的市场神话面前失去了应有的神韵。精神信仰的崩塌、参与政治热情的屡屡受挫等颠覆了他们固有的价值理念，使他们丧失了传统的优越感。于是在喧嚣的市场大潮和资本图腾的陌生语境中，无着感的悲凉遂成为这一时代的"多声部"。《废都》中，便映射了这一转型时期知识分子精神上的困惑与矛盾。

纵观当时的评论，我们不难看出：一方面，90年代中国社会的市场化和全球化努力，不可避免地要改变以往政治意识形态规训下的文学生产，然而任何事物的发展都是一个渐变的过程，在"政治化"向"市场化"转移的过程中，文学的意识形态功能仍然处于驯化的阶段，这就不难理解《废都》热销后被冷落的事实；另一方面，《废都》由于过多的性描写和本身出版的市场化操作，"被积习已久"的现实派主流批评界予以质疑，或实施种种"纠偏"，从而在相当程度上导致了作者"身份尴尬"的现实境遇[①]。在精英知识分子的审美视域里，这种政治功能的游移背离了以文德和文道为支撑的文学观念体系，评论界的哗然背后暗藏的还是以往道德主义中心话语的权力规约和对文学精英意识的捍守。在道德主义话语的观念里，理性的节制是金科玉律，身体的欲望俯身于理念的制衡，并且把性与道德、责任、家庭等联系起来，认为写性是一种心神的不洁，更是一种对精英意识的亵渎。因而当时对于性描写的批判就倾向于片面化。性话语的存在只是一种语码，是"个人主体话语"建构的一部分，它打通的仍然是"五四"关于"人"的伟大叙事，是"人"的解放和知识分子启蒙与代言功能合一的体现，只不过这种泛性的张扬误入了商品文化的尴尬谷地。另一方面我们不

---

① 王刚：《论贾平凹小说创作的审美视角与话语建构》，载《小说评论》2007年第6期。

应该忽略另外一种真实，即文学的市场化、媚俗化。20世纪90年代市场经济确立，其确立的不仅仅是一种市场体系，更是一种意识形态观念，市场经济奉行经济利益的最大化，高扬欲望与享乐，排除理想主义的价值信念。眼下所谓"相逢不下马，各自为前程"，文坛割据，作家与出版商一起共谋文学的权力网络已经成为不争的事实。然而在1993年的错置语境中，文学的市场化并没能得到知识分子的普遍接受。根据法国社会学家布尔迪厄的场域理论，当文学进入市场之后，文学场域就成为出版商、作家、市场等抢夺的位点，由此文学原来独立永恒的审美价值便由于市场化而具有了商品的属性，遂被纳入商业化运作的渠道，成为获取经济利润的唯一途径。所以《废都》的出版，从一开始就具有了消费社会的某种印记，作家性语码的使用和大量诸如"□□□□□（作者删去××字）"的商业策略，其实是商业炒作下资本的扩张和向大众文化市场进军的无奈选择。

而今尘埃落定，时隔十六年后重新审视《废都》，不仅能够凸显社会转型期文化表层话语的代换之景，更能赋予《废都》以深层次的吁求和幻化背后的真实存在。

二、神启与隐喻：时代转型间的变幻现实

海德格尔曾将我们生存的世界分为四重结构：天、地、人、神。每逢时代裂变与转型之际，我们面临的往往是神的缺席和人精神世界的荒原化，阉寺与瓦解一起幻化时空的流变。《废都》中西京作为一个虚幻的生存空间，时间上线性的发展观（以西京的演变以及庄之蝶名誉官司始末为支撑）和死亡与重生的循环观（牛的生死以及牛月清母亲的怪异行为）一起架构存于时代转型之际的时间话语。而在空间上，以庄之蝶为中心的四大名人圈亦即知识分子的精英文化圈；以市长和收破烂的老头为中心的政治文化圈；以周敏、赵京五为中心的社会交际圈；以牛月清、唐宛儿为中心的女性文化圈；以民俗风物为中心的民间文化圈；等等，编织出现代文明空间中的文化矩阵。巴赫金在《小说的时间形式和时空体形式》中写道："文学已经艺术地把握了时间关系和空间关系相互间的重要关系。"[1]在这些时空相连的神启式意象中，作者以四色花、四个太阳、

---

① 巴赫金：《巴赫金全集》第3卷，白春仁、晓河译，河北教育出版社1998年版，第274页。

棺材、牛和破烂共同勾画出了西京特有的浮世绘：天象的混乱，人事的无序，迷信的四起，政治的腐败，等等，展现了一个文化转轨时代的虚脱之景，形成一套潜在的隐喻系统。

四个太阳共存于天际，天象的紊乱造就了人事的无序化，以文、画、乐、书为能指的旧式四大文人，始终徘徊在主流文化的边缘，在浑浑噩噩中阉割性地生存；四色花则是以花喻人，暗指牛月清、唐宛儿、柳月、阿灿。在这里花与太阳构成一种同构关系。在西京这个都市文明的发展空间里，男性的文化功能仍然游历于原欲即性之间，而女性的生存却只能寄望于男性。即使处于社会多元文化的动荡期，文化表层话语的转换并没有改变凝固、恒定的文化实体。棺材作为死亡的寓意，沟通天地人鬼，牛老太太是阴间的使者，穿梭阴阳两界，每语便言人事鬼神。她的存在一方面道出了人鬼狰狞的社会事实，给整个文本抹上了难以挥去的陵墓阴魂之气；另一方面也昭示了文化重组中神性失落、人性鬼化的不堪现实。牛作为一种文化隐喻，是前现代农业文明的化身，它在城市文明的逼迫下，始终把终南山作为自己生命的栖息地，质疑文明进程的思考正是文化转型期无所依傍的阵痛所在，这种形而上的哲思正是对个人主体的神性向往。收破烂的老头，作为这个社会的"他者"，承包了西京的所有垃圾并以自己独有的歌谣对现存的文化规范和秩序进行无情的嘲讽。他是现代性进程中，古代大隐隐于市这一人物谱系的现代版本，也是知识分子归隐文化心理的显现。

综上，作者通过《废都》的时空对应体完成一套完整的隐喻系统，通过对这些神启式意象的转喻，描绘出了社会转型期文化矩阵的变幻现实。而其中西京作为社会历史进程中的一个缩影，既是个体生命的洞穴之地，又是作者试图参与"民族国家"和"个人主体话语"的载体。古希腊西绪弗斯神话中，石头作为符码的存在，挤压了西绪弗斯生命的全部，推石上山，不只是一种命运的模态，更是社会进程中个体无力逃脱历史的潜在预设。西绪弗斯存在的轨迹恰恰就是在这种既定模态下生命力张扬的自控过程。从这一点上说，《废都》正是贾平凹建构民族国家和个人主体话语的有力尝试。西京，似乎就是石头的类像，在历史的场域中，它的起点和终点永远都是一个具有生成性和动态感的却又静止的悖论场域。西京既是个体生命（庄之蝶等）的生存空间，又是神启似的关乎文化转型期民族国家话语的真实镜像。作为个体生存的空间，一方面它作为异己的力量挤压或物化了个体的生命，在低速旋转的过程中，个体生命的重量

或符码随着时间的流逝而一点点消失殆尽，四大名人的颓败和放荡、唐宛儿出走与归去的模式等无不照射出了社会转型期人类精神沙化的悲哀现实；另一方面，它又是一个凝固的静态空间，作为民族国家的话语载体，它是全球化浪潮中建构民族自我存在的有力确证，又是全球化语境中民族文化自我认同的仿真摹本。

三、潜倾与蝉遁：心灵蜕化的反证式

"文化本身正是为人类生命过程提供阐释系统，帮助他们对付生存困境的一种努力。"① 细观 20 世纪 90 年代中国社会的文化激荡，市场文化与主流文化的珠联璧合，围剿了文化精英的精神领域，使其固有的身份地位和优越感被瞬间剥离出去。失去生命的阐释和退守边缘的无奈使他们在以金钱图腾为表征的文化面前，失去了应有的优越感与冲力，无法确证的悲凉和精神守夜人的自我坚守一起演绎出东方的"天鹅之死"。贾平凹的《废都》正是展现了这一群体在主流文化与多元文化混杂图景中的心灵挣扎。整本书弥漫的是一种文化闲人之气：责任感的消失，精神的逐步侏儒化，虚名的牵绊，等，他们在多元文化生成的动态历史中，一任社会历史的规约和千年积习的熏染，身与心被迫分离。精神贫困的"围城"消解了他们生命的热度和激情，个体只能物化为"空心人"，动物似的游荡在尘世之上，顺着时序和年轮进行着一次又一次的麻木蜕变。卡西尔认为人是符号的动物。贾平凹笔下的庄之蝶俨然是一个写意化的符号，他深陷三位一体的文化冲突之中，是一个历史的中间物，以"零余者"的形象延展了社会转型期的知识分子谱系。在现行的制度下，他安于市场经济的调度，替人写有偿论文，为假药做幕后军师，转让自己的情人给市长的儿子，等等。他是西京城头顶光晕的人物，是一个不缺钱也不爱钱的主儿，但在虚幻的荣华背后却是他的灵魂梦呓。文中他两次以镜自鉴，自省意识分裂了他看似平静的内心世界，他深知安于书斋的时代已悄然远逝，琴棋书画的内在修养亦被浮华的都市文化蚕食殆尽，赏古玩字画、吟文赏月这些旧式文人的风雅遗韵已在喧嚣的都市里如同飘零的浮木，而唯有沉缓悠长的埙声，呜呜如夜风临耳的余音可以安抚其夜间躁动的灵魂。他执拗地想超脱主流文化和市场文化的围困，却无

① 丹尼尔·贝尔：《资本主义的文化矛盾》，赵一凡、蒲隆、任晓晋译，桂冠图书股份有限公司1989年版，第24页。

法超脱世俗生存结构的裹挟。身在主流文化内，心存精英文化圈，在这种庙堂精英和大众文化的撕扯下，他无法完成对自我的确认而只能投身于恣意的肉体狂欢，以极端化的自虐来完成自我生命形式的裂变和心灵的救赎。

牛月清，贤惠而端庄，作为传统文化的母体，因其过分强大，间歇性地阉割了庄之蝶的男性文化功能。唐宛儿、柳月和阿灿作为新生文化的隐喻，她们给庄之蝶带来了五官的放纵和肉体欲望的张扬。"五官感觉的形成是以往全部世界历史的产物。"① 敏锐的感官意识是抵达思想深处的阀门与通道。可以说异域空间里唐宛儿等的娇羞刺破了庄之蝶生命封底的微弱丝线，理性捍守下的心灵欲求在女性潜倾意识的感召下，原欲蓬勃出旺盛的生命力。

恣意的肉体放纵、自我精神的自虐式放逐，背后暗含的却是对精神救赎和自我身份确认的反证式超脱。唐宛儿、柳月与阿灿，如同但丁笔下的贝亚特丽思，是庄之蝶在主流文化圈无法确证后理想的幻象，她们并不指涉现实和现世的生存，只是生命孤寂的底色上，心灵世界无着后的错位对应体。这种极端化的反向追寻在荒诞的外衣下，毕竟让庄之蝶在蝉蜕的羽衣下，有过一段充盈的生命体验，然而原欲（性）在女性躯体中的自我确证，是庄之蝶在混乱的文化时序中唯一指认自我的方式。这种弗洛伊德泛性论的张扬、自我放逐和回归原欲，以期求得母体的宽慰来缓解自我的心灵救赎和文化焦虑本身就是一种无奈之后的选择。

自"五四"以来，现代意义上的知识分子一直在庙堂和民间、理想与现实之间痛苦盘桓，时代转换之际身份的裂变和寻找往往成为知识分子难以挥去的焦虑和困苦。随着20世纪90年代市场经济的确立，知识分子失去了固有的安身立命之所。"知识分子从80年代的思想启蒙的中心被抛向边缘，其启蒙者地位受到深刻挑战。一个富有中国特色的世俗化社会从官方到民间对那些惯于编织理想主义、英雄主义、精神主义、奉献主义神话以启蒙领袖和生活导师自居的人文知识分子形成双重挤压。"② 在种种剧变的社会现实面前，知识分子的惶恐和焦虑可想而知，一方面有着数千年积淀的精英意识，一方面面对的却是理性消解、终极价值溃散的社会现实。顺从世俗的生活逻辑必定颠覆历史赋予的

---

① 马克思、恩格斯：《马克思恩格斯全集》第40卷，中共中央马克思恩格斯列宁斯大林著作编译局编译，人民出版社1979年版，第162页。

② 王一川：《中国镜像：90年代文化研究》，中央编译出版社2001年版，第126页。

神圣职责，坚守自我的精神高地必定不容于世俗的逻辑秩序，偏离社会中心。这种矛盾和焦虑正是知识分子难以摆脱的心理痼疾。《废都》展现的正是时代变革之际，知识分子精神空虚的内在事实，借肉体狂欢的外衣对自我身份确认，虽然近似于荒谬，却也是作者深谙知识分子的心灵困境和企图定位知识分子身份的有意尝试。文末，在文化冲突的混生文化图景中，庄之蝶走向了蝉遁（车站），一个黑暗无休止的土性场域，在等待戈多的虚无中，进行蛰伏，"理想化却是退却和返回，即再生。这不是原种的再次复生，而是新种的新生"①。因而，《废都》在某种意义上，是文化冲突时期知识分子定位自我身份和追寻精神乌托邦的求圣过程。

四、结语

综上，可以说《废都》是一份内容丰富的历史档案，是一部寓言化的本土性文本。扑面的乡土气息、熟悉的风俗文物、浓郁的庄禅余风、潜在的儒家心理等无法掩饰《废都》的历史神韵。杰姆逊认为"第三世界的文本，甚至那些看起来好像是关于个人和力比多驱力的文本，总是以民族寓言的形式来投射一种政治：关于个人的命运故事包含着第三世界的大众文化的社会受到冲击的寓言"。贾平凹正是通过自己的寓言化写作展示了在世界历史进程中，中国这个特殊的文明空间：滞后的时间、冲突的文化图景、混杂的心灵世界。作者一方面对知识分子挣扎的心灵世界进行了淋漓尽致的书写，一方面又对纳入现代性进程中的民族国家进行审视和关照，是知识分子启蒙话语的再次合一。

而如今，《废都》的再版，让我们有机会重新阅读和审视这部作品。庄之蝶的困惑与矛盾，是那个时代知识分子精神面貌的缩影。1993 年中国经济剧变的同时，知识分子在社会生活结构中的地位也发生了根本性的变化，他们优越的社会地位被彻底颠覆，精神层面上的精英意识也越来越被冲淡，来路和去向都变得朦胧而暧昧。他们内心的迷茫逐渐趋向于空洞，既不能兼济天下又不能独善其身。在含混的身份定位中，庄之蝶只能通过女人来获得混乱文化时序中的自我确证，而最终留给我们的却是去留难断生死不明。

透过这一文本，更重要的是，我们看到了庄之蝶身上潜在的"旧文人气

---

① 汤因比：《文明经受着考验》，沈辉译，浙江人民出版社1988年版，第324页。

息"。从"五四"运动到1993年，中国现代知识分子已经诞生七十多年，如果庄之蝶这个形象成立的话，那么我们需要提出的疑问是：这个阶层的思想、情怀和内心要求究竟发生了怎样的革命性变化？《废都》再次将知识分子的灵魂暴露于光天化日之下，使我们有机会重新审视这一阶层在大时代的心底波澜。

（原载《西安建筑科技大学学报（社会科学版）》2010年第1期）

《废都》构筑了一个意象的世界

王仲生

废都作为一个都市，在地图上并不存在，它是贾平凹创造的一个意象，而小说《废都》则是贾平凹以废都这个意象为基点营构的一个意象世界。

真正的文学作品，都是作家的审美创造工程。除了纪实性文学作品外，虚构性文学或写实生活（包括历史现实生活），或写人的心灵世界。描写对象不论多么不同，它们都是在审美的意义上被描述的，而且这不同当然仍是就其主要倾向而言的。事实上，人的外部世界、内部世界是密不可分的，很难截然分开。但在创作实践中，由于作家观察、理解世界的思维方式与文学观念不同，创作方法不同，我们看到现实主义文学往往强调对客观世界的真实反映（虽然这种强调，并不妨碍托尔斯泰对人物心理活动的逼真刻画），而现代主义、后现代主义文学则显然把重心移向了对人们的精神世界的描绘、剖析，如卡夫卡、萨特、福克纳、乔伊斯等人的作品。这种由外向内的转移，又不同于浪漫主义。浪漫主义的主观抒情与对理想的追求，对虚幻世界的构筑，一般来说，往往表现了作家对人的信任。作为古典主义的反拨，它显示了人从神权统治下解放出来的乐观精神；而现代主义、后现代主义则在对世界、对人的认识上几乎可以说与浪漫主义采取了全然不同的态度。人，不再像人文主义者所认为的那样，是高贵的、理想的、可以信赖的，而是复杂得多，难以完全用理性分析得清清楚楚。之所以不厌其烦在这里絮絮叨叨地回顾中外文学的大致历程，是出于以下考虑：《废都》是贾平凹意象主义审美观的对象化，而意象主义，只有把它放在中外文学史的大背景上，放在东西文化比较的大背景上，才有可能讲明白。

《废都》当然写了现实生活，为我们提供了当代社会都市生活的世相图、世态图，因此有人喻之为当代《清明上河图》。《废都》也大量反映了，甚至说主要反映了当代都市人，特别是文化人的心灵世界和精神世界，这使得《废都》获得

了"当代《儒林外史》"或"当代《围城》"的美誉。还有不少热情者，称《废都》为"当代《红楼梦》"或"当代《金瓶梅》"。所有这些比附，不能说全无道理和没有丝毫的合理性，但是我认为，这些都是一种错觉，一种审美误区的陷入。之所以出现这种情况的，除了古典或现代名著的强大艺术生命力给一般读者带来了阅读定式，使得一般人很难摆脱名著效应的支配外，还因为，有相当一些人并没有从艺术精神、艺术底蕴上真正把握《废都》。文学史已经证明，一部真正的有价值的作品，总是要经历一段时间的沉淀，才有可能被读者理解、接受。

《废都》就是《废都》，它不是《红楼梦》《金瓶梅》，也不是《儒林外史》《围城》。我们看到，《废都》除了对都市世俗生活与都市人心态、心理进行描绘外，还写了一些以往文学作品中不曾或较少涉及的内容。作家进入人的精神世界的新的层面，从而大大地扩展与深化了小说的艺术空间。人的精神世界，按照弗洛伊德的区分，包括意识、前意识与潜意识三个层次。《废都》作者对他笔下人物精神世界的这三个层次都进行了艺术扫描，但又有他自己的发现。以东方人的观念来看，平凹不只写了人的性格、气质、秉性，而且开掘了一个新的领域，这就是灵性、神性。这是一个至今仍神秘莫测却又难以无视、难以拒绝的神秘世界。

读《废都》，一开头，你就会被那四个太阳的幻境所吸引。迷离恍惚中，你跟随着作家不知不觉地进入了废都的意象世界，全然不曾觉察你已经从尘世的生活飞腾，徜徉于《废都》虚构的审美境界。埙，奶牛，牛母，加上那个拾破烂的老头，是否就是四个太阳呢？恐怕，作家自己也说不清楚。拾破烂的老头，及老头所唱的民谣，虽然一般认为是为了贯穿情节、结构作品，是为点染小说特定的背景时代而出现的，但事实并非如此。对此我们暂不议论，我们还是先集中于埙、奶牛及牛母这三个形象。

埙，这个半坡时代的陶制乐器，久已失传，最近才被发掘，它出现在作品中，传递的是远古的悲凉、阴冷、荒茫、囹圄。简约的旋律和低沉的音阶构成的那种难以名状的无可诉说的人世、人生的大悲哀、大孤独、大痛苦，不仅仅铺染了作品的底色，而且浸润了、渗透了、弥漫了、笼罩了作品中每一个人物每一个物象的精髓、腠理。这不只是一种氛围、一种基调、一种情绪、一种体验，事实上，它本身就是一种存在。埙的出现，无疑在时间上将小说的时间无限地推向了过去。而过去在某种意义上，就是现在，就是未来。

奶牛，作为一个现代哲学家，它的非人的或局外人的地位，使它的眼光来得分外冷静和客观。它能够一针见血地发现表象所掩盖的本真，揭示现代人的生存困境。它对现代文明所持的历史性批判态度，对于农村、土地、大自然的向往，对于生态环境被破坏的焦虑，对于心态环境浮躁的不以为然，概括地说，关于都市文明及工具理性的否定性思考与态度，这方面是与当代西方哲学相通的。但平凹的思考绝不能被简单地判断为西方现代主义或后现代主义。平凹所依据的主要是东方传统哲学，而东西方哲学不仅在传统背景、现实情境方面不同，而且在未来指向上也存在着差别。虽然东西方哲学以当代人眼光来看，有着许多相近、相似、相通之处，但至少就平凹来说，我们还难以肯定，他是以一种西方哲学意识来否定和批判都市文明、现代文明的。这一点，留待下文再谈。至少，奶牛将作家的视野从城市推向了农村，这在空间上是一个扩展。

牛母，牛月清的母亲，一天中有相当长时间是生活在幻觉、幻象里的。你很难分辨清她究竟是在尘世还是在鬼神界存在。鬼神是否存在，人死后是否灵魂仍在，这些问题至今仍是一个未知的世界之谜。这个问题，我们也暂且予以搁置。如果说，奶牛提供了一个对当代社会进行反思的参照系，那么不妨说，牛母也代表一种来自彼岸的声音。康德说，我们永远无法抵达彼岸，虽然，他曾试图在《判断力批判》中将二者沟通；而在古代东方人的思维中，此岸与彼岸其实是可以沟通的。牛母传达的鬼魂们的痛苦与要求，是否仍然是尘世的人们的痛苦与要求的曲折反映呢？她的那些神秘兮兮的预言、预测，难道全是虚妄的吗？是否仍有它的合理性、预测性呢？所谓女人不敢丢掉鞋子，丢了鞋，人也丢掉了，这能说不含合理性因素吗？不然，你怎么理解汉语中"破鞋"这一专指名词？

埙是地音，奶牛是天声，牛母是鬼神，拾破烂的老头是凡人。天、地、神、人被平凹艺术地整合到《废都》这一意象世界了。这是否与海德格尔追求的天、地、神、人辉映合一的超越境界吻合，或交叉重叠，或相互印证？这里我们也不预作断语。我只是想指出，这些意象是《废都》意象世界的有机构成部分，是《废都》系统中的子系统。它们不是一个孤立的存在，而是各自拥有自己的审美功能，并且相互转换、释放和实现较个体远为丰富的整体效应。甚至，只有在它们的相互关联中，它们才有可能激活它们的巨大功能。

无疑，《废都》的主体与重心是以庄之蝶为代表的一群都市文化人的生存状况与心路历程，但是，仍须注意的是，小说呈示给我们的只是浮在海面上的

冰山一角，还有淹没在海水里的一个作者没有提及的冰山的庞大的座基。它虽然不曾出现，但我们绝不可忽略或小觑了它的存在。

小说基本上没有什么情节、故事，虽然一场文字官司可以说是一条贯穿线，但作家却处理得若断若续，并不精心营构与过分强调。这种情节的淡化、故事的缺席，显然体现了贾平凹的艺术追求。

小说大量描写的是废都里文化人的吃喝玩乐，饮食男女，生活起居，什么酒宴呀，打牌呀，跳舞呀，玩文物古董呀，追逐异性呀，参神拜佛求签打卦呀，气功呀，等等。废都里的人都很忙，而且忙得严肃，忙得认真，忙得较劲，但是，冷静一想，你会发现，他们忙得毫无意义，毫无价值。他们几乎从来没有什么创造性、建设性的活动，一切都为了名、利。金钱与女人是他们追逐的猎物。在他们的人生舞台上，除了消费就是消费。小说主要写了四大文化名人、文化闲人。作家对他们的艺术活动、文化创造，可以说，一点也未曾涉笔。而每个读者都不难想到，如果他们的确不曾有过自己的艺术创作活动，他们不可能成为名人，因为，他们的确不是那种徒有虚名的伪文人，或只是文化掮客。或者他们过去有过艺术创造，如汪、龚、阮，或者他们现在仍未放弃艺术创作，如庄之蝶。虽然，呈现在作品里的他们，已经是文化掮客、文化闲人，但这并不意味着他们过去亦如此。他们毕竟经历了一个成长、奋斗过程。他们原本就是以复杂的生活方式存活。一般新文学中常写的庄严、神圣的工作与事业，《废都》没写，这不是疏忽，而是有意的省略。新文学中不太写的，诸如衣、食、住、行、吃、喝、拉、撒、睡，《废都》反倒是大写特写。这也不是一种偏爱、一种有意的标新立异，而是为了下述考虑。一、传统文学，尤其传统古典小说如《红楼梦》《金瓶梅》，正是以描写生活琐事而独呈异彩的。我们已经认识到，正是日常生活中这些琐碎至极的言行习惯爱好包含了极其丰富复杂的文化意蕴，储存了、透露了众多的社会信息。二、更为重要的是，作家似乎以有意的隐蔽与藏匿在暗示、强调一点：所有活动在废都里的人物，他们的生态、心态，他们的无事忙，他们的消费型文化，他们的丑恶、卑劣、沉沦、堕落，他们的相互不理解、不信任，特别是庄之蝶的孤独、失落，欲写作而不能，欲追求而不得，究竟是怎样形成的？废都人活得并不滋润，并不潇洒，虽然，他们想要滋润，想要潇洒。他们一个个都活得沉重，活得很累，又活得无奈。他们一个个都染上了废都病。什么是废都病？它是一种现代病吗？一种现代生存困境引起的现代困惑吗？又

似乎不全是。因为，它带有强烈的东方色彩。

正如我们能够意识到的，废都并不是一个现代意义上的都市。一、这是一座历史名城，悠久的、久远的历史存在与沉重的文化历史传统的重负，压抑着、禁锢着、窒息着人的一切活力。二、它与农业文化、与以小生产方式为基础的自然经济有着千丝万缕的联系。它是一座都市里的村庄，或者说村庄里的都市。废都的人几乎主要来自农村，即使是那些世代居住于城市的城市人在血缘上或精神上也仍然依托着农村。三、这是一个正处在从农耕文化向现代文化转化的过渡型都市、两栖型都市。一方面传统的文明正面临着历史的选择；另一方面现代文明诸如商品大潮、市场经济正如一头怪兽扑向都市。人们的价值观念要变而未变，欲变而难变，或正变而尚未彻底变，或已变而难以与旧的相适应，而这一切又与生活方式本身的新旧交错、新旧杂陈是一致的。旧的生活方式、价值观念轰毁了，新的却尚未建立或正在建立。在艰难的蜕变中，废都举步维艰，步履蹒跚。正是在这样的特定历史时期和特定空间范围里，诱发了、萌生了、滋长了废都人的废都病。而且，这一切，被《废都》全部推向了背景，推向了作品的后面，藏而不露，隐而不显。于是，读者看到的只是病症，而病灶却被忽略了。这里正显示了作者的智慧与机敏。事实上，废都是作家营造的一个符号，一个意象，一个艺术的载体。

《废都》是由诸多意象聚集而成的意象世界，它是意象群落的集合。即使是主人公庄之蝶及其庄生梦蝶一场空的精神苦旅，也是一个意象意味极浓的象征和隐喻。作品中关于庄之蝶的性追求、性行为、性心理、性生活的篇幅不少，亦当作如是理解。作者不仅仅是着眼于性。如果只是从性考虑，那么，汪希眠倒不失为一个很好的抒写对象，因为他对于女性纯然只是一种性玩弄、性占有、性发泄，而庄之蝶显然与其不同。他对女性表现的性爱，是寄寓了庄之蝶的情爱和人生思考、人生追求的，它是庄之蝶从废都的重重包围中寻求突围的内容与方式，因而具有了形而上的意义。为了逃避名人之累，从异化中找回自我，庄之蝶企望在美与爱的绿洲里确证自我的新的存在。然而，他不曾料到，在废都，美与爱也成了陷阱。既然他已失落，已异化，那么，他所爱的那些异性，从牛月清、唐宛儿、柳月、阿灿到汪希眠妻，她们也无一例外地被扭曲与异化了。从情与爱始，他得到的只能是大堕落、大沉沦、大毁灭，是他与他所爱的那些女性一道创造了这爱与美的毁灭性的大悲剧。始于情而止于淫，他仍然在劫难逃，正如他希冀从

废都出走,而只能中风倒在出走的那一刻。作品在这里所暗示的,显然已超越了性而具有了更深刻的意义。这就是废都人的生存困境与生存困惑,这就是对废都的历史性批判所显示的作家的废都意识。

的确,《废都》写得很实,这一点,一般读者看得很清。小说实到难以再实的地步了。无论是食,还是色,都是如此。细致的描述表明了作者对生活的逼近,对真实的大胆追求。但我们往往忽略了作品的另一面,这就是虚。正如前面分析的,无论是埙、奶牛、牛母、拾破烂的老头,还是作品中的其他人物,他们无一不是符号,不是意象,他们构成了一个超越经验的虚幻世界。大实与大虚的结合,可以说是《废都》的总体特征。充斥于作品的就是诸如食色这些形而下的日常生活细节,它们来自经验世界。但是埙、奶牛、牛母及形形色色的人物,特别是性,又具有形而上的意味。他们或者来自超验世界,如鬼神;或者来自远古的回音,如埙;或者来自大自然的呼应,如奶牛的思考与盘诘;或者来自灵与肉的冲突与厮杀,如性爱。艺术原本就是真与幻、实与虚、美与丑、善与恶在临界线上的奇妙契合。而《废都》则更将形而下与形而上、经验与超验、可知与不可知、可言说与不可言说有机地纠缠于一体,渗透为一体了。构成《废都》的所有艺术部件已经不只是物象、形象、具象,而提升为意象了。《废都》是意象主义的结晶。废都意识因意象主义而呈现,而敞亮,而对象化,意象主义承载着废都意识异军突起般地昂首挺立于当代文学的原野。

意象,在西方最早出现于诗歌理论中,而在东方,则可以说早已有之。《周易·系辞》上说:"子曰:'书不尽言,言不尽意。'然则圣人之意,其不可见乎?子曰:'圣人立象以尽意,设卦以尽情伪,系辞焉以尽其言,变而通之以尽利,鼓之舞以尽神。'"当然,"象"在那个时代,只是作为一个卦象被理解,完全是一种符号,但它却潜在地包含了艺术形象的审美特征。所谓"见乃谓之象",就表明它是具体可感的。"圣人有以见天下之赜而拟诸其形容,象其物宜,是故谓之象","象"乃是对对象世界的模拟,是"物"的反映与形象化。这就赋予"象"以美的可能性,它是"相杂"而成"文"的,"至赜而不可恶"的。但"象"的内在的美的意义并不是绝对客观的。对它的理解即"神而明之",在很大程度上"存乎其人",是因人而异的,带有很强的主观性。

到六朝时期,王弼的《周易·略例·明象》进一步提出:"言生于象,故可寻言以观象;象生于意,故可寻象以观意。言以意尽,象以言著。故言者所以

明象，得象而忘言；象者所以存意，得意而忘象。"他对于言、意、象三者关系的辩证分析，可以说深深影响了我国传统美学。意指创造的主体，象指创造的客体，言为其中介，三者构成了艺术活动的三个基本环节。它们流变组合，千姿百态，从这里不难窥得东方艺术之谜的奥秘。

明代李东阳《麓堂诗话》分析："鸡声茅店月，人迹板桥霜。人但知其能道羁愁野况于言意之表。不知二句中不用一二闲字，止提掇出紧关物色字样，而音韵铿锵，意象具足，始为难得。"一般人论及我国传统文论，往往强调意境。他们没有注意到意象才是中国艺术的核心。意境是意象的审美效应，即所谓"象外之象"。从根本上看，意象的哲学基础是东方人的"天人合一"说，是东方生命哲学在审美领域的呈现。对于这一点，清代章学诚在《文史通义·易教下》有过论述："有天地自然之象，有人心营构之象……人心营构之象，亦出天地自然之象也。"

我国传统文论注重整体把握，强调作家的感应、感悟能力。这正是从艺术实践活动尤其是意象建构中提炼出来的，是对审美主客体关系的高度概括。

平凹在当代作家中一直以审美意识的高度自觉、文体意识的高度自觉而为人称道。虽然先锋派作家同样关注文体审美，关注创造，但他们往往更多地是从西方现代派、后现代派借鉴，而平凹则选择了另一条道路。这就是从我国传统文化，特别是东方艺术精神中汲取营养。平凹曾经表白过："艺术家的最高目标在于表现他对人间宇宙的感应，发掘最动人的情趣，在存在之上建构他的意象世界。"这个意象世界显然不再是存在本身，而是作家的"二度创造"，熔铸了作家存在的感应和领悟。平凹这一美学主张，是对东方艺术精神的发展，有着浓厚的传统文学底蕴，但我们必须看到，这是在现代意义上对传统的扬弃，或者说是传统在现代条件下的蜕变。贾平凹是在当代文化困惑中有选择地从传统中寻找参照物、寻找根基的。"五四"新文化运动以来，我们对传统采取了彻底的批判态度，我们对异域文化，尤其是对西方文化表现了巨大的学习热情。这当然有它的历史进步性，有它的时代合理性，但是，这同时也在不同程度上造成了传统文化的断裂。经过近一个世纪的文化徘徊，我们终于领悟到，虽然我们必须从传统中走出，但我们仍在传统中存在。我们不可能割裂传统，而且只能从更新我们民族文化的时代需要出发，在借鉴异域文化的同时，继承传统的价值观念以参与现实，并在这种参与里赋予传统以新的内质。平凹正是从自己的生存体验、审美追求着眼，依据自己的个性、气质和审美心理机制，选择了老

与庄,禅与释,选择了意象,选择了东方艺术的精髓和内核,注入了自己的理解与改造,形成了他的意象主义的艺术观。如果说近代西方文学曾经走过了一条从古典主义走向浪漫主义、现实主义、现代主义、后现代主义的曲折道路,不妨说,在我国,古典文学中一直是意象主义处于支配和主导地位。《诗经》《离骚》以来,诗歌一直是古典文学的主要文体,诗歌创作几乎是意象主义的产物。只是由于缺乏系统的理论阐发,由于汉武帝之后儒家诗歌的独尊地位,我国古代诗学未曾很好地从意象这一视角对诗歌与文学创造进行研究。平凹的意象主义的提出,无疑是极具文学价值的。

平凹不是学者,而是艺术家。他对中国传统美学、传统文化精神的理解主要是围绕审美创造这一中心,他紧紧抓住了传统思维方式的特点即天人合一的整体性、直觉性等,抓住了传统艺术表现的特点,诸如重表现、重意象等。他在这个摄取、融汇过程中并不十分强调系统性,往往显得较零碎、庞杂。他毕竟不是在整理这些遗产,不是搞学术研究。而且他常常不是从原来的意义上去理解经典,他更多情况下采取的是一种误读。正如钱锺书所说:恰恰是误读,创造性的误读,成了一种圣解。这当然不是说,我们不需要对对象进行符合对象实际的理解,而是强调在创造意义上对对象作出新的发现。事实上,任何文本的理解,都不能不带有主观因素,不能不受制于理解者的"前理解结构"和"现实情境"。

这就回到了我在前面谈到的平凹对废都所持有的历史性批判态度即废都意识。如同他的意象主义是他在自己的创作实践中逐渐向传统美学回归并实现创造性发展一样,他对废都的批判、审视、反思,主要来自他对我们现代社会的理解、把握与焦虑。在废都里,在被历史遗弃的痛苦批判里,我们可以看到平凹对这个都市所寄予的厚望。他确信这个都市经历"涅槃"必将似"火中凤凰"而重展雄姿。如果没有这个支撑点、这个内驱力,平凹不可能洞察废都的现实命运与历史走向,也不可能把这个历史进程在现阶段的挣扎与苦难展现给我们。任何批判,都必定是由于批判者拥有他自己的价值尺度,因此问题不仅仅在于批判,更在于批判赖以展开的尺度。既然平凹在美学思想上表现了更多的对传统的倾斜与再造,那么,在未来发展的预测和展望里,是不是也同样有这样一种倾向呢?这是一个有待我们进一步探讨的问题。

(选自《废都啊,废都》,甘肃人民出版社 1993 年版)

一幅古老文化落日的斑斓景象

——从《废都》的文体说起

於可训

近几年来，贾平凹一直就是书刊市场的一位红角儿。在今夏的读书界，他的长篇新作《废都》更是爆出了一个大大的热门。其俏销的势头，恐怕是自20世纪80年代中期柯云路的《新星》之后，所未曾见到的。随之而来的是，围绕《废都》的争论也愈演愈烈。有的说它是《红楼梦》第二，有的说它不过是《金瓶梅》的翻版，不管这些说法是褒是贬，抑或褒贬参半，一个不容忽略的事实是，人们都注意到了《废都》与上述两部古典小说在艺术上的相似之处。这是读《废都》，也是理解和评价《废都》的一把入门钥匙。

长期以来，贾平凹的小说创作就极善于从中国古典小说吸收艺术的滋养。特别是他的中、短篇，从古代话本、拟话本和笔记小说处受益甚多。《废都》则转而取法明清社会人情小说，特别是对《金瓶梅》和《红楼梦》，在艺术上多有借鉴。这甚至形成了《废都》文体的一大特色。了解这一点，才可能弄清《废都》究竟是怎样的一部书，它的真正含义是什么，有什么样的价值和意义。否则，就可能像当前的某些争论那样，在《废都》的性描写问题上纠缠不休，甚或重复前人评《红楼梦》的偏见，把《废都》看作是一部教人堕落的"淫书"。

如果说今天被我们称为现实主义杰作的《金瓶梅》和《红楼梦》，在古代也可以称作通俗文学的话，那么，《废都》的文体也具有这样的双重品格。只不过《金瓶梅》《红楼梦》二书的文体的二重性是一种历史性评价的结果，《废都》的文体的二重性则是它的诸多艺术特征所显示出的一种现实的品性。作为一部具有很强通俗性的"畅销"小说，《废都》自然有它独特的吸引大众读者的艺术手段和文体功能，但它却不像一般的通俗小说那样，主要靠故事情节的新、奇、怪、异（古之谓传奇性）取胜，而是有赖于对人情世态的细致入微、纤毫毕现的

描摹与写真。这表明它在实现小说的通俗性方面追寻的是《金瓶梅》《红楼梦》等社会人情小说注重世俗化的写实传统，而不是如一般通俗小说那样，走的是古代"话本"追求传奇性的老路。从这个意义上说，《废都》虽然具有很强的通俗小说的文体特征，却不缺乏现实主义小说应有的严谨的写实风格和对于现实生活的艺术穿透力。很难把《废都》的文体的通俗性和写实性的特征用实证的方法一一描述出来，事实上这种刻板的求证也完全没有必要。如果要客观地阐述《废都》的文体的这种二重性状况和存在形态的话，那么，可以说，它的通俗性是寄生于它的写实性之上的。就现实主义小说理论所看重的环境、人物和情节诸多因素而言，《废都》都是严格写实的。作为《废都》的人物活动环境，西京社会和以庄之蝶为中心的西京文化人的生活圈子，不是某些新式的才子佳人（言情）小说和英雄侠士（武侠）小说虚拟的生活场景，而是受着20世纪80年代改革开放浪潮的冲击，正在经历着新旧蜕变的一个古老的中国内陆城市中形形色色人物的生存世相的真实写照。就这个意义上说，如同对明代中后期社会市井生活进行真实反映的《金瓶梅》那样，《废都》也可以称作一部真实地反映了处于激变中的当代都市生活的"世情书"。而且从某种意义上说，这种反映还具有相当的典型性。如果说《子夜》和《上海的早晨》分别描写了20世纪30年代和50年代在经济和政治浪潮的冲击下，一座沿海的现代商业都会的典型的社会环境和生活环境的话，那么，《废都》所描写的这座古老的内陆城市在20世纪80年代现代化浪潮的冲击下的新的社会环境和生活氛围，对于传统深厚、幅员辽阔的中国内陆城市来说，可能具有更大的普遍性和更为重要的典型意义。正是这种富有当代特色的真实而又典型的社会环境和生活环境，孕育了《废都》众多的人物，赋予他们的欲望、行为、心理、性格和思想情感以现实的基础和存在的依据，使得他们在正处于同一时代的中国读者的经验背景上，足以成为一种既真实可信又无处不在的具有相当的典型性的艺术形象。《废都》的故事情节尤其是它的主要情节，因为囿于文化人的狭小的生活圈子，可能会影响到它的真实性和普遍性的意义，但构成这些情节的心理的、性格的、思想的、情感的和行为的冲突，却是有着真实的生活基础的，是激变中的生活涌动的波浪、溅起的飞沫，而不是一般通俗小说为追求情节的曲折生动，由作家包办制作的恩爱、情仇和奇缘巧合的主观模式。总之，就现实主义小说所要求的真实性、典型性诸艺术要素而言，《废都》都是严格写实的，而且具有相当程度的典

型性。它忠实于现实主义小说文体所依赖的真实的生活依据和特定的时代感，并且尽可能地对庞杂的生活现象进行了艺术提炼和概括。就这个意义上，说《废都》是一部功力深厚的现实主义小说，是当之无愧的。

如同其他形态的小说一样，现实主义小说的文体表现也是各种各样的。就《废都》所效法的《金瓶梅》和《红楼梦》这两部中国古典现实主义小说艺术杰作而论，前者更接近西方人所说的自然主义，后者则基本上是近代小说的成熟的现实主义文体形态。二者当然有轩轾之分，而且就中国古典小说艺术的发展进化而言，前者只能看作后者文体的胚胎形式。这当然是从史的角度对这两部古典小说名著进行的评价，至于它们各自对后来的小说艺术所产生的影响，则另当别论。就中国近代以来的小说而言，主流的小说家当然更多的是从《红楼梦》吸取刻画人物、创造典型和艺术描写的宝贵经验。但是，也应当看到，后人对于古典作品的学习并不是按照严格的时间顺序，去取其成熟的形态而不及其他。恰恰相反，他们一般是将所有过去时代的作品都看作一个共时性的存在，而后吸取其对己有用的东西，并不十分计较时序的先后和在艺术上成熟与否。从这个意义上说，《金瓶梅》虽然是中国古代现实主义小说文体的胚胎阶段和初级状态，但它对于近代以来的中国小说，同样产生了不可忽视的作用和影响。尤其是近代以至二十世纪三四十年代被我们称作通俗文学的新旧"鸳鸯蝴蝶派"言情的作品，受《金瓶梅》的影响更大。这种影响的主要表现是这些作品大都极善于刻画琐屑的日常生活，尤其是对饮食男女、齿牙口舌之福、闺帏床笫之欢，更是极尽描摹、渲染之能事，其细致、逼真的程度，令人读之如身临其境、耳闻目睹、感同身受。这类小说的通俗性，正是通过这种极端世俗化的对琐屑的日常生活的近乎自然主义的描写表现出来的，而不是像另一类通俗小说和小说的另一种通俗性那样，有赖于人物和故事情节的传奇色彩。

如果说《废都》在追求环境、人物、情节的真实性和典型化方面，所表现出来的是一般现实主义小说的文体特征的话，那么，它在展现它的环境、刻画它的人物、展开它的故事情节的过程中，对于具体的生活场面和生活细节的描写，却又充分显示出了上述极端世俗化的以刻画琐屑的日常生活为能事的通俗性的文体特色。正是这一点上，《废都》的文体受到《金瓶梅》等古典世情小说和近代以后的新旧"鸳鸯蝴蝶派"小说很深的影响。这两类小说都可以归入市民文学或都市文学之列，《废都》也是贾平凹第一次涉笔都市生活的作品。这究竟是

贾平凹对前人的一种自觉的学习，还是冥冥中自有一种内在的默契和机缘呢，谁也难得说清，但《废都》的这种通俗化的文体特征与有意无意之中接续的自《金瓶梅》之后形成的市民文学或都市文学的世俗化的艺术传统，却是值得珍视的。

通俗性寄生于写实性，二者相依相存，相克相生，无疑使《废都》的文体获得了很大的艺术张力。这种张力的效果无需举更多的例子佐证，只要想想，在现代小说中，将这种文体张力发挥得十分出色的张恨水和张爱玲的作品，何以具有经久不衰的艺术魅力，就不难明白，《废都》的"畅销"，也正有赖于这种文体的张力所造成的具有普遍适应性的读者效应。这当然还只是处于同一艺术层面上的文体张力，除此而外，《废都》的文体张力还有更重要的一维，是它在写实性和通俗性的文体之下，还隐含着一个深层的文体结构。这个深层的文体结构是由《废都》中那些怪异的、虚幻的、荒诞的等诸多变形的和反常的艺术因素组成的。它的意义就在于，使整个作品构成一种整体性的象征和隐喻，从而把这一部通俗的写实性的作品的题旨引向一个更为深广的和更具普遍性的层次。在这一点上，《废都》又有点近似于《红楼梦》的艺术构造。《红楼梦》开宗明义第一回讲，"篇中间用'梦''幻'等字，却是此书本旨，兼寓提醒阅者之意"，即表明它在"假语村言"之下，还隐含着一个由"梦""幻"等非现实性的因素构成的体现全书"本旨"的深层结构。读《红楼梦》不能不注意这个深层结构的寓意和含义，读《废都》同样不能忽视这个深层结构所"提醒"的整体的隐喻和象征的意味。

"废都"：一种文化落日的意象

《废都》的书名很容易让人联想到西方现代主义大诗人艾略特的长诗《荒原》。"荒原"是艾略特以诗的形式经营的一个带有整体的象征意味的艺术意象。它借以表达的是整个西方文明和西方文化在战后所出现的一种衰颓景象，这虽然是"战后西方世界整整一代人的幻灭和绝望"的情绪的反映，却又不仅限于此，它所表现的同时也是整个人类文明和人类文化的"一种带普遍性、永恒性的景象"。艾略特以《荒原》的意象打破了传统的关于西方文明和西方文化的神话，向整个西方世界提出了精神"拯救"的问题。无论是对西方人还是对整个人类的历史反思并以此促进文化的发展和文明的进步，都是具有积极的意义。

处于世纪末的西京古都，虽然不像艾略特写作《荒原》时的西方世界那样，经受过第一次世界大战的巨大毁灭和破坏，但现实的经济潮流的强大冲击，毕竟也使生活在这座十三朝古都围墙之内的风气古朴、性情敦厚的市民的传统的价值观念和人生信条发生了倾斜和动摇。如果可以把传统文化看作西京人的人生支柱，看作悬挂在西京城上空照临万方、亘古常新的精神的太阳的话，那么，这颗太阳的精神主宰地位而今已发生了严重的分化。《废都》开卷写了一桩"四日并出"（包括"七虹同现"）的"异事"，即可以看作维系西京古都的精神文化传统发生分化和裂变的一个艺术象征的符号。统一的精神主宰发生分化后，人们在现实潮流的强大冲击下，被逐出传统的精神家园，在一个价值多元的时代里，随波逐流，精神既漂泊无定，灵魂也无所依归。这即是《废都》所写的"四日并出"之后，人们失去了在现实世界的投影（实际上是指人的精神影像），无声无色、什么也看不见，仿佛悬浮在空中的那种可怖的景象。这无疑是作者写作《废都》所经历的一种巨大的失落感和这种失落感引起的恐惧和惊疑的情绪的表现。"废都"作为一种具有整体象征意味的艺术意象，其核心观念即孕育于作者这种奇特而又复杂的感受之中。贾平凹在谈到他创作《废都》的心态时说：

> 我感觉"废都"二字里有太多的沧桑，这是难以言传的沧桑感。我不仅想到西京是中国的一个废都，而且想到中国在地球中的状态，地球在宇宙中的状态。废都绝非特定地域的地理概念，它包含一种感觉。现在已到了世纪末了，废都中的人的心态如何，情绪怎样？这是我要捕捉的。

这已经明白说出了"废都"作为一种艺术意象所包容的全部文化含义。如同"荒原"意象一样，"废都"也追求一种对于宇宙人类带有某种普遍性和永恒性的象征意义。

在回答处于世纪末的"废都"人的"心态"和"情绪"问题时，贾平凹曾做了如下的归纳，认为这种"心态"和"情绪"，是一种"自卑性的自尊""无奈性的放达""尴尬性的焦虑"。就"废都"人来说，"自卑"是因其落后，"无奈"是因其不得不放弃昔日的荣耀，"尴尬"则是因其正处于一种力不从心的竞争状态。所有这一切，当然都是因为"废都"的历史过于古老，它的过去有太多的荣耀，因而在今天肩负了过于沉重的负担。古老的历史，过去时代的荣耀，当然都是"废都"人"自尊""自傲"的资本，对于一个古都的人们如此，对于同样拥有古老历

史和光荣的过去的全体中国人乃至地球人来说，又何尝不是如此呢。只是历史已经向人们展开了新的一页，也把这些拥有古老的历史、光荣的过去的人们带进了一个更为辉煌的新世界，他们才突然觉得黯然失色，才觉得十分"无奈"和"尴尬"。对于现实中的"废都"人和中国人来说，这自然是随着改革开放而来的一种必然的"心态"和"情绪"。推而广之，对于整个地球人即整个人类来说，随着科学技术的发达，人类对置身其中的宇宙的认识日益深广，展现在他们面前的是一个比昔日廓大深远得多的时空和更多的无比丰富而又神秘的未知领域，他们会不会也像面对新时代的"废都"人那样，产生类似的"情绪"和"心态"呢？贾平凹说，现实中"废都"人即"西安人的心态是中国人的心态"，"西安是中国的废都"，"中国是地球的废都"，"地球是宇宙的废都"，说的就是这个普遍性的问题。

　　如同艾略特调动了诸多古典的、民间的和现代的艺术手段创造了"荒原"意象一样，贾平凹为完成"废都"意象的创造，也运用了多种多样的艺术手法。首先是他以虚虚实实、真真幻幻的方式涂抹的背景画面。在这幅扑朔迷离、斑斓驳杂的背景画面上，有周敏在城墙上若断若续地吹奏的古埙之声和庄之蝶所爱听的哀乐，让人时刻沉浸于苍凉的古埙声和悲剧的氛围之中，有庄之蝶的岳母在幻视幻听中所感觉到的无数先人的幽灵和今人一起簇拥在嘈杂的大街上，相与交谈，共处于同一时空之下，让人的灵肉身心经受着一种无形的拥挤和重压。更有收破烂老人那一声声不无隐喻意味的"破烂——喽，承包破烂——喽"的叫喊和他所唱的诸多"谣辞"，让人如置身瓦砾场上，有一种莫名的古旧和空寂的感觉。凡此种种，或虚或幻，或用写意笔墨，汗浸其意氛，浸润其形质，或如草蛇灰线，形断神连，隐伏于主要情节之间，但在总体上却构成了一幅色彩滞重、格调苍凉、气氛沉郁的历史文化的宏大背景。《废都》的全部人物和故事，即是在这样的背景和氛围中搬演出来的。

　　最能体现"废都"意象的核心含义的自然是在上述背景上作者以类似于浮雕式的手法凸显出来的占据主要地位的艺术形象，即汪希眠、龚靖元、阮知非、庄之蝶等西京四大文化名人的悲剧性命运和结局。作者赋予这四位文化人以书、画、艺、文四大名家的文化身份和社会身份，无疑表明他们在整体上共同显示了对于古都的文化传统的象征，尤其是主要由文化人负载和传承的精神文化的传统。但是，作者最后却没有给他们安排一个美好的命运结局：汪希眠因造

假画被立案追查；龚靖元因嗜赌成性身陷囹圄；阮知非因被人抢劫钱财打伤了眼睛，竟让医生给换了狗眼睛；庄之蝶则因一场旷日持久的官司弄得心力交瘁、一筹莫展。这四大文化名人在西京社会曾据书、画、艺、文要津，名噪一时，为世所重，他们的由盛而衰、由荣转枯，正是古都文化的传统精神失落、呈现衰颓之象的一个集中的表征。

西京四大文化名人的命运悲剧，自然有他们各自心性上的原因，但是，时代的巨大变迁早已把他们这样的文化个体从身后的传统中剥离出来，让他们带着全部的文化积淀，置身于一个全新的时代和社会文化环境之中，尤其是在现实的经济潮流的强大冲击之下，经受种种物欲的困扰和诱惑。他们一无例外地经受不住这种冲击和诱惑，乃至为追逐金钱和名利而陷入灭顶之灾，最终成了一个新的时代的文化祭坛上的祭品和牺牲品。这是造成西京四大文化名人的命运悲剧的主要原因。也正是在这一点上，他们的悲剧才不是纯粹个人的，才具有一种整体的象征意味和某种普遍的价值和意义。

当然不能说《废都》在刻意刻画一个文化的悲剧，如同《荒原》的主题是"荒原的拯救"一样，《废都》在描绘一幅西京古都的文化落日景象的同时，也暗含着一个文化"拯救"的题旨。或者说，这个文化"拯救"的题旨正是因西京古都在现实潮流的冲击下出现的精神失落和文化衰颓之象而设的。在作品中，这个暗含的题旨是以寓言的手法借一头终南山的老牛的"思考"和"独白"传达出来的。从牛的眼里看人的社会，本来选择的就是一种自然物的观照角度，而牛的全部"思考"归结到一点，就是用自然的力量来抑制人欲的无限膨胀、拯救人的精神失落，让人复归于一种本初的自然状态。这无疑是一种"牛版"的老庄哲学。作者以这种哲学作为从人欲横流的现实中拯救精神的失落、挽回文化的颓势的药方，虽然古旧了一些，但在整个作品中，却形成了与汪洋恣肆的人欲描写相对立的一种精神的抗力，"废都"意象因有这种抗力而消解了它的艺术表现中的某些官能的泛滥，增添了一种内在的理性制衡的力量。从这个意义上说，这种哲学首先"拯救"的便是"废都"这个带有整体的隐喻和象征意味的艺术意象。

庄之蝶：一个文化落日背景上的畸零人

如果说"废都"作为一种艺术意象在作品中构造了一个整体的混沌的文化

落日的背景的话，那么，庄之蝶就是这个背景之上清晰地凸现出来的一团残破的日轮。这不但因为在活动于西京这座古老文化废墟上的诸多文化人和芸芸众生中，庄之蝶始终居于主角地位，处于生活舞台的中心，而且也因为在他身上最为集中也最为典型地反映了处于世纪末的"废都"所特有的一种文化心理和生存状态。"废都"不是盛唐的长安，它早已失却了那份恢宏的气象和飞扬的神韵；庄之蝶也不是长安的李白，他既没有李白的独立不羁、超凡脱俗的人格，也没有李白的雄豪狂放、潇洒落拓的气度。盛唐的长安毕竟是一派日出之象，李白不愧是这种辉煌的背景上燃烧着的一轮鲜美的太阳。庄之蝶生当斯世，无缘躬于盛唐气象，他无法目睹当年长安的文化人的生存状态，也无法得知他们的"情结"和"心态"，他只能从这个古老的文化废墟上捡拾若干断简残碑，从中辨认过去时代的些许的辉煌，或在古埙声中伴黄卷青灯，呼吸一点那时代的古旧的气息。无论从哪方面说，他都不是古都文化的真正的传承者和负载者，而是在这个古老的文化废墟上蹀躞着的现代拾荒人。他既不可能捡拾一个完整的传统，让自己跻身其间，将其作为自己立身于五光十色的现代社会的精神庇护之所，因而也就很难经受得住现实潮流的冲击和来自心、物两方面的诱惑和骚扰。在这两者之间，他注定不能完满，他只能做一个被"生命之轮"碾压着的灵肉破缺的畸零人。

诚如作者所说，他笔下的庄之蝶也"奋斗过""追求过"，而且这种奋斗和追求还取得了相当的成绩——曾使他暴得大名，成为西京城内首屈一指的文化名人，国内外知名的大作家。但是，不幸的是，庄之蝶很快就发现，他已为他取得的声名所累。为了摆脱这种拖累，他转而从婚外的爱情和肉欲的满足中寻求精神的安抚与慰藉。但是，他所爱恋的最终都一个个先后离他而去，他甚至因此也失去了他赖以安身立命的家庭和妻子，真个如"悲金悼玉"的《红楼梦》中贾宝玉的结局一样，"三春去后诸芳尽，各自须寻各自门"。虽然作者最后也给庄之蝶安排了一个离家出走到开放的南方去的"出路"，但终究未能让他走出"废都"，他注定只能背负因袭的重担，怀抱一颗残破的心在这个古老的文化废墟上继续随着"生命之轮"艰难地运转。《红楼梦》第五回有一句诗说"叹人间，美中不足今方信"，也许庄之蝶因为自知人间本无完美之事，所以不企望诸如成就之类的完美，相反却想抛弃给他带来无穷烦恼的浮名，甚至作家这个职业本身（庄之蝶最后发表了一个"退出文坛"的声明），只想在身、心两方面都残

缺的状态下讨生活（他甚至给一个公共写作间题名"求缺屋"），期望在这种生活中修补自己残破的心。正是庄之蝶的这种残缺的"生态"和"心态"，使《废都》全书在古都文化呈现衰退之相的悲剧性背景上展现了处于世纪末的"废都人"，尤其是文化人的一种生存的悲剧。贾平凹曾说，"对我而言，《废都》不仅是生命体验，几近于生命的另一种形式，《废都》是生命之轮运转时出现的破缺和在运转中生命破缺得以修复的过程"，"《废都》是'安妥我灵魂的一本书'，是我'止心慌之作'"。正如《红楼梦》包含作者感慨身世的成分一样，这也许正是贾平凹在《废都》中通过众多人物尤其是庄之蝶的个体生命的悲剧，所寄托的一种悲剧性的人生感悟吧。

《废都》确实存在类似于《金瓶梅》和《红楼梦》的"色空"观念和虚无主义色彩。但作为一部现实主义作品，它的故事和情节绝不是对某些抽象的哲学观念的艺术演绎，而是有着深刻的人性的和现实的客观依据。从这个意义上说，庄之蝶的人生悲剧也绝不是前世的孽缘和先天的宿命，而是他自身的弱点和缺陷所造成的生活的残缺和破损。庄之蝶与诸多女性的聚合离散、恩恩怨怨，最为集中地表现了他这个生活在世纪末的古都文化废墟上的文化人畸零人的心理状态和性格特征。

《废都》开篇写了一件"异事"，说有朋友二人（实际是庄之蝶和孟云房），从杨贵妃坟地带回一抔土，其中竟长出一株异花，花开四朵，形态各异，其艳无比，二人十分珍爱，但最后此花却被其中的一人（实是庄之蝶）误以滚水烫死。这件"异事"无疑有一种隐喻的意义。庄之蝶与众多女性的关系即包含在这个隐喻之中。正如柳月曾经对庄之蝶说的，与他发生过关系的几位女性，他创造了她们，又亲手毁了她们。在"毁灭"她们的同时，他也用自己的手"毁灭"了他自己。如果说他与他的初恋景雪荫反爱成仇，是因为无意间卷入了一场错综复杂的文坛官司的话，那么，他把柳月自作主张嫁给市长的残废儿子，则纯粹是出于一种自私的动机所做的一场人事与权力的交易。如果说他背叛自己的妻子牛月清，是因为他想追求一种激情的生活和获得灵与肉的新的刺激和满足的话，那么，当唐宛儿真正使他获得这方面的满足并且进一步提出结婚的要求的时候，他却为了自己的名誉和形象，为了保全他已经拥有的家庭生活和社会地位，而让唐宛儿接受一种空头的许诺，陷入一种无边的苦盼和期待，终致唐宛儿落入虎口，遭受非人的摧残和折磨。唯有汪希眠的老婆始终与庄之蝶保持着

肉体上的距离。女工阿灿自觉地位悬殊，在怀了庄之蝶的孩子之后离他而去。但就是在她们身上，庄之蝶也欠下了难以言说的感情的和肉体的宿债。凡此种种，不难看出，在与这些女性的灵肉交往中，庄之蝶有欧洲浪漫主义时代的文人对女性的激情和冲动，却没有他们那份追求圣洁的爱的纯情和向世俗挑战的勇气；有古代在封建礼教禁锢下的文人争取两情相合的自由婚姻和男女欢情的愿望，却没有他们那份忠贞不渝的道德良心和责任感；他甚至也有现代青年的时髦和放纵，却没有他们那份张扬个性、表现生命的自然和潇洒。总之，庄之蝶产生的巨大影响施加于各个方面、各种场合，上到政府官员，中及社会同人，下到市井小民，他心安理得地接受因施加这种影响而得到的实惠，尤其是来自诸多女性的灵肉的奉献和报答。在这些方面，一如这个势利的、崇尚权力和金钱的古都的芸芸众生一样，庄之蝶都未能免俗，而且也如一般的化外之民一样，常常屈从于自己的自然本能和肉欲的冲动。在这种情况下，庄之蝶纯粹是一介凡夫，是一个饱含着强烈的本能的冲动，又被一个开放的时代打开了欲望的大门的活生生的血肉丰满的个体，是一个能够顺应和融汇这个新旧转变时代驳杂的社会环境和文化环境的精神的混血儿。只是当他混迹其间且春风得意的这个驳杂的社会文化环境给他带来麻烦和骚扰的时候，他才会复活那一点文化人的本性，顿生弃绝名利、超凡脱俗之念。但即使是在这种情况下，他也终究未能超越"醇酒美人"这个被历来失意的文人作为精神麻醉剂的世俗的逃避之所。他心仪老庄的自然哲学，但他既不能超越自己的本能和身外的俗物，也不可能在老庄的自然境界中得到身心的逍遥和解脱。总之，庄之蝶——这是在薄暮时分、在夕照中踟蹰在世纪末的古老文化废墟上的一个饱含人生哀叹的悲剧的幽灵，是古老的文化落日的斑斓的背景上的一轮被大地和群山切割的残破的日轮。

（选自《〈废都〉大评》，香港天地图书有限公司 1998 年版）

文化的尴尬与文化人的堕落

——庄之蝶形象的堕落

徐兆淮

一部作品问世前即被吵得火热，各种报刊竞相发表了数十篇作品信息，及至问世之后，旋即又在文化界和读者中引起那么大的轰动，成为一时的议论中心，以至毁誉不一，褒贬参半，或以为是作家最好的作品，或以为是作家最大的堕落，甚至有人认为，作品应当烧掉，作者应予法办。

贾平凹的长篇新作《废都》出版前后引起的反响，显然是新时期任何一位作家任何一部作品未曾有过的。

由《废都》引起的风波、争论所涉及的问题自然是十分广泛的，可是，风波和争论的焦点却离不开小说中的主人公——庄之蝶的艺术形象。

这或许是长篇小说评论中的一个常识。然而，事实证明，当人们对某个复杂的问题争论不休的时候，却往往也会忽略、忘记某个常识性的问题。

一

是的，当我们习惯于用理想的光环来检视主人公，或者当人们企望于作者在对主人公的鲜明褒贬中，确立作品的教育意义之际，当然不会喜欢《废都》的主人公庄之蝶。有人把他视为十足的淫棍、流氓，有人把作者写《废都》视为下流、堕落，这一切看来并不奇怪。

然而，当我们换一种视角，从文学和文化的角度，从远近两个距离反复观察这个人物，就会发现：庄之蝶的形象不仅不同于作者以往数百万字的作品中的人物，而且，对于新时期不计其数的小说人物来说，也是具有重大突破意义的有益尝试。甚至可以说，这一人物形象乃是几十年来小说人物画廊中的一个新人、一个奇人。

在贾平凹过去的创作中，主要人物从《满月儿》中带着清纯之气的女主人公，到《鸡窝洼的人家》《小月前本》中在改革开放的春风吹拂下完成传统观念上的自我更新的主人公，都充满着对新生活的乐观和自信；及至商州系列小说和长篇《浮躁》的主人公，则对改革开放深化之后的生活现实产生了淡淡的焦灼和隐隐的期待；而中篇《天狗》和《黑氏》等作品中的主人公则显示了农村新人在新形势下性意识的苏醒。这些主人公几乎清一色来自偏僻的农村，而通过这些主人公形象所展示的则是农村的改革大潮对人的深刻影响。

比之这些作品中的人物，《废都》里的主人公庄之蝶，自然不啻身份职业和地域背景的不同，而是精神气质上的截然相异。前期作品中的乐观，中期作品中的自信，现在几乎荡然无存。流贯于庄之蝶身上的血脉几乎只剩下商品社会里对金钱和情欲、性欲的占有，以及失却了精神追求之后遍寻无着、左冲右突的焦灼、困惑、无奈，甚至是世纪末的颓废和绝望情绪。尽管，在他的言行背后仍然不时地流露出来自偏僻之地的土气。

平凹的小说创作在一定程度上庶几可以代表新时期小说创作的发展趋势。新时期之前几十年的小说中的主人公大体为工农兵及知识分子所垄断，可以说，以文化闲人为主角，写作家的生活状况，充分表现当代知识分子的精神重负则几乎是绝无仅有的。即使像《青春之歌》那样以知识分子为主角的小说，也选取的是追求革命、接受工农教育的一类知识分子。

显然，庄之蝶不是头上戴着光环的英雄，也不是十恶不赦的罪犯，当然，也算不上是不好不坏亦好亦坏的普通人。庄之蝶就是庄之蝶，谁也取代不了他。

我们知道，小说选取什么样的人物作为主人公，一般并不能构成作品价值的主要依据。事实上，无论是叱咤风云的英雄，还是卑琐的小人物，无论是地位显赫的王公国戚，还是默默无闻的村妇百姓，都可能成为不朽的艺术形象。这是文学写成的史实，自然无须多加论证。

看来，关键并不在于从农村题材到城市题材的扩展，以及主人公从农村青年到城市文化人的更新。虽然，题材的扩展、人物形象的更新也是作品的内在价值之一。

当然，庄之蝶形象的出奇出新，并不在于人物的名分和职业上，而是写作者为我们创造了一个地地道道的当代文化闲人的艺术形象，表现了作者深深的忧患意识和强烈的宣泄情绪。

应当说，庄之蝶之前，中外文学史上并非没有文化闲人形象。著名长篇小说《儒林外史》就曾集中地描写过各种各样的文化闲人的形象。这类文化闲人的共同特点大体表现为酸腐样和着清高，自命不凡又怀才不遇，寄情于山水之中，放荡在风月场里。而欧洲19世纪文学中的多余人形象也带有外国文化闲人的意味。这些文化闲人的内在精神气质显然又不同于中国的文化闲人，大都表现为对现实的厌恶、憎恨，却又找不到出路，或者根本不愿采取任何积极的行动，改造现实，而终究归于消沉、颓废，无所作为，一事无成。

在中国现代文学史上，鲁迅先生在他的许多小说中也曾不止一次地描写过社会闲人和文化闲人的形象。《药》中终日泡在茶馆里的驼背五少爷和花白胡子属于社会闲人一类；而《在酒楼上》中的吕纬甫和《孤单者》中的魏连殳都属于始则与社会抗争、继则与社会妥协的文化闲人一类。鲁迅先生对这类闲人的总的态度是在"哀其不幸，怒其不争"中寄寓着批判和同情的双重态度。

贾平凹从偏僻农村进入城市后不久，凭着敏锐的观察力，并以长期的农村生活作为参照系，即发现了城市的社会闲人的形象。1988年，他即在散文《闲人》中描述过这种社会闲人的声音笑貌。四年之后，他终于在长篇《废都》里创造了庄之蝶这一文化闲人的形象。可见，作者并非不熟悉现代城市生活，而是在一定程度上敏锐地捕捉到了现代城市的某些症结所在，发现了现代城市的某些畸形现象。

庄之蝶形象固然不乏中国传统文化的影响。庄之蝶来自农村，从小就读了大量关于中国传统文化的书，之后以自己的勤奋和才华成就了一位著名的作家。从他喜欢喝酒品茗的生活习惯，到他热衷于收集古玩的爱好，直到失意时到风月场中打发时光来看，说明在他的精神血脉里流淌的仍是中国传统文化人的血液，在他的灵魂深处仍然不乏中国传统文化的基因。

但庄之蝶性格的深处又注入了当代商品大潮初起时对某些文化人的强烈的冲击波。昔日文化人的清高、长期的"学而优则仕"的传统思想所孕育的优越感，以及安贫守贱、安贫乐道的自慰，几乎为金钱和物态所感动所代替，于是像庄之蝶这样的著名作家也为了五千元去替农村暴发户写广告文字，也直接地"下海"经商，办起了书店、画廊，甚至为了办画廊做生意的需要，竟不惜在文坛好友龚靖元遭难时，采取乘人之危、巧取豪夺的卑劣手法，掠夺、占有了好友家的珍贵字画。至于长期占有文友的相好，将与己有染的保姆送与市长的儿子

做媳妇，以求得市长对自己的庇护，等恶行劣迹，也就不在话下了。由此正可见到，商品大潮和金钱物质对当代一些文化人的污染，或者说，一些文化人在金钱物态等享乐主义的诱惑下所发生的惊人蜕变。

庄之蝶的形象还表明当代文化闲人向权势的归附和靠拢。中国历代文人名士一向有一种轻商贾远官府的传统。他们既看不起商家巨富，也不愿与权势打得火热。而《废都》里的庄之蝶则显然与历史上的文化名士有所不同，他既爱美女，又舍不得金钱，而为了占有二者，他便不得不借助、依附于官府的力量。从内心深处来说，庄之蝶实在看不起西京的市长及其幕僚，甚至省里的首长和厂长们，但他知道，在围绕他与前情人景雪荫的一场官司中，若没有官府和权贵们的支持，他便很可能彻底败诉。因此，他不惜放下架子，丢掉面子，不时地为市长出力卖命，甚至出卖自己的名声，换取自己声色犬马式的安逸生活。这究竟是权力对作家的腐蚀，还是作家向权力的臣服呢？由以上对庄之蝶形象的简单剖析可以看出，这一艺术形象乃是贾平凹为中国当代文学人物画廊所增添的新的人物形象，也是贾平凹对中国当代文学的独特贡献。

二

文学的真实性既是文学的基本要求，也是文学的最高品格。有人以为，庄之蝶这一形象不过是作者虚假的幻影，既无真实性可言，更非艺术典型。在我看来，这些观点既失公允，也不符合《废都》的创作实际。

首先，庄之蝶生活的环境，即作品的社会背景无疑是十分真实的。发生在庄之蝶周围的一些事件，产生这些人和事的时代氛围，我们一点儿也不感到陌生，相反倒觉得是屡见不鲜、司空见惯的。那场围绕中心事件即庄之蝶与景雪荫的官司所展开的各种生活层面，大而言之包括社会、文化、历史等层面的生活场景，小而至于一座寺庙、一件古董、情人间的一次幽会、夫妻间的一次口角，直至对文史馆研究员孟云房和孕璜寺的和尚的测字算卦、开办气功学习班，文人与官场的相互利用，官场的明争暗斗，等日常生活场景的描写，不仅是真实可信的，也是合情合理的。甚至，这种对生活原生形态的过于密集的逼真描摹，几乎给人以艺术化解不够充分的感觉。或许正因为如此，作者在密集的描摹中，才穿插了某些虚虚幻幻、真真假假的细节，这样，既能产生淡化真实性的艺术效果，又深化丰富了作品的题旨。

但与这些具体的社会背景、人文环境相比，作者毕竟更注重人物的"心灵真实"。长期以来，我们的文学创作一向十分注重对生活具象做形而下的描摹，我们也习惯于按照既定观念和政策理解生活。这种表面的外在的真实和为了观念而杜撰的虚假的真实，曾经使许多卓有才华的作家步入歧途，把创作拖入丧失创作力和独创性的泥淖。而这两种真实观所共同缺乏的正是作家的心灵体验和内心的真实。

对于贾平凹过去的作品，我们自然不能说都是不真实的，但或是为了"词章灿烂"，或是为了表现年轻人的稚嫩，而多少牺牲了作者自己的某些内心体验的情况是否存在呢？或许是有的。

现在，当年过不惑的作者迭经了国事家事以及个人的重重磨难之后，在创作上他更情愿追求"心灵真实"的境界，而厌恶和抛弃了以前创作中的某些"真实"观，究竟是一种幸事还是不幸呢？

所谓心灵真实，我以为，即指人物心理活动轨迹和情感活动的方式与周围环境的一种契合状态，一种合情合理的形态。

庄之蝶本是敏感的作家，其心灵活动往往又沉寂于内，这一切使得作者在捕捉人物心灵历程时显得十分困难。可是，在《废都》里庄之蝶的心理活动的轨迹及情感方式却基本上是清晰和真实的。他的心理活动是随着中心事件展开的，随着情节的发展，他的每一次重大行动每一回情感变化的升降起伏，都与环境大体相呼应。

即如，庄之蝶与几个女人的性关系。《废都》的性描写固属新时期所有文学作品笔墨最多的，因而也必然构成对作品对人物评价的重要方面，成为争论最集中最激烈之处。假如我们暂时撇开对这些性关系的描写的评价，而从人物性格和人物心灵方面来探究，那么，我们便可看出这一人物的心理轨迹的大体轮廓。

庄之蝶本是来自小城市的一介书生。他从潼关走向废都西京，终于成名，十几年来他所付出的艰辛自是可想而知的，而西京崇拜名人的传统又常使他陷入为声名所累的境地。这样，在经过废都原有的各种传统的洗礼及近些年来商品经济的熏陶后，他的潜在的痼疾便使他迅速滑落沉沦下去。这一切自然不难理解。

这种变化，首先表现在他关于性生活和性关系的认识与处置上。当一个人

无法自由地安排自己的人生道路时，他自然也就无力自由地选择自己的爱情及性生活。当他成名后，终于发现他与妻子牛月清所组的家庭不健全，性生活不和谐，所以，一旦有了名声，具备了外遇的条件，他便从与四个女人的性关系中得到了补偿和满足。其中，与有的女人（如唐宛儿）的性关系中除了性欲尚有情爱的成分外，与有的女人的性关系只不过是一种性饥渴的满足，还有的性关系之中（与阿灿）也包含着相互间的理解和尊重，属于知己相见恨晚的范畴。但无论如何，庄之蝶并未下定断然离婚的决心。

这种心灵变化还表现在庄之蝶的人生态度上。如果说，成名之前，他确实把创作视为高贵的精神创造活动，曾经为之付出相当的心血劳动，那么，成名之后，既为声名所累，又在世俗的包围下，在商品和金钱的挤压下，他放弃了原先的执着和人生追求，而堕入声色犬马的享乐之中。甚至由焦灼、困惑走向沉沦、堕落，最后终于绝望地出走，并在途中倒了下去。

从庄之蝶的精神蜕变过程来看，他先是到与情人的性关系中寻求寄托与刺激，继而又利用名人效应涉足商界。先是利用妻子开书店，接着又自己出面收集古玩字画，筹办画廊，而为了筹办画廊他竟不惜利用帮助好友办事之机，巧取豪夺地占有了许多有较高商品价值的名人字画。这又十足暴露了他在金钱的诱惑下，已变得贪婪奸诈了。

除了到性关系和金钱中寻求刺激之外，他还插足政界，包括诉讼。在他与以前的恋人景雪荫的旷日持久的官司中，他原本无多少直接责任，但为了维护撰写虚假报告文学的作者周敏（当然也包括情人唐宛儿），打赢这场非打不可的官司，他亲自出马利用各种方便，找关系开后门，最后竟不惜把与自己有关的保姆柳月作为交易筹码嫁给了市长的跛脚儿子。可见，这时的庄之蝶，已由原先的名作家蜕变堕落到何等程度！

《废都》的成功之一，便是在新时期的文化史上，首次描述庄之蝶这样一名作家在商品经济和传统文化交汇碰撞过程中，从焦灼、困惑向颓废、沉沦的蜕变过程，并清晰、真实地揭示了庄之蝶的心路历程，从而表现了文化的尴尬和文化人在历史转折时期左冲右突难以突围的困境及心态变化。

我们固然可以说，庄之蝶是个玩弄女性的魁首，是个炒卖文物的无赖，是个堕落文人，甚至可以说，他的出走与倒下，实在是罪有应得，咎由自取。但他的堕落与蜕变仅仅是他个人的行为吗？庄之蝶的心路历程与当前普遍存在的社

会心理是否有着某种内在联系呢？

三

一部长篇小说在思想与艺术水平上的高下几乎完全在于主人公艺术形象的塑造。而主人公艺术形象成功塑造，就不是光靠出新出奇，还需要借助主人公性格的复杂性和丰富性才能完成。正是在这个意义上，我们可以说，人物性格愈是复杂和丰富，作品所能概括的思想与内涵也便愈是丰富和深广。

既然单纯天真的农村姑娘满月儿早已成为过去，既然年过不惑的作者已把目光和笔力转向现代都市里的文化人，那么，作者便不得不以复杂的眼光描述复杂的人生，塑造复杂的人物性格。从这一角度看，庄之蝶形象便显示了自己的成功，也显示了自己的不足。

在庄之蝶身上，我认为，构成其性格复杂性的重要因素大体有如下几个方面。

立体化性格。如前所说，庄之蝶本是一位敏感的作家，他所处的新旧交替、转换的时代，他所卷入的矛盾中心，都使他的性格呈现出多种侧面和多种层面。从小地方好不容易挤进西京的庄之蝶本有一副村相和土气，可他不得不作出与名作家相衬的派头；他厌恶名作家的名声给他带来诸多烦恼，可他又舍不得丢弃名作家的名声，甚至一有机会便要显示、利用这名声；他想躲开城市的喧哗，寻找个安静处所，写出真正想写的作品，可他又难舍下情人的纠缠；他似乎与唐宛儿真情相爱，可他又没有勇气抛弃自己的结发妻子；他有性格善良、注重真情的一面，却又不乏虚伪作假甚至心狠手辣的一面；他讨厌官府和权势，却又不得不巴结、求助于官府和权势；他想清高自守，过着名士派头的生活，却又为着五千元的收入，竟为劣质产品写商品广告，甚至干起了乘人之危巧取豪夺的勾当；他想摆脱世俗和金钱的包围，却又不得不终日与世俗和金钱厮混在一起。

最明显的莫过于他在那场官司中的地位和态度。原先，他本不知晓周敏为他所写的那篇不真实的报告文学，当然也无须承担什么法律责任。对他过去的恋人他也并无恶意（或许分手之后仍保留着些许好感），并不想伤害她。在这场官司之前，如果他能采取一些相应措施，也许本不会酿成一场沸沸扬扬的官司。打官司事件初起之际，如果他能据实相告，实事求是，澄清事实真相，当然他也

不会引起这么多麻烦。可是，他既碍于《西京杂志》一批文友的面子，又怕得罪了文章作者周敏（当然更重要的是唐宛儿），遂采取了模棱两可的暧昧态度，以致最后在官司中处于较被动。在这场围绕文化名人和政府官员的官司中，庄之蝶本处于下风，他不得不厚着脸皮去向司法界求助，直至向市长求援。可是等到案子向着有利于他的方向转变时，他偏偏又鬼使神差地给官司的原告（旧日的恋人）景雪荫寄出了那封表示歉意寻求和解的信，以致授人以柄，导致最后官司的败诉。此举自然不是因为庄之蝶的天真幼稚，而实在表现了庄之蝶性格的另一侧面：温情与软弱。至于他在为钟主编评职称、写情书、办丧事中尽心竭力，更十足显示了他的善良与宽厚。正是诸多这样的描写，促成了庄之蝶这一立体化的艺术形象。

人物矛盾心理的多重展示也构成了庄之蝶的复杂性格。作为一名现代著名的文化闲人，面对商品大潮初起时纷繁复杂的世界，面对那场扯不清、打不完的官司，庄之蝶的内心世界始终充满着矛盾和痛苦。在矛盾与痛苦中，他借酒消愁愁更愁，他玩女人以求发泄自娱，他占卜算命以求解脱，他发疯似的骑着摩托到处乱撞，他借收集古玩字画寻找寄托，然而，这一切并不能解救他的不安的灵魂，于是他一次又一次地陷入痛苦的自审与自责中。在表现文化人在社会和世俗包围里"突围"不成时的焦灼、苦闷方面，贾平凹的《废都》实与钱锺书先生的名作《围城》有着异曲同工之妙。

尽管作为多情种子的文化人，庄之蝶在商品大潮的重击下，在文化名城西京上空弥漫着的崇拜名人香风的熏染下，几乎堕落为一个性滥交者，但他在贪欢之后、酒醒之时，仍然会不时地在心间泛起一阵阵的空虚和孤独，有着深深的自审与自责、自嘲和"自我作践"，"感到自己活得太累了"。甚至，绝望之时，他还有过逃避俗世、遁入空门的念头，宁愿对人坦露解剖自己的灵魂，也绝不作豪言壮语之态。当然，他的空虚和孤独也好，自审与自责也好，到头来仍然深陷迷乱之中，不能自拔。

尽管作为一名著名的作家，他并不算贫穷，他也清楚在文化圈子内掠人之美或者乘人之危骗取文友家的古玩字画是何等卑下，明白把与己有关的保姆始则介绍给赵京五，继则又转让给市长的跛足儿子，其行径又是多么龌龊，但他毕竟干下了这等卑下龌龊之事。当然，干过之后，他也问心有愧，"心里暗自仇恨自己的声明"，责骂"自己是一个伪得不能再伪、丑得不能再丑的小人了"。

而在为龚靖元写挽联时，他竟痛愧得几乎昏死过去。

或许有人认为这不过是庄之蝶为人虚伪的一种表现，或许有人认为这不过是作者为庄之蝶的颓废、堕落所做的一种开脱。但在我看来，这恰恰是作者对这样的现代文化闲人心理的一种准确把握，是庄之蝶复杂性格的真实表现。其实，说穿了，庄之蝶性格的复杂性在于：他自有一股中国文人的真情与呆气，其内心深处，不乏历史文化传统中文人喜爱风月的一面，更多的却是新近沾染上的现代西方社会里的某些恶习，以及现在官场中对权势的崇拜。

一部长篇小说对人物形象的成功塑造，还应表现在对作品主人公性格的曲线型描写。很难设想，在洋洋数十万言的长篇小说里，主人公的性格和命运只会呈现直线型的延伸，而无前后的变化发展。无论是时间跨度极大的长篇，还是时间跨度极短的长篇，其主人公性格变化和心理历程都只能展示在曲线型的变化之中。

以此观点考察《废都》里的主人公庄之蝶，便不难发现，他出场时虽已声名很响，但亦不过是个相貌平常、不修边幅的角色。从他钻到牛肚子下吮奶的方式，便可见出这位从潼关走向西京的文人还不时流露出些许的村相与土气。之后，当他得知有人冒充他的名字写信推荐周敏，甚至得知周敏写了那篇失实的报告文学之后，他也未有多少怪罪，正可见出他为人随和宽厚的一面。及至他在周敏家结识了相貌、心机俱佳的唐宛儿，他的多情种子的劣根性便在和妻子性生活不和谐的条件下得到滋生、萌发，犹如决堤之水一样漫延开来，以至发展到与几个女子发生性关系。如果说，当初与唐宛儿之间的偷情幽会还带点儿长期性饥渴补偿的意味，或者说还包含着几丝真情的话，那么，他与唐宛儿过频的性滥交，与柳月的性挑逗，等等，便主要属于一种性宣泄、性变态了。而这种性宣泄、性变态的举动又与他的精神苦闷无法排解，企望到性生活中寻求刺激的状态正好呼应。也就是说，他从性苦闷、性饥渴到性宣泄、性变态的转化正好与他的精神蜕变、心路历程，甚至在一定程度上，与整个社会上正在滋长的享乐主义思潮，大体相伴和着、呼应着。

在对待金钱物欲上亦复如此。作为一介书生，他本不善理财，亦算不上多么贪财，后来，随着商品大潮的兴起，他却变得像商人一样地与请他写广告的黄厂长讨价还价，他从赵京五手里讨索古玩铜镜时竟然忘记了自己的身份与地位。而他乘人之危掠取龚靖元的字画时，他简直如杀人越货的强盗一般。

在贾平凹笔下庄之蝶形象的塑造中，从著名作家到性变态者，从不爱财的文人到贪婪的商人之间，并无不可逾越的鸿沟。但如果我们仔细品味庄之蝶的性格发展历程，便总感到某些不足和遗憾。比如作品中庄之蝶是如何在从潼关走向西京的过程中成为著名作家的？到了西京之后，庄之蝶又是如何从一个处事谨慎的文人逐渐蜕变成一个炽烈如火、色胆包天的性变态者的？作品中似乎并没有做充分的铺垫。这不能不影响到这个人物性格的丰满性与完整性，因而也多多少少削弱了作品的思想力量。

脂砚斋评《石头记》里贾宝玉性格时曾经说过一些意味深长的话："说不得贤，说不得愚，说不得不肖，说不得善，说不得恶，说不得正大光明，说不得混账恶赖，说不得聪明才俊，说不得庸俗平□（脱字），说不得好色好淫，说不得情痴情种，恰恰只有一颦儿可对……"或许庄之蝶的复杂性格里也有贾宝玉性格的某些基因？

四

贾平凹在《废都》的声明中曾经开宗明义地说：情节全然虚构，唯有心灵真实。

作为一种生活的自然形态，真实的未必是典型的；一种由作者创造的心灵真实，自然更未必是典型的。但《废都》里创造的心灵真实，尤其是主人公庄之蝶的心灵真实，却具有相当的典型意义。

首先作品对主人公庄之蝶所处的生活环境、社会背景的描写不仅是司空见惯屡见不鲜的，而且与主人公的性格十分融洽地共处于一体之中。正像黑格尔所说：每个人都是他那个时候的产儿。爱尔维修说：人是环境的产物。庄之蝶正是古都西京的产物，是中国商品经济初期的产儿。

西京原是一座具有几千年文明历史的著名古都。这片既古老又新奇的土地，曾经经历十三个王朝的兴亡变化。昔日的繁华悠长的历史传统，除了给西京带来人杰地灵、遍地古迹的优势外，也逐渐形成了因袭的精神重负与日益沉重的历史惰性。而且，这种精神重负与历史惰性一旦在改革开放深入、商品经济初起的背景下，与西方某些文化观念、生活方式发生碰撞，与现行体制的负面影响融汇之后，顿时产生出许多令人难以理解的人和事，滋生出一些独特的社会阶层。

《废都》中"四大名人"与"四大恶少"以及围绕他们的那些闲人阶层正是生长在废都这块古老土地上的带有某种畸形的怪胎。无论是"四大名人",还是"四大恶少",以及围绕他们的形形色色的帮闲,都是《废都》里的社会闲人;无论是文化单位还是市井小巷,无论是倒卖古玩的鬼市,还是文化名人们的私宅,几乎都弥漫着一种由废都闲人所散发出来的世纪末的颓废之气以及贪图享乐追求金钱的情调。即便原是传经布道的寺院庵堂里的和尚与尼姑也仿佛变得世俗化了,终日忙于千方百计地与官府联络,以赚取钱财,捞取名声,甚至与文化闲人们频送秋波,暗中勾搭。

《废都》里的闲人毕竟不是封建的遗老遗少。在他们的血液里流淌着的虽然不乏封建社会长期熏陶出来的某些传统基因,可是,他们又几乎脱尽了古代文化名士们的清高之气和铮铮风骨,十足显示出当代人对权势的攀附依赖,对金钱的占有欲望。可以说,这些人耽于声色犬马的享乐观,既是中国古代文人消极颓废传统的直接继承,又是现代西方享乐观的恶性发展。

《废都》以文化人和文化节为主要描写对象,但文化界的颓废之气与政界和整个社会的腐败之相紧密相关相连。文化闲人们需要官府为他们提供纵情享乐的物质条件,享乐中触犯了法律,需要司法界和市长大员们的通力相助。而政界和社会又需反过来借助文化闲人们的名声装点门面,需要他们的笔杆为之歌功颂德评功摆好。就连那清虚庵里的尼姑慧明不也一边坐在市长秘书的小车里厮混,一边沽名钓誉在庵里打坐吗?可见,废都里的一批文化人的颓废堕落,实与整个西京社会的种种腐败现象不无关联之处。

《废都》里的人物,《废都》里的事件,《废都》里的氛围,直至《废都》里那个亦疯亦傻装疯卖傻的收破烂的老头所唱出的一首首民谣,虽然是作者的创造物,但我们又分明感到这一切是可触摸到感受到的现实。只是,没有人能像作者那么集中那么激烈地呼喊出来罢了。

事实上,庄之蝶的蜕变以及西京城里所发生的一桩桩奇异之事并非孤立、偶然的,而是与整个时代的嬗变,与社会氛围、大众情绪不无关系。离开这个大环境的变化,或者看不见当前时代、社会正在发生的急剧变动,我们便无法理解庄之蝶及其周围所发生的一切,自然也就无法理解作品所具有的典型意义。难怪庄之蝶自己也惊异自身的变化:"我也吃惊我自己,是顺应了社会,还是在堕落了?"实际上,庄之蝶正是在顺应了当今社会的种种腐败现象和负面

影响之后，逐渐颓废、堕落的。

总之，庄之蝶以及围绕庄之蝶的一些文化人，实在是废都里的社会闲人，是中国传统文化在商品经济的挤压下所出现的精神颓废者、堕落者。虽然作者并没有对这些闲人给予明显的褒贬，没有给予其严厉的批判，但透过作品的结局，庄之蝶的一切浮华追求如梦似影般破灭，我们当能体会到作品的内在意义。

贾平凹在迈过人生不惑之年时曾经说过：好作家与劣作家的分野就在于是否追求心灵自在，力避做作。而"要作为一个好作家，要活儿做得漂亮，就是表达出自己对社会人生的一份态度，这态度不仅是自己的，也表达了更多的人乃至人类的东西"。长期以来，我们往往喜欢把社会的某些阶层视为判断艺术典型的最高标志，其实，在评判艺术典型的成就高下时，是一点儿也不能离开人性和人类性的充分表达的。愈是有人类性的作品，其典型化的成就也便愈高。贾平凹在四十岁时说的这一些话，正好为他随后所写的《废都》，为《废都》里的主人公庄之蝶形象的典型性做了很好的注脚。

五

为了真实、独创地塑造庄之蝶这一复杂又带有一定典型意义的艺术形象，作者调动了多方面的艺术经验和艺术手段，因而作品便呈现出一种融汇复合之美。

有人说，《废都》是新时期第一部真正写性写情的奇书。如果说，这是指作品里以较大篇幅和分量直接描述的主人公庄之蝶与几个女人的性关系，那这几乎是不差的。如果说，一部《废都》的题旨即在于此，那又未免失之肤浅和表象了。如前所说，《废都》穿的是性和情的外衣，实际内囊里却表达了作者对社会、对人生的一种态度，所达到的一种境界。

其实，即便以《废都》里关于庄之蝶的性描写而言，似乎亦绝不可与那些专事曲意迎合某些读者的低级趣味的三流作品同日而语。我们固然可以批评作品中某些性描写过于直露，作为读者个人，当然也可以表示不喜欢、不接受甚至厌恶，但如果我们仔细考察庄之蝶的家庭状况及社会环境，认真探讨形成庄之蝶性格的诸种条件，那么，我们也就并不难看出，这一切描写并未离开人物性格的逻辑发展，并未游离作品的主要题旨——借助于情和性的描写，表现当

前部分文化人的精神危机和一代知识分子的忧患意识。因而，作品中的情和性的描写，也便获得了社会意义。

《废都》中关于庄之蝶的性描写，当然可以说是庄之蝶由享乐而颓废而堕落的表现，但要说这是庄之蝶在精神苦闷寻求无着时，意欲走出家庭性生活不和谐的困境，摆脱长期性压抑、性饥渴状态的一种反常表现，恐怕也未尝不可。

诚然，恰似多情种子的庄之蝶与几个风流女子之间的性关系确有不少纯属性玩弄、性发泄，甚至带有某种性变态的意味，但其中也不乏关于生命的欢愉关于精神解脱的篇章。例如，处于苦闷中的庄之蝶与命运多舛的阿灿第二次做爱场面的描写，似乎就不是单纯性欲，而在一定程度上属于一种精神与性的契合，灵魂与肉体的结合。因而，也便包含着一种对生命创造力的赞美，对正常的人性的呼唤。这种描写颇有《查泰莱夫人的情人》中某些做爱场面描写的底蕴。

关于庄之蝶的性描写，有成功，也有失误，但应当承认，《废都》毕竟使中国有关性的文学成为一种可能，成为一种现实。我们或可说，应当坚决反对那种三流的迎合读者低级趣味的庸俗文艺，却不宜笼统地把所有写性的文学统统斥为堕落、下三流而一概予以排斥和反对。正如我们不应该反对在卫生科学中讲性心理、性生理一样。这样，《废都》里的性描写就成为塑造庄之蝶这一独特而复杂的人物的重要手段。

当然，为了刻画这一复杂的艺术形象，为了表达作品丰富的内涵，作者也在《废都》的创作中调动了其他各种艺术原则和艺术手法。这里有对社会现实的精确描摹，也有对人物心理历程的简单勾勒；这里有对生活细节的冷静关注，也有对虚幻缥缈的内心感受的细致剖析；这里有对禅宗佛语的机锋妙悟，也有对人类生存困境的哲学拷问；这里有立足于现实主义的逼真描绘，也有浪漫主义色彩的冥思玄悟，甚至现代主义的象征、暗喻。总之，展现在《废都》里的既是当代社会的政治、思想、文化、道德的融汇，也是各种艺术手法的复合。

不错，就大量描写日常生活场景来说，就较多地描写性生活来说，就作品的题材、人物的表现方法来说，《废都》确实给人以似曾相识的印象。难怪有人说《废都》的某些描写模仿了《红楼梦》《金瓶梅》，也有人说《废都》的某些情节借鉴了拉美的魔幻现实主义，还有人说《废都》里的文化人又像是《儒林外史》中的某些儒生，甚至还有人把《废都》与钱锺书的名著《围城》相比。其实，在我

看来，《废都》只不过是对以上中外文化遗产的借鉴和融汇，而《废都》的主要人物、社会环境以及流贯于作品中的精神血脉则完全是中国式的，是贾平凹个人的，或可说是中国传统文化在外来文化和商品大潮冲击下的怪异变种。

在谈到未来文学发展趋势时，一位明智的学者曾预言：未来小说无疑会更多地侧向人的主观内心，即内向化，深入"人类情欲的最底层。因为，不管在什么制度下，它们永远都是最隐秘的生活本质"。看来，那句老话并未过时：关键并不在于能不能写性，而在于通过性的层面写出了什么，在于如何写。

何况，当我们即将置身于 21 世纪的中国，如果仍像中世纪那样视性欲为罪孽，或者像"文革"前后那样，谈性色变，仍把写性的文学当作洪水猛兽严加防范，那么，我们又怎样才能立足于科学昌明的世界之林？怎样继续执行改革开放的国策？当然，我们并不否认即使是健康的必要的性描写也会对某些青少年产生不良的影响，但那不属于文学本身的问题，当另作讨论。把复杂的问题过于简单化，或者因噎废食，恐怕都是无济于事的。

剖析庄之蝶的艺术形象，我们庶几可以说，《废都》是一部奇书、一本愤世之作。一本通过当代文化人的精神蜕变过程，借助于性描写的方式，抒发对人生、对社会诸多愤慨的愤世之作。或者作者的全部情感和全部思想都浓缩、凝聚在"鬼魅狰狞，上帝无言"八个字之中。

一部《废都》问世，引来如此多的纷争。尽管这一切原都在作家的意料之中，但我还愿为作者借用一段美国著名作家贝娄的名言："作家应该能够以一种释放自己的心灵、精力的形式，来轻易、自然、丰富地表达自己。"相信平凹定能会意并颔首的。他在文坛跋涉了十多年，现在终于找到了能够"释放自己心灵、精力的形式"。

（选自《〈废都〉大评》，香港天地图书有限公司 1998 年版）

庄之蝶论

李敬泽

庄之蝶在古都火车站上即将远行而心脏病或脑溢血发作，至今十七年矣。

十七年后，再见庄之蝶，他依然活着。

在此期间，《废都》遭遇了严峻的批评，20世纪90年代初，对《废都》的批评成为重建知识分子身份的一个重要契机：偶然的遭遇战迅速演变为全力以赴的大战，人们终于找到了一架风车——这个叫庄之蝶的人，这个"颓废""空虚""堕落"的人。十多年后重读对庄之蝶连篇累牍的判词，我能够感到当日诸生诚挚的人文关切，但我也注意到有一件事不言自明地成了立论的前提：作为文学人物，庄之蝶是知识分子的镜鉴——也不知是不是风月宝鉴，反正，揽镜自照的知识分子们感到大受冒犯。

我当然能够体会受到冒犯的情感反应——为了避免很可能发生的误解，我还是首先表明我在一个敏感问题上的观点：我认为《废都》中的"□□□"是一种精心为之的败笔。当贾平凹在稿纸上画下一个个"□"时，他或许受到了弗洛伊德《文明与禁忌》的影响，那本书20世纪80年代的文人几乎人手一册。通过画出来的空缺，他彰显了禁忌，同时冒犯了被彰显的禁忌，他也的确因此受到了责难并且活该受到责难。

但是，在我看来，那些空缺并不能将人引向欲望——我坚信这也并非贾平凹的意图。那么他的意图是什么呢？难道仅仅是和我们心中横亘着的庄重道德感开一次狎邪的玩笑？

在90年代初，我读了《废都》，然后读到了福柯。现在，在福柯式的知识背景下，我以为或许可以更准确地了解贾平凹的意图及这个意图在《废都》中的功能。那些"□□□"形成了一种精心制作的"废文本"，贾平凹在此破去了书写的假定性。在那些特定场合，我们对文本的"真实"幻觉被击破：眼前之事被删减和缺省，因而也是被"写"出来的，那么，是谁写了它谁删了它呢？我们

当然知道书写和删节皆是贾平凹所为，但就文本的直接效果而言，却是无名之手在书写，另一只无名之手在删节。

任何一个训练有素的读者都会明白，这些"□□□"是当代出版对于明清艳情小说通行的处理规则，我认为贾平凹并没有特别的兴趣对这种规则本身作出评论，他只是意识到对这种规则的刻意模仿能够达成他的特定意图。

此时此刻，我们的目光从人物身上移开，被引入了一个对照的文本序列：简体横排的、被删节的艳情小说和原版的明清艳情小说。贾平凹的意图正在此，他在整部《废都》中明确地模仿从《金瓶梅》到《红楼梦》的明清小说传统。在此处，自废文本是要凸显这种模仿的当代语境，庄之蝶这个人的根本境遇由此呈现：他或许竟是一个明清文人，但同时他也是一个被删节的、简体横排的明清文人。

的确非常机巧，在这样的地方我能够领会贾平凹在《废都》中那种错综复杂的才能。但就这件事而言，它或许复杂得失去了控制。且不说它确实很容易被读成一种低级噱头，更重要的是，它使庄之蝶这个人物陷入了真正的道德困境。

注视着眼前这些空缺，我意识到，此时此刻响起古老声音的回响，尽管是暗哑断续的回响，就好比，在这处私室一系列镜子互相映照、繁衍和歪曲，但镜子之间空无一人。是的，这正是我的感觉：庄之蝶这个人在此时恰恰是不在场的，他从那些"□□□"中溜走了。这才是问题所在。似乎底本已经写定和改定，似乎眼前发生的一切都不在他的身体和心灵边界之内，似乎他不过是被动地扮演一个"山寨版"的社会和文化角色，似乎他自己对此无能为力不能负责。

我认为，那些"□□□"之根本的不道德就在于庄之蝶的这种溜走，这种不负责。贾平凹强烈地感觉到在这个人物的身心之中有些事物是他无力触摸和言说的，他无法让庄之蝶为自己的所作所为承担明确的个人责任乃至公共责任，于是，他机巧地使出腾挪大法，招来昔日幽魂，让这个人变成了不在。

所以，必须注视庄之蝶这个人。他是谁？他如何看待他的世界和他自己，他如何行动如何自我倾诉和倾听？20世纪90年代初，当人们把庄之蝶作为一个知识分子展开争论和批评时，批评者们实际上是借此确认自身的知识分子身份，那么，对庄之蝶来说，他的问题是他和我们不像吗？我们又凭什么认为他应该像我们？也许他的问题恰恰在于他太像过于像我们呢？这不也是人们感到

遭受冒犯的一种理由吗？也许情况更为复杂：庄之蝶是像我们的，但这种"像"不符合我们的自我期许和自我描述，这个人在我们的话语系统中无法顺畅运行。

但无论如何，贾平凹不应埋怨别人误读了《废都》和庄之蝶。庄之蝶这个人无疑有所指涉：贾平凹给他起个名字叫"庄之蝶"——庄生的蝴蝶，是蝶梦庄生还是庄生梦蝶？谁是蝴蝶谁又是庄生？最直接的答案是，庄之蝶是贾生梦中之蝶，但每个阅读者也有权自认为蝶或自认为生，在这个开放的绵延的镜像系统中，误读是必然之事，也是被作者充分纵容之事。

庄之蝶是既实又虚的，他既是此身此世，也有一种恍兮忽兮、浮生若梦之感。这种调子直接源于《红楼梦》。在《红楼梦》中，贾宝玉是大观园中一公子吗？他是一块遗落的顽石还是一个浇溉灵草的仙人？他都是，都曾是。那么甄宝玉又是谁呢？这个人似是而非，在亦不在。关于"这一个"如何同时是广大的无数个，曹雪芹有一种远不同于欧洲19世纪现实主义的思路，《红楼梦》的天才和魅力就在这虚实相生之间，不能洞晓此际者皆非《红楼梦》解人。贾平凹是《红楼梦》解人，他在《废都》中的艺术雄心就是达到那种《红楼梦》式的境界——无限地实，也无限地虚，越实越虚，愈虚愈实。

但想到了和做到了是两码事。20世纪至今，"红学"蔚为显学，端的是开言不谈《红楼梦》，虽读诗书也枉然。但相形之下，《红楼梦》对于中国现代以来的小说艺术其实甚少影响——曹雪芹那种眼光几乎是后无来者，大概只有一个张爱玲，但张爱玲的语境和上下文与曹雪芹是若有重合的，而其他作家和红学家皆是以自己的上下文去强解《红楼梦》，不学也罢，一学便丑。

然后就是贾平凹，他的上下文和曹雪芹同样不重合，但他做了一件惊人之事，就是创造一种语境，与曹雪芹仍有不同，但在这种语境中《红楼梦》式的眼光竟有了着落。我相信贾平凹是认真地决心要写一部《红楼梦》那样的小说的。评论家的滥调是力戒模仿，但你模仿一个《战争与和平》试试看！一个有才华的作家深刻地感受着他与伟大前辈之间的竞争关系，当他暗自对自己说，我要写一部《战争与和平》、写一部《红楼梦》时，他是认真的，他尽知其中的巨大难度。对20世纪的中国读者来说，任何当代作品中《红楼梦》式的虚至少在叙事层面上都难免装神弄鬼的不诚挚，就《废都》而言，那个口唱段子的拾垃圾的老人就已是勉强的符号，更不用说广受诟病的奶牛思想家和庄之蝶老丈母娘的满天鬼魂。《废都》之虚在艺术上极为冒险，即使是张爱玲也主要是发展了《红楼

梦》遗产中实的一面。顺便说一句，张爱玲的人情洞晓其实是阴毒刻薄的姑嫂勃豀，一面是破落贵族，一面是小市民，所谓精致的俗骨。而贾平凹的虚，也只是在庄之蝶这里令人信服——这个人同时具有此岸和彼岸。

庄之蝶是一位作家——他后来被一群治文学的学者痛加修理不是没道理的——而且他享有巨大的名声，至少在他生活的那个城市，从父母官到贩夫走卒，几乎无人不识庄之蝶。人们熟知、关注、溺爱着他，虽然很少有人搞得清他究竟写了什么。

除了一些应酬文字，我们也不曾见过庄之蝶写什么，也不知道他曾经写过什么，我们只知道他一直力图写一部作品，他一直在为此焦虑，最后他终于要去写了，但这部作品将是什么样子，我们无从想象，或许就是这部《废都》。他几乎从未谈论过文学或他的写作，尽管他为此以可疑的方式从公家弄到了一套房子，但那房子里的事后来被证明皆是胡扯和胡搞。

也就是说，这个人基本上是有名无实的，红火热闹立于浮名之上。如果我们断定庄之蝶就是生活在 20 世纪 90 年代之初，那么，他这一笔巨大的象征性资本应该是来自 80 年代，那时的文学声名是有可能达到如此地步的。但是，尽管所有关于《废都》的评论都在 80 年代和 90 年代的分际上下手，但在《废都》内部，庄之蝶其实从未流露对这个问题的兴趣，他并无 80 年代之乡愁。有太多的论者在他身上搜寻 90 年代知识分子身份和精神变化的征兆，并在一种集体建构的历史论述中以时代的变迁解释他的生活和命运，但庄之蝶本人对此似乎毫无领会。他通常是在另一个层面领会自身：一种浩大难逃的宿命。似乎《废都》如《红楼梦》仅仅是一个世间故事，久已有之并将继续流传，并不属于特定年代——这是非历史，但也是非历史的历史化，贾平凹寻求的不是以历史解释人，而是以人的恒常的命运和故事应对变化的历史，在这一点上，他与 80 年代末的"新写实"一起，开启了当代文学的重大转向。但贾平凹与"新写实"又有根本不同：他的"恒常"不仅是生活被勘探的底子和被发现的"真相"，更是一个文化和意义的空间。

恒常如新。十七年后重读《废都》，我感觉庄之蝶先生很像一个现在的人——也许比 90 年代初更像，他是一个"百家讲坛"的说书人、一个"名人"，他戴着他的光环游走于世间，精于象征性资本的运作和增值。他也很像一个传统生态下的"文人"：结交达官，掺和政事，诗酒酬唱，访僧问卜，寻香猎艳，开

设书肆，等等，就差开坛讲学了。

如任何名人一样，在他周围聚集了一批"食客"—— 一条社会生物链。在这个链条上，各个环节相互依存，有"食客"在，庄之蝶才成为"名人"。庄之蝶反过来必须提供和分配"食物"，他像个小朝廷的君主或小帮会的大哥，他当然不能去打人，但他显然有义务"罩"着兄弟们，带领兄弟们参与更大范围的社会交换。

一部《废都》是一张关系之网。人是社会关系的总和，人在社会关系中获得他的本质，马克思的教诲贾平凹同志是深刻地领会了。《废都》一个隐蔽的成就，是让广义的、日常生活层面的社会结构进入了中国当代小说。这个结构不是狭义的政治性的，却是一种广义的政治，一种日常生活的政治经济学：中国人的生活世界如何在利益、情感、能量、权力的交换中实现自组织，并且生成价值，这些价值未必指引着我们的言说，却指引着我们的行动和生活。

这种结构或许就是生活的本质和常态，它并非应然，但确是实然，而认识实然应是任何思考和批判的出发点。

但很少有人注意到贾平凹的这份洞见，我们可能都把这视为自然之事，以致它无法有效地进入我们的意识；更可能的是，在一套对生活的现成论述中，这种结构被忽略了被径自超越了。比如，对《废都》的另一种诟病恰恰就是，贾平凹并不了解城市生活，他笔下的城市更近于一个巨大的农村。

对此，贾平凹也算是自食其果，他大概是中国作家中最长于动员误解的一个——他反反复复地强调自己是个农民，时刻准备退到农民的堑壕中自我保护——谁能欺负一个自称农民的人呢？但是，让我们放过城市生活中那些浮云般的符号、时尚和经验表象，直接回到最基本的层面：这里不正是声名、利益、财富、雄心、欲望的集散之地吗？那么，有谁能说贾平凹不曾透彻地领会和理解这一切呢？

乡村无故事——不要忘记，在整个中国古代文学史上，从三言二拍到《红楼梦》，没有一部是"农村题材"，乡村中的人走出去，进入现代境遇，或者现代性降临乡村，乡村才能够成为小说想象力的对象——贾平凹在《秦腔》中证明，他比任何人都清楚这一点。

在这座大城之中，复杂的社会生物链活跃地蠕动着——那是红火热闹，是兴致勃勃的俗世，是请客吃饭。如同《金瓶梅》《红楼梦》，《废都》中一些最见

功力的大场面几乎是请客吃饭——请汪希眠老婆吃饭的那一场，是第一个大场面，楼台重重，小处腾挪，人情入微如画。

吃饭是热闹，是烈火烹油，但烈火烹油中也必有一份冷清荒凉。庄之蝶的牢骚，他的寂寞与疼痛，在热闹散尽时席卷而来。

这是中国人特有的普遍情感：看古人诗文，你觉得没有人比我们更爱热闹，更溺于人群和浮世，但也没有人比我们更深切地从热处闹处领会虚无。有时你甚至觉得，我们是喜欢这一份虚无的，人生因此而宽阔，除了追名逐利的实和"好"，还有了转身放手的虚和"了"。当我说贾平凹有志于《红楼梦》并且为此重建语境时，当我说贾平凹的"恒常"是一个文化和意义空间时，我所指的正是此等处：他复活了中国传统中一系列基本的人生情景、基本的情感模式，复活了传统中人感受世界与人生的眼光和修辞，它们不再仅仅属于古人。我们忽然意识到，这些其实一直在我们心里，我们的基因里就睡着古人，我们无名的酸楚与喜乐与牢骚在《废都》中有名了，却原来古今同慨，先秦明月照着今人。

比如乐与哀、闹与静、入世与超脱、红火与冷清、浮名与浮名之累，比如我们根深蒂固的趣味偏好如何带着我们溺于"小沈阳"式的俚俗与段子式的狎邪，这一切是构成传统中国生活世界的基本精神框架，这即是中国之心，其实一直都在，但现代以来被历史和生活抑制着，被现代性的文化过程排抑于"人"的文学之外——甚至，"颓废"和"空虚"这两个词，它们的现代意义和前现代意义其实也判然不同。在传统语境中，颓然自废和空寂虚无是本体性的、审美的人生境界，作为对热衷、上进的儒家伦理的平衡性向度，使中国人不至于变成彻底的僵硬实利之徒，只是到了现代语境中，它们才变成了一种道德上的可疑之事。

而庄之蝶的问题岂止是"颓废"，他还上进得很呢，他的身上具有相反而相成的双重性：他依存于他的生活世界，深以为苦也深以为乐。他无疑厌倦，他也无疑沉溺。烦极了时，庄之蝶痛切言之："人人都有难念的经，可我的经比谁都难念。"何以他的经就比别人难念？因为他确实另有难处，但也因为他不是"别人"。此人深陷于自哀自怜，他真的认为自己是世上最累最苦之人，他对得起所有人而世间人都亏负了他。

他是累的烦的，因为他的"上帝"就是他周围的人们，他有义务让他们满意，他也因此获得肯定，他被需要也被裹挟。他在生活中的重要性必然与他的

自怜同步增长。

贾平凹的巨大影响很大程度上建立于这种对中国人基本生活感觉的重新确认和命名——《废都》在中国当代文学中重建了经过现代以来的启蒙洗礼、在现代话语中几乎失去意义的中国人的人生感,无数的贾平凹及其作品爱好者所爱的恰恰就是这个。

这样一种人生感的重建与20世纪90年代的时代与社会变迁有确凿的关系,而且我也不认为这种关系是纯然负面的。一定程度上重获日常而恒常的中国式人生,未必符合"五四"与启蒙与80年代的知识分子规划,但对所有的中国人来说,可能都是一份难得的馈赠。生活的意义并非如知识分子所规划的那样判然分明,比如在那场作为根本情节的官司中,一群当事者几乎不曾思考过其中的是非曲直,这里只有一件不言自明之事:"我们"必须维护"我们"。但反过来,有谁能轻易说清庄之蝶的对错?他应该被裹挟着参与这样一场严重而无聊的风波吗?官司的这一方所表现的正义感不是很可笑吗?但设身处地像任何一个中国人一样替庄之蝶想想,他能怎么办呢?他能够背叛他的朋友,背叛那些向他求助的人而置身事外吗?

这个生活世界的价值图景之复杂远超出我们的论述和知识,这里有利益的交换,也有人情的温暖,也有一个人对生活、对他的世界的承诺,而利益可能变成欲望和无原则,温暖可能变成酱缸,承诺可能变成对承诺之外的人们的冷酷……庄之蝶这个人与20世纪90年代初的知识分子们所持的话语系统和人生想象有重大的差异,《废都》之备受批评,原因正在于此。

90年代初的那场争论,知识分子们大获全胜,但很大程度上是因为知识分子们掌握着论辩的话语权,那是一场在他们自己选定的场地上进行的论辩。但是,十七年后再看,或许庄之蝶没有失败,或许贾平凹比他的任何批评者更具现实感。或许知识分子们终于意识到,他们本人有可能就是庄之蝶,当时就是,现在更是。

庄之蝶肯定不是我们想象和规划之中的一个现代知识分子,但他的出现和存在对所有认同知识分子身份的人提出了一个真正具有知识分子气质的问题:认识你自己,穿越幻觉,请回答究竟庄之蝶是我们梦见的蝶抑或我们是庄之蝶的梦?知识分子在庄之蝶面前必须论证自身的可能性和现实性,而贾平凹以尖锐的力度展现了他的批判精神:当我们幻想自己是一个现代人时,我们可能并

不知道我们在幻想。

如果庄之蝶一直保持着他的相反相成的平衡，他会和我们一样，在话语和身心的二元运作中"成功"至今，一切都会过去，庄之蝶继续生活，当然也就不会有《废都》。

但是，贾平凹终究是放不过他，不能让他在一个恒常的生活世界里安居，他还是逼迫他回答一个现代问题：我是谁？我如何在？于是，庄之蝶就不得不苦苦证明自己具有一个现代灵魂。

这个过程中，贾平凹和庄之蝶都面临巨大的困难——没有语言，或者说，没有可信服的内心生活的语言。庄之蝶很少独白，在最痛苦的时候，他也无法做到哈姆雷特式的自我倾诉和自我倾听，他缺乏用以自我分析的话语，他当然也可以手捧《圣经》像个知识分子一样忏悔，但在他的生活语境中、在整部《废都》所操持的语言中，这倒是唐突了虚假了。

至此，我不得不谈到那些女人，她们成为庄之蝶通往另一个"上帝"的途径。庄之蝶与唐宛儿的关系中有一种令人悚然的恐怖：不仅是欲望的深度，还有不可遏制的自毁冲动，一种绝对的承诺和绝对的背叛。从一开始我们就知道——我们和庄之蝶分享着一样的生活智慧——这件事是没有下文的，这件事里包含着毁灭性的危险。庄之蝶对得起唐宛儿就对不起所有人，甚至就对不起自己，他兑现了对唐宛儿的承诺也就意味着他背弃了他对自己全部生活世界的承诺。反过来，他对不起唐宛儿同样也是绝对地对不起自己和背弃自己。

唐宛儿最终也果真孤绝地悬在那里，清晰地展现出了庄之蝶生命中的深渊。

但庄之蝶在抵达深渊之前竟是一往无前的，这当然证明了他的苟且，但同时驱使着他的，还有一种无以名状的焦虑：自我的焦虑和悲哀。他沉痛地迷恋着唐宛儿，在一次疯狂性事之后，他"把妇人的头窝在怀里"，说："我现在是坏了，我真的是坏了！""也不知道这是在怨恨着身下的这个女人，还是在痛恨自己和另外的两个女人"……此时，"深沉低缓的哀乐还在继续地流泻"。

他并非不知自己是"伪得不能再伪，丑得不能再丑的小人"，他也并非不知，最终向他证明自己之罪的恰恰就是怀抱中的这个女人。但是，他不能停止不能改过，这不仅仅因为道德意义上的"堕落"，更因为，这个人，他终究不仅是一只因为苟且于世间而被贾平凹梦见的蝴蝶。他是一个自知在他的生活世界中存在深渊的人，他甚至在寻找那处深渊，他向着它走去，满怀恐惧，满怀悲

哀。他自知有罪但他却不知这罪何以论定、谁来审判、如何惩罚，他的身上有一种认识自我的强大冲动，他终究是个作家。

于是，在古老的城墙下，庄之蝶最后一次问唐宛儿："宛儿，你真实地说说，我是个坏人吗？"是又如何，不是又如何呢？"两个人就相对跪在那里哭了。"

这是生命中的大哀，这份哀是传统的，也是现代的。在《红楼梦》和《金瓶梅》中，世界的朽坏与人的命运之朽坏互为表里，笼罩于人物之上的是盛极而衰的天地节律，凋零的秋天和白茫茫的冬天终会来，万丈高楼会塌，筵席终须散，这是红火的俗世生活自然的和命定的边界，这就是人生之哀。我们知道限度何在，知道好的必了。但在《废都》中，城墙上如泣如诉的埙声、庄之蝶家中的哀乐所表达的"哀"更具内在性：这并不仅仅是浮世之哀。直到小说结束，庄之蝶的筵席在俗世的层面上也还没有散，他还没有被抄家，还可以混下去，但他的内心溃败了，他在贾平凹所归认的传统中，成为第一个自证其罪的人——古典小说中无人自证其罪——而庄之蝶之哀，或许也是哀在他竟可以不受审判，继续在这俗世行走。

庄之蝶的出走是他在整部《废都》中作出的最具个人意志的决定，他弃绝一切承诺，他为自己作出了决定，但问题是他实际上并不知道他要走向哪里。

当贾宝玉披着大红斗篷出走时，他自己和我们所有人都知道他去了哪里，他去了他的来处，一片"干净"之地；当晚年的托尔斯泰出走时，托尔斯泰至少在理念中知道自己要到哪里去。但庄之蝶不知。

《废都》的批评者常常以托尔斯泰为精神标尺，衡量庄之蝶的分量，这极富洞见。我猜测，当贾平凹写到火车站上的最后一幕时，他很可能想起了托尔斯泰，这个老人，在万众瞩目之下，走向心中应许之地，最终也是滞留在一个火车站上。这时，贾平凹或是庄之蝶必是悲从中来：他心中并无应许之地，他的出走无人注目并将被迅速遗忘，他甚至找不到一种语言表达自己的这个决定，他在踏上放逐与流亡之路时他的内部依然携带着那个深黑的沉默的深渊。

终究是孤魂野鬼。我猜测，《废都》中花了如许的笔墨过度渲染黑夜中无言的满天鬼魂，不过是最后要让庄之蝶加入进去。

但事情的微妙之处在于，哈罗德·布罗姆曾在《西方正典》中指出，尽管托尔斯泰对莎士比亚作出了雄辩的责难，但是，托尔斯泰自身在最后时刻的境遇却非常近于"李尔王"：一个背弃了自身的生活世界同时被自身的生活世界

背弃的孤独无着的老人。

那么，这个庄之蝶，他是李尔王吗？或许我们根本不必向他提出知识分子式的问题，他的问题仅仅是陷溺于自我的幻觉而背弃了他的生活，他的罪和罚都仅仅在这个意义上成立，他不过是人类的虚荣——世俗的虚荣和自我的、精神的虚荣的又一个牺牲品？

对此，我并无定见。贾平凹也不能提供答案，当他让庄之蝶从那些"□□□"中溜走时，他和他的批评者们一样，是把人的责任交给了他的环境和时代，但当他编排在无着无落的火车站上给庄之蝶付与痛苦的无言、付与生死时，他又确认了庄之蝶的"存在"，而把存在之难局严峻地交给了我们。

（原载《当代作家评论》2009 年第 5 期）

整体研究

ZHENGTIYANJIU

城市文化中人文知识分子的沦落

——贾平凹《废都》争鸣研究

杨景生

贾平凹的《废都》在 20 世纪 90 年代发表后，引起了轩然大波，引发了各种各样的评论观点，一度出现了"《废都》热"。随着时间的推移，《废都》的研究虽沉寂了一段时间，但仍有一些评论者不时地提出自己的看法。对《废都》的理解逐渐由"形而下"上升到"形而上"的高度，看到了"形而下"背后"形而上"的深刻内蕴，以及作家对社会转型时期城市文化对人文知识分子精神生活冲击的敏锐感觉。

一

在《废都》发表后的"《废都》热"中，对《废都》的评论基本上有以下几种观点。

有的论者从机械的道统观点出发，囿于"难道生活是这样吗"的批评逻辑，以为从《废都》中"看到的是文人阶层英雄主义和理想的丧失"，《废都》"唤起了我们作为一个文人的羞耻和愤怒"，生活不应该这样"下流"地表述。因作品中有大量的性描写而骂声遍地，批评家使用了近乎苛刻的言辞："小摆设""卑庸""煽情""搔痒""流氓唱主角""杂烩""花花公子的中国兄弟"等等，把《废都》说成一部"径直投合大众文化阴暗而卑微心理"的低级趣味的流氓小说，指斥贾平凹"由一个纯粹而敏感的严肃作家变成了一个趣味低级的通俗作家"，从机械的作者决定论出发，将《废都》看作一种自传性书写，视庄之蝶为作者的影子，将作者与人物之间画了等号。

有的论者从后现代主义视角出发，认为《废都》"躲避崇高"，是一次削平低俗与高尚、污浊与纯洁、蜕变与升华、阴暗与光明、卑微与崇高、正视生命与无

视生命、尊重人生与污蔑人生、体味敬畏历史与游戏亵渎历史、情感的高尚处理与性爱的肮脏玩弄、麻木与敏感、低级趣味与高雅品质、痞子阶层与文人阶层、英雄主义与狗熊主义、理想主义与物欲主义的后现代主义文化书写。

女性主义批评在《废都》中读出的是男性中心主义文化，看到的是对女性的露骨玩弄和性别压迫。有人还认为，《废都》只不过写了一大堆吃喝拉撒睡的"生活流"或者是一帮无耻文人的生活状态，揣测作家贾平凹的动机是在"包装""矫饰"，认为《废都》没有灵魂。李书磊给《〈废都〉滋味》一书作的序就用了"压根就没有灵魂"这个标题。

二

那么，《废都》到底表现了什么呢？一片喧哗沉寂之后，有品位的批评家还是更多地透视出了《废都》深层的"形而上"的"灵魂"。

许明撰文《研究知识分子文化的严肃文本》，认为："《废都》的灵魂在于它深刻地白描了这样一个重大的社会现象：当前社会变动期间一部分知识分子的精神生活的历程……'春江水暖鸭先知'，贾平凹凭着作家的敏锐，深刻地感觉到了我们这个变革的时代一部分知识分子的人格危机和价值失落。"[1]党圣元认为，《废都》"意在为当前社会转型期的城市文化做一白描"，"《废都》的主题，与1995年文化、文学论争的主题是同一的，即人文精神危机与理想道德的失落问题"。[2]许明认为，《废都》"是极震撼人的，它让你痛苦地沉思和问问为什么。人文知识分子的灵魂为什么如此这般？"[3]；他从贾平凹为《废都》写的后记中"强烈地感受到作家对生命与生活意涵的思考和发自内心的感触"[4]，认为"这是一个严肃作家的非常投入的对自己生命活动的一个思考和总结"[5]，《废都》"前所未有地将一个有地位的文人的日常生活展示出来，从而尖刻地对生活发出了提问。掩卷深思，每一个对当代中国知识分子命运关注的人是不能不对此警觉的"[6]；他对一些评论者的不当观点提出了反驳和质问："知识阶层，特别是人文

---

① 许明：《研究知识分子文化的严肃文本》，载《小说评论》1996年第1期。
② 党圣元：《说不尽的〈废都〉——贾平凹文化心态谈片》，载《小说评论》1996年第1期。
③ 许明：《研究知识分子文化的严肃文本》，载《小说评论》1996年第1期。
④ 许明：《研究知识分子文化的严肃文本》，载《小说评论》1996年第1期。
⑤ 许明：《研究知识分子文化的严肃文本》，载《小说评论》1996年第1期。
⑥ 许明：《研究知识分子文化的严肃文本》，载《小说评论》1996年第1期。

知识阶层的分化是一个事实，而且，这是一个有历史原因的事实。……《废都》不过是将它叙述出来而已。……庄之蝶，已成为一个典型，一个在生活中可见可遇的人物，一个20世纪末中国社会的'多余的人'。对《废都》的真实意义上的批评应当认真研究'废都'现象，应当研究庄之蝶们的生活轨迹，研究他们价值失落的深层原因，研究他作为知识分子一员而走向沉沦的教训和启示。——这就是《废都》的滋味。"①"一些敏锐的批评家们为什么不感到《废都》内涵的主题之重大，所传达的问题之重要，可以伸展的空间之广阔呢？是贾平凹过于敏锐，过于尖刻，过于超前，还是批评家过于迟钝和迂腐呢？"②

上述评论者的观点，笔者认为是非常鞭辟入里、中肯深刻的。

三

20世纪90年代，中国进入了市场经济时代，商品意识成为社会的主流意识，文化商品化、市场化成为现实。在这社会、文化的转型时期，中国城市文化发生了巨变，在"繁荣美妙"的城市现代文明的浓重氛围中，在城市气息的腐蚀下，人们的当下存在状态和文化价值取向处于一种混乱、变幻之中。贾平凹在《答陈泽顺先生问》中说："社会发展到今日，巨大的变化、巨大的希望和空前的物质主义的罪孽并存，物质主义的致愚和腐蚀，严重地影响着人的灵魂。这是与艺术精神格格不入的，我们得要作出文学的反抗，得要发现人的弱点和罪行。"③

表现在《废都》中的城市文化是什么样的状态呢？有着深厚的历史文化积淀的西京城作为被取代了的权力中心，荒败了的皇城，失去了令人神往的威严与秩序，只有盲目混乱、空虚荒芜的欲望。在这座城市里，人们为了实现自己的欲望，擅长于作为城市文明代表的"化妆术"。卖柿饼的商妇用白石灰涂抹柿子，充当柿霜；从农村来的保姆柳月通过化妆术来涂改自己的农村身份。"城市化妆术改变了人们的物质世界，改变了人们的生活环境，甚至改变了人们的时空感觉……在以化妆术为核心经验的变幻不定的城市里，一切固定的、永恒的、

---

① 许明：《研究知识分子文化的严肃文本》，载《小说评论》1996年第1期。

② 许明：《研究知识分子文化的严肃文本》，载《小说评论》1996年第1期。

③ 贾平凹：《答陈泽顺先生问》，载《小说评论》1996年第1期。

本质的和真实的东西都被破坏了。"①一切都变了样，真的成了假的，假的成了真的。柿饼上的霜是假的，老太太的满口白牙是假的，假鼻假奶假屁股，尼姑是假的，气功师是假的，"满街的姑娘走来走去，你真不知道是假的真的"②。于是，牛月清也终于认同了现代都市的生活，化妆美容，使她自己的母亲也认不出她来了。"老太太惊道：'这不整个儿不是我女儿了?!'从此就整日唠唠叨叨，说女儿不是她的女儿了，是假的。夜里睡下了，还要用手来摸摸牛月清的眉毛、鼻子和下巴，如此就怀疑了一切。今日说家里的电视不是原来的电视，是被人换了假的；明日又说锅不是以前的锅，谁也换了假的；凡是来家的亲戚邻居又总不相信是真正的亲戚邻居。后来就说她是不是她，逼着问牛月清。"③

《废都》对于现代城市文化状况的书写，主要是通过展示以庄之蝶为首的西京城中四大名人及其相关人物的生活行为来进行的。作为显现现代城市文化风光的一件"文化衫"——"四大名人"，他们名气很大，有的忙于走穴赚钱，有的精于临摹名画骗钱，有的醉心于赌博享乐，有的四处寻花问柳，痴于怪异。就连与他们有瓜葛的一些人物，如上层人物陷于权谋倾轧，文化领导追求名、权，小文人追逐名利，二老板阳奉阴违、中饱私囊，几个女性或为虚名，或为身份，或为情欲，无不借城市这一舞台展示自己的种种原欲。城市与人之间，人与人之间，相互涂抹，面目全非。大名人的生活行为和精神世界，让我们看到的是操守的丧失和对于金钱、肉欲、名声的沉溺；各色人等酿造着的是城市及城市文化的颓败与退化。就连刘嫂牵到西京城里的那头奶牛对于人类因各种欲望而导致的"退化"也以哲学家的目光加以嘲弄，它"堂而皇之地行走于大街"，"不急不躁"，"来看这个城市"："它虽然来到这个古都为时不短，但对于这都市的一切依然陌生。城市是什么呢？城市是一堆水泥嘛！"④这牛"觉得发笑"的是："人就是这样的贱性吗？创造了城市又把自己限制在城市。""可悲的，正是人建造了城市，而城市却将他们的种族退化……人退化得只剩下个机灵的脑袋，正是这脑袋使人越来越退化。"更富有讽刺意味的是，废都将要举办一个文化节，选择了大熊猫作为节徽，"庄之蝶最反感的就是大熊猫，它虽然在世上稀

---

① 旷新年：《从〈废都〉到〈白夜〉》，载《小说评论》1996年第1期。
② 贾平凹：《废都》，北京出版社1993年版，第108页。
③ 贾平凹：《废都》，北京出版社1993年版，第486页。
④ 贾平凹：《废都》，北京出版社1993年版，第140—141页。

有，但那蠢笨、懒惰、幼稚，尤其那甜腻腻可笑的模样，怎么能象征了这个城市和这个城市的文化？……却又想，或许大熊猫作节徽是合适的吧，这个废都是活该这个大熊猫来象征了！"①大熊猫不正是这座在历史中被遗弃的文化古都秩序、权力和文化颓败的最恰切的象征吗？《废都》中对西京城市文化景观的真切描写、渲染，"在客观上反映了处于世纪之交、社会和文化转型时期的当前中国城市文化的面孔"②。

面对城市文化、现代文明，作家贾平凹持什么样的心态呢？《废都》中作家的深层意图是什么呢？党圣元认为：面对城市文化、现代文明，有两种不同的价值体认和评判，"在现代价值、现代思维的坐标上，城市'魔魂'是姿态万千、温馨可爱的，令人销魂荡魄、无限慰藉的；在传统价值、传统思维的坐标上，它却又是无比丑陋、无比狰狞的，混乱、错位的，令人焦灼而不安的。这便产生了'福分'或'惩罚'这两种对于现代城市文化的截然不同的价值体验心理"③。贾平凹属于后者，他在内心深处对城市文化产生了认同危机，他站在古老深厚的中国传统文化的坐标系上，怀着浓烈的乡村、自然、田园情结，以他作为作家特有的敏感，对现代城市文化的荒谬、颓败持一种反感、厌恶、疏离、愤懑、抵抗的文化心态，因对之束手无策，进而又产生出无奈、恐慌、紧张、焦虑、幻灭之感和浮躁、孤寂、苦闷、惆怅、悲哀的失败情绪。作家本人曾表露自己精神领域的巨大冲突和内心深处无所不在的精神苦闷，说："多年来我内心感到寂寞，一种无以对应的寂寞。""我们得要作出文学的反抗，得要发现人的弱点和罪行。""时代的浪潮在沉浮我们，在中国历史转型时期，我们越是了解世界，我们越是易产生一种浮躁，越是浸淫于传统文化，越是感到一种苦闷……"④"按照正统的衡文标准，《废都》中大量的性描写，当属'秽言'了。然而，我却更愿意将此看作毒笔、怨笔、愤笔。在那城市文化'魔魂'的纠缠下，作者迎而不能，拒之不得，上不能问诸天，下不能告诸人，悲愤呜悒，即作'秽言'以泄其愤。""最后，那头奶牛病了，体内长了一个大大的牛黄，亦完全有理由认定《废都》即是作者

---

① 贾平凹：《废都》，北京出版社1993年版，第510页。
② 旷新年：《从〈废都〉到〈白夜〉》，载《小说评论》1996年第1期。
③ 党圣元：《说不尽的〈废都〉——贾平凹文化心态谈片》，载《小说评论》1996年第1期。
④ 贾平凹：《答陈泽顺先生问》，载《小说评论》1996年第1期。

在这城市'魔魂'侵害下'病了'之后的产物，是一个'牛黄'，蚌病成珠嘛。"①
这些剖析可谓一针见血，入木三分。

四

　　在市场经济和现代城市文化中，作为文化核心载体的文学的地位以及文学
创造者们的生存处境及其作为是什么样的呢？

　　在物质主义盛行和商品社会到来之后，文学的传统中心位置发生了动摇，
文学替政治代言、对社会进行哲学批判、成为社会意识形态关注的焦点的受宠
时代一去不复返了，它不得不让位于强大的经济，文学走向边缘。虽然社会上
"文化"时髦，但它仅仅被人们当成了一种消遣和装饰。知识分子，尤其人文知
识分子，更特别是文学创作者被抛入了无权无钱的"边缘化"的尴尬的处境，成
了"多余人"。在整个时代浓重的氛围和巨大的挤压下，"文化的崩溃和历史的
失重使他们感觉到了从来没有经验过的无足轻重与被弃之感"。文人阶层面对
大的气候与个人的困境和苦痛，开始分化。部分知识分子由失落、无奈、脆弱
走向自恋、自虐、沦落、毁灭。《废都》正是当代城市文化中这些知识分子的一
幅白描。"贾平凹呕心沥血地写作的《废都》可以说是这个时代的弃儿们——文
化英雄们自恋与自虐的'天鹅绝唱'。"②《废都》城市文化中人文知识分子的沦落
主要集中地体现在作为西京城四大名人之首的大作家庄之蝶的生活行为和精神
心态上。庄之蝶，五十多岁，省作协副主席，知名作家。面对历史所带给他的
无可回避的破败和荒芜，他陷入了人格危机的风浪中，沉湎，消极，无所操守，
不知所以。他曾为反映上层人物政绩的文章的发表走关系；替造假农药的厂长
写文章鼓吹；开书店办画廊乘人之危而置好友龚靖元于死地；为了自己的讼事
而将保姆柳月嫁于市长的残疾公子；背叛妻子，与别人的姘妇、妻子、自家的保
姆保持着畸形的性关系，甚至去嫖娼；等等。知识分子"边缘化"的处境使他陷
于郁郁寡欢、巨大的精神苦闷之中，他对生命本身采取了"消解"的态度。他因
自恋曾徒劳地追求尊严与真实，但终处于一种无奈、惆怅、麻木、自虐之中，落
得只对性感兴趣，以肉欲的恣放来释放他的精神失落和麻木，在纵欲中才能激
发一点写作的灵感。一个靠思想和精神活动为生、以写作为生的人，就这样无

---

①　党圣元：《说不尽的〈废都〉——贾平凹文化心态谈片》，载《小说评论》1996年第1期。
②　旷新年：《从〈废都〉到〈白夜〉》，载《小说评论》1996年第1期。

任何精神生活可言了，无传达的焦虑、痛苦和激动了，后来，他连"性"的能力都几乎丧失了，对世事人情陷入了彻底的麻木和空虚之中，最后在火车站中风倒地，由沉沦而幻灭。总之，"庄之蝶，就是'边缘化'的一个活生生的典型"[①]。《废都》"非常典型地反映了 80 年代以来，特别是 90 年代中，市场经济大潮到来以后的知识分子心灵的分化状态"，"是反映 80 至 90 年代知识阶层人格危机的一个范本"。[②]

（原载《济宁师范专科学校学报》2003 年第 6 期）

---

① 许明：《研究知识分子文化的严肃文本》，载《小说评论》1996年第1期。
② 旷新年：《从〈废都〉到〈白夜〉》，载《小说评论》1996年第1期。

错位的批评与知识分子话语重建

——重评"废都现象"

张　涛

　　1993 年,《废都》在《十月》杂志连载后,由北京出版社出版,首印五十万册。一时间《十月》杂志也"成了最抢手的杂志","小书摊上的《废都》有的超出定价卖到了十四五块。文学圈子里人见面也都多谈的是看没看《废都》,怎么看《废都》"。① 即便是在文人圈子之外,贾平凹和他的《废都》也都受到了热烈的追逐。贾平凹在回忆当年《废都》在西安书市上的盛况时说:"书市上设有我的专门书柜,疯狂的读者抱着一摞一摞的书让我签名,秩序大乱,人潮翻涌,我被围在那里几乎要被挤得粉碎。几个小时后幸得十名警察用警棒组成一个圆圈,护送了我钻进大门外的一辆车中急速遁去。"② 但是好景不长,"不过半年时间,《废都》被'废'。北京市新闻出版局图书出版管理处根据新闻出版署的指示,以'格调低下,夹杂色情描写'的名义查禁《废都》,并对出版部分做处罚"③。遭禁之后,盗印版的《废都》迅速地填补了大家的阅读需要,贾平凹收集到的盗版《废都》有六十多种版本。贾平凹说,大家平常都说要反对盗版,但《废都》要没有盗版,可能就延续不下去。盗版不仅延续了《废都》的"生命",而且也让《废都》的印数大增,据说"盗版大约超过了一千二百万册"。《废都》被禁之后,除了盗版书疯狂出现之外,它还"墙里开花墙外香",不仅被翻译成多国文字在海外出版,而且还在 1998 年获得了法国费米娜文学奖。这久违的

---

① 　白烨等:《〈废都〉三人谈》,见肖夏林编《〈废都〉废谁》,学苑出版社1993年版,第131页。

② 　《十七年后又见〈废都〉平凹有话说》,载《中华读书报》2009年9月11日,见白烨编《中国文情报告2009—2010》,社会科学文献出版社2010年版,第187页。

③ 　《十七年后又见〈废都〉平凹有话说》,载《中华读书报》2009年9月11日,见白烨编《中国文情报告2009—2010》,社会科学文献出版社2010年版,第187页。

文学盛况和接踵而至的查禁，让贾平凹和他的《废都》在短时间内体验到了"冰火两重天"的境遇，然而可能更出乎贾平凹意料的是，《废都》在知识界所受到的激烈的批评与诟病。

随着时间的流逝，《废都》及其带来的争论已经慢慢淡出人们的视线。2009年，《废都》在出版十七年后，由作家出版社再版。此番再版，没有再引起初版时的轰动，当然也未遭到当年"山雨欲来风满楼"似的批判。李敬泽的《庄之蝶论》开篇的一段话，颇耐人寻味：

> 庄之蝶在古都火车站上即将远行而心脏病或脑溢血发作，至今十七年矣。
>
> 十七年后，再见庄之蝶，他依然活着。

"依然活着"是批评家在历史"尘埃落定"之后的唏嘘，或许也是批评家对庄之蝶这个人物及贾平凹的"理解之同情"。然而，又有谁能想象在十七年前，《废都》的出场，竟招致了一场持续数年的争议与批判，在那层层的指责与围剿的声浪中，无论是庄之蝶，还是贾平凹，都成了"颓废""堕落""商业炒作"的代名词。在滚滚红尘中，他们没有选择"抵抗"与"坚守"，反而选择了"投降"与"认同"。以知识分子身份出场的庄之蝶，一味地沉湎于腐朽都市的"颓废"之气，把玩着那"湿漉漉的世纪末"[①]；在个人性欲的放纵与虚张中，庄之蝶们退居到了社会历史的"边缘"，在"求缺屋"中，他们丧失了作为知识分子的道德担当与历史意义。

"依然活着"表明，十七年后的再次登场，无论是贾平凹还是庄之蝶，他们的身份似乎是"胜利者"。然而，十七年前的那场论争的"历史现场"远不是这般场景，"90年代的那场争论，知识分子们大获全胜"，斗转星移式的时代变迁之后，论辩双方的位置也"与时俱进"地来了个"反转"：

> 十七年后再看，或许庄之蝶没有失败，或许贾平凹比他的任何批评者更具现实感。或许知识分子们终于意识到，他们本人有可能就是庄之蝶，当时就是，现在更是。

但是，我们并不在意谁是当初的胜利者，谁又在若干年后转败为胜，因为这一胜负转变，在大历史面前，终不过是过眼云烟。我们更关心的是：《废都》

---

① 余世存：《湿漉漉的世纪末》，见多维编《〈废都〉滋味》，河南人民出版社1993年版，第4页。

何以在当年遭到了那么多非议与批判，"竟一时成为知识界的'公敌'"①；《废都》与二十世纪八九十年代的当代文学传统有着怎样的复杂关联；《废都》中知识分子的生存状态与处于社会转型期的当代中国知识分子"精神史""心灵史"的"契合"与"冲突"何在；在对《废都》的诸多批评与诟病中，究竟有哪些是批评家面对"纯文本"的发言，究竟有哪些寄予了知识分子自身的困境窘迫，以及试图摆脱这种尴尬失语的努力与再度崛起。

一、怎一个"废"字了得

贾平凹在《废都》的后记里有一段夫子自道，向我们讲述了他在写作《废都》之前的萎靡与颓废：

> 这些年里，灾难接踵而至，先是我患乙肝不愈，度过了变相牢狱的一年多医院生活，注射的针眼集中起来，又可以说经受了万箭穿身；吃过大包小包的中药草，这些草足能喂大一头牛的。再是母亲染病动手术；再是父亲得癌症又亡故；再是妹夫死去，可怜的妹妹拖着幼儿又回住在娘家；再是一场官司没完没了地纠缠我；再是为了他人而卷入单位的是是非非中受尽屈辱，直至又陷入另一种更可怕的困境里，流言蜚语铺天盖地而来……我没有儿子，父亲死后，我曾说过我前无古人后无来者了。

生命中的灾难不断袭来，这里有自身的病痛，也有亲人的离去，最后的结果是"前无古人后无来者"。这"生命中不能承受之轻"似的"一无所有"，让我们处处感到作者的虚无与颓丧。但是，贾平凹的这番夫子自道，以及其间所蕴含的五味杂陈，并不为批评者所在意，或者即使在意了，也无多少"理解之同情"。批评者所诟病的就是他在《废都》中显露出来的"废都意识"，以及庄之蝶们身上的"颓废"之气。

1992年，对于90年代及其以后的中国可以说具有转折意义，若干年后流行的"春天的故事"，在某个层面上诠释了这一转折所孕育的生机与新变。邓小平的长女邓琳在2008年接受采访时曾说过，"到了1992年时，我觉得他心里有了想法，他不希望这个改革开放的步子慢下来，要继续快"②。显然，贾平凹在

①　程光炜、黄平等：《"重看"〈废都〉和如何"重看"》，载《励耘学刊》2008年第1期。
②　邱瑞贤：《父亲的道理都是从老百姓来的》，载《广州日报》2008年11月9日。

《废都》中表现出来的"废都意识"是与加快改革的"开拓意识"相抵触的。这也是《废都》遭到严厉批评的一个主要原因。学者陈辽就明确指出了《废都》中存在的"废都意识"不仅没有表现出"改革开放"以来我们社会生活的"本质",而且是与这一"本质"完全背离的:

> 这一废都意识完全背离了当今中国生活的本质方面。尽管西安(《废都》中的西京)在现实生活中还有许多阴暗面,但西安自改革开放以来十几年间所取得的成就是有目共睹的,它已经成了我国西北地区的政治、经济、文化中心。

那么什么才是我们社会生活中的"本质方面"呢?学者柯可在《中国当代文学中的两种文化倾向》一文中,将生活的"本质方面"概括为"兴都文化"。这种"兴都文化"以在物质和精神两个层面满足广大人民群众的需求为目标,而《废都》所表现出来的文化倾向,正是与这种积极向上的"兴都文化"相悖的"废都文化"。所谓"废都文化"就是:"视城市为腐化堕落的大染缸,扭曲人性的恶魔王,充满世纪末颓废情绪,以城市消亡、重返田园、恢复旧经济体制和传统生活方式为取向。"① 这种认识使一些批评者依据生活的"主流"与"真实"等"写实主义的"典律,指出"废都意识"与"改革开放"中的都市生活的"主旋律"不符。除了这样一些从"宏大叙事"的角度,指出"废都意识"不能与历史发展以及在这一过程中形成的充满生机活力的"历史意识"相符合之外,更有论者从文艺的"功能"与"作用"、作家的"责任"与"使命"的高度,批评贾平凹的"废都意识"偏离了"文艺为人民服务""为社会主义的经济、政治、军事、文化等各项事业服务"② 的宗旨。有论者批评,这种"灰暗甚至是黑暗的心态,一种毁灭的心态,一种正在走向或已陷入灭顶之灾的心态……给予读者的到底是什么呢,那只能是乌七八糟一团漆黑,看不到光明,看不到未来,得到的只是极度的悲观绝望和恐惧,然后和庄之蝶们一起,在这'废'的前夕,或者在这'废'下去的毁灭的过程之中,苟且偷生,拼命地寻找所谓乐子,然后'也因此烂在废都中'(贾平凹语),因此这也是一种对读者和社会不负责任的心态"③。甚

---

① 柯可:《中国当代文学的两种文化倾向》,载《学术研究》1995年第1期。

② 陈昌丽:《文艺的作用 作家的职责——兼谈〈废都〉》,载《贵州师范大学学报(社会科学版)》1995年第1期。

③ 唐先田:《〈废都〉和"废都意识"的颓废影响》,载《江淮论坛》2002年第2期。

至还有的批评者认为《废都》的出版，是出版界"资产阶级自由化"的表现，而"废都意识"则是社会主义社会中的"精神污染"，文艺是宣传，肩负着培养"社会主义新人"的重大历史使命，"作家和出版界肩负着培养新人的重大责任，推向社会的作品，要有助于培养这样的新人，而不是相反"[①]。

面对种种批评，贾平凹也有过诸多的自辩，他坦言"废都意识"正是他对帝国时代的古都或故都在现代化浪潮中荣辱浮沉的思索所凝结成的一种"历史意识"，这或许也可看作贾平凹对 90 年代都市生活的"写实主义"理解：

> "废都"二字最早起源于我对西安的认识。西安是历史名城，是文化古都，但已在很早很早的时代就不再成为国都了，作为西安人，虽所处的城市早已败落，但潜意识里西安曾是十三个王朝之都的自豪得意并未消尽，甚至更强烈。随着时代的前进，别的城市突飞猛进，西安在政治、经济、军事、经济诸方面已无什么优势，这对西安人是一种悲哀，由此滋生一种自卑性的自尊、一种无奈性的放达和一种尴尬性的焦虑。西安的这种古都——故都——废都文化心态是极典型的，我对此产生兴趣。

面对诸多关于《废都》的批评文本，我们会发现，对《废都》中的"废都意识"持激烈批评态度的几乎都是陕西以外的学者、批评家，而在陕西生活的或者在陕西有过生活经历的学者、批评家，对于贾平凹所描绘的"废都意识"多半是有着强烈的认同感的。陕西师范大学的学者李继凯在《论秦地小说作家的废土废都心态》一文中就明确指出：

> 废土废都现象是三秦历史文化景观中极为引人注目的文化现象，由此滋生的废土废都心态，在作家，其实质是反思忧患心态，即使带上了某种"颓唐""彷徨"和郁达夫的"沉沦""消极"，其内潜的探索精神、省思力度当是更值得注意的方面，由此常可引出真正的清醒，达到深刻的境界。
>
> 那些以个人体验位置点、以秦地客观存在的生活及文化为依据的秦地小说，无论乍看上去怎样灰色、怎样颓废，只要不游离反思忧患的文化心态，也都会以其"片面的深刻"的新锐特征而

---

① 栾保俊：《不值得评家的评价——〈废都〉读后感》，载《文艺理论与批评》1994年第2期。

获得长久的艺术生命。

如果说因李继凯身在西安，这种特殊的地域身份可能会使他的论说带有一种"暧昧性"的话，那么学者王富仁对于这种"废都意识"的体验就少有这种身份的"暧昧性"了。王富仁曾经在陕西求学三四年，他对贾平凹所描述出来的"废都意识"感同身受：

> 我这个山东人到了西安这样一座古都，开始感到样样新奇，但久而久之，便觉出了一种怪怪的说不清的味道。我总觉得，它有一些甜甜的发酵的气味，像喝着低度的葡萄酒，让你怪舒服，有些醉意，但又浑身懒洋洋的，没有多大力气。至少我在西安的时候，它几乎没有一处能让你感到一种生气勃勃的美，到处是一片荒凉、颓败、残破的景象。

同样是处在西北的学者邵宁宁，在《废都》出版十余年后的一篇评论文章中谈到《废都》是解读八九十年代中国社会转型的文学意义与历史价值的作品。他认为："贾平凹的'废都'感受不是毫无依据的，确实，不但是西京，就是整个中国都处在这种氛围里。"[①]既然有"废都意识"的亲历者佐证，可见贾平凹所描绘的"废都意识"也并非空穴来风。既然已有了"写实主义"的生活体验，那么"废都意识"为何还会招来那么多批评？恐怕主要的原因并不在于它是否"写实"，而在于这种"废都意识"所带来的"消极影响"。这种"一无所有"似的"生命中不能承受之轻"，虽然表达了知识分子的"苦闷"，但并没有"从'轻'当中看出和传达出其厚重、凝重、沉重的意味"[②]。在"废都意识"中，既无古都的"落日余晖"，也无与时代合流的"开拓进取"。同时，这种由"废"而至的"虚无"也与知识分子自身期许的"由能空、能舍，而后能深、能实"[③]的道德担当和意义追求相悖。由此可见，从"地域文化"的视角肯定"废都意识"的学人多是从直观的"生存体验"出发，这倒是符合"写实主义"的典律；而批评"废都意识"的学人，一则是从"生活本质论"出发，二则是从知识分子身份认同和道德

---

① 邵宁宁：《转型期现象与无家可归的文人——关于〈废都〉的文化分析》，载《甘肃社会科学》2004年第1期。

② 李洁非：《在前所未有的轰动之后》，见胡建玲编《中国新时期小说研究资料》下册，山东文艺出版社2006年版，第300页。

③ 宗白华：《意境》，商务印书馆2011年版，第218页。

追求出发。前者是对时代主流的"历史想象",后者是对知识分子身份意识和价值追求的"重构"。两者皆因承载了不同的"历史意识"和"价值追求",而不再执拗于"废都意识"是否"真实",他们的批评已然超越具体的"生存体验",而更多地基于一种历史文化的想象。

贾平凹的《废都》之所以在发表后受到了猛烈的批评,除了在小说中流露出来的"废都意识"与社会主义市场经济体制建设中昂扬奋进的历史氛围相抵触之外,还在于《废都》的叙述成规和美学风格,与当代文学主流的审美意识,与以启蒙为核心价值的现当代文学传统相异。有论者已经指出,"百鬼狰狞的《废都》,与80年代所塑造的美学风尚有巨大的差异","'鬼魅叙事'一个重要的向度,就是对抗、消解'社会主义现实主义'的叙述成规,以及其所推重的正气、崇高、雄浑的革命美学"。[1] 但是,鬼魅叙事并非构成《废都》与当代文学传统相冲突的关键,造成这种冲突的关键是这种鬼魅叙事所流露出来的浓烈的颓废意识。这种颓废意识与现代文学以来所形成的以线性的进步论为核心的现代性观念相龃龉。中国现代文学在发生之初,就伴随着新与旧对抗,在我们的文学史叙述中,这种对抗被进一步演绎解读为进步与落后、现代与传统、现代性与反现代性的对立冲突。在这种二元对立的阐释框架中,旧、传统、反现代性成了与进步相对抗的"反动"内容。这种以进步论为核心内容的现代性观念,构成了中国现代文学传统的主潮。在这种现代性传统中,颓废作为一种美学风格,是一种"被压抑的现代性"。正如李欧梵指出的那样,"五四"新文学的核心价值系统是"破旧立新",在这一基调下,"知识分子把历史道德化,把进步的观念视为不可阻挡的潮流,把现实主义作为改革社会的工具,把个人与集体逐渐合而为一,而最后终于把'人民'笼统地视为革命的动力和图腾。……由此我们也可以得到另一个结论:在这种历史前进的泛道德情绪下,颓废也就变成了不道德的坏名词了,因为它代表的似乎是'五四'现代主潮的反面"[2]。在这种主潮的影响下,即便是当时的新潮批评家,也认为《废都》是一部充满了"旧式颓废感"的小说,认为小说开头的语码"已经预示了小说的整个构架和剧情的演进,同时也表明了它的想象力资源——它们分别来自历史传说、民间故事、国

---

① 黄平:《"人"与"鬼"的纠葛——〈废都〉与八十年代"人的文学"》,载《当代作家评论》2008年第2期。

② 李欧梵:《现代性的追求》,生活·读书·新知三联书店2000年版,第146页。

学经典、章回小说以及内倾型的私人经验；它们没有一项是关系到现代城市的。不错，它们是'废都'的词、乡镇的词，也是区域性的词、过去的词、旧小说的词"①。

二、乡土作家：如何"都市"，怎样"文学"

贾平凹一直被认为是一个"乡土作家"，他那些获得好评的作品，几乎都是描写乡土的。正如论者所说："在《废都》里面，作者结束了他对城市的沉默，也结束了农民作家的单一角色。"②而贾平凹本人，在一些初识者眼里也是一个"地道的农民"。就是这样一个在一座城里住了二十多年的"农民"，写出了一个关于这个城的小说，结果引来轩然大波。《废都》到底是不是都市文学，《废都》是否真实地反映了当代中国的都市生活，并且对于当代中国的都市生活作出了切近中肯的批判，是当年关于《废都》争论的又一个聚焦点。然而，透过这一论争的表象，我们会发现，在这场争论中，《废都》是不是都市文学，远不如一个乡土文学作家与都市生活间复杂而紧张的关联显得更重要。贾平凹的《废都》，对80年代以来形成的都市文学的创作传统构成了一个尖锐的挑战。这样一来，一个乡土作家在既有的都市文学创作成规面前，如何"都市"，怎样"文学"，就成了争论的关键所在了。

贾平凹在写长篇小说《废都》之前，还写了中篇小说《废都》，尽管中篇小说的内容也与城市有关，但并未引起什么风浪。反倒是"试图真正地写一下都市生活，阐述古都里的一种'废都意识'，内容是写古都城里一些当代人的生活"③的长篇小说《废都》一石激起千层浪，致使对于贾平凹的批评接踵而至。一些批评者对于《废都》的批判，就是冲着贾平凹的"真正地"描写都市生活来的。有论者就认为贾平凹把造成庄之蝶困惑与颓废的原因全部归于都市，充分地显示出了贾平凹作为"一个乡村保守主义者对都市化的满腹疑虑"，"因为作者的阅历、心态等限制，写到顺畅的时候，常常不经意地'错把西京当商州'，

---

① 吴亮：《城镇、文人和旧小说——关于贾平凹的〈废都〉》，载《文艺争鸣》1993年第6期。

② 李洁非：《〈废都〉的失败》，见胡建玲编《中国新时期小说研究资料》下册，山东文艺出版社2006年版，第297页。

③ 孙见喜：《苦难之作，安妥我的灵魂——贾平凹〈废都〉自述》，见肖夏林编《〈废都〉废谁》，学苑出版社1993年，第18页。

以至于他的第一部'城'的小说仍然缺乏城的气息，时常散出令人可疑的乡土味"。①在20世纪90年代的语境中，都市化就等同于现代化，或者说都市化是现代化的重要组成部分。现代的都市生活就是对传统乡土生活的"颠覆"与"改造"，并且在我们对现代化是一种历史进步的"前置"理解中，这种"颠覆"与"改造"也理所当然具有了某种进步性。《废都》中关于城以及城中人的叙述，显然与现代化这一带有历史进步性的叙事是相悖的。小说中的人与事皆是"旧的"，充满了"拟古之风与东方奇观"。这种旧格调同时也迎合了西方世界对于古老东方的文化想象，尽管贾平凹反复宣称这是一部"关于城市的小说"，但在批评家眼中，"全书充满了陵墓的气息。'宿命论'是贯穿全书的、无处不在的一个'幽灵'"②。亦有论者从"写实主义"的视角认为《废都》中对于城市的描写是"失真"的，"名为'废都'，实则为一'乡镇'，至多是'县城'的素描，盖因作者以乡下人眼光看城市之故。都市前提不成立，作品背景失真，《废都》即成'废文'"③。由此可见，作为一个乡土作家，贾平凹能否真实地展现改革开放浪潮中的都市生活，或者说以描写乡土中国见长的贾平凹能否全面地展现90年代都市中国的主流，已然成为一些批评家批评贾平凹的关键所在了。在20世纪90年代的前半期，一度陷入停滞的现代化进程重新开启，从传统走向现代再度成为时代的主潮。在高昂奋进的现代化声浪中，那些与这一"向前看"的线性主潮相异的思想意识，则被指认为反现代性的保守主义。在有的批评家看来，贾平凹是一个"现代意识贫弱的作家"，"《废都》中的人物同样处于'原始状态'，而缺乏一个现代人应有的精神成熟和内在自觉"④。更有论者将贾平凹的这一"保守主义"姿态，指认为"对都市文明的反拨，是反文明，反社会，反人类的。……在90年代搞返古，如同在春秋战国时期搞'小国寡民''老死不相往来'一样，不仅是不切实际的空想，而且是对历史的反动"⑤。相对这一过于粗暴严厉的批判，历史学者许纪霖对贾平凹"美化"乡村、"妖魔化"都市的批评就

①　许纪霖：《虚妄的都市批判》，载《读书》1993年第12期。

②　孟繁华：《拟古之风与东方奇观》，见肖夏林编《〈废都〉废谁》，学苑出版社1993年版，第252页。

③　王志尧、刘长荣：《社会众生相的负面聚焦——〈废都〉解读》，载《南都学坛（哲学社会科学版）》1994年第2期。

④　李建军：《草率拟古的反现代性写作——三评〈废都〉》，载《文艺争鸣》2003年第3期。

⑤　陈辽：《思考：〈废都〉与"废都现象"》，载《学海》1994年第1期。

显得平和多了：

> 在现代化的历史进程中，都市的每一步发展，都意味着对原先乡村田园生活的深刻颠覆。都市中形成的新的人际关系、新的道德价值观、新的生活方式无论合理与否，都会在传统知识分子的心中引起激烈的抵抗。为了充实对都市批判的合法化依据，他们往往有意或无意地将传统的乡村田野生活加以诗意般的美化。

我们从许纪霖平和的论说中，也可以感受到中国知识分子对于实现现代化的渴望与焦虑。现代化成了一种带有明确方向感的"历史意识"，它严重地影响了中国现当代文学审美风格的形成与变迁。"感时忧国"一直以来是一个强大的文学传统，而"感时忧国"的最终目的就是实现现代化，因此，凡是与现代化或现代性相异的文学叙事与美学风格，在我们的文学传统中一直是处于边缘化的位置。在这种线性的现代化观念理解中，那些"对工业革命以来现代化的社会运动，以及与之相应的追求现代性的心理模式和思想文化表现的质疑、反省和批判"的"扫兴的声音和举动"①，往往被认为是反现代性的或者是"历史的反动"。在一些论者看来，颓废也有"洋颓"和"土颓"之别，作家扎西多就曾告诫一位试图借助《废都》来研究中国颓废文化的汉学家朋友，"颓废是颓废，可是土颓土颓的"②！在扎西多的识见中，"洋颓"是具有现代意识的，而"土颓"是反现代的。而《废都》无论是从语言还是文体结构都不够新潮，自然会在世界化的潮流面前显得落伍。温儒敏敏锐地看到了这一点："当许多新潮作家纷纷以文体的革命隔断疏离欣赏习惯的惰性，而纷纷向西方寻找各种现代手法时，贾平凹却独自从传统中企求支持。"③

在这些关于《废都》是否是都市文学的争论声中，我们可以看到，那些批评《废都》不是城市小说或都市文学的作者，大体上是以社会现代性的立场来评判文学现代性的。批评者们借助这一带有强烈时代感的历史意识，从社会现代性的立场批判《废都》，这也道出了贾平凹招致猛烈批评的实质所在，那就是

---

① 张新颖：《20世纪上半期中国文学的现代意识》，生活·读书·新知三联书店2001年版，第2页。

② 扎西多：《正襟危坐说〈废都〉》，载《读书》1993年第12期。

③ 温儒敏：《解剖现代人的文化困境》，见肖夏林编《〈废都〉废谁》，学苑出版社1993年版，第221页。

当年的贾平凹及其创作的《废都》与当代社会的"历史意识"和"时代主潮"的步调是不一致的。文学现代性固然可以有与社会现代性相一致的一面，同时，文学现代性也可以表现出对社会现代性的拒斥与反抗，而这种与历史潮流之间的错位感，就是文学现代性以"'人'的自由，以人道去和社会现代性发生关系，是沿着人的价值这一线路和社会现代性相应，而不是跟在社会现代性的后面亦步亦趋做历史的工具"[①]。贾平凹在一次访谈中曾经谈及自己的创作与时代的错位感：

> 我的写作似乎同一些潮流不大合拍，老错位着呢，不是比别人慢半拍，就是比别人早半拍。人家写"伤痕"的时候，我写的不是"伤痕"，"伤痕"风过去了，我却写，别人不写改革那一段吧，我去写了，等人家都写开了，我就坚决不写了，写到《废都》那儿去了。

这个访谈是在《废都》发表十四年后进行的，不能说它完全没有"事后诸葛明亮"似的"后说"历史的色彩。其实，贾平凹在《废都》之前的创作，大体上也都可算作潮流之作，只是它们不是某一潮流的潮头作，但它们都在潮流之中。所以说，贾平凹的创作也并不像他说的那样，是一直与时代潮流错位的。但是，《废都》确实是贾平凹与时代潮流错位感最强的作品或者说是这种错位感的标志性作品。现代文学史家王富仁在《废都》发表后不久，就敏锐地捕捉到了贾平凹的这次"错位"，认为贾平凹从与这个世界的和谐融合，开始变得与这个世界"分裂"：

> 贾平凹与他的文学分裂了，贾平凹自己也分裂了。有一个贾平凹跟着他的作品走进了社会，而另一个贾平凹则被抛弃在自己的躯壳内。走向社会的那个贾平凹获得了巨大的成功……他走到了国内诸多读者的身边，走向了中国和世界的颁奖台，但那个贾平凹却并不完全是我这个贾平凹，人家却都以那个贾平凹来理解我这个真实的贾平凹。与那个荣誉的贾平凹相反，我这个贾平凹却是卑屈的、可怜的、委曲求全的，唯恐惹得周围的人不高兴，唯恐得罪了有权有势的人。他自然会想到，假若他真的把我这个真实的贾平凹暴露

---

① 王学谦：《文学现代性与社会现代性》，载《文艺争鸣》2000年第5期。

在人们的面前，他不但不会受到这个世界的恭维和崇拜，而且还会触怒这个世界，乃至成为这个世界的牺牲品。

正如王富仁所说的那样，贾平凹没有"恭维和崇拜"这个世界，作为一个乡土作家，他的第一部真正"关于城的小说"，就与那个滚滚向前的时代主潮拉开了距离，以浓密的颓废意识成为那一时期都市文学成规面前的"他者"。正是这一带有浓烈乡土气息和旧文人意识的"他者"，让批评家们在批判他的颓废意识之外，更觉得他作为一个乡土作家来创作都市文学时身份的可疑：

> 《废都》当然不是一部城市小说。在那儿我们看不到城市景观。我们只是被通知，故事的发生地点是一个被称为"西京"的古都，而今是一个衰败的、缺乏现代性的"大城镇"，它几乎被遗忘，对我们时代不构成文化影响力，它的意义正在全面失效的"大城镇"。
>
> 词的落后性（《废都》中的人名、形容词、物名及心态语都弥漫着一种陈旧的趣味）在这儿并不是作为对抗现代文明的乌托邦语汇出现的。相反，它们是由封闭文化环境中的自我哲学所决定的。

三、知识分子的"主体重建"与"公共性"的重拾

20世纪80年代被一种巨大的灰暗、失望情绪终结了，知识分子与主流意识形态的合作也自此突然中断。突来的破裂也促使知识分子反思自身在80年代与主流意识形态、民众之间过于密切的关系。痛定思痛之后，有论者认为"庙堂"与"广场"均非知识分子的栖身之所，而坚守"人文理想"的批判意识、"维系文化传统的精血"[1]才是知识分子的"岗位"与职责所在。这里所言的"岗位意识"与另外一些学人重回书斋，通过潜心学术史研究来重建当代中国的学术规范，理清"学术发展的脉络与走向"，"探讨前辈学人的学术足迹及功过得失"[2]的"以学术为志业"的价值取向是有差别的。标举"岗位意识"的知识分

---

[1] 陈思和：《知识分子在现代社会转型期的三种价值取向》，见陈思和编《犬耕集》，上海远东出版社1996年版，第15页。

[2] 陈平原：《学术史研究随想》，见陈平原、汪晖编《学人》第1辑，江苏文艺出版社1991年版，第2—4页。

子，其实还是在专业之余渴望参与到当代中国社会历史变革的洪流与进程中去的。《废都》出版的前一年，邓小平进行了"南巡"，并且发表了著名的"南巡讲话"，推进了社会主义市场经济建设的征程。这一带有扭转时代方向性质的"再启程"，对于在80年代末遭遇了严重挫败感的当代中国知识分子来说，对于渴望走出书斋、重新引领时代潮流、参与社会历史进程的知识分子而言，无疑是一个难得的机遇。然而，在重燃希望后不久，这些知识分子就发现，再度启程的市场经济，远不像他们想象的那般美好，他们所期待的再度重回中心，与主流体制进行"整体性合作"的愿望没有实现。反倒是突然涌来的商业浪潮，让知识分子有些不知所措，他们痛感文学与人文精神有如"旷野上的废墟"，这"标志着整整几代人精神素质的持续恶化。文学的危机实际上暴露了当代中国人人文精神的危机。整个社会对文学的冷淡，正从一个侧面证实了，我们已经对发展自己的精神生活丧失了兴趣"①。即便如此，已经从80年代末那般绝望与颓唐中走出来的知识分子，他们仍然以抵抗者的姿态再次登上历史的舞台，试图重新寻找自己的历史主体意识和话语权，就此开始了一场"人文精神"的大讨论。这就是那一时期中国文化界和知识界的总体氛围。

《废都》在这一总体性的文化氛围中显得尤为不合时宜。一方面伴随着市场经济带来的滚滚红尘和欲望之流，"一切向钱看"的全民"下海"热潮，一些学者惊呼"拜金主义文化来了"，"中国的知识分子阶层，特别是文化人，终于有相当一部分守不住传统的樊篱，一步步滑向拜金主义"②。而《废都》在出版前的大肆宣传、书中出现的框框以及贾平凹个人的巨额稿酬等"商业噱头"，成了严肃文学在拜金主义面前俯首称臣的"表征"。"《废都》的最引人注目之处，是对'严肃文学'的类型所做的耸人听闻的商业包装。……书未见，推销却已经使这本书变成了街谈巷议的话题，这无疑使惯用'雅'文学为自己定位的贾平凹彻底地进入了市场。"③在商业浪潮席卷神州大地的同时，欲望之流亦开始在人们的日常生活中苏醒。但这一复苏被一些批评家认为是矫枉过正了，从禁欲走向了纵欲，而《废都》中庄之蝶与几个女人间近乎糜烂的性生活，一度被指认

---

① 王晓明等：《旷野上的废墟——文学和人文精神的危机》，载《上海文学》1993年第6期。
② 邴正：《新"十批判书"之四——牛虻与鸣蝉的两难——拜金主义文化批判与文化人的自省》，载《文艺争鸣》1993年第6期。
③ 易毅：《〈废都〉：皇帝的新衣》，载《文艺争鸣》1993年第5期。

为纵欲主义文化症候的典型文本:"《废都》写性,虽然故做潇洒状,或偶露高深之态,但其中低俗的趣味却暴露无遗。在社会规范暂时失约的状态中,以庄之蝶为代表的文人也自我失约。"① 还有一些论者将《废都》与《金瓶梅》进行比照,在指出《废都》刻意模仿《金瓶梅》的同时,还认为《废都》在性描写上缺少《金瓶梅》中"云遮雾罩"的一面,而是"赤裸无饰,秽物、秽行更多,更不堪入目"②。这些批评执意于《废都》中的性描写,更多的是把《废都》当成一个"生理文本"。但是,性作为一种话语形态,它除了可以直接充当"生理文本"的载体,同时还是一个"隐喻文本",而更多的批评家关注的就是作为"隐喻文本"的性话语所包含的历史意识和知识分子自我指涉。有论者当年就认为,《废都》中的文化名人是贾平凹对 80 年代知识分子虚幻历史想象的反驳,借助对知识分子精神颓败史的描写,贾平凹见证了知识分子"重返历史主体位置"梦想的破灭,"然而,这个破败的主体却在破败的文化现实中找到了恰当的支点——女人(性欲)",知识分子从一个"文化英雄"变成了一个"欲望英雄","他无须在社会现实中,或者说无须通过重建历史表象来确认,而是在一套欲望的话语中复活"③。而这种从"文化英雄"到"欲望英雄"的溃败,恰恰与人文精神讨论的那一时期知识分子的努力与挣扎是背道而驰的。《废都》中的文化人尤其是庄之蝶的颓废与糜烂,构成了知识分子人文精神危机的表征。"真正的危机都在于知识分子遭受种种摧残之后的精神侏儒化和动物化,而人文精神的枯萎,终极关怀的泯灭,则是这侏儒化和动物化的最深刻的表现。"④

性话语作为一种隐喻文本,除了标示出其作为生理文本的表层意义之外,它的多重意义更多的是与彼时彼地的文化语境和历史意识密切相连的。在 80 年代,文学中的性叙事是带有强烈反抗性的"解放叙事"。所以,涉及性描写或性话语的创作,至少是会获得中生代学人大力支持的。因为这种"解放叙事"是与知识分子在 80 年代重获自身的主体意识密切相关的。而《废都》遭到了大规模的围剿,尤其是中生代学人对其的批评显得更为猛烈。之所以有如此遭遇,或许

① 尹昌龙:《媚俗而且自娱——谈〈废都〉》,见肖夏林编《〈废都〉废谁》,学苑出版社1993年版,第240页。
② 潘成玉:《评〈废都〉的艺术模仿》,载《北京社会科学》1994年第1期。
③ 陈晓明:《废墟上的狂欢节——评〈废都〉及其他》,载《天津社会科学》1994年第2期。
④ 张汝伦、王晓明、朱学勤等:《人文精神:是否可能与如何可能》,载《读书》1994年第3期。

就与它所处的文化语境和历史意识有关。当时的知识分子痛感人文精神的失落与危机，1992 年后，经济浪潮汹涌袭来，已然从"庙堂"和"广场"上退归社会一隅的知识分子，面临着在社会中被再度边缘化的尴尬处境。面对这一前所未有的历史逼迫，知识分子似乎已无路可退，他们在抗争，要重新获得自己的话语权及自我的身份认同。而《废都》中庄之蝶等文人的颓萎，与当时知识分子的抵抗话语构成了严重的冲突。由此可见，《废都》在当年被围剿批判，也是情理之中的事情了。《废都》以及废都现象可以看作知识分子重返公共领域，重新获得公共性，重获自己的身份认同以及重构自己历史意识的一个中介。与那些简单地指斥《废都》是"黄色小说"的批评家不同，这些"中生代"的批评家更多地关注《废都》中的"自我镜像"。当年曾经批评过《废都》的陈晓明，在十余年后的文章中说道："人们对贾平凹的兴趣和攻击都有一定程度的错位，其主导势力是道德主义话语在起支配作用，那些批判不过是道德主义话语在起支配作用，那些批判不过是恢复知识分子的自言自语。"①

在对《废都》的评价中，有一个比较有趣的现象，就是当年比较年老的或者在 80 年代相对保守些的批评家，他们对《废都》大都持肯定和支持的态度。有论者认为"《废都》是一部逼向现实社会人生的小说"，"贾平凹对生活的感受力和表现才能，向来为人们所称道。这次在《废都》中，他的这种天才般的本领依然如故"。② 还有论者认为《废都》是贾平凹的"前所未有"之作，这种"前所未有"不仅是就创作题材而言的，更在于"解剖灵魂的大胆，性描写的肆无忌惮，由审美走向审丑，由美文走向'丑'文，以及那透骨的悲凉，彻底的绝望"③。还有老批评家从现实主义创作精神的高度肯定《废都》，认为《废都》"直面现实，不讳时弊……打破一切脱离现实的主观幻想和有意无意的粉饰。这才是现实主义文学作品应有的严肃立意"④。尽管新老批评家在对待《废都》的态度上有所不同，但是，在批评的观念上，他们有些许的相似之处，那就是在他们的批评

① 陈晓明：《本土、文化与阉割美学——评从〈废都〉到〈秦腔〉的贾平凹》，载《当代作家评论》2006 年第 3 期。

② 李炳银：《陕西的作家与文学创作辨析》，载《当代作家评论》1993 年第 2 期。

③ 雷达：《心灵的挣扎——〈废都〉辨析》，见郜元宝、张冉冉编《贾平凹研究资料》，天津人民出版社 2005 年版，第 226 页。

④ 曾镇南：《〈废都〉短评》，见肖夏林编《〈废都〉废谁》，学苑出版社 1993 年版，第 159—160 页。

文字中，都带有写实主义的余痕。老批评家们赞赏《废都》对现实入木三分的批判，而中生代学人、批评家或许在意的是《废都》中庄之蝶们的生存状态与知识分子的人文精神危机间的相似。这种相似性危机来自知识分子在现实生存状态中的现实感，它已然构成了对当时知识分子抵抗话语的严重对抗。新老批评家间的差异还在于，老批评家们在80年代的思想文化环境中的保守姿态，让他们在知识分子的话语体系中已经逐渐地边缘化了，而中生代学人、批评家则不同，他们在80年代的知识分子话语体系中是处于主导和中心位置的。从80年代末到90年代初，知识分子话语本身就开始逐渐地边缘化了，中生代学人、批评家自然也难以免除这种遭遇。或许老批评家们的现实主义话语已然在80年代后期开始退场，在90年代的话语争夺中，更难获得竞争力和生命力，反倒是中生代学人、批评家所秉持的人文主义话语，可以在这场话语争夺中一试牛刀。正是这样一种还可一争高下的可能性，让这些中生代学人、批评家对待贾平凹及其《废都》的态度与那些老批评家有所不同。

（原载《文艺争鸣》2014年第1期）

"人"与"鬼"的纠葛

——《废都》与80年代"人的文学"

黄　平

如果我们为"20世纪80年代文学"的"终结"寻找一个标志性的文学事件，《废都》及其引发的争论或许是最为重要的参照。《废都》这一转型期的代表文本，与当时的知识界构成了颇为复杂的对峙与紧张关系。如研究者指出的，"《废都》的销量如此之大，影响如此之广，引发的争论如此之剧，这可能是上个世纪末最大的文学事件"①。对《废都》的批判与围剿，某种程度上，堪称80年代文学成规的最后一战。此役之后，"共识"渐次瓦解，知识界迎来了大分流的历史宿命。

正是在这个意义上，本文试图回到20世纪80年代文学终结的历史现场，细读《废都》及其引发的争论，反观20世纪80年代文学的前世今生。笔者尝试追问的是：《废都》与80年代文学传统是一种怎样的关系？就对《废都》的批判而言，80年代文学预设下了怎样的"成规"？其所揭示的在80年代形成的"宰制"知识分子共同体的"共识"是什么？正如程光炜所说，"《废都》酷评"是当代文学史中的一桩"公案"。在80年代文学的狂飙突进与人文精神大讨论的焦虑之间，围绕着《废都》的各种声音，或许比《废都》本身更有价值。②

一、百鬼狰狞

如研究者所指出的，"废都"是一个"鬼魅横行的舞台"③。小说由反常的天

---

① 陈晓明：《本土、文化与阉割美学——评从〈废都〉到〈秦腔〉的贾平凹》，载《当代作家评论》2006年第3期。

② 吴亮：《城镇、文人和旧小说——关于贾平凹的〈废都〉》，载《文艺争鸣》1993年第6期。

③ 王宏图：《后"文革"时代的欲望复苏》，载《当代作家评论》2003年第6期。

象写起，盛夏的西京，拥堵混乱的街头，行人忽而发现自己的影子不见了，天上现出四个太阳：

> 人们全举了头往天上看，天上果然出现了四个太阳。四个太阳大小一般，分不清了新旧雌雄，是聚在一起的，组成个丁字形。过去的经验里，天上是有过月亏和日蚀的，但同时有四个太阳却没有遇过，以为是眼睛看错了；再往天上看，那太阳就不再发红，是白的，白得像电焊光一样的白。白得还像什么？什么就也看不见了。完全的黑暗人是看不见了什么的，完全的光明人竟也是看不见了什么吗？

小说就在这样大乱将至的烦躁不安中开始叙述，作为主人公，西京四大名人之首、大作家庄之蝶的生活笼罩着深深的鬼气。他的岳母习惯睡在棺材里，"尽说活活死死的人话鬼语"，有着"人一老，阴间阳间就通了"的本领，能够和周遭"鬼的世界"交流。在老人的眼中，废都似乎显露了它的真相，某种程度上，废都是一座"鬼城"：

> 柳月说："现在街上有什么人？是鬼看的？！"
>
> 老太太却说："是鬼，满城的鬼倒比满城的人多！这人死了变鬼，鬼却总不死，一个挤一个地扎堆儿。"

颇具象征意味的是，小说开端，"呜呜如夜风临窗、古墓鬼哭的埙声"深深吸引了庄之蝶。作者进一步暗示，庄之蝶喜欢的是"哀乐"：

> 庄之蝶参观过许多葬礼，但今天的乐响十分令他感动，觉得是那么深沉舒缓，声声入耳，随着血液流遍周身关关节节，又驱散了关关节节里疲倦烦闷之气而变成呵地一声长吁。他问店主："这吹奏的是一支什么曲子？"店主说："这是从秦腔哭音慢板的曲牌中改编的哀乐。"

"鬼气"直抵庄之蝶的内心深处。毕竟，对于所面对的生活，庄之蝶无法克服内在的苦闷与颓废，"感到自己活得太累，太窝囊，甚至很卑鄙了"。然而，庄之蝶不同于魏连殳式的"孤独者"，或是罗亭式的"多余人"，他在这座"鬼城"里，熟稔地逢迎着鬼蜮的伎俩。当时的评论者分析："庄之蝶在'名士风度'的幌子下，也会为了金钱答应给卖假农药的黄厂长写东西，也可以为了古董字画百般逼迫龚小乙，还可以假借挽救龚靖元的冠冕堂皇的理由而巧取豪夺，并实

际上成为置龚靖元于死地的凶手。为了高攀市长，他可以不假思索地将柳月许给市长的跛足儿子而在柳月和柳月的原情人赵京五面前，又换另一种说法，虚伪地两面讨好，八面玲珑。"①庄之蝶逼死龚靖元的一幕，尤其暴露了他的狠毒与虚伪：

> 庄之蝶说："赵京五你都是好脑壳，怎么这事不开窍？龚小乙是败家子，我哪里能借他这么多钱？咱为开脱这么大的事，争取到罚款，费了多大的神，也是对得起龚靖元的。既然龚小乙烟瘾那么大，最后还不是要把他爹的字全偷出去换了烟抽，倒不如咱收买龚靖元的字。"

深谙世故的孟云房们，不会不明白这对龚靖元意味着什么。然而，他们一副浑然不觉的样子，拍手称赞着庄之蝶主意高明：

> 赵京五和孟云房听了，拍手叫道："这真是好办法，既救了龚靖元，又不让他的字外流。说不定将来龚靖元家存的字画没有了，龚小乙也就把烟戒了。"

毫不意外，龚靖元因此精神失常，自杀身亡。西京的其他名流，也没有一个得以善终：孟云房练气功瞎了一只眼睛，魔怔般地以为儿子是气功大师，与其一起远走新疆；阮知非被抢劫犯刺瞎了眼睛，换了一双"滴溜溜地闪着黑光"的狗眼；汪希眠伪造字画，面临牢狱之灾。庄之蝶百般腾挪，难逃同类的命运——和景雪荫的官司以败诉告终，牛月清提出离婚，经历了唐宛儿、柳月、阿灿的性爱，依然无处安妥他破碎了的灵魂。

诚如当时的评论家所分析的，整部小说密布着"古寺重建、天书自观、鬼神仙佛、谶纬宿命、气功巫医"②，展示了一幅鬼气弥漫的社会画卷："毒不死人的农药，名作家的风月官司，庸市长的政绩努力，危墙塌死了顺子娘，王主任强奸了设计员，清虚庵监院打了胎，潼关工人性虐待老婆，还有与主人性交的小保姆，吸大烟的败家子，神道道的文史馆研究员。"③如研究者的概括，"这是一

---

① 陈旭光：《一锅仿古杂烩汤》，见多维编《〈废都〉滋味》，河南人民出版社1993年版，第115页。

② 李炜东：《蝼蚁之歌——〈废都〉印象》，见刘斌、王玲编《失足的贾平凹》，华夏出版社1994年版，第56页。

③ 成官泯：《雕琢的艺术和死亡的性》，见刘斌、王玲编《失足的贾平凹》，华夏出版社1994年版，第62页。

部'关于城市的小说',但全书充满了陵墓的气息"①。

不难发现,百鬼狰狞的《废都》,与80年代所塑造的美学风尚有巨大的差异。在寻思人文精神的话语场域里,《废都》一度被视为基于文化市场、"百万稿费"的怪胎,甚或是抄袭《红楼梦》《金瓶梅》的"装神弄鬼"之作。然而,某种程度上,《废都》的"鬼魅叙事",恰恰是80年代文学传统合乎逻辑的延伸。在余华、莫言这一时期前后的作品里,锋刃抵骨,血气淋漓,混沌中一样人鬼难辨。诚如研究者的疑问:"残雪及韩少功早期即擅处理幽深暧昧的人生情境,其他如苏童、莫言、贾平凹、林白、王安忆及余华,也都曾搬神弄鬼。新中国的土地自诩无神也无鬼,何以魑魅魍魉总是挥之不去?当代作家热衷写作灵异事件,其实引人深思。"②

"鬼魅叙事"一个重要的向度,就是对抗、消解社会主义现实主义的叙述成规,以及其所推重的正气、崇高、雄浑的革命美学。正如贾平凹的夫子自道:"二十多年来,我认为主要是思维变化,当然现在文学思维还没有彻底变过来。现在出版者、写作者、读者、文学管理者,对文学的观念变化无常,最基本的还是五六十年代的看法:时代的镜子呀,社会的记录员呀,人民的代言人呀,文学的几大要素呀,典型环境中的典型性格呀。这种对文学的看法,形成集体无意识的东西。这二十年来基本上在改变这一方面做的斗争特别大。"③作为新时期的"贯穿性的人物",贾平凹看得清楚,新时期文学念兹在兹的,无论是文明与愚昧的冲突,还是"启蒙与救亡的双重变奏",始终是在二元对立的格局中,指认社会主义现实主义及与其联系的一系列阴暗的历史记忆为假想敌。

一般来说,"鬼魅叙事"与80年代知识界的规划是契合的,至少是其亲密的"同路人"。在宽泛的意义上,我们能列出纠葛于这一概念的近似的能指:"寻根文学""现代派""先锋派"等等。就80年代获得相对自足性的知识场域而言,"现代"始终像一个巨大的航标,牵引着知识界"走向未来"。然而,作为契合的"前提",知识界有意无意地忽视了作为现代派的"鬼魅叙事"所包含

---

① 孟繁华:《拟古之风与东方奇观》,见刘斌、王玲编《失足的贾平凹》,华夏出版社1994年版,第50页。
② 王德威:《现代中国小说十讲》,复旦大学出版社2003年版,第356页。
③ 贾平凹、谢有顺:《最是文人不自由》,见郜元宝、张冉冉编《贾平凹研究资料》,天津人民出版社2005年版,第11—12页。

的"反现代性"。诚如研究者指出的，80年代特定的理解"现代"的方式，是在"现代派"与"现代化"之间建立直接的关联。在80年代的语境里，"这种'悲观''玩世不恭''颓废'和'荒诞感'，在一些作品里，被纳入'人'与'非人'的启蒙主义叙述结构当中，作为控诉当代政治暴力的一种手段，比如宗璞的《我是谁》和王蒙的《蝴蝶》。而在《你别无选择》和《无主题变奏》中，'颓废'的表达被纳入'秩序'与'反秩序'的结构，成就一个有关'主体'反叛或皈依的故事。一方面，小说的主人公尖刻地嘲笑着启蒙主义的观念和价值，而另一方面他们通过这种'嘲笑'和'叛逆'使自己成为一个'反文化英雄'。可以说，恰恰是'现代派'的'反现代性'的呈现，使其表达出一种与新启蒙主义构成张力但又被其包容的声音"①。

并不意外，近乎误会的"蜜月"难以持久。随着80年代以悲剧性的方式终结，历史语境发生了剧烈的变化，"现代化"的叙事与想象，逐步丧失包容内部"杂音"的力量，二者的"张力"渐次绷紧。《废都》在这样一个敏感的历史时刻，大张旗鼓地讲述了"知识分子之死"，淘空了这一知识谱系的政治性。悲凉之雾，遍被华林，刚刚经历沉重打击的知识界，能否在压抑与愤懑中，接受一份颇富象征意味的知识分子的房中秘史？

二、知识分子之死

诚如研究者对贾平凹的分析："平心而论，他确实抓住时代潮流，90年代初的问题就是知识分子问题，这是1989年的历史后遗症。"②《废都》之所以激起知识分子的暴怒，某种程度上，在于它在这样一个过于敏感的历史时刻，讲述了"知识分子之死"。我们熟悉的80年代知识分子的形象，接近于萨义德所谓的"为正义、公理、自由而奋斗"的"文化英雄"，但是，《废都》撕裂了这一层温情甚或悲情的想象。如评论者指出的，"小说主人公是一个作家，一个中国社会的'知识分子'。然而，他跟五四以来所谓的启蒙者、人民的良心和'灵魂的工

---

① 贺桂梅：《后冷战情境中的现代主义文化政治——西方"现代派"和80年代中国文学》，载《上海文学》2007年第4期。

② 陈晓明：《本土、文化与阉割美学——评从〈废都〉到〈秦腔〉的贾平凹》，载《当代作家评论》2006年第3期。

程师'的知识分子相距甚远"[1]。或可以说，在八九十年代的社会转型中，《废都》近乎刻薄地叙述了知识分子从"巨人"到"病人"的转变。

细心的读者自会发现，小说的叙事时间从闷热难耐的盛夏开始，于萧索荒凉的秋天结束。在万物骚动的季节里，庄之蝶反讽式地以"病人"的形象登场，面临着内在的焦虑——他在妻子牛月清面前，几乎丧失了男性的性能力，被迫服用王婆婆的秘药甚或从亲戚家领养一个孩子。在景雪荫那桩名誉官司的表层线索下，庄之蝶沾惹起鬼气森森的风月孽债的自我救赎，构成了小说真正的线索。

对庄之蝶而言，唐宛儿提供了令他焦虑已久的救赎的可能。庄之蝶与唐宛儿发生第一次性关系的场景，酷似一场"复活"的仪式：

> 妇人说："你真行的！"庄之蝶说："我行吗？！"妇人说："我真还没有这么舒服过的，你玩女人玩得真好！"庄之蝶好不自豪，却认真地说："除过牛月清，你可是我第一个接触的女人，今天简直有些奇怪了，我从没有这么能行过。真的，我和牛月清在一块总是早泄。我只说我完了，不是男人家了呢。"唐宛儿说："男人家没有不行的，要不行，那都是女人家的事。"庄之蝶听了，忍不住又扑过去，他抱住了妇人，突然头埋在她的怀里哭了，说道："我谢谢你，唐宛儿，今生今世我是不会忘记你了！"

"性"既然不是单纯的肉体之欢，而是重新确立"主体"的仪式，那么并不意外，作为"客体"的女性难以奢求性关系中的平等，势必沦落到被狎玩的地位。甚至于，这种"狎玩"越是将女性不断下压到"物化"的地步，越有助于主体病态的满足。恕冒犯读者，在这里笔者将引用两段不堪的性描写予以说明，比如庄之蝶对"脚"的迷恋：

> 看那脚时，见小巧玲珑，跗高得几乎和小腿没有过渡，脚心便十分空虚，能放下一枚杏子，而嫩得如一节一节笋尖的趾头，大脚趾老长，后边依次短下来，小脚趾还一张一合地动。庄之蝶从未见过这么美的脚，差不多要长啸了！

尤为不堪的，是庄之蝶轻浮的文人做派。所谓"无忧堂"，倒也清楚点名了

---

① 鲁晓鹏：《世纪末〈废都〉中的文学与知识分子》，季进译，载《当代作家评论》2006年第3期。

"性"的象征性：

> 末了，一揭裙子，竟要在妇人腿根写字，妇人也不理他，任
> 他写了，只在上边拿了镜子用粉饼抹脸。待庄之蝶写毕，妇人低
> 头去看了，见上边果真写了字，念出了声：无忧堂。

饶有意味的是，庄之蝶身边的女人们，不仅甘于供其狎玩，而且无比仰慕庄之蝶的"四大名人"的身份。一个近乎隐喻的细节是，庄之蝶结识唐宛儿后，先后送了两件礼物：鞋与镜。如果说"鞋"意味着一系列狎玩的程式的话，那么"双鹤衔绶鸳鸯铭带纹铜镜"近似一面引导着女性文化想象的魔镜，唐宛儿等女性迷失在重重镜像之中[①]。就此我们似可理解，为什么《废都》的"性"有一股古怪的"文化"气氛，妇人们常常沉浸在"我在屋子里听下雪的声音，庄之蝶踏着雪在院墙外等我"等烂俗的意境里，按着董小宛的样子想象自己，动辄征引"所有古典书籍中描写的那些语言"。作者甚至为唐宛儿开列了一张与作家做爱的"必读书目"：

> 书是一本《古典美文丛书》，里边收辑了沈三白的《浮生六
> 记》和冒辟疆写他与董小宛的《翠潇庵记》。还有一部分是李渔
> 的《闲情偶记》中关于女人的片断。

正是基于"作家"或"名人"的文化想象，庄之蝶在唐宛儿、柳月、阿灿等人心中有惊人的魅力：

> 阿灿却又扑起来搂了他躺下，说："我不后悔，我哪里就后
> 悔了？我太激动，我要谢你的，真的我该怎么感谢你呢？你让我
> 满足了，不光是身体满足，我整个心灵也满足了。你是不知道我
> 多么悲观、灰心，我只说我这一辈子就这样完了，而你这么喜欢
> 我。我不求你什么，不求要你钱，不求你办事，有你这么一个名
> 人能喜欢我，我活着的自信心就又产生了！"

"狎玩"与"仰慕"的缠绕，引向了文本的秘密：知识分子的身份与想象，成为"性"的支点与动力。唐宛儿在比较三个男人的内心独白上倒是说得清楚，对理解《废都》颇为关键：

---

① 有趣的是，唐宛儿与庄之蝶的最后分别，是在电影院。唐宛儿被丈夫设计引出电影院，塞进车里绑回了潼关。唐宛儿幻想中的纷繁镜像，被现实重重击碎，自此和庄之蝶天各一方。

在以往的经验里，妇人第一个男人是个工人，那是他强行着把她压倒在床上，压倒了，她也从此嫁了他。婚后的日子，她是他的地，他是她的犁，他愿意什么时候来耕地她就得让他耕，黑灯瞎火地爬上来，她是连感觉都还没来得及感觉，他却事情毕了。和周敏在一起，当然有着与第一个男人没有的快活，但周敏毕竟是小县城的角儿，哪里又比得了西京城里的大名人。尤其庄之蝶先是羞羞怯怯的样子，而一旦入港，又那么百般的抚爱和柔情，繁多的花样和手段，她才知道了什么是城乡差别，什么是有知识和没知识的差别，什么是真正的男人和女人了！

近乎戏谑地"有知识和没知识的差别"甚或"城乡差别"[①]，暴露出《废都》中"性"与"知识分子"融洽贯通的真相。正如当时的评论家的看法，"性"在《废都》中是一个转喻，是庄之蝶的"自我确认"的过程，某种程度上象征着知识分子在社会转型期渴望重返历史主体的虚假满足："与其说个人的白日梦在这里找到了它的历史起源，不如说，破损的历史在这里开始了它的衍生过程。然而，一个历史主体重新崛起的神话，其实不过是一个性欲焦虑者的心理补偿。"[②]在这个意义上，如研究者指出的，"《废都》的确是一本显示了90年代文化的特色的小说。它最好地表现了知识分子在文化话语中地位的沦落以及对这种沦落的极度的恐惧"[③]。

既然"性"作为知识分子重建历史主体的转喻，从"行"再次回落到"不行"，便预示着知识分子最后的失败。庄之蝶与唐宛儿的关系被牛月清发现，两个人在苦楚中借着柳月婚礼的机会最后一次约会，近乎报复，唐宛儿将地点选在庄之蝶与牛月清的卧室里。然而，"家"似乎不是一个合适的地点，庄之蝶的"老毛病"犯了：

---

① 某种程度上，《废都》中的性确实存在着另一个层面的"城乡差别"。庄之蝶"性征服"的过程，内在地受阶级地位所制约，包含着颇为微妙的权力关系。如江帆指出："在小说中，两个女人没有和庄之蝶发生性关系，她们对庄之蝶来说是可望而不可即的一类女人。她们都是大学毕业生，景雪荫又是高干子女。"庄之蝶只能得到小县城来的唐宛儿、农村来的小保姆、下层人阿灿。参见江帆《性爱与自卑》，见刘斌、王玲编《失足的贾平凹》，华夏出版社1994年版，第62页。

② 陈晓明：《废墟上的狂欢节——评〈废都〉及其他》，见邵元宝、张冉冉编《贾平凹研究资料》，天津人民出版社2005年版，第182页。

③ 易毅：《〈废都〉：皇帝的新衣》，载《文艺争鸣》1993年第5期。

□□□□□□（作者删去六百六十六字）但是，怎么也没有成功。庄之蝶垂头丧气地坐起来，听客厅的摆钟嗒嗒嗒地是那么响，他说："不行的，宛儿，是我的老毛病又犯了吗？"妇人说："这怎么会呢？你要吸一支烟吗？"庄之蝶摇着头，说："不行的，宛儿，我对不起你……时间不早了，咱们能出去静静吗？我会行的，我能让你满足，等出去静静了，咱们到'求缺屋'去，只要你愿意。在那儿一下午一夜都行的！"

作为日常生活与秩序的象征，"家"对知识分子虚弱的意淫而言，代表着无比坚硬的现实世界。诸神归位的后新时期，仓皇失措的知识分子，在徐徐展开的庸常生活面前早已脆弱不堪。"性"的象征性的征服之旅逼近"现实世界"的时刻，势必面临着被粉碎的命运。并不意外，小说的结尾重启了我们熟悉的模式：庄之蝶离家出走。然而，如果说巴金的"家"意味着封建制度与腐朽的历史，别处的生活是现代性的美丽新世界，《废都》的"家"则是窒息的日常生活与现实秩序，"历史"已然终结为无限的创痛，往昔"我以我血荐轩辕"的激情与抱负，换来的是现代性以知识分子瞠目结舌的方式展开。世纪末的重复，不再是"五四"青年的悲情大戏，而是知识分子人到中年的仓皇出逃。暮色里牛皮大鼓神秘自鸣，为另外一个自己呜咽送葬[①]。充满象征色彩的是，庄之蝶在车站溃然倒下，知识分子以中风的方式谢幕：

周敏就帮着扛了皮箱，让庄之蝶在一条长椅上坐了，说是买饮料去，就挤进了大厅的货场去了。等周敏过来，庄之蝶却脸上遮着半张小报睡在长椅上。周敏说："你喝一瓶吧。"庄之蝶没有动。把那半张报纸揭开，庄之蝶双手抱着周敏装有埙罐的小背包，却双目翻白，嘴歪在一边了。

候车室门外，拉着铁轱辘架子车的老头正站在那以千百盆花草组装的一个大熊猫下，在喊："破烂喽——！破烂喽——！承包破烂——喽！"

[①] 《废都》中的"哲学牛"绝非闲笔，与"庄之蝶"其实是"一体两面"，小说多处有清楚的暗示："阮知非喜出望外，当下就要从墙上揭了牛皮，庄之蝶去帮忙，牛皮哗啦掉下来，竟把庄之蝶裹在了牛皮里，半天不能爬出来。"牛的悲哀与庄的悲哀一致，丧失了往昔的生命力，在现代性的城市里不断变得虚弱，最后沦为歌颂甜腻腻的大熊猫的一面牛皮大鼓。

基于此，堪称"心灵的真实"的《废都》，在80年代的终点，第一次讲述了"知识分子之死"。如果说，贾平凹以挽歌或史诗的方式，按照知识界的自我期许，讲述一个忧伤的普罗米修斯之死的故事，《废都》或许将是别样的遭遇。然而，诚如贾平凹在若干年后所追述的，"《废都》没有顺从和迎合，它有些出格，也就无法避免灾难"①。当时评论家的看法，直接揭示了双方的抵牾："重返历史主体位置的梦想终至于破灭，如果说贾平凹是有意全面书写知识分子的精神颓败史，书写这个时代的文化溃败史，那倒是值得赞赏的伟大举措。然而，这个破败的主体却在破败的现实中找到了恰当的支点——性欲（女人）。"②重建历史主体的努力，是通过女性来实现且失败的；主体的自我迷恋表现为阳具的迷恋，形而上的"再造中国"的理想与悲情，化约成男性性能力的"行"与"不行"——这对知识界无疑是一个巨大的反讽与冒犯，甚或是向"文化市场"献媚的更为严重的亵渎与背叛③。80年代可以接受"失败"的知识分子，无法接受"堕落"的文人，一场天怒人怨的大批判，已然可以预见。

三、"人的文学"

　　《废都》的出版及其激起的强烈的反响，成为1993年炙手可热的文学事件。"中国当代文学史中事件频仍，但只有《废都》是文学界自发性的事件，其他的力量不过推波助澜而已。"④经历二十世纪八九十年代的巨变，失语中的知识界，某种程度上因为对《废都》的共同批判，完成在90年代的集结与再次出发。

　　对《废都》的批判，基本上是我们熟知的"道德"批判，集中在《废都》的

---

① 贾平凹、黄平：《贾平凹与新时期文学三十年》，载《南方文坛》2007年第6期。
② 陈晓明：《废墟上的狂欢节——评〈废都〉及其他》，见郜元宝、张冉冉编《贾平凹研究资料》，天津人民出版社2005年版，第183页。
③ 作为新时期的代表作家，贾平凹因《废都》被视为叛徒，当时的诸多批评中，"背叛"这个词频频出现。当时一个中文系女生的看法，颇代表被80年代所"喂养"的读者的判断："读《废都》使我强烈地感受到贾平凹作为一个作家对社会良知的遗忘与背叛。"参见夏林采访《贾平凹"废"了自己》，见刘斌、王玲编《失足的贾平凹》，华夏出版社1994年版，第72页。
④ 陈晓明：《本土、文化与阉割美学——评从〈废都〉到〈秦腔〉的贾平凹》，载《当代作家评论》2006年第3期。

"性描写"以及向"文化市场"献媚①，多维编、撰稿人以北京大学中文系文学博士、硕士为主的《〈废都〉滋味》堪为代表。试翻开评论集的目录，标题已经说得极为直接：《湿漉漉的世纪末》《真"解放"一回给你们看看》《除了脱裤子无险可冒》《看哪，其实，他什么也没穿》《贾平凹借了谁的光》等，在序言里，李书磊认为《废都》"压根就没有了灵魂"：

> 文人们陷入了一种可耻的麻木之中，鲁迅所代表的现代文人的人格成就已经忘却：既没有那种体现社会责任感的呐喊，也没有那种体现个人丰富性的彷徨。文人们的情感、意象和语言已经失去了对人们的感召力和感染力，只能在没有光荣的、小市民的市场上卖个好价钱。《废都》及其作者的状态使我们如此强烈地印证了这一切认识。

多年之后，撰稿人之一陈晓明对当年的批判有了不同的看法，"整个90年代上半期，人们对贾平凹的兴趣和攻击都有一定程度的错位，其主导势力是道德主义话语在起支配作用，那些批判不过是恢复知识分子话语的自言自语"。陈晓明颇为坦率地承认，"因为贾平凹唤起的是道德记忆，道德话语是知识分子最熟悉的话语，是在他牙牙学语时就掌握的语言。贾平凹不幸中又是万幸，这样的攻击其实太外在，并没有抓住贾平凹的实质。那时对贾平凹的批判集中于露骨地写了性，而批判者也无法自圆其说"②。毕竟，姑且不论陈晓明例举的《金瓶梅》等"经典"的欲望化的书写在80年代本来就被认为是"人的文学"的题中应有之义。比如《男人的一半是女人》，"这种用女性来确认男性回归自我

---

① 笔者深知，就《废都》这一文学事件而言，本文的一大盲点就是缺乏对大众文化乃至文化市场90年代的崛起与《废都》生产之间的精密梳理。某种程度上，贾平凹"作者/删者"反讽的统一的"□□□"，未必意味着"空白"，是否可以将其看作特殊的商业书写，值得思量。正如鲁晓鹏在《世纪末〈废都〉中的文学与知识分子》中指出的，"小说商业上的成功也得益于精心的销售与包装策略，它被市场定位为事关禁忌话题（比如性）的作品。大街的书摊上都标上了诱人的标贴'当代《金瓶梅》'。读者都被引诱去一睹为快。《废都》成为20世纪90年代初期印刷媒体的通俗文化大获成功的典型案例"。限于篇幅及论述的侧重，本文搁置了对此的分析。从另一个侧面，笔者想提示的是，对《废都》的批判其实也深深镶嵌在文化市场的逻辑中，《〈废都〉滋味》等评论集"十博士直击当代文坛"的运作方式以及大众化的、夸张的、戏剧性的文体风格，在近来批判"于丹《论语》心得"等事件中反复出现。

② 陈晓明：《本土、文化与阉割美学——评从〈废都〉到〈秦腔〉的贾平凹》，载《当代作家评论》2006年第3期。

（性、主体、历史等等）的做法，并非贾氏首创，张贤亮早在80年代中期就已经滥用过"①。然而，就80年代"预设"的文学"成规"而言，知识界"消化"了这一文本的异质性，将其纳入"人"与"非人"的启蒙主义叙述结构当中："张贤亮的中篇小说《男人的一半是女人》不仅写了章永璘对女人的渴望，而且写了这个性饥渴者面对女人活生生的裸体而产生的性欲冲动，甚至写了他性功能丧失时的窘态和性功能恢复时的兴奋。小说的主题仍然是反思文学中已多次表现的中心主题——对极左政治路线的控诉与批判，不同之处是它为这种控诉提供了一个新的生命视角。"在这一语境中谈论"道德"其实是不合时宜的，往往被轻蔑地指认为"道学家"。"在一大批作家的笔下，使道学家们惶惶不可终日的情欲之火成了健全人性中不可缺少的珍贵元素，因为它常常是与生命力的自由状态连在一起的。"②

　　某种程度上，知识界关于《废都》的争论的核心并非"什么是好的文学"，关键点在于"谁是知识分子"。所谓性描写带来的道德沦丧等一系列巨型能指，提供了情绪的宣泄口与对精英立场的自我印证。究其根本，作为80年代这"第二个'五四'时期"的"历史之子"，知识界不能承认庄之蝶这样一个"典型形象"，无法接受"知识分子之死"。并不意外，知识界熟稔地以"新／旧""人／非人"等"五四"的框架，划清彼此的界限，指认对方为"他者"。有的研究者表述得颇为清楚："废都中的人物，没有知识分子，只有坐井观天的旧文人。"③文人与知识分子显然存在着不同的姿态、立场、价值观、话语方式，把庄之蝶写成知识分子，贾平凹的视野是有局限的，"而这种视野，导致了《废都》的'非城市化'与'非知识分子化'"④。基于此，《废都》被认为是旧小说，《废都》的趣味被认为是旧文人的趣味，不过是苍白的历史回声，不属于我们这个时代。在这里，知识分子尤其是现代意义上的知识分子，无疑是一个压抑、排斥"他者"的概念。如当时的评论家的看法，"活动在《废都》中的也并非现代意义上的知识分

① 陈晓明：《真"解放"一回给你们看看》，见多维编《〈废都〉滋味》，河南人民出版社1993年版，第36页。

② 李新宇：《重返"人的文学"——1980年代中国文学的知识分子话语之四》，载《吉林大学社会科学学报》2005年第6期。

③ 吴亮：《城镇、文人和旧小说——关于贾平凹的〈废都〉》，载《文艺争鸣》1993年第6期。

④ 吴亮：《城镇、文人和旧小说——关于贾平凹的〈废都〉》，载《文艺争鸣》1993年第6期。

子，他们只是传统社会所遗留下的'文人'，甚至也不是'王纲解纽'时代那种以天下为己任的'士'，而只是苟活在一统、承平时代的某类帮闲、清客。更要命的是，在他们身上，甚至也找不到几千年士大夫文化涵养出来的那种风雅气节，而只剩下一些来自市井社会的鄙俚的趋时附势"①。

知识界对"文学"与"知识分子"的"规定"，隐含着我们并不陌生的排斥与压抑的机制。《废都》与知识界的决裂，值得我们再思80年代知识界所预设的"文学成规"以及宰制知识界的对"文学"的"共识"。②对知识界而言，穿越80年代的众声喧哗，"人的文学"成为统治性的"成规"。作为对"五四"传统的"挪用与重构"（贺桂梅语），李泽厚的感叹颇具代表性：

> 一切都令人想起五四时代。人的启蒙，人的觉醒，人道主义，人性复归……都围绕着感性血肉的个体要求从作为理性异化的神的践踏下解放出来的主题旋转。"人啊，人"的呐喊遍及了各个领域，各个方面。

借用坚守启蒙的文学史家所描述的文学史图景，"以科学、民主为核心的'五四'启蒙精神的回归，以个性解放、文学自觉为要义的'人的文学'的复兴，随着大陆思想解放与改革开放的大趋势，始于70年代末，至80年代达到高潮"③。在这一脉络里，研究者曾不无沧桑地追本溯源，"从周作人的'人的文学'到钱谷融的'文学是人学'，再到刘再复的'文学主体性'，真可谓一路风雨、几经沉浮"④。就此，如研究者指出的，"1976年以前的'当代文学'被统统抽象为'非人化'的文学历史。新时期文学以"断裂"的叙述策略赋予自我"人的文学"的内涵："如果说'当代文学思潮史'是要修复'五四文学'——'左翼文学'在当代文学历史过程中的'正宗'地位，'新时期文学'则是通过对'当代文

① 邵宁宁：《转型期现象与无家可归的文人——关于〈废都〉的文化分析》，载《甘肃社会科学》2004年第1期。

② 当然，这一追问的前提不容回避，我们在追问"谁""预设的成规"，或者说，在讨论"谁"的"共识"？限于论述的侧重，笔者暂且搁置对主流意识形态预设并且失效的以"社会主义新人"为代表的这一成规的分析，也粗略地回避知识界与主流意识形态基于"现代化"这一同一的"国族想象"的互动与密约，将80年代获得相对的自足地位的知识界作为分析的对象。

③ 董健、丁帆、王彬彬：《中国当代文学史新稿·绪论》，人民文学出版社2005年版。

④ 李新宇：《重返"人的文学"——1980年代中国文学的知识分子话语之四》，载《吉林大学社会科学学报》2005年第6期。

学'的替代赋予其'人的文学'也即'世界文学'的新的内涵。从某种意义上还可以说，'当代文学'的'错误'（1979年以前），正是为'新时期文学'提供了新的生成机遇和发展的空间"①。

值得申明的是，笔者所关注的"人的文学"，不在于这一概念的内涵、外延或是演变，而在于这一"统治性"的概念内在的"知识分子"与"文学"之间"合谋"与"紧张"的权力关系。自《废都》论争回顾80年代文学的"终结"，就内在于"人的文学"这一概念的"话语／权力"的关系而言，"人的文学"或可以被更准确地表述为"知识分子的文学"。在现代的"知识分子"的标准下，规定了什么是"人／非人"或者说"人／鬼"。②合乎逻辑地，在这样的等级秩序中，"知识分子"所规定的特定的"思想""意义"与"立场"高于文学的"艺术形式和表现技巧"："1980年代文学知识分子话语回归的过程，同时也是一个重返'人的文学'的过程。一个畸形的时代结束之后，文学呈现的新光彩首先并不在于它的艺术形式和表现技巧，而在于它以空前的热忱呼唤着人情、人性、人道主义，呼唤人的价值、尊严与权利。"③

不无吊诡的是，基于新时期对抗社会主义现实主义的语境，呼唤纯文学反而成为"人的文学"的内在冲动，但是纯文学被结构在现实主义的对立面上，"将'反现实主义'作为了文学的非意识形态化过程的意识形态"④。就这一问题而言，笔者并不是再一次呼吁纯文学，重弹"自主论／工具论"的老调——在坚持本质化的80年代的评论者那里，"自主论／工具论"是分析文学现代化进程

---

① 程光炜：《历史重释与"当代"文学》，载《文艺争鸣》2007年第7期。

② 作为新时期所指认的"五四之父"，周作人在《人的文学》起首就说得清楚，"我们现在应该提倡的新文学，简单的说一句，是'人的文学'，应该排斥的，便是反对的非人的文学"。而在胡适那里，以颇能"捉妖""打鬼"自负、以"国故"为代表的"现代性"的"他者"，被叙述为"无数无数的老鬼"。诚如王德威在《魂兮归来》中的分析，"为了维持自己的清明立场，启蒙、革命文人必须要不断指认妖魔鬼怪，并驱之除之。传统封建制度、俚俗迷信固然首当其冲，敌对意识形态、知识体系、政教机构，甚至异性，也都可附会为不像人，倒像鬼"。（王德威：《现代中国小说十讲》，复旦大学出版社2003年版，第356页）

③ 李新宇：《重返"人的文学"——1980年代中国文学的知识分子话语之四》，载《吉林大学社会科学学报》2005年第6期。

④ 贺桂梅：《先锋小说的知识谱系与意识形态》，载《文艺研究》2005年第10期。

的重要框架，但这一框架是值得反思甚或无效的。①一个不容遮蔽的事实是，宰制这一个框架的思维方式，是"政治／文学"可疑的"二元结构"。如研究者的分析，"文学／政治的对立固然宣判了'纯文学'反叛的对象为非法，不过同时它也以'政治'的方式返身定义了自身。可以说，'纯文学'的强大历史效应并不在于它如何表述自身，而在于它替代自己所批判的对象而成为新的政治理想的化身"②。在这个意义上，笔者所谓的知识分子的文学，尝试超越"自主论"与"工具论"这一80年代的分析框架。就"知识分子的文学"而言，其既是文学的，也是政治的，只不过不是我们所熟悉的社会主义现实主义意义上的文学与政治。但是，和社会主义现实主义惊人却并不意外一致的是，同样是一个包含着等级、压抑、排斥机制的"现代性装置"。

毫不奇怪，作为新时期所"喂养"出的"不肖之子"，以《废都》为代表的文学的"失败"，必然激起这一机制的反思与调适。合乎逻辑地，《废都》之后随即兴起的是"人文精神大讨论"。如研究者指出的，"《废都》成为'人文精神的危机'最精确的文学见证。'人文精神的危机'的讨论，是90年代初期最为热烈的全国范围的论争。似乎没有哪部重要作品比《废都》更好地契合了这场全国性论争的主题：知识分子的边缘化、英雄主义和理想主义时代的终结、价值的混乱和精神的困惑"③。"在'新时期'的'现代性'话语中，知识分子始终扮演着代言人的角色，居于话语的中心地带，陶醉于掌握话语的力量之中。"④然而，如 D. 佛克马、E. 蚁布思指出的，历史语境的更迭，意味着"经典"的变动与"成规"的转移，"新的历史环境会产生一个新的协作问题而且需要一个新的成规

---

① 董健、丁帆、王彬彬主编的《中国当代文学史新稿》认为："'当代文学'这一文学时段，是'五四'启蒙精神与'五四'新文学传统从消解到复归、文学现代化进程从阻断到续接的一个文学时段。文学史走了一条'之'字形的路。"在这个复杂的过程中，文学工具化与文学自觉的对立，成为贯穿始终、影响巨大的三个问题之一。参见董健、丁帆、王彬彬《中国当代文学史新稿·绪论》，人民文学出版社2005年版。

② 贺桂梅：《"纯文学"的知识谱系与意识形态——"文学性"问题在1980年代的发生》，载《山东社会科学》2007年第2期。

③ 鲁晓鹏：《世纪末〈废都〉中的文学与知识分子》，季进译，载《当代作家评论》2006年第3期。

④ 易毅：《〈废都〉：皇帝的新衣》，载《文艺争鸣》1993年第5期。

性的解决方案"①。作为80年代与90年代一场充满焦虑的对话,"人文精神大讨论"恢复知识分子历史主体地位的尝试,意料之中地以失败告终。诚如王晓明在后记中转引他人看法时所透露的无奈:"'人文精神'的讨论竟然弄成了这个样子,知识界也太让人失望了。"②是终结的时刻了,"鬼的文学"霍然撕破了"人的文学"天鹅绒一般的帷幕,决绝地独自面对欲望横流的旷野。在剧烈的围剿后,知识分子无奈地向学院撤退,知识分子自此与文学断裂,昔日的同路人,从此自说自话,两不相望。回首80年代的理想抱负,谁人不是梦蝶的庄生,栩栩然,戚戚然,只落得白茫茫大地一片真干净。

(原载《当代作家评论》2008年第2期)

①　D.佛克马、E.蚁布思:《文学研究与文化参与》,俞国强译,北京大学出版社1996年版,第128页。
②　王晓明:《人文精神寻思录》,文汇出版社1996年版,274页。

重评《废都》兼论90年代知识分子

王 尧

在文学与思想文化问题纷争已经"日常生活"化了的今天，追溯知识分子进入 20 世纪 80 年代时的状态，我们不能不对那时的自信与单纯生出感慨。诗人徐迟在 1980 年第 1 期的《诗刊》上发表诗作《八十年代》，他歌吟道："我们将脱下旧衣裳，换新装对镜重梳妆。"如诗人所言，"我们"以及"我们"的"中国"都以新的"装扮"进入了新时期的时空中。"当窗理云鬓，对镜贴花黄"，知识分子如木兰一般。但是，这样一个状态在 20 世纪 80 年代尚未终结时便分崩离析，"我们"以及"我们"面对的"镜子"都已支离破碎。那位最早在诗中"对镜重梳妆"的杰出诗人徐迟，也在 1996 年跳楼自杀身亡。

我们终于意识到，"我们"的精神处境在"现代性"引入中国以后再次出了问题，这个问题延续至今，仍然"悬而未决"。在这个意义上说，20 世纪 90 年代连接着 20 世纪 80 年代，而新世纪又连接着八九十年代，以我自己的体验和对当下问题的认识，我觉得八九十年代其实并不在我们身后，而是在眼前，抑或我们身在其中。所谓重返 20 世纪 80 年代，或者重返 90 年代，只是换一个角度来寻思知识分子精神的来龙去脉。20 世纪 80 年代中期以后，关于"纯文学"的倡导改写了文学史的路向，但它策略性的一面也在 90 年代以后显露无遗。历史进程的复杂性完全超出了我们的预期，我们对文学现象、对文本的认识也就始终处于一个不断修正的过程，并重新确立阐释文学现象和文本的学理基础。这与其说是质疑以往阐释的"合法性"，毋宁说是反省我们思想发育的过程。在"去政治化"以后，文学并未如人们预期的那样"纯"下去，"市场化"的冲击并不仅仅是文学的商品化，它带来的更大的困扰是资本与权力的合谋逐渐成为知识分子必须面对的语境。我想，今天的知识分子已经无法抽身而退。

在这样的叙述中，我们不得不再次提到贾平凹的《废都》，因为它存留了我在上面描述到的那些"镜像"。当我们重返二十世纪八九十年代时，有些作家作

品已今非昔比，可以忽略或者绕开，而《废都》是在历史论述中无法忽略的一部作品。备受争议的《废都》留下了巨大的解释空间，它涉及80年代末以来当代中国知识分子和文学与思想文化诸多关键性的问题。当然，这不是一篇翻案性的文章。因为即使在《废都》遭受"围剿"之时，另外一种相异的声音同样是清晰的，在此后的十余年，声援《废都》的声音不绝于耳，一些曾竭力否定《废都》的论者也在修正自己的观点。在我看来，关于这部小说的争议可能而且也应该会持续下去。因此，我的所谓"重读"也只是重新寻找进入《废都》的可能性之一。

一

在重新讨论《废都》之前，我想首先粗略勘探一下《废都》之前贾平凹思想艺术趣味的某些变化。因为《废都》引发的喧闹，转移了人们全面考察贾平凹思想倾向的兴趣，而这一点是后来不少读者和论者误解贾平凹误读《废都》的原因之一。《废都》之于贾平凹并不是个突如其来的、孤立的文本，贾平凹的思想历程其实有迹可循。

在讨论《废都》时，许多批评者用来做比较的小说是贾平凹20世纪80年代中期创作的《浮躁》。但是，当这些论者在肯定《浮躁》时往往没有注意贾平凹心迹的变化。《浮躁》虽然是明亮和昂扬的，但写完了《浮躁》的贾平凹内心却存有困惑，如果他在写作《浮躁》时已经明了现代化与乡土的种种关系，也就不会再有《秦腔》这部小说了。阿城曾有精到的论述："平凹的作品一直到《太白》《浮躁》，都是世俗小说。《太白》拾回了世俗称为野狐禅的东西，《浮躁》开始有了自为空间之后的生动，不知平凹为什么惘然了。"[1]说到"惘然"，贾平凹在《浮躁》的序中表述的想法是："我再也不可能还以这种框架来构写我的作品了。换句话说，这种流行的似乎严格的写实方法对我来讲有些不那么适宜，甚至大有了那么一种束缚。""中西文化深层结构都在发生着各自的裂变，怎样写这个令人振奋又令人痛苦的裂变过程，我觉得这其中极有魅力，尤其作为中国的作家怎样把握自己民族文化的裂变，又如何在形式上不以西方人的那种焦点透视法而运用中国画的散点透视法来进行，那将是多有趣的试验。"贾平凹觉得

---

① 阿城：《闲话闲说》，作家出版社1998年版。

自己的下一部作品可能全然不是《浮躁》的模样。

　　1990 年 6 月贾平凹出版了散文集《人迹》，这本集子中的不少作品已经初步呈现了《废都》的某些精神气息。我们阅读《废都》应当参照的是散文集《人迹》而不是同名中篇小说《废都》。《人迹》一改贾平凹以前散文写作的风格，虽然其中有些篇章源于肝病对他的摧残，但这本集子无疑是关于社会和灵魂的"病相报告"。如果仅就修辞而言，贾平凹放弃了他在《月迹》中的笔法，拒绝了诗意的表达和对完美的打造。深究起来，贾平凹的这一变化，是因为他发现了人生的残缺和严酷，这些意识在他此前的小说和散文中是微弱的，也可以说是稀少的。这是贾平凹接近四十岁时人生的思想分水岭。他在《独白》中说："人生给我的是那么残缺，生活的艺术如此遗憾？这一切难道是教育我人不仅是一个洋葱头一样有无数层壳的复杂，也同是满有皱纹的硬壳的核桃要砸方能见那如成熟大脑一样的果仁！要我接受着这一切孤独和折磨而来检验我的承受力以至于在这严酷的承受中让我获得人生的另一番快愉?!"在《荒野地》中，他又说："人之苦难与悲愤，造就着无尽的残缺与遗憾，超越了便是幽默的角色。"所谓"残缺"和"遗憾"，在贾平凹的散文中是通过描写社会的芸芸众生相表现出来的，以对病态人格的剖析代替了对纯真人性的赞美。这些变化了的笔调以及逐渐呈现出的精神气息，重新确立了贾平凹与现实的关系，改变了他书写现实的方式。如果我们在读《废都》时无视贾平凹这一变化的痕迹，我们就会忽略贾平凹在写作《废都》时的精神前提，而把注意力完全放在性事描写的得失上。

　　在病态人格之外，《闲人》中"闲人"形象的出现以及贾平凹描写"闲人"时的情趣，也预示了贾平凹后来写人写意的变化。他在《闲人》的开篇即说："不知什么时候起，社会上有了闲人。"他用非常有趣的笔调讲述"闲人"之"闲"的特征："闲人却并不是四肢发达头脑简单的角色，可以说，都极聪慧，他们都有文化，且喜欢买书，只是从不读完每一本书。但学问已经足够了，知道弗洛伊德，知道后羿，知道孟子、荷马、毕加索和阿 Q。当穿着牛仔裤并让它拖在地上在夜街上转悠，闲人差不多会碰着闲人，他们就会一起走到某一个闲人家去，在狼藉不堪的小屋中拒绝筷子用手抓食着卤豆和鸡腿，就谈论天文、地理、玄学、哲学、经济，由女人说到了造人的女娲，由官倒说到了戈多，最多的说人生，由人生说到地球旋转，那么每一个人都是倒挂在地球上的，就不免说一句每次都说的'上帝死了'！然后有人出门就尿，有人将一口痰就吐在桌下，

咒骂'地球太小了'！有人推开了窗户看着城市的夜的风景，伤心了，有人庄严地去厕所，蹲下拉屎，有人抓过一本书想读，却又压在了屁股下。这一夜他们门窗洞开着让酒醉到天明，天明，洗脸，刷牙，弹掉衣服上的灰尘，道貌岸然地出去各干各的事了。"《废都》把散文中的"闲人"形象"扩大化"了。读这段文字，我甚至觉得，《废都》就是从这里写开的。

二

书写"我们是病人，人却都病了"这样的苦难，不仅对贾平凹，恐怕对很多人来说都是一种痛苦和矛盾。在《废都》后记的最后部分，贾平凹这样写道："对我来说，多事的 1992 年终于让我写完了，我不知道新的一年我将会如何地生活，我也不知道这部苦难之作命运又是怎样。从大年的三十到正月的十五，我每日回坐在书桌前目注着那四十万字的书稿，我不愿动手翻开一页。这一部比我以往的作品能优秀呢，还是情况更糟？是完成了一桩夙愿呢，还是上苍的一场戏弄？一切都是茫然，茫然如我不知我生前为何物所变、死后又变为何物。我便在未做全书最后的一次润色工作前写下这篇短文，目的是让我记住这本书带给我的无法向人说清的苦难，记住在生命的苦难中又唯一能安妥我破碎了的灵魂的这本书。"这段文字差不多写到了《废都》这部小说的几个关键词：茫然、苦难、破碎和灵魂。我们要追问的是：为何茫然？为何破碎？又如何安妥？

贾平凹有两部书是带着茫然写的，一部是《废都》，一部是被人称为"废乡"的长篇小说《秦腔》。我们通常认为贾平凹熟悉乡村而不熟悉城市，他总是站在"土门"口眺望"城市"。但我一直觉得在贾平凹的写作中城与乡的区分并不重要，重要的是当贾平凹以同一种文化身份来书写城与乡时，这两者之间是否有"同构性"。为了说清楚这个问题，我想比较一下这两部小说后记里的一些文字。

在谈到写作小说的状态时，《废都》说："我知道一走近书桌，书里的庄之蝶、唐宛儿、柳月在纠缠我；一离开书桌躺在床上，又是现实生活中纷乱的人事在困扰我。为了摆脱现实生活中人事的困扰，我只有面对了庄之蝶和庄之蝶的女人，我也就常常处于一种现实与幻想混在一起无法分清的境界里。"《秦腔》则说："我的写作充满了矛盾和痛苦，我不知道该赞歌现实还是诅咒现实，是为棣花街的父老乡亲庆幸还是为他们悲哀。那些亡人，包括我的父亲，当了

一辈子村干部的伯父，以及我的三位婶娘，那些未亡人，包括现在又是村干部的堂兄和在乡派出所当警察的族侄，他们总是像抢镜头一样在我眼前涌现，死鬼和活鬼一起向我诉说，诉说时又是那么争争吵吵。我就放下笔盯着汉罐长出来的烟线，烟线在我长长的呼气中突然地散乱，我就感到满屋子中幽灵飘浮。"贾平凹的矛盾和痛苦就在于他一方面确认农村变革的成绩，另一方面又不能不忧心"故乡啊，从此失去记忆"："旧的东西稀里哗啦地没了，像泼去的水，新的东西迟迟没再来，来了也抓不住，四面八方的风方向不定地吹，农民是一群鸡，羽毛翻皱，脚步趔趄，无所适从。他们无法再守住土地，他们一步一步从土地上出走，虽然他们是土命，把树和草拔起来又抖净了根须上的土栽在哪儿都是难活。"在这种状态已经成为现实时，贾平凹意识到，"故乡将出现另外一种形状"。

如果我们由《秦腔》所表述的这一层意思再回到《废都》，不难发现《废都》到《秦腔》中贯穿着贾平凹的一条思想线索，即对现代化背景下的"本土中国"的忧思。如果说《秦腔》书写了农民在乡村变革中的"拔根"状态，那么《废都》则叙述了知识分子在文化转型中的"无根"状态。在这里，贾平凹是熟悉乡村还是不熟悉城市的问题则退居其次了。而且即使从城市精神上讲，西京更多弥漫的是市井气息，它有现代城市的表征但还没有充分建立起现代城市的品格。贾平凹的茫然在很大程度上是源于"无根"的痛楚。

今天我们已经能够比较清醒地认识贾平凹写作《废都》时的那个年代了，因此不必再对20世纪80年代末90年代初的状况做具体的叙述。但是，我们有必要考察当时的知识分子在"无根"之后精神处境究竟如何。人文精神大讨论的发起人之一王晓明在这场讨论持续十年之后有一个非常好的回顾。在他看来，"社会的巨大变动和与这个变动联系在一起的知识界的非常深的困惑、怀疑，这就是当时人文精神讨论的基本的社会和思想背景"。"第一，是一个基本判断：当时中国的文化状况非常糟糕，可以说是处在严重的危机当中。第二，作为这个危机的一个重要的方面，当代知识分子，或者就更大的范围来说，当代文化人的精神状况普遍不良，这包括人格的萎缩、批判精神的消失，艺术乃至生活趣味的粗劣，思维方式的简单和机械，文学艺术的创造力和想象力的匮乏，等等。从这些方面都可以看到中国的知识分子、文化人的精神状况很差。第三，为什么精神状况这么差？从知识分子（文化人）自身的一面看，主要问题

就是丧失了对个人、人类和世界的存在意义的把握，也就是说在基本的价值观念方面两手空空，自己没有基本的确信，因为没有基本的确信，所以精神立场是东倒西歪的。第四，这种精神状况的恶化，绝不是知识分子本身的原因所能解释的，它背后有深刻的社会和历史原因，也不仅仅是在十五年的改革当中才发生的，它其实是与中国整个现代的历史过程密切相关的。"王晓明揭示的知识分子困惑和怀疑的社会和思想背景无疑是贾平凹写作《废都》时的基本语境，而"废都"以及生活在其中的庄之蝶则是上述种种精神现象的艺术标本。

贾平凹作为作家的敏感显然不输学者。"在四十岁的 1992 年，我终于有了觉悟，创作欲望极强烈，我几乎越来越看清了我所写的一切。我就精神抖擞地动了笔，'废都'二字最早起源于我对西安的认识。""西安在中国来说是废都，中国在地球上来说是废都，地球在宇宙来说是废都。从某种意义上来讲，西安人的心态也就是中国人的心态"，即"一种自卑性的自尊，一种无奈性的放大和一种尴尬性的焦虑"。和逻辑的表述不同，《废都》对精神世界的构建是以隐喻的方式进行的，"废都"也就成了小说的总体性的隐喻。对于《废都》的隐喻意义，论者并无大的分歧。曾有论者把"废都"与"荒原"做对比，我认为是非常精当的："看来小说取名《废都》，包含有对传统文化断裂的隐忧，有失去人文精神倚持的荒凉感。七十年前，英国诗人 T.S.艾略特写了题为《荒原》的长诗，以死亡和枯竭的意象，来表征被工业文明所裹挟的现代西方人的生命贫瘠。《废都》的命意和《荒原》何其相似！两者同样有着对于传统文明断裂后的隐忧和悲剧感，《废都》也许可以称为东方式的《荒原》。"[①] 在这个总体性的隐喻中，贾平凹把庄之蝶在灵与肉之间的沉沦和挣扎推向了极端，从而也把"一种自卑性的自尊，一种无奈性的放大和一种尴尬性的焦虑"变成了病态。贾平凹曾在散文《人病》中愤愤地如是说："我们是病人，人却都病了。我的猫头鹰上帝。"我一直思考《废都》究竟写什么，如果说是写"颓废"，可能比较接近庄之蝶这个人物形象的内涵以及这部小说的精神气息，但是，如果把它的主题定位在"颓废"上，我们又可能无法明白贾平凹为什么说《废都》是部"苦难之作"，甚至会认为贾平凹如此说不仅矫情、牵强而且自欺欺人。因此，我以为《废都》是写"我们是病人，人却都病了"。这正是我们这个时代最大的苦难。

---

① 温儒敏：《剖析现代人的文化困扰》，见肖夏林编《〈废都〉废谁》，学苑出版社1993年版。

在谈到"废都"作为一种文化环境对人的精神所起的作用时，王富仁做过比较深入的论述，他觉得"唯有这有着光荣的过去而现在衰败下去的文化环境，对人的精神有着一种腐蚀的作用。他们对现实的一切感到不满，感到不如意，但他们却不必面对使自己不如意的现实本身。温习旧日的繁华就足以使他们的精神得到安慰"。而安慰只是暂时性的，它是精神的寄托，而不是精神的追求，现实的困扰并未消失，在温习中获得的慰藉常常使温习者失去精神的活力。"这时，整个文化环境中都湿漉漉的，冒着精神的潮气，挥发着死亡了的精神的霉味，一切都狂乱地活动着，但一切又都衰败下去。"① 他认为"废都"精神氛围产生的根本原因在此。我觉得这同样是一种文化心理孕育的过程，它会使我们明白许多成为现代知识分子的人为什么仍然像旧式文人。

三

无疑，《废都》是一个充满了矛盾的文本，无论是它的隐喻、理性，还是作者的身份都呈现了种种复杂性。

在 90 年代初期最初面对庄之蝶这个人物时，我们还比较习惯于以"宏大叙事"的准则来评判所有的作品，当知识分子在历史中的主体位置已经不复存在时，以这类知识分子为叙述中心的小说显然不会符合人们通常的阅读经验。孟云房把西京的闲人分为社会闲人与文化闲人两大类，其实他自己也应当归在文化闲人一类中，或者说是一个帮闲的文化人。我觉得孟云房作为"废都文化"的阐释者、代言人，他在小说里的意义有待重视。这个试图破解人生的"闲人"，在钻研"秘籍"时瞎了一只眼睛。这也是小说中最有反讽意味的一个细节。孟云房所说的这两类闲人正构成了世俗社会中的"俗"和"雅"的基本方面，前者是"江湖"，后者是"文化圈"。在这个圈子里，庄之蝶等"四大名人"的存在连接了西京社会的各个层面，但在这样的市井关系中，庄之蝶们和不断生长着的现代文明之间的缝隙却持续地扩大。这一内在的矛盾，随着庄之蝶的沉浮更为突出。"废都"在废，而庄之蝶不仅颓废，而且在精神和生理上最终成了"残废"之人。在这里，有一个问题的顺序必须确立：不是贾平凹放弃了"宏大叙事"或者解构了"宏大叙事"，而是在贾平凹写作《废都》之前或者写作《废

① 王富仁：《〈废都〉漫议》，见费秉勋编《〈废都〉大评》，香港天地图书有限公司1998年版。

都》时"宏大叙事"已经被解构了。在这个意义上，《废都》呈现了知识分子无法救赎的可能性。90年代以后的生活经验，无疑已经超出了贾平凹90年代初期的想象。从这个意义上说，我们还生活在一个放大了的90年代之中，如果说有差异的话，那么，只能说我们比庄之蝶更适应20世纪80年代末90年代初的生活。

"废都"的精神气息散发在小说叙事的各个环节，比如周敏的埙、说谣谚的老头、"哲学家"牛，以及宗教人物等人、事、物都从不同的层面构建了"废都"。

宗教与世俗生活的关系在《废都》中也有令人思考之处。正如西蒙娜·薇依所说："谁要是没有信仰，也就不会丧失信仰。"这正如后来有人说，我们从来没有人文精神又何谈人文精神的失落（当这种说法是在叙述人的一种精神状态而不是否定人文精神的必要时，我是赞成的）。"我们可以毫不担心夸张地断言，如今真理精神已几乎完全在宗教生活中缺席。""实用主义已经侵袭并玷污了信仰本身。""如果真理精神已几乎完全在宗教生活中缺席，要说在世俗生活中有它，那倒是咄咄怪事。"①西蒙娜·薇依谈的是基督教，但可用来论述贾平凹的《废都》。寺与庵在小说里，只是失去信仰的一个明证。在小说的开篇，孕璜寺智祥大师为一个与性爱相关的逸闻卜卦预测，而清虚庵的尼姑慧明师父则是一个名义上遁入空门，而心思始终在红尘中善于和男人周旋的女人。在小说里，慧明是唯一能够抗衡男人的女人。她对佛理的精通以及她高雅的气质和她的内心世界构成了一种矛盾和紧张的关系。

周敏的埙之声和老头儿的谣谚在古远和当下两个空间中传达了这座城市嘈杂的声音。埙声的沉缓悠长是在失落之中的"招魂"，老头儿的谣谚则是对当下现实的写照。而收破烂的老头儿，他的身份原本也是个知识者。由民办转公办教师时因为上司陷害未能转成，上访省府后仍未成功，于是长住西京，提意见递状书，欲进没有门路，欲退没有台阶，精神变态，索性不再上访，亦不返乡，流浪街头。老头儿的谣谚是废都中一种独特的民间声音，它的解构意义是不言而喻的。当筋疲力尽、声名狼藉的庄之蝶无声时，当老牛的皮已被蒙成大鼓且在风里呜呜自鸣时，小说最后的声音是：拉着铁轱辘架子车的老头儿正站在那以千百盆花草组装成的一个大熊猫下高喊"破烂喽——！破烂喽——！承

---

① 西蒙娜·薇依：《扎根：人类责任宣言绪论》，徐卫翔译，生活·读书·新知三联书店2003年版。

包破烂——喽！"想必这老头儿的谣谚一直唱了下去，以至现在的段子泛滥成灾。段子的写作与流行成为当今中国社会一个奇特的文化现象。

"哲学家"牛因为庄之蝶的建议由终南山来到西京城，庄之蝶不仅亲近这头奶牛，而且将它命名为"哲学家"。牛自从听庄之蝶说它像个哲学家以后，真的有了人的思维，一反刍竟然有了思想："当我在终南山的时候，就知道有了人的历史，便就有了牛的历史。"老牛在最初时扬扬得意，以为天降大任，为自己能够在城市行走而自豪："啊！我是哲学家，我真的是哲学家，我要好好来观察这人的城市，思考这城市中人的生活。在人与牛的过渡世纪里，做一个伟大的牛的先知先觉吧！"但这位"哲学家"在嘲笑、批判城市与人的同时，终于有一天感觉到"孤独、寂寞和无可名状的浮躁"，意识到"到这个城市来并不是它的荣幸和福分，而简直是一种悲惨的遭遇和残酷的惩罚"。城市使它窒息，它不得不怀念它以前那个自由自在的大自然。对老牛最大的打击还不是它回不得，而是它自己也被城市异化了。

在贾平凹的整体叙述中，牛在刘嫂家的出现并不突然，而贾平凹赋予老牛以思想的笔法在一些人看来似乎有些唐突甚至拙劣。其实，牛的出现并不是贾平凹的闲笔或者败笔。作为一种修辞格，牛的寓言化是贾平凹建构废都的一个部分，它的意义不在于老牛会思想这一现象的真实性，而在于辞格的意识形态含义。这个现象的本质是贾平凹对现代文明负面因素的批判。动物的寓言化这一修辞方式本身是中性的，尽管在新时期文学中已有作家使用过，但重要的是它的价值含义。在不同的作家笔下，辞格的意识形态内涵是不同的。如果我们确认老牛的思想便是贾平凹想法的转述，而由老牛批评城市的内容来看，我认为阿城关于《废都》"应该是残废之都"而非"颓废之都"的说法是有些道理的。当贾平凹笔下的老牛最终成为古都文化节牛皮大鼓上的皮时，我是非常惊叹贾平凹的笔力的。在西京这样的废都之中，老牛也已经残废，如同它生活的废都一样。而这个意象的出现是在庄之蝶从西京出走之时。贾平凹作为一个杰出的小说家，他在处理这个细节时显得从容不迫，他没有用一点笔墨来描写这个意象给庄之蝶带来了怎样的心理震撼。庄之蝶在车站突然倒下是否与他见到这张用来蒙鼓的牛皮有关，我们已经无需做什么猜测。老牛最终的被剥皮，预示了在废都之中另外一种生存方式的不可能。

这些隐喻和修辞的方式都与现代性的叙事相抵触，而和废都的文化精神相

吻合。在现代性引入中国新时期文学之后，一些意象、器物和文化遗存等通常都被赋予了负面的意义。当贾平凹重新叙述被现代性压抑的成分时，他还原了与人们的精神相关的背景和基因。在《废都》之中，真正作为现代性概念出现的一个词或许就是"南方"，"南方"这个词在小说的结尾出现。但是关于"南方"的叙述尚未展开，去"南方"的庄之蝶已经倒下。"废都"之"废"显然与那个遥不可及的、模模糊糊的"南方"的冲击有关。"南方"之于庄之蝶并非"虚无之地"，而是一个"虚幻之地"。"南方"不属于庄之蝶，他最终还是未能走出废都西京。

面对"我们是病人，人却都病了"这样的苦难，面对无法救赎的、已经病了的灵魂，贾平凹自身不无矛盾，甚至无能为力。贾平凹试图通过《废都》的写作来"安妥"自己灵魂的愿望，正如有学者评价的那样，也充满了"悲剧性"："庄之蝶的悲剧并不在于他与社会抗争的失败，而在于他的灵魂的软弱无力，打不起精神，无法战胜自己的劣根性。贾平凹的劣根性也不在于他只能在这种绝境中、在当代中国灵魂的毫无希望的生存状态中'安妥'自己的灵魂，而在于他无论如何也还是想要使自己的灵魂在世俗生活中寻得'安妥'这一强烈的愿望本身。这也就是对那曾经那么妥帖辉煌、而今早已被废弃的灵都的无限留恋、无限伤怀。只有在这种留恋和伤怀中，他才感到自己内心仍然保留着一股温热的血脉、一种人性的赤诚，一番超越当下不堪的现实之上的形而上的感慨。"

但这不是贾平凹一个人的局限，而是在废都的精神氛围中成长起来的一代知识分子的思想特征。我一直觉得，贾平凹以及我们这一代的知识分子是以一种分裂的文化身份在进行汉语写作的，其中的思想问题差不多都与此相关。

四

在《废都》的叙事结构中，庄之蝶和牛月清、唐宛儿、柳月、阿灿等女性的性爱关系构成了基本的骨架。贾平凹开始叙述西京斑驳陆离的俗世景象时，他笔下最初出现的是凭吊唐贵妃杨玉环墓地的逸闻和城中孕璜寺智祥大师的卜卦。这样的开篇尽管为"一千九百八十年间"的西京涂抹了神秘的色彩，也把性爱之于废都的意义传递出来。不管我们如何评价庄之蝶的性爱生活，有一点应该说是没有异议的：性爱未能"救赎"庄之蝶们。这通常是许多论者批评庄之蝶堕落、贾平凹沉沦的一个理由。

庄之蝶是在失去了精神性以后沉沦在肉体之中的，他走过的是一条老路：在精神沉沦之后寻找感官的刺激。他和唐宛儿有一段对话大概能够反映出彼此对两性关系的具体理解。他们俩在大段的对白中，对自己的作为有不少解释与剖析，唐说："你是个认真的人，我一见到你就这么认为，但你为什么阴郁，即使笑着那阴郁我也看得出来，以至于又为什么能和我走到这一步呢？我猜想这其中有许多原因，但起码暴露了一点，就是你平日的一种性的压抑。"唐在为自己不是坏女人的辩解中，说得更多的是对庄之蝶的理解："或许别人会说你是喜新厌旧的男人，我更是水性杨花的浪荡女人了。不是的，人都有追求美好的天性，作为一个搞创作的人，喜新厌旧是一种创造欲的表现！可这些，自然难被一般女人所理解，因此上次牛月清也说她下辈子再不给作家当老婆了。在这一点上，我自信我比她们强，我知道，我也会调整了我来适应你，使你常看常新。适应了你也并不是没有了我，却反倒是我也活得有滋有味。反过来说，就是我活得有滋味了，你也就常看常新不会厌烦。女人的作用是来贡献美的，贡献出来，也便使你更有强烈的力量去发展你的天才……"庄之蝶在诉说了自己浪得虚名的痛苦之后，同样也表白了自己重新做男人的感激："我觉得你好，你身上有一股我说不清的魅力，这就像声之有韵一样，就像火之有焰一样，你是真正有女人味的女人。更令我感激的是，你接受了我的爱，我们在一起，我又重新感觉到我又是个男人了，心里有了涌动不已的激情。我觉得我并没有完，将有好的文章叫我写出来！"

饶有趣味的是，这样的对话同样出现在庄之蝶与别的女人的互动之中。庄之蝶曾经问阿灿："你后悔了吗？"阿灿回答说："我不后悔，我哪里后悔了？我太激动，我要谢你的，真的我怎么感谢你呢？你让我满足了，不光是身体满足，我整个心灵也满足了。你是不知道我多么悲观、灰心，我只说我这一辈子就这样完了，而你这么喜欢我。我不求你什么，不求要你钱，不求你办事，有你这么一个名人喜欢我，我活着的自信心就又产生了！""我和你这样，你放心，我不会给你添什么麻烦和负担的！"庄之蝶的反应是："你这么说倒让我惭愧！"小说中的女性们在重复表达这些想法时，不仅塑造了自己也同样塑造了庄之蝶，从而赋予了性的关系冠冕堂皇的理由，以解释自己心中的伦理困惑。这样的方式恰恰表明了庄之蝶和唐宛儿们内心深处的羞耻感并未消失殆尽。庄之蝶曾经问过这些女性：我是坏人吗？回答当然是否定的。毫无疑问，庄之蝶和几位女性解释的理

由，在社会的伦理秩序中显然是荒唐的，即使这样的心理活动是真实的。

这些对话的精神显然吻合贾平凹对庄之蝶与女人的关系的预设和解释："《废都》里写到了女性，并不是玩弄女性啊。有人说写性的语言应是暗示的，有诗情的，而我多是一些行为描写。好多女权主义者写文章批判我，我心里总有些不服。""它不是将妇女作为玩弄和发泄的对象，它只是写了一种两性相悦的状态，旨在说庄之蝶一心要适应社会而到底未能适应，一心要作为到底不能作为，最后归宿于女人，希望他成就女人或女人成就他，结果却谁也成就不了谁，他同女人一块儿都被毁掉了。"这样的题旨当然由书的结局可以看出，小说里的几个人物自己也看清楚了。柳月对庄之蝶说："是你把我、唐宛儿都创造成了一个新人，使我们产生了重新生活的勇气和自信，但你最后又把我们毁灭了！而你在毁灭我们的过程中，你也毁灭了你，毁灭了你的形象和声誉，毁灭了大姐和这个家。"委屈的贾平凹用这样的解释来表达他对女性的尊重，女权主义者恐怕未必能够接受，因为在女权主义者看来，让男人成就女人的想法本身就是男人的霸权主义思想。所以，女权主义理论与废都之中的男人们、女人们实在有太大的距离。

这确实涉及"色情"的动机问题。贾平凹在《废都》中关于性事的描写确有不少可以商榷和推敲之处，我并不否认有不少批评的合理性，也觉得贾平凹的笔法如果再节制点或许更好。但是，倘若因为这方面的瑕疵而把贾平凹当作一个"色情"作家，无疑是不妥当的。当贾平凹借柳月的口说出彼此都毁灭的话时，他也就从根本上否定了庄之蝶的生存方式，特别是庄之蝶对性爱的态度。

十多年以后，贾平凹自己谈到了方框框的处理问题。"这是受古典文学书籍删节本的处理方法的影响。当时为什么写性？一是塑造人物的需要，庄之蝶为了解脱自己，他要寻找女人；二是从写法上考虑，全书四十多万字都是日常生活，写到吃饭可以写四五页，写喝茶可以写三四页，白天的烦事都写了，晚上的事总不能一笔不写呀，这就必然牵涉到了性。在写性的过程中，实写一部分后，就没有再写了，因为我得考虑国情么，只是稍微多写一点罢了，而将未写出的部分以方框框替代。后来稿子给了出版社，他们又删去了一部分。实际上，现在书上括号内的删去多少多少字数已不准确了。"贾平凹所说的这种古典文学删节本的处理方法，在《废都》出版之后产生的效果则超出了他自己和编辑的预料。它确实诱发或者满足了相当一部分读者的色情欲望，而从文学中获得

一种欲望的满足甚至意淫，一直是公开的或隐蔽的文化心理。一些读者和论者由此认定《废都》是"现代《金瓶梅》"虽然不无偏颇，但也是一种正常的阅读行为。

应当说，这与贾平凹和编辑的处理方式有关，但不是他们能够控制得了的，一部分读者和论者兴趣转移后忽略了小说的整体性意义并进而误读这部小说。我想，这也不是贾平凹和编辑所期望的。与此相关，在当代文化发生转型的时期，一部小说为话语的禁忌打开了一条通道也是当代政治文化中并不多见的现象。方框框对由来已久的文化禁忌的有意无意的反讽，无疑也触犯了文化秩序中的某些规则。贾平凹由此遭受的打击也几乎是致命性的。媒体的操作在1993年早熟了，在这之后好多年，我们才能心平气和地看媒体与文学传播的关系，而且有越来越多的人开始习惯并且擅长于媒体的操作。尽管删节的本意不是促销，但这样一种形式以及因为误读而形成的舆论，都为盗版提供了市场运作的空间，成为许多书商非法牟利的手段。据贾平凹介绍，有人统计，两年之内，正版、半正版、盗版《废都》加起来有一千二百万册，而正版充其量只有五十万册。小说文本内外的这些复杂现象都构成了《废都》的文化语境。今天当我们能够在新的知识背景下比较理性地看待《废都》时，应该看到小说文本的意义、读者的阅读心理、论者阐释的观点，以及它们与书商的生意经之间的差异，排除非学术因素的干扰，在差异性的基础上思考贾平凹以及我们这些读者、论者的盲点。

（原载《当代作家评论》2006年第3期）

意识形态、民间文化与知识分子的世纪末哀绪

郜元宝

一

有人说贾平凹的《废都》纯粹是"炒"起来的。既然是"炒"的，就应该归入坑人不浅的伪劣商品之列，坚决予以抵制。

实际上，目前出现的"《废都》热"，是有"炒"的因素存在。而且，贾平凹本人在小说文本中采用的某种策略，也使他有意无意地参与了这个"炒"。谁见过有哪位作者在自己的作品中大肆画框框，注明"此处作者删去若干字"的现象呢？这不分明是一种广告行为吗？问题是，我们能不能因为一部作品或一位作者和"炒"字发生了关系，就断定它或他在艺术上不贞洁呢？难道我们可以不看小说内容，仅仅因为它的某种商业性的外包装就想当然地把这种外包装所包装的东西也一并否定掉吗？在我看来，一些人采用这种很省事的武断做法，虽然表面上轻易地扮演了商品时代文化行为中的道德君子，实际上反而说明了他们比其他人都更加顽固地习惯于以貌取人。在他们看来，优秀的作品就必须像大家闺秀一样深藏不露，只有这样才能自高身价，如果抛头露面，甚或有意打扮一下，招摇过市，便是自轻自贱，近于娼妓了。这种心态不是假道学是什么？

既然我们认定最终衡量一部作品的价值标尺只能是它的内在品质，又何必在乎它的外包装是朴素过简还是豪华过奢呢？批评家在任何条件下都应该面对作品本身，直接陈述自己的印象、判断和评价。尤其是在商业社会，批评家更应该坚持自己谈论作品的独立方式，把作品本来的声音尽量透过种种杂音和噪音的干扰真实无伪地传达出来。我看这才是最应提倡的一种基本的批评道德。

《废都》的某种商业包装之所以引起批评界的一片恐慌，我想这首先说明

了某些批评家自身的道德意识本来就摇摆不定，他们本来就不知道一部作品的外包装和所包装的内容究竟哪一个更重要，对于作品本身的存在本来就缺乏坚定的信念。

这种批评信念的动摇，也许正是世纪末较为典型的精神动荡形式。人们对于任何事物（特别是艺术作品），都越来越倾向于仅仅关注它的外观，事物存在的深刻性和本质性似乎成为日益被忘却的神话了。围绕《废都》的一些批评性的争论，又一次让我们见识了这种时代性的精神动荡、精神肤浅和精神空虚的可悲。

二

问题还不止于此。我们的一些批评家之所以对《废都》的商业包装纠缠不休而无暇顾及作品本身的精神文化内容，还因为通常在我们关于艺术品的谈论当中，谈论者和被谈论的对象之间总是横亘着某种东西，致使二者始终难以走到一块儿去。这种屏障式的中间物，就是主流的意识形态。我们总是习惯于单向性地从主流意识形态审视作品，而很少辩证地看待主流意识形态和自由的艺术作品之间的复杂关系。结果，一切原创性和个人化的自由写作在批评家眼里都成了主流意识形态的衍生物与注脚，很少例外。

当一部作品确实是有意演化主流意识形态，除此之外别无所为，那么这种从意识形态到作品的批评向度还是合用的。当一部作品，比如《废都》，和主流意识形态的关系变得相当复杂，一方面仍然体现了主流意识形态无处不在的权威统治，另一方面甚至更为主要的是这部作品包含了对主流意识形态的疏远、偏离或者某种被挫败的抗议，那么，从主流意识形态及其文化单向推衍到作品的批评习惯就不那么灵验了。

譬如，我就听到过一种对《废都》颇为严厉的指责，说它背离了新时期文学的主导精神，断送了新时期好不容易建立起来的人文传统。这种指责把《废都》视为一种后新时期的文学和文化现象，并且认为这个"后"后得反动，后得倒退，后得令人沮丧。于是乎贾平凹成了历史和文化的罪人，大可鸣鼓而攻之了。

我觉得这个说法在事实判断上也许并没有错，但在价值判断上就显得过于简单草率了。既然把《废都》与整个新时期文学对立起来，就有必要先简单说

说什么是新时期文学的主导精神与人文传统，再说说《废都》和这种文学精神结成了怎样一种"后"的关系，这样作出的判断和评价或许会公允审慎一些。

但是，我们并不能泛泛地谈论什么是一段时期文学的主导精神。文学所以成为文学，从本质上讲，总是意味着一种生命存在的自由与解放，因而总是具有多向度的价值取向。即便是沉闷时期的文学也并非铁板一块，更何况日益走向开放走向多元的新时期文学，其内含的多种精神文化的可能，实在难以一言以蔽之。有人说新时期十几年的文学发展几乎推开了西方几个世纪以来所有的文学主题和文学尝试的样式，这是并不夸张的。正是凭着这种自由、解放和多向度的存在超越性，文学才得以挣脱时代的局限而进入传统，进入永恒的人类历史。所以，我们不能够仅仅抓住某些普遍和永恒性的文学主题就直接阐明某个文学时代的主导特征。

新时期文学的精神，应该有所限定，它不是指这个时期文学的一般性，而是指这个时期的文学在这个时期总体文化运动中实际参与和渗透的程度，实际扮演的角色，实际发挥的功能。这是把文学放在某个整体的文化背景加以历史具体的考察。

那么，什么又是新时期总体性的文化运动的主要指向呢？我认为这种指向主要是在意识形态的意义上实现人的政治解放。新时期文学主张人的发现、人的解放，主要发生在某种特定的一元化政治意识形态领域，尽管这种发现和解放就其发展的逻辑来说，必然要走向全方位的发现与解放，但在新时期，这种"必然"是以"偶然"的方式体现出来的，甚至这种必然随时都可能消融在特定历史时期主导性的政治意识形态的要求当中。正因为如此，许多批评家和文学史家在研究新时期文学时，很自然地想到"五四"新文学。在这里，政治意识形态对于文学的解释，始终居于绝对优先的地位。新时期文学如果不是新时期政治意识形态直接和唯一的代言人，至少也是它的一个极其活跃极其关键的组成部分。换言之，新时期文学是新时期意识形态的一种话语形式，因而居于新时期主流文化的位置。这种文化地位和文化角色既是新时期文学的无上荣耀——文学竟然再一次像"五四"运动和现代新文学运动那样承当了根本性的社会政治功能——同时也是它根本上的局限，它必须在本身的自由发展中时时遵守政治意识形态和文化指令，否则，它的失落和寂寞，甚至它的意义之消解，都将不可避免。

从这个角度看，贾平凹的《废都》确实疏远甚至背离了新时期文学。小说写到文人的空虚、无聊，写到文人的家庭悲剧、事业上的成名不等于成功，写到他们的师生、朋友关系，写到文人与官场、商界甚至黑社会的来往，写到灵与肉的分离和苦涩的罗曼史，甚至写到幽明相通的神秘现象和传统的神秘文化，写到宗教界的一些既神圣又俗气令人啼笑皆非的怪状，所有这些描写所包含的人的压抑和解放、生活的意义和无意义、命运的无常、天地的阔大以及人的可悲可笑、人的充实与空无，都已经从根本上超出了以政治压抑和政治解放这对矛盾为中心的意识形态话语，超出了主流文化的圈子，而成为世纪末一幅独特的浮世绘，成为以回复传统的形式出现的非意识形态话语的放荡化拓展，成为个体隐秘经验的自传体（不是自传）式的夸张化呈现。《废都》的确以种种古怪的方式，特别是以收集民谣民谚的形式，频频触及了政治。但是，这种关注政治的姿态并不等于某种具有明确社会内容的政治意识或指向，而仅仅是一种人生情态的展现，甚至是某种与政治有关的民间文化的展现。民谣民谚毕竟不是一元化政治意识形态话语的一部分，而是这种一元化话语体系之外的一种语言游戏或者干脆是一种生命游戏。在庄之蝶等人身上，我们也许可以看到甚至真实地触摸到《金瓶梅》《红楼梦》《儒林外史》等小说迤逦形成的某种复杂的文化传统，不管贾平凹对这些经典的刻意模仿达到了怎样的造诣或者落入了怎样的困境，他和这些经典传统的亲近已是一个不争的事实了。在这种情况下，想要把贾平凹整合进新时期文学和人文传统，近乎是不可能的事。

三

　　贾平凹走出新时期文学的天下，走到什么地方去了呢？《废都》也许能给我们一个满意的回答。

　　就写作活动对一元化政治意识形态的疏离来说，贾平凹当然不是唯一的。最近在文坛异常活跃的"先锋派小说""新写实主义"和"新历史主义"等小说现象，都不再"分有"政治一元化的意识形态话语。也就是说，这些小说家族都出现了和新时期文学一致性的某种疏离。这种现象，应该说是世纪末中国文学最引人注目的景观。批评界有人把这些小说笼统称为"后现代"小说，的确抓住了它们的某些文化特征，但是总嫌粗疏。本文就这个问题无法进行展开论述，只想指出一点，中国小说的后新时期包含了某种元素，类似西方后工业社

会出现的那种后现代文化因素，但"后新时期"绝不等于"后现代"，因为在"后新时期"即使那些"后现代"文化特征相当明显的作品，也不仅仅只有"后现代"而没有其他的文化因素，甚至"后现代"在这些小说中也并没有占据主导地位。比如，"先锋派"小说的许多艺术尝试，划入现代派艺术范畴也许更加合适；又比如，新历史小说的某些政治讽刺因素，虽然没有认同和"分有"一元化政治意识形态话语，但是像刘震云、叶兆言、苏童等人的新历史小说明显的讽刺精神，毕竟和某种主流文化有着千丝万缕的联系。"新写实"中的讽刺因子也是如此（只要把王蒙的《组织部来了个年轻人》和刘震云的"官场"系列放在一起看看，这种联系就不言而喻了）。即使是"新写实"中的颓废情绪，作为某种被挫败的抗议逻辑，也不能和新时期文学断然分开。究其原因，我想主要恐怕是这些后新时期的小说对新时期的疏离，主要是借助西方现代与后现代文学表现形式本身的力量，未必也没有理由要求他们在文化和艺术精神上也能达到相应的境界。因此，这些后新时期小说往往是形式上疏离了新时期文学，而在思想内容上又与其藕断丝连。如果这些后新时期小说按目前的方向疏离下去，总有一天，它们会代替现在的政治意识形态，成为新的主流文化。这样的话，疏离仅仅是政治方向上的。在文化和价值本体上，并没有什么根本性的转换。

贾平凹的情况有所不同。这位其实一直和新时期文学若即若离，有些地方甚至与其格格不入凿枘难谋的陕西作家，他身上的意识形态流行色既薄，现代派或后现代的味儿更少。贾平凹既不准备对主流意识形态文化进行反方向的干预，也没有要一无反顾地对自己进行西方化的改造，因此，他和新时期文学的疏离，是按照他自己一贯的文化背景与才能修养进行的，他的方向，很难和王朔、方方、池莉、刘震云、苏童、叶兆言、孙甘露、余华、格非这些俊才们一致。

从根本上讲，贾平凹是某种民间社会的见证人，是某种民间文化的承传者和歌手。民间的情绪、民间的传统、民间的生态、民间的智慧和处世方式，民间的夹杂着欢愉和忧愁以至苦乐不分的审美情调，特别是民间社会和民间文化的底层汹涌着的那股特殊的重浊之气、淫邪之气，在贾平凹身上体现得最为浓郁。贾平凹的存在，端的是在世纪末的中国文化整体格局中，为一种流溢着重浊之气、淫邪之气、神秘之气当然也不乏俊逸之气的民间文化争得了一席之地。

从某种意义上讲，"五四"开始的新文化运动以后，特别是20世纪40年代一直到20世纪80年代整个战争文化和政治意识形态的主流文化时代，中国文

学的发展就是一个不断遗忘、改造和压抑民间文化而走向政治和意识形态化的过程。民间文化在这个过程中仅仅以潜意识和生命本能的方式冲撞、抗拒着战争—政治—意识形态的一元化语言时装，而很少以其本源的存在形态和价值向度在当代文学中合法化呈现。进入 20 世纪 80 年代，民间文化在文学中的含量，其实一直在人们不去关注的情况下悄然上升，像莫言、刘庆邦、张炜、李锐、刘玉堂、刘震云等作家，如果不以民间文化挣脱意识形态主流文化脱颖而出的角度着眼，将很难把握他们的文学精神和文化归属。《废都》正是代表这一种文化趋势的翘楚之作。一方面，我们可以把《废都》的出现理解成民间文化从一直被压抑被遗忘的地位向主流文化层面的撞击和上浮；另一方面，也不妨把《废都》现象看作现代知识分子从种种现代意识和主流意识形态文化脱身而出，回归或者下降到某种民间文化的氛围。无论是民间文化的上浮还是知识分子主动向民间文化的沉落和回归，都牵涉到知识分子的文化命运和价值依托等终极性的问题。由于这个问题的提出有赖于 20 世纪整整一百年中国文化演进造成的最后格局，它又透着浓烈的世纪末意味。

四

《废都》所写的民间社会，确切地讲，并非标准意义上的乡野（像贾平凹"商州系列"和"土匪系列"中所写的那种民间），而是游离于政治意识形态权威之外的一群闲散文人组成的特定文化世界。这个文化世界的民间性，在外延上是它的非主流和非意识形态化，在内涵上则是它的某种知识分子化。西京的文化人通过种种非常传统的生活和交往方式自成一个小社会，或者文化上的小集团，因此这种意义上的民间其实就是闲散型文人组成的一个相对独立的生活圈子。贾平凹对这个圈子中弥漫的那种温情和浪漫情调以及相对自足的结构出色的描绘，使这种文化人的民间带有强烈的世俗乌托邦的色彩。

值得注意的是，贾平凹没有详细交代这个特殊的民间社会形成的历史经过，也很少展望它的未来。庄之蝶、孟云房等人似乎是没有什么选择性可言地被抛入这个小世界，这有点宿命的味道。全书着力写一群不关心历史不关心未来、对现实政治也比较隔膜的文化人在似乎自足天成的小世界里消磨岁月，朋友间往来酬答、恩恩怨怨，夫妻间彼此应付、哭哭笑笑，其余就是搞点所谓的创作，玩点所谓的文化，再就是搓麻将，吃花酒，打官司，敛私财，酒、色、财、

气，样样俱全，还加上求神问鬼，气功易数，总之，做着各种生命的把戏，最后无一例外在堕落、苦恼、无聊、绝望的泥塘越陷越深。

当这一过程结束之际，一切的光彩都消逝了，人和他们的文化都作为"废品"被收购。贾平凹用古典小说以痴呆癫狂的神秘局外人收拾残局的模式，对庄之蝶们的生存进路以及他们沉溺其中的民间社会和民间文化来了个大否定。这种悲剧的营造是需要真诚和勇气的。

结论似乎是，逃出政治意识形态中心的知识分子在貌似属于自己的民间社会和民间文化中，并没有找到安身立命之所。从意识形态回到民间并非世纪末知识分子的救赎之路。知识分子在看来是属于自己的天地里追求生命存在的充实、解放和浪漫情调，到头来只能得到一点可怜的虚假的满足，最终堕入更加绝望的虚无之境。

知识分子的文化圈子一旦和整个社会隔绝，将变成一潭死水。那时候，沉溺其中的文化人将不再是不断创造不断超越的生机勃勃的诗人、艺术家和真诚的男人与女人，而变成已有文化单纯的消费者，呆板、空虚、窒息、创造力枯竭，附庸风雅的浅薄可笑，都将不可避免。《废都》写知识分子的回归民间，是写知识分子单纯地沉溺和享受一种既成的文化。因此，这种回归不是创造性、超越性和理想性的。这种民间社会既不能起到意识形态的反映与批判的功能，也不能在意识形态之外开拓另一种富于生气的哪怕是艺术想象的空间。它所能产生的，也许只有类似龚小乙吸足"白面"之后体验的那种狂想的满足。这应该是贾平凹为世纪末一类文化人勉强完成的一幅纳西索斯式的画像，而转移了的激情和想象全部用于这幅注定要被打碎的画像了。

《废都》在世纪末摊开了许多关于文化、历史和生存的问题，但它留下的问题也许比一开始的时候还要多。这部癫狂之作，这部世纪末的奇书，作为对一个时代的侧记和见证，也不知道会引起以后的读者怎样的评说。

（选自《〈废都〉大评》，香港天地图书公司 1998 年版）

细读《废都》：世纪末的文化空间符号学

王一燕

贾平凹从 20 世纪 70 年代开始发表作品迄今已近半个世纪，著作等身，名扬天下，从诗歌小说到散文随笔，种种文类，无不涉及。贾平凹的散文独树一帜，堪称美文，但是若从其创作整体来看，其主要精力是放在长篇小说创作上的，文学界对贾氏的评判褒贬也大都基于其长篇小说。虽然贾平凹早期的中短篇小说奠定了他进入文坛的基础，但真正让贾平凹名声大振的应是 1986 年出版的《浮躁》。这部小说以"浮躁"为题抓住了当年社会改革开放的命脉，让"浮躁"成为当年最常用词，足见其影响之深远。《浮躁》1988 年荣获"美孚飞马文学奖"，中国文学翻译家葛浩文的英文译本 1991 年在美国出版，贾平凹登上世界文坛。此后的两年时间，众多读者翘首盼望贾平凹的新作问世。可是 1993 年出版的《废都》却让贾平凹的名声一落千丈，《废都》遭禁，出版社被罚款，评论界对贾平凹的赞誉顿时被辱骂声淹没。1995 年《白夜》悄然出版，评论界完全没有反应。随后面世的《土门》《高老庄》《病相报告》都没有引起文学界热烈的反响，直到 2005 年《秦腔》出版并荣获"红楼梦文学奖"，贾平凹才成功翻身。《秦腔》以后的《高兴》《古炉》《带灯》《老生》《极花》虽然也各领风骚，有许多突破，但文学成就与历史意义毕竟未及《浮躁》《废都》《秦腔》。这三部长篇仍然是贾平凹文学生涯中最为重要的里程碑，而这三者当中，《废都》也仍居首位。《废都》不仅是贾平凹个人的杰作、代表作，也是当代中国文学中独具特色的作品，更是中国当代小说里屈指可数的突出个人内心世界的文本。

《废都》自 2009 年解禁以后，评论界重读《废都》，眼界显然拓宽许多，先前对《废都》很是愤愤然的批评家很多转向对《废都》及作者倍加赞赏。诚然，十几年前的禁区很多已不复存在，不过 21 世纪以来的中国文学评论也确实更为客观，理论性也普遍加强。20 世纪 90 年代将作者等同于主人公，并对作者开展人身攻击的现象几乎消失。再版的《废都》由李敬泽、陈晓明、谢有顺三位

中国当今重量级的文学评论家作序，可见贾平凹的文学创作确实赢得了文坛认可。其中陈晓明和谢有顺的文章回顾贾平凹整个创作生涯的心路历程，论及贾氏创作何以从数量、质量到风格语言超越文坛起落、政治风云以及当代文学史。陈晓明看到贾平凹乡村叙述中对"性情"的执着，看到《废都》如何演示了知识分子的失落和蜕变，但并不为90年代的读者接受，因而成为"文化上的另类"。陈晓明还看到随着中国城市化的飞速发展，本土乡村文化被城市化加全球化快速取代，贾平凹却能够荣辱不惊，坚持书写本土，在全球化时代使汉语写作不被驯化①。谢有顺非常看重贾平凹的写实能力，极其欣赏贾平凹能够以平常之心写作，用汉语、用中国式的思维，叩问存在的意义，创造出"无解"的现实并附之于丰富的精神维度。谢有顺认为贾平凹是当今中国为数不多的具有文学整体观的作者。②笔者非常同意谢有顺的看法，正是这种对普通人日常生活的关注，正是这种希望读者能跟他一起体验鸡零狗碎的泼烦日子的愿望，令贾平凹的写作能够超越统领了中国文坛多年的宏大叙事，进入文学的终极目标——描述人生，顺便也探讨一些哲学问题，如人生之意义，等等。

　　虽然陈晓明、谢有顺的评论都有提及《废都》，但只有李敬泽题为《庄之蝶论》的文章深入讨论了《废都》。李敬泽从庄之蝶的一举一动深度解读这位在90年代很多人尤其是知识分子口诛笔伐的文学人物，并将《废都》与《红楼梦》的叙事与人物塑造细致比较。仅此一举，足可见李敬泽给予《废都》及贾平凹怎样的非凡赞誉。李敬泽的《庄之蝶论》是笔者迄今见到的，也是中文文学评论中极少的，基于细读文本的深度人物分析。李敬泽的讨论击中要害，其最为精彩的论点是：《废都》是简体横排的《红楼梦》和《金瓶梅》，庄之蝶乃简体横排的明清文人③。好一个简体横排！一语道出了传统与现代错综复杂的关系，也说白了《废都》书里书外的是是非非、情长愁短。

　　《废都》的确是中国当代小说中借鉴明清叙事传统最为成功的文本。庄之蝶的形象代表了传统的衰败以及随之而来的个人的、内心的、不可逆转的失落。讴歌个人内心的失落和灵魂的孤独，这在横排简体字文学里是首创，属于"阳

---

①　陈晓明：《穿过本土，越过〈废都〉——贾平凹创作的历史语义学》，见《废都》，作家出版社2009年版，第10—31页。

②　谢有顺：《贾平凹小说的叙事伦理》，见《废都》，作家出版社2009年版，第32—47页。

③　李敬泽：《庄之蝶论》，见《废都》，作家出版社2009年版，第1—9页。

春白雪，和者盖寡"。不过，庄之蝶并非《废都》唯一的关注焦点，顾名思义，《废都》本身的文化空间西京是故事里的又一重要"人物"。本文将跟随庄之蝶的足迹，在西京的文化圈里走街串巷，解构《废都》文化空间的深层意义。

故事与人物：寥落文人的泼烦日子

《废都》既不涉及重大的历史事件，也没有令人肝肠寸断的悲惨场面。这部近五百页的长篇小说详尽地描述了虚构的西京城，以及住在城里名为庄之蝶的作家的日常生活和风流韵事。好在打了一场文学官司，故事方才有些曲折婉转。小说主人公，或者更准确地说是"反"主人公（非英雄式主人公）庄之蝶，人到中年，身材矮小，其貌不扬，与其说他是当代作家，倒不如说他是落魄文人，其作品、思想、心态、志向和生活方式处处体现出文人的颓废及厌世情绪。

《废都》以中国传统小说的惯用方式开篇，不是直接介绍人物，进入故事情节，而是先描写一番西京城内天上人间的奇闻怪事。于是奇异天象、珍花奇草、怪诞虫害，重重叠叠，不期而至，然后才是艳妇唐宛儿与青年才子周敏私奔来到西京。唐宛儿是有夫之妇，美艳动人，虽生有一子，但怨恨丈夫不读诗书，因此与周敏一见倾心。周敏胸怀抱负，一心希望成为像庄之蝶一样的知名作家，但苦于投靠无门。

一次偶然机会，周敏结识了孟云房，随后通过孟云房认识了庄之蝶。孟云房是当地文史馆研究员，西京文化界的知名人物，更是庄之蝶的知心好友。孟云房借庄之蝶之名，瞒着庄之蝶帮周敏找到在《西京杂志》编辑部跑杂的工作。《西京杂志》编辑部是西京文化厅的下属单位，主管是庄之蝶的初恋女友景雪荫。正是通过这层关系，孟云房得以让周敏进入《西京杂志》打工。由此，周敏进入庄之蝶的生活。

急于成名的周敏乘机借题发挥，撰文演义庄之蝶与景雪荫的恋爱，虚构了许多细节，未经当事人过目许可便在《西京杂志》上发表了。庄之蝶看后暗觉此事不妙，知道会惹来麻烦，但还是表现得很大度，并未责怪周敏莽撞。可是，此举却得罪了景雪荫，她对自己私人情感生活被曝光十分恼火，觉得庄之蝶是在利用与她的关系谋取私利。景雪荫将庄、周二人告上法庭，庄之蝶败诉，与景雪荫就此疏远。但是漫长的司法对垒不仅将其精力耗尽，还捣毁了他的家庭生活。牛月清跟他离婚，唐宛儿遭绑架，他本已脆弱的"自我"感觉受到了致命打击。

千思万虑之后庄之蝶选择摧毁自己的作家声誉，以终止社交来找回自我。他登报声称己丧失写作能力，此后他不再是西京的著名作家。声明一出，先前的种种特权顿时烟消云散，往日与其情同手足的市长立马对他视同陌路，邻居商贩等也开始慢待他。出乎意料的是，他确实将自己还原为"普通人"之时，却是他更感孤独无助之日。最后他决定离开西京南下，在候车室里意外撞见周敏，两人决定结伴同行，等车出发时庄却突发中风，昏迷不醒。

庄、周二人，实为作者精心设计的互补角色，是庄周中一人之两面。庄之蝶和周敏是同乡，都是西京东面小县城潼关人氏，都是唐宛儿的情人，都靠或者想靠写作为生。周敏写作惹的祸，但庄之蝶自认倒霉，有口难言。庄之蝶在南下火车上病变失语，周敏却不期而至，成为庄之蝶的旅途伴侣。

《废都》及其文化景观构建

贾平凹的长篇小说有好几部是以西安为背景的，除《废都》之外，《白夜》《高兴》中人物活动的主要场所也是西安。但是贾平凹书中的西安都不是现代化城市的再现，也不展示西安市最具现代性的街区市景。《白夜》《高兴》中的西安是农民进城打工的西安，是乡下人进城以后通过自己的关系网逐步发现并赖以生存的、不甚熟悉的环境。尤其在《高兴》一书里，主人公刘高兴进城以后捡破烂，他所经历的西安城不是丑陋的街角就是肮脏的旮旯。《废都》里的西安跟《白夜》和《高兴》里的又不一样，《废都》里的西安不仅是叙事的背景，也是叙述的核心所在。该书称西安为"西京"，直接影射其作为许多朝代都城的历史，只是时过境迁，西京如今只是一"废都"耳！

废都西京的城市图景是通过贾平凹本人熟悉的文化符号实现的，这些文化符号并不为读者抑或是西安本地人所认可，却是有效的文化在地叙事，是贾平凹本土叙事的有机组成部分。《废都》出版前不久，贾平凹还解释过自己为何特意设计这套文化符号体系：

> 现在都在说符号学，对符号学我有我的看法。譬如说《诗品》，特别是《易经》，就是真正的符号学。《易经》谈到每一卦都有一个象。整个有一个总象。对于文章，严格地说，人和物进入作品都是符号化的。通过象阐述一种非人物的东西。……只有经过符号化才能象征，才能变成象。

艺术就是虚构的东西。我就是要在现实的基础上建立自己的一个符号系统，一个意象世界。不要死抠那个细节真实不真实，能给你启示，给你一种审美愉悦就对啦。……尽量在创作时创造现实，另创造一个虚构的现实。

对贾平凹而言，陕西的本土文化传统正是"本真"中国之所在，西安则是中华文明的渊源。根据贾平凹自述，他想表达的是"废都意识"：

我欣赏"废都"二字。一个"废"字，有多少世事沧桑！

西京可以说是一个典型的废都，而中国又可看作地球格局中的一个废都，而地球又是宇宙格局中的一个废都吧！这里的人自然有辉煌的过去和辉煌带来的文化重负，自然有如今"废"字下的失落、尴尬、不服气又无奈的可怜。这样的废都可以窒息生命，又可以在血污中闯出一条路来。而现在，就是这样一种艰难、尴尬的生存状况。这种生存状况，才可以逼人觉悟，逼人从血污中闯出来。

显然，贾平凹正是从这由辉煌过去而来的"失落、尴尬、不服气又无奈的"复杂情绪出发来表述废都的文化及社会意义的。他把西安比作中国的废都，把中国比作世界的废都，极为清晰地将西京置于中国历史背景，将中国文化置于国际背景。这一定位描绘了中国与外部世界的对比，以及过去与现在的对比。从这个角度着眼，作者是鼓励读者将其解读为国族文化寓言，宣布《废都》要走进文化传统。

既然作者把西京作为废都来描写是想构造发掘中国文化传统的根本，那么文人高雅文化与当代通俗文化在西京的同台演出就不足为怪了。并且由于作者的意图不是在西京梦说繁华，种种文化编码组合形成的是功能失调的大都市，《废都》的文化景观构建集中于"文化闲人"群体的生活方式与个人行为，庄之蝶则是这一群体的核心人物。与庄之蝶称兄道弟的哥们儿大都是享有特权的当代文人，具备创造与鉴赏文化作品的素养。跟西京其他社会群体相比，他们具有非常独特的但更为重要的文化、社会功能。当然，说他们更为重要，是就西京的文化氛围而言，因为本文关注的是文化西京。从文化意义上看，他们不仅构成了西京的文化圈，而且其日常活动往往也是传统文化的当代实践。文化圈又好像过去文人的门派，他们的帮派行为反映了中国文化传统的现状，既是商

业活动，又是圈内事业，还是西京市文化资本。

庄之蝶的个人生活空间

庄之蝶出身潼关乡下，身份卑微，以才子的魅力赢得牛月清的爱慕，通过婚姻进入西京文化圈。牛家是西京从前显赫的大户人家，在双仁府街上有所旧宅，牛家往事近事都带有传奇色彩。牛月清的祖父在二十世纪二三十年代是西京奇人，有"观象于玄表，察式于群形"的本事，名噪一时。他还能够神机妙算，弄清敌军的进攻方位，帮助当时的陕西长官杨虎城成功守卫西京。后来牛月清的父亲建立了西京水局，使市民喝上了干净的饮用水。牛家至今还保留有旧时的木制水牌，现已成为收藏文物。尽管庄之蝶听起来是西京城大名鼎鼎的作家，但与其岳父、岳祖父相比却逊色许多，家内家外远远不及他们更受尊敬。

牛家的老宅雕梁画栋，极具传统建筑特色。精美的雕饰虽已脱落许多，却依旧能看出昔日繁华。庄之蝶的岳母八十岁了，独自深居老宅，却不愿搬去现代水泥建筑中与女儿女婿同住。她五十岁时丈夫去世，六十三岁时开始神志不清，曾昏睡过去两星期，而后竟奇迹般活过来并且康健如初，只是随后她便生存于阴阳两界，游走于活人死人之间。老太太还逼着庄之蝶给她买了副棺材，从此每晚睡在棺材里，把鞋放在胸口，说是以免魂魄到处游荡。她不仅能预言生死，还深知宇宙变化，讲起死人来活灵活现。凡此种种，难以置信，但其令人毛骨悚然的死人故事却屡屡得到验证。老太太没去墓地便知道丈夫的坟边添了座新坟，阴间的丈夫对此很是不满。老太太天天唠叨，牛月清夫妇只好去墓地查看，令人又惊又怕的是，牛父的坟边果然添了座新坟，牛父的坟周边也业已被雨水冲塌许多。

老太太除了在阴阳两界游走之外，还喜欢保有种种旧物、习俗、信仰。她自己酿醋，腌菜，制药。家中的尘土蛛网，她一律不准打扫，说有过世亲人的足迹。她的世界既神秘又封闭，起居之处不是高墙深宅就是阴森棺材，可是她却看得见先祖坟茔，街坊邻里，城里城外。庄之蝶十分乐于遵从老太太神秘宅院中的"老"传统，不仅不反对她的生活模式，还对她的要求唯命是从。岳母故事里的魔幻色彩让他惊叹发现了中国本土的魔幻现实主义。牛家衣食住行中的点点滴滴在不经意中构成了庄之蝶在西京的文化根基。

庄之蝶自己的各处居所也充分表现了他的传统文化价值取向。他和牛月

清的家安在作协分配的文联大院居民楼，摆设装饰都有意展现文人趣味。尽管有沙发、地毯、电视及其他现代物件，但家具和装饰明显超越历史，传统文人的"物语"压倒一切。客厅正墙悬挂着庄之蝶最欣赏的格言"上帝无言"，由其本人手书，配黑框玻璃镶裱。靠墙是四扇凤翔雕花屏风，屏风前是一张椭圆黑木桌，两端各放一把高背黑木椅。书房里藏有大量古董，有唐三彩、汉砖瓦、明瓷瓶。虽然是所谓的当代作家，可庄之蝶却置身于中国"古典"环境的氛围中，尽可能地远离现实。他也常常提笔写作，不是情书就是诗词，只是从未书写现代小说。此外，这个书房更多的用处是和好友孟云房研读道经，炼制仙丹，有时也是庄之蝶与情人幽会之地。

另外庄之蝶还有一所公寓，是市长给他的奖励，因庄之蝶为其连任卖力不少。庄称此公寓为"求缺屋"，强调欣赏"残缺"的审美意境，并亲笔写就，跟家里的书房一样，亦镶黑框高高挂起。庄之蝶本打算在这里办文学沙龙，但后来大多在此和唐宛儿偷欢。他把唐宛儿的身体当作梦幻之地，用口红在唐宛儿大腿内侧写下"无忧堂"，并于此醉生梦死。显而易见，"求缺屋"及"无忧堂"表达的远远不是当代作家或是具有现代意识的知识分子的个性化追求，与这一形象相应的，恰恰是古往今来的文人。

不仅如此，庄之蝶上无父母，下无子嗣，真真地应了"前无古人后无来者"的老话。事实上，庄之蝶一直自视为旧时文人，并用唐人陈子昂千古传唱的名句来标榜自己："大人物都是前无古人后无来者的。"[①]对传统文人而言，切断祖先根脉最为惨痛，"不孝有三无后为大"，也往往令其感伤。庄之蝶的文人元素于此也再次凸显。

"传统"充斥庄之蝶的私人空间，无时不在，无处不有。庄之蝶的各处住宅无一例外是展现传统的舞台，庄在这些舞台上，与情人朋友交相呼应，秀出了中国传统文人的行为、思想、趣味。庄之蝶对古玩的热衷，其古典诗词的造诣，乃至书法技艺都源于他对中国传统高雅文化的沉迷。并且庄之蝶的文人朋友也无一例外都生活在高墙大院的旧式建筑中，都被特意置于传统文化的深处，尽可能和当下社会现实拉开距离。这些私人空间反映了文人传统的坚硬，令西京的重塑不仅超越现实，也超越了大众的审美感受，但西京由此转变为展现文化

---

① 贾平凹：《废都》，北京出版社1993年版，第62页。

活动的场域。

庄之蝶的文人同僚

庄之蝶的好友孟云房，职业是文史研究员，但更是佛教、道教与诸多其他信仰的热心实践者，是文人执迷于传统文化中超自然信仰的代表。只是他见异思迁，对每样实践的热情都不持久，而且往往追求的并不是宗教教义，而是通过实际运用从中获益。孟渴望长生不老，对长生之道、修身之法孜孜不倦，为了发掘超自然现象的秘密，努力学习求神算卦。他拜孕璜寺智祥高僧为师修行，但并不为学习佛法超度，而是想习得跟智祥一样高超的炼丹术和气功。为了长生，他戒烟戒酒，避荤吃素，还说服儿子一同踏上"西游之路"，去寻找得道高人。

在其他方面孟云房同样实际而精明。多年的文化研究练就了他一双"火眼金睛"，文物鉴赏，世事人情，不在话下。孟氏十分了解中国社会机制乃"学者"本分，因此，从隐居道人到风尘女子，从省市政要到普通市民，社会各个阶层他都广泛交往，在西京的黑白两道游刃有余，如有机会，同尼姑调情也算工作学习。正是这样，孟云房成了西京文化圈的"万事通"，与"文化闲人"中的四大名人和西京驰骋风云的"社会闲人"关系都不错。他能将西京四大文化闲人的事业与生活一口道来，评价中肯，几乎是《红楼梦》中甄士隐的西京现代版。甄士隐引介贾雨村时也是将金陵的四大家族逐一评价，孟云房引介周敏的路数与之如出一辙，而且贾雨村和周敏两人都小有才气但终不成大器。跟甄士隐一样，孟云房也说佛念经，保留一定的良知。

西京四大文化闲人之首是汪希眠，擅长国画，是天才的赝本高手。汪靠在西京著名历史景点大雁塔出售赝本而大发其财。汪还好色无度，身边总是美女如云。汪妻冷清持家，与婆婆相依为命。后来汪希眠的赝本勾当引起公安局注意，汪随即被警察通缉追捕。

书法家龚靖元在四大文化闲人中排行第二，西京的商铺、饭店、宾馆都争相悬挂龚氏手书匾额，以此为荣。龚还是有名的美食家，来西京谋生的厨师若想开业，首宴必请龚靖元，只有经他认可的厨师才为他人所认可。龚更是深知市场运作之道，在龚氏书法收藏者大力吹捧下，龚靖元的任何书法都能卖出好价钱。龚靖元远非文明社会的守法公民，美食、女人以及赌博的嗜好令其频繁

出入公安局。他的小儿子是无可救药的瘾君子，常常偷偷廉价卖掉龚靖元的书法作品和艺术藏品换毒品。小说末尾，龚靖元因赌博再度被捕并被处以巨额罚款，为筹罚金，儿子无奈只好将父亲最好的作品与收藏低价卖给了庄之蝶。龚靖元获释回家看到多年的艺术珍藏所剩无几，精神崩溃，自杀身亡。

阮之非位居第三。他原是秦腔演员，会好几手秦腔表演绝活儿。市场经济大潮袭来，他抓住机遇，组建了自己的演出团，自聘乐手、时装模特、舞蹈演员四处巡回演出。演出团迅速走红，阮之非用赚来的大把钞票将业务扩张到餐饮业与模特业。可是乐极生悲，巨额财富与奢靡生活让他成了众人嫉妒的目标，晚上下班后他遭人绑架，单眼失明，后移植狗眼替代。

孟云房在介绍中有意把庄之蝶同其他三人区别开来，在孟看来，庄之蝶虽偶尔也做做奸商，搞搞腐败，玩玩女人，但说到底，庄的劣迹属不愿为而为之，从根本上看他还是个真诚的、有良知的人。其他三人就不一样了，他们是识时务者，很会赚钱，但良知几乎丧尽。

西京的文化人中还有位名叫赵京五的年轻人，是庄之蝶开书店做古玩生意的合伙人。赵家有显赫家史，祖上与中国近代历史事件相关。由此西京历史人物与中国国家历史直接接轨，赋予西京重要的国族意义。据赵京五讲，他祖父曾是清慈禧太后掌权时的刑部尚书，列强攻入北京时的五位主战派官员之一，并暗中支持义和团。清廷对抗洋人失败，赵保驾，护送慈禧从北京逃到西京。清廷战败，列强签订和约时要求公开处决赵，以震慑国人的抵抗运动。由于无力与洋人抗衡，虽有西京六万民众抗议示威，慈禧无奈只好赐其自尽。赵京五的祖父和庄之蝶的岳父及随之而来的种种历史杜撰，都是虚构的文化遗产，方便西京从政治之都转换为文化沉淀深厚的传统城市。

赵京五对其家史的诠释还完成了另一概念转化，即对历史文化的传承不经意中被物化为对文物古玩的继承。清廷当政时，整整一条西府街都是赵家产业，街上的传统建筑、字画古董、手工艺品等远近闻名。光阴荏苒，赵家日渐败落，整条街的房产渐次卖光，最后只剩下赵京五与父母的一处居所。不久，市府决定在西府街建体育馆，因此这仅存的房产未能留下。拆房之前，赵特意请庄之蝶去参观，做一番文化凭吊。赵家俨然就是博物馆，传统风格的建筑暂且不提，珍藏的文物令人目不暇接，字画、陶瓷、青铜器、古币、拓片、雕刻件等不一而足。吸引眼球的还有砚台收藏，每一方都历史久远，砚身还刻有相关的

故事传说。

赵京五和庄之蝶二人在文物古玩上志趣相投，但赵更有经济头脑，也是西京文化圈里的先锋收藏家。眼下圈里特别流行的收藏新宠是已故政治名人的物件，如康生的书法之类。毛泽东、康生、赵元任、康有为、杨虎城等中国现代史上的名人，因为都同西京的文化话语相关，他们不同的政治立场更为收藏增添色彩，长期着眼，增值是必然的。赵京五在文化生意上很有眼光，收藏范围甚广，古代文物、现当代特色物件一概不拒。他索要庄之蝶的书法作品就不仅为了收藏，还为了日后出手转让。作为回报，赵送给庄两面镌有精美文饰的宋代铜镜。

从历史进程来看，赵家的家族史是近代中国贵族到平民衰落的缩影，也显示了中国精英文化的遭遇。赵京五本人为人做事的方方面面更是凸显了文人传统的危机：从文化上说，家传古物他视作商品；从政治上讲，他既无雄心大志，也无权力欲望；从家业上看，他无妻无子，显然也不想光宗耀祖。与其说他精于艺术收藏，不如说他是个急功近利的败家子。如若没有家族文化遗产的浸润，他也不可能精通古玩交易。历代相传的艺术珍品在赵京五眼中物化为货币符号，文化归属、遗产保护等是跟他完全不相干的议题。

赵京五是新一代文化闲人的代表，其人生观与生活方式与传统文人大相径庭。虽然庄之蝶对文化商业化也随波逐流，但是他对整个文化商业化过程的反应是深受震撼、极度失望的。龚靖元虽然也倒卖文物，奢侈无度，但对文物还是珍惜的，以至于丢失收藏便生不如死。相比之下，龚靖元的儿子根本不懂文物价值，就文化欣赏来说，远远不能望其项背。赵京五虽然认识文物，但他不仅认同商业化，在市场经济里游刃有余，而且在文物交易中卑劣冷酷，视赚钱为唯一目的。传统文人精通艺术，有书法、绘画、诗歌或是其他方面的专长，直接参与文化产品的创造。而赵京五之辈的文化技能欠缺，对文物的兴趣大都出于商业动机。跟赵京五年龄相仿的周敏对庄之蝶恋爱故事的失实描写也是相同的文化"投机"。凡此种种，《废都》展示文化传统的商业化只能预示一个必然后果：中华文明如同西京一样，生命垂危。

"文化闲人"与西京文化构建"文化闲人"

二者有两个共同点：其一，都把文化成果视作赚钱的商品；其二，生财之

道都来自个人文化资源。其日常生活主要都是从事文化活动，或经营与文化产品相关的生意。例如《西京杂志》编辑部庄之蝶的朋友们会常常聚会，谈谈"纯文学"，聊聊谁又在哪里发现了汉砖之类。酒桌上，宾主或联诗作对，或谈禅说易。他们频繁光顾的往往是书店、娱乐场所或是寺庙。为消遣时光他们会吟诗作赋，相互赠和，转手之间，馈赠的书法作品又会在市场流通，卖出高价。文人之间互赠的礼物，或是给官员的贿赂，绝不会是烟酒糖果之类普通消费品，必得是古玩、书画之类高品味的艺术品。总之，文化闲人依赖自己的文化才能得以在商业大潮中有资本进入市场。

"文化闲人"的形象塑造及其当代的社会功用与意涵曾是《废都》争议的焦点之一。在《城镇、文人与旧小说》一文中，吴亮认为，就形式与内容两方面而言，《废都》是对中国旧小说的拙劣模仿：

> 《废都》中的人物，没有知识分子，只有坐井观天的旧文人：画家、作家、演员、书法家和文史专家。这些古老的职业，以及由这些古老职业构成的"西京文化中心"，不仅说明"西京"的文化停滞性，也证实了《废都》的视野完全囿于文人圈层中。而这种视野，导致了《废都》的"非城市化"和"非知识分子化"。

吴亮认为《废都》并非一部关于现代城市或市井生活的小说，而是用民间语言与乡村模式讲述的20世纪末的"小城故事"，用农民的眼光来观察一群旧式文人的自恋及其生活经历如何与"现代"相悖。吴亮认为《废都》对中国文化与社会的理解不仅极其狭隘，而且是"对历史毫无品味的、病态的、走调的歪曲"[①]。

吴国璋尽管赞同《废都》中的人物只是文化爱好者，而并非有见地的现代知识分子，但他对这些"堕落"文人所承担的角色却持相反意见：

> 在社会群体当中，所谓文化人的概念是十分模糊的，知识与文化在某种程度上并不能划等号。《废都》中似乎也未给这一类人分出个子丑寅卯来。但是，当作者将作家或艺术家一类的人物作为他反映的主体的时候，他的笔触也就伸到了社会心理的最

---

① 江心编：《〈废都〉之谜》，团结出版社1994年版，第257页。

深层次。在这里，不是说作家或艺术家一类的人物就是社会的杰出代表，而是这一类人物往往会集中地折射出社会的各种文化积淀物。……从总体上讲，他们是社会精神文明的创造者，同样，也是社会文化的批判者。……在中国文学史上，《儒林外史》着重揭示了文化人在社会价值体系中的无足轻重。《围城》反映的是知识分子在把握自身感情方面的无可奈何。这两部小说与《废都》相比，在对人格、人性与文化的冲突等的矛盾揭示方面仍表现了一定的差距。

许多学者认为《废都》是对文化传统与社会变革之间矛盾的适时思考，反映了传统行为准则的压抑特质与个人欲望的碰撞，吴国璋的评论便是此中代表。与吴持相同观点的还有文学批评家白烨，《废都》的编辑田珍颖以及贾平凹的传记作者、学者费秉勋。他们都承认《废都》通过对文人角色的性描写，深入探究了中国知识精英在当前社会变动中的失落感，亦对社会进行了大胆抨击。白烨认为该书是关于主人公庄之蝶的反面教育小说，庄从名人堕落至闲人，最后成为废人。曾镇南对此观点表示赞同，认为《废都》至少在两方面是无与伦比的：一是对当前中国城市社会现实鲜明逼真的反映；二是对目前中国作家、艺术家可悲精神状况的移情性评论。①

庄之蝶及其文人朋友的放荡贪婪显而易见是负面的，因而经常被看作对现代知识分子的"歪曲"。但如果仔细观察，就会发现其实这是一群文化闲人，与现代知识分子有关联也有差别。两者教育程度都颇高，也都可能从事文化活动，但文化闲人的角色更倾向于传统精英文化的实践或研究。知识分子和文人在有文化有知识的层面上的确相近，但知识分子的概念在中文语境里不仅仅指具有超出普遍知识水准的社会群体，往往还隐含政治角色的分派，许多知识分子自觉背负社会责任，视救国救民为己任。文人，尤其是《废都》里的文化闲人，少有社会责任感，庄之蝶之流时时刻刻关心的是自我的失落或是自身的利益。不过中国进入现代以来，作家几乎都被认定是知识分子，甚至是公共知识分子。因此，庄之蝶的身份确实有些暧昧。他身为作家，还是人大代表，但并不专心为市政府着想，为社会担当出力，完完全全是文人心态。

---

① 肖夏林编：《〈废都〉废谁》，学苑出版社1993年版，第159—162页。

《废都》展示了文人在社会变革中被重置的过程，他们本身便是多彩文化景观。他们既是书法家、画家、演员、作家、编辑、记者，也是赌徒、制假者、巡演艺人与商人。他们从事文化产品交易，游走于历史文化景点之间，将自己与他人的创作变成商品。一方面他们的文化活动丰富了西京文化生活，另一方面他们也贿赂、贪污、沉溺女色，成为社会堕落与理想破灭的化身。此外，他们对自身在社会中的日益边缘化也十分伤感，为了经济或政治利益也会牺牲尊严，但是深感焦虑苦闷，心理压力巨大，备受折磨。当代社会的变革使其成为"闲人"，原先阳春白雪的生活方式难以维系，因而文人即使没有面临灭顶之灾，其生活方式也已成为"濒危物种"。

作为文化能指，文化闲人是和自己的孪生弟兄"社会闲人"同时诞生的。贾平凹的散文《闲人》对各色闲人，包括社会闲人做过详细的描述和定义。贾平凹认为社会闲人是由个体户或无业人员组成的社会群体，这些人往往受过些教育，练习过武功，讲哥们儿义气，喜欢打抱不平伸张正义，因此也时常与当局对抗。事实上，年轻一代的文化闲人经常在这两种身份之间转换。周敏、赵京五和洪江等人，既是文化闲人，也是街痞无赖，是社会闲人新一代。他们做生意，谈文化，打群架，办宴会，倒卖文物，无所不及。社会闲人还常常超乎于社会权力框架之上，他们更乐于遵从文化符码或社会群体规范，而不是国家的法律法规。他们有时会为官方出力，但也会与之对抗，而官场人物出于政治目的，对他们也时而宽容，时而利用。从文化闲人到社会闲人，《废都》设置"闲人"是为了构建传统文化景观，因为闲人们自古便是中国社会的有机构成部分，而且闲人群体没有政治理想。这是作者有意而为的人类学意义上的文化组建，也就是近年来很多学者称颂的"民族志"写作。相反，假如选择其他社会群体来进行文化编码，如高校学生或工人阶层，由于这些群体都产生在近代，会显得过于新颖现代，不足以体现历史沉重的延续，更难以折射文化衰落的阴影。除此之外，其他社会群体还会承载过多的、不必要的政治外延，会遮蔽《废都》本来想强调的文化意义。

《废都》对文化闲人的描写更多地具有象征性而非现实性。在顺应商品化潮流的过程中，西京的文人变成生意人，开始适应并采用种种商业手段。可是这种适应恰恰是以自我否定为前提的，于是便造成文人两难的困境：商业的成功直接消解文人传统的价值，可以想见之后文人传统本身的消亡。文人与商人

身份转换的悖论是社会转型带来的，是当下文化景观的重要组成部分。值得注意的是，《废都》中的文人形象不仅是负面的，也是夸张的，《废都》并非颂扬而是批评了文人所代表的文化传统的方方面面。西京的四大文人是"废都"的文化遗民，无一有好的结局，而其不幸也暗示了中国高雅文化灰暗的未来。从这个意义上说，《废都》根本不是现实主义作品。90年代的读者和批评家们更多倾向于用现实主义的眼光看《废都》，自然觉得一无是处。

西京的市场、大众文化与市井生活

西京文人的两难处境延及城市自身，和许多其他的古城一样，西京当下的繁荣主要依赖于文化旅游业及文化商品，"废都"也逐渐从夸张的隐喻过渡成为文化与社会现实。显然，西京的城市发展规划以商业目的为中心，古建筑的修葺或重建也都以能否带来经济效益为标准。为此，市政府修复了西京城墙，疏通了城河，沿城河边建成极富地方特色的娱乐场，又改建了三条大街：一条为仿唐建筑街，专售书画、瓷器；一条为仿宋建筑街，专营全市乃至全省民间小吃；一条仿明、清建筑街，集中了所有民间工艺品、土特产。①

与此同时，为仿造历史街道腾出空间，真正的文化遗迹却被拆除。一座座老房子被拆毁，取而代之的是混凝土高楼。牛家与赵家的老宅院在城市拆建的高潮中立马消失，随之而去的还有以这些房屋街道为所在地的"本真"文化。与此同时，政府许诺的城市现代化姗姗来迟，而老城在走向灭亡的痛苦中却一再遭到历史对抗性的报复。拆建工程惊醒了地下、墙缝中沉睡了多个世纪的无数蛾虫，它们从一片片废墟中冲出来对路人肆意叮咬，人们痛痒难耐；紧接着洪水泛滥，电力中断，交通瘫痪，疾病流行，西京这座古代文明之都从物质到文化全面失调，天怒人怨。

西京文人和高雅文化在商业化的过程中万分痛苦之时，大众宗教、民间文化却欣欣向荣，市场、庙宇、街道处处充满了商业活力。西京市井生活最生机勃勃之处，就是各色人等频繁光顾的各种市场。菜市场上不仅能够买到普通民众日常所需的各种农产品，也能购得举办文人家宴的有陕西乡村特色的各种原料和调味品。"鬼市"晚间开市营业，经营工业产品，因此叫鬼市。晚间营业是

---

① 　贾平凹：《废都》，北京出版社1993年版，第5页。

因为这里的许多交易并不合法，国家不允许工业品私人交易，可是鬼市却从螺丝刀、电线、水泥到钢筋，无所不有。文化商品交易市场同样繁荣，绝大部分交易品都是汪希眠之流仿制的赝品，专门供给广州、香港等地的南方市场，从那边再销往海外。宠物市场叫"当子"，取"空当"的意思。"当子"不大，却车水马龙，人流如潮。当子市场出售猫狗、鸟类、鱼虫花草，还有侍养宠物需用的器皿盛具及食料。市场上还有蟋蟀角斗，过往顾客驻足热情观战。当子里的摊贩与顾客三教九流，无所不包，但多为社会底层人物，有各色江湖方士、杂耍艺人、街痞流氓，甚至还有罪犯。

显而易见，多数市民的生活与文人精英及政府规章有很大的出入。市场里没有警察，也没有城管，但是传统道德观的管理在此深具效力。人们对旧传统服服帖帖，买卖公平，不仅不见争吵争斗，甚至使用的语言也与别处不同。《废都》中这样的市井描写看起来是东拉西扯，跟情节发展、人物塑造关联甚少，但这是明清小说常见的路数，而且市场最能展示地方传统风俗，是必要和有效的文化能指。因此，《废都》将西京各色市场一一描写，一边展现出西京普通民众的生机与市场经济的活力，一边不经意地对照出文人的没落及精英文化的尴尬。

西京的市井还有个更为独特的角色：牛。来自终南山的这头奶牛至关重要，庄之蝶喝她的奶，与她谈心，庄、牛之间充满精神、情感、历史、文化、命运的多重联系。首先，庄之蝶夫人姓"牛"，是庄之蝶建议刘嫂牵牛进城挤鲜奶卖，牛因此逃过被宰杀的命运，牛对庄之蝶心存感激。此外，奶牛还认识庄的保姆兼情人柳月，她们前世有缘。那时候，柳月是牛府中的猫，牛给牛府拉水车，猫、牛曾经甚是亲密，猫还欠了牛一份情。从某种意义上说，牛与庄之蝶都是入赘牛月清家的"外人"，因此牛与庄心心相通。大街上庄之蝶会噙住牛的乳头当众吸吮，而牛也总是知道庄之蝶的行踪，走近了会"哞、哞"热情招呼。潜意识里庄之蝶同样明了牛的境遇，牛染病时和弥留之际，庄都能神奇地出现在牛的身边。

无论是生活在终南山下的牛群中还是迁移至西京城内的人海里，牛都能置身世事之外，洞察天人之变。已经几世为牛的她，见证了文明进程，也目睹了社会恶化，记忆里满是历史的"前科"。不幸的是，牛最终也成了西京城的牺牲品，进城以后她就得了癌症，很快离世。庄不忍别离，把牛皮带回家，后来负责筹备西京艺术节的阮知非用牛皮蒙成一面大鼓，置于西京北城门楼之上。牛的

生命从此永恒，她继续俯瞰西京，向整个城市呼喊。

牛所体现的超自然色彩也是贾平凹的本土魔幻现实主义写作实践，在1993年的中国文坛别树一帜。选择牛作为沉思人类生存意义与现代文明"罪恶"的哲人，作者明智地考虑了文化与政治的双重因素。作为"非参与性主体"，牛是观察员，牛能够从"他者"的角度观察社会人生，不必受社会规范与意识形态的束缚，使《废都》得以探索民间习俗、大众宗教，并展现民众现实生活的超自然层面。牛是大众文化里很重要的象征物，在神话里常常以地府守卫的形象出现，从"牛头马面""牛鬼蛇神"等成语中可见一斑。牛的文化象征与中国现当代政治距离甚远，不会引发政治敏感。牛还能站在自然一方与文化相对，代表不断被"文化"损毁的"自然"。牛的悲观能传递世纪末情绪，并且不直接涉及政治意识形态，能够相对自如地评论人类行为及后果，表达人类个体无法言说的意见。

终南山借牛的足迹得以进入《废都》语境，以衬托出西京的颓败。终南山位于西京南郊，风景美丽，自然和谐，是古时高人修炼得道之名山，也是文人梦中的世外桃源。可是终南山在现当代文学中销声匿迹，贾平凹让终南山与文人重现，与牛和废都西京一起组成自然与文化的二元对立。《废都》是贾平凹强调自然与文化二元对立关系的开始，他的小说《土门》《高老庄》《怀念狼》等都再次重申这一主题，认为自然养育生命，生命发生文化，文化发展到一定程度后会破坏自然，而自然的报复会是对人类的致命打击。

结语

《废都》之前，贾平凹一直关注的是乡村，尤其是其故乡商州地区，《废都》是贾平凹首次构建市井环境。产生这一转变有多种原因，但主要是贾平凹城市生活体验的不断积累，以及二十世纪八九十年代之交快速发展的市场经济给文化传统与知识分子所带来的巨大威胁。《废都》不同于商州系列，不仅在于叙述背景与人物造型的改变，也不仅是先前充满活力、清新喜人的山野乡村的消失，更重要的是贾平凹本人人到中年，从乐观走向了悲观。虽然将陕西作为中国文化精髓的初衷并未改变，但是市场经济对传统文化的冲击，对知识分子身份的颠覆和瓦解，引发了贾平凹对己、对人、对社会、对文化、对政治等的疑虑和重新思考。

《废都》书写了两种并存的历史时刻：商业物化的现时，传统辉煌的昔日，"废都"乃时间与空间的双重隐喻。借助时空的不可分割，将二者刻意交错，《废都》成功地将过去与现在交织于同一空间，既表现了传统在当代环境中的存在，也强调了与之俱来的复杂性。一方面，传统无孔不入，现代化进程中处处可见传统的痕迹，传统的顽固又加剧了现代化的迫切。另一方面，现代化不仅发明许多"伪"传统，还毁掉很多宝贵的"本真"传统。如此反复，无数的过去在现代空间重现，现代又兴起于过去的碎片之上。《废都》人物在过去与当今之间穿梭，现代感与历史感交相展现，只是不可逆转的衰败始终占据上风，现在常被过去蒙上一层阴影，使全书叙事沉浸在挽歌般的悲凉氛围之中。

《废都》中无处不在的过去对建造文化之"废"十分关键，过去蔓延至现在，叙事构造了一个时间似乎静止的文化空间。叙述者不厌其烦地引领读者穿越满目沧桑的文化古迹：破败的庙宇、城墙、钟楼、皇陵、护城河及各家老字号的饭馆，还不时萦绕陶埙的哀伤旋律，更强调了古时在现时的驻留不去。埙乐或远或近地飘在空气里，混合着庄之蝶钟爱的秦腔哀曲。尽管西京也有现代科技（如汽车、电话、录音机）与高楼大厦，但城市空间氛围大多是在显现文化遗产的衰败。从语言到音乐，从传统文化活动到其当代的、时髦的改头换面，从食物到衣饰，从和尚、道士、庸医、奸商到各式各样的文化"专家"，西京之为"废都"不容置疑。

《废都》是一部关于中国历史与当代社会的作品，借西京来象征已逝的辉煌与目前逐渐加剧的边缘化，不仅表达了对历史过往的缅怀，也痛惜中华文明"精髓"的衰落。鉴于西京在中国历史上的中心地位，作者坚持将历史性与真实性相等同，坚持以在地与文化传统来定义中国。因为叙述的事件大多具有当代性，而文化实践又具有历史性，所以过去与现在实际上通过废都这一隐喻交融于西京的血脉。

然而，《废都》最重要的文学意义是塑造了庄之蝶这样一位不合时宜的人物，并通过这个人内心的泼烦、纠结深刻地展现了社会变化对个人的冲击。《废都》不只是有声有色地说出社会变了，有些人变富，有些人变穷，旧的去了，新的来了，《废都》的深刻是用庄之蝶的失落提出了思想者价值取向的重大问题。从前，这样的问题在横排简体文学里是不存在的，不是因为不准有这样的问题，关键是作家们倾向于思考国族叙述的重大问题，因此太多的小说总是言说国家

民族街坊村邻如何受苦受难受欺负。庄之蝶的出现提出的问题是：面对市场经济、全球化、意识形态的多元化，国家有国家的对应举措，个人的选择是什么？有了自由，怎么使用？或者更确切地说，丰衣足食之后，生命的意义何在？这些问题也许没有答案，至少庄之蝶、周敏、孟云房都没有找到答案，但是如果一个民族的文学对这些问题无人问津，那就太可悲了。

（原载《南方文坛》2017 年第 4 期）

重读《废都》

张新颖

重读《废都》，最深的感受是，这是一部中年人写的书，写的是中年人的经验和心境。

《废都》1993年出版，已经过了十年。最初的两年内，正版和各种盗版，据贾平凹转述的内行人的估计，加起来超过一千两百万册。准确的数字恐怕无法统计，事实上，盗版至今也没有断绝。

在吵吵嚷嚷的"事件"中，这么多的人读《废都》，都读到了什么？恐怕不容易读出一个中年人无法诉说的精神上的寂寞、茫然和颓败吧？

一旦成为"事件"和"现象"，创作中个人性的东西似乎就没有了位置，取而代之的是社会的焦点和大众的兴趣。

可是，如果没有这种个人性的精神上的东西，就不会有这样的创作，不会有这部书。

大概很少有作家愿意自己的作品被认为是"颓废"的，贾平凹也不例外，他对加在自己身上的关于"颓废"的指责一直耿耿于怀。不过，如果从文学和艺术上来看，"颓废"其实并不是一个坏字眼。二十世纪二三十年代，有人把这个西方文学和艺术的概念翻译成"颓加荡"，这个译法有点意思，差不多可以说音义兼收，形神兼备——"颓"是精神上的状况，"荡"是行为上的表现，与原文又有语音上的关联。法国的颓废派和英国的唯美主义所产生的一些好作品，是与对19世纪末某种精神状况的揭示紧密相关的，并非只是表面上的放荡不羁。二三十年代上海出现过唯美和颓废的小团体，但他们的作品，往往只是对"颓废"形式的模仿，大多有形（"荡"）无神（"颓"），精神上的深切感受不足，也不怎么具备艺术上的功夫。

如果说《废都》写的是一个中年人的"颓废"经验和心境，其实是中肯的。贾平凹写庄之蝶这么一个名作家的日常生活，笔触很少伸到这个人的心灵深

处，偶有指涉也赶快移开，似乎有意避免碰触，但越是躲避着，就越显出问题在那儿。在这一点上，我觉得小说的处理是非常成功的，它不写这个人精神上的问题，写的都是庸常的琐事，有心的读者却能够不时地感受到这个人物精神上的茫然与危机。小说写性，这是最引人争议的了，如果和这个人物的精神状态结合起来看，其实就没有多么难理解。十年之后，贾平凹和人聊天时说，《废都》写性，"只是写了一种两性相悦的状态，旨在说庄之蝶一心要适应社会到底未能适应，一心要有作为到底不能作为，最后归宿于女人，希望他成就女人或女人成就他，却谁也成就不了谁，他同女人一块毁掉了"①。这种"两性相悦"，就是精神上的茫然和危机的一个出口吧，后来证明这个出口并不就连着一条出路。

这里被认为是"大肆描写""过度渲染"的性，其实是可怜的性，是在现实的重重包围中偷偷摸摸的"两性相悦"。这个"悦"，差不多是庄之蝶精神上的救命稻草，他在日常生活的无聊和苦恼中，几乎找不到什么"相悦"的时候。庄之蝶的"颓废"，是在社会的围困中偷偷摸摸的"颓废"，这不仅是说外在行为上的"偷"情，更是说他精神上的痛苦处于黑暗的、见不得人的状态中。

这么一说，《废都》的"颓废"就和法国、英国的颓废派及二三十年代中国的模仿者区别开来了：那样的"颓废"是公开的"颓废"，不仅以公开的"颓废"精神，而且以公开的"颓废"行为，来反抗现实，挑战世俗，并且大胆地把"颓废"作为个人生活和艺术创作的独特形式。在感觉上，这样的"颓废"是青年人的"颓废"，坦荡，单纯，没有功利算计，不用小心翼翼。

庄之蝶"一心要适应社会到底未能适应"，他虽然有精神上的苦恼，但他没有想过要站到社会和现实的对立面，说到底，他就是这个社会和世俗的一部分，而且不是普通的部分，他是这个社会和世俗中家喻户晓的名人。他其实特别重视这个社会和世俗，特别在意他在其中的位置。他精神上的茫然和危机，也许沾到"虚无"的边了，他有时会有"虚无"的情绪，但他其实是说不上多么"虚无"的，因而他的"颓废"也就不是彻底的、义无反顾的。没有彻底的"虚无"，没有彻底的"颓废"，面对精神的困境和现实中的困境，有的就多是伤感和自怜了。再加上他又是文人，又是名人，身份意识又重，自己就觉得自己不是一般

---

① 贾平凹：《十年一日说〈废都〉》，载《美文》2003年第4期。

人。确实，对于伤感和自怜，这部作品在艺术上显得有点不够节制。

这个人物精神上的不彻底，却可能使得从他身上反映出来的现实更真实。这个现实，指的就是束缚包围着他的现实，在很大意义上，是一个经历诸多世事磨难之后的中年人的现实。生命的河流流到中年这个阶段，怕是已经有些污浊了，因为有了那么多现实的因素加入进来；但也浑厚了，同样是因为有那么多的现实因素加入进来。贾平凹在后记里说，他是经历了接踵而来的灾难之后开始写这本书的，他把这本书称为"苦难之作"。那时候书稿还在他手里，他还不知道这部书会有怎样的命运。他为这本书写后记，目的是让他记住这本书带给他的无法向人说清的苦难，记住在生命的苦难中又唯一能安妥他破碎了的灵魂的这本书。

他想不到这本书会掀起一场轩然大波，这场大波也不理会他个人精神上的苦恼和寄托。

（原载《当代作家评论》2004 年第 5 期）

《废都》与中国古典小说的叙事传统

郭冰茹

1993年，贾平凹的《废都》出版。他将《废都》定义为自己的苦难之作，并用后记来"记住这本书带给我的无法向人说清的苦难，记住在生命的苦难中又唯一能安妥我破碎了的灵魂的这本书"①。不过，《废都》出版之后，评论界对作家叙述"苦难"的兴趣远不及小说在描写对象和写作方式方面对《金瓶梅》等古典小说的"拟古"。赞赏者认为《废都》得"红楼"与"金瓶"神韵，是一部难得的当代"世情小说"；斥责者认为《废都》落入了古代艳情小说的俗套，是对明清遗风的拙劣模仿。不管时人的评价如何，《废都》对《金瓶梅》《红楼梦》乃至《儒林外史》这些古典小说的靠近都是一个不争的事实，只是其与古典小说叙事传统之间的诸多问题仍需要详细考辨，其衔接叙事传统的当代性意义仍需要分析阐释。

一

无论评论者将《废都》定位为"世情"还是"艳情"，都意味着《废都》的书写对象是充盈着饮食男女、酒色财气的世俗生活。何为"世情"？如果借用鲁迅的定义，便是"大率为离合悲欢及发迹变态之事，间杂因果报应，而不甚言灵怪，又缘描摹世态，见其炎凉"②。《金瓶梅》被鲁迅称为"世情书"，它通过集恶霸、富商、酷吏于一身的人物西门庆串起了晚明社会的各个阶层，展现了市民生活的各个方面：西门庆和花子虚、应伯爵等结拜成十兄弟，饮酒作乐、赌钱斗狠，写出了市井无赖的花天酒地、帮闲帮忙；西门庆贿赂蔡太师，结交翟谦、蔡蕴，写出了朝廷大员的卖官鬻爵、地方官吏的贪赃枉法；西门庆原有一妻两妾，又陆续纳入孟玉楼、潘金莲、李瓶儿，写出了妻妾成群的算计争斗。《金瓶梅》

---

① 贾平凹：《废都》，作家出版社2009年版，第467页。
② 鲁迅：《中国小说史略》，上海文化出版社2005年版，第153页。

围绕着西门庆四通八达的社交网络、一妻五妾庞大家室，点染了包括官吏、商人、奴仆、伙计、巫医、工匠、媒婆、娼妓、和尚、尼姑等各色人物，描摹了酒席应酬、笙歌纵酒、内闱床第、念经作法等诸多场景。

相较而言，《废都》也可被视为"世情"小说，它通过作家、文化名人庄之蝶串起西京城里的各个社交圈子，书写"废都"里的众生相：庄之蝶是作家，他与画家汪希眠、书法家龚靖元、乐团团长阮知非并称"四大名人"，与文史馆研究员孟云房、杂志社记者周敏、清虚庵师父慧明等构成了"废都"里的文化圈；庄之蝶已婚，除了妻子牛月清之外，还与唐宛儿、柳月、阿灿、汪希眠老婆暧昧生情，构成众女一男的情爱圈；庄之蝶同是市人大代表，又与市长秘书，省文化厅及各大报社、杂志社构成人脉圈。《废都》围绕这几个相互独立又彼此联系的圈子，着意书写各色闲人，他们的宴客酬答、喝酒打牌、清谈斗嘴、访僧问卜、结交达官、聚敛私财，甚至床第之欢都尽收笔下。

《废都》改写或者借用了不少中国古典文学的桥段，这些场面的描写虽然经过了改头换面、增减删削，却依然呈现出往昔清晰可辨的身影。比如孟云房向周敏介绍西京文艺圈，就很容易与《红楼梦》中门子向贾雨村透露应天府的"护官符"相比附。孟云房墙头会慧明，虽然两人是在谈佛论道，却颇有些"妾弄青梅凭短墙，君骑白马傍垂杨。墙头马上遥相望，一见知君即断肠"的味道，而《金瓶梅》中亦有一段著名的故事"李瓶姐墙头密约"。更为明显的是，《废都》的人物设置几乎脱胎于《金瓶梅》和《红楼梦》。《红楼梦》中有个跛足道人，《废都》中有个收破烂、说谣曲儿的老头，他们都能洞察世事，又都是牵引故事的线索人物；《红楼梦》正写贾家，进而带出史、王、薛，串起四大家族，《废都》正写庄之蝶，也带出了阮知非、汪希眠、龚靖元这四位西京城里的"文化闲人"；《金瓶梅》里西门庆有正妻吴月娘，妾潘金莲、李瓶儿，还有个收用了的丫头春梅，《废都》中庄之蝶有夫人牛月清，情人唐宛儿、保姆柳月。吴月娘和牛月清都求子心切，也都称得上"贤德"；柳月在庄家的身份地位类似于春梅，性情相貌也接近春梅的"聪慧，喜谑浪，善应对，生的有几分颜色"①；唐宛儿虽不能被视为潘金莲，但聚焦于唐宛儿与庄之蝶之间的性描写却明白无误地将《废都》指向了《金瓶梅》。

---

① 王汝梅等校点：《张竹坡批评第一奇书〈金瓶梅〉》，齐鲁书社1987年版，第164页。

在《废都》后记中，贾平凹认为像《红楼梦》《西厢记》这样的文学经典是浑然天成、自然呈现的，而要写出一部让自己满意的作品，就必须改变以往的写作方式。他说："好的文章，囫囵囵是一脉山，山不需要雕琢，也不需要机巧地在这儿让长一株白桦，那儿又该栽一棵兰草的。这种觉悟使我陷于了尴尬，我看不起了我以前的作品，也失却了对世上很多作品的敬畏……检讨起来，往日企羡的什么辞章灿烂，情趣盎然，风格独特，其实正是阻碍着天才的发展。"[1]于是，在《废都》中，贾平凹努力通过借鉴古典小说的叙述方式来贴近他所期望的那"囫囵囵"的一脉山。

中国古典小说通常使用细腻的白描手法来描摹场景、点染人物。《金瓶梅》和《红楼梦》堪称其中的翘楚。《金瓶梅》写了大大小小几百个饭局，各种菜肴、糕饼、茶酒、蜜饯、水果都交代得清清楚楚，甚至一顿早餐也不懈怠，"十样小菜儿，四碗炖烂嘎饭，银镶瓯儿盛着粳米投各样榛松果品白糖粥儿。西门庆陪着应伯爵、陈经济吃了，就拿小银钟筛金华酒，每人吃了三杯"[2]；对各色人物的服饰描写也极尽精细，写西门庆为吴月娘裁衣，"一件大红遍地锦五彩妆花通袖袄，兽朝麒麟补子缎袍儿，一件玄色五彩金遍边葫芦样鸾凤穿花罗袍，一套大红缎子遍地金通袖麒麟补子袄儿，翠蓝宽拖遍地金裙，一套沉香色妆花补子遍地锦罗袄儿，大红金枝绿叶百花拖泥裙"[3]，《金瓶梅》对饮食穿衣这些生活细节的精细描述不仅标明了各色人物在家庭和社会中的身份地位，也映照出晚明时期的社会风尚，而这种细腻的白描笔法在《红楼梦》中更是发挥到极致。

《废都》写人记事也力求精细，显示出贾平凹扎实的写实功力。庄之蝶第一次正式出场是在周敏家的饭局，一个饭局写了七八千字，饭局中的五个人，他们的身份、地位、性格、喜好，彼此之间的关系以及即将发生的故事都在这个饭局中一一铺展开来。周敏一大早就进厨房忙活，又特意去附近的饭馆"租借了三个碗、十个盘子、五个小碟、一副蒸笼、一口砂锅"；唐宛儿打扫过房间，在显眼的地方摆上庄之蝶的著作，挂上潼关地图，就开始穿衣打扮、描眉画眼，把"那衬衣、鞋子、项链、袜子，也一件一件试"，最后"在沙发上的一堆衣服里挑了一件黄色套裙穿了"，甚至写到唐宛儿的两鬓总有碎发散着，便要周敏以咳

① 贾平凹：《废都》，作家出版社2009年版，第460页。
② 王汝梅等校点：《张竹坡批评第一奇书〈金瓶梅〉》，齐鲁书社1987年版，第344页。
③ 王汝梅等校点：《张竹坡批评第一奇书〈金瓶梅〉》，齐鲁书社1987年版，第608页。

嗾为号，时时提醒她拢到耳后……这些笔墨把一对刚到西京、立足未稳的小夫妻，特别是唐宛儿想要巴结名作家的心态表露得淋漓尽致。孟云房、夏捷夫妇是陪客，上门时带了一罐桂花稠酒和一包杏子，夏捷既能"戳了周敏的额"，又能说"你庄老师最爱吃杏子，我怕你们不知道他的嗜好"。她使唤丈夫去厨房帮忙，又拉着庄之蝶讨论市长指示编排的舞蹈，主动权和优越感表露无疑。但饭局开始之前，贾平凹却安排孟云房借故去清虚庵私会了慧明，读者便明白这对夫妻的日子过得究竟怎样。这个饭局的主客是庄之蝶，主角却要加上唐宛儿。庄之蝶初见唐宛儿，已觉得她是个"人精"，入席前唐宛儿为庄之蝶"站到一个凳子上去摘葡萄，藤蔓还高，一条腿便翘起，一条腿努力了脚尖，身弯如弓，右臂的袖子就溜下来，露出白生生一段赤臂，庄之蝶分明看见了臂弯处有一颗痣的"。入席后，贾平凹将两人不动声色的互相挑逗写得更是细致入微：

> 众人嘻嘻哈哈热闹了一番，孟云房又去炒了三个荤菜、三个素菜，再端上松子煎鱼、火爆腰花、一盘田鸡肉、一砂锅清炖甲鱼。夏捷直叫甲鱼好，说看谁能吃到针骨谁就有福。在外国，针骨当牙签，一个五美元的。动手把肉分开，每人面前的小碟夹了一份。唐宛儿着筷翻动自己碟里的，发现一块里却有针骨，就说："我在潼关吃黄河里的鳖吃得多的，倒嫌有泥腥气，庄老师你身子重要，这一份给你吧！"不容分说倒在庄之蝶的碟里。庄之蝶知妇人牵挂自己，便也夹了一块回给她说："这是好东西，你不能不吃。"唐宛儿看时，夹过来的竟是鳖头，黑长狰狞，很是吓了一跳，斜眼看庄之蝶，庄之蝶故作平静，妇人就将鳖头夹起在口里嘁哑有声，待庄之蝶投目过来，耳脸登时羞红。

细致绵密的写实将人物的衣着、动作、表情、语言一一展现出来，直书其事，不加断语，"世情"小说的氛围也借由这些细节渲染出来。贾平凹在《废都》中常常借用这种明清人情小说的白描笔法，既让读者身临其境，又给读者留下想象和品评的空间。

《金瓶梅》写"世情"，文中颇多"闲笔"，张竹坡曾总结说："《金瓶》每于极忙时，偏夹叙他事入内。如：正未娶金莲，先插娶玉楼；娶玉楼时，即夹叙嫁大姐；生子时，即夹叙吴典恩借债；官哥临危时，乃有谢希大借银；瓶儿死时，乃入玉箫受约；择日出殡，乃有请六黄太尉等事。皆于百忙中故作清闲之笔。非

才富一石者，何以能之？"①贾平凹在描述"废都"中的世事人情时也使用闲笔。比如写周敏带着一大包礼品去孟云房家登门致谢，在主客应酬、客套相让之后，又夹了一段周敏打发送货人的细节描写；写赵京五带着庄之蝶回家挑选古董，偏加上赵京五踢赶爆玉米花小贩的一段；写庄之蝶思谋着去见唐宛儿之前趑进旁边的一家小酒馆，看一个鸡皮鹤首、天地贯通的人物自在地喝着小酒……闲笔与情节发展本身不大相干，甚至无关紧要，倘若删去也不会影响情节的演进，所以它们之于宏大叙事全无必要，但是对于描述世俗生活的"世情书"，闲笔却为故事的主线增加了枝蔓，使之更为逼近凡俗庸常的生活本身。贾平凹为《废都》加入"闲笔"，使作家本人看起来更像是一个世俗生活的记录者，或者说，使作家关于西京城的叙述显得更为真实自然。

《金瓶梅》被称为万历时期社会生活的一面"镜子"，那些"诸如经济的、政治的、宗教的、社会的、历史的、心理的、生理的、婚姻的、民俗的、艺术的知识等等，都在'金瓶梅世界'中得到鲜明的显现"②，这一方面是通过对具体的生活细节的描述，另一方面则离不开小说对当时盛行的戏曲词话的借用和发挥③。《废都》也用20世纪90年代初期的一些社会新闻、流行的故事、黄段子做了素材，那个时代的亲历者对这些"夹带"都颇为熟悉。比如书商洪江提议售卖署名"全庸"的武侠小说；传闻柳月做保姆时给婴儿喂食安眠药；孟云房、庄之蝶等人在求缺屋里说着当时流行的黄段子；等等。此外，还有类似"革命小酒天天醉，喝坏了党风喝伤了胃，喝得老婆背靠背……"这类当时流传范围极广的顺口溜，它们或者借人物之口，或者借叙述人之便，直接在文本中原样重现。这些包含小报新闻及流行段子的情节、段子夹杂在"废都"故事中，使彼时的世相声情并茂地现于纸上。

二

从某种意义上说，《废都》的确能够唤起中国读者从《金瓶梅》《红楼梦》甚至包括《花月痕》等晚清狎邪小说一路走来的阅读记忆。贾平凹曾坦言："以中国传统的美的表现方法，真实地表达现代中国人的生活和情绪，这是我的创

① 王汝梅等校点：《张竹坡批评第一奇书〈金瓶梅〉》，齐鲁书社1987年版，第38页。
② 宁宗一：《宁宗一讲〈金瓶梅〉》，天津古籍出版社2008年版，第49页。
③ 相关论述参见黄霖：《〈金瓶梅〉演讲实录》，广西师范大学出版社2008年版，第79页。

作追求的东西。"① 在《四十岁说》中，他进一步指出："古老的中国的味道如何写出，中国人的感受怎样表达出来，恐怕不仅是看作纯粹的形式的既定，诚然也是中国思维下的形式。就是马尔克斯和那个川端先生，他们成功，直指大境界，追逐全世界的先进的趋向而浪花飞扬，河床却坚实地建凿在本民族的土地上"。② 贾平凹对"本土性"和"古老的中国味道"的重视使他比较自觉地接近中国古代文学传统，《废都》也是他有意识地吸取古典小说叙事资源进行创作的实践。

不过，对于《废都》中体现出来的"古老的中国味道"，当时的评论界态度并不一致。雷达认为："作者把古典小说中有生命力的东西与当代生活巧妙化合，把叙事艺术提到一个新高度。说它炉火纯青，说它浑然天成，说它接近大手笔，并非溢美。"③ 陈晓明则认为《废都》体现出的是贾平凹的"复古妄想症"，他说："没有任何理由认为人们以经典文本为范本，就是在'弘扬'，就是在本民族文化中找到了活的源头。与其说贾平凹在膜拜那些经典珍本，不如说是祈求古典时代的野闻稗史来充实他的写作。"④ 这两种截然相反的态度一方面说明《废都》在"以中国传统的美的表现方法"，表达"现代中国人的生活和情绪"时的确存在着问题；另一方面也说明在当代小说创作中如何对叙事传统进行创造性的转化是个难题。如果以鲁迅对"世情书"的定义做参照，将《废都》视为当代"世情小说"大致不错。但如果深入《废都》的小说肌理，却会发现它有着"世情书"的表象，却最终远离了"世情书""描摹世态，见其炎凉"的内涵；它虽然有意识地借鉴了古典小说的叙述模式，却在无意中偏离了这种作家认为的不加雕饰的写作方式。这在某种程度上反映出贾平凹回到叙述传统的创作理念与文本实际效果之间的落差。

郑振铎在论及《金瓶梅》时说："唯《金瓶梅》则是赤裸裸的绝对的人情描

---

① 贾平凹：《"卧虎"说》，见雷达编《贾平凹研究资料》，山东文艺出版社2006年版，第8页。

② 贾平凹：《四十岁说》，见雷达编《贾平凹研究资料》，山东文艺出版社2006年版，第18页。

③ 雷达：《心灵的挣扎——〈废都〉辨析》，见郜元宝、张冉冉编《贾平凹研究资料》，天津人民出版社2005年版，第240页。

④ 陈晓明：《废墟上的狂欢节——评〈废都〉及其他》，见郜元宝、张冉冉编《贾平凹研究资料》，天津人民出版社2005年版，第187页。

写，不夸张，也不过度的形容。像她这样的纯然以不动感情的客观描写，来写中等社会的男与女的日常生活（也许有点黑暗的，偏于性生活）的，在我们的小说界中，也许仅有一部而已。"①郑振铎的评论涉及《金瓶梅》叙事的两个特点：一是精确细腻的白描笔法；二是叙事人与故事和人物之间始终存在的有效距离。中国古典小说在叙述故事时重情节发展而轻议论评价，在塑造人物时重语言行动而轻心理描写，这与古典小说脱胎于说话，着力依靠情节和人物吸引听众有关。因此，古典小说在写人叙事时往往使用细腻的工笔白描，而"世情书"要描摹世态，更需要在笔法和笔触上下功夫。此外，只有当叙述人与故事和人物始终保持一定的距离，直书其事，不加断语时，叙述人才能不动声色地逼近世态人情，从而达到"描摹世态，见其炎凉"的叙述效果。

在《废都》中，贾平凹写饭局、写牌局、写闲聊、写算卦、写床笫之事也都使用工笔白描，这种写法使他的"废都"故事接近他所理想的"囫囵囵的一脉山"。但在《废都》中，叙述人并未始终与故事和人物保持有效的距离，往往克制不住想要代人物表白的冲动。比如写周敏、唐宛儿在西京的新鲜劲过后，插入一大段关于周敏觉得西京城无法实现他的愿望的议论；写卖送子秘方的王婆的出场，则几乎完全失去了工笔细描的耐心，代之以大段的主观介绍，将王婆的前世今生、庄之蝶对她的厌恶、牛老太太和牛月清对她的信任高度概括后和盘托出；写到庄之蝶与《西京杂志》和景雪荫的渊源时，叙事人则干脆代人物进行了主观抒情："庄之蝶在这里度过了他的青春岁月，虽然为他们对他的轻视、欺辱而痛苦过，咒骂过，但他自离开了这里，却觉得那是一段极有意义的日子，尤其他终生难忘的景雪荫，现在回想起来，那简直是他人生长途上的一袋干粮，永远咀嚼不完的。"②这样的叙述导致叙述人与他所讲述的故事和人物之间忽远忽近的叙述距离以及变换不定的叙述角度，在原本较为客观的世相描摹中带入了主观情绪。在整部《废都》中，这样的叙述越到后面越明显，如果不是作者失控，便是他改变了叙事策略，不再打算写出一本"世情书"。

除了叙述人没有固定叙述位置和角度，《废都》在写人物对话时也与工笔白描有一定的差距。这集中表现为人物的语言超越了角色本身的视角限制，显现出全知全能的一面，而这样的表述往往与人物的身份气质不符。比如写唐宛

---

① 郑振铎：《插图本中国文学史》，北京工业大学出版社2009年版，第747页。
② 贾平凹：《废都》，作家出版社2009年版，第59页。

儿向庄之蝶告白时顺便深入地分析了一遍庄之蝶的心理："因为，我看得出来，我也感觉到了，你和一般人不一样，你是作家，你需要不停地寻找什么刺激，来激活你的艺术灵感。而一般人，也包括牛月清在内，她们可以管你吃好穿好，却难以不停地调整自己给你新鲜……"而恰恰在这段心理分析之前，唐宛儿的表达是这样的："自见了你，一满地害相思，十七十八的时候也没这么害过，整日价慌得什么事儿也捉不到手里去做。"[1] 对比这两段人物的语言，读者会非常明显地感受到两者在用词和语气上的不同，后者夹杂方言和口语，带有人物本身的个性风格，而前者与其说是唐宛儿"感觉到了"的，不如说是叙述人对庄之蝶的内心世界的直接展露。再如，柳月在出嫁前对庄之蝶说："是你把我、把唐宛儿都创造成了一个新人，使我们产生了新生活的勇气和自信，但你最后却又把我们毁灭了！而你在毁灭我们的过程中，你也毁灭了你，毁灭了你的形象和声誉，毁灭了大姐和这个家！"[2] 纵然柳月高中毕业，又在作家家里熏陶了一段时间，看了不少书，但如此高屋建瓴、直指庄之蝶内心和小说主题，并且过于书面化的表达出自一个小保姆之口仍然有些怪异。显然，作家在此已经无法有效控制他笔下的人物，更无法有效控制个人情感在叙述过程中的主观介入。

与此相关的是《废都》中的性描写。从表面上看，这些直白露骨且人为制造诸多"□□□"的内容的确使它与《金瓶梅》有了不少相似性，但是深入文本，我们便会发现两者带给读者的阅读感受并不相同。在《金瓶梅》中，性活动是一种随时随地都可以发生的日常活动，它与人物的各种贪欲紧密相连而与情感无关，它虽然是故事内容重要的构成部分，但它至多也不过是当时世态人情的一部分[3]，所以，阿城会说："《金瓶梅词话》历代被禁，是因为其中的性行为描写，可我们若仔细看，就知道如果将小说里所有的性行为段落摘掉，小说竟毫发无伤"[4]。从某种程度上说，《废都》在当时成为一个事件也与其大量的性描写有关，但叙述人在这些性描写中带入了强烈的主观情绪。比如，庄之蝶在与唐宛儿、柳月、阿灿发生性行为之后，叙述人会反复炫耀和欣赏他的性能力，并将

① 贾平凹：《废都》，作家出版社2009年版，第108—109页。
② 贾平凹：《废都》，作家出版社2009年版，第408页。
③ 《金瓶梅》所描画的是明代中后期的社会景观，当时朝野上下淫欲无度，迷恋房中术，士大夫在思想上推波助澜，市井社会中也弥漫着性开放的风气。相关论述见黄霖：《〈金瓶梅〉演讲录》，广西师范大学出版社2008年版，第138—143页。
④ 阿城：《闲话闲说——中国世俗与中国小说》，作家出版社1998年版，第106页。

其表述为庄之蝶摆脱当时精神困境和创作力枯竭的救命稻草；与此同时，唐宛儿们也反复强调庄之蝶不仅让她们身体满足，更重要的是使她们整个心灵得到满足。显然，这样的处理使性活动与当时的世态人情无关，而是直接被赋予了精神拯救的意义。由于叙述人在描述性活动时完全与人物庄之蝶的视角合二为一，导致《废都》不停地在"世情书"和"主人公的精神自传"之间摇摆，从而使《废都》这部关于"城"的小说变得形迹可疑，面目模糊。

在描摹具体的人情世态时，《金瓶梅》使用工笔白描不加修饰，但这并不意味着它在结构上是枝枝蔓蔓、恣意伸展的。事实上，包括《金瓶梅》在内的中国古典长篇小说发展到明末，已经成为表达文人趣味和艺术品位的"才子书"，其在情节设计和谋篇布局方面都耗费了作者大量的心力。刚柔相济、急缓相间、轻重相生、冷热相照的情节安排，使小说也拥有了诗的节奏和韵律；伏笔照应、首尾回应、回环兜锁的故事布局，使小说不仅成为故事的载体，也成为作家智慧、阅历和文采的竞技场。毛宗岗评点《三国演义》时，总结出"六起六结"和十六种"文章之妙"，直言："叙事之佳，直与《史记》仿佛；叙事之难，则有倍于《史记》者"；张竹坡则详解了《金瓶梅》在结构上的"大关键处""大照应处""大间架处""入笋处""穿插处""结穴发脉、关锁照应处"，以此串联起纵横交错、连绵不断、波澜起伏的情节元。

《废都》在结构安排上有效法《金瓶梅》和《红楼梦》的影子。《金瓶梅》"起以玉皇庙，终以永福寺，而一回中已一齐说出，是大关键处"①。《废都》的结构也可大致视为起以孕璜寺，终以清虚庵，且孕璜寺与清虚庵也都在小说开篇时出现。《红楼梦》中有个串场的跛足道人，他通晓前世今生，为人物指点迷津；《废都》则安排了个收破烂的老头来承担此项功能。至于《废都》中的人物关系和人物最终结局，也都能在《金瓶梅》和《红楼梦》中找到相互对应之处，比如宝玉出家与庄之蝶出走、春梅嫁守备与柳月嫁市长公子等。但是，如果我们进行细致的结构分析，便会发现《废都》只是临摹了《金瓶梅》或《红楼梦》的表层结构，却没能继承或发展其精髓。就故事框架而言，《金瓶梅》"起以玉皇庙，终以永福寺"之所以成为全书的"大关键处"，是因为全书的构架与道教、佛教关系紧密，正如张竹坡的点评："先是吴神仙总览其盛，后是黄真人少扶其衰，末

---

① 王汝梅等校点：《张竹坡批评第一奇书〈金瓶梅〉》，齐鲁书社1987年版，第25页。

是普净师一洗其业，是此书大照应处。"① 这呈现出佛道两教在晚明社会生活中的作用。而在《废都》中，故事的框架并不清晰，佛道两教只体现在与气功、养生、占卜、算卦等功利性目的有关，即便结尾处写了万念俱灰的牛月清到清虚庵找慧明却意外地得知她刚刚打过胎，从某种角度凸显了"废都"之"废"，但因为"废都"中的社会生活基本与佛道无关，由此而发出"还有什么让人可信、可崇拜、可信仰"的追问则显得牵强生硬。就故事的基本结构而言，《红楼梦》的故事虽然是以贾家为核心展开，但其他家族的人和事也被曹雪芹细细密密地编织进来，人物无论轻重，皆面容清晰，事件无论大小，皆有交代无挂漏。相较而言，《废都》虽然也提到四大名人，但龚靖元和汪希眠基本是面目模糊的，而"废都"中的全部故事也似乎都是围绕着打官司展开，见招拆招，平铺直叙，而且情节越发展，叙述越集中，越被作家本人的主观情绪所裹挟，一路奔腾着，直到庄之蝶出走才落下帷幕。此时，所谓"闲笔"，所谓轻重、缓急、冷热、刚柔这些"才子书"中所强调的情节设计几乎踪影皆无。

三

尽管《废都》借鉴传统叙事资源的实践不算成功，但其试图衔接叙事传统的当代意义仍值得我们深入思考。

首先，《废都》中那些关于酒席饭局、祈神问卜、颠鸾倒凤的细致描摹重绘了当代文学书写日常生活的维度。列菲伏尔在讨论人的异化与社会革命时认为，要消除对人的异化，实现人的根本解放就必须对日常生活进行批判和改造，进行文化革命。② 因此，纵观 20 世纪中国的革命，不论是辛亥革命、"五四"运动、土地革命，还是新中国成立后的合作社运动，无一不是在进行政治或经济革命的过程中实现着对日常生活的改造，人们的生活习惯、习俗礼仪、交往原则、情感模式以及生活理想随着一次次的革命或主动或被动地改变着，而文学书写则细致地记录着这些变动。从新中国成立初期到"文革"结束，在阶级斗争的叙事眼光的注视下，凡是与饮食男女相关的日常生活都被视为资产阶级的低级趣味，因而，文学对生活凡俗性的书写充盈着批判和拒斥。随着"文革"结

① 王汝梅等校点：《张竹坡批评第一奇书〈金瓶梅〉》，齐鲁书社1987年版，第25页。
② 陈学明等编：《让日常生活成为艺术品——列菲伏尔、赫勒论日常生活》，云南人民出版社1998年版，第36页。

束，拨乱反正，中国社会迎来了由阶级斗争向经济建设的转型，城市化进程也随之开始，充盈着物质、情感、欲望和世俗性的日常生活日渐成为文学书写的主要对象。如果说王安忆《69届初中生》《流逝》《长恨歌》等文本序列中对革命时期庸常生活的书写是为了凸显日常生活的恒常性，被冠以"新写实小说"的《烦恼人生》《一地鸡毛》《单位》等是为了通过对凡俗生活的书写来消解元叙事的宏大意义，那么贾平凹对世俗生活的细致描摹则衔接了古代文人的趣味和秉性。诚如李敬泽所言，贾平凹"复活了中国传统中一系列基本的人生情景、基本的情感模式，复活了传统中人感受世界与人生的眼光和修辞，它们不再仅仅属于古人，我们忽然意识到，这些其实一直在我们心里。我们的基因里就睡着古人，我们无名的酸楚与喜乐与牢骚在《废都》中有名了，却原来古今同慨"，《废都》也正是在这个意义上"让广义的、日常生活层面的社会结构进入了中国当代小说"。[①]

其次，《废都》尝试将古典小说的传统技法运用于当代小说的创作。新时期以来，特别是"西学热"的盛行，使当代小说的创作无论在观念上还是表现方式上皆呈现出"西化"的特征。比如从对"伤痕文学""反思文学""改革文学"的命名，就能看出小说的叙述目的不在于讲好一个故事，而是表达一种观念和呼声。抛开新时期伊始影响巨大的"朦胧诗"，在小说创作方面，王蒙的"集束手榴弹"、茹志鹃的《剪辑错了的故事》、宗璞的《泥淖中的头颅》都是西方现代派技法的最早实践者，到了20世纪80年代中期更有了应者云集的"先锋文学"。此外，即便是与"先锋文学"同期出现的高举"寻找民族文化之根"大旗的"寻根文学"，其表达方式也并非全然都是传统的白描写实，韩少功和王安忆的"寻根"文本就是其中最显著的例证。80年代末开始，不少作家尝试用细腻的写实手法写人物、讲故事，并且获得了理论批评界和读者的双重认可。从近三十年文学发展的脉络来看，贾平凹无疑是在小说创作"西化"的氛围中，较早地重视中国小说美学的作家之一。就他本人的创作而言，《废都》比他早期的《商州三录》在运用中国小说传统技法方面有了更大的进步。

当然，贾平凹的创作野心并不局限于以传统技法写人物、讲故事，而是尝试将外在的表象描摹与内在的精神开掘有机结合，并借此既描绘出一座城市的

---

① 李敬泽：《庄之蝶论》，载《当代作家评论》2009年第5期。

颓废，又展现出知识分子内心的焦灼和彷徨。事实上，无论是《金瓶梅》还是《红楼梦》，其叙述方法虽是工笔白描，但其叙述目的并不囿于向读者呈现出一幅幅世情风俗画。张竹坡说《金瓶梅》是"仁人志士、孝子悌弟不得于时，上不能问诸天，下不能告诸人，悲愤呜悒，而作秽言以泄其愤也"[①]，曹雪芹亦在《红楼梦》的第一回中题诗云："满纸荒唐言，一把辛酸泪。都云作者痴，谁解其中味？"这其中的"悲愤"与"辛酸"皆是通过细致绵密的静观写实呈现出来的。贾平凹亦将《废都》视为苦难之作，遗憾的是，作家没能将表象与内在的关系处理好，他在表达知识分子的精神危机和心灵挣扎时没有将静观写实贯彻到底，甚至缺乏必要的写实铺垫，总是按捺不住心中块垒，借人物之口、借奶牛之口直抒胸臆，且缺乏必要的节制，这不仅导致作家所要极力表达的知识分子的精神苦闷无法落到实处，同时也损伤了庄之蝶这个人物的形象深度。不过，换一个角度来看，贾平凹借助古典小说创作技法表达现代人的精神困境的确是一个大胆的尝试，这种尝试在《废都》中虽然算不上成功，但它毕竟为当代小说的创作提供了一条与传统对话的可能路径。

从某种意义上说，《废都》尝试回到中国古典叙事传统的成败得失正是这一叙事传统在当代文学的发展脉络中由断裂走向复苏的必然结果。贾平凹是在当代学界崇尚国学、作家们有意激活叙事传统的时间点上写作《废都》的，这使得这部见仁见智的小说不可避免地成为一个标志性的文本。换言之，从当代小说与叙事传统相关联的角度看，《废都》表明了当代小说家回到古典的可能与困境。

（原载《文艺争鸣》2014 年第 6 期）

---

① 张竹坡：《竹坡闲话》，见王汝梅等校点《张竹坡批评第一奇书〈金瓶梅〉》，齐鲁书社1987年版，第36页。

《废都》与古典文学传统

魏华莹

贾平凹在小说《废都》中重构了西安的历史地理，按照丹纳《艺术哲学》的理论，这种历史地理背景基础上的"精神气候"，即风俗习惯与时代精神对作家艺术风格总是会产生巨大的影响。辉煌灿烂的西安文化对于这座城市的精神传承起到极好的铺垫作用，这些不仅仅是贾平凹的创作基础，对其气质塑造和文化品格的形成也产生了重要作用。不论是和同时代的"50后"作家相比，还是与更为新潮的当代作家群相比，贾平凹都可以算是最具有传统文人气质的一位。写作之外，他精于书法、绘画、收藏，研读古典书籍，更多接续的是中国古典文学传统，这不仅和他个人的兴趣爱好有关，也和西安的城市文化氛围有关。

一、古书与收藏

与以往写作不同的是，《废都》更多接续的是中国古典文学传统，贾平凹在书中提及大量古典书籍，除了庄之蝶夫人开的太白书店所经营的书目中涉及畅销书金庸武侠小说和《查泰来夫人的情人》具有现代气息以外，书中人物口中言说、阅读的均为古典书籍，包括《西厢记》《梁山伯与祝英台》《浮生六记》《翠潇庵记》《闲情偶寄》《洛神赋》《西游记》《素女经》《水浒传》《红楼梦》《金瓶梅》等等，而且行文中文言白话夹杂的语言特色，给《废都》打上了古典文学的底色。

这种对民族文化认同和追求的审美取向和贾平凹的个人气质不无关系，被其称为先生的费秉勋在《贾平凹论》中将之归纳为"婉约派词人的才情"。费秉勋认为他更多地从对中国古代文化的混沌感受中"感性地、融合性地接受了中国古典哲学，其中既有儒家的宽和仁爱，也有道家的自然无为，甚至有着

程朱理学对世界的客观唯心主义的认知"①。贾平凹爱读古书,这种气质的形成亦与他的成长道路有关。贾平凹的父亲毕业于民国时期的西安师范学校,当了一辈子的小学和中学语文教师;其岳父做过旧社会的"保长"。《腊月·正月》中的韩玄子形象就是其父亲和岳父的杂影,"他是民国年代国立县中毕业生。当时的县中何等模样?他只说一班仅有十一个人,读《四书》,诵《五经》,之乎者也的倒比现在的大学生文墨深"。在《自传——在乡间的十九年》中,他提及自己的干爸是一位旧时的私塾先生,家里有一本《康熙字典》,知道之乎者也,能写铭旌。这种家学和成长环境无疑使得贾平凹更多地认同和接受传统文化的熏陶。在"文革"初期,他在乡间无所事事,不停地在邻村往日同学的家里寻借些没头没尾的古书来读,翻出《古文观止》,浏览贾谊的《过秦论》,找到《今古贤文》阅读。到西北大学读书后,进校的第二年,他被怀疑患了肝炎,被单独安排在一间宿舍里,他趁机发奋读书和拼命写作,读了汉赋,又读了唐诗宋词元曲、《古文观止》、《史记》和《中国通史》,等等。

在一系列散文和答问录中,贾平凹多次提及古书对自己的影响。1981年,他在《自在篇——文外谈文之一》中讲:"夜里又读了《红楼梦》,我觉那块石头真好,它既没有本事去补天,就让它留在草莽吧。"《静虚村散叶》中,贾平凹告诉我们,"那些年里,生活中原是多看着假面孔,多听着客套话,已经活得很累的了,故不愿再读一些装腔作势的文章受罪。一日,正在家读一本《影梅庵忆语》,有熟人来,我便让他拿几本杂志去凉台上翻,待我读罢再饮酒对弈。当读到辟疆与董小宛两次相见之节,不觉被文字里涵和的一种丰富感情所慑,如仙如死,便合书默然寂坐"②。1986年,在《答〈文学家〉编辑部问》中更是提到,他读过一本《道德经》,不仅喜欢老庄,也喜欢佛学方面的东西。要了解中华民族传统的东西,对中国的儒家、道家、佛家的了解是很重要的,这样才能弄懂中国的国民性,了解中国的文学发展史。又读了一遍《史记》,正在读《金瓶梅词话》。因为在病中,也读了一些中医书籍。1987年,他在《妊娠序》中讲,夜里阅读《周易》,至暌第三十八,属下兑上离。1993年在《红狐》中讲:"十多年来,我读《聊斋》,夜半三更的时候,总企盼举头一看,其实是已经感觉到了,窗的玻璃上有一张很俏的脸,仅仅是一张脸,在向我妩媚。"因此,贾平凹回顾自

①　费秉勋:《贾平凹论》,西北大学出版社1990年版,第223页。
②　贾平凹:《静虚村散叶》,陕西人民教育出版社1990年版,第46页。

己的阅读体验，"我叹服过先秦的开放与深邃、博广，沉溺过魏晋的随心而述、神采飞扬，对汉唐的雍容与饱满，在一个时期里又充满了敬意。另外，我喜欢过'性灵派'文人，读过'笔记小说'，感慨并忘情过元的戏曲及明清的叙事小说"①。"中国的古代文学，每一个时期的，我都多少浏览过，每一个时期都有我爱的人和作品。不属于东方美学范畴的外国作家，我没有条件系统地去了解，读得是支零破碎的。"② 正是将自己的阅读兴趣和爱好移情到作品中，我们才可以看到《废都》的古色古香、才子佳人。作品中唐宛儿无事时专门读那本《古典美文丛书》，里面收辑了沈三白的《浮生六记》、冒辟疆的《翠潇庵记》以及李渔的《闲情偶寄》。当唐宛儿读到李渔的文章，说女人最紧要的是有"态"，有"态"了三分人材便会有七分魅力，无"态"了七分人材也只有三分魅力，"态"于女人，如火之有焰，灯之有光，珠玉有宝气，于是就自信于自己绝对是有"态"的人，联想到自己对庄之蝶的诱惑，不禁飘飘然起来。在这里，贾平凹显然将自己读《闲情偶寄》之感，移情到了唐宛儿身上。

除了偏爱古书，贾平凹还热衷收藏，虽未做过考证，但从披露的文字来看，他大概是中国当代作家中最为著名的收藏家，在多篇散文中都记述了自己的收藏兴趣。如《古土罐》写到，因为西安是古汉唐国都，出土的土罐很多，虽为文物，但多而价贱，自己就收藏了近百件。"有客人来，我总爱显示我的各种土罐，说它们多朴素，多大气，多憨多拙，无人了，我就坐在土罐堆中默看默笑，十分受活。""土罐是土捏烧而成，百年之后我亦化为土，我能不能有幸也被人捏烧成土罐？那么，家里这些土罐是不是有着汉武帝的土，司马迁的土，唐玄宗或李白的土？今夜，月明星稀，家人已睡，万籁俱静，我把每个土罐拍拍摸摸以想象，在其身上书写了那些历史的人名，恍惚间，便觉得每个土罐的灵魂都从汉唐一路而来了，竟不知不觉间在一土罐上也写下我的名字。"在《与穆涛七日谈》中提及，"我酷爱石头，我的书房里到处是石头。我常怀疑我为石头托生，那个凹字，也可能是应了前生是个有凹坑的石头哩"。在《玩物铭》中说："我在我的书房里塞满这些玩物，便旨在创造一个心绪愉快的环境，而让我少一点俗气，多一点艺术灵感。"他的收藏包括汉罐、绥州拓片、铜镜、古琵琶、砚台、壁画、酒壶、老子讲经石等等，看到这些，我们不由想起《废都》中庄之蝶的书

---

① 贾平凹、穆涛：《平凹之路》，青海人民出版社1994年版，第81页。
② 贾平凹：《静虚村散叶》，陕西人民教育出版社1990年版，第167页。

房——"这间房子并不大，除了窗子和门外，凡是有墙的地方都是顶了天花板高的书架。上两层摆满了高高低低粗粗细细的古董。柳月只认得西汉的瓦罐，东汉的陶粮仓、陶灶、陶茧壶，唐代的三彩马、彩俑。别的只看着是古瓶、古碗、佛头、铜盘，不知哪代古物。下七层全是书，没有玻璃暗扣扇门，书也一本未包装皮子，花花绿绿反倒好看。每一层书架板突出四寸空地，又一件一件摆了各类瓦当、石斧、各色奇形怪状石头、木雕、泥塑、面塑、竹编、玉器、皮影、剪纸、核桃木刻就的十二生肖玩物，还有一双草鞋。……靠门边的书架下是一方桌，上边堆满了笔墨纸砚，桌下是一只青花大瓷缸，里边插实了长短书画卷轴。屋子中间，也即那沙发前面，却是一张民间小炕桌，木料尚好，工艺考究，桌上是一块粗糙的城砖，砖上是一只厚重的青铜大香炉。炉旁立一尊唐代侍女，云髻高耸，面容红润，凤目娥眉，体态丰满"①。

　　按照本雅明的观点，"收藏"是现代世界生存者的抗争和慰藉。在这种收藏中，灵魂徜徉在过去的精神财富之中。这个过去是他生存的土壤。"人的灵魂只有在这片由自己布置起来的带着手的印记、充满了气息的回味的空间里才能得到宁静，并保持住一个自我的形象。"②用贾平凹自己的话说，"凡是收藏文物古董的其实都是被文物古董所收藏"。从这种嗜好我们可以看出，贾平凹抑或庄之蝶在书房中收藏种种器物，旨在和古老的历史文化即他一再强调的汉唐气象联系起来，并将自己寄寓其中。语言、信仰、风俗、工具、住所、艺术品等等，统称为文化，人类的每一个体生存于文化环境之内，个体所生存其内的文化也会包围并制约着他的行为。贾平凹在写西安时用的是"老"字，在《老西安》中讲道："综观历史，西安的文人和在西安生活过的文人，如果罗列起来，足以作一部中国的文学史。"仓颉造字，司马迁的《史记》，班固的《汉书》，李白、杜甫的诗歌，白居易的《长恨歌》，孟郊的"春风得意马蹄疾，一日看尽长安花"，明清关中书院，包括近现代的于右任、吴宓、王子云、赵望云、石鲁、柳青等都是典型代表。汉唐时期是中国文化最为光辉灿烂的时期，汉人、汉语、汉学，唐人、唐装、唐三彩，"汉朝时中国与地中海地区并驾齐驱，而从唐朝开始的一千

---

① 　贾平凹：《废都》，北京出版社1993年版，第92—93页。
② 　本雅明：《发达资本主义时代的抒情诗人》，张旭东、魏文生译，生活·读书·新知三联书店2012年版，第12页。

年中，中国成为世界上最为强大、富裕和先进的国家"①。以至于到了20世纪30年代，鲁迅还专程到西安去追寻"唐朝的天空"。

随着唐末动乱以及之后国都东迁北移，西安作为政治文化中心日渐衰败，逐渐变为一个弃都、废都，所以，鲁迅对于"唐朝的天空"的追寻也无功而返。据孙伏园回忆："我们看大小雁塔，看曲江，看灞桥，看碑林，看各家古董铺，多少都有一点收获。我已觉得相当满意，但一叩问鲁迅先生的意见，果然在我意中又出我意外地答复我说：'我不但甚么印象也没有得到，反而把我原有的一点印象也打破了！'"②王富仁在介绍"废都"时讲："我是曾在西安生活过三四年的，它就是贾平凹《废都》中的西京，是一座'废都'。我这个山东人到了西安这样一座古都，开始感到样样新奇，但久而久之，便觉出了一种怪怪的说不清的味道……至少我在西安的时候，它几乎没有一处能让你感到一种生气勃勃的美，到处是一片荒凉、颓败、残破的景象。"昔日繁华不在，唯有文化留存。文化是习得的，这个习得的过程意味着个体内化这个群体的观念、价值和信仰。贾平凹在回顾《废都》写作时也曾讲："我后来以西安为原型，一个是对西安的历史、文化熟，再一个它是农村中的城市，又是一个废弃了的古都，它容易和古代传统的那种味挂上钩，切合点容易找到，写作中容易传达这种味。"③对于时刻萦绕在一个秦俑、汉罐、唐三彩营造空间的贾平凹来说，他也将自己置身于汉唐的自信与大气中。然而，在对收藏品的不断寻找和发现中，也无法忽视盛唐之后西安乃至陕西文化的没落走向。如他在《陶俑》中讲述秦兵马俑的威武壮观，汉代俑的仪态端庄，唐俑的男人力量和女人自信，而随着国都地位的丧失，宋代的陶俑就再也没有豪华和自信了，明朝陶俑的精气神已经丧失殆尽，只有顺服与无奈。在观察、收藏这些陶俑时，贾平凹难免会油然而生古都的颓败、没落之感，更不用说20世纪90年代随着改革开放，东南沿海城市快速崛起、古都西安迅速凋敝的社会现实。因此，古都、废都的悲凉、颓废之气也贯穿《废都》始终，而这主要通过埙声表现出来。

---

① 费正清：《中国：传统与变迁》，世界知识出版社2002年版，第121页。
② 孙伏园：《鲁迅先生二三事》，见《1913—1983鲁迅研究学术论著资料汇编》第3卷，中国文联出版公司1987年版，第794—795页。
③ 废人组稿，先知、先实选编：《废都啊，废都》，甘肃人民出版社1993年版，第40页。

二、古乐埙

贾平凹曾多次回顾在构思长篇小说《废都》时很长时间找不到思绪，正是无意间在城墙根下听到的刘宽忍的埙声，才使他找到灵感，写出《废都》。

我第一次听到埙声也就是认识刘宽忍的时候，那是上世纪的1992年。整整的一个秋天，我的苦闷无法排泄。在一个深夜里，同一位朋友在城南的一片荒地边溜达，朋友并不是个好的倾听者，我才要返回家去，突然听到了一阵很幽怨的曲子，当下脚步便站住了，听过一段就泪流满面。朋友骂我太脆弱，说那是音乐学院的人在练习吹埙，差不多的夜里都要来吹一阵的。埙？埙是什么？隔着苍茫月色往荒地的南边看去，地头上是站着一个人，我走了过去，这就是刘宽忍了。他有着和我一样高的个子和一样憨厚的脸，但比我年轻。我们的谈话极少，他似乎并不欢迎在他练习吹奏时被人打断，只是对我说：谢谢你喜欢埙乐！就走开了，身影消融在月色里。我的朋友嘲笑我自讨没趣。我们一块踏着坚硬的土地已经折回有二百多米了，埙声又在远处响起，如泣如怨，摄魂夺魄，我说：我一定会和他交上朋友的，因为这埙声像硫酸一样能灼蚀我！

埙是上古时期的乐器，距今约有七千多年历史。据说，埙起源于一种叫作"石流星"的狩猎工具。在远古时期，先民会用绳子系上一个石球或者泥球，投出去用以击打鸟兽。因有的球体中间是空的，在抡起来时会兜风发出声音。人们大概觉得挺有意思，就拿来吹它，于是就慢慢地演变成了一种乐器——埙。埙的上端有吹口，底部呈平面，侧壁开有音孔。最早时候，埙大多是用石头或骨头来制作，后来又出现陶制的，形状也不尽相同，有椭圆形、扁圆形、球形、梨形以及鱼形等，其中以梨形最为普遍。《乐书》引用古人樵周的话说"幽王之时，辛公善埙"。周代"八音"之一的"土音"乐器有缶、埙。缶是一种生活用具，也可作为敲击乐器，土制的吹奏乐器，就只有埙。《诗经·小雅》中还有"伯氏吹埙，仲氏吹篪"说。在秦汉之后，埙主要用来演奏宫廷音乐，因而被分成颂埙和雅埙两种。

埙出现在作品中，传递的是远古的悲凉、阴冷、荒茫、囹圄。"简约的旋律，

低沉的音阶构成的那种难以名状的、无可诉说的人世、人生的大悲哀，大孤独，大痛苦，不仅仅铺染了作品的底色，而且浸润了、渗透了、弥漫了、笼罩了作品中每一个人物，每一个物象的精髓、腠理。这不只是一种氛围、一种基调、一种情绪、一种体验，事实上，它本身就是一种存在。埙的出现，无疑在时间上将小说的容量无限地推向了过去。而过去在某种意义上，就是现在，就是未来。"①中国民乐是内向性的，本来是抒发自我心绪的，中国味道应该是更古老、深远的东西。埙的声响最能与西安这座古城气氛相融，它是那样古老、浑厚、土气、神秘，有极强的穿透力，恰好暗合了贾平凹"我只想写出一段心迹。但我绝对强调一种东方人的、中国人的感觉和味道的传达。我喜欢中国古乐的简约，简约到几近于枯涩，喜欢它的模糊的、整体的感应，以少论多，言近旨远，举重若轻，从容自在"②。

贾平凹在《关于埙》中如是说："我喜欢埙，当我第一次听到埙乐时，我浑身战栗不能自己，以为遇见了鬼。……有了古琴，有了箫，有了埙，又有了两三个懂乐谱会乐器的朋友，我们常常夜游西安古城墙头去作乐。我们觉得发这样的声响宜于身处的这个废都，宜于我们寄养在废都里的心身。"费秉勋作为"长安古乐社"成员，讲述了在20世纪90年代初自己曾和孙见喜谋划着想学古琴，刘宽忍也是因此认识的，而且还商量着建立了乐社，想时常聚会娱乐，曾提议到城墙上活动。在朋友圈子中，孙见喜最先显露的是音乐才能，他年轻时曾在乐队里吹长号，二胡和箫也把玩；而费秉勋年轻时在宣传队待过，吹笛子、拉二胡都很不错。贾平凹虽自认为是"最笨的一个"，吹埙和弹琴终是学不会，但也成了乐社里只会欣赏的人。相较而言，刘宽忍更为专业，他是西安音乐学院第一批毕业的硕士研究生并刚刚留校任教。于是这一帮朋友就到处去观赏购买笛、箫和古琴。贾平凹的散文《红狐》中就记载了"宽哥送琴"的雅事，"却有人抱了琴来"，"这是一架古琴，钟子期和俞伯牙相识的那一种古琴，弹'高山''流水'的那一种古琴。宽哥也是寂寞的人——其实谁都寂寞，狼虎寂寞，猪也寂寞——因为精神寂寞，他学了五年琴。他把琴送于我，我却不懂得琴谱，他明明知道我不懂得琴谱，他竟要送琴的"。正是精神寂寞，在古城墙上赏玩古乐心

---

① 废人组稿，先知、先实选编：《废都啊废都》，甘肃人民出版社1993年版，第85页。

② 贾平凹：《"废都"就是"废都"——关于〈废都〉的一些话》，载《陕西日报》1993年7月17日。

境又不同，于是就有了费秉勋、贾平凹、孙见喜、刘宽忍组建长安古乐社和夜游古长城的活动，后来专门出了有关埙的协奏曲。

贾平凹说："我喜欢埙，它是泥捏的东西，发出的是土声，是地气。"[1] 虽然现代文明产生了很多种新式乐器，可以演奏出华丽的乐章，但是却没有埙那样蕴含着一种魔怪。甚至讲出，上帝用泥捏人的时候，也同时捏了埙，因为它和人是如此相似，人凿七窍有了灵魂，埙凿七孔有了神韵。《废都》埙协奏曲随着书的热卖将久不为人所知的乐器埙带热，成为西安旅游景点必不可少的特色产品。埙，接续的是中国古老文化，从七千年前出现，由曾经的宫廷乐器到逐渐陨落，成为文物，其实它一直深埋于陕西这一块土地，并历经着岁月沧桑。正如那首埙乐，作为乐器它已经沦落，在豪华的西洋乐器面前显得那样土气和简约，却有着久远的意境，在失落中有着不屈的魂灵，在枯涩中传达出旷远的韵味。贾平凹通过埙的借喻，更好地传达出了废都的无尽沧桑。

三、圈子

在贾平凹周边，除了长安古乐社外，还活跃着很多圈子，包括作家圈子、书画家圈子、戏曲家圈子等等，这些圈子共同构建了其日常生活。以至于《废都》被作者自认为"是我迄今写得最顺手最自然的一部书。我对文化圈的人事太熟悉，以至于知道十分只写出了一二分，在写作时常常因事情太多而不知该写哪一件，作品完成后，曾后悔有许多极有趣的事未能写进去"[2]。

我们在贾平凹的系列散文中可找寻出许多他和作家朋友交往的逸闻趣事。正如贾平凹所说："在陕西我有一批作家朋友，也有一批艺术家朋友，我们常能交流，这种亦师亦友、亦庄亦谐的气氛很好，互相激励。一棵树或许能长大，但容易分枝，一群树挤着往上长，都目望高空，就都长得高而且直。"[3]

除了作家圈子之外，"西安城里，有一帮弄艺术的人物，常常相邀着去各家，吃着烟茶，聊聊闲话。有时激动起来，谈得通宵达旦，有时却沉默了，那么

---

① 废人组稿，先知、先实选编：《废都啊废都》，甘肃人民出版社1993年版，第107页。

② 贾平凹、王新民：《〈废都〉创作问答》，见江心编《〈废都〉之谜》，团结出版社1993年版，第22页。

③ 贾平凹：《坐佛》，太白文艺出版社1994年版，第3页。

无言儿呆过半天，但差不多十天半月，便又要去一番走动呢"①。正是和艺术家朋友的走动和交往，才使得他讲关于书法、绘画、戏曲、音乐的评论不停地见诸笔端，包括《听金伟演奏二胡》《读画随感》《读吴三大作品》《画家逸事》《读贺荣敏画有感》《读马海舟书画》《叶炳喜的书法》《李杰民的书法》等等。日常生活的型塑不仅受个人社会地位的影响，而且受人们身处其中的文化环境的影响。因为不同的文化环境，包括年龄、人生阅历以及经验等，也会形成各种各样的圈子，这些自发而成的圈子通常有着共同的旨趣。

在现代文学中，关于作家流派和文人圈子的研究非常深入和专业，程光炜主编的《文人集团与中国现代文学》就专门收录了诸如《学衡》作者群、北大的两个教授集团、京派小说家的文化心理结构以及延安文人的文化环境等等，专门探讨了基于共同的出身、兴趣爱好以及城与人的关系所形成的文人集团或文化圈子。但当代文学研究，显然非常忽略这一块，作家似乎都被认为是特立独行的，并没有注意到他们所处的文化环境和地理环境以及文学传统对其创作的影响，更不用说长期来往的圈子对其气质旨趣的重要作用。尤其对于贾平凹来说，他的古书、收藏、古乐等艺术气质从何而来？他为何能成为诗书画并进的作家？显而易见，他同周边的西安艺术家圈子的交往情况，也应是我们的重点考察内容。正是在书法、绘画、古乐等艺术家圈子的熏陶中，在写作之余，贾平凹不仅是琴棋书画的欣赏者，也是很好的参与者、实践者。

在《平凹作画记》中，贾平凹专门讲述了自己习画的由来。本来是得意于在年纪不老的作家中，自己的毛笔字可入书品。因为不断有人求字，自己也有给别人写字正好可练书法的想法，就当成一场玩事。但因索字的人常常事先拿出数张纸来，时间久了，自己竟白落了很多纸，一日突发奇想，有这么多纸，为什么不试着作画呢？想起别的画家总是将墨大泼大涂的，自己也开始泼，也开始涂，心里感觉怪畅美的。后来他的画为人所称道，是因为他结识了西安美术学院的专业画家，他们在技术层面上给贾平凹以指导，而贾平凹又从意象方面、内蕴方面以及文人画等诸多方面与画家朋友们交流，这样的相得益彰使他增添了作画的兴趣和信心，于是才有了几大册精美画册的出版，有了他南北各地的画展。所以，在考察贾平凹的艺术气质形成时，我们不能忽略西安艺术家圈子

---

① 贾平凹：《爱的踪迹》，上海文艺出版社1985年版，第93页。

对其的影响。因此，在作家身份之外，贾平凹会"毫不谦虚地说，我对于绘画、音乐、书法、戏剧的爱好，热情并不比文学低，有些见解相比对文学的见解有过之而无不及。我平日读的书中，相当多的则是这方面的书"。"如果有人说我的作品中多少有一点东方美学思想的影响，那很大程度得力于中国的文人画、民乐、书法和中国戏曲。"①

贾平凹和书法家、画家、曲艺家朋友们的交往，他个人诗书画精工的特点在当代文坛的确是别样的存在，这不仅和个人旨趣相关，也和西安古城的城市文化有关。涂尔干告诉我们："每一种城市都创造一种心灵状态，每一种文化都有自己确定的准则以调节人们的行为，那些准则会内化为人们的个性的一部分。""当今的事实是西安的文化氛围要浓于别处的。我到过许多极普通的市民家，多多少少都收藏有古书字画，并数次看到中堂上悬挂'一等人忠臣孝子，两件事读书耕田''读书是福，开卷有益'的条幅。"②"走遍全国大小城市，手写的风格各异的店铺匾额西安最多，即便那些流动于街头巷尾叫卖的小吃担，如甑糕、笼笼肉、蜂蜜凉粽，担头上晃悠晃悠的一个小木板招牌上也常是集了颜真卿的字或于右任的字。"书画学会、书画研究院多得连书画界的人也搞不清。正是在西安城市文化氛围和艺术家圈子的不断熏染下，贾平凹成为当代作家中少见的诗书画同时并进的一位。1998年出版的《贾平凹书画》是中国当代作家出版社出版的第一本书画集。在作品自序中，贾平凹专门回顾了书画之路，在20世纪80年代中期，他尝试用毛笔在宣纸上写字，忽然有了一种奇异的感觉，从此一发不可收。毛笔和宣纸会产生自娱的快感，后来读到了许多的碑帖，慢慢品味，才大致能理解古人的笔意，也大致能感应出古人书写时的心绪。

贾平凹诗书画并进的创作道路，使得他一方面可以通过字画获得巨大收益，以此补贴文学的微薄进项，可以将文学创作作为一项事业、一种志趣来书写，而非作为谋利的手段迎合某种写作范式，因而保留更多本真情绪，这也使得他的作品恒久保持对社会现实的关注和思考。与文人、艺术家的来往丛密，更是使得贾平凹对小说中的人物生活十分熟悉，他们是自己二十年城市生活中长期接触的人与事。他甚至最初想过在《废都》中以四大闲人为线索写西京的文人、艺术家圈子，但考虑到那样结构太大，字数将太多，读者会厌烦，"故只

---

① 贾平凹：《答〈文学家〉问》，载《文学家》1986年第1期。

② 贾平凹：《老西安》，中国社会科学出版社2006年版，第49页。

集中写庄之蝶，我想有些材料留下以后去写。我对书画家、戏剧家生活之熟悉，可以说胜于作家，但是要反映'废都意识'，我接触的书画家及戏剧家反倒没有作家来得深刻"①。所以，作家、诗书画圈子和他们的日常生活也成为《废都》故事的背景，那熙熙攘攘出现的人群、那热闹繁多的事件，为我们汇聚了一幅西京城的"清明上河图"。

（原载《贵州师范大学学报（社会科学版）》2015年第4期）

---

① 田珍颖：《关于〈废都〉的通信》，见肖夏林编《〈废都〉废谁》，学苑出版社1993年版，第196页。

《废都》分析与阐释

全炯俊　著　李大可　译

一、重读《废都》的必要性

贾平凹1993年6月下旬发表的《废都》，在读者中激起了中国文学史上史无前例的巨大反响。从初版到发行被禁止，在不到两个月的时间里，销售量超过一百万册。[①]除北京出版社的正版外，还有二十多家出版社非法盗版，二者合计的话，到1993年10月下旬贾平凹为《废都》韩文版写序言为止，不过四个月的时间，销售量估算在一千万册左右。销售量固然惊人，而评论界的反应之大则更令人吃惊。批评家、作家及文学研究者争先恐后撰写、发表评论文章，仅这些评论汇集成书的话就有好几卷。

在这种惊人的"废都现象"中，我们所注目的是从对《废都》的众多评论中明显显现出来的当时中国文化的弱点乃至弊病。我们可以称之为"批评的贫困"。大部分评论文章将《废都》定位为商业主义大众小说甚至低劣的通俗文学而加以激烈非难。非难本身并不是问题，问题是非难是否出自真正的批评。缺乏对作品的充实分析、阐释，或在这种分析、阐释贫弱的状态下断章取义地摘取作品中的几个部分，对之加以极其主观的阐释，并将其作为非难的依据。这种做法远离了真正的批评。这种非难不是真正的批评所为。对纯文学和通俗文学的区分本身就需要探讨，即使接受这种区分，接受在这种区分模式中将《废都》视为通俗文学的做法在一定程度上的妥当性，所要做的也是对该作品作为通俗文学所包蕴的文化内涵进行冷静分析和把握。这一作业要从对作品整体的详实分析和阐释出发，从对该作品的发生脉络及接受脉络的考察出发。说到底，我们不赞成纯文学和通俗文学这种公式化的区分。文学与非文学的区分尚不确定、不透明，何谈纯文学与通俗文学的区分！退一步，即使在一定范围内

---

① 雷达：《心灵的挣扎——〈废都〉辨析》，载《当代作家评论》1993年第6期。

我们尊重纯文学与通俗文学的划分，也无法赞成无条件地肯定纯文学、否定通俗文学的立场，因为形式上的所谓纯文学也会陷入意识形态话语，而形式上的所谓通俗文学却反而会对统治意识形态或主流话语具有批判性、颠覆性和解构性。而对《废都》的各种非难、诋毁言论反而会成为90年代中国社会精神分析的有用文本。

对《废都》进行肯定性考察的评论虽然是少数，但仍惹人注目。谴责《废都》的人把称赞《废都》的文章数量夸大了很多，例如，易毅论及严肃文学与通俗文学界限的崩溃时说："在《废都》以后，在对《废都》的那些来自我们批评界的热烈赞美之后，我们还能划定严肃／通俗的界限吗？"① 但从我们的分析来看，对《废都》进行肯定性考察的文章并没有那么多。旷新年没有论及量的多少，只是指出，对《废都》的反应因年龄层的差异而不同。按他的说法，与小说中的人物庄之蝶同年龄层的人，对《废都》表现出感伤性的共鸣，而后辈年龄层的人则表现出愤怒与排斥的态度。② 但在我们看来，基于年龄层的这种倾向性是否存在似乎并不确定。在对《废都》进行肯定性考察的评论中引起我们注目的文章是雷达的《心灵的挣扎——〈废都〉辨析》、钟本康的《世纪末：生存的焦虑——〈废都〉的主题意识》、韩鲁华的《世纪末情结与东方艺术精神——〈废都〉题意解读》、旷新年的《从〈废都〉到〈白夜〉》、许明的《研究知识分子文化的严肃文本》、党圣元的《说不尽的〈废都〉——贾平凹文化心态谈片》、赖大仁的《创作与批评的观念——兼谈〈废都〉及其评论》、曾军的《贾平凹与九十年代长篇小说》等。列在前面的三篇文章写于将非难视为理所当然的气氛占压倒优势时，因此尤为引人注目。后面的五篇文章写于1996年贾平凹的长篇小说《白夜》发表之后。虽然考察角度与强调之处各不相同，这些文章都对《废都》的文化价值进行了真挚叩诊，并因此大体确保了一定程度的说服力。只是有一点稍显遗憾，那就是这些文章大体上不是先行考察作品整体，而是不结合整体地侧重于对某些部分做孤立探讨。这种方式的讨论尽管真挚，却会陷入断章取义和过度阐释的陷阱，在这一点上，有与单方面非难的文章犯同样错误的危险。

既然如此，重读《废都》就很有必要。这种重读将考察《废都》作品整体，并将对部分的探讨与这种考察相联系，在部分与整体的关联中对作品进行分

① 易毅：《〈废都〉：皇帝的新衣》，载《文艺争鸣》1993年第5期。
② 旷新年：《从〈废都〉到〈白夜〉》，载《小说评论》1996年第1期。

析、阐释。在此基础上，才能对既往讨论中成为问题的诸论点进行再探讨，进而阐明《废都》的文学、文化意义，为对其文学和文化价值进行再评价助一臂之力。这就是本文的意图。

二、关于堕落与破灭的四个故事

为了对作品进行整体性考察，首先必须把握其叙事结构。长达四十万字的长篇小说《废都》以全知性第三人称视角为基本叙述方式，按时间顺序对故事做线性叙述。这种叙述方式，一方面可以看作是对现实主义小说的传统小说技法的忠实，另一方面，也与明清的章回小说叙述方式有相通之处，这与高行健的长篇小说《灵山》巧妙结合20世纪先锋文学、法国新小说手法，及中国古典文学中笔记小说手法的叙述方式形成了鲜明而饶有兴味的对照。但是，尽管《废都》叙述的故事是线条性的，其内部却并不单一，反而形成了复杂的结构。忽视这一点，就很难实现对该作品的整体性考察。我们从《废都》的线性叙述中发现了四个不同的故事（官司的故事，事业的故事，性爱故事，写作的故事）。这四个故事一方面相互区别，一方面又相互纠结，这是《废都》叙事结构的最大特征。

四个故事中，官司的故事成为该作品的主导线索。事情发端于《西京杂志》上发表的《庄之蝶的故事》。该文章讲述西安知名人士——作家庄之蝶的生涯时，讲述了"庄之蝶当年还在一个杂志社工作时如何同本单位的一位女性情投意合，如漆如胶，又如何阴差阳错未能最后成为夫妻"[①]。正是这个爱情故事惹来了乱子。故事的当事人景雪荫以侵犯名誉为由要求杂志社公开道歉。双方关于道歉声明书的争执，因副省长的介入而以杂志社一方的获胜告一段落。但事情并未到此终止。景雪荫将作者周敏作为主被告人，将提供诽谤材料的庄之蝶和为诽谤材料的散播提供发表阵地的《西京杂志》编辑部作为从属被告人，向市中级法院提出正式控告。被告一方向责任审判员行贿并向市长求情，这次又获得了胜利。但是，景雪荫再次将状纸告到了省高级人民法院，在最后的判决中，被告一方败诉。

与其他故事相比，事业的故事相对而言不处于前台位置，但它对整体意义

---

① 贾平凹：《废都》，北京人民出版社1993年版，第65页。

网的构成却起着不可或缺的作用。庄之蝶以妻子牛月清的名义在碑林博物馆附近开了一家书店，先是卖金庸武侠小说，接着，又按书店具体管理人洪江的建议进了一大批正在热销的《查太莱妇人》(《查泰莱夫人的情人》)，还将折价处理的无名作者的武侠小说冠以"全庸"之名销售。在朋友赵京五的劝说下，庄之蝶又将事业扩大到开画廊。为了搞到展示品，他通过朋友龚靖元的儿子，廉价买入了龚靖元的藏品，画廊一开张就盛况空前。

性爱故事既为《废都》销量突破千万册作出了最大贡献，也是为贾平凹招致污名的罪魁。主人公庄之蝶进入四十岁后就显现出性功能低下症候，一直和妻子没有孩子。但同是这个庄之蝶，却在和唐宛儿的性关系中发挥了惊人的性能力。初次发生关系后，两人一有机会就幽会。不过庄之蝶的外遇并未止于唐宛儿一人，而是又扩大到了汪希眠夫人、阿灿、柳月。只是由于汪希眠夫人诚恳拒绝，两人并未发展到性关系，而阿灿也在与庄之蝶两次做爱后离开，二人关系中断。至于柳月，则由庄之蝶介绍嫁给了西京市长的跛脚儿子。这样，一直与庄之蝶保持情人关系的只有唐宛儿一人，但她也被寻来的丈夫发现，强行带回潼关。

在我们看来，四个故事中最重要的是写作的故事。庄之蝶虽是知名作家，但当时已写不出作品。整部《废都》中，只有一处写到他写作的场面，即第二百零一页写到他说要写"魔幻主义"小说，并写了三页稿纸。在二百五十四页又再次提及这个作品："庄之蝶这日闲得无事，整理抄写好了那一组魔幻小说寄给了报社。"[①] 也正是在寄稿给报社的这一天，庄之蝶决心创作脑中构思已久的长篇小说。但这个想法不久便被抛弃了。庄之蝶写不出长篇小说，却写了各种各样的其他文章：为农药厂写宣传性报道，假扮钟唯贤死去的女友给钟唯贤写情书，替阮知非写论文，给景雪荫写信阐明自己立场，向法院提交答辩书，最后，用化名撰文宣布退出文坛。

这四个故事的共同点是：它们都是关于堕落和破灭的故事。打官司的过程中，主人公庄之蝶为了赢得与景雪荫的争斗，无法不感受到各种各样的堕落，尽管这样，最后仍然败诉，遭遇了幻灭。经历了堕落与幻灭的不仅是庄之蝶，他周围人物的经历也都大同小异。事业的故事与此相似，只是在这里，物质利

---

① 贾平凹：《废都》，北京人民出版社1993年版，第254页。

益成了唯一动机。庄之蝶默认自己的书店出售武侠小说，通过欺骗朋友的儿子龚小乙来廉价掠夺龚靖元的收藏品，这都是为了赚钱。但是，这些不惜堕落的努力，结果只招来幻灭。书店挣的钱被洪江卷走，龚靖元因毕生收藏品被掠夺而自杀，最后，事情竟发展到市面上出现以庄之蝶本人的官司为内容的小册子这种反讽的地步。性爱故事较其他三个故事内涵复杂，因为它虽明显是关于破灭的故事，却不能只单纯地说它是堕落的故事。站在忠实于一夫一妻制的道德观点上来看，仅有妇之夫庄之蝶与有夫之妇唐宛儿持续保持婚外情这一点就足以称得上是堕落，而庄之蝶并未止于此，而是和阿灿以及保姆柳月等其他女子也先后发生了关系。即使从比较开放的立场上来看，这也是堕落。况且，和唐宛儿在月经期交合，将梅李放入柳月的阴户，把唐宛儿撒尿，等，这些场面都流露出不少变态的性取向，其直接、详细的性描写与色情描写不相上下，这更为将该故事看作关于堕落的故事的观点提供了助力。但是，换个角度看，庄之蝶的性爱故事不仅无法只单纯地说成是关于堕落的故事，还隐藏着相反的意义脉络（对此，下文还将深入分析）。所以说，庄之蝶的性爱故事与其他几个故事不同，具有含义上的复杂性。不过，在以破灭收尾这一点上，庄之蝶的性爱故事和其他几个故事没有什么分别。汪希眠夫人拒绝与庄之蝶发生性关系；阿灿自毁其容，离开了庄之蝶；牛月清知道了丈夫和唐宛儿的关系后宣布离婚，并出现了性格分裂症候；唐宛儿被丈夫抓回潼关受尽各种虐待。只有柳月多少有些例外，由于嫁给市长的儿子而使身份得到了提升。写作的故事也是关于堕落与破灭的故事。作家庄之蝶写不出作品，却为了金钱或权力而撰写各种谎言文章，这分明是堕落，而堕落的终结点就是以搁笔消息体现出的破灭。只有他为钟唯贤写的情书、给景雪荫写的解释信以及化名写的搁笔消息具有复合含义，对此，下文将再做分析。

以上分析的四个故事巧妙地纠结在一起，有时互为原因、动机，有时同步进行，具有相辅相成的效果。例如，为打赢官司而把柳月嫁给市长的跛足儿子，二者构成因果关系；唐宛儿的失踪与官司败诉一起到来，二者相辅相成。处于纠结中心点的当然是庄之蝶，而处于纠结初始点的人物则是周敏。故事从潼关浪子周敏诱拐有夫之妇唐宛儿一起去西京开始。周敏通过尼姑慧明认识了庄之蝶的朋友孟云房，在孟云房的帮助下打着庄之蝶的旗号进了西京杂志社，不负责任地写了一篇《庄之蝶的故事》且发表出来。虽然庄之蝶对此毫不知情，

却因此被卷入官司。庄之蝶的婚外情也是从见到周敏的"妻子"（法律上看是同居）唐宛儿开始的。庄之蝶由于与唐宛儿的关系而恢复了性能力，使之后与其他女子的关系成为可能。

但是从概然性的层面看，庄之蝶在由周敏的文章引起的一连串事件中所表现出的态度令人生疑。起初庄之蝶认为没有什么大不了的，所以没有责怪周敏。从文脉上推测，这是初识的唐宛儿的魅力起了作用。但后来庄之蝶看了那篇文章，感觉到其中潜藏的危险性，急急忙忙赶到西京杂志社时，也仅止于要求采取措施预防副作用。到最后问题爆发时，又收回了否认和景雪荫有恋爱事实的初衷。这些做法，即使考虑到与唐宛儿的关系，也很难被认为是合乎情理的。实际上，此后快开庭时庄之蝶对周敏说了一段话：

> 你要是这么干，什么事我也便不管了，我可以在法庭上讲明文章中的事都有一定影子，但并不是现在随意渲染了的情节。文章都不是我写的，我也没有事先读过，我更没有专门对你谈过，甚至那时连你的面也没见过。我要申辩的只能是我不应作为被告，如果我申辩驳回，法庭判我有罪，我去坐牢好了！

这是合情合理的，因为这既符合实情，又对自己有利。可是庄之蝶没有或不能这么做。这虽然可以归因于他的性格，但更主要的是他周围的人不允许他这样做。这些人就是妻子牛月清，朋友孟云房，过去的单位领导、西京杂志社的钟唯贤，以及当事人周敏。这些人的共同想法可以用牛月清的话来代表：

> 如今文章上写的调儿是恋爱的调儿，你若坚持不承认恋爱，那就只有杂志社和周敏吃不了兜着！但这么一来，社会上又会怎么看待你？说庄之蝶为了一个女人，竟能把支持他宣传他的一批朋友置于死地了！

虽然牛月清的话里掺有对景雪荫的嫉妒心，但她的看法在朋友们看来还是有道理的。庄之蝶被这套道理裹挟着，渐渐陷入即使打赢官司也是明胜实败的处境，必然要经历破灭。

但是，在这套道理下面还隐有其他因素，这就是他们共有的将物质利益视为最高价值的价值观。他们认为周敏的文章是宣传庄之蝶的，他们高兴看到《西京杂志》的销量因该文章而激增。在物质利益上，他们具有共同的利害关系，庄之蝶无法不接受这种价值观和利害关系。问题正是这种价值观。西京正

在发生巨大变化，这种变化正是始于改革开放并随着社会主义市场经济发展而进一步加速的所谓"现代化"的产物，这种变化伴随着将物质利益视为最高价值的价值观的全面扩散。重视物质利益的态度虽然古已有之，但在现代化的历史脉络中，它却是超出了单纯的风俗性的东西。说穿了，它通过商品拜物教和意识的物化使人的存在本身发生变质。当时西安（扩大来说是全中国）发生的正是这种变化。这种变化只要求人们适应它，而不允许身处其外。无论自愿与否，所有人都被纳入了对它的适应中。在《废都》中身处其外的只有收破烂的老头儿和庄之蝶的岳母，但这两人也因此具有了某种疯癫气。适应它的大部分出场人物都走上了堕落和幻灭之路，甚至在现实中已经成功适应了它的慧明和柳月也已经踏足其上，可以充分预见，她们不久就会走向破灭。总之，《废都》可以说是一部描写西京发生的变化和对这种变化的不可避免的适应，以及这种适应所必然带来的堕落和破灭的小说。这样看来，将《废都》视为对当今中国现实的较为根本的批判的看法就不无道理。从体制逻辑的立场看，它也会被认为是相当不安定的因素。

值得注意的是，在都市西京和与庄之蝶相似的几个主要人物所经历的变化中，士大夫世界崩溃的主题显眼地被前景化了，不过似乎也没有必要过于强调这一特点。如果说这是特殊性，它也分明已经进入现代化所带来的变化的普遍性中，因为我们认为更重要的不是特殊性这一层面，而是普遍性这一层面。况且，饕餮般的现代化胃口如此之大，它一方面促使士大夫世界崩溃，一方面将它彻底商品化。

该小说的人物中特别要予以深切注意的是庄之蝶与周敏的对比。两人都出生于潼关，都从事写作，两人间有十多年的时差。十多年前来到西安的庄之蝶经历了各种辛苦才得到今天的成功，但近来在西安的变化中却体验了混乱。与其他人多半自发适应西安的变化相比，庄之蝶与其说是自发适应，不如说是被周围的人裹挟着适应，较为被动、消极，并对自己的变化有强烈的自我意识。由于这种自我意识，庄之蝶无法再写出作品。而刚到西安的周敏自发适应的欲望比谁都强烈，他的第一篇文章《庄之蝶的故事》就是这种欲望的产物。从象征的角度看，庄之蝶和周敏也可以看作同一个人物。对周敏来说，庄之蝶是欲望的对象，而站在庄之蝶的立场上，周敏则是庄之蝶的无意识和欲望的人物化。周敏的出现就是庄之蝶的无意识和欲望的流露。如此看来，《废都》以周敏的出

现开始了庄之蝶的堕落与破灭之路，让故事结束于受挫的庄之蝶和周敏在火车站相遇，这种结构方式就具有必然性。庄之蝶和周敏两人都准备离开西安去遥远的南方，庄之蝶双手抱着周敏的小背包昏厥过去。周敏俯视昏迷的庄之蝶的这一最后场景颇具有暗示性，而且那背包中装的，正是周敏常常在心中郁闷时出去吹奏、庄之蝶听到那声音就感到心中安慰的古代乐器陶埙。

三、作为自我意识的作家

虽然《废都》是关于堕落和破灭的故事，但我们要重视的不是故事中堕落和破灭状态的细节，而是那种状态所显现出的自我意识的动向。可以说，作家庄之蝶就是向着堕落和破灭飞奔的都市西安的自我意识。庄之蝶对自身变化所持有的自我意识既是他个人的自我意识，也是这个都市的自我意识（若没有这种自我意识，这个都市的生活怎样才能实现对其堕落和幻灭的自我认识啊）。

庄之蝶自我意识的最初流露是在和周敏夫妇初次见面的酒桌上。孟云房夸庄之蝶富贵双全，庄之蝶苦笑着说："是什么都有了，可我需要破缺。"[1] 这种破坏的欲望来自他对适应堕落的现实的敏锐感受。正如"我也吃惊过我自己，是顺应了社会，还是在堕落了"[2] 一语所示，庄之蝶对此明了于心。庄之蝶的自我意识通过性机能低下的生理症候集中表现出来。由于早泄，庄之蝶完全无法满足妻子牛月清，甚至被怀疑生殖能力有问题。在因性和生殖问题与妻子牛月清拌嘴的第二天，庄之蝶在酒馆独自饮酒时遇到了一位鸡皮鹤首、目不旁视的饮酒老者，顿时感到"自己活得太累，太窝囊，甚至很卑鄙了"[3]。自我意识在庄之蝶身上甚至使他对自己的本质也产生了疑惑。庄之蝶这个名字就包含着这种疑惑的意味。庄之蝶的庄是"庄子"的庄，蝶是"蝴蝶之梦"的蝶。听到老太太说"这人说不定也是假的"，庄之蝶便陷入了"一时倒真不知了自己是不是庄之蝶"[4] 的状态。庄之蝶的名字情结也根源于同一脉络。虽然真正属于他的只有"庄之蝶"这三个字，但利用这个名字的却都是别人，而不是他自己。他觉得他那以大作家而广为人知的名字实际上只不过是个虚名。这可以说是一种骗子情

① 贾平凹：《废都》，北京人民出版社1993年版，第29页。
② 贾平凹：《废都》，北京人民出版社1993年版，第30页。
③ 贾平凹：《废都》，北京人民出版社1993年版，第63页。
④ 贾平凹：《废都》，北京人民出版社1993年版，第108页。

结，庄之蝶用下述话对其症候做了说明：

> 我清楚我是成了名并没有成功的，我要写我满意的文章，但我一时又写不出来，所以我感到羞愧，羞愧了别人还以为我在谦虚。我谦虚什么呀？这种痛苦在折磨着我，可这种痛苦又能去对谁说，说了又有谁能理解呢？

庄之蝶近来写不出作品的原因，正是以上所分析的自我意识。

庄之蝶的婚外情也正是由此而始。庄之蝶对唐宛儿感到强烈的欲望，在和唐宛儿的初次性关系中，他有了勃起不全和早泄完全被治愈的惊人体验（后来唐宛儿怀孕，证实了庄之蝶的生殖能力）。一言以蔽之，在与唐宛儿的关系中，庄之蝶的自我意识消失了。于是，他将自己深藏起来的内心向唐宛儿做了详尽告白：

> 更令我感激的是，你接受了我的爱，我们在一起，我重新感觉到我又是个男人了，心里有了涌动不已的爱情。

但这并不是对自我意识的真正克服。即使是克服，也至多是一时的。于是就像药效消失，苦痛重来，承受不住苦痛便再次觅药一样，庄之蝶自然也越来越沉溺于和唐宛儿的婚外情。所以说，庄之蝶在写了一篇魔幻现实主义小说之后，决心写作构思已久的长篇小说（虽然最终放弃，没能写成），这分明要归功于他的婚外情。庄之蝶的婚外情没有止于唐宛儿，而是逐渐扩大，对柳月和汪希眠夫人也产生了欲望，并在与阿灿发生关系后，与柳月也发生了关系。但唐宛儿、阿灿似乎与柳月性质不同，因为庄之蝶和她们的性行为发生于庄之蝶的内在苦痛变得剧烈时，而与柳月的性关系并非如此。庄之蝶是为了堵柳月的嘴而即兴与之发生关系的，其中没有内在苦痛这一动机。因此，从柳月开始，庄之蝶的婚外情开始带有了和最初非常不同的色彩。较之真情，堕落的色彩变得浓重起来。事实上，庄之蝶的婚外情从一开始就同时具有真情和堕落两种相反的层面，真情的层面越来越弱小，而堕落的层面却越来越强大。对庄之蝶来说，性可以说是双刃剑，最终，他的婚外情败露（起因于柳月的告发，这从上面的脉络看，也是自然而然的），他被推入更大的痛苦之中。婚外情败露后庄之蝶与柳月和唐宛儿各发生的一次具有与此前极为不同意义的情事，这两次情事接近于对绝望的确认。在与唐宛儿的最后一次情事中，庄之蝶甚至出现了无法勃起的症候。而且，在这最后一次情事后，唐宛儿就失踪了。

从庄之蝶的婚外情中，我们可以读出真情的追求归结于堕落和破灭的意义脉络。该意义脉络，从庄之蝶的写作中也可以发现。整部《废都》中，庄之蝶除了一篇魔幻现实主义小说外没写出其他什么作品。这样，在他写的其他文章中，寄给钟唯贤的假冒情书、给景雪荫的解释信及化名写的搁笔消息就引起了我们的注意。这些文字的共同点是可以从中感受到真情，但这真情带来的却是破灭。给景雪荫的信使事态恶化，导致双方对簿公堂，而搁笔消息则招来最终的自我幻灭。这种反讽是意味深长的，虽是巧合，却与作家贾平凹本人因写了《废都》而招致各种非难、苦痛的遭遇形成呼应。

可以说，《废都》的叙事节奏就是自我意识的节奏。在履践堕落与幻灭之路的整体潮流中，对其步伐的自我意识以及由此而来的痛苦四处出没，而对自我意识之痛苦的克服，更进一步，为回归本来之自我而做的摇摆挣扎就在其间展开。这种节奏最初徐徐展开，继而逐渐加快，在鸽子事件中达到一次顶峰，在与唐宛儿的最后一次情事中又再次达到顶峰，此后便急转直下，抵达崩溃。这种节奏，正是这部小说的本体。

四、对几个问题的再探讨

如果承认以上我们对《废都》进行了一定程度的再解读的话，现在就可以在与再解读的对比中对既往《废都》论的主要论点进行探讨了。论点众多，对之进行一一或系统性的分析需要很长的篇章，这里仅选取几种重要论点加以分析。希望在此探讨过程中，能部分地实现对《废都》解读的补足与深化。

第一，对《废都》持批判态度的言论攻击最多的是其性描写部分，如"像一堆堆排泻物一样令人作呕"[1]，或"《废都》中赤裸裸的'性描写'，在现当代文学史上大概是空前的。'性'的隐秘性和其他含义在这里已荡然无存，只剩下人生理需求上的放纵和刺激，从这个层面上说，它仅仅具备了商业的品格"[2]，等等。总之，他们是把《废都》的性描写作为色情描写来看待。前面已经分析过，在这个问题上我们应该重视的是包含这种性描写的性爱故事所具有的意义，性描写在该故事中起什么作用，这是问题所在。假定性爱故事中没有性描写，将

---

[1]　陈长生：《"废都"现象透视》，载《南都学坛(哲学社会科学版)》1994年第2期。

[2]　孟繁华：《贾平凹借了谁的光》，见多维编《〈废都〉滋味》，河南人民出版社1993年版。

这种状态和作品的实际状态比较一下，就较易到达问题的核心。假如没有性描写，自我意识的克服及暂时的自我回归主题就很难具有说服力，就会只剩下枯燥的主张，而我们是不会被枯燥的主张所说服的。具体的性描写赋予主张以实感，而实感使读者被说服。甚至可以说，如果性描写真的对读者产生了性刺激的话，在某种意义上，主题也因之得到了有效的表现和传达。从和柳月发生性关系之后到鸽子事件为止，其中性描写内容所发生的变化也应引起重视。这时的性爱堕落性已强于真情，与之相应，在性描写方面猥亵性就被前景化了。此外，在与柳月的最后情事或与唐宛儿的最后情事中，性描写的绝望本质也不容忽视。如此看来，《废都》中的性描写是作品本体不可分割的一部分，只是这些性描写并非总是成功的。例如唐宛儿的自慰场面以及柳月和牛月清的春梦场面之类，就有脱离主题和故事的累赘之嫌。由于性描写各有不同，因此，对其间的差异加以细致区分就十分必要。

第二，《废都》的性描写中具有特征的部分之一是"□□□□□□（作者删去 ×× 字）"这种表现手法。该手法在古典小说《金瓶梅》的洁本中使用过，贾平凹也许是故意加以借用。批判这种手法的言论认为这是诱惑、刺激读者的手段，而且，陈旭光还断定作品中没有这些部分也无不可，"一不妨碍上下文的接续通畅，二不影响已存文字的性描写"①。但陈旭光的主张并不符合作品实际，因为在更多的情况下，上下文脉没有这些部分就无法衔接。《金瓶梅》洁本中的□□□□□□是出版者删掉原作中文字的结果，而《废都》中的这种处理却是作家自己所为，这是二者的区别。只是《废都》的这种处理是一开始作家就没有写出与□□□□□□相应的内容，还是真的删除了原来所写的内容，这一点暧昧不明（在一个座谈会上，白烨解释说："我问过平凹，他说初稿中确实有，后来删了，成为现在的样子"②）。不管怎样，"□□□□□□（作者删去 ×× 字）"确实有刺激读者想象力发挥的作用，但更重要的是，"□□□□□□（作者删去 ×× 字）"以反语的方式表现了在性表现领域所存在的社会压制。没有删除标记也可以设法使上下文脉连通，之所以一定要斩断上下文，作出删除标记，我想正是出于这种意图。

第三，还有一种情况是，都认为《废都》是写知识分子问题的小说，但给予

① 陈旭光：《一锅仿古杂烩汤》，见多维编《〈废都〉滋味》，河南人民出版社1993年版。
② 陈骏涛、白烨、王绯：《说不尽的〈废都〉》，载《当代作家评论》1993年第6期。

的评价却截然相反。例如，认为《废都》"展现了由'士'演变而来的中国某些知识分子在文化交错的特定时空中的生存困境和精神危机。透过知识分子的精神矛盾来探索人的生存价值和终极关怀"①的雷达，认为《废都》由于深刻地白描了当前社会变动期间一部分知识分子的精神生活历程而成为次年开始展开的"人文精神讨论"的先驱的许明，等等，他们对《废都》作出的都是肯定性评价。而认为"贾氏既似是而非地讲述了知识分子破败的故事——这个故事使他获得'严肃文学'的合法性和堂而皇之的外表，而且使他可以无所顾忌地倾注全部笔墨去表达对性欲的渴求"②的陈晓明，则持否定性的立场。将《废都》视为知识分子小说并非全无道理，但这只是该作品的一面。单独强调这一面的话，更重要的作品整体意义网就会被遮蔽。事实上，该作品中作为真正意义上的知识分子登场的人物不过庄之蝶一人，与庄之蝶合称西安"四大名人"的画家汪希眠、书法家龚靖元及乐团团长阮知非三人既非知识分子，也非艺术家，而是某种事业家。《西京杂志》编辑部的人员也大同小异。知识分子并非是从事知识领域工作的人，而是为如何做知识分子而苦恼的人。如果贾平凹意欲创作的是知识分子小说的话，只能说他在人物设定上犯了错误。因此，以《废都》中的几个人物为据来谈论它的知识分子小说面貌的话，无论是肯定性评价还是否定性评价，都不可避免地要犯错误。

第四，许纪霖以都市与乡村的对立为框架对《废都》进行了饶有兴味的分析。按他的观点，庄之蝶是未能适应都市的乡村型人物。都市使庄之蝶的生存堕落，导致其性机能低下，出现生理疾病及写作能力的丧失。庄之蝶获得安慰、保持心理平衡的机制都来自属于乡村的东西（补充说明一下的话，古代乐器陶埙或来自终南山的奶牛都属于该范围。庄之蝶直接对着奶牛的奶头吮奶）。女性的情况也是这样。《废都》中的女性大体上可分为两类，一类是景雪荫、夏捷和柳月（被都市改造了思想）等都市型女性，另一类是唐宛儿、汪希眠夫人（曾经当过商场售货员）等乡村型女性。庄之蝶从乡村型女性那里得到安慰和心理平衡。③这种分析确实值得倾听，只是对所谓都市的实际意义似乎还需做进一

① 雷达：《心灵的挣扎——〈废都〉辨析》，载《当代作家评论》1993年第6期。
② 陈晓明：《真"解放"一回给你们看看》，见多维编《〈废都〉滋味》，河南人民出版社1993年版。
③ 许纪霖：《虚妄的都市批判》，载《读书》1993年第12期。

步分析。所谓都市，古已有之，并非新生的现代产物。这样来看，《废都》中的都市处在由前现代都市向现代都市变化的过程中。许纪霖的分析忽视了都市自身的变化。在我们看来，重要的不是抽象形式的都市，而是都市里正在发生的变化。因此，许纪霖的都市／乡村的对立应修改为对变化的适应／非适应的对立（许纪霖的女性人物分类，对柳月和汪希眠夫人两人都附加了窘迫的限定字句，其原因就在于分类基准不恰当。以适应／非适应作为分类基准的话，就不需要做限定说明了）。许纪霖批判《废都》的主要根据是，《废都》试图批判都市，而它实际所描绘的西京相较于都市更接近于小镇。或者许纪霖对贾平凹后记中关于要写都市小说的话太较真了也未可知。照许纪霖的想法，上海才是都市，西京不太像都市，所以他将《废都》认定为"虚妄的都市批判"就一点也不奇怪了。不过在我们看来，贾平凹在《废都》中所做的事情不是批判都市，而是批判现实的变化。即使西京的面貌近似小镇，也丝毫不会成为省察现实的变化过程及该过程中人的生存的障碍。无论是都市、小镇还是乡村，这种变化随处可见，只有时差和程度上的差异而已。

第五，从简单的东西到《周易》和《邵子神数》，《废都》中有关占卜术的插曲比比皆是，显现出浓厚的中国传统神秘主义色彩。无论是收破烂老头的谣曲，还是庄之蝶岳母的人话鬼语（看到鬼神并与之对话）都属于此列。陈晓明据此批判《废都》虽"足以让发达资本主义国家和地区的买主和看客喝彩叫好"，但毕竟不过是"一种纯粹的、不折不扣的后殖民主义话语"（这里"后殖民主义"一词使用不当。后殖民主义指向对殖民主义的超越或解构。陈晓明的表述应修正为"殖民主义话语"或"东方主义话语"）而已。[①] 这种批判也被用于电影导演张艺谋身上，确实自有其值得尊重的层面。但《废都》的神秘主义与东方主义不处于同一脉络上。它一方面与拉丁美洲小说的魔幻现实主义构成互文关系，另一方面为《废都》中展开的没落叙事赋予了神话的必然性。小说开头出现的开四枝花的奇异花草的故事，以及天空中出现四个太阳的故事，都是属于这同一脉络。

第六，很多论者持续不断加诸《废都》的指责之一是它模仿了《金瓶梅》和

---

① 陈晓明：《真"解放"一回给你们看看》，见多维编《〈废都〉滋味》，河南人民出版社1993年版。

《红楼梦》。确实如此，不过这并不意味着贾平凹创造力的枯竭。[1]在《废都》中，贾平凹以近代写实主义为小说骨干，在此基础上结合了明清市民通俗小说和拉丁美洲的魔幻现实主义小说，糅合创造出一种新的小说形态。正如本文开头所论及的，《废都》和高行健的《灵山》在小说形态上都值得注目。

第七，从女性主义视角来看，《废都》确实有批判的余地。戴锦华认为，《废都》"是一个赤裸裸的白日梦，是一个在社会和性方面都受到压抑的男性所寻求的心理补偿……它的白日梦是双重的：庄之蝶先是以'文化名人'的身份吸引女性，然后却用纯粹的男性力量去征服她们，试图借这种在幻想中可能获得的成功来增加在现实中已开始动摇的文化人的自信。然而，这却是双重的自欺欺人。它显示的不仅是贾平凹个人的焦虑，也是中国知识分子和现代男性普遍存在的精神危机"[2]。除了作品阐释上的些微问题外，戴锦华的这种看法是值得肯定的。《废都》的故事和意义网建立在男性中心主义想象中，前面我们对之所做的分析、阐释也是在其男性中心主义的框架中达成的。跳出这个框架来看，《废都》女性人物的性格、思考和行为的盖然性等问题就暴露出来了。

第八，针对《废都》的结尾，许纪霖讲了饶有兴味的一番话。打算离开西安的庄之蝶，其意中的目的地"南方"即南方的大都市。由此可见，庄之蝶虽然是远不能适应都市的农村人，但他已被都市的东西所浸染，以至于无法割舍都市。此外，对小镇一样的都市西京尚未能适应的他，在大都市里分明会遭遇更大的挫折。[3]但我们有不同看法（前文已对都市概念提出异议，这里不再重复）。唐宛儿失踪、牛月清离家、官司败诉后，庄之蝶向着破灭独自奔去。这破灭就是死。

小说最后一部分，准备离开西安的庄之蝶在火车站昏厥过去。虽然无从知道他会醒来还是死去（在这里，多少有些突兀地出现了汪希眠夫人。或许她的这种缺乏盖然性的登场是为了暗示庄之蝶将因她而获救也未可知），但无论如何，他双目翻白、嘴歪倚躺在长椅上的样子与死无异。这种死是神话意义上的死。就在小说的前一部分，庄之蝶撰写并发表了自己的搁笔消息，剃了个和

---

① 陈旭光：《一锅仿古杂烩汤》，见多维编《〈废都〉滋味》，河南人民出版社1993年版。

② 邵燕君：《看哪，其实，他什么也没穿》，见多维编《〈废都〉滋味》，河南人民出版社1993年版。

③ 许纪霖：《虚妄的都市批判》，载《读书》1993年第12期。

尚般的光头，用奶牛的皮将自己包裹起来（这是那个曾供庄之蝶吮吸牛奶的奶牛死后留下的），得知自己向来吃的削面汤里放进了大烟壳子后陷入无法区分现实与幻觉的境地，在肉店里要买苦胆而被嘲笑、赶走，在幻觉中向景雪荫复仇——所有这些都是为庄之蝶的死而做的准备，也可看作是其死的预演。神话式的死亡意味着再生和变形，复活的庄之蝶将有别于此前。或许，我们可以从贾平凹的后续作品中看到庄之蝶经过《废都》中神话式死亡的祭礼后新生的面貌也未可知。不，在此之前，《废都》自身就可看作经过死亡和再生而变化了的庄之蝶抑或贾平凹的自我告白。

第九，以往的《废都》论大多执着于盖然性的层面，评价基准是现实中是否会发生此事，这暗示出论者是自觉不自觉地封闭在传统写实主义小说美学中。但《废都》已经引入了魔幻现实主义技法，这样，重要的就不是现实中的盖然性，而是作品构筑的虚构中的盖然性。例如奶牛的思维和独白在现实中完全不会有，但在该作品的叙事中却确实具有寓言式的盖然性。在我们看来，重要的是话语结构，在话语的意义结构和叙述结构中人物及事件是否具有盖然性，这才是问题所在。

吴亮曾说过："围绕着《废都》的各种声音，肯定比《废都》本身更有价值：正是这些迥异的声音，揭示了我们的文化矛盾和裂缝。"[1]抛开其对《废都》的不当贬低，我们可以同意他的看法。如果对围绕《废都》而出现的众多不同言论进行细致分析的话，就会得到一份 90 年代以后中国的精神分析地图。但这在量上不是个简单的工作，权且留作以后的课题。

（原载《渤海大学学报（哲学社会科学版）》2008 年第 5 期）

---

[1] 吴亮：《城镇、文人和旧小说》，载《文艺争鸣》1993年第6期。

两都赋：经济的浮华与文化的废墟

——贾平凹的《废都》与叶辛的《华都》的比较研究

张喜田

20 世纪 90 年代初贾平凹发表了反映商业突进中文化却成废墟的《废都》，到了 21 世纪初，叶辛又发表了反映在经济高涨中人的兽性膨胀的《华都》，两者全以"都"名之并且都有很多赤裸裸的性描写，不免让人引起比拟之想（虽然叶辛反对把《华都》与《废都》相对比）。同时，两者都表现了文化名人在商业潮冲击下的人生选择，并围绕文化名人与女性的肉体关系来组织作品，被人戏称为"以笔上床的作品"。两都，一是文化之都，一是经济之都，分别为中国文化与经济的象征，而在这双都中发生的人事无疑反映了社会转型期文化人尤其是人文知识分子的人生选择与价值定位，并彰显了经济繁华所掩盖的人性荒漠化问题，表达了作家对当下的困惑，表现了人文学者对经济发展与人性堕落的困惑。可见，两者有很多相通之处，所以本文把二者放在一起做一比较研究，试图探索和表现出作家对社会转型困惑的原因以及人文学者在商业狂潮中的困顿与突围。

一、历史：废墟与繁华

20 世纪后十几年，中国社会进入转型期。转型即由社会主义计划经济转入社会主义市场经济、由农业社会转入工业社会，市场化和商业化是其主要标志。在这个转变过程中，中国人的思想观念、生活方式等也在发生变化。价值观念由过去的利义背驰的二元对立转换到利义均衡的生态型人本需求，乃至重利轻义。中国人一般强调"上下交征利而国危矣"，而现在市场经济强调利益。价值观念的转变使一些人尤其是人文学者把转型期视为文化的沙漠，他们对文

化有一种焦虑感，迫切需要文化，这就产生了文化追寻的主动与自觉，有着浓浓的"文化还乡"的情绪。

《废都》《华都》不约而同地表现了转型期中国文化以及文化人的思想观念及生存状态。他们所表现的生存状态基本是负面的。两部作品共同表现了经济繁荣所造成的文化荒芜。为了抗击商业对文化的冲击、商业对人的腐蚀作用，两位作家全从历史中寻找文化的辉煌，以思古之幽情凭吊现实的文化颓败。只不过，《废都》表现的是历史辉煌过后的废墟，《华都》表现的则是现实繁华背后掩藏的历史废墟和现实人的不可告人的丑闻。

《废都》无疑是象征文化之都的荒芜。废都在作品里是指西京。西京虽然是一个虚构的名字，但联系作者的身世与处境以及望文生义，西京很容易让人联想到西安（西安在 1930 年曾被改名为西京）。西安是西北重镇，是著名古都，是渭河平原的一颗明珠，而渭河平原是秦汉文明乃至中华文明的发源地之一。西安让人想起悠久的文化、灿烂的文明，具有一种寓意，是中华文化的一种符号。《废都》所描写的西京也具有辉煌的历史。文中一次次出现历史古迹、秦砖汉瓦、显赫身世、文化掌故等。作品以怀旧的方式描绘了一幅长长的历史的风俗画卷。但是，现实中，文物却不被人重视，经受风凋雨蚀，在凄风苦雨中萧瑟着。人们对文化也不太重视，文化已不是单纯的文化，也已染上了铜臭，正如新任市长所修的秦汉街、唐宋街、明清街一样，不是为了发扬传统文化，而是为了赚钱。废都之"废"乃揭示了中华文明之"废"，显示了人文精神在市场经济中的丧失。

以儒家文化为主的传统文化在转型期面临着严峻的挑战。任何思想都来源于现实，并随现实而发展。儒家文化由于其内部构成的立体性，有着极强的自我修复能力。当经济成为这个时代的巨型话语时，以儒家文化为核心的传统人文话语就逐步地退居边缘，尽管它曾在过去数千年占据着中心位置。市场经济是一种价值体系，也是一种意识形态，它带来的一些新的观念，如个人本位、利欲冲动、现世快乐等，极大地冲击着儒家文化的一些根本原则，如群体本位、修身养性、千秋情怀等。人文知识分子最基本的情结，即以天下为己任的承担精神，也在相当程度上失去了依托，因为市场是以个人为本位的，以竞争为手段，以利益为目的。知识分子的"人类灵魂工程师"的称谓也显得滑稽和不自量力，文化人也就成了废人。在此背景下，人文学者常常处于疲惫和颓废状态。

因此，《废都》不仅表现了文化之"废"，而且也表现了人之"废"。孟云房所提出的四大名人（也即四大文化闲人：画家汪希眠、书法家龚靖元、艺术家阮知非、作家庄之蝶）典型地揭示了在市场经济下人文学者的无奈与堕落。他们唯利是图，传统的礼义廉耻丧失殆尽，乱搞男女关系，夫妻间既无情义又无性的能力，人全成了废人。

贾平凹本来既有佛家飘逸洒脱的人生情趣，又有儒家悲怆沉重的人生意念，轻盈淡泊而又以沉重厚实为其底蕴。他的小说和散文刻意追求一种安于自然、幽寂闲适和宁静淡远的乡土田园之美。他常常通过商州本真和原初的眼光来呈现田园、乡野世界的自在性和自足性，生动复现楚地的民俗、民风。但是，到了《废都》却少了洒脱与飘逸，而多了一种浮躁与幻灭。庄之蝶无疑是"庄生化蝶"的同义语，幻想"逍遥游"，但在喧嚣的都市、浮躁的人气、虚无的文化中，学庄生遨游于自然只能是南柯一梦，只能在与女人的厮混中消耗掉自己的最后一点精气神儿。

褪去西京的历史的辉煌光环之后，剩下的只是锈迹斑斑的门楣和断垣残壁式的古城所组成的现实。作家借文字凭吊了历史，城墙上那如泣如诉的埙声只是为传统文化奏的一曲曲挽歌。

上海外滩，耸立着八十多幢高楼大厦，华都是其中之一。这座具有百年历史的老楼，虽然已明显陈旧，但仍十分坚固凝重。华都，是指书中写到的一幢大楼，作者企图以华都为舞台，通过不同时代各种人物的遭遇与命运，全方位地反映上海的历史、变革以及变革中的上海人。华都既是人的历史尤其是女性人生命运的见证，又是上海的历史见证。

"之所以有写这样一部小说的愿望，是因为我发现所有写上海的小说几乎都在写上海的弄堂、上海的石库门，年轻一代在写上海的酒吧、高级写字楼。我觉得这不是上海的全部，外滩灰色的楼群同样代表了上海，我希望自己能从这个角度关注上海的当代人。所以，《华都》这部小说的故事发生在华都大楼，大楼就坐落在繁华的上海黄浦区。"[①]作家不写弄堂，不写石库门，而写华都大厦，表明了他对上海的定位：上海是繁华，是辉煌，是大都市，是历史，而不是市井小镇，不是贫民窟，不是小市民，更不是暴发户。在人们心目中，"上海这

---

① 叶辛：《性是时代的另一张面孔》，载《新京报》2004年4月1日。

个城市，过去被人叫作华洋杂处的大都会，纸醉金迷的冶游场，是冒险家的乐园。今天，上海是一个创造奇迹的城市"①。

上海是中国最大的城市，它有乡村无法匹敌的优点，也有其他城市难望其项背的长处。上海创造了自己的神话，而且在对上海的言说中又加强了这种神话的传奇性。有关的描写以"纪实"与"虚构"的方式，将既有的城市经验与个人传奇结合起来，提供了人们想象上海的依据。"繁华如星河灿烂的上海，迷沉如鸦片香的上海，被太平洋战争的滚滚烈焰逼进着的上海，对酒当歌、醉生梦死的上海。那个乱世中的上海，到了现在人的心中，已经包含了许多意义。"②

但是，上海真是充满传奇和梦幻吗？外滩真像童话、像歌谣一样美丽动人吗？通过作家的娓娓叙述，上海被解构了。华都并不繁华，只是一个外国跛子的无奈之作（跛子建华都，显示了叙述者对华都的蔑视），外滩一百多年前是一个鬼哭狼嚎的乱坟岗："今天的外滩是风水最不好的地方，167年前，这里是上海老城厢北面的荒滩。"③"整个20世纪上海的近代史，就是从当年这么块外滩起源的。"④发家史并不光彩，也不荣耀。外滩并不全是洋人的功绩，"所有今天在外滩见到的房子，全都是十里洋场上发了财的外国人和一小部分中国人造的"。这就批判了一切将外滩发展归功于洋人的"洋奴"思想。其实，上海的发展史是一部殖民史和华人的血泪史。作家从沧海桑田的变幻中，颠覆了上海的繁华。在人们纷纷怀旧时，叶辛却在粉碎人们的"海上繁华梦"：上海并不是传奇，传奇是人们的想象！

现实中，人们"住在华都大楼里，一户挨着一户，看上去活得滋滋润润，可一旦进入每一个家庭内部，深入地了解一下呢，真叫家家都有一本难念的经啊"⑤。家家都有"a skeleton in the cupboard"，作家在繁华之下描写了人性的卑琐，揭示了当下生活背后肮脏、丑陋的暗流。作品所描写的人物我们都很熟悉，诸如电台女主持人、学者、下岗女工、成功女商人等，但是，这些人物的

① 叶辛：《华都》，上海人民出版社2004年版，第34页。
② 陈丹燕、张可：《上海的风花雪月》，作家出版社1998年版。
③ 叶辛：《华都》，上海人民出版社2004年版，第33页。
④ 叶辛：《华都》，上海人民出版社2004年版，第34页。
⑤ 叶辛：《华都》，上海人民出版社2004年版，第29页。

生活都或多或少地掩藏着肮脏、不可告人的黑暗地带（如杀人、通奸、欺诈等）。

《废都》以历史的辉煌映衬现实的颓废与破败，《华都》以现实的繁华折射出历史的虚妄与假想，以表面的华丽照亮内部的丑陋，以解构历史来粉碎人们的怀旧梦。这样描写暗示了作家对商业发展和市场经济的陌生和不适应，从精神指归上，他们对社会转型持拒绝态度。

这种表现是人文学者一种劣根性的再现。他们重义忘利、不被世俗的金钱利益所诱惑的精神意趣，在人格上值得尊重，但同时也表现了他们的落伍与没落。"仓廪实而知礼节"，只有经济发展了，高尚的道德才有坚实的基础。当然，如此也表现了商业进程带来的一些负面效果。但是，他们把商业发展与文化发展对立起来的观点则是他们的致命错误。如此表现，一方面源于利与义对立的士大夫思想的因袭，另一方面则源于人文学者在市场运行中的地位与价值的失落——由中心滑向边缘，对市场经济及其影响就敌视乃至拒绝。在他们看来，经济的发展必然造成文化的荒漠化，这是一种井蛙之见，必须放眼世界，否则将会被摔出历史的轨道。

二、女人：救赎与确证

女性是弱者，女性又是传统士大夫人生雅趣的重要组成部分，"红袖添香"已成为文人的一种追求。在新时代，当人文学者处于边缘状态时，他们并不绝望，因为他们还有退路，还有印证自己价值的东西存在，那便是女人。女人成了人文学者新生的强心剂与生存下去的动力之一。

在《废都》与《华都》中都有赤裸裸的性描写，均表现了男名人与漂亮女性的婚外性关系，不约而同地大量表现了男名人的魅力以及令女性无法抗拒的诱惑力。庄之蝶与姚征冬都是名人，并且都是中年男性，女人一见他们便要投怀送抱，将与其上床视为莫大的荣幸，这无疑表现了男性的一种自恋。

《废都》中的女性全都愿意为庄之蝶献身，并且为此觉得无上光荣。唐宛儿多次表示："景雪荫长得什么样儿，这般有福的，倒能与庄之蝶好？"[1]"你是名人，我以为你看不上我哩！"[2]"等着吧，哪一日知道我是庄之蝶的什么人了，看

---

① 贾平凹：《废都》，北京出版社1993年版，第20页。
② 贾平凹：《废都》，北京出版社1993年版，第85页。

你们怎么来奉承我，我就须臊得你们脸面没处放的！"① 在与庄之蝶交往之后，她"才知道了什么是城乡差别，什么是有知识和无知识的差别，什么是真正的男人和女人了！"② 而柳月也认为："你什么女人没见过，哪里会看上一个乡里来的保姆？我可是一个处女哩！"③ 柳月以处女之身来吸引庄之蝶，在她嫁给了一个不爱的男人前即在新婚前夕要把贞操献给庄之蝶："那我求你，明日我就是他的人了，你在最后的一个晚上能让我像唐宛儿一样吗？"④ 献身于他，还怕他不接收！阿灿同样无怨无悔、无所索求地献身于他："你这么喜欢我，我不求你什么，不求要你钱，不求你办事，有你这么一个名人能喜欢我，我活着的信心就又产生了。"⑤ 庄之蝶魅力无穷，女性如此心甘情愿地献身于他，就因为他是作家，他是名人。作家的光环如此耀眼，名人效应如此之大，这只不过是作家处于边缘状态的一种自我陶醉罢了。

《华都》中所表现的几个女人，如厉言菁、舒宇虹、郑夕、小秋全愿意为姚征冬献身，并且为此自豪。厉言菁说："和你这个社会学界的名人比起来，我就是个彻底的小人物。"⑥ "是的，她对他有好感，什么女人都会对他有好感的，他是个名人，报纸上有他的名字，电台里有他的声音，时不时地，电视里也有对他的采访……"⑦ "她发现，这个人确实富有才华，很有才气，是难得的人才。怪不得他会成为上海滩上的名人呢！"⑧ "其实她对他的好感更强，她甚至有点莫名其妙地仰慕他。"⑨

郑夕是姚征冬的初恋情人，他爱她，而她却抛弃了他。一旦他成了名人，她便展开攻势，要与他重归于好。她仰慕而嫉妒地看他："不过，像你现在这样的单身男人，在上海滩可吃香了。要住房有住房，要钱有钱，要名利有名利，要地位有地位，只要放点风出去，那些有沉鱼落雁之貌的姑娘，准会把你包围得

① 贾平凹：《废都》，北京出版社1993年版，第116页。

② 贾平凹：《废都》，北京出版社1993年版，第116—117页。

③ 贾平凹：《废都》，北京出版社1993年版，第147页。

④ 贾平凹：《废都》，北京出版社1993年版，第461页。

⑤ 贾平凹：《废都》，北京出版社1993年版，第244页。

⑥ 叶辛：《华都》，上海人民出版社2004年版，第11页。

⑦ 叶辛：《华都》，上海人民出版社2004年版，第18—19页。

⑧ 叶辛：《华都》，上海人民出版社2004年版，第20页。

⑨ 叶辛：《华都》，上海人民出版社2004年版，第21页。

水泄不通。"①"那些个有点品味、有点气质的美貌姑娘，特别爱你们这种年纪的男人呢！"②

就是钟点工小秋也认为："做学问的大事呀，你姚老师是大名人，写了很多文章，好些地方请你做报告，请你上电视，请你……哎呀，姚老师，你不知道，连我都沾了你的光嗳！"③

凡是与姚征冬接触的女性全喜欢他，全无偿为他献身。姚征冬也充满自信："他一个独身男子，既有身份，又有地位，蛮可以重新结识一位新的女友，要年轻，要更漂亮，还要有幽默感，善解人意，温顺体贴，知书达理，和她享受浪漫情怀，和她公开地谈恋爱，去游山玩水，出入公众场合，进大剧院看戏，到祖国各地甚至出国旅游。他在这过程中，又能体验一次崭新的恋爱，又能回味一番青春的美好……"④"他完全有条件、有能力娶一位更好的，娶一位不会给他带来任何麻烦的未婚女子，那该有多么单纯。"⑤

两位名人在女性面前如鱼得水，随心所欲。人文学者把自己作为偶像，虚拟了一大批追星者，满足意淫的需要。

但是，庄之蝶与女性的交往是一种救赎。他带着审美与尊重的眼光看待女性，希冀在女性那里获得复活的力量，"取阴补阳"，以求涅槃式的复活。姚征冬与女性的交往是对自我身份的一种确证。通过与女性的交往，证明自己的身份与价值，从而获得更多的尊严与信心，再展开新一轮的攻击。他对女性没有尊重与审美，全是兽欲，常常始乱终弃。

《废都》展现的是乡村里一个传统士大夫式的情爱生活，表现了传统文人对女性嗜痴似的爱好，作者似乎还将其引为同调；《华都》则力图描摹上海的花花世界中男女赤裸裸的性欲表演，展示了性对人的奇妙而复杂的作用，体现了性对人的愉悦及异化，作者把玩之后是戏谑。

对庄而言，女性既有母性，又有妻性，因此常常带着审美的眼光对女性进行赏玩：庄之蝶爱看女人的脚、爱在女人腿根写字等，达到了怪癖的地步。但

① 叶辛：《华都》，上海人民出版社2004年版，第171页。
② 叶辛：《华都》，上海人民出版社2004年版，第171页。
③ 叶辛：《华都》，上海人民出版社2004年版，第384页。
④ 叶辛：《华都》，上海人民出版社2004年版，第47页。
⑤ 叶辛：《华都》，上海人民出版社2004年版，第79页。

是，怪癖背后却使人联想到传统文人对"三寸金莲"的酷爱，庄之行为与心理又散发着遗老遗少的腐臭味。直接对着牛的乳房吸乳，既有满足性欲的成分，又有恋母情节在作怪，折射出庄之蝶要从女性那里吸取力量的潜意识。

在现代社会中，庄之蝶无法生存，是一个阳痿患者，"这几年庄之蝶倒越来越不行的，说来也怪，他是不用时逞英豪，该用时就无能，已经看过许多医生都没有结果"[①]。唐宛儿治好了他的病，在与唐宛儿的交合中，他显示了男人的本领，两人的对话便表现了庄的一种渴望："你真行的！""我行吗?!""男人家没有不行的，要不行，那都是女人家的事。"[②]庄之蝶好不自豪。在与婚外女性的交往中，他获得了救赎：不但肉体的暗疾不见了，而且灵魂也找到了栖息之处——男女的交合似乎是双赢！

叶辛说："我想描绘中国各个时代的女性对于理想男子的追求，对于爱情和幸福生活的追求，这种追求，其实本身已经包含了'性'。在一代一代女性的追求中，折射出男人和女人关系的演变，随着时代的不同，同样折射出'性'观念的演变。……在小说中，我当然要反映这种变化，那么，也就不可避免地描绘到性的感受对人物情绪和心理的影响。况且，从'性'这一角度更能透析辉煌的社会角色和肮脏的私人隐私之间的反差。"[③]理想的男人便是成功的男人，他们成了女性追逐的对象，女性也愿意宽衣解带，与其上床。但是，通过情节的展开，姚征冬的画皮逐渐被捅破。厉言菁，因为和丈夫亲热时只感受到性欲苦恼的宣泄和释放，而与姚征冬在一起时总能感受到自觉奉献的陶醉和心灵的满足，于是也就有了所谓"有权利追求自己的幸福"的爱之觉醒，直到最后才猛然醒悟：原来自己错把和谐的性爱当成了纯真的爱情，把男人的性欲当成了男人的爱情，完全忽视了情爱的真谛，其实生活的原始色彩和想象本来就是两码事儿。担心偷情之事被舒宇虹张扬出去，也是贪恋她的美貌，姚半违心半自愿地与之发生了一次性关系，占有了她保留了几十年宁愿不结婚也不愿失去的贞操。而当当年抛弃他的初恋情人郑夕主动投怀送抱时，他则开始了将计就计的报复行动。这是一个采花大盗，而不是什么白马王子或梦中情人！不可否

① 贾平凹：《废都》，北京出版社1993年版，第60页。

② 贾平凹：《废都》，北京出版社1993年版，第86页。

③ 叶辛：《关于长篇小说〈华都〉答记者问（代后记）》，见《华都》，上海人民出版社2004年版，第413页。

认，辉煌的社会角色常常掩藏了他们肮脏的隐私或私生活，身份又成了他们猎艳、满足兽欲的筹码。用叶辛的话说就是："社会名流、名人，在取得令人瞩目的成就以后，同样也有他的隐私，他的虚荣和虚伪，或者说不光彩、不道德的行为。"[1]

作恶者自毙，最后终于败露了："况且人家还是一个有病的女人。你……你当真是畜生、是文化流氓吗？……你怎么可以这样游戏人生，我细细地回想，自从我们相识以来，你始终都在欺编我、玩弄我、蒙我……"[2]"你简直成了……成了……玩弄女性的老手，一个文质彬彬的流氓。"[3]而姚征冬又准备了很多名人、要人"红杏出墙"的故事来为自己的行为寻找合法性，一方面表现了他的厚颜无耻，另一方面也表现他妄图以名人、要人自居。

作者自称《华都》是以近一个世纪的时间跨度，描绘了不同时代中国女性对理想男子的追求，对爱情和幸福的追求。理想的男性是成功的男性，而成功的标志是金钱、地位和名声，不是感情。这种关系是不平等的，女性常常处于弱势地位。这种理想的男人最后往往把女性逼上死路。20世纪30年代的金丝雀庄欣娜因与别人私通，被她的包养者"包了饺子"；20世纪60年代的著名演员骆秀音虽是某一位高级首长的秘密情人，但这位首长一个电话便使骆秀音上吊自杀；20世纪90年代，著名电台主持人林月爱丈夫而丈夫却另结新欢，她不得不自杀。三个时代的理想男人全是女性的掘墓人。

作家表面上张扬了性的魅力，结果性往往成为女性的咒语，把她们送入了坟墓。作家以此表明了对性的谨慎和保留态度。女性的"名人情结"最后窒息了自己，也就解构了作家心目中的名人效应，擦去了理想男人的涂饰，显示出他们丑陋的一面。叶辛从现实中、历史中揭示了男女关系中的不平等现象，男人只有占有而没有付出，而女性往往处于被动的地位，她们的情爱追求往往把自己逼上绝路，这一点显示了叶辛在某种程度上具有女权意识。这一点与贾平凹不同。贾平凹是带着传统的士大夫情趣来欣赏女性的，强调阴阳互补、男女和谐，所以男女关系显得融洽、美妙，如鱼得水、如胶似漆，性爱成了生活的润

① 叶辛：《关于长篇小说〈华都〉答记者问（代后记）》，见《华都》，上海人民出版社2004年版，第412页。
② 叶辛：《华都》，上海人民出版社2004年版，第366页。
③ 叶辛：《华都》，上海人民出版社2004年版，第182页。

滑剂。

但是，不管是引为同调，还是进行戏谑，在名人效应的表现上均体现了中年男性的过度自恋和大男子主义，往往是一厢情愿的，揭示了虽处世纪之交，但中年知识分子却具有传统士大夫的嗜好与情趣，显示了他们的滞后与腐臭。

三、城乡：互补与同构

20 世纪是现代化快速发展的世纪，现代化即城市化的过程。而中国在 20 世纪发生着社会转型，即由传统的一家一户为生产单位的以农业为主的封建社会，向以工业、农业为主的以集体为生产单位的多元现代社会发展。19 世纪末到 20 世纪前半叶，中国逐渐沦为半殖民地社会。在此沦落过程中，城市最早接触国外，虽然是殖民侵略，但伴随而来的有西方的经济、文化、生活以及人生方式等。在被殖民化的过程中，都市领略了西方的政治、经济、文化形态，并畸形地发展起来，而农村却在外资入侵中日益破败下来。在 20 世纪后半叶，由于急于摆脱工业落后的局面，要从农业国走向工业国，中国有意识地进行政策倾斜，对城市大量扶持，相应地对农村进行贫血性输出。城市快速发展起来，而农村则相对停滞，这样就造成了城乡距离的加大。

城乡差别造成了进入城市成为一种冲动，而农民一旦从农村进入城市又有太多的不适应，又想念起了乡村。因此，城乡观念的冲突以及乡愁成为 20 世纪中国文学的一个主题。在这"双都"中，城市与乡村、贵州与上海在对立对比中形成了作品的语境。

贾平凹的小说、散文大量的是描写农村生活，表达对田园牧歌式生活的向往。对城市，他有一种恐惧感与陌生感，成为城市的"他者"。这是很多由农村进入城市的作家的较为普遍的反应，他们在城市难得潇洒。贾平凹在城市里生活了二十多年，却没有表现过城市，最后终于写了一回城市，却是一个"废都"，即使在此"废都"中，他也表现出了极大的不适应，便又缅怀起了乡村，作品中多次出现他关于"潼关多钟秀，人自有灵气"的感叹。但庄对乡村的感情又是矛盾的：一方面忘不掉乡村，另一方面又具有强烈的优越感，在乡村中趾高气扬，要占有乡村。庄之蝶在城市里没有人气，与妻子（一个城里人）做爱就不行，总是阳痿，因为城市有一种压迫感，而他一见到乡下来的姑娘，便信心百倍，阳刚十足。庄之蝶在唐宛儿、柳月、阿灿等人面前能够如鱼得水，不仅仅是

因为她们年轻，更重要的是她们来自农村：她们接着地气，显示了农村的魅力，同时，他在她们面前有一种优越感，可以为所欲为，可以实现"驭女"的满足。

叶辛虽然出生在上海，但下乡的一段生活又改变了他的命运："19岁以前我生活在上海，生活在繁华的黄浦区。之后，我在贵州生活了21年，又回到上海之后我发现自己用另外一副目光看我熟悉的上海。这两种目光交错出一种独特的视角，我一直有从这个视角表现自己故乡的欲望。"①"1990年，我写过一篇短文：《今天我要离开贵州》。文章里除却表达了我对贵州山乡的感情，还流露出回归上海时忐忑不安的心情。……是的，对于故乡上海，我不能说是陌生的，毕竟我在上海的弄堂里，整整生活了19年；以后由于探亲、改稿、开会，时不时地也有机会回来，对于上海面貌的逐渐改变，多少也是晓得的。但我又不能说对上海十分熟悉，因为我终究有整整21年的时间，生活在贵州，那儿离上海都市里的一切，是那么的遥远。"②这样，叶辛大部分小说的背景，都离不开两块土地：一是上海，那是他既熟悉又陌生的故乡；二是贵州，他下乡插队和生活长达二十一年的再生地。"我感受着上海这座大都市里的一切，而且情不自禁地会把在上海这座城市里感受到的人和事，拿来和遥远的贵州作比较"，形成"贵州情结"，"我生命中长长的一段岁月，是在贵州山乡里度过的。上海和贵州，这是我生命的两极，即使在回归上海十几年以后，也抹不去。……以写上海为主的长篇小说《华都》中，有一组主要人物的命运，还是在偏远山乡的村寨上展开的。也许，对于我来说，这已是摆脱不了的一缕情思了。"③但是，这缕情思在作品中却表现为对眼下上海的厌恶和遥远过去留下的噩梦。

如果说贾平凹对乡村是一种怀念并流露出淡淡的乡愁的话，叶辛对贵州乡村的描写却是一种丑化。当年在贵州山区插队的十二个上海女孩子被分到当地的一个"和尚村"，她们在村里被偷窥、被骚扰、被强奸，最后不得不嫁给当地的憨子、流氓、无赖和穷人，还不得不与人通奸。这些占了作品大量篇幅，成为三条主线之一。这里的农村是野蛮的、愚昧的、封闭的，这里似乎不是人的社区，而是兽的领地，并且作家强调这是有真凭实据的。那么，世代居住在此地的本地人又该如何生存？

① 叶辛：《性是时代的另一张面孔》，载《新京报》2004年4月1日。
② 叶辛：《华都》，上海人民出版社2004年版，第1页。
③ 叶辛：《华都》，上海人民出版社2004年版，第1页。

贾平凹以乡村为根底，而叶辛却似乎无此根底，对城市不熟悉，对农村厌恶，处于悬浮状态。两地情缘对叶辛来说有时是一种相互弥补，有时是两下撕扯，要把他撕成两半。他把20世纪90年代的上海与二十世纪六七十年代的贵州乡村相对比，对二者全部否定。20世纪90年代的上海与二十世纪六七十年代的贵州乡村一样落后、愚昧与野蛮。舒宇虹的贞操在山村没有损失，而在城市却被毁掉。这是对上海的解构，但这种解构是虚妄的。他对上海的不熟悉以及对都市的现代性的拒绝，使他没能写出上海的都市氛围，《华都》中的上海也只能是作品中的上海。

怀旧与还乡在转型期的创作中形成一种风潮，文人常常以传统的文化来裁定历史前进的步伐，以故有的道德伦理来阻抗新的商业伦理。他们以紧贴大地的写作方式接通了"地气"，通过热烈的感情拥抱，希望民间大地能够保留被现代文明所阉割的淋漓元气。但是，他们以非理性的怀旧姿态，带着价值惯性与情感偏执，以"往后看"的方式检视"向前看"的社会潮流的失误，以乡村文明批判工业文明，并企图以乡村文明取代工业文明，这将走向危险的独断论。贾平凹、叶辛是否能从中醒悟过来？

（原载《河南师范大学学报（哲学社会科学版）》2004年第5期）

女性·死亡·国民性

——关于《废都》与《荒原狼》的对读

刘保昌

　　《废都》是中国作家贾平凹写于 1993 年的长篇小说；《荒原狼》是 1946 年获诺贝尔文学奖的德国作家赫尔曼·黑塞的长篇小说代表作之一。时至今日，对于贾平凹的《废都》，不管是评论界还是创作界，都已经没有了当年的泛道德化的激情与欲置其于道德的耻辱柱上施刑的冲动，而真正公正的价值判断只有在舍弃了盲目的泛道德判断（其实也就是伪道德判断）之后才有可能产生。当下的文化环境已经使得这种追求公正与客观的评价的努力成为可能。同样，如果没有 20 世纪 90 年代的海外后现代主义思潮的影响及对西方现代主义的进一步理解，我们对于赫尔曼·黑塞的《荒原狼》的体会也有可能仍然缺乏一种至深至切的感受，从而也就会促成一种过去我们经常会遭遇的结局，即对西方作品的东方化／本土化的曲解。而我们在关于《废都》与《荒原狼》的对读中，其实不难解读出东西文学在选题、取材、处理方式、哲学观念等方面的同中之异与异中之同，对这种异同的把握其实正是一把打开中西当代文学之门的钥匙。如此，这种对读也便具有了中西文学交流的意义。

　　　一

　　贾平凹的长篇小说《废都》在当年曾经引发许多不必要的争论，原因首先在于这部小说对性的大胆、写真、诱惑性的而其实是很艺术性的描写所致。关于一部小说存在着多种多样的理解是很正常的，反过来说，如果对于一部小说仅仅只有一种理解，众口一词，反而有问题。《废都》的意义我认为正在于他写出了庄之蝶的欲望：生存的，情感的，艺术的，性生活的，物欲的，生理的，等等。这种欲望其实是很实在的，也是非常具体的，它属于庄之蝶，也属于知识

分子中的一类人，当然并不属于所有人。在这一意义上，这部小说的意义是明显的。有人曾发表过评论说，贾平凹是在诲淫诲盗，对妇女采取了极大的蔑视态度，视妇女为玩物，是男权菲勒斯机制压抑后的极端冲动性的表现。如今，类似的评说恐怕再也没有了，尤其是当这部小说被授予法国费米娜文学奖之后。显然，贾并没有在作品中歧视女性，要不然与龚古尔文学奖、梅迪西文学奖同为法国三大文学奖的费米娜文学奖是不会将这一殊荣授予他的。我认为贾平凹在这部小说中，对情爱、性与生存都进行了深层次的探索，而绝非是浅层次的对性的展演。对贾平凹来说，对生活的探求才是他一贯的写作宗旨。也正是在这一意义上，贾平凹的小说树起了一面正视欲望的写作旗帜。

如果要在贾平凹的小说中找到一种关于女人的主题意象，我认为当是月亮无疑。纯洁、高尚、美丽、冷艳、凄婉、动人，令人难以仰望，这就是身上兼具楚文化的清奇秀丽与秦文化的豪迈奔放的贾平凹笔下的女人。也正是在这一意义上，我对于他以前小说中的女主人公的读后感觉就是，这是一群不食人间烟火的超尘女神。她们总是以宁静的心态面对一切磨难，是男人精神与肉体上的双重港湾。而在《废都》中，我的阅读经验告诉我，事实并非如此简单，产生这种情况的主要原因就在于，作家在写作这部他产生死亡体验的小说时，正处于现实生活的人事的、生理的、心理的、情感的纠葛之中，因此，他对于女人的感受与先前存在着太多的差异。

在《废都》里，作家曾经借庄之蝶和赵京五之口，对来自乡下的小姑娘柳月做过一番评论。在这里，作家还是认为天下的女子没有一个不清纯的，柳月的"月"字其实就隐含了冰清玉洁的意思。而在小说的发展过程中，柳月其实是当不起这个名字的，她与作家的主观愿望背道而驰。她气势逼人，小心眼，使性子，耍脾气，择高枝，与作家心仪的唐宛儿相比，相差不知凡几。虽然庄之蝶与柳月发生过多次性关系，但显然，紧张刺激的性生活并没有改变庄之蝶对柳月的看法。

如果说贾平凹小说中的青春女性多为照耀人类荒芜精神家园的充满诗意的月亮的话，那么，庄之蝶的妻子牛月清则是另外一种世俗生活的月亮，她永远只是男人的陪衬，默默奉献而又唠唠叨叨。唐宛儿则是都市生活中新思维的代表，她敢爱敢恨，大胆奔放，视性爱的快乐为人生最大的快乐。虽然作家在小说中赋予了唐宛儿的性爱生活以更为丰富的社会内容，比如说，她对庄之蝶

的献身，很大程度上是出于对其创作才华的仰慕，但从我个人的阅读经验来讲，上述理由毕竟显得过于苍白，缺乏必然的逻辑依据。唐宛儿对性的喜爱与其说是由于作家的臆造，还不如说是她本人的性格所致。她对性的喜爱自有其生理、社会意义上的合理性。也正是在这一意义上，唐宛儿拯救了庄之蝶——这个处于人生崩溃边缘的心力疲惫的男人。由此我可以这样说，唐宛儿才真正是庄之蝶精神的、肉体的、道德的救星，她施展着迷人的魅力，赋予她心爱的男人以创造的冲动和超越凡俗的诗意感觉，她才是作家笔下照耀着、安抚着男性的天空中的月亮。

生活在都市的身心疲乏的男性知识分子必须依靠充满着生机与活力的女人才能激发生活的勇气与创造的原动力，这也是赫尔曼·黑塞的《荒原狼》的主题之一。《荒原狼》中中产阶级的一份子哈力·哈勒就是这样得到拯救的。

在黑鹰酒店，"我"遇到了一个舞女，她对"我"极尽讽刺之能事。事实上我们可以将其视为对整个中产阶级乃至整个知识分子阶层的嘲笑。她说："你对生活的看法多么奇特！你总是干那些很难、很复杂的事情，而简单的东西你却根本没有学，没有时间？没兴趣？不管怎样，感谢上帝，我不是你的父母，可你现在装得好像已充分体验过生活，但却什么也没有得到，不行啊，这可不行！"类似这样的话，在《荒原狼》中俯拾即是，不胜枚举。在这里，女性充当了生活中感性的、鲜艳的、快乐的符码，她们是活泼的生命之泉，一切陈腐的规矩和秩序在她们面前都没有存在的理由，快乐是她们存在的唯一追求。就是在这一参照物面前，我们的知识分子、中产阶级分子才显得那么苍白，那么不堪一击。这种苍白与不堪一击其实也是整个现存秩序的苍白与不堪一击，其实也就是长期以来形成的种种貌似强大的传统规则的苍白与不堪一击。

帕斯卡尔在其《思想录》中曾经将这个世界分为三种性质不同的秩序：客观世界感性的秩序、思维世界理性的秩序、心灵世界精神的秩序。而生存在现代社会的知识分子，面对的是一个已经没有任何秩序可言的世界。绝望是他们的必然心态。阿道尔诺曾经说过："在绝望面前，唯一可以尽责履行的哲学就是，站在救赎的立场上，按照它们自己将会显现的那种样子去深思一切事物。"阿道尔诺对救赎的希望的最顽强的根据，就在美学这个领域中。对他来说，"美学承诺"并不仅仅是创造超越性的价值，同时也是"否定性"力量的实现。此

时,性似乎成了他们唯一的救赎手段。福柯在接受记者专访时曾经这样说:"我认为知识分子……正在抛弃他们过去的预言家功能。"这种预言家功能的丧失对于知识分子来说,后果是严重的。性在此时充当了灵魂救命稻草。我认为文学作品一切性叙事都有反叛的动力存在于其中,正如马尔库塞在《审美之维》中所说的那样:"破坏正常交往行为世界的原始的破坏性的性爱力量进入了文学之中。这些力量的真正本性是不合理的或自私的,它们是反抗社会秩序的隐蔽的造反者。由于这种文学揭示出了超出所有社会控制的爱欲和死神的统治,它就引起了实质上具有破坏性的需要和喜悦。"

一切严肃作品中的性书写都具备上述意义。性书写在《废都》与《荒原狼》中成为作家批判现实人生的工具与武器。

二

在两部小说中,同样引人注目的还有他们不约而同的死亡书写。

《废都》中的庄之蝶对于哀乐有一种极强的亲近感。小说写道:

> 庄之蝶说:"我这儿有一盘带子,录得不清晰,但你听听,味儿真好哩!"重新换了磁带,一种沉缓的幽幽之音便如水一样漫开来。周敏急问:"这是埙乐,你在哪儿录的?"庄之蝶就得意了:"你注意过没有,一早一晚城墙头上总有人在吹埙,我曾经一夜偷偷在远处录了,录得不甚清晰,可你闭上眼慢慢体会这意境,就会觉得犹如置身于洪荒之中,有一群怨鬼呜咽,有一点磷火在闪;你步入了黑黝黝的古松林中,听见了一颗露珠沿着枝条慢慢滑动,后来欲掉不掉,突然就坠下去碎了,你感到了一种恐惧,一种神秘,又抑不住地涌动出要探个究竟的热情;你越走越远,越走越深,你看到了一疙瘩一疙瘩涌起的瘴气,又看到了阳光透过树枝和瘴气乍长乍短的芒刺,但是,你却怎么也寻不着了返回的路线……"

这简直就是一首直面死亡、向往死亡的抒情诗歌,显示出了一代中年知识分子面对生活的无奈与悲哀。而这一点与中国传统文学中的悲哀心理紧密关联。《文心雕龙》说"楚艳汉侈,流弊不返",汉人好楚辞,从宫廷到下层,几乎数百年不衰,其中一个重要现象是,即使是显赫贵族,即使是欢乐盛会,也常

要用悲哀的挽歌来作乐。这虽被儒家讥评为"哀乐失时"，却作为风尚，一直延续到魏晋，如"袁山松出游，每好令左右作挽歌"。钱锺书说"奏乐以生悲为善音，听乐以能悲为音。汉魏六朝，风尚如斯"，又说"吾国古人言音乐以悲哀为主。……使人危涕坠心，匪止好音悦耳也，佳景悦目，亦复有之……或云'读诗至美妙处，真泪方流'。……故知陨涕为贵，不独聆音"。[①]由音乐而自然景物而诗，审美和艺术常以激发人的悲哀为特征和极致，这大概是一种普遍规律，也是塑造人性情感的一种非常重要的方法或模式。

无独有偶，赫尔曼·黑塞在《荒原狼》中也有类似的描写：

> 有一天，在城郊的马丁区我遇到了一个葬队。我观察着那些跟在灵柩后面悲伤的人的脸，想到在这个城市里，在这个世界上，会有这样一个人，他的死使我感到失去了什么吗？会有人对我的死感到悲哀吗？哦，艾莉卡——我的情人，她也许是。可是，我们长期以来很少联系，而且很少见面不吵架的，现在我简直不知道她留居在何处。有时她到我这里来，或者我到她那里去，因为我们是两个孤独而又难于相处的人，在心灵上，在心灵的病态上，还是有某种相同之处的。可是谁能肯定，当她得到我的死讯时不会马上深深地吐一口气感到很轻松呢？我不知道。我对自己感觉的可靠性也不清楚。要想对这样的事情有所了解，那就必须生活在正常的现实的状态下。

死亡在东西方这两位作家的笔下成为"灵魂的栖居之地"，而其趣迥异之处也显得相当明显。长篇小说《废都》与老庄哲学的关系更是明显的。其主人公的姓名就是庄之蝶——在中国传统文学中，"庄周梦蝶"已是一则人所共知的美丽典故。庄子的死亡观是最富有诗意和超脱气度的，充满着机敏玄锋的思辨色彩，将诗与哲学、想象与推理这种异质的精神现象巧妙和谐地糅合在一起了。鲁迅先生称《庄子》为"汪洋捭阖，仪态万方，晚周诸子之作，莫能先也"。《庄子·杂篇·天下》称庄周为"以谬悠之说，荒唐之言，无端崖之辞，时恣纵而不傥，不以觭见之也。以天下为沈浊，不可与庄语。以卮言为曼衍，以重言为真，以寓言为广，独与天地精神往来，而不敖倪于万物"。道家哲学中的死亡观念是

---

① 钱锺书：《管锥篇》第3册，中华书局1979年版，第949—950页。

富于神秘色彩与美感的，死亡并不可怕，相反，死亡在作家的笔下倒是经常显露出其惑人的风姿来。奇妙而伟大的诗人哲学家对于生死的言说充满了诗意的思维，他们对于死亡的超脱精神和浪漫旨趣极大地影响了中国的艺术，尤其是对艺术的死亡意境产生的影响更巨大更深广。这可以说是东方化的死亡观，长期生存在这种文化氛围中受其悠久而执着影响的中国小说，尤其是深受老庄哲学思想影响的贾平凹的小说创作，其死亡主题在此便显出浓厚的本土化特征。

而在西方社会，高度发达的生产，快节奏的生活，倒是容易使人常常生出自杀的企图来。弗洛姆说："理智化、定量化、抽象化、官僚化、物化——正是当代工业社会的原则，而不是生活的原则，生活在这种制度中的人对生活毫不关心，却深深地迷恋于死亡。"[1]这种眼光是历史主义和社会学的，他应用精神分析理论解释了当代工业社会中人的向死的冲动及这种冲动的合情合理性。马尔库塞对于死亡问题做过较为深入的思考，他认为现代社会对人的生命本能和自我升华了的性欲进行了过多过重的压抑，这种文明对于爱欲的压抑导致了生命本能的丧失，人可能不是因为自然因素、生物因素而是因为精神的心灵的因素而过早地结束生命，最终痛苦地死去。他说："对文明提出巨大控告的，不是那些死去的人，而是那些在他们必须死亡和希望死亡之前就已过早地死去的人，那些痛苦地死去的人。他们也证明了人类负有不可救赎的罪恶。他们的死亡使人们痛苦地意识到，这种死亡不是必然的，它完全可以避免。它将动用压抑性秩序的所有机构和价值标准来平复对这种罪恶产生的内疚感。于是，死亡本能与负罪感之间的深刻联系再次突出起来了。"[2]对人类不幸命运的深深同情，是使一部作品伟大起来的最重要的因素之一。

我们可以说，上述两部优秀小说都对死亡做了各自的本土化的理解和探求，当然，答案是没有的，小说的意义并不是为我们提供现存的答案，而是引领我们做审美性的思索与同情性的想象。在这一点上，东西方文学表现了相近的向度。

三

在20世纪的中国文学史上，"国民性"问题一直是作家探求的主题之一。

---

[1]　弗洛姆：《人心》，孙月才、张燕译，商务印书馆1979年版，第47页。
[2]　马尔库塞：《爱欲与文明》，黄勇、薛民译，上海译文出版社1987年版，第174页。

从梁启超的"新民"主张开始，继之有鲁迅的"立人"主张，到 30 年代的沈从文，又有对城市"阉寺性人格"的批判，等等。其后，除开"文革"十年，中国作家一直没有停止过对"国民性"问题的追问，以至于现代中国文学缺少一种真正的"超脱性文本"，即是说中国作家总是负载着深厚的现实关怀使命，也正是因为此，现实主义才一直都是中国文学的传统品格，即使处在 20 世纪的全球现代化背景下也还如此。

贾平凹在《废都》中借一头奶牛的视角，写出了他对于都市中人的失望与希望："牛在这个时候，真恨不得在某一个夜里，闯入这个城市的每一个人家去，强奸了所有的女人，让人种强起来野起来！这种冲动，它是有过一次的。那是一日在街上听一个老头打开了收音机，收音机中正播放《西游记》，《西游记》讲的是一个和尚和孙悟空、猪八戒、沙无净、白龙马去打了妖怪取佛经。它相信现在的人不懂古人写书的含义，只会听热闹。他就在那时想喊：不是师徒四人，那是告诉说合四为一才能征服自然，才能取得真经的！可现在，人已经没有了佛心，又丢弃了那猴气、猪气、马气，人还能干什么呢?!"这种对原始剽悍强力的推崇是与对现代都市生活中人的怯弱娇气四肢无力的批判相和谐的。二者相辅相成，互为表里。

值得注意的是，《荒原狼》的主人公对生活在都市中的知识分子的人格品性也持批判态度。小说将荒原狼分成狼和人，分成本能与智慧，以便对这类人自身的、看来是他们不少痛苦根源的矛盾作出一个可信的然而却是错误的解释。哈力就是这样试图来理解自己命运的。这是一个极其简单的做法，这是对现实的"强奸"。哈力在自己身上找到一个人，即一个有思想、有感情、有文化的世界，一个被驯服的被升华的天性。同时，他又在自己身上发现了一头狼，即一个野性的野蛮的阴暗世界，一个未升华未开化的天性。尽管他的本性表面上如此清楚地划分为两个相互敌对的区域，但他还总是体验到狼和人有时会在一个幸福的时刻互相协调一致。要是哈力在他生活中的每一个时刻，在他的每一个行动中、每一个感觉中，都试图确定哪些成分是人，哪些成分是狼，那么他就会立刻陷入窘境，他那美妙的狼理论就会整个破产。因为没有任何人，包括原始的黑人，甚至白痴，会那么简单地让人家舒舒服服地把他的本质解释为仅仅两个或者三个主要成分构成。把哈力这样一位很复杂的多面性人物简单地分为狼和人，是一种毫无希望的儿戏。哈力不是由两种本质构成的，而是由

一百种、一千种本质构成的。他的生活（如同每个人的生活那样）并不是像在本能和智慧之间或者在圣贤和酒色之徒之间那样只在两极之间摇摆，而是在无数对极性之间摇摆。"有知识的德国人，不是尽可能忠诚而诚恳地演奏自己的乐器，却总是反对说话，反对理智，跟音乐眉来眼去。德意志的知识界总是沉湎于并不现实的音乐，美妙的天国声域，美妙迷人的感情和情绪，从而大大忽略了自己现实的任务。我们知识界对现实一窍不通，对现实异常陌生而敌视，因此，在我们德国的现实中，在我们的历史中，在我们的政治中，在我们的舆论中，精神所起的作用是十分微不足道的。我经常想到这一点，同时有时也感到一种强烈的渴望，去参与创造现实，认真负责地做一些事，而不是单纯地去搞美学，搞精神创作。可是，每次总是以绝望而告终，任凭灾难降临而束手无策。"应该说，这种来源于主体地位失落后的迷惘感，是每一位处在当下生存环境里的现代人文知识分子所必然面临的问题，这是人文知识分子在科技时代的宿命。精神不再是人之所以为人的独特品性，精神地位的失落其实就是人性的失落，这一点对于终身致力于精神领域生产的作家来说，其意义是不言自明的。

为什么在贾平凹与赫尔曼·黑塞之间存在着上述共性，我想以下的因素是很重要的。首先是文化模式上的趋同性。赫尔曼·黑塞在《我观中国》中说："我踱至书库的一角，这儿站立着许多中国人——一个雅致、宁静和愉快的角落。这些古老的书本写着那么优秀而又常常非常奇特的具有现实意义的东西。在可怕的战争年代里，我曾经多少次在这里寻得借以自慰、使我振作的思想啊！"[①] 对于静态的道家的认同使得他们的创作有了共性的一面，对于现代生活的批判更是他们在创作中所取的共同立场。同时我们也要注意到两次世界大战时期的德国的文学环境。据 1923 年初柏林《文艺月刊》首篇《亚洲的灵魂》一文所说："老子思想直接道出欧洲近代社会的弊病，所以极受德国战后青年的崇拜；战前德国青年在山林中散步时怀中大半带着一本尼采的《查拉图斯特拉》，现在德国青年却带着老子的《道德经》了。"这是当时德国大多数青年的反战心态，他们对于愚蠢的屠杀式的战争深为反感，于是便对来自东方的神秘的静态的老庄文化产生了兴趣，这在人类思想史上是一条合理的发展线索。其次，强烈的人道主义哲学观念和思想是他们的创作题材相同的主要原因。只有作家对

---

① 　赫尔曼·黑塞：《我观中国》，转引自孙凤城编选《二十世纪德语作家散文精华》，作家出版社1990年版，第53页。

于其所在的世界存在着相当的热情和悲悯情怀，其小说才会显得那么贴近世道人心，那么富于人道主义温情关爱的脉脉光泽。再次，对人类的生存问题，尤其是性的困惑东西方作家都没有回避，人类只有在解决了类似的问题以后，人才能说是真正地得到了解放，否则，人类将永远只是自己命运的奴隶。马克思曾经说过一段为人所广泛征引的名言："理论只要能说服人，就能掌握群众；而理论只要是彻底的，就能说服人。所谓彻底，就是把握事物的根本，而人的根本就是人本身。"小说的意义正在于它是感性地努力追求着人的命运问题之最后解决的艺术的形式。

我们要说，尽管由于东西方文化（文学）观念、价值观念、写作方式、创作理念的迥异，贾平凹与赫尔曼·黑塞还是在创作实践中表现出了相当的共性，这种共性的产生与其所创造的审美品性的趋同，实在来说，得益于他们对于爱恨生死所做的天问式的求索。恩斯特·卡西尔在《人论》中有一段名言："艺术就是我们自愿地沉溺于其中的醒着的梦……人被宣称为应当是不断探究他自身的存在物—— 一个在他生存的每时每刻都必须查问和审视他的生存状况的存在物。人类生活的真正价值恰恰就存在于这种审视，存在于对于人类生活的批判态度中。"人生没有答案，因此，东西方作家的天问式的追索依然不会停止。

（原载《山东社会科学》2002 年第 5 期）

《黄金时代》《废都》与90年代

房 伟

文学史意义的 20 世纪 90 年代，通常被认为是一个"多元化"时代。纯文学意义的多元化，与"唱响主旋律、多元协奏"的官方表述有一致性，也有不同指向。从今天的立场重审 90 年代，会发现 90 年代（特别是前期）出现了很多"怪异"文本。这些文本无法归类，也没有延续性，但却表现出独特思想与审美价值。这些怪异文本没有成长为"多元"的一极，却被深深地"嵌入"了 90 年代。20 世纪 90 年代初有两部引起广泛争议的"性爱"小说，一部是贾平凹的长篇小说《废都》，另一部是王小波的中篇小说《黄金时代》。它们的叙事背景，一则指向 80 年代的整体反思，另一则针对"文革"岁月，又指向伤痕体验。它们都以"性爱"为突破点，既开启了 90 年代的欲望叙事，也表明了 90 年代文学在冲突、浮动、重组中确立"个性自我"的新可能性。

一、肉身的政治：时代转型的暧昧景观

中国现代小说的性爱叙事，总联系着现代民族国家寓言。现代中国面对救亡压力，天然地将性爱故事所包含的自我个性反抗，融入民族国家寓言，形成具内在张力的独特的性爱表述，比如"革命加恋爱"式的左翼文学。正如刘禾所说："中国与西方暴烈的撞击将民族观嵌进了自我观，自我观嵌进了民族意识，但现代自我观却不能简约为民族身份，相反，两者之间长久存在互斥、争斗及互相依存互相渗透的张力。正是这种互斥与互渗表达了作为一段历史体验的中国现代性。"[1]20 世纪 90 年代初，冷战格局结束，国内新一轮改革开启，旨在最大程度保持国家统一、执政党地位和意识形态合法性。这种"融合再造"的思维，未从根本上改变"五四"以来性爱叙事与民族国家意识纠缠不清的状态，

---

[1] 刘禾：《跨语际实践：往来中西之间的个人主义话语》，见许继霖编《二十世纪中国思想史论》上册，东方出版中心2000年版，第232页。

却给予了文学史多种可能性。90年代性爱叙事包含的欲望合法性，凸显出个人对民族国家意识的疏离、怀疑，甚至是反抗。

但是，这些性爱叙事的内在逻辑并不统一。有的具有较封闭的先锋语言试验色彩，如起于20世纪80年代中后期、在90年代确立经典地位的先锋欲望叙事（如苏童的《米》）；有的则走入日常生命个体彻底对宏大叙事的悲观逃逸，如兴盛一时的新生代欲望叙事（如朱文的"小丁"系列小说）；有的则进入女性叙事与消费话语结合的轨道，如女性身体写作（如卫慧的《上海宝贝》）。这些形态各异的欲望写作之中，《废都》与《黄金时代》的地位更特殊。它们在90年代初，开启了欲望写作的"潘多拉的盒子"，具有举足轻重的文学史地位。尽管贾平凹类似明清笔记小说的"复古性爱"言说与王小波带浪漫与反讽双重气质的性爱故事，外在形态差别很大，但二者都有一条被文学史家忽视的逻辑理路，即以肉身介入当下文化现实，形成强烈的反思性——这恰对90年代"去政治化"文学叙事主流形成了反拨，表现了文学史在80年代与90年代交替过程中的历史继承性与内在复杂逻辑。

《废都》与《黄金时代》依然是"力比多寓言"，但更具个人主义的"政治性"。两部作品都集中描写性爱关系，都表现出强烈的冒犯性。《废都》以20世纪80年代末知识分子庄之蝶"人生失败"的故事为背景，展开了一场生命焦虑的性爱狂欢。80年代启蒙光环渐渐退却，庄之蝶丧失了写作能力，显露出灵魂的卑琐。他给农药厂写广告，与人合伙坑朋友的书画。然而，这个西京四大名人之一，既没有足够经济实力，也不能在与旧情人的官司中获得权力支持，不过是一个可怜可笑的虚名罢了。更致命的是，他丧失了男性功能。他和唐宛儿、柳月等女子的性爱狂欢，可看作生命的拯救，也是绝望的颓废。《废都》的政治性在于，"性"不过是80年代启蒙叙事失败的黑色隐喻。同时，隐私化与个人化的"性"，祛除了80年代性爱书写的神圣意味，被粗鄙直露地暴露在公共阅读空间，无疑形成对改革时代意识形态"共识性"的巨大嘲讽。这种共识性经由启蒙、民族国家叙事与革命意识等多重话语锻造而成，曾借助"改革时代""社会主义新人"等诸多标识彰显存在，却在盗火者自暴自弃中丧失了崇高地位。同时，小说也隐晦地通过"文化古城"系列经济改造，暗示着一个权力和经济结盟时代，知识分子将沦为权力和市场的双重附庸。如果说，《废都》政治性主要在于"破"，描述了知识分子精神个体的清醒与绝望，那么，《黄金时

代》政治性主要在于"立"，即通过"性"的个人主体性，确立反控制的自由主义精神。陈清扬与王二的性爱故事，不属于知青叙事，不是对启蒙的哀悼，更像对80年代文学源头的某种"重述"——以个体的真诚表白，对抗道德话语压抑。它的浪漫大胆的性爱宣言，试图树立"个性自我"的内在伦理性。"我"为自己的精神和肉身立法，理直气壮，特立独行。《废都》和《黄金时代》都试图通过大胆性爱自白，赋予性爱"自己定义自己"的权利，并对当代中国文化形成批判性反思。

吊诡的是，与《废都》《黄金时代》相比，20世纪90年代却存在更多去政治化的"后现代意义"的欲望叙事。这些性爱故事成为中国在全球化经济秩序边缘地位的隐喻。它们在边缘处游动，被抽象为某种固化本质。性无处不在，却弥散得无影无踪。如朱文的《我爱美元》，儿子带父亲嫖娼。父亲指责儿子没有找到理想、自由和爱，儿子声称，这些在性里都有了。[①]性爱包含的个体尊严、责任伦理和历史反思的因子，都被消解在欲望狂欢了。汪晖用"去政治化的政治"形容90年代文化语境。这些欲望书写，突出欲望合法性，忽视欲望破坏性；肯定欲望权力，遮蔽欲望的责任；肯定欲望经济性，否定欲望的政治变革诉求。然而，阿尔都塞声称，所有意识形态，都是被询唤出来的，欲望也可被询唤出来，按照政治需要的样子塑造自己。[②]"去政治化"的欲望，隐蔽地受制于全球化资本结构秩序，遮蔽了中国现实鲜活的生命体验，也遮蔽了中国文化重塑自我的意愿和能力："90年代小说解构叙事背后潜藏着的'结构意识形态'恰隐藏着对生命价值的冷漠。它反映出主体在一个断裂社会中的削弱、失落和分解，但它的危机却不主要表现在大写的人的解体，而在于它把人放在历史、生活、生命、语言等方面的经验领域，否定人的超历史本质，同时放大了个体自我在时代的有限性、被动性和屈从性。"[③]

《黄金时代》处理的是革命与个人的关系问题；《废都》则是对20世纪80年代末90年代初新启蒙失败的历史总结。两部作品都凸显了八九十年代断裂形态下问题症候的延续性。两部"黄书"的政治介入性，又有一个内在文化逻辑，即"个体自我"如何确立。90年代初，出走于新启蒙叙事的文学，处于茫然

① 朱文：《我爱美元》，作家出版社1995年版，第76页。
② 路易·皮埃尔·阿尔都塞：《列宁和哲学》，杜章智译，远流出版事业股份有限公司1990年版，第191页。
③ 王金胜：《新时期小说的自我认同》，中国社会科学出版社2014年版，第255页。

无措的状态，各种可能性也便趁机而出。"个体自我"也借由市场经济的解放，试图通过性爱叙事，重塑个人主义神话。王小波的性爱叙事，倾向于积极"抵抗极权"的个人欲望合法化，贾平凹笔下，则更多倾向于消极的"文化理想失败"后个人欲望的颓废化。王二与庄之蝶，都是"有深度"的自我。这两部诞生于90年代前期的作品，在中国融入全球化经济格局，并逐步摸索出应对策略之前，为中国文学提供了更多可能性向度。《废都》恢复了中国古典文人的性爱想象，在对革命叙事与新时期启蒙叙事的双重冒犯中，以撕裂的方式，展现了二者在个人主义大潮袭来时的话语失效，暗含着"真实自我"的主体政治性维度；《黄金时代》则在叙事反讽的同时，有着古典自由主义气息，形成了浪漫化的个人主体现代价值。由此，《废都》对《金瓶梅》传统的复活，恰恰是"现代自我"对自身谱系源头的中国化重塑，而《黄金时代》结合反讽与浪漫的性爱故事，却力图为中国寻找到更能表现"现代自我"精神的书写方式。

这两种表达的微妙之处在于，他们与先锋文学的欲望叙事有很大区别，这种区别在于先锋文学包裹着语言探索、形式实验、边缘意识等抽象词汇的叙事形态，建构性的叙事维度被抛弃，性爱叙事被空心化与抽象化了。所谓空心化，是指不再言说欲望的政治反抗意义，而抽象化在于，在边缘卑微姿态下，抽取欲望叙事的现实介入性。先锋文学对欲望的言说，并不构成对主流政治宏大叙事的威胁，恰与其形成了某种有效互补。同时，这种空心化和抽象化的性爱叙事，表面非常时髦，但不过制造了一种"与世界同步"的幻觉，祛除中国主体性建构的努力，也成为20世纪90年代中国在全球化语境的秩序边缘的尴尬确认。

然而，20世纪90年代文学，"混乱"的外在形态之下，并非没有"自我确认"的主体建构企图。汪晖也认为，90年代中国文化语境，并非纯粹属于全球资本主义进化序列的后现代主义变体，而存在"独特现代性实践"的可能性。[①]《废都》近乎自我撕裂的真诚解剖，《黄金时代》的新欲望伦理，显示着自我主体建构的可能性。有批评家指责90年代纯文学领域匮乏政治性："文学在90年代失效的原因，并不在于纯文学观念自身，而在于纯文学体制与具体作品政治

① 汪晖：《去政治化的政治：短20世纪的终结与90年代》，生活·读书·新知三联书店2008年版，第47页。

性之间张力关系消失了。"[1] 这无疑忽视了《废都》与《黄金时代》。

二、"真诚"的叙事：个人主义的性爱隐喻

这两部作品如何通过性爱元素，形成政治性"现代自我"？这里涉及"真诚"，即"公开表示"的感情和"实际感情"的一致性。将"公开情感"与"实际情感"统一起来，表现了独立个体为自我立法的逻辑与伦理建构。宏大叙事占据公共空间的时代，个人必须压抑欲望，追求群体性公开情感。对新时期初期作家来说，"自我"显然还是"人"的代名词，"人"不仅与"人民"同一，且沟通"党""国家""民族"等宏大话语。"他们所认同的人民、党和社会主义，不仅完全同一，这些认同对象之间还互相确证合法性，且赋予对方以强烈道义色彩。"[2] 先锋文学的一大功绩，是以语言自觉的疏离，实现文本内情感陌生化与价值撕裂。但中国先锋文学有全球审美秩序的"外在规定性"。那些肉身想象必须以封闭、边缘和审美性的姿态存在，才能成为独特的意象。

《废都》与《黄金时代》的欲望书写表现出强烈塑造自我的主体性诉求。公开展示欲望，考验的是作者的"真诚"，即能否将个人"最私密真实的情感"公开表达，并依靠心灵与欲望合二为一的公开诉说，确立"自我"伦理合法性与审美原则。特里林认为，16世纪早期，当"真诚"涉及人，基本是比喻性的，一个人的生活是"真诚的"，指完好、纯粹、健全——但不久它就开始指没有伪饰、冒充或假装。[3] 新时期文学"真诚"问题，是指能否将个体情感与集体性情感融合。20世纪90年代个人化情感，特别是性欲，越来越多地呈现出公共空间表述合法性，如陈染的《私人生活》、林白的《一个人的战争》等女性小说。但女性欲望书写必须是阴性的、边缘性的。90年代新生代小说欲望写作，更直接迅猛，颠覆性更强，如朱文的"小丁"系列作品。这类小说，欲望虽成公开景观，甚至被夸大为唯一内驱力，但匮乏"一致性"，即公开表达个人欲望与内心对欲望的坚守之间，存在深深的虚无断裂。他们对欲望缺乏忠诚，也不认为欲望能

① 贺桂梅：《纯文学的知识谱系与意识形态——"文学性"问题在1980年代的发生》，载《山东社会科学》2007年第2期。

② 何言宏：《中国书写——当代知识分子写作与现代性问题》，中央编译出版社2002年版，第93页。

③ 莱昂内尔·特里林：《诚与真》，刘佳林译，江苏教育出版社2006年版，第23—24页。

带来主体性。《废都》与《黄金时代》"真诚地"表达欲望，就在于展现自我与欲望之间的伦理关系，坚信欲望本身代表个体的主体性精神。

首先，真诚地表达欲望，是对"差异性"的发现。差异性是个人主义基本法则："个人主义的核心在于最初的心理体验：在于我的存在与他人的存在之间的一种明显差别感。这种体验的重要性，由于我们对人类自身价值的信仰而大大增加了。"①《废都》塑造了庄之蝶这样一个新时期文学前所未有的人物。他标志着新时期叙事的失效。这既是理想、爱情、文学的失效，更重要的是道德失效。只有如此经历，个人才脱离群体意识，变成无所依傍的个体。庄之蝶充满恐惧无奈、清醒反省与缺乏克制的欲望。《黄金时代》的王二与陈清扬，更像创世纪的亚当与夏娃，充满理直气壮的欲望与强悍肉身想象，追求个人价值的合法性。两部小说结尾，不约而同地出现车站意象。庄之蝶在即将出走的车站中风，王二也在车站送走了陈清扬。庄之蝶以追求欲望自由而无奈出走，标识着个人清醒痛苦的彷徨；王二和陈清扬拒绝欲望的功利纠葛，表达出自信的个人主义宣言。

其次，真诚的欲望表达，还在于围绕个人欲望形成特殊时空场域："如果个人开始逐渐形成围绕空间化自我感知而展开的词汇场，我们可以说人类在个体自我意识发展过程中已进入主体时期。"②特里林也说："只有当一个人成为个体的时候，他才越来越多地生活在私人空间里。但历史学家没有说明，是私密成就了个性，还是个性需要私密。"③《黄金时代》的性爱场景，呈现出个体与群体对抗的空间意识。性爱场景变成私密生活悲剧献祭。集体的窥视和压制，成了欲望的对抗性理由。《废都》的性爱景观，既在私人卧室，还在政协会议宾馆，等庄严之地。庄之蝶和唐宛儿、柳月的私通，个人空间和集体空间并不构成碰撞冲突，而呈现"秘而不宣"的秘史气息。王二忠诚于个人欲望对集体空间的对抗性，庄之蝶却表现出性爱与集体空间的分裂性，但二者都形成对集体话语的冒犯。甚至《废都》的"方框空缺"，也形成了不在场的空间冒犯。如批判家

① 科林·莫里斯：《个人的发现》，转引自丹尼尔·沙拉汉《个人主义的谱系》，储智勇译，吉林出版责任有限公司2009年版，第18页。
② 科林·莫里斯：《个人的发现》，转引自丹尼尔·沙拉汉《个人主义的谱系》，储智勇译，吉林出版责任有限公司2009年版，第22页。
③ 莱昂内尔·特里林：《诚与真》，刘佳林译，江苏教育出版社2006年版，第14页。

所言,《废都》的"□□□□□□"是精心为之的败笔。空缺彰显了禁忌,同时冒犯了被彰显的禁忌。①《废都》通过"真诚自我"撕裂成规,《黄金时代》则是角色、隐含作者与叙事者的视角合一,构成对社会的反讽。两部作品的时空感不同。《废都》是循环性的,表面时间顺序是庄之蝶官司的始末,是性爱的从无到有,再到无。《黄金时代》时空序列则是不发展的,开头追述,结尾纪念。性与政治的对抗,配合云南边陲的叛逆性想象,构成凝滞化时空。《废都》出现新时期文学未有的"末日恐慌"时空意象,如多色花开、天出四日、鬼魅横生等寓言情节,偏偏隐身于高度写实的日常化生活。这也隐喻着个人在宏大叙事消褪,生活归于日常时,突如其来的"恐惧感",无所依傍,焦虑又压抑。《废都》的西京"偏都"形象依然有体制寓言性。它不反思权力,反思的是权力如何失效的问题。《黄金时代》塑造高度浪漫化的神秘边地,脱离革命集体秩序的个人主义乌托邦,象征自然伟力和个人力量的结合。

两部作品以"真诚的欲望"颠覆中国文学"个人／集体"臣服结构,进而将二者塑造成"文学／政治"新张力结构。革命时代,个人主义为意识形态领域消极词汇。毛泽东使用的"个人主义",除具有小团体主义的意思,还有个人英雄主义、个人攻击和报复、个人消极懈怠和雇佣思想、个人享乐思想等意思。②反对个人主义和提倡为人民服务,构成新道德的两个领域:"自由主义的来源,在于小资产阶级的自私自利性,以个人利益放在第一位,革命利益放在第二位。"③周扬也曾说:"要扩大社会主义,就要缩小个人主义。个人主义,在社会主义社会,是万恶之源。"④个人主义将个人从传统束缚解放,作为道德态度,它不只是把自己建立在个人自利基础上,而是"我们将个人主义看成信仰体,个人不仅被赋予了地位和价值,且成了真理的最终裁断者"⑤。贾平凹和王小波之前,性爱都作为革命与启蒙秩序的"双重边缘"想象,并不构成对抗性——即便是王安忆"三恋"系列小说,性爱元素也被赋予了高度文化哲学意味。性爱不

① 益书:《被禁十七年〈废都〉重版?》,载《南方农村报》2009 年8月6日。
② 王秀华:《个人主义:从西方到中国——以毛泽东所反对的个人主义为例》,载《中共福建省委党校学报》2010年第3期。
③ 毛泽东:《反对自由主义》,见《毛泽东选集》第2卷,北京人民出版社1991年版,第112页。
④ 周扬:《文艺战线上的一场大辩论》,作家出版社1960年版,第14页。
⑤ 莱昂内尔·特里林:《诚与真》,刘佳林译,江苏教育出版社2006年版,第28页。

但是宏大国族进步与人性解放的要素，且并不与革命与启蒙构成直接冲突。《废都》通过知识分子性爱景观，拆解新启蒙叙事，彰显出个人主义道德的可能性。庄之蝶与唐宛儿尽管沉溺于欲望，却也显现出有别于牛月清、孟云房、景雪荫等人的拒绝"假面"的真诚。《黄金时代》的性爱故事，被放置于"破鞋"的敏感道德话题。王二和陈清扬的关系，先有性，后有爱。王小波以反讽态度将之称为"伟大友谊"。性爱成为游戏：自愿、尊严、隐私、不伤害他人。性爱不是神圣仪式，也不是原罪，就是"友谊"而已。它也带有形而上的理论气息，因为它是"伟大友谊"，在二元对抗中显现主体建构。王和陈的性爱场景中，大自然力量（风、雨），成为美好性爱象征。一方面性爱具美好浪漫的特质；另一方面，性爱变成普通人的事务。《黄金时代》是中国当代文学第一次出现性爱与宏大秩序直接对抗的小说。①

有趣的是，20世纪90年代，王小波被很多更年轻的新生代作家，认为是宏大性的、应被警惕的作家（朱文等发动的"断裂问卷"之五：陈寅恪、顾准、海子、王小波等人是我们应该崇拜的新偶像吗？他们的书对你的写作有无影响？绝大多数被访新生代作家，不认为王小波是时代偶像，他的作品对自己影响很小）。② 王小波浪漫化的审美价值观，是对欧洲古典自由主义的恢复，与新自由主义崇尚价值绝对中立有差异。新生代小说家满足了90年代主流政治鼓吹欲望消费的要求，也符合全球资本主义视野下，对"边缘中国"的文化定位。它们要消除的恰是中国现代性的主体原创力量和高度差异性。

三、性爱叙事：文学与政治、市场的"博弈"

《废都》与《黄金时代》性爱叙事的特殊性，还表现为它们在文学与政治、市场的博弈之中，彰显了文学对政治的反思性。20世纪90年代市场与文学关系的权威论述，将"道"和"术"分开，类似"西体中用"90年代版本，如敏泽指出，一方面"文学的价值不仅是在交流和交换，而且在于商品性"；另一方面，"文学具有商品特性是一回事，因其具有这种特性，而无视其根本特性，将之作

---

① 房伟：《"不一样"的爱情：在革命的星空下——王小波小说的"革命+恋爱"模式》，载《东岳论丛》2012年第2期。

② 汪继芳编：《断裂：世纪末的文学事故——自由作家访谈录》，江苏文艺出版社2000年版，第267—272页。

为精神文化创作的价值，等同于一般物质产品又是一回事"。如何处理价值选择两难呢？敏泽将其分而治之："通俗文学的作品，推向市场，在健全文化政策调控下，促其发展，却不可把高雅文学艺术，一律推向市场，这只能对民族文化产生意想不到的灾难——只要我们坚定不移地按照社会主义文学价值基本要求从事审美创造性劳动，国家在文化政策上给予适当支持，市场经济条件下，社会主义文学创作也一定会走向新的繁荣。"①"通俗/高雅"二分法，是用"区隔"谋求文化符号经济利益最大化的策略。通俗归市场、高雅归政府、通俗归资本主义、高雅归社会主义的潜在划分，暴露了90年代市场叙事的尴尬。这也给了《废都》与《黄金时代》这样异端的作品，凭借"通俗化假象"得以生长的缝隙。《废都》最初的成功，来自"纯文学作家写黄色小说"的噱头，《黄金时代》连载于性爱保健杂志《人之初》。②

　　20世纪90年代初期，市场经济的探索之中，文学领域的欲望与政治的关系，也是"晦暗不明"。一方面，去政治化导致文学表现领域日益逼仄与苍白；另一方面，去政治化的纯文学，恰是文学"自我保护"的结果。强行割断文学与政治的关系，也导致文学现实指向，以更畸形、隐晦的寓言方式展开。这种"非政治化"文学，将现代体验压缩、删减，有控制地植入文学，回避政治问题，遮蔽现实诉求。更重要的是，它割断了鲜活的现代意识经由政治反映到文学的路径。从先锋写作到新生代写作，都能看到这种情况。欲望写作的政治激进性，特别是欲望包含的"自我确认"因素，被认为是过时的已解决的问题予以遗弃。对此，张旭东曾说："政治无意识在当时并不需明确化，因为它同新时期中国一系列国策并不冲突，同时也满足了'文革'后逐渐形成的大众社会对种种物质丰富性和社会自由的追求。这两种力量的结合造成了对资本主义现代性理解的

---

① 敏泽：《社会主义市场经济与文学价值论》，见陈建功、陈昌本编《首届鲁迅文学奖获奖作品丛书·报告文学卷》，华文出版社1998年版，第94页。

② 《人之初》主编吕海沐，看到《黄金时代》的价值："他笔下的性同以往文学中的性有很大不同。它既不同于劳伦斯把性写成美，并且是一种具有颠覆性的美；也不同于《金瓶梅》把性写成丑，以警世劝善为其或真或假的目的。他笔下的性就如同生命之本身，健康、干净，既蓬勃又恬淡。这样来写性的书并不多见，因此值得一看。"见《黄金时代·编者按》，载《人之初》1995年第1期。

全面非政治化。"①

　　《废都》与《黄金时代》是市场经济与精英文学结合，在"缝隙"形成反思的典范性文本。市场经济不仅意味着经济富足，也为个人主义提出政治主张。庄之蝶以文人复古狷介面孔，以纵欲打破启蒙的道德光环；王二与陈清扬，以性爱破除被窥视、控制的现实恐慌。王二和庄之蝶都试图摆脱意识形态束缚。这种束缚在80年代被掩盖在文学进化论乐观论调下。20世纪90年代市场经济兴起，一方面，经济合法性替代文化激进；另一方面，市场经济又暗中带来新意识形态内容，即个人意识的重新兴起。这种个人意识，具古典自由主义意味，在80年代悄悄出现，与新自由主义有交集，也存在差异。他们探索的不仅是差异政治、文化身份认同、网络科技主义等西方后现代问题，也是现代社会的基础要求，如个体尊严、个人自由平等、经济民主、法律保障等。90年代文学边缘化焦虑，绝不是市场经济将文学"变成消费"，更不是文学与政治的结构性张力被取消——而恰是这些景观并没有真正被呈现，却被"虚假"的"多元共荣"文化想象所遮蔽。这两部作品，恰表现出市场经济语境下，文学发展的另外可能性。《废都》写新启蒙文学的失败，《黄金时代》写个人的胜利，都是文学"异端"与市场经济呼应，对政治意识形态的另类挑战。

　　当然，《废都》和《黄金时代》的消费形象，也充满矛盾、反抗与质疑的否定性特征。它们都不是纯粹市场化消费的文学产品，还带有市场经济发动初期的政治冲击力。成熟的文化经济更保守，更善于寻找与政治妥协的路径——如新世纪兴起的网络文学，便以通俗化市场类型文学，通过各类远离现实的文字幻境，进行"更有效"也更符合政治要求的文学资本运作。《废都》不仅描述欲望合法性，且真实再现欲望的扭曲、焦虑和失效。庄之蝶的性爱故事，表现对官僚政治的厌倦，对帮闲地位的矛盾心态。庄打赢了与景雪荫的官司，不过牺牲了柳月，让她嫁给市长残疾儿子，但这依然是权力的胜利。"自我"冲出现代化、社会主义新人等概念，只能孤零零地活在"混乱又有序"世界。"混乱"是市场经济介入，导致道德解体；"稳定"是新威权主义和市场经济结合，如"文化经济古城"依然占据最高合法性。《废都》以周敏来西京开头，以庄之蝶与周敏共同出走结束。周敏就是多年前的庄之蝶。他们都是无法归依都市的"乡土文

①　张旭东：《全球化与文化政治——90年代中国与20世纪的终结》，朱羽等译，北京大学出版社2014年版，第5页。

学青年"。《黄金时代》对政治的强烈批判，不仅专指"文革"或知青题材，且以性爱叙事形成对中国泛道德的逻辑反讽。同时，《黄金时代》对政治的反讽，又不是纯粹的市场消费法则。它的趣味非常精英化，语言文学性强，故事性反而不明显。

四、文学史反思：重寻"个人"主体建构能力

综上所述，《废都》与《黄金时代》的欲望叙事，都有强烈的个人主义价值的反思性，与20世纪90年代文化逻辑存在一定差异。从文学史意义上讲，这两部小说也可看作80年代与90年代转型千丝万缕又复杂晦暗关系的证据。80年代是新启蒙与政治体制短暂的共识年代，90年代则被想象为政治威权与资本结合的多元化时代。80年代启蒙是可疑的，90年代的多元化同样可疑。90年代是资本黄金时代、欲望的黄金时代，却并非"个体自由"的黄金时代。当庄之蝶们重新回归体制，开始创作伟大时代的"中国故事"；当军代表已下岗，陈清扬和王二们已成为中产阶级，这些故事的叙事合法性就消失了。搞清楚这个问题，就要重新思考80年代的文学遗产及90年代转型的潜在困境。李陀认为，80年代思想解放体制和新启蒙之间，存在巨大差异性："前者在对'文革'批判的基础上建立以四个现代化为中心的政治、经济及文化思想的新秩序，后者凭借援西入中，凭借从西方拿过来的西学话语来重新阐释人，开创新的讨论人的语言空间，建立一套关于人的新知识。"[1] 这无疑表明80年代本身存在的"裂痕"。王小波与贾平凹都在某种程度上继承80年代启蒙精神，但都反叛了80年代文学体制。贾平凹用文学家形象"假借"为知识分子。庄之蝶是文人，有知识分子名头，却少知识分子特质。贾平凹以此传达文学对社会的分裂。王小波则传达了知识分子对体制的分裂。《黄金时代》王二和陈清扬的性爱世界没有文学，他们的身份是医生和知青。

异质化的性爱叙事同样存在于20世纪80年代文学，许多作品因性爱叙事的冒犯，而被抛弃、遗忘，成为文学史失踪者。[2] 如遇罗锦的《一个冬天的童话》。"70、80年代文学虽鼓吹回到个人，建立文学自主性，但对于遇罗锦这种实录性自传小说还难以适应和接受。即使文学新启蒙者，也往往把个人理解为

---

① 查建英主编：《八十年代访谈录》，生活·读书·新知三联书店2006年版，第274页。
② 李扬：《重返新时期文学的意义》，载《文艺研究》2005年第1期。

苦难的、理想化的、带时代悲情和知识精英视角的抽象形象，而不是遇罗锦这样把个人经历，尤其是性痛苦的琐碎生活转换为个人主体性的文学表现。"① 寓言具本源性意义，即某种思想结构无法直接实现，必须以"非现实"存在形式，表现出对现实的焦虑和渴望。《废都》和《黄金时代》的性爱故事，性爱的压抑、失败、反抗，同样是詹姆逊意义上的"力比多寓言"。贾平凹与王小波的性爱故事，不再顺从民族国家叙事的规则，却表现出独立主体对民族国家叙事的反思。庄之蝶的性爱处于"缺失——恢复——再次丧失"的叙事循环之中，贾平凹不再追求性爱匮乏与民族国家创伤的寓言性联系，而表现个人如何挣扎脱离政治的心灵轨迹。《黄金时代》的寓言性则表现为赋予私人性爱以主体性力量。云南蛮荒边地的热风里，偷情的故事变得光彩照人。那种力比多偏执策略，在王小波后期作品中更明显。

但是，这些"个性自我"叙事，与 20 世纪 90 年代文学主流又有疏离感。90 年代，很多学者将《黄金时代》解读为后现代狂欢，对《废都》进行道德批判，忽视了二者以性爱叙事重构叙事伦理的意图。对《废都》的道德批判，表现出 90 年代对 80 年代道德姿态的留恋；对《黄金时代》的后现代解读，则表现出90 年代对 80 年代宏大叙事思维的解构。学者习惯从"权力／性爱／后革命"类话语模式解读王小波，但忽略其强烈的启蒙建构气质。戴锦华的表述，尤其具有代表性："如果说反道德或不道德的意义上，将王小波作品指认为'性爱小说'，无疑是误读；那么，将王小波读作'政治'场景的'性爱'化装演出，则是另一种误读途径。'王二风流史'展现的并非历史与权力机器的性爱象征，而是性爱与性别场景自身便是权力与历史场景的一部分。"② 这种解读放大了王小波的后现代气息。王小波依然具有强烈的个人主体气质。

为何两部小说呈现出"暧昧晦暗"的文学史状态？这也要考察 20 世纪 90年代知识分子主体性探索的困境。80 年代刘再复用二元对立概念，如个人／集体、精神性／实践性等，为新时期文学命名，称"主体新人"要赢得个人心灵安宁与尊严，也赢得自我和本质实现。③ 但杨庆祥还是从中看到某种历史逻辑相似性："刘再复的主体论，实际把新时期文学纳入了激进主义文学传统，这种文

① 程光炜：《当代文学的历史化》，北京大学出版社2011年版，第126页。
② 戴锦华：《智者戏谑——阅读王小波》，载《当代作家评论》1998年第2期。
③ 刘再复：《性格组合论》，上海文艺出版社1986年版，第28页。

学的载道性质显而易见。我们关于人的言说越来越软弱无力，一个新人和新文学图景显得遥遥无期。"①90年代，很多知识分子也对市场原罪有超乎寻常的敏感和排斥肉身精神建构的能力："身体自然是与消费主流意识形态头尾相和，拒斥启蒙理性与人文思想的身体，这样的个人经验所能够含有的个人性的价值与意义，更是大打折扣的。"②

这里存在三个问题：一是性爱叙事存在自由、民主的启蒙因素；二是20世纪80年代启蒙将性爱理想化处理，存在虚假和缺陷；三是资本全球化的今天，后现代文化放大个人欲望，造成中国当代文学重新表述欲望主体的难度。中国在20世纪90年代进入市场经济，对90年代知识分子来说，《废都》是写实性的。这不在于庄之蝶的性爱故事是否真实可信，而在于这类猥亵性爱对知识分子和新时期文学的真实冒犯。它以病态窥视给社会以血肉模糊的真实疼痛感，揭示新启蒙幻梦的脆弱性。《废都》之后，贾写性爱收敛了，但苍凉悲剧感挥之不去。如果说《废都》是写实的，那么《黄金时代》则是写浪漫的。《黄金时代》不是简单弘扬性爱的美好，而是揭示其反抗形态——性的自虐。王小波使知识分子找到了艰难怪异地"确立自我"的体验。《废都》试图表达文学的幻灭。王小波则抨击人文精神大讨论的道德合法性，提出宏大世界背后，有一个阴性自我世界。他指出对知识分子而言，做思维精英比道德精英更重要。③ 人成为肉身的主人，人在欲望之中承认自我，确认自由、爱情、尊严，追求主体责任伦理。自然状态的人挣脱各种天然联系的社会脐带，成为独立、自由和平等的人。他们感受自己的痛苦和快乐，表达自己的意志，追求自己的利益，满足自己的欲求。④ 这种自由意志书写，对中国知识分子形成独立自主又理性宽容的观念有启发意义。

《废都》与《黄金时代》也留下诸多遗憾。这些问题一方面由自由主义本身所造成："自由主义者是乐观主义者，他对个人充满信心，充分相信个人的道德承担力，他把这个世界的进步和美好，都完全交付个人去推进，但这是一个不能被证实的假定，是一场对人性下赌注的冒险。"⑤ 另一方面，则表现了社会转型

---

① 杨庆祥：《主体论与新时期文学的建构》，载《当代文坛》2007年第6期。

② 张光芒：《欲望叙事的溃败——从"个体写作"到"身体写作"》，载《湘潭大学学报》2006年第4期。

③ 王小波：《思维的乐趣》，见《王小波全集》第1卷，云南人民出版社2006年版，第112页。

④ 丛日云：《论古典自由主义的个人主义精神》，载《文史哲》2002年第3期。

⑤ 周枫：《自由主义的道德处境》，载《福建论坛》2004年第1期。

文化语境对作家和作品的限制力。他们的欲望化个人姿态，注定是偏执而策略化的，匮乏更深刻地从"全面的人"的角度进行的人性考察。《废都》充满旧文人气息与精英自恋。阿灿、柳月等底层女性遭受的压抑和不公，不在作者考虑范围内。《废都》将目光指向新时期文化体制的崩溃。但20世纪80年代文学体制没有崩溃，它反而使90年代文化体制和政治、经济的结合更紧密了。《黄金时代》对欲望本身并不反讽。当欲望主体不是智慧、勇敢和力量的化身，只是普通人时，外在政治压抑变得宽松，欲望责任伦理便会失效。两部作品的悖论在于，无论《废都》的颓废自我，还是《黄金时代》的对抗性自我，都还是中国试图自主找寻发展道路的某种探索。90年代中后期，中国被迫深度融入后现代化的新自由主义经济。这种选择甚至是在保留革命秩序某些意识形态功能前提下，对资本力量的重新确认。复杂的历史处境也导致个人主义的弊端被放大，个人主义内在魅力和价值合理性，却被历史地消解了。"个人主义"也因此缺少契机，与更广阔的社会现实与"人的解放"相联系，成为中国文学内部一个具有生长能力的文学命题。

由此，两部"黄色小说"又是一个寓言，即20世纪90年代如何真诚表达"个性自我"进而建构个人主义的典范价值观。中国文学的个性自我问题，常与集体性创伤体验、道德情绪和反抗西方主题联系。这些体验也易诱发以规避意识形态为特征的欲望狂欢。它们回避个体与集体的分裂，回避自我与革命、自我与意识形态之间的历史关系；它们以西方后现代主义为参照，取消"个性自我"重返现实、获得历史感的可能性。《废都》和《黄金时代》真诚的"个性自我"则有所不同。这二者体现着古典自由主义命题，如个体自由、生命尊严等，成为中国当代文学怪异的"歧路"。《废都》《黄金时代》这类怪异的性爱故事也表明，重写文学史的经典化筛选机制，必须有现实政治指涉能力为标准——它至今尚未终结。

（原载《当代作家评论》2018年第5期）

YANJIU ZONGMU

研究总目

批注

陈骏涛、白烨、王绯：《说不尽的〈废都〉——〈废都〉三人谈》，载《当代作家评论》1993年第6期。

韩鲁华：《世纪末情结与东方艺术精神——〈废都〉题意解读》，载《当代作家评论》1993年第6期。

雷达：《心灵的挣扎——〈废都〉辨析》，载《当代作家评论》1993年第6期。

李洁非：《〈废都〉的失败》，载《当代作家评论》1993年第6期。

李明泉：《"性"与"名"的困扰：读贾平凹的〈废都〉》，载《电影作品》1993年第6期。

宋遂良：《〈废都〉一议》，载《当代作家评论》1993年第6期。

钟本康：《世纪末：生存的焦虑——〈废都〉的主题意识》，载《当代作家评论》1993年第6期。

潘承玉：《评〈废都〉的艺术模仿》，载《北京社会科学》1994年第1期。

张夫：《空穴来风：论"废都"的象征和它的横向增值》，载《东方》1994年第1期。

颜晓初：《理想与现实之间：评贾平凹新作〈废都〉》，载《上饶师专学报》1994年第1期。

陈辽：《思考〈废都〉与"废都现象"》，载《学海》1994年第1期。

蒲河：《奇书的产生》，载《文艺争鸣》1994第1期。

伍杰：《小评〈废都〉》，载《中国图书评论》1994年第1期。

曹铁娟：《冷却后的思考：〈废都〉得失谈》，载《昆明师专学报》1994年第1期。

亚川：《一部深刻的警世之作——〈废都〉门外谈》，载《文科教学》1994年第1期。

王晓明、陈金海、罗岗等：《精神废墟的标记——漫谈"〈废都〉现象"》，载《作家》1994年第2期。

李珺平：《我们从〈废都〉中发现了什么？——兼论贾平凹此前的小说创作》，载《湛江师范学院学报（哲社版）》1994 年第 2 期。

韦器闳：《废墟中的挣扎与遁逃——评贾平凹的长篇小说〈废都〉》，载《河池师专学报》1994 年第 2 期。

王志尧、刘长荣：《社会众生相的负面聚焦——〈废都〉解读》，载《南都学坛（哲学社会科学版）》1994 年第 2 期。

户晓辉：《裸体的〈废都〉》，载《新疆艺术》1994 年第 2 期。

栾保俊：《不值得评价的评价——〈废都〉读后感》，载《文艺理论与批评》1994 年第 2 期。

陈晓明：《废墟上的狂欢节——评〈废都〉及其他》，载《天津社会科学》1994 年第 2 期。

宋壮勋：《有损于民品自低——关于〈废都〉中性描写的对话》，载《内蒙古教育学院报》1994 年第 Z1 期。

泓峻：《〈废都〉和〈英儿〉预示了什么》，载《东方艺术》1994 年第 3 期。

王娇萍：《拨开"性"的迷雾——从庄之蝶的悲剧原因看〈废都〉的文化内涵》，载《浙江师大学报（社会科学版）》1994 年第 5 期。

艾辛：《评〈废都〉》，载《红旗文稿》1994 年第 8 期。

艾斐：《〈废都〉现象与贾平凹的文学道路》，载《理论与创作》1995 年第 1 期。

高旭国：《世纪末文化的败落图景——〈废都〉札记》，载《沈阳师范学院学报（社会科学版）》1995 年第 1 期。

种衍璋：《〈金瓶梅〉与〈废都〉对读》，载《内蒙古电大学刊》1995 年第 1 期。

陈昌丽：《文艺的作用　作家的职责——兼谈〈废都〉》，载《贵州师范大学学报（社会科学版）》1995 年第 1 期。

胡平：《遗憾的〈废都〉：拟记者、评论家访谈录》，载《芒种》1995 年第 2 期。

廉文：《〈废都〉冷热话平凹》，载《语文学刊》1995 年第 3 期。

李昭醇：《评〈废都〉的"性包装"》，载《图书馆论坛》1995 年第 5 期。

钟良明：《自我作践的艺术：评〈废都〉的创作策略和得失》，载《江汉论坛》1995 年第 6 期。

钟良明：《"我们都是有罪的！"——评〈废都〉的文学品类和道德内涵》，载《江汉论坛》1995 年第 7 期。

旷新年：《从〈废都〉到〈白夜〉》，载《小说评论》1996 年第 1 期。

党圣元：《说不尽的〈废都〉——贾平凹文化心态谈片》，载《小说评论》1996 年第 1 期。

许明：《研究知识分子文化的严肃文本》，载《小说评论》1996 年第 1 期。

陈留生：《〈废都〉与〈金瓶梅〉比较论》，载《通俗文学评论》1996 年第 3 期。

赖大仁：《创作与批评的观念——兼谈〈废都〉及其评论》，载《小说评论》1996 年第 4 期。

刘双贵：《"废都"的当代性及其主题的二重分裂》，载《哈尔滨师专学报（社会科学版）》1997 年第 1 期。

张光全：《牛月清形象及其婚姻、家庭悲剧评析》，载《固原师专学报（社会科学版）》1997 年第 1 期。

王韬、葛红兵：《过去的乌托邦与失落的现代性——对〈白鹿原〉〈废都〉〈丰乳肥臀〉的一个特例性比较分析》，载《吉首大学学报（社会科学版）》1997 年第 1 期。

韩军：《传统与现代间的困惑与颓废——略评〈废都〉》，载《滨州师专学报》1997 年第 3 期。

王玉宝：《庄禅文化精神的现代遭遇——〈废都〉与贾平凹的文化心态》，载《洛阳大学学报》1997 年第 3 期。

梅子：《对现实的情绪化写作——重读〈废都〉》，载《齐齐哈尔社会科学》1997 年第 4 期。

杜芳、奚佩秋：《走出"孤独" 告别"废都"——〈百年孤独〉与〈废都〉的比较》，载《齐齐哈尔师范学院学报》1997 年第 5 期。

雨石：《〈废都〉论》，载《浙江师范大学学报》1997 年第 6 期。

李骞、冯克堂、李登华：《〈废都〉：女性"补益"的尴尬》，载《柳州师专学报》1998 年第 2 期。

章永林：《论〈废都〉的乡土情怀——兼析贾平凹创作〈废都〉的文化心态》，载《通化师院学报（社会科学版）》1998 年第 2 期。

方长安：《文化守成·艺术调整：论〈白夜〉兼与贾平凹〈废都〉比较》，载《通俗文学评论》1998 年第 3 期。

郭惠芳：《隐逸与逃遁——论〈废都〉〈白夜〉〈土门〉中知识分子形象的特

征》，载《郑州大学学报》1998年第6期。

张鹏飞：《〈废都〉与〈白鹿原〉创作心态比较管窥》，载《萍乡高等专科学校学报》1999年第1期。

陈大维：《〈废都〉的社会折光及其他》，载《广州教育学院广州师专学报（社会科学版）》1999年第1期。

李继凯：《论秦地小说作家的废土废都心态》，载《文艺争鸣》1999年第2期。

季元龙：《从〈废都〉的得失谈文学与政治文化》，载《西南民族学院学报》1999年第3期。

杨胜刚：《对贾平凹90年代四部长篇小说的整体阅读》，载《小说评论》1999年第4期。

黄力之：《热潮过后说〈废都〉》，载《理论与创作》1999年第4期。

孙德喜：《何以安妥的灵魂——〈废都〉和〈白夜〉的文化解读》，载《唐都学刊》2000年第2期。

但红光：《忧世伤时：意象解读〈废都〉》，载《长江职工大学学报》2000年第2期。

傅勉文：《评贾平凹〈废都〉的主人公庄之蝶生命历程三部曲》，载《九江师专学报》2000年第3期。

安少龙：《从〈废都〉到〈高老庄〉——贾平凹笔下知识分子心路历程探析》，载《甘肃高师学报》2000年第6期。

夏茵英：《一个问题　两种结局——简评〈查特莱夫人的情人〉和〈废都〉的性爱问题》，载《江西社会科学》2001年第2期。

邓芳：《从〈废都〉看贾平凹对传统的追求和沉溺》，载《乐山师范学院学报》2001年第5期。

于昆：《"他""我""我们"——试析〈废都〉作者贾平凹的创作心迹》，载《长春大学学报》2001年第6期。

唐先田：《〈废都〉和废都意识的颓废影响》，载《江淮论坛》2002年第2期。

达理克·法拉马为：《论〈废都〉的民间性及女性人物解读》，载《泰安师专学报》2002年第2期。

刘保昌：《女性·死亡·国民性——关于〈废都〉与〈荒原狼〉的对读》，载《山东社会科学》2002年第5期。

王一燕：《说家园乡情，谈国族身份——试论贾平凹乡土小说》，载《当代作家评论》2003 第 2 期。

陈汉云：《〈废都〉的神幻色彩及其悲剧寓意》，载《小说评论》2003 年第 3 期。

李建军：《私有形态的反文化写作——评〈废都〉》，载《南方文坛》2003 年第 3 期。

李建军：《随意杜撰的反真实性写作——再评〈废都〉》，载《文艺理论与批评》2003 年第 3 期。

李建军：《草率拟古的反现代性写作——三评〈废都〉》，载《文艺争鸣》2003 年第 3 期。

杨景生：《城市文化中人文知识分子的沦落——贾平凹〈废都〉争鸣研究》，载《济宁师范专科学校学报》2003 年第 6 期。

邵宁宁：《转型期现象与无家可归的文人——关于〈废都〉的文化分析》，载《甘肃社会科学》2004 年第 1 期。

吴明东：《〈废都〉中隐语符码的解读》，载《理论观察》2004 年第 1 期。

张连义：《论贾平凹的忧患意识——以〈浮躁〉〈废都〉〈高老庄〉〈怀念狼〉为例》，载《南都学坛》2004 年第 3 期。

傅湘莉：《戴着镣铐跳舞的夏娃——解读贾平凹〈废都〉中的女性形象》，载《南宁师范高等专科学校学报》2004 年第 3 期。

张新颖：《重读〈废都〉》，载《当代作家评论》2004 年第 5 期。

陈国恩、王俊：《中国乡土知识分子的心路历程——〈浮躁〉〈废都〉〈高老庄〉的精神症候分析》，载《文艺评论》2004 年第 5 期。

张喜田：《两都赋：经济的浮华与文化的废墟——贾平凹的〈废都〉与叶辛的〈华都〉的比较研究》，载《河南师范大学学报（哲学社会科学版）》2004 年第 5 期。

陈剑兵：《历史性的叙事宣言：从颓废走向颓废——试论〈废都〉的叙述结构和叙事意识》，载《学术探索》2004 年第 11 期。

晋海学：《难于超越的困惑——关于〈废都〉的一种文化阅读》，载《中共郑州市委党校学报》2005 年第 1 期。

许爱珠：《〈废都〉后的贾平凹长篇小说创作心理论》，载《伊犁师范学院学报》2005 年第 1 期。

陈剑兵：《满腹说不完的"牢骚"——浅析〈废都〉里的老头和他的谣辞》，载《昭通师范高等专科学校学报》2005 年第 4 期。

韩雷：《救人和自救——对〈废都〉的症候式阅读》，载《宝鸡文理学院学报（社会科学版）》2005 年第 5 期。

张青运：《评庄之蝶的幻灭感》，载《海南师范学院学报》2005 年第 5 期。

黄好霞：《废墟中的反思——评贾平凹的〈废都〉》，载《南方论刊》2005 年第 6 期。

张亚斌：《文化焦虑："废都精神"的文化解析》，载《唐都学刊》2005 年第 6 期。

韦妙才：《文学性描写的"遮丑"艺术——〈查泰莱夫人的情人〉与〈废都〉的性描写比读》，载《宜宾学院学报》2005 年第 8 期。

李祖军：《中国当代知识分子的精神失落和自我找寻——从〈废都〉的庄之蝶形象到〈沧浪之水〉的池大为形象分析》，载《思茅师范高等专科学校学报》2006 年第 1 期。

王源：《男权文化与女性形象——从〈白鹿原〉与〈废都〉中的女性形象说起》，载《西安电子科技大学学报（社会科学版）》2006 年第 1 期。

陈晓明：《本土、文化与阉割美学——评从〈废都〉到〈秦腔〉的贾平凹》，载《当代作家评论》2006 年第 3 期。

王尧：《重评〈废都〉兼论 90 年代知识分子》，载《当代作家评论》2006 年第 3 期。

樊冠钰：《〈废都〉与〈失乐园〉中的女性观照》，载《宁波职业技术学院学报》2006 年第 3 期。

张永军、戴云：《从"商州"到"废都"——论贾平凹小说的文化内涵》，载《包头职业技术学院学报》2006 年第 4 期。

冯常深：《走不出这精神困顿——再读〈废都〉》，载《绥化学院学报》2006 年第 4 期。

李爱娟：《虚象求真，理想与现实的碰撞——从几个隐喻形象谈〈废都〉的社会意义》，载《云南财贸学院学报（社会科学版）》2006 年第 6 期。

徐祖明：《挑战既有生活秩序 寻求原本生命真谛——评〈查泰莱夫人的情人〉与〈废都〉》，载《辽宁教育行政学院学报》2006 年第 9 期。

刘新征：《论〈废都〉的女性形象及创作根由》，载《湖南科技学院学报》2006 年第 12 期。

徐祖明：《农民、乡情、心声与人性美学——评贾平凹的〈废都〉与〈秦腔〉》，载《山西师大学报（社会科学版）》2007 年第 2 期。

陈洪丽：《从〈废都〉看文人知识分子世纪末的自我迷失》，载《重庆工学院学报（社会科学版）》2007 年第 2 期。

苏奎、关春芳：《回归男性自身的中心重构——重读贾平凹〈废都〉》，载《名作欣赏》2007 年第 2 期。

牛学智：《一条知识分子灵魂线索——从倪藻、庄之蝶到池大为》，载《扬子江评论》2007 年第 3 期。

张亚斌：《文本〈废都〉与"废都文化"》，载《商洛学院学报》2007 年第 3 期。

彭广林：《现代性困惑中的审美反思与自我对话——对〈废都〉和〈秦腔〉审美意识同构性的理解》，载《山西农业大学学报（社会科学版）》2007 年第 4 期。

周大力：《从〈爱是不能忘记的〉到〈废都〉——新时期性爱小说浅探》，载《吉首大学学报（社会科学版）》2007 年第 4 期。

黄平：《"人"与"鬼"的纠葛——〈废都〉与 80 年代"人的文学"》，载《当代作家评论》2008 年第 2 期。

梁竞男：《无法避讳的质疑和反思——逆流而上说〈废都〉》，载《当代文坛》2008 年第 4 期。

张亚斌：《"废都意识"是一种文化黄昏意识》，载《商洛学院学报》2008 年第 6 期。

张健恺：《"荒诞"的真实——评析贾平凹〈废都〉中的女性形象》，载《吉林省教育学院学报（社会科学版）》2008 年第 6 期。

张健恺：《试析贾平凹〈废都〉中的女性形象》，载《韶关学院学报》2008 年第 10 期。

王金霞：《江湖寥廓，何处安归——对〈废都〉和〈沧浪之水〉的互文解读》，载《名作欣赏》2008 年第 10 期。

杨光祖：《庄之蝶：肉体的狂欢与灵魂的救赎——重读〈废都〉》，载《中州大学学报》2009 年第 2 期。

李星：《繁华年代的盛世危言——重读〈废都〉》，载《西安建筑科技大学学

报》2009 年第 4 期。

郑明娥、佘向军：《〈废都〉中庄之蝶悲剧成因探析》，载《湖南第一师范学报》2009 年第 4 期。

杨光祖：《庄之蝶论》，载《飞天》2009 年第 4 期。

李谚博：《贾平凹〈废都〉的另一种解读》，载《长城》2009 年第 4 期。

李敬泽：《庄之蝶论》，载《当代作家评论》2009 年第 5 期。

孙桂荣：《个人性·时代性·文学性——重版之际再话〈废都〉》，载《南方文坛》2009 年第 6 期。

严英秀：《从方框框到省略号——论〈废都〉再版事件及其他》，载《南方文坛》2009 年第 6 期。

王斌：《浅论寻根文学贾平凹的〈废都〉》，载《魅力中国》2009 年第 7 期。

王美花、刘俊：《从生活伴侣走向性伴侣——论〈围城〉与〈废都〉女性观的演进》，载《青年文学家》2009 年第 9 期。

洪永春、李永求：《世纪之交中国城乡知识者的不同精神流向——以贾平凹笔下的庄之蝶和夏天智形象为中心》，载《通化师范学院学报》2009 年第 11 期。

储兆文：《〈废都〉建筑意象的文化隐喻》，载《西安建筑科技大学学报》2010 年第 1 期。

汤先红、孟繁华：《大时代与知识分子的心底波澜》，载《西安建筑科技大学学报》2010 年第 1 期。

王愚：《且说〈废都〉解禁后的启示》，载《延河》2010 年第 1 期。

孙桂荣：《当代文学生产与批评中的〈废都〉》，载《东吴学术》2010 年第 2 期。

王红莉：《〈废都〉：逍遥与拯救》，载《当代文坛》2010 年第 4 期。

王红莉：《从〈废都〉和〈高兴〉解读西安现代都市文化》，载《小说评论》2010 年第 4 期。

孙德高：《〈废都〉与都市消费文化——重读贾平凹〈废都〉》，载《贵阳学院学报（社会科学版）》2010 年第 4 期。

谷鹏飞：《从〈废都〉〈金石记〉到〈后花园〉——"陕派"都市文学的现代性嬗变》，载《小说评论》2010 年第 6 期。

王丽敏：《贾平凹笔下的性、狗及其相关——以〈废都〉〈土门〉和〈秦腔〉为例》，载《语文学刊》2010 年第 7 期。

张丽姿：《从庄之蝶人物形象看〈废都〉的寓言式书写》，载《大众文艺》2010年第7期。

郑湧：《破碎了的灵魂何处可安？——重读〈废都〉》，载《上海文学》2010年第7期。

孙春旻：《〈废都〉：一个广阔的阐释空间》，载《名作欣赏》2010年第21期。

梁小珊：《颓废背后的深沉思索——论〈废都〉庄之蝶形象》，载《湖南科技学院学报》2011年第1期。

邓天杰、林宝玲：《论〈废都〉的隐喻性》，载《长春师范学院学报》2011年第1期。

蔡铄：《论〈废都〉的创作意识与颓废主题》，载《南方职业教育学刊》2011年第3期。

朱佳宁：《从叙事角度看〈废都〉的艺术特色》，载《楚雄师范学院学报》2011年第8期。

张庆：《由西蒙·德·波伏瓦看〈废都〉中的女性形象》，载《长春教育学院学报》2011年第10期。

朱丽丽：《〈废都〉人物形象新探——基于叙述视角》，载《才智》2011年第35期。

金乾伟：《文化的拯救与自救——〈废都〉新论》，载《宝鸡文理学院学报（社会科学版）》2012年第3期。

桂明军：《浅析〈废都〉的现代化反思》，载《读者欣赏》2012年第6期。

鞠文雁：《〈废都〉的语言特点研究》，载《名作欣赏》2012年第14期。

郑安纲：《〈废都〉中的"废都意识"解读与诠释》，载《名作欣赏》2012年第18期。

柴鲜：《论〈废都〉的"新生活"》，载《商洛学院学报》2013年第1期。

张春喜：《失落的古都文化与文明——简评贾平凹的〈废都〉文化视角》，载《榆林学院学报》2013年第1期。

惠静：《〈废都〉中女性悲剧的必然性解读》，载《榆林学院学报》2013年第1期。

李帆：《乡村精神与都市生活的博弈——论贾平凹〈废都〉中的"失乡"现象》，载《陕西教育（高教版）》2013年第1期。

刘传霞:《论〈废都〉〈白鹿原〉性叙述中的性别政治》,载《山东师范大学学报(人文社会科学版)》2013年第2期。

李遇春:《"说话"与贾平凹的长篇小说文体美学——从〈废都〉到〈带灯〉》,载《小说评论》2013年第4期。

张莉:《贾平凹:难以转译的"中国性"——重返〈废都〉》,载《名作欣赏》2013年第4期。

陈晓明:《穿过"废都",带灯夜行——试论贾平凹的创作历程》,载《东吴学术》2013年第5期。

史国强:《〈废都〉二十年:贾平凹小说在国外的研究》,载《东吴学术》2013年第6期。

丁帆、傅元峰:《贾平凹:〈废都〉等》,载《当代作家评论》2013年第6期。

王渤:《"失语"境况下的无奈挣扎——生态女性主义视域下的〈废都〉解读》,载《南昌教育学院学报》2013年第9期。

伍海燕、刘雪芹:《从〈废都〉中看西京乡土传统的陷落》,载《语文学刊》2013年第16期。

蒋文琴:《社会性别角度下对〈废都〉中女性人物主体性的反思》,载《名作欣赏》2013年第36期。

张涛:《错位的批评与知识分子话语重建——重评"废都现象"》,载《文艺争鸣》2014年第1期。

丁亚玲、周超、蔡彦:《一座城市的荣耀及困境——解读〈废都〉〈白夜〉的城市文化建构》,载《长春工业大学学报(社会科学版)》2014年第3期。

郭冰茹:《〈废都〉与中国古典小说的叙事传统》,载《文艺争鸣》2014年第6期。

陆洁琰:《男权文化下的女性悲剧——浅析〈白鹿原〉与〈废都〉中的女性形象》,载《黑龙江教育学院学报》2014年第9期。

张昊琰:《贾平凹小说语言风格初探——以〈秦腔〉与〈废都〉为例》,载《文教资料》2014年第18期。

谢倩:《不同的境遇相同的漂泊——读〈废都〉和〈嘉莉妹妹〉》,载《青年文学家》2014年第20期。

马永娟、袁春波:《浅析〈废都〉的镜像自我》,载《大众文艺》2014年第24期。

盛晴:《中国 90 年代都市众生相——重读〈废都〉》,载《时代文学(上半月)》2015 年第 2 期。

魏华莹:《〈废都〉与西安》,载《小说评论》2015 年第 3 期。

刘芳:《以性为中心的纠缠:再谈关于〈废都〉的几点争论》,载《昭通学院学报》2015 年第 3 期。

吴珊珊、吴培显:《贾平凹笔下乡土知识分子的精神缺失——以〈浮躁〉〈废都〉〈高老庄〉〈秦腔〉为例》,载《南京晓庄学院学报》2015 年第 3 期。

温奉桥、李萌羽:《〈废都〉的悖论——兼论中国当代文学的精神向度》,载《商洛学院学报》2015 年第 3 期。

魏华莹:《〈废都〉与古典文学传统》,载《贵州师范大学学报(社会科学版)》2015 年第 4 期。

费团结:《从庄之蝶到杨科:当代中国知识分子的突围与宿命》,载《太原大学学报》2015 年第 4 期。

曾海津:《城乡忧思与阉割美学——贾平凹小说〈废都〉与〈秦腔〉比较》,载《江苏第二师范学院学报》2015 年第 7 期。

王小平:《当贾平凹遇上昆德拉——〈废都〉的存在主题与性爱书写》,载《中华文化论坛》2015 年第 10 期。

邓雅迪:《镜花水月与性爱图腾——贾平凹同名异作两部〈废都〉中女性悲剧比较分析》,载《青年作家》2015 年第 12 期。

张月:《浅探两部〈废都〉的联系与转变》,载《青年作家》2015 年第 12 期。

田娉:《从贾平凹〈废都〉中的女性形象分析看庄之蝶的悲剧》,载《课外语文》2015 年第 24 期。

魏文文:《寻访灵魂的栖息地——〈废都〉主要人物形象探析》,载《青年文学家》2015 年第 27 期。

赵坤:《"多余人"谱系上的庄之蝶——当代文化语境中的〈废都〉》,载《学术评论》2016 年第 1 期。

何丹:《知识分子的存在性焦虑——〈废都〉与〈生命不能承受之轻〉的比较研究》,载《新文学评论》2016 年第 2 期。

王亚超:《〈废都〉的原始主义解读》,载《哈尔滨学院学报》2016 年第 4 期。

魏华莹:《田珍颖口述:我与〈废都〉》,载《文艺争鸣》2016 年第 4 期。

安裴智：《文化异变与知识分子生存状态的大寓言——重评贾平凹长篇小说〈废都〉》，载《海南师范大学学报（社会科学版）》，2016 年第 5 期。

魏华莹：《关于当代文学史料的想法——以〈废都〉研究为例》，载《文艺争鸣》2016 年第 8 期。

焦文倩：《生命的悖论与寻找——〈废都〉中"鞋"意象的隐喻认知》，载《新乡学院学报》2016 年第 8 期。

冉恬羽：《唐宛儿，一个重要的人物形象——重读〈废都〉》，载《名作欣赏》2016 年第 35 期。

程华：《"废都"的神幻象征及其知识分子之死》，载《商洛学院学报》2017 年第 1 期。

李雪娇：《无家可归的文人——从〈废都〉中探析现代社会价值理性的失衡》，载《南昌教育学院学报》2017 年第 1 期。

童妍：《都市废墟与野地乐园——〈废都〉与〈九月寓言〉的城乡思考》，载《文化学刊》2017 年第 2 期。

丁亚玲、张倩、张杰：《环境美学视域中城市文脉的解读——以小说〈废都〉〈白夜〉为例》，载《景德镇学院学报》2017 年第 2 期。

邵霞：《葛浩文英译〈废都〉策略研究》，载《华北水利水电大学学报（社会科学版）》2017 年第 3 期。

王一燕：《细读〈废都〉：世纪末的文化空间符号学》，载《南方文坛》2017 年第 4 期。

丁帆：《萎缩变异文化形态的历史镌刻——〈废都〉的匆匆解读》，载《文艺争鸣》2017 年第 6 期。

李晓卫：《形而下的描写　形而上的追求——〈废都〉与西方现代非理性人本主义哲学思潮》，载《兰州学刊》2017 年第 6 期。

刘倩：《〈废都〉葛浩文译本中文化负载词跨文化重构研究》，载《开封教育学院学报》2017 年第 6 期。

黄忆秋：《浅析贾平凹作品中的男性形象——以〈浮躁〉〈废都〉〈秦腔〉为例》，载《农家参谋》2017 年第 22 期。

李婵娟：《传统与现代文化的双重失落——论〈废都〉中"性"的文化内涵》，载《名作欣赏》2017 年第 24 期。

段晓琳：《"五四"启蒙遗产与知识分子的"二次觉醒"——从〈狂人日记〉到〈废都〉》，载《滨州学院学报》2018 年第 1 期。

邵霞：《〈浮躁〉和〈废都〉的詈骂语翻译研究》，载《商洛学院学报》2018 年第 3 期。

谷新：《男权社会下的美女失足——从〈废都〉的女性形象谈起》，载《佳木斯职业学院学报》2018 年第 4 期。

房伟：《〈黄金时代〉〈废都〉与 90 年代》，载《当代作家评论》2018 年第 5 期。

宋旭：《"实现"与"未实现"——〈日瓦戈医生〉和〈废都〉中情感内核的相异性》，载《理论界》2018 年第 11 期。

贾一凡、房萍：《转型时期文人的人格迷失——试以贾平凹〈废都〉为例》，载《名作欣赏》2018 年第 17 期。

何宛豫：《浅析〈废都〉中女性形象及人性批判》，载《传播力研究》2018 年第 23 期。